동아시아
한국문학을 찾아서

글쓴이

장연연(张燕燕, Zhang Yan-yan) 산동여자대학교 전임강사
권문경(權文卿, Kwon Moon-kyung) 인하대학교 강사
아오야기 유코(青柳優子, Aoyagi Yuko) 일본 시민모임 '코리아문고' 공동대표
조성면(趙城勉, Cho Sung-myeon) 수원문화재단 창작지원팀장
최학송(崔鶴松, Cui He-song) 중국 중앙민족대학교 조선언어문학학부 부교수
유봉희(柳奉熙, Yu Bong-hee) 인하대학교 강사
원종찬(元鐘讚, Won Jong-chan) 인하대학교 한국어문학과 교수
염희경(廉喜瓊, Yeom Hee-kyung) 인하대학교, 춘천교육대학교 강사
김제곤(金濟坤, Kim Je-gon) 인하대학교, 춘천교육대학교 강사, 『창비어린이』 편집위원장
정미영(鄭美英, Cheong Mi-young) 아동청소년문학평론가, 인하대학교 강사
이경희(李敬姬, Lee Kyoung-hee) 인하대학교 강사
김명인(金明仁, Kim Myoung-in) 인하대학교 국어교육과 교수, 『황해문화』 편집주간
최옥산(崔玉山, Cui Wu-shan) 중국 북경 대외경제무역대학교 교수
류수연(柳受延, Ryu Su-yun) 인하대학교 강의교수
윤진현(尹振賢, Youn Jin-heon) 인하대학교, 숭실대학교 강사
윤미란(尹美爛, Yun Mi-ran) 인하대학교 강사
신승희(申承熙, Shin Seung-hee) 가천대학교 한국어문학과 교수
장석남(張錫南, Jang Seok-nam) 시인, 한양여자대학교 교수
권여선(權汝宣, Kwon Yeo-seon) 소설가
박정애(朴正愛, Park Jeong-ae) 소설가, 강원대학교 스토리텔링학과 교수
응웬레투(Nguyen Le Thu) 하노이국립대학교 외국어대학 한국어문학부 교수
박숙경(朴淑慶, Park Suk-kyoung) 아동문학평론가, 『창비어린이』 편집위원
강경석(姜敬錫, Kang Kyeong-seok) 문학평론가, 『창작과 비평』 편집위원

동아시아한국학연구총서 21

동아시아 한국문학을 찾아서

초판 인쇄 2015년 3월 20일 **초판 발행** 2015년 3월 30일
엮은이 원종찬 **펴낸이** 박성모 **펴낸곳** 소명출판 **출판등록** 제13-522호
주소 서울시 서초구 서초중앙로6길 15, 1층
전화 02-585-7840 **팩스** 02-585-7848 **전자우편** somyong@korea.com **홈페이지** www.somyong.co.kr

값 38,000원　　　　　　　　ⓒ 원종찬, 2015
ISBN 979-11-86356-27-2 94810
ISBN 978-89-5626-835-4 (세트)

이 책은 2007년 정부(교육과학기술부)의 재원으로 한국연구재단의 지원을 받아 수행된 연구임(KRF-2007-361-AM0013).

동아시아한국학연구총서 21

동아시아 한국문학을 찾아서

In search of East Asia Korean literature

원종찬 편

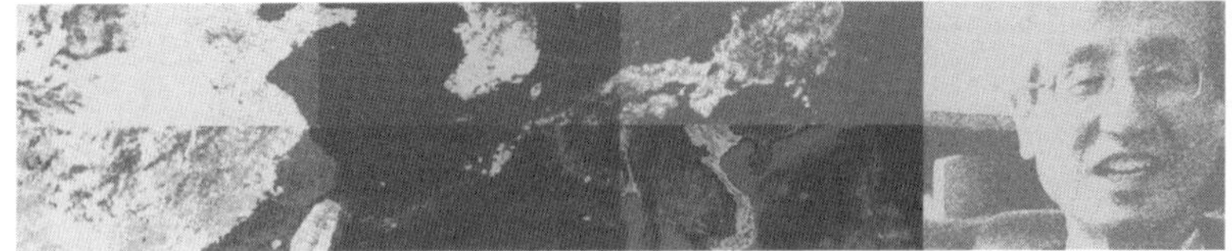

소명출판

인하대학교 한국학연구소는 2007년부터 '동아시아 상생과 소통의 한국학'을 의제로 삼아 인문한국(HK) 사업을 수행하고 있다. 상생과 소통을 꾀하는 동아시아한국학이란, 우선 동아시아 각 지역과 국가의 연구자들이 자국의 고유한 환경 속에서 축적해 온 '한국학(들)'을 각기 독자적인 한국학으로 재인식하게 하고, 다음으로 그렇게 재인식된 복수의 한국학(들)이 서로 생산적으로 소통할 수 있는 방법을 구성해내는 한국학이다. 우리는 바로 이를 '동아시아한국학'이라는 고유명사로 명명하고 있다. 따라서 동아시아한국학은 하나의 중심으로 수렴된 한국학을 지양하고, 상이한 시선들이 교직해 화성(和聲)을 창출하는 복수의 한국학을 지향한다.

이런 목표의식하에 한국학연구소는 한국학이 지닌 서구주의와 민족주의적 편향성을 극복하기 위한 방법으로 근대전환기 각국에서 이뤄진 한국학(들)의 계보학적 재구성을 시도하고 있다. 주지하듯이 한국에서 자국학으로 발전해온 한국학은 물론이고, 구미에서 지역학으로 구조화된 한국학, 중국·러시아 등지에서 민족학의 일환으로 형성된 조선학과 고려학, 일본에서 동양학의 하위 범주로 형성된 한국학 등 이미 한국학은 단성적(單聲的)인 방식이 아니라 다성적(多聲的)인 방식으로 존재하고 있다. 우리는 그 계보를 탐색하고 이들을 서로 교통시키고자 한다.

다시 말해 본 연구소는 동아시아적 사유와 담론의 허브로서 동아시아 한국학의 방법론을 정립하기 위해 학문적 모색을 거듭하고 있다.

더욱이 다시금 동아시아 각국의 특수한 사정들을 헤아리면서도 국경을 넘어서는 보편적 가치를 모색할 필요성이 절실해지는 이즈음, 상생과 소통을 위한 사유와 그 실천의 모색에 있어 그간의 학문적 성과를 가름하고 공유하는 것은 여러 모로 의미가 있으리라 여겨진다. 이에 우리는 복수의 한국학에 대한 계보학적 탐색, 상생과 소통을 위한 동아시아한국학의 방법론 정립, 연구 성과의 대중적 공유라는 세 가지 지향점을 중심으로 지속적으로 축적되고 있는 연구 성과를 세 방향으로 갈무리하고자 한다.

본 연구소에서는 상생과 소통을 위한 동아시아한국학 연구에 있어 연구자들에게 자료와 토대를 정리해 연구의 기초를 제공하고, 또한 현재 동아시아한국학 연구의 범위와 향방을 보여줄 뿐만 아니라 그 연구 성과들을 시민들과 공유하는 것까지 고려하는 방향으로 총서를 발행하고 있다. 모쪼록 이 총서가 동아시아에서 갈등의 피로를 해소하고 새로운 상생의 방법을 모색하는 데 일조할 수 있기를 기대한다.

인하대학교 한국학연구소

이 책은 최원식 교수의 정년을 기념하는 뜻에서 마련되었다. 필자들은 인하대 대학원에서 최원식 교수를 지도교수로 모시고 공부한 한국문학 전공자들이다. 이 가운데에는 국내외 대학의 교수와 강사, 『창작과 비평』, 『황해문화』, 『작가들』, 『창비어린이』의 편집위원과 평론가, 그리고 국내 유수의 작가와 시인들이 망라되어 있다. 말하자면 이 책은 국내외의 교단, 문단, 학계에서 활약 중인 제자들이 봉헌하는 '최원식 교수 정년 기념 논문집'인 셈이다.

그렇다고 해서 이 책이 기념행사의 구색을 맞추려고 하루아침에 급조된 것은 결코 아니다. 필자의 한 사람으로서 입에 올리기 송구스럽지만 스승의 명예를 위해 감히 자부하건대, 여기 모인 글들은 동아시아한국학 연구총서의 이름에 값하는 중요한 문제의식 아래 집필되었다. 스승의 정년에 즈음하여 으레 제자들은 기념 논문집을 묶어낸다. 하지만 최원식 교수는 이를 번거롭다고 여겨 극구 사양할 것이 분명했기에, 연전에 각 방면에서 활약 중인 제자들이 모여서 동아시아한국문학에 관한 논문을 한 편씩 쓰는 기회를 갖자고 다짐한 게 씨앗이 되었다. 이 책의 필자들은 지난 일 년 동안 '동아시아'를 열쇠말로 해서 최원식 교수를 모시고 달마다 논문발표회를 가졌다. 즉 이 책은 여러 방면의 한국문학 전공자들이 동아시아론의 석학과 함께 토론 과정을 거쳐서 완성한 논문들로 구성되었다.

때맞춰 인하대 한국학연구소 소장인 김만수 교수가 문학 부문의 연구총서가 절실하다고 출간을 제안하기에 이 책의 자리가 확정되었다.

이 책이 인하대 동아시아한국학연구총서의 하나로 발간되는 것은 여러모로 의미가 있다. 최원식 교수는 지난 30여 년 동안 인하대에 재직하면서 후학들에게 민족문학의 길을 열어 보인 데 이어서 대학원 한국학과를 동아시아 담론의 산실로 이끌었다. 최원식 교수가 주축이 되어 대학원 한국학과는 2006년부터 2013년까지 '두뇌한국(BK) 21'에 '동아시아 한국학 교육·연구 및 네트워크 사업단'으로 참여한 바 있으며, 인하대 한국학연구소는 2007년 '동아시아 상생과 소통의 한국학'이라는 의제로 '인문한국(HK)연구소'에 선정되어 동아시아를 겨냥한 특화된 연구기관으로 자리를 잡았다. 여기에 힘입어 이 책의 필자들은 일찍부터 동아시아의 시각으로 한국문학을 바라보는 지적 훈련을 쌓아왔다. 이 책은 그 도정의 자그마한 결실이자 중간점검이라는 의미를 지닌다.

이 책은 총 5부로 구성되었다. 1부, 2부, 4부의 논문들은 한국문학과 동아시아가 어떻게 관계를 맺어 왔는지 살핀 것들이다. 동아시아의 '문학지리', '아동문학', '여성담론'이라는 공분모를 부별 주제어로 내세운 것에서 알 수 있듯이, 익숙하지만 동아시아 단위에서는 제대로 다뤄지지 않은 영역에 도전한 새로운 결과물들이기에, 한국문학에 대한 시각을 넓히는 데 큰 도움이 되리라고 본다. 3부는 편안한 호흡으로 읽을 수 있는 최원식·김명인 교수의 대담으로 꾸몄다. 평론과 연구를 오가면서 한국문학의 현장을 뜨겁게 달군 두 선후배 교수는 인하대 대학원에서 사제 인연을 맺었기에 기꺼이 이 책의 한 부분을 맡아 주었다. 중간에 쉬어가는 기분으로 읽을 수 있는 대담 형식임에도, 때론 부드럽게 때론 날카롭게 한 시대를 증언하는 말들의 향연이 곳곳에서 상당한 내공을 내뿜는다. 3부에서 맛보는 긴장과 이완은 이 책의 색다른 즐거움일 것이다. 마지막 5부는 동시대 문학의 현장과 해외에서 활동하는 제자들의 여러 목소리를 담았다. 시, 소설, 평론 등에서 빼어난 성취를 보인 이들의 목소리를 통해서 최원식 교수의 손길이 어디까지 가닿고 있는지를 확인할 수 있다.

인하대가 자리한 항구도시 인천은 근대사의 질곡으로 인해 문화의 불모지처럼 여겨지고 있는 것이 사실이다. 최원식 교수는 이 척박한 곳에서 후학들을 키워내서 한국문학의 현장으로 끊임없이 배출하는 한편, '인천의 인천화'를 위한 시민사회 운동을 펼치면서 지역의 문화일꾼들을 힘있게 일으켜 세웠다. 인천의 문화예술인과 시민사회 운동가라면 모두 기억하고 있듯이, 최원식 교수는 인천은 남북한을 잇는 배꼽이고 환황해권의 거점으로서 동아시아가 운명처럼 따라붙는다고 늘 강조해 왔다. 또한 이항대립의 구도 속에서 파열음을 내기 쉬운 근대의 편향들을 가로지르는 지적 모험을 통해 중앙과 지방, 주인과 손님, 사회주의와 민족주의, 민족문학과 세계문학, 리얼리즘과 모더니즘 등의 분열상을 아우르는 회통의 사상을 심어 놓았다.

『동아시아 한국문학을 찾아서』라는 제목을 붙인 이 책은 비록 갈 길은 멀지라도 그와 같은 가르침을 이어나가려는 의지와 정성을 담은 것이다. 비단 필자만 그러한 것은 아닐 텐데, 최원식 교수를 떠올리면 늘 부끄러운 마음과 자랑스러운 마음이 교차한다. 이런 제자들의 마음을 모아 인하대와 인천을 빛낸 최원식 교수에게 이 책을 바친다.

2015년 3월 10일 제자들을 대표하여 원종찬 삼가 올림

제1부

근대 동아시아의 문학지리

1900년대 동아시아에서의
필리핀 서사의 유통

장연연(張燕燕)

1. 머리말

필리핀은 아시아에 있는가? 지금 시각으로 보면 아주 우스운 질문이다. 그러나 20세기 이전의 동아시아라면, 이야기가 다르다. 당시에는 '아니다'라고 생각하는 사람이 적지 않았다. 1902년 당시만 해도 중국에서 "필리핀은 원래 아시아에 속해 있지만, 근래에 남양군도 때문에 대양주(大洋洲)로 분류하는 경향이 있어 아직 정한 바가 없다"[1]라고 하였으며, 조선에서도 필리핀을 아시아가 아닌 대양주로 구별한 사람이 많았다.[2]

---

[1] 夏淸馥 譯述, 『南洋風雲(卽飛律賓獨立之眞相)』, 日本東京並木活版所印刷, 1903, 「凡例」 1면. "飛律賓群島, 本屬亞洲, 但近來有以其南洋群島, 固劃入大洋洲, 雖然尙未定也."

그러나 필리핀 애국지사들은 자신의 나라를 아시아의 일원으로 생각하였으며, 조국의 독립을 위하여 동아시아 각국에서 분투하였다. 필리핀 독립전쟁을 동아시아에 알리기 위하여 필리핀 지사 마리아노 폰세가 『필리핀 문제(*Cuestión filipina*)』[3]라는 책을 저술하였다. 이 책의 본문은 총 14장, 1896년부터 1899년까지 필리핀 독립전쟁의 경과를 연대기적으로 충실히 서술하였다. 부록으로 23명 필리핀 독립지사의 전기문도 함께 붙어 있었다. 스페인어로 저술된 이 책은 1901년에 일본에서 『남양지풍운(南洋之風雲)』이란 제목으로 번역·출판되었으며, 이후 동아시아 속에서 급속히 유통되어 중국과 한국에서 번역되기도 하였다. 중국의 경우 1902~3년, 2년 동안 4가지 판본이 나왔다. 1902년의 『비율빈지사독립전(飛律賓志士獨立傳)』, 「비율빈전사독단(菲律賓戰史獨斷)」과 같은 부분 번역본도 있고, 완역본 『비렵빈독립전사(飛獵濱獨立戰史)』도 있다. 1903년에 개작본 『남양풍운(南洋風雲)』도 있다. 한국의 경우 1907년에 보성사에서 나온 안국선의 역본 『비율빈전사』가 있다.

지금까지 한국에서 『비율빈전사』의 번역과 관련된 연구는 김병철,[4] 최

---

2   「邦國의 區別」,『대한협회회보』제5호, 1908.8.25. "亞細亞洲에는 大韓·淸國(支那)·日本·安南·暹羅·緬甸·阿富汗·印度·醴八·西藏·波斯等國이 有ㅎ고 (…중략…) 大洋洲에는 立國ㅎ 者가 無ㅎ고 呂宋(比律賓)은 西班牙 領地로셔 八九年前에 合衆國領地로 移屬ㅎ고 其外 地方은 英國에 全屬ㅎ고 其隣比에 大小島嶼가 無數ㅎ 中立國ㅎ 者는 布哇一島뿐이더니 九年前에 合衆國領地도 歸ㅎ니라."

3   스페인어 판본이 실제로 출판되었는지 확인하지 못하였다. 단지 일역본의 표지에 다음과 같이 출판기록이 있었을 뿐이다.

MARIANO PONCE

CUESTION FILIPINA

UNA EXPOSITION HISTORICO-CRITICA DE HECHOS RELATIVOS ALA GUERRA DE

LA INDEPENDENCIA

TRADUCIDA FOR H MIYAMOTO

Y.S FOUDZITA

원식,[5] 노연숙[6]의 논문이 있다. 김병철은 『한국 근대번역문학사연구』에서 『비율빈전사』가 번역작이라는 것을 추정하였다. 그 이유는 중국에서 똑같은 내용을 가진 『비렵빈독립전사(飛獵濱獨立戰史)』(1902)가 있다는 것이다. 중국의 『비렵빈독립전사』에서 일본인 宮本平의 서문이 실려 있는데 거기에서 이 책의 원저자가 필리핀 '棒時'이라고 밝혔다. 따라서 김병철은 안국선의 『비율빈전사』가 일본의 번역작이라고 추정하였다.

최원식은 김병철의 연구를 바탕으로 해서 '棒時'가 필리핀 애국지사 "마리아노 폰세"라는 것을 밝혔다. 그리고 '동아시아 연대'의 시각으로 『비율빈전사』의 의미를 부여하였는데, 즉 필리핀을 식민지로 점하려고 하는 미국의 제국주의를 빌려서 조선을 식민지로 먹을 일본의 제국주의를 경계하자고 호소한 것이다. 뿐만 아니라 최원식은 최초로 『필리핀전사』 부록에 실린 호세 리살의 「임종사」를 주목하여 이를 한국에 소개된 최초의 본격적 근대자유시로 평가하였다. 그리고 부록에서 한역본과 영역본을 소개하기도 하였다.

노연숙은 「안국선(安國善)의 『비율빈전사(比律賓戰史)』와 번역 저본 『남양지풍운(南洋之風雲)』 비교 연구」에서 처음으로 『비율빈전사』의 번역저본인 『남양지풍운』을 고찰하였다. 『남양지풍운』은 마리아노 폰세가 스페인어로 저술한 *Cuestión filipina*를 미야모토 헤이큐로와(宮本平九郎)와 후지타 스에타카(藤田季莊)가 공역한 것이라고 밝혔다. 그리고 한 · 일 비교 작업을 통해 안국선 번역의 정치성을 다시 확인하였다.

---

4   김병철, 『한국 근대번역문학사연구』, 을유문화사, 1975, 240~242면.

5   최원식, 『한국계몽주의 문학사론』, 소명출판, 2002, 189~210면.

6   노연숙, 「安國善의 『比律賓戰史』와 번역 저본 『南洋之風雲』 비교 연구」, 『한국현대문학연구』 29, 2009, 43~71면.

본 글은 위의 연구 성과를 바탕으로 해서 *Cuestión filipina*를 둘러싼 필리핀 지사 마리아노 폰세의 동아시아 행적, 특히 조선 개화당 박영효, 안경수, 중국 혁명가 쑨원[孫文]과의 교류 양상을 고찰하고 이 책의 동아시아 유통과정 및 변용 양상을 살펴보겠다. *Cuestión filipina* 부록에 23명의 필리핀 지사전이 달려 있다. 이 가운데 '필리핀 독립의 아버지'로 불리는 호세 리살이 쓴 「임종사」가 실려 있다는 것을 주목하고 싶다. 지금까지 호세 리살의 「임종사」가 어떻게 동아시아 속에서 유통하게 되었는지 의문이다. 이 글에서 「임종사」의 동아시아 유통이 *Cuestión filipina*의 동아시아 번역과 함께 하였다고 확인하였다. 동아시아 속에서 유통되면서 「임종사」가 적지 않은 변용이 이루어졌다. 그 변용 양상을 고찰하는 것이 본 글의 두 번째 목적이다. 마지막으로 *Cuestión filipina*의 동아시아 유통이 어떤 의미를 지니고 있는지를 탐구하고자 한다.

2. 마리아노 폰세와 동아시아 지사들의 교류

마리아노 폰세가 동아시아 지사들과 만나게 된 것은 일본에서였다. 1898년 7월에 그는 아기날도 혁명정부의 외교사절 자격으로 일본에 파견되었다. 1899년 겨울 폰세는 일본 정치가 이누카이 쓰요시[犬養毅]의 요청으로 한 모임에 참석하였는데 거기에서 평생의 혁명 동지인 중국 혁명가 쑨원을 만나게 되었다. 1896년 가을에 쑨원은 영국 런던에서 청

(淸)정부의 스파이에 의하여 체포되었다. 이 사건은 영국의 『타임즈』를 비롯한 많은 신문에 보도되면서, 세상을 뒤흔든 톱뉴스가 되었다. 폰세 도 역시 신문을 통해서 쑨원과 중국혁명을 알게 되었다. 체포 사건 이후 쑨원은 다시 동양으로 돌아와 일본 요코하마[橫濱]에 머무르게 되었다. 바로 이때 두 사람이 이누카이 쓰요시의 소개로 만났고, 나중에 평생의 친구가 된 것이다. "우리 둘은 비록 가는 길이 다르지만 추구할 목표가 같다. 그것은 바로 우리 둘의 모국의 행복이다. 때문에 우리는 서로 동 정하며 단결하게 되었다"[7]고 폰세는 쑨원과의 관계를 밝혔다. 필리핀 독립전쟁을 지원하기 위하여 쑨원은 직접 인력 파견을 하였고, 폰세의 부탁으로 일본 정계와 합력해서 무기를 구매해 주기도 하였다.[8]

　일본에서 폰세는 조선 개화당과도 많은 교류를 가졌다. 1895년 7월 박 영효(朴泳孝)를 비롯한 개화당은 왕비시해음모죄로 궁지에 몰리자 일본 으로 망명의 길을 떠났다. 폰세의 기록에 따르면, 그는 1898년 일본에 온 후 스기무라 후카시[杉村濬]의 집에서 조선개화당을 만나게 되었다. 스기

7 　彭西, 『孫逸仙傳』, 菲華各界慶祝中山先生百年誕辰紀念委員會　編譯, Filipino-Chinese Cultural Foundation, 1965(원저 : Mariano Ponce, *Sun Yat-sen : the founder of the Republic of China*, La Vanguardia and Taliba Press, Gunaw 126, Quiapo, Manila. 1912), 2~3면.

8 　1899년 7월에 쑨원은 배와 무기를 마련하고 필리핀을 향해 출발했다. 그러나 일이 잘 풀리지 않았다. 낡은 배는 중국 연안을 지나갈 무렵, 폭풍우를 맞아 침몰하고 말았다. 무기, 탄약 및 조립, 설비 등의 뱃짐들은 모두 잃어버렸고 일본인 3명을 포함한 선원 13 명도 수장되었다. 쑨원은 포기하지 않고 다시 무기와 배를 마련하기 위해 동분서주했 지만, 미국은 이 시도에 대해 상당한 불쾌감을 드러내며 일본에게 경고를 보냈고, 일 본의 관계기관은 필리핀으로 가는 배에 무기를 싣는 일을 엄하게 단속했다. 비록 무기 지원이 성공하지 못하였지만 필리핀 정부에서 이런 쑨원의 마음에는 고마워했다. 그 들은 자신들에게도 필요한 미국과의 전쟁 자금 중 10만 엔을 쑨원에게 건네주었다. 이 돈은 쑨원이 최초의 선전기관지를 만들 수 있는 자금이 되었는데, 첸소바이[陳少白]이 홍콩에서 편집을 맡은 『중국일보(中國日報)』가 바로 이것이었다. 쑨원은 이러한 언론 매체를 바탕으로 해외의 화교들을 설득했다.

무라 후카시는 1880년부터 서기관의 직위로 조선 주재 일본공사관에서 근무하고, 15년간 조선에서 생활했던 조선 문제 전문가이다. 당시 폰세가 만난 개화당 인사는 주로 박영효, 안경수(安駉壽), 유길준(兪吉濬), 그리고 나중에 1907년 고종이 일제의 강요에 의해 왕위에서 물러나자 대한제국의 황제로 즉위하게 된 순종(純宗) 등이다. 이들을 통해서 폰세는 조선의 사정을 알게 되어 조선과 개화당의 처지를 불쌍하게 여기게 되었다.

錦陵一族은 조선에서 가장 명망이 있는 귀족이다. 이 가련한 박 친왕, 당시 35세밖에 안 된 나이에, 딸을 데리고 '朝日'이라는 국토에서 유랑하게 되었다. 그는 비참한 고국을 그리우며, 가족의 쇠망을 슬퍼하고, 돌아간 아내를 추모한다. 그의 딸아이는 아주 가련한 어린 공주인데 그렇게 예쁘고 희고 보드랍고 사랑스럽다 (…중략…) 그들은 함께 카나가와[神奈川]에 있는 일본식 집에 살았다. 이 부녀 둘이 원래 황궁에서 자랐는데 얼마나 동양의 부귀영화를 누렸을까? 나는 그들이 살고 있는 누추한 집에 들어갈 때마다 그 어린 공주를 만나곤 했다. 황족의 후대로서 그녀는 아직 막 피어나고 있는 황실의 꽃봉오리다. 비록 비천한 일본 옷을 입고 있지만, 부귀한 몸매가 빛이 나서 촌스러운 주변과 선명한 대조가 되다. 조금도 꺼리지 않은 그녀의 말투와 태도가 사람을 기쁘게 만들기도 하고 홀리게 만들기도 하였다. 그녀는 일본어를 섞어서 이야기하는데 (…중략…) 이것은 청춘의 특권인가 본다. 비애조차 그녀에게 흔적을 남기지 못하다.[9] (번역 – 인용자)

---

9 彭西, 앞의 책, 67면. "金(錦)陵一族, 是朝鮮國中最具聲望的貴族. 可憐的朴親王, 當時年齡還只卅五歲, 跟他的女兒一起在這'朝日'的國土上流浪, 他懷念他的悲慘的故國, 悲傷他的貴族的凋亡, 追悼他已逝的妻子. 他的女兒是一個可憐的小公主, 那麼的漂亮, 那麼的白嫩, 那麼的惹人愛, 他那雙淘氣的斜眼, 那個渾圓的下頜, 那副潔白的貝齒, 那對紅紅的嘴

여기서 폰세는 일본에서 망명하고 있는 박영효와 그의 딸에 대한 묘사를 통해, 조선과 개화당의 처지에 동정의 마음을 표현하였다. 그리고 폰세는『손일선전(孫逸仙傳)』에서 특별히 안경수의 죽음도 언급하였다.

나중에 우리 힘으로 절대로 막을 수 없었던 우리 가슴 아프게 한 일이 일어났다. 전에 작전부장을 역임했던 독립당 당수 안경수이라는 장군이 있는데 그는 성미가 거칠고 급하지만, 아주 열정이 있는 애국지사다. 그는 해외 망명의 고통과 고국에 대한 그리움을 견디다 못해 낭만주의 경향 아래 고국으로 돌아가게 되었다. 그는 자기의 이상을 희생품으로 내놓고 이 모든 결정의 결과를 받아들이기로 했다. 나는 그의 사정을 보고 1892년 리살이 우리와 이별하고 필리핀으로 돌아간 일이 생각났다. 친구로서 우리가 아무리 그를 권해도 소용없었다. 이것이 참 설명하기 힘든 우연의 일치다. 안경수 장군과 리살이 했던 일이 거의 똑같고 두 사람의 태도도 완전히 똑같다. 똑같이 애국의 이상을 위하여, 똑같이 기개 있는 행동을 위하여, 두 사람이 같은 길로 떠났다. 그들의 머릿속에 아마 똑같은 사상을 가지고 있었을 것이다. 그래서 그들이 똑같은 이유를 제기하는 것은 놀랍지도 않았다.

결국 안경수는 귀국하게 되었는데, 그에게 큰 영향력을 지닌 손일선(孫逸仙)조차 그를 막지 못하였다. 며칠 후에 우리는 그와 관련된 소식을 들었

脣, 那個苗條的身段和她合計十四個春天！他們一起住在神奈川的日本式小屋子裏, 妖之道他們父女倆生長在皇宮之中, 曾經享受過東方的富貴榮華, 每次我走進他們窮人所住的陋室, 瞧見這個樸家的小公主, 這個皇族的後代, 這個剛剛才開的皇室的蓓蕾, 穿著一襲卑微的和服, 他的惹人矚目的富貴身材, 跟村俗的四周成爲鮮明對照的時候, 我深受感動. 他的無所顧忌的談吐, 使人愉快, 也使人迷惑, 他說的一半是日文, 在她命運極大的轉變期內學會說的. 這時青春的特權, 連悲哀也劃不下絲毫的痕跡.”

는데, 이 조선의 애국지사가 처형을 당하였던 것이다.[10] (번역-인용자)

여기서 주목할 만한 점은 폰세가 안경수를 호세 리살과 같이 놓고 비교하는 점이다. 안경수는 일본의 보호 약속을 받고 조선으로 돌아갔는데 나중에 일본 정부의 배신으로 처형당하였다. 이것은 리살의 죽음과 비슷한 점이 많다. 리살은 1891년에 스페인 정부의 약속을 받고 귀국하였고, 나중에 스페인 정부의 배신으로 유배·처형당하였다.[11] 겉으로 보면 두 사람이 비슷한 점이 많지만, 사실 근본적인 차이가 있다. 리살은 귀국하여 주로 유산계급과 지식분자를 규합, '필리핀연맹(liga Filipina)'을 결성하였다가 스페인 식민당국의 무자비한 탄압으로 처형되었지만 안경수는 왕비시해음모죄로 궁지에 몰리자 일본으로 도피하였다가 주변의 만류에도 불구하고 귀국을 하였다가 조선 관원에 잡혀 죽음을 당

---

10   위의 책, 68면. "後來發生一件不是我們有意的敦勸所能阻止, 使我們難受的無法排解的事情. 過去做過作戰部長, 現任獨立黨黨魁的安駉壽將軍, 一個性子暴躁而又熱情的愛國志士, 再也受不了海外流亡的痛苦及對他本土的渴望, 一時激動, 爲浪漫情緒所趨, 情願把自己當作他的理想的祭壇上的犧牲品, 決心重返他的故國, 接受他這一決定的一切後果. 這使我想起黎刹於1892年跟我們握別, 重返菲律賓的事, 我們這些他的朋友全表反對也沒有用. 這眞是難以譬解的巧合, 黎刹與這位朝鮮的將軍所做的答復基本完全相同, 他倆態度的倔强也完全一樣這時沒辦法的事. 同樣是爲了愛國的理想, 同樣是出於慷慨的行動, 使他們走上這條路, 他們腦子裏只有一個思想, 所以黎刹與安駉壽對於他們行動決心所提出來的理由相同, 並不足奇. 這位卸任的朝鮮作戰部長於是動身回國, 就是對他影響力量很大的孫逸仙, 也無法阻止他. 幾天以內, 我們得到消息, 這位朝鮮的愛國志士已經被斬了."

11   안국선, 「비율빈전사」, 『역사전기소설』 5, 아세아문화사, 377~378면. "1891년에 歐洲를 離하야 故國에 歸할 際에 擾亂이 故鄕'카람빠'에 起한 故로 香港에 下陸하야 同年十二月三十一日에 西班牙國比律賓總督'떠스푸호루'將軍의게 書를 送하야 '카람빠'擾亂을 鎭撫함이 當然함을 陳하고 自己 身命의 保護를 請求하돼 '떼스푸호루'장군이 好意를 深謝하고 身命의 安全을 保證한지라. 1892年 7月에 馬尼라으로 來하니 將軍의 誓約을 空言에 歸하고 리사-루를 逮捕하야 無期流刑으로 '민따나오'島'따피단'에 謫하니."

한 것이다. 당시 조선은 아직 일제의 조선 침략이 본격화되지 않은 시점으로 조선에 죄를 지은 죄인들에 대해서 일본의 간섭이나 영향력이 절대적으로 미치지 못하는 상황이었다 할 수 있다. 따라서 안경수를 호세 리살과 같이 놓고 비교하는 것은 폰세가 안경수를 과대평가한 것이다. 필리핀 독립에 헌신하였던 호세 리살과 비교할 때 안경수는 아무래도 친일파이기 때문이다.

여기서 다시 쑨원과 조선개화당의 교류를 살펴본다면 지금까지 한국 학자들이 량치차오[梁啓超]와 조선의 교류에만 주목하였는데 20세기 초기 쑨원과 조선의 교류에 대한 연구는 많지 않다. 이는 대부분 학자들이 "쑨원의 반제국주의 의식이 약하다" 혹은 "조선 문제에 대하여 거의 무관심이다"라는 판단에서 비롯된다. 그러나 꼭 그렇지도 않다. 다음 폰세의 기록을 살펴보겠다.

손일선이 동아시아 청년에게 "우리는 서로 가까이 하여 서로 잘 알면 알수록 앞으로 반드시 서로 사랑하게 될 것이다"라고 말하는 것을 나는 여러 번 들었다. 손일선이 보기에는 遠東 여러 나라의 문제는 서로 연결되어 있기 때문에 반드시 이 전체적인 문제를 깊이 연구하고 나서야 나중에 개별적인 문제를 분석할 수 있다. 먼저 유사점을 찾아내야 각 나라의 문제를 연결시킬 수 있다. 그러나 그 전제는 우리는 서로 잘 알아야 하고, 그래야 서로 우호적인 관계를 맺을 수 있다.

그러므로 손 씨는 각국 학생들이 도쿄의 '東亞靑年協會'를 참여하는 데 가장 열렬하게 협찬하는 인사 중의 한 명이다. 이 협회는 조선인, 중국인, 일본인, 인도인, 태국인, 필리핀을 포함하여 상당한 회원 수를 가지고 있으며, 일본 정계의 중요한 인사에게서도 지지를 얻었다.

그때 조선과 필리핀 문제는 협회에서 많은 주목을 받았으며, 늘 협회에서 토론 대상이 되었다. 손일선은 특히 조선 문제에 관심이 많았다.[12](밑줄·번역-인용자)

손일선은 나의 집에서 조선 망명인을 만났을 때, 그 사람들과 아주 친밀한 우정을 맺었다. 그때부터 이 해박한 학문과 넓은 도량을 지닌 중국인은 조선 망명인들의 신중하고 충성하며, 또한 정직한 고문이 되어버렸다.[13](밑줄·번역-인용자)

위 인용문을 통해 우리는 쑨원이 조선 문제에도 무관심하지 않았고 오히려 많은 관심을 가지고 있었다는 것을 확인할 수 있다. 쑨원은 요코하마 묘코지[妙光寺]에 있는 폰세의 집에서 조선 개화당의 인사들과 만나게 되었고, 그 이후로 쑨원은 조선 망명자들의 충성하고 정직한 고문이 되기도 하였다. 개화당 중에서 쑨원은 특히 박영효와 친분이 깊었다. 두 사람은 모두 망명자라 그들의 만남은 항상 비밀스럽게 진행되었다. 따

12　彭西, 앞의 책, 65~66면. "我好多次聽到孫逸仙對東亞的靑年說 : "讓我們進一步地互相了解, 我們彼此當必進一步地相愛". 在孫逸仙看來, 遠東各國所導成的許多問題, 彼此牽連, 必須對整個問題作一般性硏究, 才能對每一特殊問題有所了解. 從許多共同之點, 才能把各國的問題連串起來. 但是這些國家需要增進對彼此的了解, 在彼此了解的國家中, 易於建立友善的關系. 因此, 孫氏是最熱烈贊助各國學生在東京組織的東亞靑年協會的人士之一. 這個協會包括朝鮮人, 中國人, 日本人, 印度人, 暹羅人及菲律賓人, 擁有相當人數的會員, 獲得日本政界重要人士的支持. "在這一時期, 朝鮮和菲律賓的問題同樣吸引這個協會的注視, 會裏常常提出加以討論. 孫逸仙對朝鮮問題尤其注意", 밑줄-인용자.

13　위의 책, 68면. "孫逸仙是在敝居內見到這些朝鮮流亡人物時, 他與這些人之間, 建立起一種親密的友誼. 從那時候起, 這位具有淵博學問及遼闊胸襟的中國人, 便成爲這些朝鮮移民的謹愼, 忠誠及正直的顧問", 밑줄-인용자.

라서 그들의 교류에 대하여 누구도 언급한 적이 없었다. 그러나 이길규(李吉奎)[14]의 연구에 따르면 쑨원은 1900년 6월 9일, 1902년 1월 17일과 같은 해 7월 8일에 세 번이나 고베[神戶]에 있는 박영효를 특별히 방문하였다고 한다. 두 사람의 담화 내용에 대한 기록이 없기 때문에 무슨 사정 때문에 만났는지 알 수 없으나, 정치이념에서 서로 많은 공감대를 가졌던 것이 확인된다.

인용문에서 쑨원은 '동아청년협회(東亞靑年協會)'을 극히 추천하였다고 하는데, '동아청년협회'는 어떤 조직일까? 아마도 '동양청년회(東洋靑年會)'[15]를 두고 이르는 말일 것이다. '동양청년회'는 1895년에 고노에 아츠마로[近衞篤麿]가 회장, 토미즈 히로우또[戶水寬人], 야마가타 테이자부로오[山縣悌三郎]가 위원으로 만들어진 조직이다.[16] 이 조직은 일본·중국·조선의 청년은 물론 멀리 태국·인도·필리핀 등 여러 아시아 나라의 청년을 함께 모아서 아시아의 연대를 구축하고 공통의 번영을 지향하려는 것이다. 물론 이 조직은 나중에 '대동아공영권' 구상의 선취(先取)라고 평가를 받았[17]지만, 1895년의 그 당시에는 이 조직은 아시아 청년들에게 민족 투쟁에 필요한 정신적, 물질적 후원을 많이 해 주었다. 이점은 유의할 필요가 있다.

---

14   李吉奎, 『龍田學思瑣言 : 孫中山硏究叢稿新編』, 中山大學出版社, 2011, 153~158면.
15   『孫逸仙傳』은 원래 스페인어로 쓰여진 책이라 중국어로 번역될 때 아마 약간 용어 착오가 생겼나 보다.
16   木村 毅, 『ホセ・リサールと日本』, アポロン社, 1961.
17   山下 美知子, 「南進のまなざし : 明治20~30年代におけるフィリピンの描き方」(〈特集〉東南アジアの文化と文學), *Trans-cultural studies* 3, 1999, 90면.

3. *Cuestión filipina*의 번역과 유통

1) 역자와 판본

폰세는 1899년 2월부터 일본 신문기사들을 찾아 필리핀 독립전쟁에 대하여 좀 보도해 달라고 하였다. 이후 그는 스페인어로 *Cuestión filipina*를 창작하였고, 이 책은 1901년 2월에 미야모토 헤이큐로오(宮本平九郎)와 후지타 스에타카(藤田季莊)에 의하여 『남양지풍운(南洋之風雲)』로 번역·출판되었다. 미야모토 헤이큐로오는 당시 일본의 유명한 법학가다. 후지타 스에타카가 누군지 잘 모르겠으나 1909년 도쿄 외국어학교(東京外國語學校)의 교사로 임명되었다는 것으로 보면 외국어에 꽤 능통했다는 것을 알 수 있다. 1900년 폰세가 쑨원에게 쓴 편지에서도 후지타 스에타카를 언급하기도 하였다.

> 만약 내 저서의 출판 대리인 동경의 藤田 선생이 찾아오면, 110원을 전해 주시길 바랍니다.[18]

위 인용문은 1900년 1월 25일에 폰세가 홍콩에서 쑨원에게 보낸 편지 내용의 일부다. 편지에서 폰세는 자기 책을 출판하는 데 필요한 돈을 대신 지불해 달라고 요청했다. 시간과 인물 이름으로 보면 여기서 언급한

---

18 彭西, 앞의 책, 88면. "如出版我所著書的代理人東京的藤田先生, 持函晉揭, 亦盼擲交日圓一百十元整."

"내 저서의 출판 대리인 동경의 藤田 선생"은 1901년에 출판된『남양지 풍운』의 역자 후지타 스에타카일 것이다. 그러므로『남양지풍운』이 일본에서 순조롭게 출판된 것은 쑨원의 도움이 있었기 때문에 가능했던 것이라고 할 수 있다.

중역본에 대하여 한국 연구자 김병철은『한국 근대번역문학사연구』에서 이미 언급하여 목차까지 공개하였다.[19] 그러나 연구자의 실수인지, 출판사의 실수인지 모르겠지만 약간 오류가 있다. 즉 원래 "제1~14장, 부록 志士傳"으로 되어 있는『비렵빈독립전사(飛獵濱獨立戰史)』의 목차는『한국 근대번역문학사연구』에서 제1~14장만 되어 있고 "부록 지사열전"이 빠져 있다. 이를 그대로 받아들인 노연숙은 논문에서 이를 근거로 한국역본이 중역본이 아닌 일본역본을 대본을 하였다고 한다.[20] 물론 일역본을 대본으로 삼았다는 것은 맞는 것이지만, 실증적인 오류가 있어 여기서 바로잡는다.

그리고 김병철이 제시한 1902년 판본 외에, 중역본은 〈표 1〉과 같이 몇 가지 판본도 있다.[21]

1902년 5월에 나온『비율빈지사독립전(飛律賓志士獨立傳)』은 일역본의 "서문"과 "부록 : 志士傳"만 번역하였다. 비록 완역이 아니지만, 지금까지 확인된 최초의 역본이다. 역자 우차오(吳超)는 누군지 정확히 모르겠으나 상하이(上海) 출신의 재일 중국유학생으로 추정된다. 1902년 11월

---

19   김병철, 앞의 책, 241면.
20   노연숙, 앞의 글, 46면.
21   潘喜顔의 (「淸末曆史譯著硏究(1901~1911)」, 復旦大學 박사논문, 2011)와 兪旦初의
      「二十世紀初年外國愛國人物在中國的介紹和影響」(『愛國主義與近代中國史學』, 中國
      社會科學出版社, 1996) 두 논문을 참조하여 정리하였다.

<표 1> 『남양지풍운(南洋之風雲)』의 중(中)역본

	날짜	제목	역자	출판사	번역 내용
1	1902.5	『飛律賓志士獨立傳』	崇昭本西 著, 嘉定吳超 譯	日本譯書彙編社	志士傳
2	1902.11	『飛獵濱獨立戰史』	中國同是傷心人	上海商務印書館	제1~14장 부록 志士傳
3	1902.12	「菲律賓戰史獨斷」, 「非律濱豪傑傳」	湯調鼎 譯	『新世界學報』, 第5期, 第10期	제1~2장, 志士傳 1~3명.
4	1903	『南洋風雲』	夏淸馥 譯述	日本東京並木活版 所印刷	원본에서 16장으로 확장. 부록「愛國文豪三大家傳」 첨가
5	1911	『菲利濱獨立戰史』		商務印書館 編譯所	제1~14장 (1902년 『飛獵濱獨立戰史』의 제1~14장 내용과 일치)
6	1912	『菲利濱獨立戰史』		商務印書館 編譯所	제1~14장 부록 志士傳 (1902년 『飛獵濱獨立戰史』의 내용과 일치)

상무인서관의『비렵빈독립전사』는 첫 완역본이다. 번역상태로 보면 약간의 축소/삭제 이외 거의 일역본을 그대로 번역한 것이다. 1911년, 1912년의 판본은 이의 재판이다.[22] 1902년 12월 『신세계학보(新世界學報)』에서 연재된 「비율빈전사독단(菲律賓戰史獨斷)」과 「비율빈호걸전(非律濱豪傑傳)」은 일역본의 또 다른 중역본이다. 역자 탕티오딩(湯調鼎, 1878~1940)는 일명 탕이화(湯爾和), 독일 베를린대학 의학 박사이며, 중국 저명한 의학자, 정치가이다. 그는 1902년에 상하이에서『신세계보(新世界報)』를 창간하였는데 「비율빈전사독단」과 「비율빈호걸전」은 바로 이 시기의 번역작이다. 탕티오딩의 역본은 역시 일역본을 그대로 번역하였을 뿐이었다. 이에 비해 1903년 샤칭푸(夏淸馥)[23]의 역본『남양풍운(南洋風雲)』(즉비율빈독립

---

22 다만 1911년의 판본은 부록 없이 본문 14장으로만 나와 있고, 1912년의 판본은 본문과 부록이 모두 갖춰 있다.

23 夏淸馥은 軍國民敎育會의 회원으로 쑨원을 따라 혁명을 하면서 나중에 軍事家로 성장

지진상(卽飛律賓獨立之眞相))」은 가장 값지다. 비록 제목은 그대로 옮겼으나, 내용상 재창작 부분이 많다. 새로운 서문을 썼을 뿐만 아니라, 14장으로 되어 있는 일역본을 16장으로 확장하였으며, 장마다 "譯者言"을 덧붙였다. 그리고 부록은 "志士傳"을 대신 「애국문호삼대가전(愛國文豪三大家傳)」을 창작하여 붙였다. 이것은 우차오의 『비율빈지사독립전』이 이미 나왔기 때문에 일부러 "志士傳"를 생략한 것이다. 샤칭푸는 「범례(凡例)」에서 필리핀의 한역명을 따질 때 「비율빈지사독립전」의 "飛律賓"을 따르겠다고 했다.[24] 이로 보면 샤칭푸의 역본은 「비율빈지사독립전」의 속편으로 봐도 좋을 것이다.

한역본은 1907년에 보성관에서 출판되었다. 이 책의 역자가 안국선이라는 점이 흥미롭다. 일본유학생으로서의 안국선은 일역본으로부터 바로 한국어로 번역한 것이다. 당시 이런 전쟁서사는 거의 중역본을 거쳐 한국에서 번역된 것과 크게 다르다. 1905년 을사조약 이후, 계몽운동의 주제는 "문명개화"에서 "망국"과 "구국"으로 바뀌었다.[25] 조국의 존망 앞에 애국자들이 집중적으로 망국사, 독립사, 건국사, 애국영웅전을 번

하게 된 사람이다. 그는 1903년부터 『南洋風雲』을 비롯하여 『印度滅亡戰史』(開明書店, 1903.1), 『達爾文』(群誼譯社, 1903.6), 『海軍』(開明書店, 1904) 등 역서를 펴내기도 하였다.

24 夏淸馥, 앞의 책, 「凡例」 1면. 다들 아시다시피 근래의 번역계가 부패하여 지명, 인명은 마음대로 정하는 경향이 있다. 잡다하여 통일하지 않다. 飛律賓 세 글자를 예로 들면, 非律賓, 非列賓, 飛獵濱, 飛獵邊, 非律賓, 比律賓 등 여러 가지가 있다. 여기서 『飛律賓志士獨立傳』(開明書店發行)을 따라서 飛律賓을 택용하겠다. 자세한 명목에 대하여, 만약 이미 통용한 것이 있는 경우, 마음대로 바꾸면 안 된다. 만약 통용한 것이 없는 경우 반드시 자세히 짐작하고 음역을 심사하여 정해야 한다(近來譯界腐敗, 固已盡知, 地名人名隨意自定. 以致繁雜不一. 卽若飛律賓三字, 有譯非律賓, 非列賓, 飛獵濱, 飛獵邊, 非律賓, 比律賓之別, 今特依飛律賓志士獨立傳一書(開明書店發行)故用飛律賓, 至於詳細名目, 苟已有通用者, 不敢擅換, 若必無通用者, 則必當審定音譯, 詳加斟酌).

25 서여명, 「중국을 매개로 한 애국계몽서사연구」, 인하대 박사논문, 2011, 3면.

역출판하게 되었다. 따라서 1905년에『애급근세사』,『월남망국사』, 1907년에『의태리독립사』,『비율빈전사』,『라란부인전』,『서사건국지』,『애국부인전』,『이태리건국삼걸』, 1908년에『화성돈전』 등이 폭발적으로 나오게 되었다. 이 책들은 대부분 중국을 거쳐 한국에 소개되었다.『비율빈전사』처럼 일본어에서 바로 한국어로 번역된 책이 그다지 많지 않다. 그럼 이것은 우연인가? 구체적인 근거가 없지만 아마 폰세와 안경수의 친분과 관련될 것이다. 앞장에서 이미 밝힌 듯이 원저자 폰세는 조선개화당 박영효, 안경수와 친분이 있었다. 안국선은 바로 안경수의 양자이다. 게다가 폰세와 안경수가 일본에서 교류하는 기간은 바로 안국선이 일본에서 유하했던 시기다. 따라서 안국선은 그때부터 이미 폰세와 그의 저서를 잘 알고 있었을 것이다.

2) 역본의 비교

다음 간단하게 일·중·한 세 가지 역본을 대조해 보겠다. 이 가운데 중역본은 너무 많아 그 중에 가장 값지다고 판단된 샤칭푸의 역본을 대조본으로 삼겠다. 노연숙은 이미 논문에서 일역본과 한역본 비교 작업을 하였는데, 그 결과 첫째, 구성과 내용면에서 일역본과 동일하다; 둘째, 번역동기 면에서 "필리핀의 좌절된 독립의 이야기 속에 비판된 미국이라는 제국은, 곧 조선을 억압하는 일본이라는 제국이다",[26] 즉 미제에

26　노연숙, 앞의 글, 43~71면.

대한 비판을 빌려서 일제를 경계하라는 것이다.

그럼 중역본은 어떤지 살펴보겠다. 샤칭푸가 스스로 「범례」에서 밝힌 것처럼 일역본을 그대로 번역하지 않고, 「비율빈군도(菲律賓群島)」, 「남양사정(南洋事情)」 등 여러 책을 많이 참조해서 다시 조직하였다. 그러나 "비록 원래 면목을 바꾸었지만, 저자의 본의를 벗어나지 않았다"[27]는 역자의 말처럼 샤칭푸의 역본은 기본적으로 일역본의 뜻과 일치한다. 다음 일역본과 중역본의 목차를 비교해 보면서 샤칭푸 역본의 특징을 살펴보자.

〈표 2〉 일역본과 중역본의 목차 비교

일본 : 『南洋之風雲』, 宮本平九郎 藤田季莊 共譯 (博文館, 1901)	중국 : 『南洋風雲』, 夏淸馥 譯述, (日本東京並木活版所印刷, 1903)
	緒論
第一章 緒言	第一章 飛律賓之地理大勢
第二章 比律賓獨立戰爭の起因	第二章 開辟及史略
第三章 ビアック.ナ.バト一條約	第三章 西班牙之虐政
第四章 米西戰爭の初に於ける比米の關系	第四章[28]
第五章 ガヴィーテ州に於ける比律賓獨立軍奏功群島の統一	第五章 革命風潮
第六章 米國當局者とアギナルド將軍との秘密會見	第六章 文明史略
第七章 馬尼拉市攻擊前に於ける比國獨立軍の狀況, 比米兩國沖突の端緒	第七章 阿圭拿度第一革命
第八章 比律賓群島獨立の宣言	第八章 阿圭拿度第二革命
第九章 馬尼剌市の包圍攻擊	第九章 第二個名軍起及飛美兩軍關系
第十章 馬尼剌市占領後に於ける米軍の暴狀	第十章 革命奏功群島統一
第十一章 マローロス市に於ける比律賓共和國議會の開設	第十一章 群島統一後之革命軍
第十二章 比律賓共和國憲法の概要	第十二章 飛律賓宣告獨立
第十三章 比律賓共和國憲法	第十三章 馬尼剌大戰及飛美之沖突
第十四章 比律賓群島領有に關する歐米人の反對意見	第十四章 美軍橫暴及飛政府對付之政策
志士列傳	第十五章 開國會布憲法
	第十六章 共和憲法
	結論
	附錄 : 愛國文豪三大家傳

---

27 夏淸馥, 앞의 책, 「凡例」 1면. "用特搜材料別行組織(若菲律賓群島及南洋事情等書多所采擇) 一變原書面目, 要之萬法歸宗, 不脫作者本意."
28 중역본에 제4장이 빠져 있다.

목차만 봐도 샤칭푸의 번역은 많은 변용이 발생되었다는 것을 짐작할 수 있다. 역자는 시작부터 필리핀의 지리, 역사 상황을 소개하였다. 더구나 소개로만 끝난 것이 아니라 필리핀이 혁명을 통해서 독립되는 역사를 기술한 후, 중국의 역사에 비춰 다음과 같이 말하고 있다.

비좁은 섬이 16~17세기 이래의 문명대국 스페인을 대항한 지 불과 수 개 월이지만 섬 전체의 성공을 거두었다. 국회를 개설하고, 헌법을 반포하여 남양 위에서 삼색 국기가 바람에 팔랑팔랑 나부낀다. 아아, 시원하다 … 그러나 우리나라의 사정을 돌아보면 참 면목이 없다. 땅이라면 넓고, 인민이라면 많고, 나라는 지구상의 대국으로 불리고, 인민은 황제(黃帝)의 희귀종으로 불린다. 어찌 희귀종이 노예로 되었는가? 어찌 대국은 다른 종족에 조종당하였는가? 걸렁걸렁하면서 개혁의 마음이 하나도 없는데, 어찌 자주독립하는 날이 있겠는가? 국민이여, 국민이여, 필리핀을 부러워하지 않는가? 일은 반드시 스스로 해내는 것이여, 하늘의 뜻이 아니라는 것을 알아야 한다. 오늘 특별히 필리핀의 역사를 기술하겠다. 우리나라 국민으로서 우리 국민에게 알리려고 한다. 우리나라를 유럽과 미국 열강의 위치로 올리려면 이 방법을 사용하시길 바란다.[29]

---

[29] 夏淸馥, 앞의 책, 3면. "學彈丸一島以彼十六七世紀以來之文明大國西班牙抗. 乃戰未數月. 而全島收功. 開國會, 布憲法. 而三色國旗飄飄乎飛揚於南洋之上矣. 嗚呼快哉. 而一顧我國則得無汗顔否乎. 土地若是其大也. 人民若是其衆也. 稱其國則曰地球之大國. 稱其民則曰黃帝之貴種. 嗚呼. 安有貴種而爲奴隷者乎. 有大國而權操他種乎. 昏昏蒙蒙無改革之心. 而能有自立之一日耶. 國人. 國人. 其有所羨慕於飛律賓否乎. 要知事必自爲, 非由天命. 今特詳述飛律賓之歷史. 大呼以爲我國人告我國人. 而欲治國於歐美列强之地位也. 則請司法於此."

위처럼 필리핀을 빌려서 중국의 사정을 설명하는 대목은 중역본에서 종종 나타난다. 역자는 서언에서도 이 책을 번역한 이유를 밝혔는데 첫째, 죽음의 위험을 무릅쓰고 자유민권을 홍보하는 것, 둘째, 애국심을 품은 번역으로 국민을 감동시키려는 것, 셋째, 일본 헌법을 국민에게 알려 공화자치(共和自治)의 정치를 건설하려는 것이다.[30] 물론 세 번째 목적이 핵심이다. 위 인용문도 그렇고, "凡例"와 "結論", 그리고 장마다에 붙인 "譯者言"도 그렇고, 곳곳에서 필리핀 독립전쟁을 "가경자감(假鏡自鑒)"해서 "정부를 전복"[31]시키려는 역자의 혁명 사상이 드러난다.[32] 뿐만 아니라 "오늘날 가장 급선무는 공화자치의 정치를 건설하는 것이다", "만청(滿淸)은 다른 종인으로서 한족을 통치하는데, 그들의 난폭과 잔혹이 스페인과 다를 것이 없다. 방어와 억제하는 정도는 스페인과 비교할 만하다"[33]와 같은 문장 또한 "서론"과 "결론"에서 반복적으로 나타났다. 따라서 역자의 배만공화(排滿共和) 주장이 확인된다. 이것도 당시 쑨원의 혁명사상과 일치한다. 다시 말하면 샤칭푸의 이 역본은 혁명가 쑨원의 배만공화 사상에 대한 공조이라고 해도 무방하다.

---

30 위의 책, 「序」, 5~9면.
31 위의 책, 「凡例」, 1면. "處今之世, 欲著書者勿畏殺頭, 畏殺頭者則勿著書, 此譯者素旨也. 固是書意在假鏡自鑒, 其尤爲精神貫注處, 則以一脚踢翻政府爲目的."
32 위의 책, 「序文」, 8면. "今日所最急者, 莫如建設共和自治之政治."
33 위의 책, 「結論」, 74면. "滿淸以他种制漢, 爆狂殘酷, 不讓西人. 豫防壓抑, 与西人可幷."

4. *Cuestión filipina*와 호세 리살의 「*Mi Último pensamiento*」

1) 역자와 판본

　마리아노 폰세의 *Cuestión filipina* 부록에는 필리핀 독립지사 23명의 전기가 실려 있다. 이 가운데서 주목되는 것은 호세 리살의 「나의 마지막 안녕(*Mi Último pensamiento*)」이다. 호세 리살은 필리핀 민족독립운동의 추진자이며, 평생 동안 애국주의를 선전하는 작가, 시인이기도 하다. 스페인의 식민통치를 대항하여 민족 독립을 쟁취하는 투쟁에서 그는 탁월한 공헌을 하였다. 1896년 처형을 당하기 전날 호세 리살이 감방에서 쓴 임종사가 더욱 잘 알려져 있다. 그 임종사는 1897년 1월에 폰세에 의하여 「*Mi Último pensamiento*」라는 제목으로 홍콩에서 발표되었다. 1898년 9월 25일의 『독립』에서 발표될 때 「Ultimo Adios」라는 제목으로 바뀌었다. 이후 동아시아 속에서 유통되었는데, 아쉽게도 유통 경로는 아직 의문이다.[34] 1899년 일본 잡지 『태양』에 「필리핀의 소설가 리살」이라는 글이 실렸는데, 리살을 '필리핀의 톨스토이'라고 소개하였고, 끝에 「The last farewell」의 일부를 번역[35]하였으나, 이것은 이 임종사가 유통하게 된 계기가 되지 못하였다. 중국의 경우 1904년 4월에 "학당악가" 『교육필용학생가(教育必用學生歌)』에 실린 「비율빈애국자려사아절명사(菲律賓愛國者黎沙兒絶命詞)」를 임종사의 최초

34　1899년 일본 잡지 『태양』에 「필리핀의 소설가 리살」이라는 글이 실렸는데, 리살을 '필리핀의 톨스토이'라고 소개하였고, 끝에 「The last farewell」의 일부를 번역하였으나, 이것은 학계의 주목을 받지는 못했다.

35　木村 毅, 앞의 책. 22면.

중역본으로 보고 있다. 가장 최근 나온 맹소의(孟昭毅)과 정영인(鄭寧人)의 연구[36]에 따르면 "지금까지 확인된 중역본이 무려 17가지나 되고 (…중략…) 일찍 1904년 4월에 "학당악가" 『교육필용학생가(敎育必用學生歌)』[37]에 (…중략…) 리살의 임종사가 들어 있는 것이다. 아쉽게도 역자가 누군지 밝혀지지가 않았다." 필자가 이 연구의 몇 가지 결함을 더 보충해 보고 싶다. 먼저, 최초 판본이 1904년이라는 것이 잘못된 것이다. 앞에서 밝히듯이 1902년 5월 우차오의 『비율빈지사독립전』, 1902년 12월 탕티오딩의 「비율빈호걸전」, 1903년 샤칭푸의 『남양풍운』에서 이미 이 임종사가 번역되었다. 그러나 1902년에 출판된 『남양지풍운』의 중역본인 『비율빈지사독립전』도 번역되어 있음을 확인하였다. *Cuestión filipina*의 본문에는 비록 호세 리살에 대한 언급이 많지 않았으나, 부록에는 그의 애국 행적을 기록하는 전기문(傳記文)이 붙여 있고 임종사도 함께 실려 있다. 따라서 *Cuestión filipina*의 일어역본인 『남양지풍운』이 이 임종사의 유통에 중요한 계기가 되었다고 본다.

다음 1904년 『교육필용학생가』에 실린 「비율빈애국자려사아절명사(菲律賓愛國者黎沙兒絶命詞)」의 역자가 마쥔우(馬君武)이라는 것을 밝히려고 한다. 필자는 『교육필용학생가』 판본을 보면서 아주 낯익은 느낌이 들

36　孟昭毅・鄭寧人, 「菲律賓作家黎薩爾與20世紀中國文壇」, 『華文文學』 1, 2014, 43~44면.

37　『敎育必用學生歌』는 중국에서 가장 최초로 출판된 아동가요집이다. 1904년 4월에 상하이 신작사에서 출판된 이 책은 학생에게 애국 사상을 전달하는 것을 목적으로 하고 있으며, 정편(正編)과 속편(續編)으로 나뉜다. 정편에는 "근인신작가(近人近作歌)" 총 18곡이 있으며, 즉 『醒獅歌』, 『醒國民歌』, 『愛國歌』, 『新少年歌』, 『愛祖國歌』, 『勵志歌』(一), 『勵志歌』(二), 『合群歌』, 『醒獅歌』, 『警醒歌』, 『閱法文支那變色圖狂歌当哭』, 『愛國自强歌』, 『可惜歌』, 『進步歌』, 『幼稚園上學歌』, 『出軍歌』, 『軍中歌』, 『旋軍歌』이다. 속편에는 외국 번역 노래 6편이 실려 있다. 즉 『日本少年歌』, 『日耳曼祖國歌』, 『法國國歌』, 『德國國歌』, 『德國男儿歌』, 『菲律賓愛國者黎沙儿絶命詞』이다.

었다. 찾아보니 샤칭푸 역본의 부록 「애국문호삼대가전(愛國文豪三大家傳)」에 실린 리살의 임종사와 똑같은 것을 알게 되었다. 그러나 이 임종사는 샤칭푸가 번역한 것이 아니라 '역자언(譯者言)'에서 밝힌 듯이 '『신민총보(新民叢報)』에 실린 마쥔우의 번역을 그대로 가져온 것'[38]이다. 두 판본을 찾아서 대조한 결과, 형식(문단 끝에 글줄 바꾸기, 절의 나누기 등)은 좀 다르지만, 내용은 똑같은 것을 발견했다. 그럼 마쥔우는 누구일까? 그는 왜 리살의 임종사를 번역하였을까?

먼저 그의 이력을 한번 살펴보자. 마쥔우는 최초로 독일에서 공학박사를 받은 중국인이며 근대 정치가·교육가다. 1899년에 광서체용학당(廣西體用學堂)에서 서양 근대 과학문화를 배우며, 1900년에 프랑스 교회에서 개설한 비숭서원(조崇書院)에서 프랑스어를 공부하게 되었다. 같은 해 강유위를 만나러 싱가폴에 가서 구국방법을 학습하기도 하였다. 그 후 상하이 진단학원(震旦學院)에서 프랑스어를 배우면서 『법란서혁명사(法蘭西革命史)』를 비롯한 서양 책을 번역하였다. 1901년 일본 교토제국대학[京都帝國大學] 실용화학과에 입학하였고, 유학 동안 량치차오[梁啓超], 미야자키 다미조[宮崎民藏]를 만나게 되었다. 량치차오는 마쥔우의 뛰어난 외국어실력과 문장력을 감복하여 『신민총보』에서 함께 활동하자고 권하였다. 그 후 1902년 마쥔우는 다미조의 소개로 쑨원을 만나게 되었는데 쑨원의 혁명언론에 깊이 공감하여 개량주의자에서 혁명민주주의자로 변신하게 되었다.[39] 1905년에 쑨원과 같이 동맹회(同盟會)을 창립하여

38 　夏淸馥 譯述, 앞의 책, 부록 「愛國文豪三大家傳」, 8~9면.
39 　覃哲, 「馬君武的『新民叢報』經曆與其政治立場轉變軌跡」, 『廣西大學學報(哲學社會科學版)』 5, 2011.

『민보(民報)』의 집필자로 활동하기도 하였다. 1911년 신해혁명 후 쑨원 혁명정부의 비서장, 광서성 성장, 교육총장 등 직위를 맡았던 민국의 원로인물이었다. 이 임종사는 마쥔우가 1903년 『신민총보』의 편집자로 있었을 때 번역한 것이다. 그는 「비율빈지애국자(非律賓之愛國者)」에서 리살이 '애국자의 모범'이라고 높이 평가하고, 글 끝에 특별히 호세 리살의 「임종지감상(臨終之感想)」을 소개하였다.[40] 이 임종사는 마쥔우가 혁명민주주의자로 변신한 1902년에 번역한 것이다. 이를 통해 그가 호세 리살의 애국 행적을 빌려 중국 혁명지사의 애국정신을 고취하려고 했음을 엿볼 수 있다.

한국의 경우 지금까지 확인된 역본은 4가지다. 안국선의 번역은 물론 최초이다. 1996년 민용태 교수의 「나의 마지막 인사」라는 번역은 1998년 6월 12일 한국대사관에서 필리핀공화국독립 100주년 기념으로 기증되어 지금 호세 리살 박물관 2층 바깥벽에 동판으로 전시되어 있다. 2009년에 『아시아』라는 잡지 제15호에 필리핀 특집이 있었는데 우석균의 번역 「마지막 인사」가 실려 있다.[41] 또한 최근 윤화진 시인의 역본 「나의 마지막 작별」이 "시하사" 블로그에 실려 있는데, 언제 번역되었는데 확인하지 못하였다.

---

40 君武, 「非律賓之愛國者」, 『新民叢報』 27호, 1903.2.27.
41 『아시아Asia』 통권 15호, 아시아 편집부, 2009, 91~94면.

2) 역본 비교

　조국을 향한 마지막 고백을 통하여 조국에 대한 무한한 애정과 진실한 기원을 표현하던 호세 리살의 임종사는 14절, 70행으로 되어 있다. 제1～5절에는 시인이 비장한 마음으로 조국을 위하여 '유쾌하게' 몸을 바치겠다는 의사를 전달하며, 제6～12절에는 자기가 죽은 후에 조국과 인민에 대한 요구를 서술한다. 마지막 제13～14절은 조국과 동포에게의 이별 인사다. 이 임종사에는 시인이 사물에 대한 형상적인 묘사로 자신의 감정을 표현하였다. '부드러운 달빛', '따스한 햇빛', '노래를 하는 새들' 등은 바로 자유롭고 평화로운 필리핀의 미래를 상징하고 있다. 그리고 언어 쪽으로 보면, '나의 생명을 너를 위해 바치리니', '죽음은 곧 안식이다'라는 비장할 때도 있고, 또한 '내 영혼에 입맞추어'와 같은 완곡하고 다정한 때도 있다. 따라서 전체적으로 이 시는 낭만주의 색채를 짙게 띤 시라고 할 수 있다.

　그러나 일역본은 '낭만주의'보다는 '계몽주의' 사상의 개입이 뚜렷하다. 첫째, 역자가 산문식으로 의역하였다. 시 형식조차 갖추지 않고 뜻만 축약·번역하였다. 따라서 시로서의 감수성보다 뜻을 전달하려는 역자의 번역 기준이 드러난다. 둘째, 번역 용어의 선택상 근대 계몽주의 색채를 띤 단어가 종종 보인다. 예컨대 "생존경쟁(生存競爭)"같은 단어는 분명히 서양 사회진화론의 산물이다.

　중역본은 무려 17종이나 되는데 본 글에서는 가장 널리 유통된 1904년 『교육필용학생가』에 실린 판본을 대본으로 하겠다. 마쥔우가 이 임종사를 알게 된 것은 친하게 지냈던 어떤 재일(在日) 필리핀 유학생을 통해서였다. 그 유학생이 마쥔우와 같이 술을 마시다가 취해서 이 임종사를 불렀던 것이다. 샤칭푸의 '역자언(譯者言)'은 마쥔우가 스페인어에서 이 임종사를 번역하였다고 밝혔다.[42] 그러나 "생존전장(生存戰場)" 등 단어의 사용으로 보면 일역본도 함께 참조했을 것이다. 마쥔우의 번역은 완역이라고 보기 어렵다. 원문의 총 14절 가운데 제8, 9, 10, 12절이 생략되고 총 10절로 축략해서 번역되었다.

마쥔우의 번역을 보면 가장 큰 특징은 반복, 대칭 기법을 사용하여 시의 리듬을 맞추고 있다는 점이다. 제1, 5, 6절은 모두 "去矣, …… 國乎, ……" "去矣, …… 國乎, ……" "死矣, …… 國乎, ……" 등 반복하는 형식을 취하고 있어 시의 리듬이 잘 드러나고 있다. 그리고 제4, 7, 8절은 대칭된 문장으로서 리듬감이 강하다.

我年漸壯兮,	나는 갈수록 건장해지지만
我心漸遠	나의 마음은 갈수록 멀어지다
我願未酬兮,	나의 원망이 아직 이루어지지 않았지만
我命將斬,	나의 목숨은 처형당할 것이라.

42　夏淸馥 譯述, 앞의 책, 부록 「愛國文豪三大家傳」 10면. 이상 사의 十解는 신민총보에서 따온 것이다. 저자는 마쥔우이다. 서양말을 중국어로 번역하는 것은 이미 어려운 일인데 詩詞는 더욱 어려울 것이다. 다들 이미 아시겠지만 근래의 번역계는 아주 부패하다. 詩詞 번역은 더욱 그렇다. 길고 복잡하게 번역해 놓았지만 무슨 뜻인지 이해하기조차 어려운 경우가 많다. 마 군은 워낙 서양말에 능통하고, 이 사는 비록 한문 시가의 형식에 맞지 않지만, 이를 번역하기 위하여 역자가 힘을 얼마나 들었었는지 모르겠다. 독자에게 양해 부탁드린다[以上詞十解系錄自新民叢報, 爲馬君武作也. 西文譯中已屬難事, 何況詩詞乎?進來譯界之腐敗, 顧已盡知. 至於詩詞, 尤爲荒謬. 每見長篇累牘, 圈點周密, 實不能索解者. 馬君固深精西文, 此詞雖不合漢文詩歌體裁, 然不知已費若幹心血矣. 閱者諒之].

(제4절)

況有安靜之月,　　　　　하물며 고요한 달이 있어
來相照映兮.　　　　　　환히 비춰주노라.
溫柔之風,　　　　　　　부드러운 바람이 있어
來相披拂兮.　　　　　　서로 나부껴 준다.
嬌好之鳥,　　　　　　　아름다운 새가 있어
來棲我之墓,　　　　　　나의 무덤에 머물러
唱和平之曲兮,　　　　　평화의 노래를 불러 주리라
此皆我國之慰我於死後者也.　이 모든 것은 나의 조국이 나의 죽음을 위
　　　　　　　　　　　안해 준 것이노라.

(제7절)

任我墓之荒廢兮,　　　　나의 무덤이 황폐하든 말든 내버려둬라
以我墓十字之石標兮,　　나의 무덤에다 십자의 석표(石標)를 세워
飽農夫之鋤犁,　　　　　농부들이 갈 수 있도록 해라.
任我遺體之澌燼兮,　　　나의 시체가 잿더미로 변하게 내버려둬라
混入本國之雜草兮,　　　조국의 잡초에 섞여들어
爲田野之肥料.　　　　　평야의 비료가 될 것이다.

(제8절)

　그리고 마쥔우의 번역은 원문의 "비장함"과 대조된다. "격려"와 "걱
정"의 성분이 더 큰 것 같다. 가령 마지막 절을 한번 살펴보자.

我何忍離此最可哀憐之國,	나는 어찌 가련한 조국을 떠나려는가?
我生也勞,	나는 살아 있어도 피곤하고
我死也樂,	나는 죽어도 즐겁다.
我人世之乙己盡於今日兮,	나의 이 세상에 대한 책임은 오늘까지 끝날 것이고
我同胞其勉盡未來之責任兮,	나의 동포들 미래의 책임을 다 하길 격려해 주마
我最愛之國方幼稚,	사랑하는 나의 조국이 아직 어리고
我最愛之同胞方幼稚,	사랑하는 나의 동포가 아직 어리고
前途之命運,	앞길의 운명이여
尚未定兮.	아직 정하지 않으리.[43]

윗부분은 역자가 스스로 창작해서 추가한 것이다. 나라를 위한 시인의 투쟁은 오늘까지 죽음으로 어쩔 수 없이 끝나겠지만, 살아있는 동포들이 더욱 분발해야 한다고 격려하며, 동시에 어린 조국과 동포, 그리고 확정되지 않은 조국의 운명에 대하여 걱정의 뜻을 표하기도 하였다. 역자는 호세 리살의 입을 빌려서 중국 청년들의 애국 열정을 격려하고 중국 혁명의 현황과 미래를 걱정하고 있는 것이다. 그리고 이 시는 『교육필용학생가』에 실린 것으로서 당시 노래로 불렀을 가능성이 크다. 따라서 유통 범위는 생각보다 컸을 것이다. 왜냐하면 시는 식자층에만 제한되어 있지만, 노래는 배움과 상관없이 누구나 따라 할 수 있기 때문이다.

---

[43] 「菲律賓愛國者黎沙兒絶命詞」, 『教育必用學生歌』, 作新社, 1904; 周南京, 淩彰, 吳文煥 編, 『黎薩爾與中國』, 香港 : 南島出版社, 2001, 429면 재인용.

다음 일·한역본을 비교하면서 몇 가지 문제만 지적하겠다. 먼저, 제8절이 빠져 있어 완역이라기 어렵다. 중역본에도 역시 제8절을 생략하였다. 이 부분은 리살이 조국과 동포에 대한 요구를 서술하는 부분이라 삭제를 해도 전체 계몽주의 분위기가 꺾이지 않는다. 따라서 이 부분의 생략은 한·중역자들이 정치성 및 실용성을 중요시하는 번역관에서 비롯된 것이다. 둘째, "극락왕생(極樂往生)"같은 불교용어의 생략, 그리고 "신(神)"과 "상제(上帝)"의 혼동 사용은 안국선의 기독교관에서 비롯된 결과이라고 본다.

5. 1900년대 필리핀 서사의 의미

『남양지풍운』은 출판하기 전에 필리핀 지사는 이미 일본 문인과 교류를 이루었으며, 일본에서 필리핀에 관련된 문학작품도 있었다. 일본 정치소설가 스에히로 텟쵸오[末廣鐵腸]가 일찍이 1891년 6월에 필리핀과 관련된 소설 『남양지대파란(南洋之大波亂)』을 냈다. 이 책은 같은 해 11월에 『풍폭여파(風暴餘波)』로 개작하여 출판되었고, 1904년 이 두 작품을 합쳐서 『대해원(大海原)』이란 제목으로 다시 출판하였다. 1888년 4월 텟쵸오는 구미를 시찰하러 요코하마에서 런던으로 떠났는데, 도중에 우연히 필리핀독립운동의 추진자인 호세 리살을 만나게 되어 그에게서 필리핀 독립운동의 상황을 들었다. 『남양지대파란』는 바로 호세 리살을 원

형으로 만들었는데 주인공 다카야마 다카시[多加山峻]는 필린핀 독립을 위하여 연인과 같이 투쟁하는 과정을 묘사하였다. 그러나 이 소설에서 필리핀이 일본의 구원 아래 독립을 획득했고, 주인공도 일본에 호감을 느껴 일본 천황에 귀의하여 필리핀을 일본의 소속으로 인정하였다[44]는 것으로 결말을 맺었다. 그 결말만 봐도 저자의 '대아시아주의' 환상이 여지없이 폭로되고 있다. 또 한 명의 일본 작가가 필리핀에 관심을 보였는데 바로 야마다 비묘오[山田美妙]다. 비묘오는 야마가타 테이자부로오[山縣悌三郎]의 동양청년회에서 폰세를 만났고 그에게서 필리핀 독립전쟁의 이야기를 들었다. 1901년『남양지풍운』출판 이후 비묘오는 그것을 바탕으로 필리핀 관련 서사를 많이 창작하였다. 1902~3년, 2년 동안 무려 3권이나 출판하였다. 1902년에 내외출판협회(內外出版協會)에서『比律賓獨立戰話 : あぎなるど』(前篇, 後篇)을, 8월에 청목숭산당(青木嵩山堂)에서 『(政治小說) ももいろきぬ : 桃色絹』을, 1903년에 리살의『놀리 메 땅헤레』를『血の涙, ショウセツチノナミダ』란 제목으로 번역하여 내외출판협회에서 출판하기도 하였다.[45] 텟쵸오, 비묘오 이외, 또 다른 정치소설가 오시가와 슌로오[押川春浪]도 필리핀에 관심을 보이는데 그는 영웅소설(英雄小說)『武俠の日本』제28회에서 비율빈독립국(比律賓獨立國)을 소개하기도 하였다. 그러나 그들의 작업은 필리핀 인민에 대한 동정과 연민에서 출발하여, 필리핀 독립운동을 동조하려는 것이 아니다. 대아시아주의자들, 남진론자들의 일부 계획이었을 뿐이었다.

---

44 木村 毅,『ホセ・リサールと日本』, アポロン社, 1961.
45 池端 雪浦,「明治期日本におけるフィリピンへの關心」,『アジア・アフリカ言語文化研究』, 東京外國語大學アジア・アフリカ言語文化研究所(61), 2001, 203~230면.

『비렵빈독립전사(飛獵濱獨立戰史)』가 번역되기 전에 중국에서도 이미 필리핀독립전쟁과 관련 서사가 존재하였다. 임백수(林白水)[46]는 1901년에 「비율빈민당기의기(非律賓民黨起義記)」를 연술하여 『항주백화보(杭州白話報)』(第15~19期)에 연재하였다. 역자는 서문에서 "중국인은 합군(合群)이라는 것을 모른다"[47]고 비판하면서 이 작품을 통하여 중국청년에게 이웃나라와의 연대를 통해서 중국의 독립해방을 쟁취하자고 호소한다. 1902년 『비렵빈독립전사』이 중국에서 번역되면서 필리핀 서사는 한참 동안 각 잡지의 관심사가 되었다. 「비립빈망국참상기략(非立賓亡國慘狀紀略)」(『호북학생계(湖北學生界)』, 1903; 『췌신보(萃新報)』, 1904), 「비율빈독립전사(飛律濱獨立戰史)」(竹崖, 『제일진화보(第一晉話報)』, 1905), 「비렵빈외사(菲獵濱外史)」(俠民, 『신신소설(新新小說)』, 1904) 등 바로 『비렵빈독립전사』의 영향 아래 출현한 것이다. 중국의 필리핀 서사에서 가장 많이 강조되는 것은 "이웃과의 연대"와 "혁명을 통한 공화국의 실현"이다. 다시 말하면, 아시아 약소민족간의 연대를 강조하면서 필리핀의 사정을 빌려 중국 애국지사들의 애국심을 환기하려는 것이다.

20세기 초기의 한국은 일본과 중국만큼 필리핀 독립운동에 그다지 관심을 보이지 않았다. 비록 몇 편의 평론이 있기는 하지만, 필리핀 독립운동 관련 소설은 거의 없다. 이런 측면에서 보면, 안국선이 번역한 『비율빈전사』는 지금까지 발견된 유일한 필리핀 서사로서 가치가 크

---

[46]　林白水(1874~1926)는 중국 신문계의 선구자다. 1901년에 『杭州白話報』의 주필을 맡았으며 "宣樊", "宣樊子"라는 필명으로 신정치, 미신반대, 아편금지 등 여러 언론을 발표하였다. 이후 와세다 대학에 입학하여 법학과 신문학을 전공하였으며, 1905년에 同盟會에 가입하였다.

[47]　宣樊子 演, 「非律賓民黨起義記」, 『杭州白話報』, 1901年 第15期, 1면.

다. 조선이 일본의 식민지로 떨어지기 직전인 1907년에 번역된 이 책은 미국의 배신을 당한 필리핀을 빌려서 조선인민에게 일본을 경계하라고 호소한 것이다.

이상 *Cuestión filipina*의 동아시아에서의 유통 과정 및 양상을 살펴보았다. 필리핀에서 일본, 다시 중국과 조선으로, 이 여러 가지 판본은 각자 다른 시간과 장소에 번역되었지만, 그 배후에 각 나라 지사들의 연대가 숨어 있었다. 폰세와 일본 정계, 중국 혁명당, 조선 개화당, 그들 간의 연대가 있었기 때문에 이 책의 유통이 가능한 것이었다. 다른 한편 이 책의 유통 덕분에 동아시아 지사들의 연대가 더욱 원활하게 진행되기도 했다. 이런 측면에서 보면 이 책은 아시아 연대의 선봉이기도 하고, 그 결과이기도 하다.

이런 중요한 가치를 지녔음에도 이 책은 많은 한계가 있다. 이미 선행 연구에서 지적한 것처럼 "진정한 혁명적 민족주의를 대표하는 보니파시오와 '까띠푸난'조직에 대해서는 완전히 묵살하고 아기날도 일변도로 독립전쟁의 경과를 기술하였던' 점이다."[48] 뿐만 아니라 이 책의 창작 동기는 일본사람에게 필리핀 독립 진상을 알려 구원을 청하는 데 있다. 이 점에서 보면, 폰세는 일본의 "제국주의" 모습을 제대로 인식하지 못하여 아시아의 독립 해방을 일본에 큰 기대를 걸었다고 할 수 있다. 1941년 12월 태평양전쟁 이후로 필리핀은 미국으로부터 독립되었다가 곧바로 다시 일본의 식민지로 떨어져 악몽이 재현되었는데 그 근원은 여기에 있지 않을까 싶다.

---

[48]　최원식, 앞의 책, 202면.

　참고로 호세 리살 절명시의 일역본과 중역본을 들어둔다. 일역본은 『남양지풍운(南洋之風雲)』에 실린 판본, 중역본은 1904년 신작사(新作社) 의 『교육필용학생가(敎育必用學生歌)』에 실린 판본을 택하였다.

【일역본】

　臨終の辭

　最愛の本國. 天惠に浴し東海の眞珠に比ぶなるの樂園と思ひしに我 は今汝をにして逝かんす. 慘たる我生命は汝のためにつるを喜ぶ. 我 生にして多く光榮わらば尙汝の前途を守護せむに.

　遲疑せず悔恨せず國人は皆生存競爭の戰場に赴く. 苟且にも本國の 爲めもしわれは慘刑酷待に逢ふも陣頭の露と消ゆとも柏桂の木影に 仆るとも如何てか辭すべきぞ.

　暗たる夜色りて去旭日紅を潮する比我は逝かなん. 曉光の紅なるを 欲せば我血を絞りて之に注き以て一段の光彩を添へよ.

　年漸く壯なる我夢想と血氣滿たる我夢想とは他日汝が涕泣せずせ ず冷眼軒眉し東海の珠寶として光輝を四表にかすを見んを望む.

　我は畢生の熱情のて思念す.　我が將に逝かんとするを汝は歡かむ. 我は汝の飛躍自由なるを得るため汝の天を戴きて死し永久此の樂土 に靈を托するを悅ぶ.

他日我墓上の荒草裏に一輪可憐の花開くを見ば汝之に接吻して我靈の宿るを知．かくて汝の親愛なる熱情の吹噓が令棺中なる我額上に注き來るを感ぜむ．

安靜溫柔なる月光の我を照すに任せよ．　曙光の雲霧を披くに任せよ．風伯の怒するに任せよ．鳥わり來りて我墓標に息れば之をして平和の頌歌を唱ふるに任せしめよ．

炎熱のために蒸發せる雨水の我が憤惋を天に伴ひ遠るに任せよ．友朋の我早生を悼むに任せよ．本國よ．人我がために神明に祈らば汝亦高潔の意思を以て我極樂生を神明に祈れ．

樂を享けずして死する人のため無上の尤苦に煩悶する人のため不幸をかこつ可憐なる天下慈母のため鰥寡孤獨苛責に逢ふ捕虜のため將た贖罪の步赴を採れる本國のため我は神明に祈らん．

凄然たる夜色墓を蔽ひ死者獨り醒め居るとき乞ふ靜謐を攪擾する勿れ．かくて鏘爾たる琴瑟の音するを開かは最愛の本國よ．是れ汝のため我が雅頌を唱ふるものと知れ．

我墓荒廢に委し十字架石碑の墓標なきに至るとも農夫の鋤犁を入るに任せよ．我遺體はする前に本國の雜草を蔽ふ塵埃中に混入して田野の肥料ならん．

汝が我を忘ると否とは我に於て頓著せず我靈は常に汝の天地の間を翱翔しつわらん．我は汝の耳に取りなる樂譜となり長へに我信する主義をしつ同胞に鼓吹する所わらん．

最愛の本國よ最愛の同胞．慘の又慘なる我臨終の辭を聞け．我は此土に我家族を滿幅の愛情とを名殘として逝かん．我は是れより奴隸もなく劊夫もなく逆主もなく神の照耀もします眞理の安宅たる彼土に旅立せん.

　慈親よ兄弟よ愛兒よ竹馬の諸友よ. いざさらば我は困厄に處せる後今や樂土に就かん. いざさらば我神魂は逝いて奇しき溫柔なる悅樂を享けん. いざさらば同胞よ. 死は休息なるずかし.

【중역본】 (번역 - 필자)

菲律賓愛國者黎沙儿絶命詞

去矣,　　　　　　　　잘 있거라
我所最愛之國,　　　　나의 사랑하는 조국이여
別离兮在須臾,　　　　이별이여 바로 눈앞이리라
國乎,　　　　　　　　조국이여
汝爲亞洲最樂之埃田兮,　당신은 아시아 최고의 에덴이여
太平洋之新眞珠,　　　태평양의 새로운 진주이다
慘恒兮舍汝而遠逝我心傷悲,　비참하구나. 당신을 멀리 떠나야 할 나의
　　　　　　　　　　　마음은 참 슬프리라
我命甚短兮,　　　　　짧은 나의 생명이여
不能見汝光榮之前途.　당신의 영광스러운 앞길을 나는 볼 수 없구나

不遲疑, 不彷徨,　　　주저하지 말고, 방황하지도 말라
我國民奮勇兮,　　　　우리 국민이여 분발하여
赴生存競爭之戰場,　　생존경쟁의 전장으로 달려가노라
人苟爲本國而流血兮,　조국을 위하여 피를 흘리는 것이라면
消柏桂之木影,　　　　측백나무, 계수나무의 그림자 속에 사라지든
暴原野之嚴霜,　　　　원야의 된서리 속에 폭로되든
固不辭也.　　　　　　마다하지 않으리라

夜色暗澹,　　　　　　　　날이 저물어가노라

如悲我之將逝兮,　　　　　마치 나의 죽음을 애석하는 것처럼

風蕭蕭而不長,　　　　　　바람은 쏴쏴 불고

曉日何時而夏出兮,　　　　아침의 해가 언제 또 다시 떠오르겠는가

將洒我一腔之郁血,　　　　나의 가슴에 넘치는 뜨거운 피를 모두 뿌려서

以添其曙光也.　　　　　　그의 서광을 보태리라.

我年漸壯兮,　　　　　　　나는 갈수록 건장해지지만

我心漸遠,　　　　　　　　나의 마음은 갈수록 멀어지다

我願未酬兮,　　　　　　　나의 원망이 아직 이루어지지 않았지만

我命將斬,　　　　　　　　나의 목숨은 처형당할 것이라

我最愛之國乎,　　　　　　사랑하는 나의 조국이여

太平洋之新眞珠乎,　　　　태평양의 새 진주이여

我雖死不瞑目兮,　　　　　나는 죽어도 눈을 감지 못하리

以觀汝楊光輝于六區也.　　당신의 빛이 사방에 휘두리는 것을 보겠구나

去矣,　　　　　　　　　　잘 있거라

我最愛之國兮,　　　　　　사랑하는 나의 조국이여

我滿腔之熱情,　　　　　　나의 가슴에 넘치는 열정이여

与我身而永化,　　　　　　나의 몸과 함께 융합하리라

國乎,　　　　　　　　　　조국이여

汝而終能得飛躍之自由兮,　당신이 반드시 비약하여 자유를 얻으리라

我戴汝之天以死,　　　　　나는 당신을 위하여 죽노라

遂永托灵于此土,	나는 영혼을 이 땅에 위탁하니
我何憂兮.	무슨 걱정이 있겠느냐
死矣,	죽노라
他日我墳墓之上,	언젠가 나의 무덤 위에
長一叢叢荒草兮,	한 떨기의 황초가 자랐노라
開數枝可怜之花,	가련한 꽃 몇 송이가 피어 있노라
國乎,	조국이여
汝之親愛熱情与我永不相遺,	당신의 사랑과 열정은 영원히 나와 떨어지지 않으리
時駕驂于我墓上吹噓其花草兮,	가끔 나의 무덤에 찾아와 화초에 고취해 주마
我之神灵何有乎嘆嗟也.	나의 영혼이 어찌 탄식이 있겠는가
委我骨于我所最愛之國之原野,	나의 유골을 내 사랑하는 조국의 평야에 뿌려다오
我心已足兮,	나의 마음은 만족하리라
況有安靜之月,	하물며 고요한 달이 있어
來相照映兮 ;	환히 비춰주노라.
溫柔之風,	부드러운 바람이 있어
來相披拂兮 ;	서로 나부껴 준다.
嬌好之鳥,	아름다운 새가 있어
來栖我之墓,	나의 무덤에 머물러

唱和平之曲兮,　　　　　　평화의 노래를 불러주리라

此皆我國之慰我于死后者也　이 모든 것은 나의 조국이 나의 죽음을 위

　　　　　　　　　　　　　안해 준 것이노라

男儿誠愛國死則已矣,　　　　남자는 조국을 사랑하면 죽어도 되는데

亦何爲此囂囂,　　　　　　　왜 이렇게 시끄러운가?

任我墓之荒廢兮,　　　　　　나의 무덤이 황폐하든 말든 내버려둬라

以我墓十字之石標兮,　　　　나의 무덤에다 십자의 돌표를 세워

飽農夫之鋤犁,　　　　　　　농부들이 갈 수 있도록 해라.

任我遺体之澌燼兮,　　　　　나의 시체가 잿더미로 변하게 내버려둬라

混入本國之雜草兮?　　　　　조국의 잡초에 섞여들어

爲田野之肥料.　　　　　　　평야의 비료가 될 것이다.

我最愛之本國,　　　　　　　사랑하는 나의 조국이여

我最愛之同胞,　　　　　　　사랑하는 나의 동포이여

哀矣怨矣,　　　　　　　　　비애하노라 애원하노라

其一听我臨終之辭,　　　　　나의 임종사를 들어 주소서

留滿幅之愛情于此土,　　　　만폭의 사랑을 이 땅에 남겨 두겠다

我其逝矣,　　　　　　　　　나는 가네

逆主乎,　　　　　　　　　　역주여

劊夫乎,　　　　　　　　　　회자수여

賊吏乎,　　　　　　　　　　억압자여

奴隷乎,　　　　　　　　　　노예여

其將以此眞理之安宅爲窟穴矣　진리가 있는 안식처를 동굴로 삼을 것이다.

諸友乎,　　　　　　　　　　친구여

慈親乎,　　　　　　　　　　부모여

兄弟乎,　　　　　　　　　　형제여

愛儿乎,　　　　　　　　　　사랑하는 사람이여

我何忍离汝,　　　　　　　　나는 어찌 당신을 떠나려는가?

我何忍离此最可愛之國,　　　나는 어찌 사랑하는 조국을 떠나려는가?

我何忍离此最可哀怜之國,　　나는 어찌 가련한 조국을 떠나려는가?

我生也勞,　　　　　　　　　나는 살아 있어도 피곤하고

我死也樂,　　　　　　　　　나는 죽어도 즐겁다.

我人世之乙己盡于今日兮,　　나의 이 세상에 대한 책임은 오늘까지 끝
　　　　　　　　　　　　　날 것이고

我同胞其勉盡未來之責任兮,　나의 동포들 미래의 책임을 다 하길 격려
　　　　　　　　　　　　　해 주마

我最愛之國方幼稚,　　　　　사랑하는 나의 조국이 아직 어리고

我最愛之同胞方幼稚,　　　　사랑하는 나의 동포가 아직 어리고

前途之命運,　　　　　　　　앞길의 운명이여

尙未定兮.　　　　　　　　　아직 정하지 않으리.

한 · 일 번안 개념에 대한 재검토

권문경

1. 번안 개념 재검토의 필요성

한국에서 현재 쓰고 있는 '번안' 개념, 즉 외국 문학작품의 줄거리나 사건은 그대로 두고 인물·장소·풍속·인정(人情) 등을 자국의 것으로 바꾸어 개작하는 것이라는 정의는 아주 막연하다. 예를 들면 『애사』[1]에 대한 평가가 그렇다. 김병철은 『애사』와 『희무정(噫無情)』[2]의 한 페이지 정도를 비교한 후 "일역(日譯)이 번안이며 (『애사』는—인용자) 그 번안을 중

---

1 민태원, 『애사』, 『매일신보』, 1918.7.28~1919.2.8.
2 黑岩淚香, 『噫無情』前·後, 扶桑社, 1906.

역(重譯)"[3]했다고 하고, 뒤를 잇는『애사』에 대한 연구 역시 같은 결론에 도달한다.[4] 김병철이 비교했던 부분은『애사』의 앞부분이고, 민태원은 뒤로 갈수록 여러 가지 방식의 번안을 시도한다. 하지만 다른 한편 민태원이 구로이와 루이코의『희무정』을 충실히 번역하고자 한 것도 사실이기 때문에,『애사』의 경우에서 알 수 있듯이 번역소설 / 번안소설의 경계선을 확정할 때 애매한 지점이 분명히 있다.

　'번안' 개념에 대한 일본의 선행연구로는 도미타 히토시[末永亮治]의 「明治中期の翻譯及び翻案論 : 雜誌を中心に」[5]와　수에나가　류지[末永亮治]의 「번안문학론서설(翻案文學論序說)」[6]이 있다. 도미타 히토시는 메이지 중기의 잡지를 중심으로 번안 개념을 고찰했으며, 수에나가 류지는 번안을 ① 중국어에서의 번안, ② 고전문학에서의 번안, ③ 근대문학에서의 번안, ④ 저작권법에서의 번안으로 나눠서 살펴보았다. 한국에서는 최태원의 연구가 있는데, 1910년대 초반에는 '번안'과 '번역'이 미분화된 상태에서 사용되다가 서양소설을 집중적으로 받아들이는 단계에 이르러서 번안과 번역이 구분되기 시작했다고 보았다.[7] 이 글에서는 한국과 일본의 '번안' 개념의 근대적 성립과 분화 과정을 추적해 살펴보고자 하는데 이를 통해서 좀 더 분명한 '번안' 개념을 확립할 수 있기를 기대한다.

3　김병철,『한국 근대 번역 문학사 연구』상・하, 을유문화사, 1998(1980), 364면.
4　"『애사』는『噫無情』을 충실하게 완역하고 직역함으로써 구로이와 루이코를 경유하여 수신된 1910년대 매일신보 연재 번안소설의 전형적인 재번안 경로를 보여주고 있다." 박진영, 「소설번안의 다중성과 역사성」,『민족문학사연구』33, 2007, 228면.
5　富田仁, 「明治中期の翻譯及び翻案論 : 雜誌を中心に」,『比較文學年誌』, 1965.
6　末永亮治, 「翻案文學論序說」,『九大日文』, 2002.
7　최태원, 「일재 조중환의 번안소설 연구」, 서울대 박사논문, 2010, 6~17면.

2. 일본의 번안 개념과 용례들

일본의 번안 개념을 검토하기에 앞서 중국을 먼저 살펴보면, 『중국어대사전』에서 번안은

① 성안(成案)을 뒤집어 다시 판정한다.
② 평가, 결론, 처분을 뒤집는다.
③ 옛사람이 지은 시의 문장이나 뜻을 반대로 사용한다.

세 가지이다. 일본이나 한국에서 사용되는 외국 문학작품을 개작한다는 의미의 '번안' 개념은 중국에 존재하지 않는다. ③의 의미는 외국 문학작품을 '번안'하는 것이 아니라 자국의 작품을 후대의 사람이 개작하는 경우에 쓰고 외국 문학작품을 '번안'하는 경우에는 '역술'이나 '연술'이란 단어를 사용한다.[8] 다시 말해 중국에서는 우리가 논의하고자 하는 근대적 의미의 '번안'이란 단어를 사용하지 않았다.[9]

『일본국어대사전(日本國語大辭典)』[10]에 의한 '번안' 개념은 다음과 같다.

8　末永亮治, 「翻案文學論序說」, 『九大日文』, 2002, 20면; 장연연, 「한·중 "번안" 개념 비교 연구」, 『동아시아의 문화번역-이해와 오해』, 인하대 BK21 동아시아한국학사업단, 2012, 20면.

9　'번안'이란 기표를 사용하지는 않았지만 한국과 일본의 경우 '번안'은 계몽적 입장과 연동되어 있었고 중국도 동일하게 그에 해당하는 기의가 존재했다. 양계초와 엄복의 번역 의식을 예로 들 수 있을 것이다. 왕병흠, 김혜림·이지혜 외역, 『중국 번역사상사』, 이화여대 출판부, 2004, 37~88면.

10　日本國語大辭典第二版編集委員會 편, 『日本國語大辭典』, 小學館, 2000.12.

① 옛사람이 만들어둔 취지를 바꿔 말하거나 개작하는 것. 또는 사실을 개작해 말하는 것(前人が作っておいた趣意を言いかえ作りかえること. また, 事實を作りかえて言うこと).[11]

② 자국의 고전이나 외국 소설, 희곡 등 대강의 뼈대나 내용을 빌려 인정, 풍속, 지명, 인명 등에 개인적인 생각을 덧붙여 개작하는 것(自國の古典や外國の小說, 戲曲などの大体の筋・內容を借り人情, 風俗, 地名, 人名などに私意を加えて改作すること).[12]

『일본국어대사전』에서의 '번안' 개념을 수용할 경우 문제가 발생한다. 즉 근대 이전에 외국, 예를 들어 중국에서 들어온 문학 작품을 개작했을 경우 이것을 근대적 '번안' 개념과 구분하기가 어렵다.[13] 따라서 우리가 현재 쓰고 있는 '번안' 개념, 즉 외국 문학작품의 줄거리나 사건은 그대로 두고, 인물・장소・풍속・인정(人情) 등을 자국(自國)의 것으로 바꾸어 개작한다는 의미를 ②에서 분리할 필요가 있다고 보이며 정리하면 다음과 같다.

① 옛사람이 만들어둔 취지를 바꿔 말하거나 개작하는 것. 또는 사실을 개작해 말하는 것.

---

11 위의 책, 945면.
12 위의 책, 945~946면.
13 실제로 근대 이전의 일본이나 한국에서는 중국소설을 개작하여 번안한다는 개념이 존재했다. "前近代日本では, 江戶時代に中國の小說(文言・白話を問わず)を材料にした翻案作品が多く作られた. 上田秋成の『雨月物語』にも, 翻案の作品がある. 三遊亭圓朝のレパートリーとして知られる『牡丹灯籠』が明代『剪灯新話』からの翻案であるのも, その一例である", 『ウィキペディア(Wikipedia)』.

② 자국의 고전이나 외국 소설을 개작하는 것.

③ 외국 문학작품의 줄거리나 사건은 그대로 두고, 인물·장소·풍속·인정(人情) 등을 자국(自國)의 것으로 바꾸어 개작하는 것.

①의 개념을 사용하고 있는 문헌은 다음과 같다.

어떻게 진술해도 증거가 있는 것을 번안하는 것은 불가능하기 때문에 …[14] (『설중매(雪中梅)』, 1886)

②의 개념을 사용하고 있는 문헌은 다음과 같다.

한 수의 옛 노래를 번안해서 …[15](『태평기(太平記)』, 14세기 무렵)

소설이나 패사라고 하면 아무리 졸렬한 이야기라도, 아무리 천박한 정사라도, 번안이라도, 번역이라도, 번각이라도, 신저라도, 옥석을 불문하고 우열을 선택하지 않고 모두 비슷하게 인기를 얻어 세간에 유행하는 것은 묘한 일이다. 실로 소설 전반이 미증유의 시대라고 해야만 한다. 그래서 게샤쿠샤라고 불리는 무리들도, 아주 평범하다고는 할 수 없지만 대개 모두 번안가이고 작자로 볼 수 있는 자는 지금까지 한 사람도 없었다[16](『소설신수

---

14 "如何に陳述するとも証據のあるものを翻案することは出來まいから", 末廣鐵腸, 『雪中梅』上, 博文堂, 明治19, 99면.

15 "一首の古歌を翻案して", 「天劍破滅軍事」, 『太平記』卷第七, 日本文學叢書刊行會, 1927, 177면.

16 "小說といひ稗史とだにいへば拙劣き物語にても, いかなる鄙俚げなる情史にても, 翻案にても, 翻譯にても, 翻刻にても, 新著にても, 玉石を問はず, 優劣を選はず, みなおなじさまにもてはやされ, 世に行はる妙ならずや. 實に小說全盛の未曾有の時代とい

(小説神髓)』, 1885~86)

③의 개념을 사용하고 있는 문헌은 다음과 같다.

우리나라 경우에서 말하면 사물도 사람도 엄밀하게 '일본화'하는 것, 이것이 번안의 최요의(最要義)이다. 자세히 말하면 첫째 작중 인물의 성습(性習), 소위(所爲)를 모조리 일본적인 것으로 해야 하며, 둘째 작중의 사건을 모조리 일본적이게 해야 한다. 셋째 사건의 연락(聯絡), 감정, 덕조(德操) 기타 일체를 엄밀하게 일본적인 것으로 해야 한다. 조금이라도 외국 취미(臭味)를 남긴다면 번안이 아니라 무참한 번역이 될 것이다.[17] (坪內逍遙, 「翻案につきて」, 1895)

박사는 (쓰보우치 소요─인용자) 단지 충실한 세익스피어의 번역자로서 임하는 대신에 공연을 단념하든지, 공연을 행하기 위해서는 불충실한 세익스피어의 번안자가 되든지, 두 가지 중의 하나를 선택해야만 한다." [18] (『조일신문(朝日新聞)』, 1911)

ふべきなり. されば戲作者といはる輩も, 極めて小少ならざれとも, おほかには皆翻案家にして, 作者をもつて見るべきものはいまだ一人だもあらざるなり", 坪內逍遙, 『小說神髓』, 岩波書店, 昭和11, 18면.

17 "我が國の場合にていはゞ, 事をも, 人をも, 嚴密に「日本化」すること, 是れ翻案の最要義なりと. 精しくいへば, 第一, 作中にあらはるゝ人物をして, 性習, 所爲, **悉く日本的**たらしむべし. 第二, 作中の事件をして, **悉く日本的**たらしむべし. 第三, 事件の聯絡, 感情, 德操, 其の他一切をして, 嚴密に**日本的**たらしむべし. 少しだに外國臭味を留めたらんは, 翻案にあらずして無慚なる一種の飜譯なり", 坪內逍遙, 「翻案につきて」, 『早稻田大學』第95号, 1895.9, 717면, 강조─인용자.

18 "博士はただ忠實なる沙翁の翻譯者として任ずる代わりに, 公演を斷念するか, 又は公演を遂行するために, 不忠實なる沙翁の翻案者となるか, 二つのうちひとつを選ぶべきであった", 夏目漱石, 「坪內博士のハムレット」, 『朝日新聞』文藝欄, 1911.

『설중매(雪中梅)』(1886)와 『소설신수(小說神髓)』(1885~86)는 같은 년도의 글이라고 할 수 있다. 동년도의 글임에도 불구하고 『설중매』는 ① 사실을 바꿔 말한다는 의미로, 『소설신수』는 ② 자국의 고전이나 외국 소설을 개작한다는 의미로 쓰인다. 즉 두 가지의 의미가 한 시대에 공존한 것이다.

정식 명칭이 '문학적 및 미술적 저작물 보호 만국동맹 창설에 관한 조약'인 베른조약(1886) 제10조에도 '번안'이란 단어가 쓰였다.

<u>번안 희곡</u> 등과 같이 여러 가지 명칭을 사용하는 문학적 또는 미술적 저작물의 허가 없는 간접의 표절은 동일한 형태 또는 다른 형태로 단순히 주요하지 않은 변경 증보 또는 절약(節約)을 더한 복제에 지나지 않는 특히 신저작물의 성질을 구비한 경우에는 본조약을 적용해야 하는 불법복제 속에 포함해야 하는 것으로 본조를 적용할 필요가 있는 때는 각 동맹국의 재판소는 각각의 국법의 규정을 보류(保留)해야만 하는 것으로 한다.[19](밑줄 —인용자)

베른조약이 저작권에 관한 국제적 조약이란 점에서 비록 ③의 '인물·장소·풍속·인정(人情) 등을 자국(自國)의 것으로 바꾸어 개작하는 것'이란 의미를 담고 있지 않아도 이미 근대적 전제를 갖고 있다고 할 수 있을 것이다. 근대적 의미에서의 '번안' 개념이 쓰인 최초 용례라고 보인다. 다시 말해 1886년에는 사실을 바꿔 말한다는 ①의 의미, 자국의 고전이나 외국 소설을 개작한다는 ②의 의미를 반영하는 '번안' 개념이 있었

---

19 「文學的及美術的著作權保護萬國同盟創設ニ關スル條約」, 明治期外交資料研究會, 『條約改正關係調書集』第1卷, 1886, 149~150면.

으며, 인정 등을 자국의 것으로 바꾸어 개작한다는 ③의 의미는 정확하게 찾을 수 없지만 베른조약에서와 같이 근대적·법률적 의미에서의 번안 개념이 함께 공존했다는 것을 확인할 수 있다.

③의 인용문 중 쓰보우치 쇼요(「翻案につきて」)의 글을 통해 1895년에는 번안이 '사람도 사물도 일본화'하는 것이라고 정립되었다. '일본화'의 필요성은 1895년 훨씬 이전부터 얘기되고 있었지만 '일본화'와 '번안'이란 단어가 조응한 것은 이 시기였던 것이다.

> "저것과 같은 작품을 번역할 때 적당한 일본어가 아주 부족했을 것이다. 제도, 사물에서 의복, 기구까지 지금은 어느 정도 외국의 것과 상통하는 것이 구비되어 있다. (…중략…) 이 무렵은 언문일치라는 문체가 아직 성립되지 않았기 때문에 도저히 외국인의 문답을 방불하기에는 적당하지 않았다. 지금의 여학생 말 등 서양의 처녀를 나타내기에 적당한 단어가 없었다." (…중략…) 메이지 18년 당시 "번역하기에 적당한 일본어가 아주 부족했기" 때문에 번역의 경우에도 '일본화'가 생긴 것이 이해된다.[20]

1909년에 쓰보우치 쇼요가 쓴 후타바테이 시메이[二葉亭四迷]의 추도록(追悼錄)이다. 당시 소마[相馬]가 번역한 트루게네프의 『아버지와 아들』과 24년 전, 즉 1885년에 후타바테이가 번역했던 『아버지와 아들』을 비교하며 한 말이다. 외국 문물이나 사상을 들여올 때 그에 적당한 일본어가 없었고, 또 언문일치가 성립되기 전이었기 때문에 외국인의 문답을 번

20　末永亮治, 「翻案文學論序說」, 『九大日文』, 2002, 25면.

역하기 어려웠다는 것이다. 쓰보우치 쇼요가 1895년에 정립한 '일본화'
란 개념과 연관해보면 쓰보우치 역시 1885년 당시 이런 번역의 어려움
을 익히 느꼈을 것이라고 보인다. '일본화'한 번역, 즉 의역의 필요성은
1885년 훨씬 이전, 다시 말해 막부 말기와 메이지유신 초기까지 거슬러
올라간다.

일본에서의 막부 말기와 메이지 초기에 있었던 서양과의 접촉이 얼
마나 폭력적이었는가는 조선 말기를 떠올리면 쉽사리 이해가 간다. 그
폭력적 접촉은 한편으로는 쇄국으로 방향을 잡기도 했지만, 다른 한편
으로는 서양의 강대함을 따라잡기 위해서 우선 서양을 배워야 한다는
절박함을 낳았다. 지식인에게 서양 문명의 번역이라는 뜨거운 소명의
식이 자리 잡았던 것은 바로 그 절박함 때문이 아니었을까. 그리고 그것
은 일본, 중국, 조선 모두에게 공통된 것이었다.

후쿠자와 유키치[福澤諭吉]는 미국과 유럽 여행을 다녀온 후 1866년에
『서양사정(西洋事情)』을 쓴다. 수많은 새로운 용어들을 번역하여 수용하
고 있는 『서양사정』은 '복택유길찬집(福澤諭吉纂集)'이라 명기한 데서도
알 수 있듯이 엄밀히 말해 원텍스트를 재구성하여 편집한 '번안물'이라
할 수 있다.[21]

이질적인 문화를 '직역'하는 사람과 '의역'하는 사람이 있습니다. 의역의
경우에도 무의식적으로 의역하는 경우와 의식적으로 의역하는 경우가 있
습니다. (…중략…) 의식적인 의역이란 일본의 풍토에 부응해서 원래의 뜻

---

21   정선태, 『근대의 어둠을 응시하는 고양이의 시선』, 소명출판, 2006, 75면.

을 살리고 이해를 쉽게 하기 위해서는 어떻게 하면 좋을까 하는 것으로 의식적으로 어떤 의미에서 원전의 '왜곡'을 행하는 것입니다. 저는 후쿠자와가 바로 그런 일의 대가라 생각합니다.[22] (밑줄 - 인용자)

이질적인 서구의 문명에 놀라면서 그것을 수용하기 위해 택한 방식은 바로 '의식적인 의역', 다시 말해 '번안'이었다. 이와 같은 지식인의 문화 번역에 대한 태도는 막부 말기와 메이지 초기에서부터 1910년대에 이르기까지 폭넓게 자리 잡고 있었다고 할 것이다. "외국이라는 사상은 일본국이라는 관념을 자극했다. 일본국이라는 관념이 생겨난 날, 그날은 곧 각각의 번(藩)이라는 관념이 사라진 날이다. 각각의 번이라는 관념이 사라진 날, 그날은 곧 봉건사회가 전복된 날이다"[23]라는 고백을 통해 알 수 있듯이 '외국이라는 사상'과 문물의 '의식적인 의역'이 목표로 하고 있는 것은 바로 일본이란 네이션의 성립과 근대적 국민 만들기다. 달리 말해 무지몽매한 백성을 각성시켜 근대적 국민을 만들기 위해 '의식적인 의역'이 필요했고, 이 계몽적 번역 사업에 지식인들이 대대적으로 참여했던 것이다.[24]

문학의 영역도 처음에는 전반적인 문화 번역의 틀 속에 기본적으로 존재했다. 토미타 히토시[富田仁]는 「明治中期の翻譯及び翻案論-雜誌を中心に」란 글에서 1891~98년까지의 잡지별 번역의 태도를 정리, 표로

22　마루야마 마사오, 김석근 역, 『『문명론의 개략』을 읽는다』, 문학동네, 2007, 52~53면.
23　德富猪一郎, 『吉田松陰』, 明治41년, 87면.
24　마루야마 마사오·가토 슈이치, 임성모 역, 『번역과 일본의 근대』, 이산, 2000, 58~59·166~169면 참조. '의도적 의역'이 메이지 시대에 광범위하게 존재했고, 메이지 정부가 주도 주체였다는 점은 위의 책을 참고했다.

만들어 싣고 있는데 의역은 총 23, 직역은 총 13으로 의역이 압도적으로 많다.[25] 앞서 1885년에 왜 '일본화'가 필요했는지 쓰보우치 쇼요가 언급한 바를 인용했지만 그 필요성을 느낀 것은 쓰보우치만이 아니었다.

> 무릇 역서의 어려움은 원서의 뜻을 해석하는 어려움에 있지 않고, 그 말투를 따라하는 어려움에 있고[26]

모리타 시켄[森田四軒]은 도쿠토미 소호[德富蘇峰]가 만든 『국민지우(國民之友)』에 빅토르 위고의 「수견록(隨見錄)」을 1888년 5~10월까지 번역해 실었는데, 위 인용문은 요다 햐큐센[依田百川][27]이 이 「수견록」에 대해 평한 글이다. 또한 『조도전문학(早稻田文學)』에 「翻譯すべき外國文學」(1892)[28]이 실리는데 "미문학(美文學)의 번역에서는 축자역은 필요치 않다"고 하고 "말을 잃어도 뜻을 잃지 말라"라는 드라이덴의 말을 인용해 의역설의 입장에 서는 것을 표명한다. 『조도전문학』 51호에 실린 「번역론(翻譯論)」(1893)에도 원작의 기분을 옮기는 것에 번역의 최대 주안점을 두어야 하고 완전한 축자역은 둘째로 치부한다.[29] 하지만 이렇게 의역이나 번안만을 강조했던 것은 아니었다. 의역이나 번안에 대해 부정적인 태도 역시 굵직한 하나의 흐름으로 자리 잡고 있었다. 다음의 인용문

---

25 富田仁, 「明治中期の翻譯及び翻案論-雜誌を中心に」, 『比較文學年誌』, 1965, 171면.
26 依田百川, 「仏國ユーゴー氏隨見錄評」, 『國民之友』 第24号, 1888.6.15, 464면.
27 依田百川(1834~1909), 일본의 한학자이자 문예비평가, 소설가, 극작가이다.
28 「翻譯すべき外國文學」, 『早稻田文學』 第4号, 1892.3.21. 무서명(無署名)으로 되어 있지만 토미타 히토시는 앞의 글에서 쓰보우치 쇼요의 글이라고 말한다. 富田仁, 앞의 글, 158면.
29 「翻譯論」, 『早稻田文學』 第51号, 1893.11.15, 34면.

에서는 당시 문단의 번역에 대한 또 다른 태도를 확인할 수 있다.

서양 대가들의 걸작이 아직 우리나라 문단에 소개되지 않으니, 요즘 자꾸 번안 바람이 분다. 번안이 무엇인가. 다른 작품을 개작하는 것이더라. 때로는 몽땅 (개작)하는 것도 있더라. (…중략…) 번역이 취해야 할 바는 정직하게 외국 문학을 소개하는 데 있고, 번안은 소개라기보다는 가로챔이고 문학상 칭찬할 일이 아니더라. 번역의 어려움은 우리들도 이를 안다. 특히 서양문장의 묘를 우리 문장에 전하기는 더욱 곤란할 것을 안다. 그러나 우리들은 진정한 번역이 나와서 그들의 걸작이 널리 일반에게 소개될 것을 바라고, 번역은 창작과 병행해서 문학 애호를 충족시키는 것이 있더라, 번역이 곤란하여 때로 오류가 불가피한 경우가 있으니 이것이 역술로 되는 것이고 이것 역시 가능하더라. 무릇 역술이라 함은 7할의 번역과 3할의 창작을 가미한 것이더라. 여기서 더 타락하면 번안이 되니, 전혀 다른 힘을 더해 부질없이 창작의 거죽을 덧씌워 비굴하고 추루한 것[卑屈醜陋], 그야말로 문학의 적이더라. 우리들은 비록 다소의 오류가 있어도 정직한 번역을 환영하는 것이더라[30]

이 글은 번역을 번역 그 자체와 3할의 창작을 가미한 역술, 번안으로 나누고 역술까지는 인정할 수 있으나 번안은 창작의 거죽을 덧씌운 완전히 타락한 것으로 비난한다. 번역이 필요한 이유는 '정직하게 외국 문학을 소개' 하고 서양의 걸작이 널리 '일반에게 소개될 것을 바라'기 때문이다. 번안은 소개가 아니라 '가로챔'이기 때문에 '문학상 칭찬할 일'이

---

30 「翻譯の眞相」,『帝國文學』, 1895.8, 164～165면.

아니다. 이제 문학번역이나 번안은 전반적인 문화번역 중의 일부가 아니라 혹은 근대적 국민을 만들기 위한 계몽의 수단이 아니라 자체의 '문학 애호를 충족시켜'야만 한다. 다시 말해 번역과 번안도 공리적 측면과는 다른 문학의 자장 안에 있다는 것을 자각하기 시작한 것이다. 이것은 번안의 필요성을 인정하는 입장에서도 마찬가지이다.

아직 우리 문학계에서 큰 창작을 볼 수 없다. 큰 창작은 대담한 외국문학의 모의(模擬)로부터 오지 않으면 안 된다. 우리들이 모의를 환영하는 것은 모의로 말미암아 큰 창작을 생산하기 위함뿐.[31]

예를 들면 쇼요는 셰익스피어, 오가이는 괴테, 시켄은 위고, 우치무라 간조에게는 밀턴의 번역을 절실히 바라고 이것은 후일 우리나라가 세계적 대문학을 생산하는 준비이다.[32]

국문학이 아직 유치한 시대에는 반드시 한층 진보한 타국문학의 수입에 의해 이를 자극해야 한다는 것은 문학 발달의 역사를 아는 자는 똑같이 승인하는 바 (…중략…) 타국 대가의 걸작을 번역해서 이 수발(秀拔)한 사상 어조를 독자에게 전달하지 않으면 안 된다. (…중략…) 워즈워드, 셸리, 괴테, 쉴러, 하이네, 위고 등의 걸작을 번역해서 우리 문단에 이바지하자.[33]

---

31   「模擬」, 『國民之友』, 1896.3.28, 1면.
32   「西歐文學と翻譯」, 『早稻田文學』 改12号, 1896.6.15, 407면.
33   「泰西詩歌の翻譯を望む」, 『帝國文學』, 1897.4, 445~446면.

번역이나 번안이 필요한 이유는 '국문학이 유치'한 단계이기 때문에 문학계에서 아직 '큰 창작'을 볼 수 없고 따라서 '진보한 타국문학의 수입'이나 '모의'를 통해 '세계적 대문학을 생산할 준비'를 하자는 것이다. 이런 논의는 그 이전에도 있었지만 1895년 즈음부터 활발하게 일어난다.

1885년 쓰보우치 쇼요의 『소설신수』가 일본 근대문학의 첫 장을 열었다고 평해지는 가장 큰 이유는 소설이 '예술'로서 독립적인 분야이며 그 중요성은 '인간의 심리'를 다루는 것에 있다고 말한 데 있다. 쓰보우치 쇼요는 『소설신수』의 이론을 적용시킨 소설을 탄생시키고자 『당대서생기질』을 썼지만 실패로 끝나고 결국 근대소설의 효시는 1887년부터 발표된 후타바테이 시메이의 『부운(浮雲)』이 된다. 앞에서도 지적했듯이 1885년, 1886년경 '번안'이란 단어는 근대적 의미의 분화를 시작했지만 아직 '일본화'한 '의도적 의역'이란 내용에 '번안'이란 단어를 조응시키지는 못했다. 이것을 일치시킨 것은 쓰보우치가 '사람도 사물도 모조리 일본화'하는 것이 필요하다고 주장한 「번안에 대해서」(1895)였다. "첫째 작중 인물의 습성, 행위를 **모조리 일본적**인 것으로 해야 하며, 둘째 작중의 사건을 **모조리 일본적**이게 해야 한다. 셋째 사건의 연락, 감정, 덕조(德操) 기타 일체를 엄밀하게 **일본적**인 것으로 해야 한다"(강조−인용자)라는 것에서도 알 수 있듯이 쓰보우치의 번안은 '일본화'에서 그치지 않는다. 더 나아가 '소설의 주뇌(主腦)' = '인정(人情)'을 묘사하는 것이 중요하다고 말한다.[34] 부연하자면 일본 근대문학의 첫 장을 연 쓰보우치 쇼요에 의해, 그리고 『소설신수』가 나온 지 10년 뒤인 1895년경에 근대적

34　末永亮治, 앞의 글, 31면.

번안 개념이 마련되었다.

1895년 즈음에 번역·번안에 대한 논의가 활발하게 이뤄지고 새로운 단계로 진전하게 된 가장 큰 이유는 일본이 축적한 문학적 역량 때문일 것이다.[35] 그 외에 떠오르는 것은 1894~95년 조선의 지배를 둘러싸고 일어났던 청일전쟁이다. 겉으로는 일본과 청나라 사이의 싸움이었지만 청나라보다 훨씬 강대한 영국·프랑스·독일·러시아의 이해가 엇갈리고 있었기 때문에 단순히 두 나라 사이의 전쟁이라고 말하기 어렵다. 이 전쟁을 통해 일본은 전승국이 되어 중국의 영토인 랴오둥 반도와 타이완, 그리고 엄청난 배상금을 약속받는다.[36] 번역과 번안은 특히나 자(自) / 타(他), 자국(自國) / 외국(外國)의 문제이기 때문에 이런 분위기에 더욱 민감할 수밖에 없을 것이다. 이전의 번역과 번안이 서양을 빨리 배워 선진국이 되고자 하는 조급하고 불안한 욕망에서 출발했다면 전승의 자신감은 번역과 번안을 이전과는 다른 영역으로 인도하기 때문이다.

청일전쟁을 지지한 것은 국가주의자만이 아니라, 후쿠자와 유키치와 같은 계몽주의자도, 우치무라 간조[內村鑑三]와 같은 기독교도도, 자유민권파도 마찬가지였다. 사이고 다카모리[西鄕隆盛]가 자유민권주의와 범아시아주의 혁명의 상징이자 일본 팽창주의의 상징인 것처럼 청일전쟁에도 그와 같은 양의성이 있기 때문이다.[37]

---

35 1895년경 활발했던 일본의 번역·번안에 대한 논의는 다음의 논문을 참조하였다. 富田仁, 「明治中期の翻譯及び翻案論-雜誌を中心に」, 『比較文學年誌』, 1965; 末永亮治, 「翻案文學論序說」, 『九大日文』, 2002.

36 물론 승전국으로서의 기쁨만 있었던 것은 아니었다. 먼저 배상금을 받지 못했고 강대국의 눈치를 보며 랴오둥 반도를 돌려줘야 했다.

37 柄谷行人, 박유하 역, 『일본 근대문학의 기원』, 1996, 59면 참조 정리.

1881~2년에 정점에 이른 이후 지지부진해진 자유민권운동 자체에도 진보성과 보수성이 동전의 양면처럼 존재했다. 앞서 언급한 우치무라 간조의 경우 청일전쟁을 지지한 다음해 비판 쪽으로 돌아섰으며 러일전쟁에서는 반전으로 돌아선다. 또 이타가키 다이스케[板垣退助]가 이끄는 자유당은 1895년「삼국간섭」에 대응하여 군비증강을 하려는 이토 히로부미 내각의 정책을 지지하였다.[38] 이런 우치무라 간조나 이타가키 다이스케의 정치적 균열을 단순히 청일전쟁 전후의 상황에 대한 오판으로 치부해버릴 수는 없을 것이다.

이런 정치적 상황은 문학에 어떻게 반영되었을까. 예를 들면 다야마 가타이[田山花袋]의 『이불[蒲団]』에서 마사무네 하쿠초[正宗白鳥]에 이르는 사소설과 자연파적인 흐름에는 이전의 메이지시대에서 보였던 열렬한 국가의식이 보이지 않는다. 나카무라 미쓰오의 말처럼 그들은 "메이지시대 사람들이 제2의 천성으로 갖고 있던 국가의식과 민족감정을 갖지 않았고, 러일전쟁을 자신들과 무관한 사건으로 보고 대역사건에도 노기 대장의 순사에도 흥분하지 않"는다.[39] 이들의 정치적 무심함은 자유민권운동의 쇠퇴, 청일전쟁 그리고 러일전쟁을 거치면서 조금씩 더 견고해졌던 것이다.

가라타니 고진[柄谷行人]은 "정치적 좌절로 인해 내면 = 문학으로 향하는 패턴"[40]이 지금도 되풀이되고 있다고 말한다. 좀 더 풀어서 말하면 '정치소설이나 자유민권운동을 향하던 리비도가 그 대상을 잃어버리고

---

38   피터 두으스, 金容德 역, 『일본근대사』, 지식산업사, 2012(1983), 171면.
39   나카무라 미쓰오, 고재석·김환기 역, 『일본 메이지문학사』, 동국대 출판부, 2001, 229~230면.
40   柄谷行人, 앞의 책, 61면.

내부를 향했을 때 '내면'이 출현'한다는 것이다. 물론 문학의 자율성과 비자율성이라는 문제를 이분법적으로 판단하기는 어렵다. 하지만 어떤 시기의 광범위해진 정치적 좌절은 문학의 자율성에 대한 옹호를 비자율성의 그것보다 우위에 서도록 조장하는 바가 분명히 있다고 보인다.

『소설신수』(1885~86)가 근대문학의 첫 장을 연 것, 번안 개념의 분화가 일어나기 시작한 것 등은 문학적 역량의 축적과 더불어 이 시기의 자유민권운동이 지리멸렬하게 쇠퇴해가기 시작했던 것과 밀접해 보인다. 1895~96년 즈음의 번역과 번안에 대한 활발한 논의, 쓰보우치 쇼요가 「번안에 대해서」에서 근대적 번안 개념을 정립한 것 역시 비슷한 맥락이라고 할 수 있을 것이다. 앞서의 시기에서 자유민권운동의 쇠퇴와 문학적 역량이 서로 작동하며 문학사에 중요한 분기점을 마련한 것처럼, 이후에 더욱 축적된 문학적 역량은 청일전쟁과 결합하며 문학뿐만 아니라 번역·번안의 역사에도 그에 상응하는 분기점 또는 적어도 그 전제들을 마련했던 것이다. 다시 말해 한편으로는 문학적 역량의 축적이지만 다른 한편으로는 다야마 가타이와 마사무네 하쿠초의 소설에서 보여지듯이 국가의식의 거세이다.

메이지문학 제2기는 『소설신수』로 시작되었다. 메이지시대의 번역은 앞서 말한 대로 국민의 계몽이라는 공리적인 측면을 부정할 수 없었다. 쓰보우치의 주장과 뒤이어 이루어진 그의 활동은 결과적으로 정치소설의 부정 다시 말해 공리성의 부정이며 다른 의미에서는 게사쿠의 부흥(또는 개량)이었다.[41] 쓰보우치의 제창에 따라 고다 로한[幸田露伴]과

---

41 쓰보우치가 소설의 공리적 기능을 무조건적으로 배제한 것은 아니었지만 그 점을 부분적이나마 인정했던 것은 당시에 일반적이었던 문학의 계몽성이란 점을 전적으로 부

오자키 고요(尾崎紅葉)를 선두로 하는 겐유샤(硯友社)의 '양장(洋裝)한 게사쿠 문학이 출현'했던 것은 당연하다고 하겠다.[42] 고다 로한은 연구자들 외에 한국 대중에게 익숙하지 않은 이름이지만 오자키 고요라면 번안소설과 짝꿍처럼 떠올리게 되는 『장한몽』의 원작 『곤지키야샤(金色夜叉)』의 저자이고, 그만큼 한국의 번안소설에 끼친 그의 역할은 지대하다. 오자키 고요의 『곤지키야샤』를 번안한 『장한몽』이 한국 번안소설 전체를 환유하고 있다는 것 자체가 한국의 번안소설에 대한 부정적인 시각을 말하는 것에 다름 아니다. 여기서 더 나아가 '사랑이냐 돈이냐'란 『장한몽』 신파소설의 줄을 잡고 따라가노라면 오자키 고요의 계몽성 혹은 공리성 부정이라는 문학관과 만날 수밖에 없으며 오자키 고요의 뒤에는 쓰보우치 쇼요가 자리잡고 있다고 하겠다.

3. 한국의 번안 개념과 용례들

한국에서도 중국이나 일본의 '번안' 개념 중

① 옛사람이 만들어둔 취지를 바꿔 말하거나 개작하는 것. 또는 사실을

정하기 어려웠기 때문이 아니었을까 싶다. 쓰보우치 소설관의 공리적 성격에 대해서는 정병호, 『실용주의 문학사조와 일본 근대문예론의 탄생』, 보고사, 2003, 35~70면; 백지운, 「韓・中・日 근대소설과 문학이념의 문제」, 『중국현대문학』 16, 1999 참조.
42   나카무라 미쓰오, 앞의 책, 23면.

개작해 말하는 것.[43]

    ② 자국의 고전이나 외국 소설을 개작하는 것

이란 뜻으로 사용되었다. ①의 개념은 법률 용어로 많이 사용되어 '한국역사정보통합시스템'에서 용례를 많이 확인할 수 있다. ②의 용례는 가람 이병기의 『국문학전사』에서 확인할 수 있었다.

> (近朝 庶民小說의 백미인 「春香傳」의 기원설화를—인용자) 名唱의 邸中이던 南原 廣大들이 飜案 扮裝한 것일 것이다.(『국문학전사』, 163면)

> 「심청전」을 奪胎한 「翟成義傳」을 翻案한 「金太子傳」은, 근대의 작품으로서 우수한 장편이었고(『국문학전사』, 165면)[44]

가람은 『국문학전사』에서 ② 자국의 고전이나 외국 소설을 개작하는 것이란 의미에서만이 아니라 ③ 외국 문학작품의 줄거리나 사건은 그

---

43 시임 · 원임 대신이 연명으로 차자를 올렸는데, 대략에 이르기를, "삼가 밤에 내린 비망기를 보건대, 저 역적의 하늘에 닿은 죄를 증거가 없다고 유시하시고, 신들이 피눈물을 흘리는 의리를 소란을 일으킨다고 책망하셨습니다. 또 전의 수교를 거듭하시어 금언하는 방한을 삼으셨으니, 신들은 청컨대, 성교에 따라서 우러러 반복하겠습니다. 말씀하시기를, '옥안이 이미 세초되어 빙고할 곳이 없으며, 번안한 조항은 참증이 이미 끊어졌다'라고 하시어, 한편으로는 채제공을 죄주는 것을 형정을 무너뜨리는 것으로 돌리고, 한편으로는 청토를 중지시켜서 원악과 함께 용서하고자 하셨습니다" 하였다[時原任大臣聯箚 略曰 伏見夜下備忘 彼逆滔天之罪 諭之以無憑 臣等沫血之義 責之以起鬧 又申前受敎 作爲禁言之防限 臣等請就聖敎 而仰復焉 有曰獄案已洗 憑考無所 飜案一款 參證已絶 一則以濟恭之致辭 歸之刑政之乖錯 一則以請討之中止 並與元惡而欲恕].『정조실록』권제17, 59장 뒷면, 정조 8년 6월 9일(임진), 밑줄—인용자.

44 이병기, 『국문학전사』, 신구문화사, 1987, 163 · 165면.

대로 두고, 인물·장소·풍속·인정(人情) 등을 자국(自國)의 것으로 바꾸어 개작하는 것이란 '번안'의 의미, 둘 다를 정확하게 사용한다. 고전에 밝은 국문학자인 가람 이병기가 ②와 ③의 개념을 구별해서 쓰는 것으로 보아 중국과 일본의 '번안' 개념 중 ②가 한국에서도 사용됐던 것을 알 수 있다.

김병철의『한국 근대 번역 문학사 연구』상·하[45]를 보면 1900년대에는 원저자나 번역자를 밝히지 않은 책들이 많으며 또한 번역이나 번안 대신에 역술(譯述), 역찬(譯纂), 중역(重譯), 역(譯) 등 다양한 용어들이 쓰였음을 알 수 있다. 재미있는 것은 주시경이 번역한『월남망국ᄉ』[46]이다. '월남망명긱소남ᄌ술, 지나량계초찬, 죠선쥬시경번역홈'으로 비슷한 시기『월남망국사』를 번역한 현채나 이상익과는 달리 '번역'이란 단어를 쓰고 있다.[47] 필자가 아는 한 근대에 들어서 자신의 글을 '번역'이라고 더구나 한글로 명기한 경우는 이것이 최초이다. 현채는『월남망국사』를 국한문혼용으로, 이상익은 순한글체로 썼고, 김병철의 평을 그대로 옮기면 주시경의 번역은 이상익에 비교해 원문에 충실하면서도 번역체 또한 명문이다.[48]

일평싱 두 번 오지 아니ᄒᄂ는 쩌를 다 한문 ᄒᆞᆫ 가지 비호기에 허비ᄒᆞ니 엇지 개탄치 아니ᄒᆞ리오. (…중략…) 젼국 인민의 ᄉᆞ상을 돌니며 지식을 다 널펴 주랴면 불가불 국문으로 각식 학문을 져슐ᄒᆞ며 번역ᄒᆞ여 무론 남녀ᄒ

45　김병철,『한국 근대 번역 문학사 연구』상·하, 을유문화사, 1998(1980).
46　주시경,『월남망국ᄉ』,『歷史·傳記小說』第5卷, 아세아문화사, 2006, 105면.
47　이상익은 '역슐'로 현채는 '譯'이라 쓴다. 위의 책, 5·195면.
48　김병철, 위의 책, 216~217면 참조.

고 다 쉽게 알도록 フ르쳐 주어야 될지라.[49]

위 인용문은 주시경이 『서우』에 쓴 「국어와 국문의 필요」(1907) 중 일부분이다. 『월남망국ㅅ』와 동년도 글인데 '전국 인민의 지식을 넓혀주기 위해서'라는 번역의 존재 이유가 뚜렷하게 밝혀져 있다. 일본에서처럼 번역의 계몽적 성격이 강조되고 있는 것이다. 이 글과 같이 주시경은 『월남망국ㅅ』를 국문으로 알기 쉽게 번역하였다. 국어를 강조하고 국어학의 영역을 개척했던 주시경이 번역이란 단어를 최초로 쓴 것은 "외국이라는 사상이 일본국이라는 관념을 자극했"던 일본의 사정을 염두에 두면 당연하다는 생각이 든다. 번역 문화는 그 나라의 문화적 자립을 위협하는 것이 아니라 오히려 문화적 자립을 강화하는 측면을 가지고 있다.[50] 다시 말해 외국을 번역한다는 것은 역으로 조선이라는 네이션과 국어를 자극시켰던 것이다. "자국(自國)을 흥성(興盛)케 ᄒ는 도(道)는 국성(國性)을 장려(奬勵)홈에 재(在)ᄒ고 국성(國性)을 장려(奬勵)ᄒ는 도(道)는 자국(自國)의 언문(言文)을 숭용(崇用)홈이 최요(最要)홈으로 자국(自國)의 언(言)과 자국(自國)의 문(文)이 모국(某國)의 언(言)과 모국(某國)의 문(文)만 부여(不如)홀지라도 자국(自國)의 언문(言文)을 마(磨)ᄒ여 광(光)ᄒ며 구(求)ᄒ여 보(補)"[51]한다. 이 인용문은 「국어와 국문의 필요」 일 년 뒤에 나온 주시경의 「국어문전음학」(1908)인데 주시경이 네이션과 국어를 어떻

---

49 주시경, 「국어와 국문의 필요성」, 『주시경 유고집』, 과학원 언어문학연구소, 1995, 230~231면.

50 마루야마 마사오·가토 슈이치, 임성모 역, 『번역과 일본의 근대』, 이산, 2000, 178~179면.

51 주시경, 「국어문전음학」, 『주시경유고집』, 과학원 언어문학연구소, 1995, 16면.

게 파악했는지 잘 알 수 있다. 이와 같은 주시경의 계몽적 번역관은 당시의 일반적인 태도였던 것으로 보인다.

> 글을 번역ᄒᆞᄂᆞᆫ거슬 닐ᄋᆞ디 문명의 슈입이라ᄒᆞ며 글을 번역ᄒᆞᄂᆞᆫ거슬 닐ᄋᆞ디 학문의 근본이라ᄒᆞ며 글을 번역ᄒᆞᄂᆞᆫ거슬 닐ᄋᆞ디 부강ᄒᆞᄂᆞᆫ지료-라ᄒᆞ나 이거슨 디 됴코 ᄋᆞ롭다온 글의 번역을 닐음이어니와 글을 번역ᄒᆞᄂᆞᆫ 사ᄅᆞᆷ들이 그 길을 알지 못ᄒᆞ여 그 정신을 해롭게 ᄒᆞ며 영광을 타락케ᄒᆞ면 ᄯᅩ 흔 국가에 큰 죄인이로다 (…중략…) 원컨디 글을 번역하는 재공들은 ᄒᆞᆼ샹 쥬의ᄒᆞ여 외국인의 됴흔 것은 본밧고 그른 것은 본밧지말며 나의게 해로온 것은 취ᄒᆞ고 리롭지 못ᄒᆞ거슨 ᄇᆞ려서 됴코 아롭다온 번역이 만히 나기를 ᄇᆞ라노라[52](『대한매일신보』, 1909)

당시 한국의 번역관을 보여주는 글이다. '글을 번역하는 것이 문명의 수입'이거나 '부강한 재료'라고 인식한다는 점에서 그리고 '나에게 해로운 것은 취하고 이롭지 못한 것은 버려서, 좋고 아름다운 번역'이 많이 나기를 바라는, 즉 번역할 때 취사선택을 권한다는 점에서 후쿠자와 유키치를 비롯한 일본 메이지시대의 번역관과 다를 바가 없다. 일본에서 전반적인 문화번역의 주체는 메이지 정부였고 근대적 국민으로의 계몽을 위해 대대적인 문화번역을 수행했던 이들은 지식인층이었다. 1910년 병합 이전까지는 조선에서도 마찬가지였다.[53]

52　「글을 번역ᄒᆞᄂᆞᆫ 사ᄅᆞᆷ들에게 ᄒᆞᆫ번 경고흠」, 『대한매일신보』, 1909.1.9.
53　'번안'이란 단어를 쓰진 않았지만 중국의 지식인들 역시 '의도적 의역'의 필요성에 대해서는 공감대를 형성하고 있었다. 일본과 비슷하게 중국 정부가 '의도적 의역'의 주도 주체였는지는 검토가 필요하다고 생각된다. 이 점에 대해서는 왕병흠, 앞의 책,

원컨대 要職에 있는 諸公들께서는 정부차원에서 의논하여 특별히 번역하는 기관을 설치, 각종 학과의 기술을 모두 언문으로 하게 해주기 바란다. 그리하여 번역된 것을 책자로 만들어 국내에 頒布하여 士民들로 하여금 이것이 편리하다는 것을 주지시키게 해야 한다. 그리고 정부에서 학비를 보조하여 격려 권장한다면 학문이 멀지 않아서 대대적으로 확장될 것이다.[54]
(『한성주보』, 1886.2)

위의 인용문은 번역 사업을 정부에서 주도해야 한다고 강변하고 있다. 하지만 불행하게도 조선은 1910년 주권을 뺏김으로써 전반적인 문화 번역을 주도할 주체를 잃게 된다. 일본과 달리 조선에서는 국가의 근대화란 목적으로 수행되는 문화 번역 중 '국가' 혹은 '정부'가 탈각되면서 지식인의 개인적이고 산발적인 번역 행위만이 남게 된다. 바로 이 지점에서 조선의 번안 개념이 일본과는 다른 길로 분화될 수밖에 없었던 것이다.

4. 한국 번안 개념의 분화

한국에서 번안소설하면 떠오르는 것은 조중환의 『장한몽』이다. 하지만 "하몽번안(何夢飜案) 장편소설(長篇小說)"이란 『매일신보』의 『해왕성』[55]

37~88면 참조.
54 「論學政第三」, 『한성주보』, 1886.2.15(언론진흥재단 번역문 인용).

연재 예고에서 근대적 의미에서의 '번안'이란 단어의 최초 용례를 확인할 수 있는 것처럼 번안 개념을 확립한 이는 이상협이다.

"하몽 번안 장편 소설 해왕성"이란 제목 하에 "「해왕성」의 원본은 세계 ㄱ국에 일홈이 놉히젼흔 유명흔 법국쇼셜로 긔이흔 ㅈ미가 텬하에 짝이 업는 신통한 쇼셜이올시다 그것을 동양ㅅ졍에 맛도록 돌라ㅑ며 령롱흔 필법으로 긔록된 것인즉 아모가 보던지 ㅈ미가 무궁홈니다"[56](『매일신보』, 1916.2.3, 밑줄─인용자)

「뎡부원」은 그 ㅅ실이 이젼에 잇던 쇼셜중에 참엇어보지 못ㅎ던 신긔흔 것뿐이올시다. (…중략…) 「뎡부원」은 텬하에 유명흔 셔양쇼셜을 근본으로 삼아 번역흔 것이올시"[57](『매일신보』, 1914.10.27, 밑줄─인용자)

근대적 '번안'은 외국 문학작품의 인물·장소·풍속·인정(人情) 등을 자국(自國)의 사정에 맞게 바꾸어 개작한다는 것에 강조점이 있으므로 『해왕성』의 연재 예고에서 볼 수 있는 "동양ㅅ졍에 맛도록 돌라ㅑ며 령롱흔 필법으로 긔록된 것"이란 '번안' 개념은 현재와 거의 흡사하다. 흥미로운 것은 『정부원』의 연재 예고인데 『해왕성』보다 일 년 반 정도 앞선 1914년 10월부터 연재된 『정부원』에서는 '번안' 대신 '역찬(譯纂)'이란 단어를 쓰고 있다. 일본과 동일하게 근대적 '번안'이 『해왕성』에서 사용

---

55   이상협, 『해왕성』, 『매일신보』, 1916.2.10~1917.3.31.
56   「해왕성 연재예고」, 『매일신보』, 1916.2.3.
57   「정부원 연재예고」, 『매일신보』, 1914.10.27.

되기 전에 그 관념을 담보할 단어를 이리저리 모색했었음을 반증한다고 할 것이다.

김동식은 근대적인 문학 개념이 1915년 전후로 형성된다고 말한다.[58] 그렇다면 1916년 『해왕성』에서 근대적 의미의 '번안'이 최초로 쓰인 것은 우연이 아닌 것이다. 일본에서의 번안은 앞서 정리한 대로 1885년 즈음 근대적 의미로 분화되기 시작하고 1895년 쓰보우치 쇼요의 「번안에 대해서」가 나오면서 번안이란 단어에 '일본화'란 의미가 조응한다.

원리 물정과 풍속이 다른 스실을 근본으로 삼아 지은 쇼셜을 그디로 모본ᄒ야다가 구추히 우리의 물정풍속에 맛치고자홈은 우리 인싱을 빗츄는 거울되는 소설의 본의를 저바릴가 두려워ᄒ야 이에 서양의 소설은 서양의 소설디로 번력ᄒ고저홈이라 쇼셜이라는 것은 그 긔록된 스실을 우리의 인정에 빗초여보아 그 즈미를 찌닷는 것이라 그럼으로 서양이라ᄒ야도 우리와 물정풍속은 얼마쯤 서로 다룰망정 인정이라는 것은 그네나 우리네나 녯날이나 지금이나 다룰 바이 업는 고로 (…중략…) 쇼셜 가온 디의 디명과 인명은 아못조록 우리의 입으로 옴기기 쉽고 우리의 귀에 얼른 익도록 곳첫스니 이 쇼셜 지은이의게 디하야는 허물이 적지 안ᄒ나 그로 인ᄒ야 쇼셜의 뜻은 결코 변홀 리가 업고 우리에 보는 이에게는 도리혀 얼마쯤 즈미를 도을줄 싱각ᄒ는 바이라[59]

이상협이 1914년 『정부원』[60]을 게재하면서 쓴 글이다. 이 글에서 우

---

58   김동식, 「한국의 근대적 문학 개념 형성과정 연구」, 서울대 박사논문, 1999, 120면.
59   이상협, 「금일에 게재되는 『정부원』에 대하여」, 『매일신보』, 1914. 10. 29.

리는 세 가지 특이한 점들을 발견할 수 있는데, 이상협은 '번안'이란 단어만 쓰지 않았을 뿐 보다시피 이미 번안 개념을 갖고 있다. '소설 가운데의 지명과 인명은 아무쪼록 우리 입으로 옮기기 쉽고 우리 귀에 얼른 익도록 고쳤'다는 부분은 말하자면 '조선화'이다. 그런데 이상협은 여기에서 그치지 않고 더 나아간다. '물정과 풍속이 다른 사실을 근본으로 삼아 지은 소설을 그대로 모본해 구차히 우리 물정풍속에 맞추고자 함은 우리 인생을 비추는 거울 되는 소설의 본의를 저버릴까 두려워 (…중략…) 서양의 소설은 서양의 소설대로 번역하고자' 한다는 것이다. '조선화'가 '소설의 본의'를 저버릴까 두려워 서양의 소설은 서양의 소설대로 번역하고자 한다는 관점은 번안소설로서 새롭다. 『해왕성』은 번안관으로만 보면 『정부원』의 뒤를 잇는다. 조중환의 『장한몽』과 달리 『정부원』은 '조선화'를 전적으로 지향하지 않았고 이 점은 『해왕성』도 마찬가지였다. 연재예고에서 "「희왕성」의 원본은 세계ㄱ국에 일홈이 높이 젼훈 유명훈 법국쇼셜"임을 강조했던 것도 『정부원』의 '서양소설 그대로' 전략과 과히 어긋나지 않는다.

이 「희왕성」을 민일 신문의 지상에 게지ᄒ기는 당초에 한가지 대담훈 시험이라 죵리의 신소설이라홈은 대기 가명의 일을 근본삼아 ᄌ미잇는 ᄉ실을 얼근 것으로 희왕성을 쓰는 사롬의 미에 두세 번 게지훈 것도 역시 그 젼례에 버서나지 못ᄒᄂ 것이라 (…중략…) 이러케 마음을 결단ᄒ고 드듸여 「희왕성」이라는 일홈을 독쟈의게 소기하야ᄂ디 그쩌에도 가명쇼셜이 안

60   이상협, 『정부원』, 『매일신보』, 1914. 10. 29~1915. 5. 19.

인고로 적이 쥬저ᄒ얏지만[61]

이상협은 더 나아가 가정소설과 분리의 선을 긋는다. 자신 역시 전례에 벗어나지 못해 두세 번 가정소설을 게재한 적이 있으며 『해왕성』이 가정소설이 아니어서 많이 주저했다는 것이다. 이런 점에서 『해왕성』은 이상협의 말처럼 "대담한 시험"이다. 『해왕성』을 연재한 지 근 6개월 만에 이상협은 반(反) 혹은 대(對) 가정소설의 번안관을 분명히 하는 것이다. 『정부원』은 가정소설과 추리소설의 성격을 모두 가지고 있는데, 결국 이상협은 『정부원』이란 과도적 모색을 통해 서양명작 『몬테크리스토 백작』이란 번안소설의 길을 잡을 수 있었다고 보인다. 그리고 이것은 『장한몽』과 같은 조중환의 가정소설과는 다른 길이었다.

1915년경부터 새롭게 규정되는 문학은 지식 일반이 아니라 생명 감정과 관련된 것이며, 교양이 아니라 예술과 관련된 것이며, 학문체계의 한 부분이 아니라 학문체계의 밖에서 스스로 정립된 것이다.[62] 쓰보우치 쇼요는 「번안에 대해서」에서 '일본화'의 필요성과 일본화를 위한 소설의 주뇌는 '인정'이라고 주장했다. 이상협의 번안관은 쓰보우치의 그것과 겹치면서도 갈라진다. '조선화'을 말하면서도 '서양의 소설대로 번역'을 주장하고 소설의 주뇌가 '인정'이라고 말하지는 않지만 서양과 조선의 '인정'은 동일하며 그 때문에 서양 소설은 그대로 번역해도 재미있다고 역설한다.

61　이상협, 「海王星 중간에 잠시 멈츄고―하몽으로부터 독자에」, 『매일신보』, 1916.7.11.
62　김동식, 앞의 글, 125면.

내가 明治文豪 尾崎紅葉의 「金色夜叉」를 長恨夢이란 일홈으로 변안하여 낸 것이 그것이 己未前이엇스니 벌서 20餘年의 歲月이 그사이를 흘넛다. (…중략…) 『長恨夢』을 飜案함에 잇서 가장 重要한 내 意見은 1 事件에 나오는 背景 等을 純朝鮮냄새 나게 할 것. 2 人物의 일홈도 朝鮮사람 일홈으로 改作할 것. 3 푸롯을 過히 傷하지안을 程度로 文彩와 會話를 自由롭게 할 것. 이 세가지엇다.[63]

조중환이 1934년 『장한몽』을 번안할 당시를 회고하면서 쓴 글인데 여기서 보이는 번안관은 무엇보다 '조선화'를 우선시한다는 점에서 쓰보우치 쇼요의 번안관과 비슷하다. "정직(正直)하게 말하면 나는 대동강안(大同江岸)의 정월(正月)14일(日) 월명야(月明夜)의 두 사람의 비련(悲戀)을 그리면서 우럿다. 소년정열(少年情熱)에 끄러오르는 마음의 불길이 그냥 눈물이 되어 떠러젓다. 움지기는 펜을 멧번 버럿든가, 버리고는 벼개로 얼골을 부비면서 울엇든가"라고 조중환은 자신이 이수일과 심순애에게 감정이입을 한 상태를 솔직하게 전한다. 이처럼 『장한몽』을 쓸 당시 조중환이 중요하게 생각했던 것은 '조선화'와 더불어 사실적으로 '인정(人情)'을 그리는 것이었다. 물론 조중환의 이런 면들은 이전과 구별되는 문학적 태도라고 할 수 있다.

지금 갓흐면 20歲만 되어도 朝鮮靑年도 先輩의 創作과 飜譯을 通하야 小說과 詩 等 文藝的 敎養을 쉽사리 어더 가실 수 잇섯지만은, 24, 5年前, 우리

---

63   조중환, 「飜譯回顧」, 『삼천리』 제6권제9호, 1934.9.1.

가 靑年일 때에는 한 쪼각의 小說, 한 篇의 詩歌를 어더 보기가 참으로 어려
윗다. 겨우 刊行物로는 每日申報가 잇서고, 雜誌도 六堂의 『靑春』과 「少
年」과 「아이들 보이」들이 잇섯슬 뿐, 先輩로 마질 사람이 오직 한 분이 잇섯
스니 그는 「鬼의 聲」 「血의 淚」를 쓰든 偉大한 先驅者 李人稙氏일 뿐[64]

조중환은 『장한몽』을 쓸 당시 조선의 문학적 환경이 매우 척박했다
는 것을 말하면서 자신의 유일한 선배로 이인직을 거론한다. 결국 그의
번안관은 이인직의 문학관이 바탕인 것이다. 이인직의 문학은 반봉건
적 입장을 강하게 지니고 있지만 자립적 근대 국민국가를 꿈꾸지 않는
다는 점에서 애국적 계몽 태도와는 괴리가 있다.[65] 앞에서 언급한 바와
같이 한·일 병합 이전의 번역·번안 서사는 애국계몽적 입장을 바탕에
강하게 깔고 있었다. 병합 이후 초대 총독 테라우치의 무단통치 서슬에
번역·번안 서사가 애국계몽적 입장과 단절됨은 물론이거니와 병합 이
전에 그토록 성행했던 번역·번안물 자체를 1912년까지 찾아볼 수 없게
된다. 이런 분위기에서 『장한몽』 등 조중환의 가정소설이 애국계몽적
번역·번안 서사를 대체한 것은 예사롭지 않다. 현재에 이르기까지 『장
한몽』이 번안소설 전체를 환유하고 있기 때문에 더욱 그렇다. 그렇다면
이전의 계몽적 입장을 잇고 있는 번역·번안 서사는 사라지고만 것일
까. 서슬 퍼런 무단통치 시기이므로 병합 이전과 달리 계몽적 입장은 은

---

64 위의 글.

65 최원식, 「1910년대 친일문학과 근대성」, 『한국계몽주의문학사론』, 소명출판, 2002,
15~20면 참조. 특히 최원식은 계몽사조에서 계몽을 자강의 방편으로 삼는 애국계몽
사상과 매국의 빌미로 이용하는 친일개화론을 구분하고 각각을 대변하는 문학자로
전자는 이해조, 후자는 이인직을 꼽는다.

밀하고도 비유적인 방식으로 나타나고 있었지만 이상협이 그 계보를 잇
고 있었다.[66] 즉 우리가 아는 것과 달리 1910년대에 이전의 계몽적 입장
을 잇고 있는 번안소설의 흐름도 있었던 것이다. 그리고 그것을 주도했
던 이상협이 가정소설과 다른 의미에서의 '번안' 개념을 확립했던 것도
어찌 보면 당연한 일이라고 할 수 있겠다.

66　권문경, 「구로이와 루이코의 수용과 1910년대 한국의 번안소설」, 인하대 박사논문,
　　2014, 39~85면 참조.

강경애의 「장산곶」론[*]

아오야기 유코[青柳優子]

1. 서론

「장산곶(長山串)」은 처음부터 일본어로 발표된 강경애의 유일한 작품으로 『오사카마이니치신문 조선판(大阪每日新聞·朝鮮版)』(1936.6.6~10, 이하 A로 칭함)에 연재된 후, 『분가꾸안나이[文學案內]』(2월호, 1937, 이하 B로 칭함)에 재록(再錄)되었다. 그리고 초출(初出)로부터 약 반 세기 후에 『분가꾸안나이』를 원고로 한 한국어역이 이상경의 '작품해제'와 함께 『한국문

---

[*] 이 글은 아오야기 유코, 『한국여성문학연구』 I(御茶水書房, 1997) 「제2장 강경애의 「장산곶」론」을 번역한 것이다. 본 연구는 강경애의 단편소설 「장산곶」의 두 판본을 비교 분석하고 그 의의를 논한 최초의 글이다.

학』(12월호, 1989)에 게재되어 비로소 한국인 독자들이 볼 수 있었다.

「장산곶」은 (장산곶이 있는) 황해도의 어촌, 몽금포를 무대로 조선인 노동자와 일본인 노동자의 우정을 그린 것으로 강경애뿐 아니라 다른 여성작가에게서도 찾아볼 수 없는 특이한 작품이다. 일본 여성작가의 경우에도 일본인의 부당한 대우에 대하여 의연한 태도를 잃지 않는 여주인공 김춘실(金春實)을 그린 히라바야시 타이코[平林たい子]의 「조센진[朝鮮人]」(1929)이 있는 정도이며 양국 민중의 우정이 형상화된 작품은 현재에 이르기까지 극히 드물다.

이와 같이 양국의 여성문학 속에서도 희유(稀有)한 소설인 「장산곶」은 당시 재조일본인을 주요 독자로 했던 『오사카마이니치신문 조선판』에 「조선여류작가집(朝鮮女流作家集)」으로서 먼저 게재되었다.[1] 이어 다음해인 1937년 『분가꾸안나이』의 「조선현대작가특집(朝鮮現代作家特輯)」에 재록되어 일본 국내에도 소개되었으나 이 양자 사이에는 적지 않은 차이가 있다. A에 수록된 초출 「장산곶」을 수정하여 B에 재록하였는데 이 수정이 작가본인에 의한 것인지의 여부를 알려주는 자료가 없다. 단 이 수정에 의해 작품 전체의 분위기가 변해 버린 점에 주의할 필요가 있다. 또 이와 관련하여 도쿄에 재주(在住)하고 있던 작가 장혁주(張赫宙)가 「현대조선작가소묘(現代朝鮮作家の素描)」라는 제목의 글에서 "본지에 실은 작품은 『오사카마이니치신문 조선판』에 게재된 것으로 번역자는 명확하지 않다"고 적고 있다. 장혁주는 이전에 강경애와 주고받은 서간(『신동아』, 7월호, 1935)

---

1 「조선여류작가집(朝鮮女流作家集)」 및 「조선현대작가특집(朝鮮現代作家特輯)」에 대해서는 青柳優子, 『韓國女性文學研究』 I(御茶水書房, 1997)의 제3부 제1장의 각주 4를 참조할 것.

을 공표하였는데 이 글에서 그녀의 작품 중에서도 특히 「소금」(1934)은 "조선문학의 걸작의 하나임에 틀림없습니다"라고 평하고 있다.

그랬던 그가 「장산곶」에 대하여 "이 작품 하나로도 여사(女史)의 문학의 특징이 잘 드러나 있다"고 하면서 「소금」이 아니라 「장산곶」을 B에 채록(採錄)한 이유는 무엇일까 하는 의문이 생긴다. 그 이유는 「장산곶」이 처음부터 일본인 독자를 상정하고 쓰인 작품이었기 때문일 것이다. 게다가 발행·출판의 시기가 A는 1936년 6월, B는 1937년 2월인 것을 감안하면 다음 장에서 상술되어 있는 것처럼 장혁주가 수정을 했을 가능성도 있다. 그러나 이러한 점도 포함하여 중일전쟁의 전야에 식민지 조선의 여성작가 강경애가 일본인을 향해 던진 메시지는 위에서 언급한 이상경의 작품해제를 제외하고 지금까지 강경애 연구의 대상이 되지 않았다. 따라서 이 글에서는 우선 '초출'과 '재록'의 차이를 확인한 다음에 작품의 내용을 분석하여 이 메시지의 의미를 해독하고자 한다.

2. '초출'과 '재록'의 차이

우선 A와 B의 차이를 열거하면 다음과 같다.

〈표 1〉「장산곶」의 초출과 재록의 차이점

회차	번호	A (한국어역)	B (한국어역)	비고
제목의 루비(토)		てふさんかん(제1, 2회) てうさんかん(제3, 4, 5회) (장산곶)	ちょうざんがん (장산곶)	
제2회 (6월 7일)	①	亡して (여의고)	亡って (여의고)	
	②	放せ! (냅둬!)	寝て居れ! (자고 있어!)	
제3회 (6월 8일)	①	彼はそれでも木の根株だけは担いで あたふた駆け出した. (그는 그래도 나무뿌리만은 메고 허둥허 둥 도망치기 시작했다.)	彼はそれでもあたふた駆け出した. (그는 그래도 허둥허둥 도망치기 시 작했다.)	밑줄 친 부분 삭제
	②	彼が家へ帰り着いた時は (그가 집으로 돌아왔을 때는)	彼が日暮を待って木の根株だけ を担いで家へ帰り着いた時は (그가 날이 저물기를 기다린 뒤 나 무뿌리만 짊어지고 집으로 돌아 왔 을 때는)	밑줄 친 부분 삽입
	③	明姫の頬はぽつぽつとほてつてゐた. (명희의 빰은 화끈해져 있었다.)	其時額の傷の痛みをふと感じた. (문득 아까 다친 이마의 상처가 쑤 시는 것을 느꼈다.)	
제4회 (6월 9일)	①	舞上つたり下りたり (오르락 내리락)	舞上つたり下つたり (오르락 내리락)	
	②	並んで見える, 赤, 青, 白, 紫が眼にし みるほど華麗だ. 青山が海を抱いて艶 しくささやいてゐる. (나란히 보인다. 빨강, 파랑, 하양, 자주빛 이 눈이 아릴 정도로 화려하다. 청산이 바 다를 품고 아름답게 속삭이고 있다.)	並んで艶しくささやいてゐる. (나란히 아름답게 속삭이고 있다.)	밑줄 친 부분 삭제
	③	数人から内地人 (몇몇 내지인)	数人かの日本人 (몇몇 일본인)	
	④	見下すやうで (내려다 보는 듯)	見下すやうなので (내려다 보는 듯)	밑줄 친 부분 삽입
	⑤	幾人から内地人 (몇몇 내지인)	幾人か日本人 (몇몇 일본인)	
	⑥	大変で (힘들어서)	退儀で (힘들어서)	

제5회 (6월 10일)	①	合わすのだった. (두 손을 모았다.)	合わすのだった. <u>やがて顎下に垂れ下がった蝋の様な肉がしきりに動き出す.</u> (두 손을 모았다. <u>이윽고 턱 밑에 매달린 밀랍 같은 살이 계속 움직이기 시작했다.</u>)	밑줄 친 부분 삽입
	②	会へるかしら？ <u>兵隊さんの荷物を運んで …… 生死をともにして …… 彼はいまどうしてゐるのだらう？</u> (만날 수 있을까？ <u>군인의 짐을 운반하고 …… 생사를 함께하고 …… 그는 지금 어떻게 하고 있는 것일까？</u>)	会へるかしら？ (만날 수 있을까？)	밑줄 친 부분 삭제
	③	死線を去来してゐる志村を (사선을 넘나들고 있는 시무라를)	死線を去来してゐる志村を<u>律々しい軍服姿の</u>志村を (사선을 넘나들고 있는 <u>군복차림의 늠름한</u> 시무라를)	밑줄 친 부분 삽입
	④	雑魚一尾取る術がない. (피라미 한 마리도 잡을 재주가 없다.)	雑魚一尾取らせない. (피라미 한 마리도 잡을 수 없게 한다.)	
	⑤	松葉一本 (솔잎 하나)	松林一本 (소나무 한 그루)	
	⑥	子供達が病み (아이들이 병에 걸리고)	子供が病み (아이가 병에 걸리고)	밑줄 친 부분 삭제
	⑦	陥ってゐると思うと, 何ものかに訴へたい 徒に激越して来る感情 (빠져있다고 생각하니 무언가를 붙잡고 하소연하고 싶은 격한 감정)	陥ってゐる. <u>これが本当の人間の世の中だろうか?さう思ふと,</u> 何ものかに訴へたい 徒に激越して来る感情 (빠져있다. <u>이것이 정말로 사람 사는 세상일까? 그렇게</u> 생각하자, 무언가를 붙잡고 하소연하고 싶은 격한 감정)	밑줄 친 부분 삭제, 삽입
	⑧	胸にぢーんと響いて<u>眼頭が熱くなるのだった.</u> (가슴이 찡하게 울리고 <u>눈 앞이 뜨거워지는 것이었다.</u>)	胸にぢーんと響いた. (가슴이 찡하게 울리었다.)	밑줄 친 부분을 삭제
	⑨	駆け出した. 黄海から押寄せて来た怒濤が (달리기 시작했다. 황해에서 밀려온 성난 파도가)	駆け出した. <u>自動車は彼等にどぶをぶつかけながら続けざまに後から後から走り去る,</u> 黄海からおし寄せて来た怒濤が (달리기 시작했다. <u>자동차는 그들에게 흙탕물을 끼얹으면서 잇따라 달려갔다.</u> 황해에서 밀려온 성난 파도가)	밑줄 친 부분 삽입

　이상 21개 이외에 쉼표 등의 삭제, 삽입이 12개 확인되지만 중요하다고 여겨지는 수정은 제5회의 ②, ③, ⑨로 결말 부분에 집중되어 있음을 알 수 있다. 그 중에서도 가장 중대한 수정 부분은 ③이고, ②와 함께 고찰하면 수정 의도는 명확하다.

　　노파는 이렇게 시끌벅적한 속에서 혼자 꼼짝도 않고 있었다. 아직도 손을 합장한 채 열심히 절을 하고 있는 그 모습이 저 멀리 만주 벌판에서 사선을 넘나들고 있는 <u>군복 차림의 늠름한</u> 시무라를 생각나게 하고, 환락에 도취해 있는 다른 참배객들과는 너무나 동떨어져 몹시 고독해 보였다. (밑줄
　　—필자, 「장산곶」, B : 65면)

　여기에서 밑줄 친 부분인 "군복 차림의 늠름한" 시무라라는 구절이 삽입 되어 있는 것에 특히 주목할 필요가 있다. 우선 확인하지 않으면 안 되는 것은, 작자가 "만주 벌판에서 사선을 넘나들고 있는" 시무라를 포함하여 일본군인의 행위가 침략이라고 인식하고 있었던 것은 명확하다는 점이다. 또 작자의 다른 작품, 예컨대 『인간문제』에 나오는 일본은 형상화할 수 없을 정도로 공포스러운 것으로 표현되어 있는데 반해, 작자가 「장산곶」에서 시무라의 "군복 차림"에 대해 "늠름한"이라는 표현을 적극적으로 선택했다고는 생각할 수 없는 것이다.

　따라서 생각할 수 있는 것은 『분가꾸안나이』의 「조선현대작가특집」의 편자인 장혁주가 손을 댔을 가능성이다. 즉 "나라에 도움이 될 게 뭐야?"라고 시무라를 평했던 요시오와 대동소이할 일본 국내의 독자에게 공감을 얻기 위해서 "군복 차림의 늠름한 시무라"라는 표현을 삽입했

다고 여겨진다. 이와 관련하여 ②의 "군인의 짐을 운반하고 …… 생사를 함께하고"라는 표현은 "군복 차림의 늠름한"과는 상용될 수 없기 때문에 삭제된 것이리라. 실은 이 작품이 게재된 1936년부터 1937년에 걸쳐 장혁주는, 일본 문단에 데뷔(1932, 9월 잡지 『카이죠[改造]』의 현상 공모에 단편 「아귀도(餓鬼道)」가 당선됨)했을 때의 선명했던 민족주의로부터 이탈을 확연히 하고 있었다.[2] 그런 장혁주에 의해 소개된 『분가꾸안나이』의 「장산곶」이라면 초출과의 차이, 특히 여기에서 고찰한 '가필, 삭제'는 그가 행했다(작자 강경애의 양해를 얻었는지의 여부 혹은 양해를 구했는지의 여부는 별개로)고 보는 것이 자연스럽다.

아울러 작자는 작자 나름대로 조선인으로서의 자신의 입장과 일본인 독자의 공감을 얻고자하는 의도가 갈등하는 속에서 극한의 긴장감을 가지고 이 작품을 완성한 것을 쉽게 상상할 수 있다. 예를 들면 ②의 삭제된 부분과 같이 가능한 한 하층 병사, 그것도 후방부대원이나 운송부대원의 역할을 시무라에게 부여하고 있다. 그만큼 이러한 수정을 강경애가 어느 정도 이해했는가를 해명하는 것은 앞으로 남겨진 과제의 하나이다.

---

2   『카이조』편집부는 장혁주를 "이 사람은 분명 조선의 작가로서 우리 나라의 문단의 웅비하는 최초의 사람이고 또 넓게는 세계에 조선작가의 존재를 강하게 주장하는 자이리라"라고 소개하고 있다. 「아귀도」는 식민지 조선의 농민을 여러모로 착취하는 지주계급과 일본제국주의를 정면으로 고발한 분노의 문학이었다. 그러나 그 후 그는 「나의 포부」(『분게이[文芸]』, 1934. 4)에서 "내가 소속되어 있는 민족의 여러 가지 경우, 그에 기초하여 일어나는 여러 가지 현상"을 묘사하기 보다도 "개인의 생활욕에 기초한 각종의 본능"을 묘사하는 것이 "보다 고독"의 예술 세계이다"라고 견해를 표명하고 있다. 이렇게 초기의 작품을 만든 문학적 모태를 부정한 그는 「심연의 사랑」(『분가꾸안나이』, 1936. 9)과 「우수인생」(『니혼효론』, 1937. 10)을 발표 하면서 점차 민족적인 콤플렉스를 해소하기 위하여 일본인화되는 길을 걷고 있었던 것이다(이상 任展慧, 『日本における朝鮮人の文學の歷史』(法廷大學出版局, 1994) 202~209면에서 발췌).

3. 형삼과 시무라의 우정

한편 「장산곶」의 무대인 몽금포 장산곶의 바다는 황석영의 대표작 『장길산』의 모두(冒頭)에 나오는 매전설도 있듯이 옛날부터 사납기로 유명했다. 강경애는 「장산곶」을 집필하기 전 해, 이 몽금포를 방문하여 마을의 실태를 조사하고 그 모습을 적고 있다.[3]

배 한 척을 가지고 네다섯 가호가 달려 사는 이 빈한한 어촌의 백성들. 그들에게 있어서 저 보기 싫은 목선이나마 얼마나 가지고 싶을 것이며 그 배를 저 바다에 둥실 띄워 놓고 얼마나 고기를 잡고 싶으랴. 해서 그들은 경비선의 눈을 피하여 몰래 고기를 잡다가 들켜서는 벌금을 물게 되고 또 나무가 없어서 장산(미쓰비시의 소유)의 나무를 베다가 붙들려 매를 맞는 그들. 아아 그러면 저 깊은 바다는 누구를 위해 고기를 한 바다 가졌으며 장산의 청송은 누구를 위해 저리도 낙락장송이더냐.

—「어촌점묘」, 『조선중앙일보』, 1935.9; 이상경, 「「장산곶」에 대하여」, 『한국문학』,

1989.12, 328~329면에서 재록)

이전에는 마을의 공동재산이던 바다도 산도 이제는 마을 사람들의 손에서 완전히 떨어져 나가버리고 어업조합을 통하지 않으면 고기잡이조차 불가능하게 되어버렸다. 이것은 이 작은 어촌에서 해산물과 산의

3 　강경애는 「장산곶」을 쓴 다음 해에 『여성』 1937년 8월호에도 「기억에 남은 몽금포」라는 짧은 수필을 썼는데 작품에 대해서는 전혀 언급하고 있지 않다.

땔감에 의존하여 살아온 사람들에게는 생활 기반을 빼앗기고 생명의 위기에 직면하는 사태에 놓이게 되는 것을 의미한다. 당시 작자가 살고 있던 간도는 생활 기반을 잃은 이런 농민, 어민 등이 나라를 떠나 흘러 들어가는 곳이고 기아에 괴로워하는 모습은 일상적인 것이었는데, 작가의 고향에 가까운 이 몽금포의 마을에서도 드물지 않은 것이 되어 있었다. 형삼의 "만사 제쳐놓고 세상에서 가장 무서운 것은 굶주림이고 먹을 것이 없는 것이다"(A : 6월 9일)라는 말은 당시 조선인 민중의 실감이었다. 작자는 이 극한에 빠진 민중의 모습을 「소금」이나 「지하촌」 등에서 선명하게 묘사하고 있으나 「장산곶」에서는 먹을 것과 관련된 장면을 종종 삽입함으로써 굶주림에 부들부들 떠는 조선어민의 모습을 부각시켰다.

점심을 먹고 있나 하고 판자 울타리를 따라 뒷문쪽으로 돌아가 보니 전골 냄새가 물씬 코를 찌르면서 문득 요시오의 목소리가 들려왔다.(A : 6월 6일)

걸레로 닦으면서 보니 하얀 밥알과 소화되지 않은 쇠고기 조각이 섞여 있었다. (…중략…) 머리카락에 토해낸 하얀 밥알이 덩어리져 묻어 있다.
"저, 저, 순희가 머, 먹었어."
(…중략…) 형삼은 요시오네 집 울타리 밖에 있던 쓰레기통을 생각해 내고 거기에 버려져 있었을 쉰 밥과 상한 쇠고기와 생선 토막이 눈앞에 떠오르자 쇠망치로 호되게 얻어맞은 듯한 기분이 들었다.(A : 6월 7일)

언젠가 영희가 감기에 걸렸다는 말을 들은 시무라가 비오는 밤에 약을 사다준 일이 생각났다. 아이에게 약을 먹여 재운 뒤 아내가 감자를 쪄 와서

셋이 그걸 먹으며 무슨 얘기를 했는지 함께 배를 움켜잡고 웃었던 지난날
의 즐거운 추억!(A : 6월 8일)

바다에서 돌아오면 아내는 이 부엌문을 열고 코를 찌르는 향긋한 보리밥
냄새와 함께 웃는 얼굴을 보이고는(A : 6월 8일)

노파는 돌계단 옆에 태연히 주저앉아 뭔가를 먹고 있었다. (…중략…) 노
파는 먹던 군고구마를 소매 속에 집어넣고는 허둥지둥 일어났다.(A : 6월
10일)

즐거운 추억도 먹는 것과 함께 떠오르고 슬픈 현실도 먹는 것과 함께
사실적으로 묘사되어 있다. 특히 요시오 부부가 먹고 버린 음식을 형삼
의 딸들이 쓰레기통을 뒤져서 먹고 아픈 장면의 묘사는 생생하고, 일본
인과 조선인의 위상을 두드러지게 만드는 것이다.

이 요시오라는 일본인은 어업조합을 좌지우지하고 형삼을 따돌리지
만 그때에 시무라만은 형삼 편에 서서 요시오를 비판했다. 이러한 형삼
과 시무라의 우정은 바다에서 함께 일하면서 맺어졌다. 어느 날 앞바다
에서 폭풍우를 만난 형삼과 시무라는 필사의 힘을 다해 서로 도와 곤란
을 이겨내고 돌아오지만 요시오는 고기를 잡아 오지 않았다고 트집을
잡았다.

사람 좋고 온순한 형삼은 굳이 변명하려고도 하지 않고 그저 머리를 조
아리며 사과했지만 이것을 본 시무라는 낯빛이 변하여 요시오에게 덤벼들

었던 것이다.

　　그날 밤, 두 사람이 술잔을 나누고 있을 때 시무라는,

　　"어째서 하고 싶은 말도 못하는 거야? 조선인이라면 어떻게든 트집을 잡아서는 이러쿵저러쿵 잔소리 한 마디라도 해서 우선 괴롭히고 보지 않은면 직성이 풀리지 않는 게 그 놈의 나쁜 버릇이야."

하고 의분을 털어 놓았지만 형삼은,

　　"아니, 꾹 참고 고분고분하게 구는 게 제일이야."

하면서 시무라의 손을 잡고 쓸쓸히 웃어 보일 따름이었다.(A : 6월 7일)

　　형삼과 시무라의 우정을 묘사한 장면인데 '요시오에게 대든' 시무라와는 대조적으로 요시오에게 머리를 숙이는 형삼의 태도에 주의할 필요가 있다. 여기에서는 그가 "사람 좋고 온순한" 성격이라는 한 마디로는 정리되지 않는 사회적 배경이 있다. "꾹 참고 고분고분"이라며 "쓸쓸히 웃어 보이는" 형삼의 심중에는 억지스런 말을 들어도 한 마디도 할 수 없는 자신의 입장에 대한 자각이 있다. 가난하다고 하지만 일본인인 시무라의 입장과는 다르게 문자 그대로 요시오의 기분 하나로 형삼 일가의 생명이 좌우되는 것이다. 그것이 식민지 사회라는 것의 실태여서, 요시오는 시무라가 소집된 직후에 형삼을 어업조합에서 쫓아내고 그의 처를 죽음으로 내몰았다.

　　"…… 그런 놈이 소집 영장을 받고 가 봤자 나라에 도움이 될 게 뭐야. 그렇게 근성이 썩어 빠졌으니까 조센진들하고만 어울려 다니지."

　　형삼은 머리가 빙글빙글 돌고 정신이 아득해졌다.

"⋯⋯ 언제?"

"4, 5일 전이래요. 굴 캐러 갔다가 바다에 빠져서 ⋯⋯"

"흥, 고것 참 쌤통이다. 시무라란 놈과 한통속이 돼서 싸돌아다닌 벌이야."

아니나 다를까, 예상했던 대로의 말투다. 아내의 죽음이 남긴 마음의 상처가 건드려져, 가슴이 찢어질 것처럼 슬펐다. 그리고 분했다. 무엇보다도 한 가닥 희망의 실이 툭 끊어져 순간적으로 눈앞이 캄캄해지는 것이었다.

"그 할멈이 형삼이를 가엽다고 하길래, 그렇다면 요보랑 함께 살라고 말해줬더니, 할멈이 펄쩍 뛰면서 이제 요보들과는 상종도 않겠다고 화를 냅디다."

"하하하.

"호호호."

그들은 형삼의 따귀라도 후려치듯 자지러지게 웃고 있었다.(A : 6월 6일)

요시오 부부의 대화 부분은 그들의 조선인 멸시를 단적으로 묘사한 것인데 동시에 조선인과 친하게 지내는 일본인, 시무라에 대한 적의도 선명하게 드러내고 있다. 조선인과 친한 일본인은 '나라에 도움이 되지 않는다'라는 요시오의 한 마디에는 당시의 일본인과 조선인의 관계가 상징화되어 있다. 아내가 죽은 형삼을 동정하는 시무라의 어머니조차 일본인 사회의 상식에서 '일탈'했다고 여겨진다. 조선의 일본인거류민은 말할 것도 없이 그 존재 자체가 일본 국가의 보호에 의존하는 것이었다. 그 중에서도 조선인과 직접적인 접촉을 거의 하지 않는 도시의 일본인 거리에 사는 거류민과 달리, 요시오와 같이 지방의 작은 마을에서 사는 일본인은 일상적으로 조선인의 항일 의식, 감정과 접촉하지 않으면 안 되는 입장에 있었다. 그 때문에 국가의 침략 정책을 지지하고자 하는 의식과 행동은 한층 더 강했다고 할 수 있다. 즉 조선인 위에 군림하는 식민자의 차별 의식의 핵심에는 조선인에 대한 공포가 있고 그 공포심이 일상의 차원에서 노골적인 차별이 되어 드러나고 있었다고 말할 수 있다.[4]

국익과 입장을 함께 하는 이러한 식민자(및 일반 일본인)에게 일본인과 조선인의 관계는 어디까지나 지배, 차별을 전제로 하여 성립되어 있었다. 양자 사이에 평등한 관계, 친구 관계 따위는 본래 성립되어서는 안 되는 것이었다. 따라서 요시오에게 형삼과 시무라의 우정은 자신의 존재 기반 그 자체를 위협하고 '나라에 도움이 되지 않는' 허용되기 어려운 것이고 공격의 대상인 것이다.

이러한 식민지의 현실을 인식한 위에 1936년 6월이라는 시점에서 강경애는 누구도 도전하지 않은 양국 민중의 우정을 묘사하고 일본인에게 호소한 것이다. 여기서 주목하고자 하는 것은 그녀의 집필 활동이 1931년 1월의 「파금」으로 시작하여 1938년 5월의 「검둥이」로 끝난 사실이다. 이것은 만주사변에서 청일전쟁에 이르는 시기와 겹치는데 한마디로 말하면 일본이 중국에 대하여 전면전쟁을 준비하고 있던 시기에 해당한다. 이미 1933년 가을 그녀는 미래를 다음과 같이 예측하고 있다.

4　이러한 식민자로서의 일본인의 추악한 모습을 통한의 생각을 담아 고발한 작품으로서는 나카니시 이노스케[中西伊之助]의 「불령선인(不逞鮮人)」(1922)가 있고, 있고 또 조선지식인의 입장에서 학교를 무대로 묘사한 작품으로서 유지노의 「김강사와 T교수」 등이 있다.

인간은 1937년을 목표로 일대 살육과 파괴를 하려고 준비를 한다고 한다. 군축(軍縮)은 군확(軍擴)으로, 국제 협조는 국제 알력으로, 데모크라시는 파쇼로, 평화는 전쟁으로 ……. 인간은 정반합의 변증법적 궤도를 여실히 밟고 있다.

― 「이역(異域)의 달밤」, 『신동아』 12월호, 1933.

간도에서 살고 있던 그녀는 만주사변 직전부터 일본에 의한 철저한 무력 탄압과 조선인, 중국인의 이간(離間)정책[5]에 민감했다. 그렇기 때문에 그녀의 작품에는 중국인이 때때로 등장하는데 그 중에서도 「채전」(1933)이 인상적이다. 이 작품은 중국인 지주에게 고용된 조선인 농업 노동자의 투쟁의 승리를 묘사한 단편 소설인데 주인공은 계모에게 괴롭힘 당하는 지주의 어린 딸이다. 그녀는 평소에 자신에게 친절하게 대해준 조선인 노동자에게 양친의 이야기를 귀띔하고 결정적인 역할을 하는데 그 때문에 부모에게 살해된다. 다른 작품에 등장하는 중국인이나 일본인이 조선인에 대립하는 존재임에 반해 「채전」에서는 비록 어린 아이이지만 조선인에 대한 호의, 친밀감을 묘사하고 있다. 즉 가난하고 학대받는 동지의 우정, 연대의 싹틈이 묘사되어 있다는 점에서 「채전」은 주목할 가치가 있는 작품이다.

그로부터 약 3년 후에 발표된 「장산곶」에서는 목숨을 건 일을 통해 싹튼 일본인과 조선인의 우정, 연대가 묘사되어 있지만 그 내용은 더욱 깊어진 시대의 암울함을 반영하고 있다. 즉 요시오는 소집되어 전쟁에 나

---

5   예를 들면 관동군의 공작에 의해 일어났다는 1931년 여름의 만보산사건 등.

가고 형삼의 가족과 시무라의 모친이 남겨진다.

"어머니, 너무 쓸쓸해하지 마세요. 김 군이 있으니까 …… 아들처럼 생각하시고 무엇이든 김 군과 의논하세요."
(…중략…) 부탁하거나 부탁 받을 필요도 없다. 마음과 마음이 묶계이고 결합이다.
(…중략…) 시무라의 어머니에 대한 애정이 줄어든 것은 아니지만 요시오의 마누라가 뭐라고 했는지 그 쪽에서 먼저 발길을 뚝 끊어버렸으니 그저 슬프고 가슴 아플 뿐이었다. 훗날 시무라를 만날 면목이 없다고 한탄하면서, 눈을 들어 시무라가 떠나간 바다 저 쪽을 바라보았다.(A : 6월 7일)

이와 같이 형삼과 시무라의 우정은 시무라의 소집 즉 일본의 중국 침략이라는 시대 상황에 규정되고 회상의 저쪽으로 쫓겨나버렸다. 여기에 이 두 사람의 우정을 회상의 형태로밖에 말할 수 없는 현실의 한계가 있고, 또 회상으로라도 말하지 않으면 안 되는 작자의 결의가 표출되어 있다. 시대와 길항하는 작자의 문학에 대한 이러한 자세는 장편『인간문제』를 쓰기에 앞서 말한 다음의 말에 드러나 있다.

나는 이 작품에서 인간의 근본 문제를 포착하여 이 문제를 해결할 요소와 힘을 구비한 인간이 누구며, 또 그 인간으로서의 갈 바를 지적하려고 노력하였습니다.

—『동아일보』, 1934.7.27.

작가는 『인간문제』에서 인간의 근본 문제란 민족과 계급의 문제라는 것을 제시하고 그 해결의 방향을 노동자의 단결, 조직운동에서 구하려고 했다. 그녀의 사회주의에 대한 인식이 어느 정도였는지는 알 수 없지만 민족독립을 위해서도 코민테른의 '반파쇼 국제 연대'에 찬동하고 있었던 것은 확실하다. 전쟁과 평화, '파쇼'와 '데모크라시'가 갈등하는 시대, 조일(朝日)노동자의 연대 투쟁도 가혹한 탄압에 의해 거의 괴멸했다고 할 수 있는 1936년(시무라의 형이 "형무소에 들어가 있다"라는 구절이 암시하고 있다), 그래도 작자는 '노동자의 국제 연대'에 희미한 희망을 의탁하고 있는 것이리라. 그리고 그것은 민족의 벽을 뛰어넘은 개인과 개인의 우정 속에서 먼저 구할 수 있다는 것이 「장산곶」의 메시지인 것이다.

4. 아내의 죽음

그런데 「장산곶」에서 가장 불가해한 점은 형삼의 아내의 죽음과 관련해서이다.

구체적인 기술로서는 형삼의 처가 "4, 5일 전이래요. 굴 캐러 갔다가 바다에 빠져서 ……"(전게, 6일) 혹은 "아내가 몸을 던진 섬 몽금이 앞 사자바위를 차마 두 번 다시는 볼 수가 없어서였나"(A : 6월 9일)가 있다. 전자는 요시오의 아내의 말이기 때문에, 후자가 그 진상이라 해도 자살의 직접적인 동기나 전후의 사정에 대해서는 전혀 드러나지 않는다.

바다에서 돌아오면 아내는 이 부엌문을 열고 코를 찌르는 향긋한 보리밥 냄새와 함께 웃는 얼굴을 보이고는 (…중략…) 하루의 피로도 싹 가시는 기분이 들었다.

한없이 사람이 그리운 썰렁한 부엌이다. 기운 없이 부엌을 둘러보던 형삼은 눈시울이 뜨거워졌다.(A : 6월 8일)

아내에 대한 추억은 이 부엌에서의 회상 장면과 전술(前述)한 시무라와 셋이서 감자를 먹으며 이야기하던 "지난날의 즐거운 추억!"뿐이다. 게다가 아내의 죽음이 수일 전의 사건임에도 불구하고 형삼의 태도는 어딘가 의연함이 있다.

이것은 왜일까. 여기에서 이 소설의 제목이기도 한 '장산곶'에 얽힌 두세 가지 사정에 대하여 말할 필요가 있을 것이다. 우선 제3장의 모두(冒頭)에서도 서술했듯이 '장산곶'의 바다는 예부터 거칠기로 유명하다. 그리고 이곳은 조선인이라면 누구나 알고 있는 유명한 판소리 〈심청전〉의 주인공 심청이가 장님 아버지의 개안(開眼) 기원을 위해서 인신공양이 되어 몸을 던진 바다, 인당수인 것이다.

어린 시절, 강경애가 이 판소리에 열중한 것을 「자서소전(自敍小傳)」(1937)에서 다음과 같이 회상하고 있다.

8살 때 아버지가 보다 놓아둔 『춘향전』에서 국문을 깨쳐 가지고 구소설을 읽기 시작하였는데 『삼국지』『옥루몽』 등 우리 시골로 내려온 것 치고는 거의 다 독파하였다. 그 소문이 자자하게 퍼져 동네 할아버지들이 도토리 소설장이란 별명을 지어가지고 다투어 데려다 소설을 읽히고는 과자를 사다주곤 하였다.

―『한국여류문학전집』1, 한국교양문화원, 1978, 131쪽부터 재록

위와 같이 강경애에게 판소리는 매우 친숙한 세계였으므로 고향에 가까운 '장산곶'은 독특한 의미를 가진 장소로서 염두해 두고 있었던 것이다. '장산곶', 인당수의 거친 바다에 심청은 공양미 삼백 석의 대가로서 배에서 몸을 던지지만 이 효녀는 천제(天帝)가 불쌍히 여겨 바다에서부터 다시 살아난다. 즉, 작가에게 '장산곶'이란 '재생'을 상징하는 곳이다. 거기는 조선인끼리라면 '재생'을 암시하는 바다로서 서로 통할 수 있다. 이 경우 '재생'이란 단순히 아내 개인의 재생이 아니라 형삼의 가족을 포함한 조선민족의 '재생'의 의지를 담은 것으로 볼 수 있다.

더욱이 '장산곶'을 흐르는 해류는 여기에서 소용돌이 치고 역류하여 당시의 공업도시 인천항으로 돌아 나가는데 그것은 대표작 『인간문제』의 무대이기도 했다. 이 소설의 여주인공 선비는 고향 농촌에서 생활이 불가능해져 인천의 공장노동자가 되어 조직적인 노동운동에 참가하고자 하지만 결국 병으로 쓰러져 죽을 수밖에 없었다. 또 「어둠」(1937)의 여주인공 영실은 오빠가 처형되어서 미치고 만다.

이처럼 『인간문제』 후에 쓰인 강경애의 작품 대부분이 '어둠'의 시대를 그대로 투영하듯이 무겁고 어두운 결말이다. 그러나 작자는 그 '어둠' 속에서 절망하면서 탄식하고 있지는 않았다. 예를 들면 『모자(母子)』(1935)의 주인공은 눈에 파묻혀 죽기 직전, 산(항일투쟁)에 들어가 죽은 남편을 비로소 이해하고 다음과 같이 외친다.

'우리는 아무리 살려고 가진 애를 다 써도 결국은 못 살게 되고 또 죽게 된다.' 남편의 말. 그렇다! 옳다! 그가 살려고 얼마나 애를 썼던가. 그래도 사람이 산 이상에야 살 수 있겠지, 설마 한들 죽을까. 이러한 미련에 그날같이 애쓰다가 결국은 이러한 눈 속에서 죽게 되지 않았는가. 남편의 죽음과 지금 자기네 모자의 죽음은 얼마나 차이가 있는 죽음이냐.

―「모자」, 『개벽』, 1935.1, 20면.

이처럼 죽는 순간에 남편 죽음의 의미를 깨닫는 아내를 묘사함으로써 민족 해방에의 불꽃이 사라지지 않을 것을 상징한 작가가 「장산곶」에서는 인당수에서의 아내의 죽음으로 민족 재생, 해방의 이미지를 삽입했다고 할 수 있다. 단 그것은 당시의 일본인 독자에게는 전해질 수 없는 숨겨진 메시지였던 것이다.

5. 결론

이상 「장산곶」의 내용을 분석했는데 그 결말부에 관련해서 간단히 부언함으로써 결론을 대신하고자 한다. 제일(祭日) 오후 산 위에 세워진 신사(神社)에 참배하고 있는 일본인들이 갑작스런 뇌우(雷雨) 때문에 쏜살같이 산을 내려와 자동차로 돌아간다. 그 때 남겨진 노파(시무라의 어머니)를 도와 산을 내려오는 것은 형삼이었다.[6]

그는 빗줄기에 비틀거리는 노파를 다짜고짜 들춰 업고 구르듯이 돌계단
을 뛰어내려왔다. 노파는 두 손에 게다짝과 굴 소쿠리를 들고 형삼의 등에
찰싹 달라붙었다. 쉰 목소리로

"미안하구먼!"

하는 노파의 목소리가 그의 가슴을 찡하게 울렸다. 그는 쏜살같이 달리기
시작했다. (A : 6월 10일)

여기에 나오는 신사, 돌계단, 토리이[鳥居], "소란스러운 게다 소리" 등
은『인간문제』에서도 식민지 도시 경성의 남산에 있던 조선 신사의 풍경
으로서 인상적으로 묘사되고 있으나, 이 작품에서도 일본을 상징하고
있다. 일본인이 마음대로 지은 신사에 천둥소리와 함께 큰 빗방울이 세
차게 내리치고 참배하러 온 일본인은 앞을 다투어 도망간다. 힘이 없는
노파는 돌계단에서 버려진 채이다. 그 노파를 구하는 이는 조선인 형삼
이다. 이 묘사에서 발산되는 강렬한 메시지는 결말에 그대로 연동된다.

황해에서 밀려온 성난 파도가 요란하게 으르렁거리며 장산곶을 삼키고
있었다. (A : 6월 10일)

본격적인 중일전쟁의 돌입전야에 쓰인 「장산곶」의 결말을 일본에 의
한 침략전쟁의 패배를 예견한 묘사로 해석할 수 있을 것이다.*

---

6   이 소설의 설정도 일본인 '노부(老父)'가 아니라 '노모(老母)'이기 때문에 리얼리티를
     잃지 않은 것은 말할 필요도 없다.
*   한국어번역 : 윤미란

『삼국지』의
동아시아적 전유의 양상

조성면

1. 동아시아론과 서사의 제국『삼국지』

『삼국지』(『삼국지통속연의』를 의미하며, 이하『삼국지』로 약칭)는 동아시아의 독자들이 일생에 한번은 거쳐 가는 통과의례형 필독서이다. 요즘에는 영화·만화·게임 등의 문화상품들이 대세를 이루고 있는 듯이 보이지만,『삼국지』의 본령은 문학(소설)에 있다. 연령과 세대를 고려한 맞춤형 텍스트들이 즐비할 뿐 아니라 국적과 작가에 따라 입장과 문체를 달리한 판본들이 '삼국지 다시 쓰기(re-writing)'와 '다시 읽기(re-reading)'를 주도하면서 이야기의 제국을 이끌어가고 있다.

'천년의 베스트셀러'라는 별칭대로『삼국지』의 역사는 길고, 넓다. 현존하는 최고의 '삼국지 판본'인 가정본(嘉靖本, 1522)을 기준으로 하면 500년이 넘는 세월동안 읽혀온 것이고 사서(史書)나 설화·잡극 등까지 고려하면 1,800년이 넘는 긴 이야기의 역사를 가지고 것이다. 이 같은『삼국지』의 역사는 근대에 들어와서 더욱 활성화하여 1904년부터 2004년까지 백 년 동안 한국에서 근대식 활자로 간행된 한국어 판본들과 만화·게임·영화·실용서 등을 합산하면 400종이 넘는다.[1] 단일한 작품이 이토록 많은 판본을 보유하면서 수백 년 넘게 읽히면서 동아시아 및 세계의 독자들에게 널리 애독되고 있다는 것은 놀라운 일이며, 동아시아론의 관점에서도 흥미로운 관심의 대상이 아닐 수 없다. 여기에서 말하는 동아시아론은 1987년 무렵에 발아하여 1993년 「탈냉전시대 동아시아적 시각의 모색」을 통해 평단에 정식으로 제출된, 이른바 프로문학에서 민족문학으로 이어지는 변혁담론의 계보를 잇고 있는 대안담론을 뜻한다.

동아시아론의 핵심은 모더니티의 쌍생아였던 자본주의와 사회주의를 넘어서, 그리고 민족문학론의 일국주의와 분단체제를 아우르며 넘어서 세계사적 모순의 결절점인 한반도 문제를 동아시아적 차원에서 고민하고 참다운 민중세상과 동아시아의 평화를 모색하는 실천담론이며, "새로운 세계형성의 원리"[2]라 할 수 있다. 민족문학론이 내장한 민족주

1 　인하대 한국학연구소 기초학문연구단(『삼국지 역본 해제』(인하대 한국학연구소, 2005)에서는 342종의 삼국지 판본을 수집, 정리, 해제한 바 있다. 이후에 추가적으로 간행된 판본과 문화콘텐츠들을 모두 포함하면 400종이 넘는다. 최근에는 콘솔게임, 온라인 전략 시뮬레이션을 넘어서 모바일 게임과 소셜 네트워크 게임(social network game)으로까지 분화, 확장되고 있다.『삼국지』장르의 확장과 분화에 대해서는 조성면, 「고전『삼국지』의 현대적 수용과 변용의 양상」,『대중서사연구』27, 2012.6에서 상론한 바 있다.

의라는 인화물질을 제어하면서 우리가 살아온 또한 앞으로 그 일원으로서 살아야 할 세계이기도 한 "동아시아를 하나의 분석단위 또는 사유단위"[3]로 묶는 실천담론이 바로 동아시아론이다.

동아시아론은 운동론의 범주에 속해 있으며, 학지(學知)의 일환으로 창안된 담론은 아니었다. 물론 지난 2006년부터 2013년까지 7년 동안 BK사업단을 꾸려 분과학문의 울과 일국주의를 가로질러 '동아시아한국학'이라는 학문적 융합을 시도함으로써 연구방법론이자 "절차탁마의 아카데미즘"으로서의 가능성을 보여준 바 있다. 이 과정을 통해 동북아와 동남아를 모두 포괄하여 학문을 통한 상호 이해와 우리 안의 삶과 역사 속에 깃들어 있는 생생하고 뚜렷한 '동아시아성'을 확인한 바 있다. 이제 우리는 동아시아론의 운동성은 운동성대로 살려나가되, 다른 한편으로는 동아시아 연구자들의 학문적 교류와 연구 지평의 확장을 위해 실천인문학 내지 학술운동으로서 아름다운 전통을 수립하고 이어나갈 필요가 있다. 『삼국지』는 동아시아론과 동아시아한국학의 현실성과 유효성을 입증할 사고실험의 대상이다.

알다시피 『삼국지』는 동아시아 공동의 문학으로서 서사의 변용과 확장 등의 방식을 통해서 저마다 창의적으로 수용해왔다. 물론 『삼국지』가 동아시아평화공동체 실현을 위한 묘방도 아니고, 텍스트의 역사가 마냥 아름다웠던 것만은 아니다. 『삼국지』는 저마다 자기 필요에 따라 다른 방식으로 전유함으로써 우리 안에 내재된 동아시아성과 함께

---

2   최원식, 「탈냉전 시대 동아시아적 시각의 모색」, 『생산적 대화를 위하여』, 창작과비평사, 1997, 416면.
3   최원식, 「천하삼분지계로서의 동아시아론」, 『제국 이후의 동아시아』, 창작과비평사, 2009, 69면.

동아시아제국(諸國)의 갈등과 분열 같은 어두운 그늘을 동시에 보여주고 있기 때문이다. 특히 동아시아 공동문학으로서의 경험을 즐겁게 공유하면서 동시에 동아시아제국의 전쟁 명분이나 정치이념의 선전수단으로 악용돼온 사례도 적지 않는바, 오히려 이 점이『삼국지』가 갖는 동아시아성의 본질을 날카롭게 재현하고 있는 것이라 할 수 있다.

2. 『삼국지』의 동아시아적 확장과 변용

『삼국지』는 후한 영제 원년(184)부터 진 무제 원년(280)까지 97년 동안에 걸친 전쟁과 영웅들의 이야기를 다룬 대하소설이다. 현재『삼국지』는 가정 임오년(1522)에 간행된 나관중(?~1398)의『삼국지통속연의』가 현존하는 최고(最古)요, 최초의 판본이라는 주장이 거의 정설로 받아들여지고 있다.

『삼국지』는 나관중의 독자적인 창작이라기보다는 편찬 혹은 집대성된 장회소설로서 '작가'라는 근대적인 개념을 전제로 축조된 작품은 아니다. 요컨대 그것은 "진수(233~297)의 정사『삼국지』와 후대에 이를 토대로 주석과 일화를 덧붙인 배송지(372~451)의『삼국지주(注)』등의 공식적인 기록물들, 당대의 변문(變文), 송대의 화본(話本)들, 원대의 잡극(雜劇)과 지치연간(至治年間, 1321~23)에 간행된『전상평화삼국지(全相平話三國志)』그리고 민간설화 등이 덧붙여지고 변용되는 등의 과정을 거쳐 형성, 발전되어"**4** 온 누가적(累加的) 텍스트이다.

현재 유통되는 120회 장회소설『삼국지』는 청대 출판업자인 모종강(毛宗崗)이 '성탄외서(聖嘆外書)'라 이름을 붙이고 실제로 김성탄(?~1644)의 비평문(?)을 첨부하여 순치 원년(1644)에 출판한『삼국지통속연의』이다. 한국에서 공식기록물로『삼국지』가 본격적으로 거론되고 있었음을 확인할 수 있는 것은 조선 중기부터이며, 선조 2년(1569) 기대승이 왕에게 올린「상계(上啓)」와 실록의 기사를 비롯**5**하여 허균의 시문집『성소부부고』·택당 이식의『택당집』·홍만종의『순오지』·김만중의『서포만필』등을 꼽을 수 있다.**6**

그러나『삼국지』가 국내에 유통된 것은 선조(1552~1608) 이전으로 거슬러 올라간다. 명종 시대인 1552년에서 1560년 사이에 병자자(丙子字)로 간행된『삼국지』가 발견되었기 때문이다. 국내에서 제작된 '병자자 삼국지'는 세계 최고(最古)로 꼽히는 가정본(1522)인 목판본을 제외하고 금속활자본으로서 현존하는 세계 최고(最古)의 판본이라 할 수 있다.**7** 박재연 교수는 그 동안 국내에 현존하는 최고의 판본은 주왈교본을 그대

---

4   조성면,「대중문학과 문화콘텐츠로서의『삼국지』」,『한국문학 대중문학 문화콘텐츠』, 소명출판, 2006, 111면.

5   『조선왕조실록』선조 2년(1569) 6월 임진(壬辰) 기사를 보면, 선조의 질문에 기대승이 다음과 같이 "삼국지연의는 괴탄함이 이와 같은데도 인출하는 데까지 이르렀으니, 당시 사람들이 어찌 식견이 있다고 하겠습니까三國志演義 則怪誕如是 而至於印出 其時之人 豈不無識"라고 답변하는 대목이 있다. 무악고소설자료연구회 편,『한국고소설 관련자료집』, 태학사, 2001, 65~67면.

6   이경선,「삼국지연의의 한국 전래와 정착」,『『삼국지연의』의 비교문학적 연구, 일지사, 1976, 120~129면.

7   '병자자 삼국지'의 연대 추정 근거와 의미에 대해서는 박재연,「새로 발굴된 朝鮮 活字本 '三國志通俗演義'에 대하여」,『중국어문논총』44, 2010.3, 241~262면에서 상론한 바 있다.

로 번각한 "정묘년 탐라 간기가 있는 『삼국지연의』"[8]로 알려져 왔으나 새롭게 발굴된 『삼국지』가 병자자였다는 것을 근거로 이를 "한·중·일 삼국을 통틀어 첫 번째 금속활자"로 추정하고 있는 것이다.

일본에서도 『삼국지』가 비교적 이른 시기부터 유통되고 있었음을 확인할 수 있다.[9] 유통 시기를 기록물로서 확인할 수 있는 것은 "일본 최초의 자각적인 주자학자"로 알려진 하야시 라잔(林羅山, 1583~1657)의 문집에 등장하는 기록이다. 경장(慶長) 9년(1604)에 기록된 독서목록에 『삼국지연의』가 기재되어 있는 것이다.[10] 하야시 라잔은 에도 바쿠후(江戶幕府)를 일으켜 세운 도쿠가와 이에야스(1542~1616)의 정치 고문으로서 주자학을 신분관계의 기초를 수립하고 사회 질서의 기초를 다지기 위한 이념이자 수단으로써 적극적으로 수용한 인물이다. 이 시기 일본에서 『삼국지』는 단순한 연의물이 아니라 일본의 남북조 — 고다이고(後醍醐, 1288~1339) 일왕을 요시노(지금의 나라현)로 축출하고 무로마치의 지지를 받은 고묘(光明, 1322~80) 일왕이 등장한 정치적 대혼란기를 뜻한다 — 시대를 중국의 삼국시대와 연결시킨 군기소설 『타이헤이기[太平記]』 같은 전쟁문학의 기원일 뿐만 아니라 군신의 의(義)나 충(忠) 등 주자주의를 널리 알리고 내면화하기 위한 방편으로서의 의미를 띠고 있다.[11]

지금까지 알려진 바에 따르면 에도시대(1603~1867) 겐로쿠[元禄] 5년(1692)

---

8   위의 글, 245면.
9   일본에서 『삼국지』의 수용에 대해서는 이은봉, 「한국과 일본에서의 『삼국지연의』 전래와 수용」, 『동아시아고대학』 23, 2010.12, 671~680면을 참고.
10   『삼국지』 판본과 일본 유입에 대해서는 中川諭, 『三國志演義版本の研究』, 汲古書店, 1998; 田中尚子, 「通俗三國誌 試論」, 『三國志演義の名が記さらる』, 汲古書院, 2007, 174면 등을 참고.
11   이은봉, 앞의 글, 672~674면.

에 일본어로 번역, 간행된 『통속삼국지(通俗三國志)』가 일본에서 가장 오래된 최고(最古)의 판본으로 알려져 있다. 그러나 최근의 연구는 한국의 국립중앙도서관 소장본인 『통속삼국지』의 서문에 '원록기사맹하호남문산지(元祿己巳孟夏湖南文山識)'라는 기록을 찾아내어 일본의 『국서총목록(國書總目錄)』의 기록보다 실제로 3년 더 이른 시기에 고난분잔(湖南文山)이 『삼국지』를 번역하였음을 확인하였다.[12] 고난분잔의 번역본 이후, 『통속삼국지』는 덴포(天保) 7년(1836)~12년(1841) 사이에 가츠시카 다이토(葛飾載斗)가 400여 장의 그림을 덧붙인 『회본통속삼국지(繪本通俗三國志)』로 변용, 출판되어 큰 인기를 끌었으며, 우키요조시(浮世草子)의 『풍류삼국지(風流三國志)』(1708)·키뵤우시 즉 그림과 간단한 대화로 구성된 황표지(黃表紙)의 그림책소설 『통속삼국지』 등 일본풍의 도상(圖像)을 가미한 판본들이 쏟아져 나왔고, 또 가부키로 만들어져 활발하게 공연되기도 하였다.[13]

『삼국지』를 활용한 서사변이와 변용은 한중일 삼국에서 모두 공통적으로 나타나는 현상이며, 소설텍스트에서 연희물로 확장되어 나간 것이 아니라 근대 이전에는 오히려 소설텍스트·잡극·변문·판소리·가부키·경극·시조창·가사·군담소설에 『전상평화삼국지』나 『풍류삼국지』처럼 그림과 문자가 결합된 상도하문(上圖下文) 형식의 장르들이 소설보다 앞서거나 뒤처지면서 소비되었고, 또 소설과 함께 공존하고 있었다. 그러던 것이 근대로 접어들면서 근대식 활자본·신문연재물(양건식, 한용운, 요시카와 에이지 등)·잡지연재(박태원)·소설 출간(모종강,

---

12 위의 글, 675면.
13 위의 글, 678~679면.

요시카와 에이지, 기타가타 겐조, 박태원, 박종화, 김구용, 이문열, 황석영 등)으로 이어졌고, 최근에는 소설을 바탕으로 영화(우위썬의 『적벽대전』 등)·만화(고우영·요코야마 미쓰테루·천웨이동·이희재·이학인 등)·전략 시뮬레이션게임(KOEI 삼국지 시리즈 등)·소셜 네트워크 게임(손바닥 삼국지 등) 등으로 다양하게 분화, 발전해 나가고 있는 중이다. 현재 동아시아 독자들은 한중일 각국에서 제작된 콘텐츠들을 서로가 서로를 모방하고 참고하면서 『삼국지』라는 동아시아 특유의 거대한 '서사 제국'을 구축하고 있으며 또 그 역사를 이어나가고 있다.

3. 조조-유비 해석의 정치적 전유와 담론화의 양상들

이야기의 제국 『삼국지』의 주요 특징의 하나는 조조와 유비에 대한 해석과 재해석의 반복 — 곧 유비-조조에 관한 담론들이다. "조조-유비 담론은 우선 텍스트의 주인공, 서사의 의도, 주제의식 등과 직접 관련"되는 핵심사안[14]으로 '삼국지 다시 쓰기'의 주요 원인이라 할 수 있다. 나관중에서 모종강으로 이어지는 이른바 정통 『삼국지』를 읽으면서 독자들이 갖는 의문점은 빼어난 지략과 리더십으로 삼국 시대를 주도하던 위왕(魏王) 조조가 폄하되고, 능력이나 세력이 조조에 훨씬 미치지 못했

14　김진공·이소영, 「'삼국연의' 다시 읽기」, 『'삼국지연의' 한국어 번역과 서사변용』, 인하대 출판부, 2007, 57면.

던 한중왕(漢中王) 유비가 높게 평가되면서 서사의 중심으로 그려지는 것은 어떤 이유에서인가? 존유억조(尊劉抑曹) 또는 옹유반조(擁劉反曹)로 통칭되는 유비 중심의 서사가 등장한 것은 언제부터이며, 그 의미는 무엇인가?

나관중에서 모종강으로 이어지는 이른바 정통 판본들의 경우, 조조는 간웅(奸雄)으로 묘사된다. 그런데 조조가 황제를 압박하고 전권을 행사하며 정국을 주도한 것은 사실이지만 그가 황제를 시해하거나 제위를 찬탈한 것은 아니었다. 오히려 유비는 헌제(181~234)가 죽었다는 뜬소문을 듣고서 220년 헌제의 양위 직후인 221년 4월 연호를 장무(章武)로 하고 황제에 즉위한다. 정사(正史)『삼국지』『촉지』의「비시전」에 따르면, 이때 전부사마 비시가 지금의 상황은 제위에 오를 때가 아니라고 간언하자 가차 없이 그를 좌천시킬 정도였다.

그런 유비를 영웅으로 기리고 묘사하기 시작한 것은 민간에서였다. 서민들이 공감할 수 있을 정도로 한미한 출신인데다가 약자에게 호의적인 대중심리가 함께 작용했기 때문이다. 민간설화의 주인공이었던 유비가 공식담론의 주역으로 부상한 것은 남송대(南宋代) 이르러서이다. 주희(朱熹)는『자치통감강목(資治通鑑綱目)』을 통해 구양수(歐陽修)나 자치통감(資治通鑑)』의 저자인 사마광(司馬光)이 조조를 정통으로 보는 관점을 비판하면서 유비를 정통으로 내세웠다.

서(書)에 이르길 어떤 황제 위가 정통이란 말인가. 그런 고로 손권과 조조의 성명을 모두 배척한 것이다. 황제로 칭하고 황후를 세우고 태자를 세웠으나 정통과 다른 까닭에 서에서 모두 기록하지 않은 것이다[卽皇帝位何位正

統也 故孫曹皆斥姓名 書稱皇帝立后立太子 皆不書皇 所以殊之於正統也. [15]

유비와 조조와 관련된 평가들 — 이른바 인물(품성)론은 본래 인물에 대한 선호도와 취향의 문제였으며, 주희보다 앞서 유비의 촉한(蜀漢)을 정통론을 제시한 인물로는 진수와 습착치(習鑿齒)가 있었다. [16] 주희는 자신의 주자학적 세계관과 의리론을 토대로 조조와 손권을 모두 부정하고 한 고조 유방에서 소열제(昭烈帝) 유비로 이어지는 계보를 정통으로 보는 관점을 정립한다. 이때부터 촉한정통론이 『삼국지』 서사를 주도하는 핵심이념이자 독법(讀法)으로 확고하게 자리 잡기 시작했던 것이다. 주희가 인물의 품성론이나 정서적 호불호의 차원을 넘어서 유비를 이념화한 것은 한(漢)과 송(宋)의 역사적 유사성 때문이다. 말하자면 이는 여진의 금(金)에 쫓겨 화북 일대를 내주고 남쪽으로 쫓겨 내려온 굴욕의 시대에 대한 반발로서 조위(曹魏)에 의해 한나라가 망하고 서촉에 국가를 세웠던 촉한과 남송의 처지를 유비관계(類比關係)로 읽은 것이다. 특히 주자학의 이론을 국가통치이념의 근간으로 삼았던 명대(明代)로 내려오면서 촉한을 정통으로 삼는 주희의 역사관이 확고하게 뿌리를 내리고 있는 상황이기도 했다. 더군다나 나관중의 『삼국지통속연의』가 완성된

---

15 朱熹, 『資治通鑑綱目』 卷十四, 『四庫全書珍本六集』 八, 台北 : 商務印刷書館, 1975, 61면.
16 유비에 호의적이었던 것은 습착치보다 훨씬 이전인 진수의 『삼국지』에서 벌써 그 단초가 엿보이기도 한다. 예컨대 『삼국지』가 조위 중심의 사서가 아니라 유비를 크게 배려하고 있었다는 주장도 제기되고 있다. 박영철은 이 같은 주장의 근거로 『사기』가 오의 손권은 이름을 그대로 사용하는 데 비해 유비를 선주(先主)로 지칭하고 있으며 「촉지」에만 황제들이나 하늘에 올릴 수 있는 「고천문」을 싣고 있고, 또 유비의 부인들을 모두 황후(皇后)로 지칭하고 있는 점 등을 제시하고 있다. 박영철, 「'삼국지'와 삼국시대의 정통론에 대해서」, 『역사문화연구』 38, 한국외대 역사문화연구소, 2011.2를 참고할 것.

시기는 삼국시대 및 남송시대와 유사한 명말청초(明末淸初)였다. 이와 같이 유비를 중심에 두는 촉한정통론은 민간설화에서 인기가 높았던 유비가 주자학의 이론적 지원을 받고, 또 이민족(금(金)과 청(淸))의 침략에 맞서는 대항이념 내지 선민사상으로 볼 수 있는 중화주의로 둔갑하면서 『삼국지』 특유의 이데올로기로 정착되었다. 따라서 유비 삼형제를 전면에 내세우는 『삼국지』는 주자주의와 민중의 공모가 만든 합작품이었던 것이다.

사실, 동아시아에서 『삼국지』는 단순히 즐거움과 오락이라는 개인적 읽기를 넘어서 '의(義)'가 '충(忠)' 등 명분과 이념이 함께 혼합된 정치적 독서물이었다. 이 점에서 유비와 조조는 단순한 인물이라기보다는 일종의 이념이고 정치적 상징이라 할 수 있다. 일본의 경우가 바로 그러하다. 군대와 전쟁이 사회 전역을 주도하던 일본의 무사정권 시대와 군국주의 시절은 『삼국지』의 정치화가 정점에 이른 시기라 할 수 있다. 바쿠후 시대부터 『삼국지』는 "전통주제인 대의(大義)가 일본에서는 충의(忠義)로 바뀌게"[17] 되었으며, 근대에 와서 천황제 파시즘 체제하에서 대동아공영권을 외치며 중일전쟁을 일으켰던 시기 『삼국지』가 연재되어 대중들의 열광을 받았다는 것은 단순한 우연의 일치로 보기는 어려운 측면이 많다.

일본에서 『삼국지』가 번역물과 가부키 같은 전통적 연희로 유통되던 시기와 달리 근대에 이르러서는 근대적 문학작품으로, 신문연재소설로 다시 큰 인기를 끌었다. 역사소설가로 이름을 떨친 요시카와 에이지(吉川

17　이은봉, 앞의 글, 679면.

榮治, 1892~1962)의 『삼국지』가 바로 그러하다. '요시카와 에이지본 삼국지'는 1939년 8월 26일부터 1943년 9월 5일까지 『추가이쇼교신포中外商業新報』에 연재되었고, 이때부터 '삼국지 텍스트의 근대화'와 '다시 쓰기' 그리고 정치적 소비의 경향을 뚜렷하게 보여주었다. 아울러 120회의 장회소설로서 각 회마다 회평(回評)과 한시가 덧붙은 모종강의 '정통(?) 삼국지'에서 벗어나 『삼국지』가 인물내면 묘사가 시도된다든지 목차와 구성방식을 달리한 새로운 근대소설로 거듭난 것도 요시카와 에이지의 영향이라 해도 과언이 아니다.

그런데 무엇보다 흥미로운 것은 요시카와 에이지의 경력과 그의 『삼국지』가 연재되던 시기이다. 그는 1915년부터 1920년대 초반까지 『도쿄 마이사쿠신분東京每夕新聞』의 기자로 재직하였고, 중일전쟁기인 1938년에는 『마이니치신분每日新聞』의 특파원으로 종군하였으며, 또 내각 정보국의 명령으로 종군 작가를 역임하기도 했다. 또 1942년에는 해군 촉탁으로 전사(戰史) 집필에 참여한 바 있다. 그의 대표작 『미야모토 무사시』(1935)나 『삼국지』(1939)는 각각 이노우에 다케히코의 『베가본드』로, 요코야마 미츠테루의 『전략 삼국지』로 만화화되어 큰 인기를 끌었으며 국내에도 번역, 소개된 바 있다.

요시카와 에이지 판본은 특징은 모종강의 춘추필법(春秋筆法)과 달리 유비가 황하 강변에서 차를 사는 장면으로부터 시작된다는 점이다. 이 에피소드가 갖는 의미는 『삼국지』가 지닌 고대소설의 면모를 일신하고 마치 영화의 한 장면처럼 시작되고 있다는 것이며, 아울러 황건적의 흉포함과 난세의 실상을 체험한 유비로 하여금 전쟁의 명분과 동지(관우와 장비)를 얻는 계기가 된다는 점이다. 이 모든 에피소드는 유비가 "전쟁을 일으켜 천하를 손에 넣고 한 황실을 일으킨다는 명분을 제공하기 위해 세심하게 마련된 장치"라 할 수 있다. 인류의 전쟁사와 정쟁들이 다 그러하듯 전쟁 자체보다는 전쟁을 할 수밖에 없는 상황과 명분과 이유 곧 전쟁의 이념을 창안하는 일이 더욱 중요했으며, 전쟁의 명분과 이념은 군국주의 일본의 국가적 관심사였으며, 요시카와 에이지의 "『삼국지』가 매력적이었던 것은 어쩌면 전쟁에서 이기기 위해서 동원되는 온갖 수단과 방법이 이 텍스트 속에 무궁무진하게 펼쳐져 있기 때문"일지도 모른다.[18] "그렇다면 요시카와 에이지의 『삼국지』는 우리가 생각했던 것보다 훨씬 더 '동아협동체론'과 사상적으로 밀착"돼 있었을지 모른다.

당시 일본 전역에 널리 퍼져 있던 이 같은 사고와 시대적 분위기를 잘 보여주는 것은 위(僞)만주국 건국의 이론과 전략의 구축한 이시하라 간지(石原莞爾, 1886~1949)의 『세계최종전쟁론(世界最終戰爭論)』이다. 전략의 천재로 불렸던 몽상적 전쟁이론가였던 이시와라 간지(石原莞爾, 1889~1949)의 『최종전쟁론』은 황인종과 백인종의 최종전쟁 곧 일본과 미국이 세계의 패권을 놓고 대결하게 될 상황에 대비하여 만주와 동남아의 풍부한 자원을 토대로 강력한 중일동맹(中日同盟)을 구축하고 미국과 마지막 전쟁을 치른다는 세계전략을 담은 것[19]으로 전쟁의 명분이 필요한 군국주의 일본에게는 더할 나위없는 이론적 근거였으며, 요시카와 에이지의 『삼국지』는 "동아시아 통일을 실현함으로써 세계통일을 가능케 한다는 천하통일의 논리"[20]를 전파하는 '위험한 국민적 오락물'로 또 천하통일과 세

---

18 권용선, 「요시카와 에이지 『삼국지』의 수용과 사적 의미」, 인하대 한국학연구소 기초학문연구단 편, 『'삼국지연의' 한국어 번역과 서사 변용』, 인하대 출판부, 2007, 50~51면.
19 石原莞爾, 「世界の統一」, 『最終戰爭論／戰爭史大觀』(『石原莞爾選集』 3), 東京 : 1986, 40~47면.

계제패라는 군국주의 일본의 은유로서 국가적으로 소비되고 있었던 셈이다. 이 요시카와 에이지의 『삼국지』는 식민지 조선에서 발행되던 일본어 신문 『경성일보』에 약 한 달 정도의 시차를 두고 1939년 9월 20일부터 1943년 9월 14일까지 연재됐으며, 그의 『삼국지』가 한국어로 완역된 것도 공교롭게도 한국전쟁 시기인 1952년이었다. 한국전쟁기 서인국의 10권짜리 평범사 판본이 '요시카와 에이지 삼국지'를 완역, 출판한 첫 번째 사례이다.

한국전쟁을 거치면서 『삼국지』는 다시 한 번 크게 요동친다. 남북은 냉전체제의 구도 속에 완벽하게 편입되고 『삼국지』는 국가주의의 호명을 받게 된다. 이른바 '박태원 삼국지'(정음사, 1953~55)는 역자의 월북으로 인해 반공체제 속에서 '최영해 삼국지'란 이름으로 개명(위장)되어 널리 유통되었다. '박종화 삼국지'와 함께 '이문열 삼국지'와 '황석영 삼국지'가 출현하기 전까지 마니아들 사이에서 국내 최고의 판본으로 은밀하게 열독(熱讀)되고 있었던 것이다.[21] 박태원의 월북으로 완결되지 못한 정음사본 '박태원 삼국지'는 북한에서 완역되는데, 1959년 국립문학예술출판사본에서 출판되기 시작하여 역자 박태원의 숙청과 용지난 등의 우여곡절을 겪다가 5년만인 1964년 중국에서 6권 분량으로 완성된다. '박태원 삼국지'는 북한에서 '삼국연의'라는 이름으로 출판되었는바,

---

20 권용선, 앞의 글, 54면.
21 '박태원 삼국지'는 현재까지 확인된 것만 총 일곱 종에 이른다. 박문서관본(1938), 신시대 연재본(1941.4~1943.3), 정음사본(1950), 북한에서 출간된 국립문학예술서적출판사본(1959~64), 북한의 문예출판사본(1989), 깊은샘본(2008) 등이다. 이 가운데서 정음사본은 박태원이 연재하다 월북하여 최영해가 이어받아 완역하였으며, 깊은샘본은 북한에서 나온 판본을 저본으로 낸 교열본이다.

『삼국지통속연의』를 한국과 일본에서는 '삼국지'로 북한과 중국에서는 '삼국연의'로 지칭하는 관행이 있으며 박태원이 북한에서 완역한 작품은 우방인 중국을 배려하여 이후에도 줄곧 '삼국연의'[22]라는 명칭을 사용하고 있다.

1964년에 완역된 '박태원 삼국지'의 특징은 번역의 자연스러움은 물론 '홍루몽 연구자'로 널리 알려진 중국학자 주여창(周汝昌)의 해설을 번역하여 싣고 있다는 점이다. 주여창의 해설에서 특히 눈길을 끄는 것은 『삼국지』를 촉한정통론이나 의리론의 맥락에서 벗어나 사회주의 리얼리즘 또는 민중사의 관점에서 재해석을 시도하고 있다는 사실이다. 그는 민중적 독자들의 조조에 대한 반감과 유비에 대한 지지, 이른바 옹유반조(擁劉反曹)를 주자주의나 촉한정통론의 영향이 아니라 인민성의 결과로 본다. 또 『삼국지』는 봉건적 압제에 저항하는 민중봉기의 참고 텍스트요, 혁명의 교과서였다는 점을 강조한다.

일반 인민들이 각성바지로 의형제를 모으는 것[異姓結拜]에서나, 혁명성을 갖춘 비밀 조직에서나, 도원결의를 끌어다가 본보기[典範]로 삼지 않은 것이 없다. 명, 청 양대의 농민기의(農民起義) 전쟁 중 일설에 의하면 혁명 진영들이 모두 『삼국연의』의 전술을 범례(範例)로 삼아서 학습, 운용하였다고 한다.[23]

---

22 '박태원 삼국지'는 1989년 평양에 소재한 문예출판사에서 4권 분량으로 출판된 바 있다. 기타 '박태원 삼국지'에 대한 의미 및 판본에 대한 연구로 윤진현, 「박태원 삼국지 연구」, 『삼국지연의' 한국어 번역과 서사변용』, 인하대 출판부, 2007, 230~233면; 송강호, 「박태원 삼국지 판본과 번역연구」, 『구보학보』 5, 구보학회, 2009 참고.
23 주여창, 「'삼국연의'의 해설」, 박태원 역, 『삼국지』 10, 깊은샘, 2008, 270면.

이 같은 인민성과 혁명성에도 불구하고『삼국지』에 "음양오행(陰陽五行)과 방술부참(方術符讖) 등의 이야기"가 등장한다든지 "의병을 일으킨 황건(黃巾)을 동정하지 않고 그들을 도적으로 비방"한 것 등을 주여창은 "농민혁명의 본질을 인식하지 못"[24]한 데서 오는『삼국지』의 역사적 한계로 지적하고 있다. 이 같은 입장은 동아시아의 고전과 역사를 중화인민공화국의 이념에 따라 재해석(평가)하고자 했던 신생 사회주의 국가의 노선이 반영된 것이라 할 수 있다. 중국과 마찬가지로 북한에서도『삼국지』는 인민의 교양과 오락을 위해서 허용된 몇 안 되는 고전이었다. 이처럼『삼국지』는 시대와 국가에 따라 제각기 다른 맥락으로 재해석되고 수용되어 왔다. 북한과 중국이『삼국지』를 불의에 대항하는 민중혁명의 문학으로 전유하고 있었던 것에 비해 한국에서는 거꾸로 삼국의 대립과 통합의 과정을 그린『삼국지』를 분단극복과 민족통일을 위한 계몽의 수단으로 또 반공교육용 권장도서로 활용하고 있다는 점이 대단히 흥미롭다.

이제 나는 우리나라 소년, 소녀들을 위하여 내 나름의『삼국지』를 엮게 되었다. 새 시대의 소년, 소녀란 무엇인가? 양단된 국토의 평화적 통일을 외치며, 나라의 위신과 부강을 위해 줄기차게 앞으로 나아가고 있는 대한민국의 내일의 일꾼들인 우리나라의 소년, 소녀들이 바로 여러분들이기 때문이다.[25]

---

24   위의 책, 276면.
25   조풍연,『삼국지』1, 계림문고, 1980, 4면.

『삼국지』는 단순한 동아시아의 고전 또는 오락용 독물(讀物)이 아니라 정치적으로 읽혀온 정치적 텍스트이다. 흔히 작가가 무엇을 다루고 있는가는 작품이 무엇을 의미하는가와 연결되며, 『삼국지』에서 독자가 누구를 선호하는가는 독자의 정치적 지향과 긴밀히 호응한다. 문제는 유비에 대한 지지의 이유와 지향이 모두 다르면서도 묘한 공모관계에 놓여있다는 점이다. 알다시피 유비는 황실의 후예라고 하지만 실제로는 돗자리를 짜서 내다팔며 생계를 이어가는 한미한 백두서생이었으며, 태수의 군관이었던 장비는 정치적 혼란을 겪으면서 저자에서 돼지를 잡아 파는 백정이었고, 관우는 살인죄를 짓고 고향 해주를 떠나 부평초처럼 세상을 떠도는 한량이었다. 민중적 독자들의 유비 삼형제에 대한 지지는 강한 공감과 동류의식의 발로이며 가혹한 신분제 사회나 부패한 현실에 대한 분노와 새로운 사회에 대한 열망이 깔려 있다. 이에 비해 권력은 이를 국가에 대한 충성과 의리 또는 반공주의나 신생 사회주의 이념을 홍보하고 교육하는 계몽의 수단으로 곧 이데올로기적 국가기구(ideological state apparatuses)의 하나로 활용하고자 했다. 이처럼 『삼국지』는 동아시아 각국에서 역사·시대·계급 등 다양한 맥락에서 읽히고 해석, 재해석되면서 장구한 역사를 이어온 범동아시아적 현상이었던 것이다.

4. 은유로서의 『삼국지』와 상상의 독서 공동체

『삼국지』는 중국적인 채로 동아시아적이다. 그것은 기원의 장소에 머물지 않고 동아시아 각국에서 필요에 따라 다양한 맥락에서 유통되고 소비되며 또 끊임없이 재생산되고 있기 때문이다. 『삼국지』가 자기 지역을 초월하여 각국에서 읽히고 소비되는 이유는 정치세력과 국가의 비호 때문이 아니라 상품으로서의 매력과 작품 고유의 대중성 때문이다. 즉 처세의 교과서라 할 정도로 인간지사의 본질을 날카롭게 꿰뚫고 있는데다가 다양한 해석을 유도하는 풍부한 함의를 가지고 있고, 여기에 영웅들 개개인의 매력과 무용(武勇) 그리고 장대한 스케일 속에서 펼쳐지는 전쟁은 여타의 다른 문학 텍스트들이 따라잡기 어려운 『삼국지』만의 특장을 가지고 있다. 그리고 입신을 꿈꾸는 독자들에게 희망과 위안으로써, 주자학자들에게는 유교이념의 보조수단으로써, 통치자들에게는 백성 / 국민들에게 국가이념을 선전하는 계몽의 방편으로써, 가혹한 현실을 변혁하고자 하는 이들에게는 혁명의 교과서이자 저항의 은유로써, 문화자본에게는 실패의 리스크가 적은 안정적인 콘텐츠로써 『삼국지』는 매우 유용하며, 다양한 역할을 수행하고 있다.

특히 한반도라는 지정학적 특수성에 사대교린(事大交隣)을 통해 역사를 이어온 소국의 입장에서 드넓은 대륙을 배경으로 펼쳐지는 『삼국지』의 세계는 심미적 출구요, 현실에서는 이룰 수 없는 꿈을 충족시켜주는 대리경험(vicarious experience)의 무대이기도 했던 것이다. 이 같은 역사적 현실과 나라의 규모 차이에서 발생한 상대적 박탈감이 큰 이야기의 세계에 대한 동경으로 곧 『삼국지』 열독의 원인(遠因)으로 작용하였을 것이다.

일본의 경우에는 통치권을 놓고 내전을 치렀던 전국시대와 유럽과 미국에 맞서겠다며 대동아공영과 아시아주의를 제창하며 전쟁을 벌이던 군국주의 시대 같은 전쟁 시기에 '삼국지 소비'의 정점을 찍었다.

중국의 경우에도 금(金)의 압제가 심하던 남송시대와 명말청초 같이 중화주의가 위기에 직면하던 상황에서 촉한정통론이 정립된다든지 제갈 양이나 관우 같은 인물들이 특별한 주목을 받았던 것이다.

이처럼 동아시아에서는 『삼국지』가 자국의 역사적 현실과 긴밀하게 호응하며 읽혀왔으며, 다양한 판본들과 해석이 입증하듯 우리는 어느새 의도하지 않게 동아시아 독서공동체를 이루고 있었다. 민족(주의)이 근대가 구축한 '상상의 공동체(imagined communities)'라면, 『삼국지』는 동아시아 '서사의 공동체(narrative communities)'라 할 수 있을 것이다. 물론 이 서사의 공동체가 현실의 평화와 대동의 세계를 구축하기는커녕 상호간의 반복과 대립의 지표로 작동하고 있으며, 철저하게 자기와 자국의 맥락에서 읽음으로써 현실의 국경과 민족주의를 더욱 강화하는 독물(讀物)의 외피를 쓴 이데올로기적 국가기구 내지 문화상품의 시장으로 기능하고 있다. 그러나 『삼국지』가 비록 동아시아 국가의 역사적 · 현실적 대립을 반영, 재현하고 있을지라도 동아시아 소속 국가들 속에 깊이 내재된 우리 안의 동아시아성(性)과 생활의 실감으로서의 동아시아성을 입증하는 좋은 예다. 이제 실천담론으로서, 또 기획으로서의 동아시아론에 대한 유효성과 이론적 검증절차는 이념적 동의의 문제일 뿐, 마무리 단계에 와있다. 그러므로 지금의 우리에게 필요한 것은 인정투쟁이나

'기획으로서의 동아시아론'들에 대해 췌언을 덧붙이는 것이 아니라 우리안의 동아시아성을 입증하고 증명함으로써 상호간의 이해와 학지를 함께 넓혀나가는 '입증의 동아시아론'이며, 『삼국지』는 바로 그 '입증의 동아시아론'을 위한 학문적 실천의 대상이라 할 수 있다.

한국 근대문학과
신징[新京]

최학송

1. 서론

우리에게 '만주'는 흔히 '생존'과 '투쟁'의 공간으로 다가온다. 국내에서 생활의 터전을 잃은 농민들이 자의, 타의에 의해 이주하여 새로운 삶의 터전을 개척한 공간, 국내의 탄압을 피하여 월강한 독립운동가들이 투쟁을 이어온 공간, 이것이 우리 근대사에 그려진 만주의 모습이다. 때문에 재만한인문학이라고 하면 흔히 '농민'이나 '투쟁' 과 연관되며 나아가 재만한인문학에 관한 연구도 이것을 중심으로 진행되어 왔다. 그러나 실제로 1930년대, 특히는 1930년대 중후반으로 가면서 하얼빈(哈爾濱), 신징[新京],[1] 봉천(奉天)[2] 등 도시에도 적지 않은 한인들이 생활하였으며 이런 도시와 도시 속의 한인의 삶도 우리 문학에 나타나기 시작했다.

한국 근대문학 속에 나타난 만주의 도시들 중에서 지금까지 유일하게 주목을 받은 것은 하얼빈이다. 이효석(李孝石, 1907~42)의 하얼빈 체험과 문학을 중심으로 진행된 하얼빈에 관한 연구는 이제 일정 정도 축적이 되었다. 그러나 하얼빈 이외의 도시들에 관한 연구는 거의 없어 유감을 남긴다. 특히 신경이 그러하다.

해방 전 재외한인문학의 중심이 만주에 있었다면 신경은 만주한인문학의 중심이었다. 해방 전, 신경에는 『만선일보』를 중심으로 만주 각지와 조선에서 많은 문인들이 모여들어 비교적 활발한 문학활동을 진행하였다. 그리고 '만주국'의 수도라는 특수한 신분 때문에 만주 여행을 다녀온 조선의 문인들도 대부분 신경에 들렀으며 그 경험을 작품으로 남겼다.

신경은 만주 기행문 연구에서 가끔 언급된 적은 있으나 이에 관한 본격적인 연구는 몇 편 없다. 그러나 이런 연구도 개별 작품만을 논의의 대상으로 삼거나 신경을 포함한 만주의 다른 도시도 함께 논의하는 것을 통하여 일제 말기 만주의 도시 문화 공간과 그 문학적 표현을 연구하다 보니 신경에 대한 논의가 제한적일 수밖에 없었다.[3]

---

1   현 창춘(長春), 한국에서는 '신경'으로 일반화되었기에 이하 신경으로 함.
2   현 선양(沈陽).
3   고명철, 「일제 말 '만주(국)의 근대'에 대한 식민지 지식인의 내면풍경 – 유진오의 「신경」과 이효석의 「하얼빈」을 중심으로」, 『한민족문화연구』 27, 한민족문화학회, 2008; 손종업, 「식민도시 '신경'을 둘러싼 탈식민적 서사들 – 국민주의에 대응하는 몇 가지 방식」, 『우리문학연구』 20, 우리문학연구회, 2006; 조은주, 「일제 말기 만주의 식민지 도시 신경의 알레고리적 표현과 그 의미 – 유진오의 「신경」을 중심으로」, 『서정시학』 23, 서정시학, 2013; 조은주, 「일제 말기 만주의 도시 문화 공간과 문학적 표현 – 「신경」, 「하얼빈」을 중심으로」, 『한국민족문화』 48, 부산대 한국민족문화연구소, 2013.

이에 이 글에서는 우선 한국 근대 문인들의 신경 인식을 직설적으로 표현한 실기류의 작품들을 살펴보고 나아가 신경을 배경으로 하는 소설을 검토함으로써 한국 근대 문인들의 눈에 비친 신경과 그 속에서 살아가는 한인의 삶을 좀 더 구체적으로 살펴보고자 한다.

2. 신경의 한인 사회와 문단

신경의 본명은 창춘(長春)이었다. 창춘은 거의 자연발생적으로 탄생한 도시로서 본래는 봉천부에서 지린(吉林)부에 이르는 도로 역참의 하나였다. 창춘이 일반에게 알려지게 된 계기는 러일전쟁의 결과 만철(滿鐵)과 북철(北鐵)의 중계지로서 러시아와 일본 교통상의 국경이 되면서였다. 창춘은 1932년 3월 만주국의 수도로 정해지면서 신경(新京)으로 개칭되었다. 신경이 만주국의 수도로 된 것은 도시화의 중요한 계기가 되었다. 『만선일보』의 표현을 빌리면 "만주사변 발생과 건국은 이 도시에 새로운 생명을 주었다"고까지 한다.

신경 도시화의 계기는 한인 이민의 계기이기도 하였다. 1906년 일본이 창춘영사관을 개관할 당시 신경의 한인 이민자는 십여 호에 지나지 않았으며 만주사변 발발 직후인 1931년 9월 말에도 423호, 2,094명에 머물렀다. 그러나 신경이 만주국의 수도가 되고 치안이 점차 개선되자 조선과 만주 각지에서 오는 한인 이민자도 격증하기 시작하여 신경에서 한인이 제일 많이 거주한 1943년 당시, 전체 인구의 3.3%를 차지하는 24,507명이 거주한 것으로 기록되어 있다.

신경의 한인은 초기 조일통(朝日通) 일대에 모여들었으며 일본영사관이 이전한 후에는 그 주변 만철부속지와 상부지에 정착하였다. 그러다 만주국 수립 후에는 일본인을 따라 점차 상부지와 구성내, 신시가지로 거주지역을 확대해갔다. 신경에는 한인 시가는 존재하지 않았지만 한인이 모여 사는 '한인촌'이 매지정(梅枝町), 관성자(寬城子), 팔리보(八里堡) 등 몇 군데 있었다. 한인 중산층이 매지정 등 조일통 일본영사관 부근에 주로 거주하였다면 한인 하층은 일본인이 거의 거주하지 않는 관성자, 팔리보 등 외곽 지역에 거주했다.[4]

신경에 거주하는 한인이 많아지면서 자연스럽게 이중에는 문인도 포함되었다. 그러나 만주의 다른 지역과 구별되는 것은 신경의 한인 문인은 정책적 차원에서 동원된 일면이 없지 않다. 만주국 수립 이후, 일제는 한인 통합과 정책 선전의 필요에 의하여 한글 신문을 꾸렸다. 1933년 8월 신경에서 최초로 되는 한글 신문 『만몽일보(滿蒙日報)』를 창간한데 이어 1936년에는 간도 룽징[龍井]에서 『간도일보(間島日報)』를 창간하였으며 1937년 5월에는 『만몽일보』가 『간도일보』를 인수하여 『만선일보(滿鮮日報)』로 통합, 개제(改題)하였다. 『만선일보』는 『만몽일보』와 『간도일보』의 기자 외에도 서울에서 신문이나 잡지 경력자들을 대거 초청, 채용함으로써 신경에는 『만선일보』를 중심으로 하는 한인 문단이 형성되었다. 당시 『만선일보』에서 근무한 기자, 문인들은 근 30명에 이르렀는

4　김경일 외, 『동아시아의 민족이산과 도시-20세기 전반 만주의 조선인』, 역사비평사, 2004, 175~199면 참고 정리.

데 이중에서 오늘날 확인 가능한 사람만으로도 염상섭(廉尙燮), 박팔양(朴八陽), 신영우(申榮雨), 심형택(沈亨澤), 김우식(金雨湜), 박충근(朴忠根), 안수길(安壽吉), 이태우(李台雨), 신영철(申瑩澈), 오명순(吳明淳), 장병창(張秉昌), 윤금숙(尹金淑), 김조규(金朝奎), 홍양명(洪陽明), 이갑기(李甲基), 손소희(孫素熙), 송지영(宋志英), 이석훈(李石薰), 이광현(李光賢), 고재기(高在騏) 등 20명에 이른다.[5] 이외에도 당시 신경에는 정무원 경제부의 백석(白石), 건국대학의 최남선(崔南善), 방송국의 김영팔(金永八), 협화회의 김경재(金景載) 등 적지 않은 한인 문인들이 있었다. 때문에 『만선일보』를 중심으로 하는 신경 한인 문단은 "마치 경성 문단의 한 조각을 신경에 옮겨놓은 것 같았다."[6]

『만선일보』는 창간 후 '협화미담 현상모집'을 비롯하여 '금연문예작품 대현상모집', '군가 모집', '개척가사 현상모집' 등 정기적인 작품 공모를 진행하고 당선작에 고액의 상금을 주었으며 1938년부터는 신춘문예 제도를 도입하여 재만 한인의 창작 의욕을 불러일으켰다. 그리고 1940년에는 「만주조선문학건설신제의(滿洲朝鮮文學建設新提議)」란 제목으로 지상토론을 벌여 재만한인문학의 현황과 발전방향에 관한 논의를 진행하기도 하였다. 『만선일보』에는 현경준(玄卿駿), 함형수(咸亨洙), 유치환(柳致環), 김조규(金朝奎), 김진수(金眞壽), 김달진(金達鎭), 김용현(金用賢), 김창걸(金昌傑), 신서야(申曙野), 이학성(李鶴城), 한찬숙(韓贊淑), 황재건(黃載健) 등 재만 문인들이 원고를 투고하였을 뿐만 아니라 조선 국내에서도 적지 않은 문인들이 원고를 보내왔다. 그러나 주목을 요하는 것은 신경, 나아가서는 만주에 거주한 문인의 수(數)나 지명도에 비하면 창작활동이 저조

---

5   안수길, 「용정·신경시대」, 『한국문단 이면사』, 깊은샘, 1999, 262~265면 참고 정리.
6   김병익, 『한국 문단사』, 문학과지성사, 2003, 243면.

한 것이다. 안수길이나 현경준과 같은 만주 당지의 젊은 문인들이 비교적 활발한 창작활동을 진행한 반면 조선에서 온 염상섭과 같은 문단 원로들의 창작활동은 상대적으로 뜸했다. 1930년대 중후반에 조선을 떠나 만주나 관네이[關內][7]로 이주한 문인들은 절필을 생각하는 경우가 많았다. 자유로운 창작이 제한되었을 뿐만 아니라 갈수록 친일적인 글쓰기를 강요당하는 현실에서 절필은 자신을 지키는 또 하나의 방법이기도 하였다. 염상섭과 같은 문인들이 만주에서 창작활동을 진행하지 않은 것도 이런 시각에서 볼 수 있다.

1939년 말 현재, 신경에서 발간되는 한글 정기간행물로는 『만선일보』외에 『만선일보사사보(滿鮮日報社報)』(월간), 『조선문벽신문(朝鮮文壁新聞)』(주간), 『재만조선인통신(在滿朝鮮人通信)』(월간) 등이 있었다. 이외에도 『만선일보』에 근무한 신영철, 박팔양 등 재만 문인들의 노력으로 재만 한인 소설집 『싹트는 대지』(신경 만선일보사 출판부, 1941), 재만 한인 수필집 『만주조선문예선』(신경 조선문예사, 1941), 재만 한인 시집 『만주시인집』(신경 제일협화구락부 문화부, 1942) 등 작품집을 발간하여 재만한인문학을 풍부히 한 동시에 조선 국내 문인의 부러움을 사기도 하였다.[8]

해방 전, 이처럼 많은 문인들이 신경에 장기 거주하면서 『만선일보』를 중심으로 문학 활동을 진행하였을 뿐만 아니라 조선 국내의 많은 문인

---

7   중국 산하이관[山海關] 이내 지역을 가리킨다.
8   1940년 신경에서 『대지』라는 월간 종합잡지가 창간되었다는 설도 있으나 지금까지 해당 잡지가 발굴되지 않았다. 『대지』의 주요 집필자는 박팔양, 백석, 이갑기, 박영로(朴永魯) 등이며 편집책임자는 송지영(宋志英)이었다고 한다. 사무소는 신경 조일통계림분회 내에 두었다고 한다(「만주서 창간되는 월간지 『대지』」, 『동아일보』, 1940.4.12).

들도 관광이나 시찰의 이름으로 신경에 다녀왔다. 한인의 만주 관광이나 시찰은 철도의 발전과 밀접히 관계된다. 1911년 11월 신의주와 만주의 안둥(安東)[9]을 연결하는 압록강 교량이 완공되면서 조선과 만주 사이의 열차 직통이 가능해졌다. 1912년 부산과 봉천 사이의 직통열차가 개통되었으며 1913년에는 부산과 신경 사이의 직통열차가 개통되었다. 이때로부터 만주는 더는 망명지로서만이 아니라 관광지, 시찰지로서 한인에게 다가왔다. 특히 학생들의 수학여행지로 많이 활용되었다.[10]

만주 관광이나 시찰은 만주국 건국 이후 철도의 진일보 확장과 대중의 만주에 대한 관심의 증폭과 더불어 본격화되었다. 만주국 건국 이후, 일제는 만주 개발을 위하여 조선인의 만주 이주를 독려하였으며 그 과정에 만주를 '낙토'로 묘사하고 각종 이주 장려 정책을 실시하였다. 이는 만주에 대한 대중의 관심 증폭으로 이어졌으며 신문사와 잡지사에서는 문인 만주시찰단을 조직하여 이런 대중의 관심에 영합하였다. 이 시기 정부적 차원에서도 국책선전을 위하여 대량의 문인 만주시찰단을 조직하였다.

이렇게 만주에 다녀온 문인들은 자신의 체험을 바탕으로 여행기를 비롯한 여러 장르의 문학 작품을 창작하였으며 그 속에는 신경도 포함되었다. 특히 이태준(李泰俊), 함대훈(咸大勳), 전무길(全武吉), 신기석(申基碩) 등 문인들은 자신들의 만주 여행기에서 신경을 한개 장절로 전문적으로 다루기도 하였다.

---

9   현 단둥(丹東).
10   한홍화, 『일제 말기 소설에 나타난 만주 인식 연구―만주 여행 작가들의 소설을 중심으로』, 아주대 박사논문, 2014.

3. 한국 근대문학에 나타난 신경

신경은 조선이나 남만으로부터 북만에 이르는 중간역으로서 교통의 중심지였다. 때문에 만주국 건국 이전에도 만주 관광이나 시찰에 나선 문인들은 신경을 경유하여 하얼빈을 비롯한 북만 지역으로 다녀갔다. 그러나 이때까지는 신경에 대해 별다른 주목을 하지 않았다. 단지 남만 철도로에서 중동철도(中東鐵道)나 길장철도(吉長鐵道)로 바꿔 타는 중간역 정도로만 여겼다. 때문에 이 시기 여행기에서는 신경에 관한 구체적인 묘사 같은 것은 찾아보기 힘들다.

신경이 한국 근대문학에 본격적으로 등장한 것은 만주국 건국 이후이다. 이때로부터 신경은 더는 만주 관광이나 시찰의 중간역에 머무르지 않았다. 신흥 만주국의 수도로서 신경은 중요한 관광이나 시찰 대상의 하나가 되었다.

신경 체험을 다룬 한국 근대 문인의 글은 크게 단기 여행자의 글과 장기 체류자의 글로 나누어 볼 수 있다. 단기 여행자에게 있어 신경은 "신흥(新興)하는 도시(都市) 동시(同時)에 건설중(建設中)인 도시(都市)"[11]로서 "계획적인, 이상적이지 아닐 수 없는 곳"이었으며 "그 이름과 같이 새롭고 맑고 웅대한 곳"이었다.[12] 만주라고 하면 흔히 황량한 이미지가 떠오르지만 이들이 신경역에 내려서 본 모습은 도폭이 60미터나 되는 아스

---

11 전무길, 「만주주간기」, 『동아일보』, 1936.1.24~31; 최삼룡 편, 『만주 기행문』, 역락, 2010, 196면.

12 안용순, 「북만순유기」, 『조선일보』, 1940.2.28~3.2; 최삼룡 편, 위의 책, 312~313면.

팔트길[13]이었으며 외모부터가 웅장하고 위압적인 고층건물들이 즐비한 모습이었다.[14] 때문에 이들은 만주국 건국 이래 거둔 신경의 변화에 극찬을 마다하지 않았다. 그러나 주목을 요하는 것은 이런 극찬을 만주국이 아닌 일본에 보내는 것이다.

> 만주국이 건국한지 6년 그 동안 여기 이 높고 큰 건물과 넓고 긴 도로가 질서정연히 째였다. 이 건설이 만주인도 아니오, 조선인도 아니오 일본인이다. 일본인의 위력은 이만치 크다.
>
> (…중략…)
>
> 만주를 보면 6년 동안에 더구나 지나사변으로 2년간은 충분히 능률을 내지 못했는데 이처럼 된 것은 일본인의 참된 집단적건설 정신의 위대한 것을 알수가 있다.[15]

때문에 이렇게 건설된 신경의 곳곳에서 일본의 모습이 보인다. "거리의 '네온싸인'은 대개(大槪) 경성(京城)에서 보든바와같이 일본제품(日本制品) 일본상품(日本商品) 또 상품(商品)의 엄고(广告)"[16]였으며 "언어나 행동에 있어서 내지식이기만 하면 만사가 오케이"[17]다. 때문에 안용순(安容純)은 "동경(東京)이나 경성(京城)이나 신경이나 무어 다른 것이 없다"[18]고

---

13 안용순, 위의 책, 312면.
14 전무길, 앞의 책, 197면.
15 함대훈, 「남북만주편답기」, 『조광』, 1939.7; 민족문학연구소 편, 『일제 말기 문인들의 만주체험』, 역락, 2007, 173~174면.
16 전무길, 앞의 책, 196면.
17 안용순, 앞의 책, 314면.
18 위의 책, 314면.

말하며 전무길(全武吉)은 심지어 "똑똑한 인간(人間)도 배미를 돌리다가 노아주면서 이곳이 어데냐? 하고 질문(質問)한다면 "일본(日本)이다!" 하고 對答하기쉬울만큼 모든"[19] 것이 일본화되었다고 말한다. '오족협화'라는 허울 아래 감춰진 신경의 식민성을 잘 보여주는 모습들이라 할 수 있겠다.

단기 여행자들은 흔히 짧은 시간 안에 신경의 주요 건설 성과들을 둘러보거나 당지 안내자를 통하여 신경의 장밋빛 미래를 전해 듣고 그것을 조선의 독자들에게 전해주고 있다. 신경 당지인들의 생활이라든가 신경에서 생활하는 한인의 모습 같은 것을 그리기에는 시간적으로 너무 촉박하였으며 실제로 이들과 접촉할 기회도 거의 없었다. 때문에 이들의 글에서 신경의 한인은 자립적, 자치적 정신이 없는 것이 유감이라거나[20] 일본인 행세를 많이 하는데 그것은 만주인이 일본인은 하늘 같이 여기나 한인은 아주 멸시하기 때문[21]이라는 등 간간이 전해들은 말을 옮기는데 머물러 있다.

신경에 대한 보다 객관적인 모습과 신경 한인의 진솔한 삶의 모습은 장기 체류자들의 글에서 찾아볼 수 있다. 이들은 단기 여행자들이 묘사한 신경의 화려함 뒤에 가려진 어두운 면들을 보여준다. 이들에게 있어 신경은 "허영(虛榮)과 죄악(罪惡)이 범람(泛濫)하는 곳"[22]이었으며 '주택난(住宅難)'과 '교통난(交通難)'[23]이 극심한 도시였다.

---

19 전무길, 앞의 책, 196면.
20 함대훈, 앞의 책, 174면.
21 안용순, 앞의 책, 315면.
22 김경재, 「송화강반에서」, 『삼천리』, 1936.11, 124면.
23 초형, 「尋家記－滿洲初創記의一段」, 『만선일보』, 1940.4.16~23.

新京에와서 먼저 눈에 띄우는것은 市街地에 電气裝飾의 濫用이요 馬車가 만흔것이요住民의 浮華한 气氛이다.

그것은 어디에서나 新興都市에서 항상 目擊하는事實이니 자리잡힌 生活이아니요 그저 一獲千金을 꿈구어서 모혀든群衆이라 그들의 눈에는 虛譽이 가득차서 英雄과 富豪의자리가 눈압헤서 암을거리고 있는것이다. 오늘이나 來日이나 내世上이 올듯올듯하야 그거림자를 따러다니느라고 숨이차서 허덕어린다. 그래서 街里에는 카페가만코 茶房이만코 劇場이만타.[24]

신경의 협화회에서 한동안 근무한 적이 있는 김경재는 신흥 도시로서의 신경이 갖고 있는 부화(浮華)함은 단지 이 도시에서 생활하는 시민뿐만 아니라 건물 나아가서는 발음(發音)에 이르기까지 일상생활의 전면에 침투되어 있음을 지적하면서 "신경(新京)의 거리에 나스면 나도 그런 류(類)의 인상(印象)을 남에게 주게되지 안을가 하는 겁(怯)도갔게된다"[25]라고 말한다. 『만선일보』기자로 근무한 적이 있는 이태우를 비롯한 문인들도 신경이 국도(國都)로 정해지면서 갑자기 많이 사람이 밀려들어 교통난, 주택난이 심각함을 지적한다.[26]

단기 여행자들의 글에서 신경 한인의 모습이 전해들은 말의 형식으로 간단히 언급되었다면『만선일보』기자를 지낸 송지영을 비롯한 장기 체류자들의 글에서 신경 한인은 그 역사로부터 현황, 나아가 문제점까지 구체적으로 논의되고 있다. 논자에 따라 일정한 차이가 있지만 신

---

24 김경재, 앞의 책, 122면.
25 위의 책, 123면.
26 이태우, 「신경의 조선인가」, 『사해공론』, 1938.7.

경의 한인은 만주국 건국 이후에 만주의 타 지역이나 조선으로부터 이주해온 사람이 대부분이며 농업에 종사하는 대신 공무원, 회사원, 노동자, 운전사 등 월급쟁이가 많고 또 마약 밀매, 술집 작부 등 업에 종사하는 사람이 많기에 부동성이 강하나 전체적으로 보았을 때 생활이 너무 궁핍한 편은 아니라고 한다. 그리고 실업자가 많으며 또 문화와 교육에 중시가 부족한 것과 같은 문제점도 지적하고 있다.[27]

상기 논자들이 모두 타자의 시각에서 신경과 신경 한인의 모습을 그렸다면 만주에서 성장한 안수길은 자신의 신경 생활을 그리고 있어 주목된다. 당시『만선일보』기자로 근무하던 안수길은 만주인 이웃들과의 화목한 생활을 그리면서 주변의 환경이나 인물들에 부족점이 없는 것은 아니나 우점에 비하면 그것은 묵과할 수 있다고 한다.[28] 조선에서 성장하여 신경을 단지 여행지나 일시적인 거주지로 생각하며 제3자의 입장에서 비판적으로 논의한 상기 논자들과는 또 다른 현실인식이라 할 수 있겠다.

4. 신경 한인 사회의 문학적 형상화

신경이나 신경 한인을 그린 실기류의 작품에 비하면 소설은 그 양이 극히 적다. 황건의「제화」와 유진오의「신경」같은 작품이 이에 속한다.

---

27 송지영,「만주의 조선인 생활 잡관」,『춘추』, 1941.3.
28 안수길,「이웃」,『만주조선문예선』, 신경 조선문예사, 1941.

황건(黃健, 1918~91)의 「제화(祭火)」(『싹트는 대지』, 1941)는 주제가 모호한데다 구성마저 엉성하여 문학적으로 깊이 논의할 작품은 아니지만 신경에서 전개된 한인 젊은이들의 문화 활동을 다루고 있어 주목된다. 3년 전 신경에 온 태규의 주선으로 신경에 모이게 된 '나', 필수 등 젊은 지식인들은 "문화며 생활이며 그 이상 더 넓기도 하고 진실도 한것에의 한 정열을 가지려"[29] 문화청년회라는 연극동아리를 조직하였다. '나'를 비롯한 젊은 지식인들은 서울에서 방황하다 신경에 왔던 것이다. 「제화」가 1940년 11월에 집필[30]한 작품임을 볼 때 '나'를 비롯한 젊은이들이 신경에 온 것은 1937년 전후가 된다. 즉 일제 말, 조선에서의 문화 활동이 일제의 감시와 통제 때문에 자유롭지 못할 때 그 탈출구로 신경(만주)을 선택했던 것이다.

한마디로 말해 우리는 모두 무대가 그리웠던것인줄 아네. 수많은 관중과 관중의 박수가 그리웠더라고 하는 편이 오히려 더 옳겠지 …… 그 무슨 비싼 말들은 처음부터 필요치 않았던것이네. 진실로 바른것을 살리고 바르지 못한것을 살리지 않으려 하였다기보다는 바른것속에 바르지 못한것도 넣어 바른것이 보담 많은것처럼 보이고싶었던것이겠네. …… 죄는 시대와 무지한 관중에 있었던것인지도 모르지 …… 관중이 없었던들 우리는 그런 허울좋은 패랭이를 쓰고 어색한 춤을 추는 꼴은 안하고도 좋았을지 모르니까 …… 사랑하는것처럼 하는 속에 기실 우리들 념원의 안전에는 인간의

---

29 황건, 「제화」, 『20세기 중국조선족 문학사료전집』 5, 연변인민출판사, 2001, 698면. 이하는 페이지 수만 표시.

30 「제화」가 수록된 『싹트는 대지』(신경 만선일보사 출판부, 1941)는 매 작품 앞에 저자에 대한 간단한 소개에 이어 작품의 창작 시기나 첫 발표지면을 밝히고 있다.

　　괴로운 형상이 있었다기보다는 오히려 더 화려한 모습의 자신이 있었던것

　　이겠네 ⋯⋯ (694~695면)

　　"바른 것 속에 바르지 못한 것도 넣어 바른 것이 보담 많은것처럼 보이고 싶었던 것"이라는 말에 주목할 필요가 있다. 이는 청년회 활동의 지속적인 전개를 위한 객관 현실과의 타협을 말하는 것으로 일제의 국책 사업에 어느 정도 동조하였음을 가리킨다. 그러나 이러한 타협도 청년회 활동의 지속성을 지켜주지 못했다. 청년회 활동은 갈수록 어려움에 처했으며 회원들은 우울한 나날을 보내다 한차례의 우연한 몸싸움을 계기로 청년회도 해체되고 만다. 지식인의 문화 활동 전개라는 측면에서 신경으로 대표되는 만주도 조선과 다를 바가 없는 것이다. 때문에 청년회를 떠나는 필수는 "다시 조선에 나가지도 않겠지만 만주에 있지도 않을 것"(696면)이라고 한다.

　　「제화」는 문화청년회 활동의 실패를 서술함과 동시에 작품 전반에 걸쳐 어머니의 병환과 이를 지켜보는 '나'의 우울한 심경을 그리고 있다. 여기에 가여운 누이까지 등장하면서 나는 극도의 좌절과 절망을 경험한다. 기주와의 연애를 통하여 조금 호전은 되었지만 가정과 사업 양측으로부터 오는 좌절과 절망감을 치유하기에는 역부족이었다. 때문에 '나'에게 있어 신경은 결코 '낙토'가 아닌 것이다. 조선에서 양심적인 예술극단으로 지칭되는 백성좌(白星座)가 연출한 "기성 도덕과 인습과 그것에 대한 자연과 생명의 욕구와 항거와 그것의 암영을 주제로 한"(703면) 승무 공연이 "일종의 제화(祭火)를 쌓아올리는 말없는 형용과도 같이 생각"(704면)되는 것은 신경이 '나'에게 있어 결코 '낙토'가 아니었기에 가능

한 것이었다. 결국 '나'는 기주를 조선에 보내고 자살을 생각하는 것으로 작품은 마감된다.

「제화」는 당시 일제가 선전하는 '오족협화'나 '낙토만주'와는 많은 차이를 보이는 작품이다. 작품 속에 그려진 현실에 적응하지 못하고 패배하는 인물들과 작품의 전편을 관통하는 우울한 분위기는 만주는 결코 새로운 가능성의 공간이 될 수 없음을 보여준다. 때문에 「제화」가 "출판이 가능했던 점을 납득하기 어려울 정도로 무겁고 비극적"[31]이라는 말은 결코 과장이 아니다.

유진오(兪鎭午, 1906~87)의 「신경」(『춘추』, 1942.10)은 조선의 한 학교 선생인 철이 만주 신경에 가서 학생들의 취직 주선을 하는 과정을 통하여 만주국 건국 이래 신경의 변모된 모습과 그 속에서 살아가는 한인의 실상을 보여준다.

신경에 오기 전부터 철은 이미 만주국 건국 이후 신경이 근대적 도시로 변모되었다는 것을 전해들어 알고 있었다. 이번에 신경에 오게 된 것도 어쩌면 신경의 변모된 모습을 직접 보기 위한 것이었다.

그 기대하던 신경은 과연 철의 예상에 어그러지지 않았다. 남신경(南新京) 근처부터 벌써 벌판 이곳저곳에 맘모스 같은 거대한 건축물이 우뚝우뚝 보이더니 이내 웅대한 근대도시가 벌어지기 시작했다. 아직도 건설도중이라는 느낌은 있었으나 갓 나온 연녹색 버들 사이로 깨끗한 콘크리트의 주택들이 깔리고, 멀리 보이는 큰 건축물들의 동양적인 지붕도 눈에 새로

---

31 조은주, 「일제 말기 만주의 도시 문화 공간과 문학적 표현 ─ 「신경」, 「하얼빈」을 중심으로」, 『한국민족문화』 48, 부산대 한국민족문화연구소, 2013, 120면.

왔다. 이 건축의 새로운 양식도 동양이 서양의 영향에서 벗어나서 자기의 것을 창조하려는 노력의 한 나타남일까 하고 철은 생각하였다.[32]

신경에 도착한 철이 목격한 것은 예상 그대로의 웅대한 근대적 도시였다. 이는 당시 관광이나 시찰로 신경을 다녀간 많은 문인들의 여행기에 그려진 신경의 모습과 거의 일치하다. 조선 문인들의 신경 체험은 조선 국내에 전해진 화려한 신경의 모습을 확인하는 것으로부터 시작되고 있다. 철은 또 "보잘 것 없는 초라한 시골도시"였던 "장춘 시대의 신경"과의 대비를 통하여 만주국 건국 이래 신경의 변모를 더욱 부각시킨다. 특히 주목을 요하는 것은 "큰 건축물들의 동양적인 지붕"이다. 서양식 본체에 동양식 지붕을 씌운 신경의 건축물을 통하여 철은 "동양이 서양의 영향에서 벗어나서 자기의 것을 창조하려는 노력의 한 나타남"을 보아낸다. "장춘 시대의 신경"이 "일본과 러시아와 장학량의 세 세력이 부딪치는 지점"에 있었다면 만주국 건국 이후의 신경은 일제가 독점하고 있으며 국도건설계획을 통하여 짧은 시간 내에 근대적인 도시로 변모되었다. 하지만 신경의 근대성은 서양에 대한 맹목적 추종이 아닌, 서양을 넘어서는 독자성을 갖는 것이다. 그리고 그 독자성은 동양적인 것으로 나타나는바 이는 당시 일제가 내세운 '대동아공영권'[33]이라는 국책과

---

32 유진오, 「신경」, 『일제 말기 문인들의 만주체험』, 역락, 2007, 267면, 이하는 페이지 수만 표시.

33 1940년 7월 일제는 동아신질서는 일만지(日滿支)를 근간으로 하고 그것에 남양을 추가해 자급자족경제를 확립한다는 내용의 대동아공영권을 주장했다. 일제는 대동아공영권을 태평양전쟁의 궁극적 목적으로 선전했다. 즉, 대동아공영권이 구미제국주의의 침략에 대해 동아시아 각 민족의 생존권과 번영을 보장하는 유일한 길이라고 하였다.

연관된다.

여기까지만 보면 유진오의 「신경」도 일본의 국책적 견지에서 건설된 식민도시 신경을 국책적 시각으로 그려낸 작품으로 볼 수 있다. 그러나 뒤이어 전개되는 취직 주선 과정을 통하여 작품은 또 다른 일면을 보여준다.

“오족협화”와 “낙토만주”는 신생 ‘만주국’이 내세운 건국이념이다. 그러나 철이 취직 주선 과정에 알게 된 신경 한인의 모습은 결코 ‘낙토’에서 다른 민족들과 ‘협화’하여 살아가는 것이 아니다. 신경의 한인은 아직 자신의 정체성도 확립하지 못하고 있었다.

> 그러나 처음 와보는 신경서의 취직운동은 조선안에서 해보던 것과는 조금 달랐다. 만주는 외국이다. 그러니만치 이곳에서는 모든 사정이 한층 복잡한 것이었다. 조선사람은 황국신민이오 일본인이다. (…중략…) 이런 전제하에 철은 만주를 갔다. 그러나 만주서는 일계(日系)와 만계(滿系) 외에 또 한 가지 선계(鮮系)라는 것이 있다. 일계와 만계의 중간에 서서 선계의 지위는 복잡미묘한 것이 있는 것이었다.
>
> 철을 만난 주요회사 간부와 고급관리들 중에서도 조선사람 취급에 관한 두 가지 태도를 구별할 수 있었다. 한 가지는 조선사람을 만주사람과 같이 취급하는 것이오. 한 가지는 내지인과 같이 취급하는 것이다.(273면)

일제가 주장하는 “오족협화”³⁴에 의하면 한인은 일본인, 만주인 등 만

---

34 “오족협화”는 일본 민족(야마토 민족), 만주족, 조선인(한민족), 한족, 몽골족의 협력을 뜻한다.

주의 다른 네 개 민족과 더불어 만주에서 확실한 신분을 갖는다. 그러나 현실 생활에서 혹자는 재만 한인을 일본인으로 보고 있으며 혹자는 재만 한인을 만주인으로 보고 있었다. 재만 한인에 대한 이런 외부적 시각의 혼란은 한인이 아직도 만주에서 확실한 자신의 정체성을 구축하지 못했음을 보여준다. 이는 어쩌면 한인 자신의 문제라기보다 조선에서는 "내선일체", 만주에서는 "민족협화"라는 서로 다른 정책을 실시한 일제에 의해 야기된 문제이기도 하다. 이런 상반되는 외부적 시각에 대해 철은 자신의 "의견이 없는 것도 아니었으나" 취직 주선 중이라 "상대자가 무엇이라 하던 간에 그저 그렇다고 찬성을 하고 돌아다녔다." 어쩌면 이는 재만 한인의 보편적 태도이기도 하다. 현실적 수요에 따라 수시로 자신의 정체성을 바꾸면서 살아가야 하는 것이 재만 한인의 삶이었다. 또한 이처럼 부동(浮動)의 삶을 살기에 한인들도 단기적인 이익에 매혹되며 한인에 대한 외부적 시각도 좋지 못했다.

그리하여 이 문제에 관한 철의 의견은 하루 동안에 만난 사람수효대로 변하는 셈이었다. 어떤 때는 조선사람 욕도 같이 해보고 어떤 때는 칭찬도 같이 해보고. 어떤 중역은 조선사람은 책임감이 없고 윗사람에게는 아첨을 하고 아랫사람에게는 건방지게 군다고 한 시간이나 통론을 하였다. 그 반대로 어떤 관리는 같은 일본사람을 가지고 내지인이네 조선사람이네 구별할 것이 무엇 있으며, 팔굉일우의 우리 조국의 정신 아래는 동아 십억의 민중이 한집안 식구요, 나아가서는 왼 세계가 한 이웃인 것이니, 하물며 조선과 내지 사이랴. 그저 잘못이 있어도 서로 용서해주고 부족이 있어도 서로 도와주면서 대동아건설의 큰 사업을 향해 나아가야 될 것이 아니냐 라

고 웅대한 포부를 들려주기도 했다.(273~274면)

「신경」은 이처럼 '대동아공영권'이라는 일제의 국책적 시각에서 화려한 신경의 건설 성과를 보여주는 동시에 재만 한인의 다중적 신분과 부정적 이미지를 그리는 것을 통하여 만주국 건국 이념인 "오족협화"와 "낙토만주"의 허위성을 드러내고 있다. "대동아공영권", "오족협화", "낙토만주"가 모두 당시 일본의 국책이지만 "대동아공영권"만 선택적으로 지켜진 것은 "오족협화"와 "낙토만주"의 허위성을 더욱 부각시킨다.

재만 한인의 고민과 현황을 그렸다는 점에서는 주목할 바이지만 「신경」도 황건의 「제화」와 마찬가지로 주제가 모호하고 구성이 엉성한 문제점을 안고 있다. 친구 욱과 삼주의 이야기는 필요 이상으로 많은 편폭을 차지하고 있다. 때문에 「신경」은 혹자에 따라서는 "신변잡기"[35]를 다룬 작품에 지나지 않는다는 평도 받고 있다.

5. 결론

해방 전 재외 한인 문학의 중심이 만주에 있었다면 신경은 만주 한인 문학의 중심이었다. 해방 전, 신경에는 『만선일보』를 중심으로 만주 각

---

[35] 임종국, 『친일문학론』, 평화출판사, 1966, 280면.

지와 조선에서 많은 문인들이 모여들어 비교적 활발한 문학활동을 진행하였다. 그리고 '만주국'의 수도라는 특수한 신분 때문에 만주 관광이나 시찰을 다녀온 조선의 문인들도 대부분 신경에 들렀으며 그 경험을 작품으로 남겼다.

신경 체험을 다룬 한국 근대 문인의 글은 크게 단기 여행자의 글과 장기 체류자의 글로 나누어 볼 수 있다. 단기 여행자들은 만주국 건국 이래 거둔 신경의 변화에 극찬을 보내면서 신경이 일본화 되고 있음에 주목한다. 그리고 신경 한인의 모습도 그리고자 하나 이것은 단지 전해들은 말을 한두 마디 옮기는데 머물고 만다. 이에 반하여 장기 체류자들은 신경의 화려함 뒤에 가려진 어두운 면들을 보여준다. 그리고 신경 한인에 대해서도 역사와 현황, 그리고 문제점에 이르기까지 구체적으로 논의하고 있다.

실기류의 작품에 비하면 소설은 그 수량이 아주 적으며 또 문학적으로도 크게 성공적인 작품이 없으나 실기류 작품에서 간단히 언급하였던 재만 한인의 정체성이나 부정적 이미지 등을 보다 구체적이면서도 형상적으로 보여주고 있는 점이 주목된다.

이인직의 사회진화론 수용과
소설 담론구조의 상관성

유봉희

1. 이인직의 사회진화론 수용태도

19세기 중엽에서 20세기 초, 동아시아를 강타한 사회진화론(Social Dar-winism, 社會進化論)은 우승열패(優勝劣敗)·약육강식(弱肉強食)·생존경쟁(生存競爭) 등으로만 떠돌던 단순한 슬로건(slogan)에 지나지 않았던 것인가? 한국 근대문학을 논하는 논저들에서 사회진화론은 제법 등장해 왔고, 지금도 이어지고 있다. 아쉬운 점이 많다. 그 논저들이 사회진화론을 다루면서 보여 온 양태는 단순한 언급과 피상적 해석에 머물러 있었고, 그것이 지금까지도 그대로 나타나고 있다고 보기 때문이다. 이것은 근대문학 해석에서 사회진화론을 심층적 담론의 장으로 호출하지 못한 결과를 초래했다. 동아시아에서 19세기 중엽과 20세기 초는 근대 담론 형성의 시발점이라 할 수 있다. 민족국가·오리엔탈리즘·옥시덴탈리즘 등의 담론 원형이 바로 이 시점을 경계로 강요됐고, 출발했다. 그 중심에 사회진화론이 있었던 것이다. 이것을 정확히 분석하지 않고는 당대에 등장했던 숱한 담론과 그것들이 맺어온 관계의 의미망을 제대로 파악할 수 없다는 생각이다.[1]

여기서 중요한 지점은 중국의 량치차오(梁啓超, 1873~1929)와 일본의 가토 히로유키(加藤弘之, 1836~1916)의 사회진화론의 수용 태도다. 이들이야말로 조선의 개화파 지식인들의 '지(知)의 형성'에 지대한 영향을 주었던 인물들이기 때문이다. 당시 조선의 지식인들 또한 이들의 영향관계에 따라 사회진화론 수용 태도가 갈렸던 것이다. 즉 진화론에서 윤리를 강조한 영국의 헉슬리(Thomas Huxley, 1825~95)에서 중국의 옌푸(嚴復, 1854~1921)·량치차오로 이어진 계보와 독일의 강력한 국가주의자 블룬칠리(Johann Kaspar Bluntschli, 1808~81)와 헤켈(Ernst Heinrich Haeckel, 1834~1919)의 영향을 받은 가토 히로유키를 매개로 해 수용했던 일본 사회진화론의

---

1   필자의 「윤리학을 통해 본 동아시아 전통사상과 이해조의 사회진화론 수용」, 『현대소설연구』 52, 한국현대소설학회, 2013, 350~351면. 이와 관련, 장수익은 1990년대 말, 2000년대 초 제기된 담론 및 제도연구를 포괄하는 개화기 이후 문학연구 방향을 긍정적으로 검토하면서 초기 근대소설을 가로지르는 담론으로 사회진화론에 대한 관심을 환기시킨 바 있다. 그는 개화기에서 1920년대 초까지의 소설이 취하는 담론의 양상은 육체나 성 담론에서 준비론이나 투쟁론에 이르기까지 다양하지만 그러한 다양한 담론의 근저에 가로놓여 있는 심층적 담론으로 진화론에 주목해야 함을 강조했다. 예컨대 육체나 성 담론의 경우, 그것이 어떻게 근대적 개인을 훈육하고 조직해 내는가 또는 개인에게 권력이 작동하는 방식의 하나로 연구되지만 그러한 담론이 개화기 이후 사회적으로 유효하기 위해서는 좀 더 심층적 담론으로서의 진화론의 도움을 받아야 한다는 것이다. 장수익, 「한국 근대소설과 사회진화론」, 『한국현대문학연구』 19, 한국현대문학회, 2006, 서론 참조.

성격이 그만큼 컸다는 것을 의미한다. 헤켈의 이론은 훗날 나치의 인종주의 정책에 이용되기도 했다. 이인직의 경우 가토 히로유키의 반전통·비도덕·제국주의적 성격의 사회진화론을 수용, 비주체적 수용 태도를 보였다. 이 글은 시종 이 점을 전제한 가운데 출발함을 강조해 두고자 한다.[2]

이인직을 논하는 마당에 그에게 강력한 영향을 준 가토 히로유키의 진화론 사상을 짚어보지 않을 수가 없을 터다. 이것은 이인직 세계인식의 단면을 보는 작업이기도 한 것이다. 가토 히로유키 또한 사회진화론의 영향을 받으면서 기존에 자신이 주장하던 천부인권설을 부정하고 강자의 논리를 설파하는 강력한 국가주의자로 변신했다. 말년에는 국민들에게 천황제 국가에 대한 맹목적 복종을 강요하기에 이르렀다. 그는 1870년부터 1875년까지 천황에게 시독(侍讀)을 하기에 이르렀는데, 그때 사용한 텍스트가 독일의 국가주의자 블룬칠리의 『일반국법(一般國法)』(1863)이었다. 그만큼 자유주의적 경향의 영국 사상보다는 국가주의적 색채가 강한 독일식 사상을 선호했던 것이다.

그는 메이지 14년(1881) 『유빈호치신문(郵便報知新聞)』에 천부인권설을 '오견·망설'로 규정하며 자신의 저서 『진정대의』(1870)·『국체신론』(1875)을 스스로 자청해 절판하는 광고를 싣는 파격을 연출했다. 이 책들은 국가는 안민(安民)과 인민을 주안(主眼)으로 해야 함을 역설한 것이었다. 그 후 1882

---

2   이 문제에 대해서는 필자의 박사학위 논문 「사회진화론과 신소설 연구—이해조와 이인직을 중심으로」, 인하대 박사논문, 2013, 제2장에서 상세히 다룬 바 있다. 특히 『만세보』에 게재했던 필자 미상의 「국가학」과 이인직의 기명 논설 「사회학」, 『소년한반도』의 「사회」 등을 비교·분석한 바, 이인직의 사회진화론 수용 경로는 일본의 국가주의에 기울어져 있었음을 거듭 확인했다.

년 천부인권설을 전면 부정하는 『인권신설』을 저술했다. 이 책에서 그는 "물리과학과 관련된 진화주의로 천부인권주의를 박격(駁擊)하고자 한다"고 선언했다. 그가 말하는 진화주의란 동식물이 생존경쟁과 자연도태 작용에 의해서 점차 진화함에 따라 마침내 고등 종류를 만들어내는 이치를 연구하는 것이라 강조하고, 만물법(萬物法)의 유일한 대규정인 우승열패는 특별히 동식물 세계에만 존재하는 것이 아닌, 인류세계에서도 필연적으로 적용되는 것임을 거듭 확인하고 있다.[3]

당시 민권파들은 천부인권론의 입장에서 『인권신설』을 강력 비판했다. 민권파뿐만 아니라 사회진화론자 사이에서도 그에 대한 비판[4]이 터져 나왔다는 사실은 가토의 사회진화론이 과도한 국가주의 경향을 보였음을 시사하는 대목이 아닐 수 없다. 독일의 헤켈보다도 가토는 더욱 강력한 국가주의자의 면모를 이 글을 통해 드러냈던 것이다. 이후 『인권신설』의 사회진화론은 강력주의·생물학적 환원주의·일원론적 사유체계 등이 망라된 일본의 국가주의의 한 전형으로 자리 잡았다.

이인직이 가토 히로유키를 통한 일본식 사회진화론을 수용했다는 사실은 각주 2를 참고하기를 바란다. 작품 분석 이전, 새삼 이인직의 인식론을 문제 삼는 이유도 여기에 있다. 여기서 말한 인식론은 '선험적 인식론'이 아니라 자연과학이 투영된 '자연주의적 인식론'을 의미한다. 이인

3　加藤弘之, 『人權新說』(『日本の名著34 西周・加藤弘之』), 中央公論社, 1978, 422면.

4　스펜서 사회진화론에 밝은 도야마 마사카즈(外山正一, 1848~1900)는 "가토씨를 진정한 진화주의자라 하기에는 아직 판단이 어렵다"고 하면서 "그의 진화주의는 매우 괴상하다"고 가토의 사회진화론 사상을 비판했다. 外山正一, 「再び人權新說者に質し併せてスペンセル氏の爲に寃を解く」, 『明治文化全集』 第二巻, 自由民權篇, 日本評論社, 1927, 436~437면 참조.

직이 소설을 한창 쓸 당시 동아시아에서 과학은 진화론이 대세였고, 이 것을 바탕으로 사회 전체를 분석할 수 있다는 생물학적 환원주의가 맹위를 떨치고 있었던 시대였다. 그것이 바로 사회진화론이었던 것이다. 이 글에서 이인직 사회진화론 수용 태도 전체를 기술할 수는 없었지만 거칠게나마 살펴보았던 것 또한 당시 이인직 인식의 바탕을 들여다 볼 수 있다는 판단에서이다. 신소설 시기 한 작가를 분석할 때 사회진화론 수용 태도는 그만큼 중요한 것이다. 그 수용 태도가 작품에 그대로 묻어나고 있다고 보았기 때문이다. 물론 이인직도 매한가지다. 사회진화론에 바탕한 이인직의 인식론이 작품 속에서 어떠한 담론구조로 드러나는지를 파악하는 것이 이 글의 목적이 될 것이다.

언어학에서 담론이란 한 묶음의 발화(utterance) 혹은 발화된 것(text)을 의미한다. 담론이론은 이러한 언어학적 연구의 성과를 이어가면서도 언어학적 가정을 확장하는 경로를 밟아가고 있다. 푸코는 구체적 현실에 관하여 제도적으로 실천되는 언어를 '담론(discourse)'이라 설명했다. 언어학적 확장으로서의 담론분석은 랑그 / 파롤 관계로부터 코드(code) / 담론 관계로의 확장으로 볼 수 있는 것이다. 여기서 두 가지를 유의해야 한다. 하나는 담론이 구체적 대상을 지시하는 것이 아니라 대상이 담론적으로 구성된다는 점이고, 다른 하나는 각 영역의 담론은 그 특유의 규칙을 갖기 때문에 특정 영역의 담론을 다른 담론으로 환원할 수 없다는 것이다. 담론은 선택과 배제의 힘을 발휘한다. 담론은 말할 수 있는 것과 없는 것, 특정 주체에 관해 말할 수 있는 사람과 없는 사람, 진리와 허위 등을 구분하는 규칙의 체계이므로 담론을 통해서 권력이 작용한다. 이러한 권력의지를 은폐하고 항상 진리성을 표방하는 것이 담론의 특징이다.

담론이 등장하는 곳은 어디서나 그 담론에 의해 선택된 자와 배제된 자들 사이의 대립과 투쟁이 나타난다는 것이다. 이러한 담론의 이해 속에서 '이중구속이론'을 통해 이인직 소설의 담론구조를 파악하고자 한다.[5]

2. 이중구속에 갇혀버린 소설 속 인물들

'이중구속 이론(Double-bind-Theory)'은 인류학 분야의 3대 명저로 평가받는 『네이븐(*Naven*)』(1936)의 저자인 그레고리 베이트슨(Gregory Bateson, 1904~80)이 확립했다. 그는 1950년대 정신분열증을 설명하기 위해 환자 가족들의 의사소통 방식을 연구하면서 처음 이중구속이란 개념을 사용했다. 그는 정신분열증의 원인이 의사소통 내용보다는 의사소통 방식에 있다는 것을 발견하고 다음과 같이 이중구속 상황에 대한 요소들을 설명하고 있다.[6]

가족 구성원 중 둘 혹은 그 이상의 사람들 사이에 밀접한 관계가 존재해야 한다. 한 사람은 이 관계의 희생자가 된다. 희생자에게 전달되는 발

---

5 이 글에서 인용하는 텍스트는 웅진출판 뿔의 『신소설전집』(2008)을 택했다. 이 전집은 당시 출간한 단행본 원 텍스트가 첨부되어 있어 당시 원문과 대조해 작품을 볼 수 있는 장점을 지니고 있다. 텍스트로 정한 주된 이유다. 작품을 인용할 경우 작품 제목과 면수만 밝히기로 하겠다.

6 베이트슨의 이중구속에 대해서는 다음을 참고했다. 그레고리 베이트슨, 박대식 역, 『마음의 생태학』, 책세상, 2006; 조현천, 「이중구속이론으로 현대사회 읽기─엘프리데 엘리넥의 작품 세계를 중심으로」, 『독일어문학』 37, 한국독일언어문학회, 2007.

신자의 메시지는 철저한 이율배반성을 드러낸다. 이 이율배반은 습관적으로 반복된다. 이율배반적 메시지는 수신자를 혼동에 빠뜨린다. 수신자의 내면을 혼란으로 몰아가는 이율배반적인 경험의 연쇄를 이중구속이라 한다. 이중구속은 절대적인 힘을 가진 사람이 그렇지 못한 사람에게 이율배반적인 두 개의 메시지를 동시에 발신하는 것이다. 예컨대, "명령을 따르지 말라", "나를 진정으로 사랑한다면 나를 잊어 달라"고 말하는 식이다. 부모가 평소 자식에게 "싸우지 말라"는 말을 해놓고서는 막상 아이가 맞고 들어오자 한심하다는 듯 쳐다본다고 상상해보자. 어린 아이가 이런 식의 모순되는 발화를 반복해서 듣게 되면 '뷰리단의 당나귀'처럼 이러지도 저러지도 못하는 강박에 빠져 마비, 분노, 불안증세를 보이게 될 것이다. 결국 의사소통이 불가능하고 사회적 판단을 상실, 정신분열증을 보인다는 것이다.[7] 이중구속 이론에 따라 이인직의 작품을 분석하다보면 그가 갈망하고 또한 작품 속 인물들에게 강제한 문명론이 얼마나 이율배반적인 것인지 여실히 파악할 수가 있다.

그레고리 베이트슨은 근대 문명론의 이중성을 누구보다도 정확히 꿰뚫어 보았다. 육체 / 마음, 물질 / 정신, 자연 / 인간을 분리한 데서 그 병리적 발생 원인을 찾았다. 이것은 인간과 인간의 관계를 나와 타자, 인간과 자연의 관계를 나와 그것으로 설정한 것에 기초한 목적 지향적 의

---

7   옛날부터 '뷰리단의 당나귀'로 알려져 유명한 우화 내용은 이렇다. 매우 허기진 당나귀가 있었는데 다행히도 건초(乾草) 더미를 발견했다. 불행하게도 그는 동시에 두 개의 건초 더미를 보았던 것이다. 좌우에 있는 두 개의 건초 더미는 아주 꼭 같은 것. 당나귀는 헷갈리기 시작했다. 어느 건초 더미를 먹을까, 당나귀는 헷갈리고 또 헷갈렸다. 우측 더미를 먹으려고 생각하고 우측을 향하여 2, 3보 걸으면 좌측 면이 더 맛있게 보였다. 그래서 좌로 가면 이번에는 우측이 더 맛있게 보였다. 이렇게 좌우를 왕복하다 이튿날 아침 당나귀는 두 개의 건초 더미 중간에서 아사(餓死)하고 말았다는 이야기다.

식으로 나타난다는 것이다. 결국 나에게 있어 타자와 그것은 나의 생존과 이익을 위한 통제의 대상이 된다. 이것은 찰스 다윈의 진화론을 왜곡, 해석한 생물학적 환원주의에 입각한 사회진화론의 담론구조와 매우 흡사한 것이다. 그 대표주자가 바로 에른스트 헤켈이다. 그레고리 베이트슨은 인간과 인간, 인간과 자연의 관계에 대한 새로운 이해의 토대를 새로운 인식론에서 찾았다. 물질에서 마음이 배제되지 않은, 마음의 원래 자리를 회복한 새로운 인식론을 근본적인 해결책으로 제시하고 있다. 베이트슨에게 인류 문명이 당면한 모든 문제는 타자에 대해 잘못 설정된 인식, 즉 이해와 커뮤니케이션의 문제로 다가온다. 이에 대한 해법은 생태학적 인식, 즉 모든 것이 서로 관계되어 있다는 인식, 이 패턴이야말로 마음, 즉 살아 있음의 정수라 생각한 것이다.

여기서 필자가 주목하는 대목은 '목적 지향적 의식'에 기초한 '타자에 대한 통제'란 점이다. 이것은 결정론적 진화론에 기초한 이인직의 위계적·계서적 문명론이 어떠한 전략을 지니고 작품 속에서 그려지고 있는지를 파악하게 한다. 이인직의 문명론은 "야만인이여 문명인이 되어라"와 "야만인은 문명인이 될 수가 없다"는 두 개의 이항대립 구도, 즉 이중구속의 전형을 보이고 있기 때문이다. 『혈의 누』와 『은세계』는 이를 단적으로 보여주고 있는 작품들이다. 이 작품 속 주인공인 옥련과 옥순·옥남 남매의 의식의 흐름을 살필 때 이들은 이중구속 속에서 주체성을 상실한 박제된 존재로 나타나고 있다. 즉 자신들을 강제하는 존재의 소통과 설득의 불허, 주체로 거듭날 수 없는 타자성의 상실, 강제된 시선 등으로 이미 구조화 되어 있는 것이다. 이것은 식민제국주의 담론의 전형이다. 여기서는 『혈의 누』와 『모란봉』만을 대상으로 하겠다. 『혈의

누』를 보자. 이 작품 전반에 드러나는 옥련의 행동은 철저히 수동적이
다. 그 무엇에 의해 강력한 통제를 받고 있기 때문이다. 그 무엇이란 다
름 아닌 구완서로 상징되는 식민제국주의 일방적 물리력이다. 이것은
뒤에서 논의하겠다.

① "우리 아버지 어머니가 살아 있는 줄 알고 나를 도로 우리 집에 보내줄
것 같으면 아무 데라도 가고 아무것을 시키더라도 하겠소."

— 『혈의 누』 상, 34면.

② '딸을 삼거든 딸 노릇을 하고, 종을 삼거든 종노릇을 하고, 고생을 시
키거든 고생도 참을 것이요, 공부를 시키거든 일시라도 놀지 않고 공부만
하여볼까'

— 『혈의 누』 상, 36면.

③ 벙어리 심부름하듯 옥련이가 병정 손짓하는 대로만 따라간다.

— 『혈의 누』 상, 37면.

④ '인력거야, 천천히 가고지고. 이 길만 다 가면 남의 집에 들어가서 밥
도 얻어 먹고 옷도 얻어입고, 마음도 불안하고 몸도 불편할 터이로다. 인력
거야, 어서 바삐 가고지고. 궁금하고 알고자 하는 일은 어서 바삐 눈으로
보아야 시원다.'

— 『혈의 누』 상, 37면.

⑤ (설자) "아씨께서 자녀 간에 없이 고적하게 지내시더니 따님이 생겼으니 얼마나 좋으십니까. 그러나 오늘 낳으신 아기가 대단히 숙성하오이다."

―『혈의 누』상, 39면.

⑥ (옥련) "당초에 여기 올 때에 공부할 마음으로 왔으면 칭찬을 들어도 부끄럽지 아니하겠으나, 운수불행하여 고생길로 여기까지 왔으니 칭찬을 들어도……."

―『혈의 누』상, 56면.

①~⑤는 옥련이 평양에서 철환을 맞아 일본군 야전병원에서 치료를 받은 후 군의(軍醫) 이노우에(井上) 소좌 집 일본으로 가는 과정과 가자마자 겪는 소회와 장면들이다. ④에서 '인력거야, 천천히 가고지고', '인력거야 어서 바삐 가고지고' 하는 생각은 옥련의 정신적 혼란상을 그대로 보여주고 있다. ⑤는 이노우에 부인의 하인 설자가 하는 말인데, 옥련은 자신도 모르게 자연스럽게 이미 이노우에 부인의 딸이 되어버린다. ②에서 '공부를 시키거든 일시라도 놀지 않고 공부만 하여볼까' 하던 옥련이 ⑥에 와서는 그것도 자의가 아니었음을 고백한다. 이 대목은 옥련이 이노우에 부인의 미움을 받아 정처 없이 집을 나와 우연히 미국 유학을 가려는 구완서를 만나면서 하는 말이다. 이후 구완서는 옥련의 강력한 후원자이자 강력한 통제자로 등장한다. 『혈의 누』는 구완서란 인물이 서사 전체를 통어하면서 옥련 일가는 구완서의 조정에 의해 움직이는 수동적 인물형으로 그려지고 있을 뿐이다. 이것은 작가의 의도가 개입하지 않았다면 가능하지 않았을 터이다. 소설이 전개되면 될수록 구완

서의 발언권은 더욱 커진다.

구씨의 활발한 말 한마디에 옥련의 근심하던 마음이 풀어져서 웃으며,
(옥) "저러한 의논을 들으면 내 속이 시원하오. 혼자 있을 때는 참 ……."
말을 멈추고 구씨를 쳐다보는데, 구씨가 옥련의 근심 있는 기색을 선뜻 일어나며 작별 인사하고 저벅저벅 내려가는데, 옥련이는 의구히 의자에 쉬고 앉아 신세타령을 하며 옛일도 생각하고 앞일도 걱정하는데 뜻을 정치 못한다.

— 『혈의 누』 상, 65~66면.

(구) "우리가 입으로 조선말을 하더라도 마음에는 서양 문명한 풍속이 젖었으니, 우리는 혼인을 하여도 서양 사람과 같이 부모의 명령을 좇을 것이 아니라, 우리가 서로 부부 될 마음이 있으면 서로 직접 말하는 것이 옳은 일이다. 그러나 우선 말부터 영어로 수작하자. 조선말로 하면 입에 익은 외짝 해라 하기 불안하다."
하면서 구씨가 영어로 말을 하는데, 구씨의 학문은 옥련이보다 대단히 높으나 영어는 옥련이가 구씨의 선생 노릇이라도 할 만한 터이라. 그러나 구씨는 서투른 영어로 수작을 하는데, 옥련이는 조선말로 다정히 대답하더라. 김관일은 딸의 혼인 언론을 하다가 구씨가 서양 풍속으로 직접 언론하자하는 서슬에 옥련의 혼인 언약에 좌지우지할 권리가 없이 가만히 앉았더라.

— 『혈의 누』 상, 74~75면.

둘 모두 미국에서 구완서와 옥련의 혼인관련 내용이다. 구완서는 "남

과 같은 학문과 남과 같은 지식이 나날이 달라 가는 이때에 장가를 들어서 색계상에 정신을 허비하면 유지한 대장부가 아니라"면서 혼사는 후일에 하자고 주장하고 있다. 그 '한 마디에' 옥련은 근심하던 마음이 일시에 풀린다. 옥련의 부친 김관일은 주눅이 든 듯 아비로서 자신의 권리를 스스로 포기하고 만다. 그 자리를 문명의 상징인 구완서가 대체한다. 옥련은 혼자 있을 때 신세타령을 하면서 마음을 정치 못하고 있다. 위의 말을 하기 전 구완서는 조선 사람을 '짐승의 자웅 같이 아무 것도 모르고 음양배합의 낙만 알 것' 같은 존재로 지칭했던 것이다. "우리들이 나라의 백성이 되었다가 공부도 못하고 야만을 면치 못하면 살아서 쓸데 있느냐"면서 "하루바삐 공부하여 우리나라의 부인 교육을 네가 맡아 문명길을 열어주어라" 하던 구완서였다. 옥련의 미국 유학 또한 구완서에 의한 것이었다. 그런 구완서와 옥련을 두고 서술자는 "제 나라 형편 모르고 외국에 유학한 소년 학생 의기에서 나오는 마음이라" 한다.

여기서 이중의 충돌이 발생하는데, 그 상징은 '영어 대화법'. '학문은 옥련이보다 대단히 높으나 영어는 옥련이가 구씨의 선생 노릇이라도 할 만한 터'인데, 구완서는 영어로 말하고 옥련은 조선말로 조용히 대답한다. '영어'는 힘과 권위를 상징하는 근대 문명으로 상징된다. 구완서는 혼인을 논함에 영어를 쓰는 이유를 "외짝해라 하기 불안해서"라고 밝히고 있다. 조선어는 누군가에게 행동을 강제할 수 있는 힘을 지니지 못한 말로 인식하고 있는 것이다. 즉 '학문이 대단히 높은' 구완서는 영어를 몸으로 실천하려는 존재로 설정한다. '영어는 구완서의 선생 노릇을 할 만한' 옥련이지만 조선어로 대답하는, 문명을 몸으로 체화하지 못한, 아직도 '야만의 땅' 평양을 그리는 여인인 것이다. 이 이중의 충돌은 한쪽이 강력한 힘으로 강제해 올 때만 가능하다. 이 같은 상황에서 그 가운데 놓여 있는 존재는 이중구속 수렁으로 빠져들게 마련이다. 옥련 모친과 외조부가 미국에 도착, 옥련과 구완서의 혼인을 논하는 자리에서도 이중구속 상황은 더욱 심화된다.

(구) "여보게 옥련, 지금은 우리가 동무이지. 귀국하면 내외가 될 터이지. 우리가 자유로 결혼하자 언약을 맺은 사람이라. 언약을 맺어도 자유, 언약을 파하여도 자유, 어느 때로 행례할 기약을 정하는 것도 자유로 할 일이라. 나도 부모 구존한 사람이요, 그대도 부모 구존한 터이라. 부모가 미성년한 자식에게 명령할 일은 공부 잘 하여라, 나라를 위하여라 하는 것이 부모 된 이들의 도리요 직분이라.

지금 우리가 고국에 돌아가면 공부에 방해도 적지 아니할 터이오, 혈기 미성한 사람들이 일찍 시집가고 장가드는 것은 제 신상에 그렇게 해로운 것은 없는지라. 그러나 우리가 제 일신의 이해를 교계하는 것은 오히려 둘째로다.

여보게 옥련, 우리가 공부를 하여도 나라를 위하여 하고 사업을 하여도 나라를 위하여 하고 살아도 나라를 위하여 살고 죽어도 나라를 위하여 죽는 것이 옳은 일이라. 여보게 옥련, 자네 마음 어떠한가. 어서 시집이나 가서 세간나 재미있게 하면 그것이 소원인가. 자네 소원이 만일 그러할진대 우리 기왕 언약이 아무리 중요하더라도 나는 그 언약보다도 더 중요한 국가를 위한다는 생각이 있으니 자네는 바삐 귀국하여 어진 남편을 구하여 하루바삐 시집가서 자네 부모의 소원대로 하게."

— 『혈의 누』 하, 96~97면.

일찍 시집가고 장가드는 것은 나라를 위하는 길이 아니라고 강변하면서 옥련에게 서둘러 귀국하여 시집가라 말을 하는 구완서의 존재는 그 영향이 이제 옥련 하나에게 그치는 것이 아니다. 옥련 가족 전체를 상대로 한 강요와 압박의 이중구속 발신자로 자리한다. 구완서의 말에 옥련 어미는 '횡설수설'하고, 외조부는 '외손의 혼인부터는 내 마음대로 하기가 어려운 생각이 있어서 딸의 눈치도 보다가 사위의 눈치도 보며 헛기침만 하고 앉았다'. 옥련의 아버지 김관일은 구완서의 말에 부권(夫權) 자체가 철저히 깨져버린다. 명실상부 구완서는 옥련 가족 전체의 행동, 즉 서사 전체를 통어하는 권력자로 서게 되는 것이다.

김관일은 본디 구완서의 기개를 아는 사람이라. 말없이 앉았다가 그 부인더러 간단한 말로 옥련의 혼인은 아는 체 말자 하면서 옥련의 얼굴을 거들떠보니 옥련이는 머리 위에 꽃을 꽂고, 눈썹은 나비를 그린 듯한데 눈은 내리깔고 앉았으니 무슨 생각이 있는지 없는지, 옥련이를 낳은 옥련의 부모라도 뜻은 알 수 없겠더라.

―『혈의 누』하, 98면.

자식의 혼인에 대해 입을 다물어야 하는 옥련 부모는 이미 부모가 아니다. 전쟁통에 부모의 생사조차 몰라 일본과 미국으로 떠돌던 옥련에게 이러한 상황은 혼란 그 자체가 아닐 수 없다. "어머니를 이별하고 섭섭하여 하는 모양이 실성을 할 것 같은지라" 옥련이가 지향 없이 혼잣말로, 자신의 분열상을 스스로 이렇게 고백한다. "내 몸이 둘이 되었으면 하나는 아버지 뫼시고 있고 하나는 어머니 뫼시고 있고지고."『모란봉』에서는 이러한 혼란상이 극명하게 나타난다. 샌프란시스코 한 공원 못에 비친 자신의 모습을 바라보면서 독백한다.

반갑다. 옥련의 그림자를 옥련이가 보아도 참 반갑다. 나는 물 위에 선 옥련이요, 너는 물 아래 거꾸로 선 옥련이라. 내가 너더러 물어볼 일이 있다.

네가 형체가 있는 물건[有形物]이냐, 형체가 있을진대 네 손 잡고 반겨보자. 네가 형체가 없는 물건[無形物]이냐, 형체가 없을진대 내 눈에 보이는 네가 무엇이냐.

이 몸이 이 물가를 떠날진대 네 형체가 소멸하고, 이 몸이 이 세상을 버릴진대 한(恨) 많고 사려증 많던 내 마음도 또한 소멸할 것이니, 영혼불멸(靈魂不滅)이라 하였으나 알 수 없는 것이 사람의 일이로다.

—『모란봉』, 104~105면.

늘 쓸데없이 무엇을 생각하고 근심과 걱정을 일삼는 증세의 하나인 사려증(思慮症)에 시달리는 옥련이다. 『혈의 누』에서 시작해서 『모란봉』에 이르는 옥련 가족의 서사는 앞서 살핀 대로 이러한 이중구속의 연속이라 할 수가 있다. 옥련 자신의 처지를 스스로를 가리켜 말하고 있지만 '물 위'와 '물 아래'란 하나의 경계다. 경계는 '나'와 '타자', '안'과 '밖', '이 세계'와 '저 세계'를 구분한다. 옥련은 그 경계 위에 서 있다. 경계선 위에 있는 존재, 즉 경계인은 늘 정신적으로 흔들리게 마련이다. 그 정신적 흔들림을 물 위와 아래의 자신의 모습에 빗대어 가시화시킨다. 이 가시성에 주목할 필요가 있다. 경계는 옥련 스스로 구분한 것이 아닌, 강제된 것. 이 강제된 경계의 구조 속에 옥련이 어떻게 편입되는지를 살필 때, 이 경계는 나름의 의미를 얻는다.

물 위는 형체가 있는 뚜렷한 '가시(可視)'의 영역이다. 이것은 인식 주체에게 선험적인 것이기 때문이다. 문제는 물 아래의 영역. 물 아래는 경험의 세계를 의미하지만 옥련에게는 경험적 주체성이 있을 리 없다. 실상 이것은 식민지 조선인 전체를 이름 한다 해도 무방할 터다. 여기에는 '가시'와 '비가시(非可視)' 영역이 혼재해 있다. 이 혼재양상을 옥련은 이렇게 표현하고 있다. '형체가 있을진대 손잡고 반겨보자' 할 수도 없고, '형체가 없을진대 보이는', 이를테면 '가시성 속의 비가시', '비가시성 속의 가시'의 세계란 것이다. 이 대목은 옥련 가족 서사에서 의미심장한 것이다. 이중구속의 또 다른 유형을 볼 수가 있기 때문이다. 지금까지 논해온 이중구속이 옥련 한 인물에게 집중되어 있었다면, 또 다른 유형의 이중구속은 옥련 가족 전체에까지 손길을 뻗치고 있는 것을 확인할 수가 있다.

3. 이중구속의 또 다른 유형, 가시와 비가시의 세계

이 이중구속의 경우 인물이 아닌, 문명 등 추상화된 개념들도 발신자의 영역에 포함할 수가 있다. 특히 식민제국주의는 그 보이지 않는 것까지도 가시의 세계로 끌어들이려는 가시성의 절대화를 추구하게 마련이다. 여기에 주목해 보자면 『혈의 누』에서 시작해서 『모란봉』에 이르는 옥련 가족의 서사는 가시와 비가시의 구조를 또 다른 서사전략으로 삼고 있다고 말할 수가 있다. 『혈의 누』에서 가장 강렬한 인상으로 남는 대목은 청일전쟁의 총소리로 암흑과 비명의 땅으로 변해버린 소설의 첫 장면 평양성문 안 풍경일 것이다. 모두가 떠나야 하는 야만의 땅, 떠나는 여정, 도달해야 할 문명의 세계. 이것이 『혈의 누』 서사의 전부라 해도 무방할 것이다. 그 최종점에 미국을 상정하고 있다. 이유야 어떠하든 옥련의 일가 전체는 결국 미국행 길에 오른다. 그 길에 오를 수밖에 없었고 올라야 한다는 것이 타당할 것이다.

소설 속 문명의 담지자로 설정한 미국은 문명 담론에 사용되는 자극적 수사, 이를테면 해외 유학에 대한 강박과 같은 표현들, 그리고 이것이 모여 구성하는 이야기(narrative)의 강력한 전염성 등[8]으로 작품의 등장인물과 독자들에게는 이미 '상상적 가시의 세계'로 등장해버린다. 서술자는 이 이미지의 세계를 실체적 진실의 세계로 변환해야만 한다. 여기에는 가시와 불가시의 배분구조가 작동해야만 한다. 이 구조 속에서 옥련 일가는 '보는 자'로 미국은 '보여지는 자'로, 더 정확하게 말한다면 '보아야 하는 자'로, '보여주는 자'로 배치된다. 여기에서 기존의 이중구속 구조의 전환이 일어난다. 즉, 수동형의 인물로 일관했던 옥련 일가가 능동적 행위자로, 미국으로 상징되는 문명은 수동적 대상으로 재배치되는 것이다. 이 '본다'는 특수행위는 보는 행위를 스스로의 책임으로 여기게 만들어 버린다. 순간, 강요와 통제는 사라지는 듯하다. 이것은 겉으로

8　"조선이 낮이 되면 미국에는 밤이 되고 미국에서 밤이 되면 조선서는 낮이 되어 주야가 상반되는 별천지라. 산도 설고 물도 설고 사람도 처음 보는 인물이라. 키 크고 코 높고 노랑머리 흰 살빛에, 그 사람들이 도덕심이 배가 툭 처지도록 들었더라도 옥련의 눈에는 무섭게만 보인다", 『혈의 누』 상, 59~60면.

드러난 구조일 뿐이다. '보여주는 존재'는 끝없이 강권하고 방향을 지시하는 그 어떤 조정의 역할을 숨기고 있을 뿐이다.

그 조정자로 구완서가 등장했던 것이다. 구완서는 가시와 비가시의 세계를 넘나드는 존재로 서사 전체를 통어한다. 실상 그는 작품 속에서 비현실적 존재로 그려지고 있다. 추상화된 인물인 것이다. 그의 등장부터 살펴보자. 옥련이 일본 이노우에 부인의 미움으로 집을 나와 기차를 탔고, 거기서 구완서를 처음 만난다.

(서) "너는 나보다 낫구나. 나는 이제 공부하러 미국으로 가려하는데, 말도 다르고 글도 다른 미국을 가면 글자 한 자 모르고 말 한마디 모르는 사람이 어찌 고생을 할는지. 너는 일본에 온 지가 사오 년이 되었다 하니 이제는 고생을 다 면하였겠구나"

—『혈의 누』상, 55면.

그때 서생은 창밖만 보고 앉았다가 입을 딱 벌리면서 깜짝 놀라 돌아다보니 옥련이가 무심중에 일본말로 실례이라 하니, 그 선생은 일본말을 모르는 고로 알아듣지 못하나 외양으로 가엾어 하는 줄로 알고 그 대답은 없이 좋은 얼굴빛으로 딴말을 한다.

—『혈의 누』상, 57면.

나는 공부하고자 하는 마음으로 부모도 모르게 미국에 갈 차로 나섰더니, 불과 여기를 와서 이렇듯 답답한 마음만 나니 어찌하면 좋을지 모르겠다.

—『혈의 누』상, 58면.

만리타국으로 유학을 결심한 사람치고는 아무런 준비가 되어 있지가
않다. 17세란 나이와 미혼이라는 사실을 제외하고는『혈의 누』어디에
도 그의 신상에 대한 이야기는 나오지 않는다.[9] 여기서 추상화된 인물이
란 실재(實在)하지 않은, 그 어떤 이념의 대리자를 가리킨다. 이런 인물은
작품 속에서 그와 관련한 정황만 제시될 뿐 인물의 리얼리티는 베일에
가려지게 마련이다. 서술자가 인물의 구체성을 드러낼 필요성을 느끼
지 못하기 때문이다. 다만 그의 이미지는 언급하고 있다.

"웬 계집아이가 남의 앞에 와 섰다."
하는 소리에 옥련이가 돌아다보니 나이 열칠팔 세 되고 얼굴은 볕에 걸어
서 익은 복숭아 같고 코는 우뚝 서고 눈은 만판 정신기 있는데, 입기는 양복
을 입었으나 처음 입은 사람같이 서툴러 보이는지라. 옥련이가 돌아다보
는 것을 보더니 또 조선말로 혼자 하는 말이,
"그 계집아이 똑똑하다. 재주 있겠다. 우리나라 계집아이 같으면 저러한
것들이 판판이 놀겠지. 여기서는 저런 것들도 모두 공부를 한다하니 저것
은 무엇 하는 계집아이인지."

—『혈의 누』상, 54면.

『혈의 누』에서 첫 등장한 구완서의 말과 그의 인상이다. 복숭아 같은
얼굴과 우뚝 선 코는 젊고 잘생긴 인물이란 것을 암시하고 있다. 눈은 정
신기 있는, 즉 판단과 사고에서 깊이가 있는 기운을 나타내고 있다. 이

---

9   『모란봉』에 이르러 그의 집안의 내력이 나오지만, 이 작품을 염두에 두고『혈의 누』를
쓴 것이 아님은 이인직 스스로 밝힌 바 있다.

런 인물이 조선 계집아이와 일본 계집아이를 비교하면서 조선 계집아이를 비하하는 시선을 던진다. 옥련에게 관심을 둔 이유도 착하거나 가련하다거나 하는 심정적 차원보다는 "똑똑하다. 재주 있겠다" 하는 지능의 척도에 있다. 이 시선 속에는 지식 / 무식이란 이분법의 구도가 선명하다. '똑똑한' 옥련의 미국 유학을 권하면서 구완서는 "미국으로 건너가 공부나 하고 있다가 너의 부모 소식을 듣거든 네 먼저 고국으로 가게 해주마", "오냐, 학비는 염려 말아라"고 말한다. 학비 문제를 이야기 할 때도 자신의 재력과 조달 능력 등을 전혀 언급하지 않고 있다. 오로지 그와 관련한 정황과 대화만이 존재한다.[10] 신소설의 특성으로 거론하는 '우연성'을 인정한다고 해도 구완서와 관련한 우연에는 구체성이 떨어지는 특성을 드러낸다. 미국에서 우연히 강유위(康有爲)를 만나 구완서와 옥련이 학교에 입학하게 되는데, 그 과정은 실로 간단히 언급되고 있을 뿐이다.

> 청인(강유위 – 인용자)이 다시 서생을 향하여 필담으로 대강 사정을 듣고 명함 한 장을 내더니 어떠한 청인에게 부탁하는 말 몇 마디를 써서 주는데, 그 명함을 본즉 청국 개혁당의 유명한 강유위라. 그 명함을 전할 곳은 일어도 잘하는 청인인데, 다년 상황에 있던 사람이라. 그 사람의 주선으로 서생과 옥련이가 미국화성돈에 가서 청인 학도들과 같이 학교에 들어가 공부를 하고 있더라.
>
> —『혈의 누』 상, 62면.

---

10 진정 대화는 상대를 전제 할 때만 가능하다. 구완서의 대화는 타자성을 철저히 무시한 채 이미 주어진 것처럼 본성화 되고 가정된 것으로 드러난다.

『혈의 누』의 우연의 첫 등장은 옥련 어미가 가족을 찾아 산중을 헤매다 우연히 어떤 사내를 만나 겁탈 위기에 빠지는 장면이다. 사내를 두고 '북두갈구리 같은 험한 손'이라 하거나, 심지어 사내 아내에 대해 '피란 갈 때에 팔 승 무명을 강풀 한 됫박이나 먹었던지 장작 같이 풀 센 치마를 입고 나간 터이요, 또 그 계집은 호미 자류, 절굿공이, 다듬잇방망이, 그리한 세군은 일로 자라난 농군의 계집이라' 하는 등 책 네 쪽에 걸쳐 그 우연의 장면을 묘사하고 있다. 일본 보초병들이 소리를 듣고 와 옥련 어미를 헌병대로 데려가는 장면, 고장팔에게 구출되는 장면 등 상당한 우연을 자세히 그리고 있는 것에 반해 구완서 관련한 우연은 몇 줄로 마감하고 있다. 구완서 자신을 포함해 그와 관련한 인물에 대한 정보는 극히 미미하다. 이것은 구완서가 비가시의 영역에 존재하는 '비가시성 속의 가시'적 인물이란 것을 거듭 확인하고 있다.

> 사람이 구름같이 모여드는 정거장에서 오후 기차 시간을 기다려서 상항 가는 기차표 사는 사람은 최주사 부녀요, 입장권 사서 들고 최주사 부녀더러 이리 가오, 저이 가오, 시간이 되었소, 기차가 떠나겠소 하며 가르치는 사람은 최주사의 부녀를 석별하려온 김관일의 부녀요, 정거장에 잠깐 나왔다가 학교에 동창회가 있다 하면서 기차 떠나는 것을 못 보고 먼저 들어가는 사람은 구완서요.
>
> —『혈의 누』하, 99면.

머나먼 평양에서 미국의 딸과 사윗감을 만나러 온 옥련 어미와 외조부 최주사의 배웅 길에서도 구완서의 모습은 보이지 않고 있다. '정거장에 잠깐 나왔다'는 정황만 서술되고 있을 뿐이다. 구원서의 존재가 확인 될 때는 다름 아닌 그의 대화가 진행될 때다. 대화 내용 또한 철저히 일 상을 배제한 탈육체적·탈물질적·탈세속적이다. 주목할 것은 구완서 가 일본, 즉 미국행에 오르기 전 옥련에게 발신한 메시지와 미국에서 전 한 메시지에 질적 차이를 찾을 수 없다는 점이다. "우리들이 나라의 백 성 되었다가 공부도 못하고 야만을 면치 못하면 살아서 쓸데 있느냐(… 중략…) 사람이 밥벌레가 되어 세상을 모르고 지내면 몇 해 후에는 우리 나라에서 일청전쟁 같은 난리를 또 당할 것이라. 하루바삐 공부하여 우 리나라의 부인 교육은 네가 맡아 문명 길을 열어주어라"(『혈의 누』 상, 59면) 는 메시지는 미국에서도 동어반복 되고 있다. 이 말을 하기 전 구완서는 영어는 물론, 일본어 한 마디 할 수 없는 존재였다. 즉 외국 문물을 체험 한 경험이 전혀 없다는 것을 의미한다. 구완서와 같은 인물은 신소설에 서 찾아보기 힘든 인물형이란 점에서 문제적이다. 그는 지적 형성 과정 을 떠나 이미 문명의 담지자로 존재하고 있는 것이다. 일본이란 땅과 미 국이란 땅의 구분은 여기서 의미를 잃고 만다. 구완서가 본격 등장해 서 사 전체를 이끄는 공간 미국은 이런 측면에서 가상의 무대가 된다. 그곳 에서는 그 이전 서사에 숱하게 등장했던 옥련의 고난과 위기마저 거의 등장하지 않는다. 여기서 서사의 진행은 구완서의 말 한 마디에 따라 그 방향이 결정된다. 『혈의 누』에 등장하고 있는 미국의 장소성(placeness) 은 과연 무엇인가? 장소(place)는 어떤 특정한 활동이 이루어지는 장(場), 또는 그 활동이 이루어지는 물리적 배경을 말하는 것이라면, 장소성은 그 특정한 장소에서 생활하는 구성원들이 지니게 되는 장소에 대한 사 회적 의식을 가리킨다. 이것은 그 장소를 체험하는 과정에서 생기는 주체성의 확인이기도 한 것이다. 옥련에게 평양과 일본은 그런 측면에서 긍정·부정을 떠나 나름의 의미를 지닌다. 위계적 문명 담론의 구조 속에서 평양이 야만(野蠻), 일본이 반개(半開)로, 미국이 문명(文明)의 땅으로 그려지고 있는가? 미국은 그저 서사 전략의 하나로, 식민제국담론의 공간, 그 이상의 의미를 지니지 않는다.

그 담론의 구조에도 문제가 있다. 『혈의 누』 작품의 시대배경과 이인직이 이 작품을 쓰던 시기를 살펴보자. 『혈의 누』는 『만세보』에 연재 (1906.7.22~10.10) 후 1907년 3월 광학서포에서 단행본으로 발간했다. 이 시기는 연설과 토론의 시대였다고 해도 좋을 만큼 공론의 장이 조선에서 최초로 열렸던 시대였음과 함께 을사조약(1905) 체결 후 일제에 의한 언론 탄압이 본격화 되던 시기이도 했다. 한국 근대 초기의 연설과 토론은 1907년에 발표한 '광무신문지법(光武新聞紙法)'을 기점으로 그 이전과 이후 그 양상이 크게 달라진다. 광무신문지법은 1905년 을사조약 체결 이후 일제가 언론·출판·연설회 등에 대해 대대적으로 규제와 탄압을 가하기 위해 공표한 법률이다. 1890년 말에서 1907년 이전까지는 정치연설과 시국토론이 주를 이루었던 반면, 이후에는 토론의 열기가 잦아들고 풍속교화에 목적을 둔 대중연설로 전환하거나 또는 '토론체 소설'을 통해 우회적이고 간접적으로 계몽이념을 전파하는 방향으로 선회하는 양상을 보인다.[11]

안국선(1878~1926)은 1907년 연설 이론서 격인 『연설법방』을 저술, 출간하기도 했다. 이 책을 통해 안국선은 '속박주의에서 석방주의로의 변화'·'무단시대에서 헌정시대로의 장입'이 이루어져야 할 시기가 바로

---

11 이정옥, 「애국계몽기 연설과 토론의 수용과정」, 『현대문학이론연구』 43, 현대문학이론학회, 2010, 178면.

지금이며, 이를 위해서는 언론의 자유가 중요하다고 역설했다. 이어 그는 토론체 소설 『금수회의록』(1908)을 발간했다. 이해조의 토론체 소설 『자유종』(1910)이 등장한 시기도 바로 안국선이 강조한 바로 '그 시기'였다. 이런 추세에 비춰 볼 때, 이인직은 이들과 상당한 거리를 두고 있음을 알 수가 있다. 토론체 소설은 그의 작품 목록에서 찾아볼 수가 없기 때문이다.

토론체 소설 등장 이전부터 새롭게 탄생한 담론의 공간이었던 신문 매체를 중심으로 다양한 토론체 서사가 나타났다는 사실은 중요하다. 이것은 근대식 토론과 연설 문화의 발화 형식을 적극적으로 수용한 새로운 글쓰기의 한 방식이었던 것으로 평가할 수가 있다. 이인직에게는 이러한 토론 형식이 필요 없었는지 모르겠다. 그의 작품 속에서 늘 발견되는 '계몽에 대한 강박'은 이러한 해석을 가능케 한다. 이러한 강박은 일방적 강요를 통한 통어의 규제 장치로만 남는다.

4. 결정론적 진화론의 세계

사회진화론의 수용 또한 마찬가지의 양상을 보인다. 과연 이인직은 어떠한 수용 태도를 보였을까? 앞서 살핀 대로 그는 일본의 영향을 짙게 받은 위계적, 계서적 문명론과 식민제국주의적 성격의 진화론을 자신의 개화사상으로 무장했던 것이다. 작품을 통해 그의 문명론과 사회진화론의 인식태도, 그리고 그것이 작품 속에서 어떠한 담론 구조로 나타나는지를 살펴보았다. 이것은 다분히 그가 친일작가였냐 아니냐 하는 차원을 넘어 그가 그토록 추구한 문명개화가 과연 무엇이었는지를 묻게 만드는 것이다. 사회진화론이 조선에 수용되면서 수용 주체에 따라 각기 다른 양태로 내면화되었다. 문명과 야만이란 선명한 이항대립 구도는 공통으로 인식했지만 내면화 과정에서 그 작동의 메카니즘은 각 주체별로 차이를 드러냈다. 외부 세계에 의해 강요된(수용된) 또는 주체의 의해 번역된 문명이란, 타자성을 어떻게 인식하느냐에 따라 그 인식론에 큰 차이를 보이기 마련이다. 즉 철저한 배타성에 기초한 위계적, 계서적 문명론이냐 아니면 문명의 상대성을 자각한 주체적 수용이냐 하는 것이 문제로 떠오른다. 앞서도 강조했지만 이것은 이인직이 추구했던 반봉건성의 실체에 다가서는 것임과 동시에 서사구조와 인물의 형상화 등 그의 문학 전체를 파악할 수 있는 논거를 제공해줄 것으로 기대하기 때문이다.

신소설 시대, 이인직만큼 반봉건 정신에 투철했던 작가도 드물 것이다. 이것은 지금까지도 많은 논자들이 공통으로 내놓는 평가들이다. 그의 작품 전반에 나타나는 이 반봉건성의 실체는 무엇일까? 양반 지배층에 대한 그의 처절한 대항의식, 직설적으로 말한다면 증오에 가까운 반감 속에, 반외세, 반제는 없었던 것일까? 이인직이 뿜어낸 처절할 정도의 반봉건성의 필봉에 대해 끝없이 물어야 하는 이유가 여기에 있다. 신소설이 태어났던 애국계몽기 조선은 반식민지로 떨어진 그야말로 외세와 제국주의의 파고가 이미 나라의 벽을 뚫기 시작했던 터였기에 더욱 그러하다. 이 상황에서 이인직의 작품은 다른 개화지식인들의 사고와는 다른 결을 보이고 있다. 위계적, 계서적 문명의 눈으로 조선을 바라보면서, 식민제국의 길을 찾고자 했던 것이다. 그것은 한 마디로 결정론적 진화론의 세계를 의미한다.

제2부

아동문학의 동아시아 지평

동아시아 아동문학의 상호인식

원종찬

1. 아동문학과 동아시아

사람들에게 '한국 아동문학'이나 '세계 아동문학'이라는 말은 익숙하지만 '동아시아 아동문학'은 그렇지 않다. 동아시아 아동문학이 세계 아동문학의 일부로서 존재성을 드러내고 있었다면 이 말이 낯설게 여겨질 까닭은 없다. 사실 동아시아란 말 자체는 지역·인종·문화의 근접성 및 유사성 때문에 통용되는 상식적인 용어일 따름이다. 하지만 '한국-동아시아-세계 아동문학'의 연계고리에서 동아시아 아동문학은 오랫동안 공백상태나 다름없었다. 무엇보다도 동아시아 단위의 사유가 부재했다. 동아시아 각국에서 세계 아동문학은 곧 서구 아동문학을 의미하는 것이었다. 때문에 사람들의 머릿속에 자국 아동문학과 세계 아동문학은 존재할지언정 동아시아 아동문학은 존재하지 않았다고 볼 수 있다.

그런데 세기전환기에 즈음하여 주변 환경이 크게 바뀌자 동아시아의 아동문학도 새로운 국면을 맞이하게 되었다. 냉전체제가 해체되고 동아시아 각국의 상호관계가 변화함에 따라 이전과는 다른 동아시아가 수면 위로 떠오른 것이다. 한국은 공산진영이라 해서 적대해온 중국·베트남과 국교를 수립했고, 북한과도 이전 세기와는 다른 경험을 쌓고 있다. 어느새 사람들은 생활 속에서 새로운 동아시아를 실감하고 산다. 우리에게 익숙한 해외여행, 인터넷, 이주노동자, 다문화가족 등은 분명 세기전환기 이후의 경험이다. 이와 같은 생활상의 변화는 아동문학에도 새로운 자극과 기회를 제공하고 있다.

주지하듯이 아동문학은 근대성과 밀접한 관련을 지닌다. 서세동점(西勢東漸)의 근대 역사 속에서 발전이 제약되었던 동아시아 각국의 아동문학은 오늘날 새롭게 부흥하는 중이다. 민주화와 경제성장을 이룩한 한국의 경우는 물론이고, 개혁개방 정책 이후 중국과 베트남의 아동도서 출판시장은 산업화·도시화와 함께 급속한 신장세에 있다. 이들 나라와의 인적·물적 교류가 날로 증대하고 있는바, 일본과 북한을 여기에 더한다면 우리와 관련이 깊은 동아시아 아동문학의 경계가 어렴풋이 드러나게 된다.

그럼에도 아동문학 분야에서는 동아시아 담론을 찾아보기 힘들다. 한국 아동문학은 민족주의적 열망이 대단히 강렬하다. 이 열망은 식민지와 전쟁의 기억으로 인해 반일(反日) 또는 반북(反北)의 감정으로 표출되기 일쑤였다. 최근에는 동아시아에 대한 차별의식도 만만치 않다. 뒤틀린 민족주의와 서구주의가 은밀히 손을 잡고 있는 형국이다. 이는 민족주의적 열망이 온전히 탈식민지주의로 나아가지 않고 아류 제국주의로 돌변할 수 있다는 위험신호가 아닐 수 없다. 한국 아동문학이 세계 아동문학에 당당히 참여할 수 있으려면, 동아시아를 단위로 해서 이러한 착종된 문제부터 풀어야 하는 것이다. 따라서 "서구주의와 민족주의, 이 두 경사 속에서 침묵하는 동아시아를 호출하는 일, 즉 동아시아를 하나의 사유단위로 설정하는 사고의 변혁"[1]은 아동문학 분야에서도 중요한 문제의식으로 다가온다.

본고는 이러한 문제의식을 바탕으로 최근 아동도서 출판계에서 유의미한 변화의 신호탄으로 여겨지는 두 가지 사례에 대해 검토하려고 한다. 첫째는 '동아시아 대표동화 시리즈'고, 둘째는 '한중일 평화그림책 시리즈'다. 하나는 동아시아 아동문학의 정전(正典)이 부재하는 상황에서 동아시아 각국을 대표하는 아동문학의 유산을 공유하기 위한 상호번역의 문제고, 다른 하나는 동아시아 과거에 대한 반성과 평화 실천을 위한 한중일 아동문학 관계자들의 연대와 창작의 문제다. 이 두 가지는 동아시아 교류의 아킬레스건이나 다름없는 '근대사'를 매개로 한다. 여러모로 동아시아 아동문학의 상호인식을 살펴보기에 맞춤하는 사례인 것이다.

---

1   최원식·백영서·신윤환·강태웅 편, 『제국의 교차로에서 탈제국을 꿈꾸다』, 창작과비평사, 2008, 5면.

2. 동아시아 대표동화 시리즈

1) 동아시아 정전이 부재하는 세계아동문학전집

사람들에게 '명작'으로 각인된 세계 아동문학의 정전은 서구 아동문학의 목록을 가리킨다. 아동문학의 정전화에 지대한 영향을 미친 것은 전집류라 할 수 있는데, 우리가 보는 '세계아동문학전집'은 서구 아동문학 위주로 구성되어 있다. 동아시아 각국이 거의 비슷한 상황이다.[2] 이에 대한 보완 내지 극복 방안으로서 동아시아 아동문학의 정전을 상정할 수 있겠는데, 불행히도 그런 목록은 존재한 적이 없다. 세계 아동문학 전집류를 보면 서구의 작품은 대부분 근대 이후의 개인 창작물이 차지하고 있다. 반면에 일종의 구색 맞추기로 끼워진 '동양편'은 전래민담이 아니면 『서유기』, 『삼국지』, 『수호지』 같은 근대 이전의 것들이 주종을 이룬다. 아동문학은 근대 이후의 산물인 바, 이것들을 동아시아 아동문학의 대표작 또는 정전이라고 할 수 있을지 의문이다.

냉전시대에 만들어진 '세계아동문학전집'은 일본의 목록을 참조한 것들로서 "제국주의적 기획"[3]의 일환이라고 비판되고 있다. 이러한 전

2　'세계아동문학전집'과 같은 구성물은 서구에서는 찾아보기 힘들지만, 일본의 독서시장에서 크게 성행하면서 동아시아 각국에 영향을 미쳤다. 한국·중국·베트남 등에서 유통되는 세계 아동문학 전집류(소년소녀 세계 '명작' 또는 '경전' 시리즈)는 일본의 것을 모델로 한 것이다. 동아시아를 괄호치고 자국 아동문학과 세계 아동문학만을 상정하는 서구주의의 기원은 바로 이 일본발(發) 전집들이다.

3　최애순, 「1960~1970년대 세계아동문학전집과 정전의 논리」, 『아동청소년문학연구』 11, 2012, 63면.

집류에 의해 어릴 때부터 국민교양이 주조된다는 사실은 문제의 심각성을 말해준다. 수많은 전집류 가운데 가장 일찍이 '정전'의 지위를 획득하면서 널리 이름을 알린 계몽사 전집의 목록은 다음과 같다.

〈표 1〉『세계 소년소녀 문학전집』(전50권), 계몽사, 1959~62[4]

1	고대	희랍신화집	26	도이취	하우프동화집
2	고대	호머이야기	27	도이취	날아가는 교실
3	고대	성경이야기	28	도이취	꿀벌마야의 모험
4		세계우화집	29	도이취	알프스의 소녀
5	영국	영국동화집	30	도이취	사랑의 집
6	영국	보물섬	31	북구	안데르센동화집
7	영국	쟝글북	32	북구	북구동화집
8	영국	세익스피어이야기	33	북구	밤비의 노래
9	영국	올리버 트위스트	34	북구	러시아동화집
10	영국	프랑다스의 개	35	남구	이탈리아·스페인동화집
11	영국	검은 말 이야기	36	남구	쿠오레
12	영국	이상한 나라의 앨리스	37	남구	피노키오
13	미국	엉클톰스캐빈	38	동양	아라비안나이트
14	미국	라일락 피는 집	39	동양	중국동화집
15	미국	작은 아씨들	40	동양	인도동화집
16	미국	톰 소오여의 모험	41	동양	삼국지
17	미국	소공자	42	동양	수호지
18	미국	소공녀	43	동양	일본동화집
19	미국	미국동화집	44		동물문학집
20	프랑스	프랑스동화집	45		세계명작동시집
21	프랑스	집없는 아이(상)	46		세계명작동극집
22	프랑스	집없는 아이(하)	47		세계명작추리소설집
23	프랑스	월요이야기	48	한국	한국고대소설집
24	프랑스	십오소년표류기	49	한국	한국전래동화집
25	도이취	그림동화집	50	한국	한국창작동화집

목록의 배열에서 한눈에 들어오는 것은 영국(총8권), 미국(총7권), 프랑스(총5권), 도이취(총5권) 등 국가별로 순서를 잡은 점이다. 이러한 국가순

---

[4]   위의 글, 51면.

서는 이후의 다른 전집들에서도 되풀이된 것들로서 제국의 질서를 반영한다. 여기에는 서구를 동경하고 이상화하는 "선진·발전에 대한 욕망"[5]이 담겨 있다. 전50권 가운데 동양 편은 6권, 한국 편은 3권이다. 동양·한국 편에서 근대 아동문학의 범주에 드는 것은 『일본동화집』과 『한국창작동화집』 2권뿐인데, 모두 단편모음들이다.

계몽사 전집의 목록은 개정판에서 약간의 변화를 보여주지만, 기본 성격은 달라지지 않는다. 즉 동양 편에 『서유기』와 『중국동화집』이 추가되지만, 모두 근대 이전의 중국 고전물이다. 계몽사 전집과 경쟁했던 을유문화사의 『세계아동문학독본 7－중국편』, 정음사의 『한국소년소녀전집 2－중국동화집』 등에도 근대 이후의 중국 아동문학은 부재한다. 당시에는 중국이 적성국가로 분류되었기 때문에, 근대 이후의 산물인 아동문학은 이념 문제에서 자유롭지 못했던 것이라 할 수 있다.

중화민국(1911) 이후에 발생한 것으로 알려진 중국 아동문학은 1990년대에 들어와서야 이 땅에 번역 소개될 수 있었다. 아마 그 처음은 '창작과비평사 아동문고'의 하나로 나온 『왕시껑의 새로운 경험』(창작과비평사, 1990)일 것이다. 모두 여덟 작가의 단편을 수록한 이 앤솔러지는 특이하게도 중화인민공화국(1948) 이후의 작품들로 구성되었다. 희한하다면 희한한 일이 아닐 수 없는데, 사회주의 중국 어린이의 삶을 이해하자는 취지가 작용한 결과라고 여겨진다. 그러나 모두 단편을 골랐다는 한계 외에도, 사회주의 국가정책 아래서 나온 것들은 그 이전의 반(半)식민지 상황에서 나온 것들보다 현실비판 정신이나 기법 면에서 오히려 정전성

---

5   위의 글, 69면.

이 부족해 보인다.

금세기에 들어 부쩍 증가한 동아시아 아동문학의 교류는 다른 종류에 밀려 어려움을 겪고 있다. 최근 동아시아 어린이책 교류 현황을 살펴보니, 문학의 본질에 충실한 것보다는 읽기 좋게 포장한 각종 학습서적류가 성행하고 있다. 중국을 비롯한 아시아 각국의 대형서점에서 학습만화 형식의 한국 어린이책을 발견하기란 그리 어려운 일이 아니다. 대표적인 것은 예림당의 'Why 시리즈'와 뜨인돌 출판사의 '노빈손 시리즈'다. 두 출판사는 브랜드로 등록한 시리즈 저작권을 해외에 수출하면서 글로벌 기업으로 성장했다. 이런 어린이책의 해외수출은 자본의 팽창을 보여주는 사례일 따름이지 아동문학의 세계화와는 거리가 멀다.

2) 동아시아 아동문학의 상호 번역 양상

2012년 8월 22일부터 25일까지 일본의 도쿄[東京]에서 제11회 아시아 아동문학대회가 열렸다. 이 대회는 한국·중국·대만·일본 등 4개국이 2년에 한 번씩 돌아가면서 개최한다. '아시아아동문학의 미래와 과제'를 내건 이 대회에서 가장 흥미로웠던 발표는 동아시아 아동문학의 상호 번역에 관한 것이었다.

일본의 나루미 토모코[成實朋子]에 따르면,[6] 2001년부터 2011년 사이 일본 어린이책의 동아시아 번역 건수에서 1위는 한국, 2위는 대만, 3위

---

[6]　成實朋子,「東アヅアにおける日本の子どもの本の飜譯」,第11回 アヅア兒童文學大會 論文集, 2012 참조.

는 중국이 차지했다. 그런데 최근 3년간의 번역 건수로 제한하면 1위는 중국, 2위는 한국, 3위는 대만으로 바뀐다. 중국은 2008년 이후 급격히 일본 어린이책의 번역을 늘리고 있다는 것이다. 여기서 중국 아동문학의 변화 욕구를 읽을 수 있다. 한국은 이미 오래 전부터 일본 어린이책을 꾸준히 번역해왔기에 큰 변화는 드러나지 않은 셈이다.

지역적·민족적 특성으로 지적된 것도 관심을 끌었다. 한국은 진지한 테마와 역사성을 중시하는 경향 때문인지 하이타니 켄지로[灰谷健次郎]의 인기가 다른 지역에 비해 폭발적이라며 모두 놀라워했다.[7] 중국은 이런 한국의 경향과는 정반대였다. 중국에서는 리얼리즘 작품보다는 오히려 환상적인 동화와 판타지의 인기가 높다고 한다.

2001년부터 2011년 사이 일본에서 번역된 동아시아 어린이책에 관해서는 오오타케 키요미[大竹聖美]가 발표했다.[8] 상호 교차 번역의 불균형성이야 말할 것도 없지만, 흥미롭게도 일본에서 가장 높은 번역 건수는 한국의 그림책이 차지했다. 특히 이억배가 지은 『솔이의 추석이야기』는 한국의 문화 알기 차원에서 화제가 되어 한국의 그림책이라고 하면 이것을 대표작으로 여긴다고 한다. 여기서 생각해볼 것은 그림책의 본질에 앞서 '문화 알기 차원'의 교류가 이뤄지고 있는 점이다. 최근 한국은 분방한 상상력과 개성이 돋보이는 젊은 신진작가들의 그림책이 많이 나오고 있는데, 이런 점은 거의 반영되고 있지 않은 것이다.

---

7   한국에서 하이타니 켄지로의 작품은 『나는 선생님이 좋아요』를 필두로 수십 종이 번역되었다. 교육현장의 문제를 비판적으로 그린 그의 작품은 1980년대 중반 이후 교육민주화운동과 연관되어 널리 읽혔다.

8   大竹聖美,「日本における東アジアの子どもの本の飜譯」, 第11回 アジア兒童文學大會 論文集, 2012 참조.

잠시 각국의 초등교과서에는 어떤 번역 작품이 실렸는가 하는 문제가 토의되었다. 한국의 교과서 작업에 참여한 신헌재와 권혁준 교수에 따르면, 한국의 경우『샤롯의 거미줄』,『내 이름은 삐삐롱스타킹』같은 서구의 작품은 실려 있지만, 아시아권 아동문학 작품은 아직 실려 있지 않다. 일본 작품「우동 한 그릇」의 수록 여부를 두고 논란이 벌어졌는데, 일본의 교과서에 한국 작품이 없는 이상 한국에서 일본 작품을 싣는 것은 시기상조라는 주장이 나와서 빠지게 되었다고 한다. 이때 장내에서는 웃음소리가 터져나왔다.

일본 쪽의 설명은 다르다. 검인정이 아닌 일본의 교과서에는 이상금이 일본어로 쓴 창작이라든지「호랑이와 곶감」같은 전래동화를 수록한 교과서가 있고, 음악교과서에는「고향의 봄」,「아리랑」등이 실려 있다고 한다. 박완서의「옥상의 민들레꽃」은 할머니가 자살하는 내용 때문에 끝내 수록할 수 없었던 경우에 해당했다. 한국의 교과서 상황을 두고 터져나온 웃음소리는 과연 무엇을 의미할까? 한국의 교과서 제작에서 민족 감정이 개입하지 않았다고 말하기 어려운 사정이다.

한국과 중국 아동문학의 상호 번역에 대해서는 특별히 연구된 바가 없다. 유의미한 양상을 드러낼 만큼 번역된 작품이 양적으로 축적되지 못한 탓일 것이다. 냉전 시기에 이념의 장벽이 가로놓였던 이유도 지나칠 수는 없다. 하지만 식민지시대에도 한국과 중국 아동문학의 상호 관련은 일본에 비해 대단히 미미한 상태였다. 한중수교 이후 두 나라 아동문학이 폭발적으로 성장한 사실에 비추어 한중 아동문학의 상호 번역에서 뚜렷한 성과가 없는 것은 정상적이라 하기 어렵다. 자국에서 베스트셀러를 기록한 작품들 예컨대 한국의 권정생, 황선미 작품 같은 것들이 근근이 소개되고 있는 정도다. 한국과 베트남 아동문학의 상호 번역에 대해서도 똑같이 말할 수 있다.

3) 동아시아 아동문학의 정전화

앞서 살펴본 것처럼 세계 아동문학의 정전은 서구 편중 현상을 드러내왔고, 동아시아 각국은 상호 번역의 불균형성이 극심할뿐더러 번역 작품의 선택도 연구와 정보의 부재로 거의 시장원리에 내맡겨진 형국이다. 때문에 동아시아 각국 연구자들의 상호 관심과 정보 교류가 절실하다. 타의 모범이자 기준으로서의 정전은 문학장(場)의 권력관계를 반영하는 것이기에 탈근대·탈식민의 관점에서는 비판의 여지가 많은 게 사실이다. 하지만 대안정전이라는 말이 있듯이 정전 해체만이 능사는 아닐 것이다. 다양성에 대한 인정이 가치의 무정부상태를 의미하는 것도 아니다. 중요한 것은 정전화의 '숨은 손'을 드러내는 한편으로, '정전화-탈정전화-재정전화'의 역동성이 발휘되는 열린 공간으로서의 문학장을 만들어내는 일이다. 동아시아 아동문학의 정전화는 동아시아 시각의 연구와 비평을 전제로 한다.

최근 여유당 출판사에서 출간된 '동아시아 대표 동화' 시리즈는 이러한 문제의식에서 비롯된 것이다. 이 시리즈는 필자가 기획하고 인하대 대학원 한국학과 박사과정의 유학생들이 중심이 되어 함께 작업한 결과물이다. 2013년에 한국(South Korea), 조선(North Korea), 중국, 베트남, 일본의 대표 동화를 하나씩 먼저 출간했으며, 후속 작품이 계속 나올 예정이다.

시리즈 발간의 취지는 이러하다. 첫째, 오늘날의 어린이는 세계시민의 감각과 소양이 필수적이다. 서구 아동문학에 치우친 번역 출판은 암암리에 서구 중심의 가치관을 주입하고 있다. 이런 편향된 독서풍토를 바꾸려면 동아시아 정전을 주목해야 한다. 둘째, 한국에서는 동아시아권 다문화가정이 급증하는 추세다. 다문화적 감각과 소양은 다문화가정의 아동에게만 요구되는 것이 아니다. 그런데 요즘 유행하는 다문화 소재 창작동화는 소재주의에 급급해서 문학적 가치가 떨어진다는 비판을 받고 있다. 따라서 동아시아의 역사적 진실을 반영하는 대표작 위주의 독서가 자기정체성을 찾고 자존감을 회복하는 데 더욱 도움이 된다. 셋째, 한국과 역사적·문화적 경험을 공유하는 동아시아 아동문학에 비추어 한국 아동문학의 위상을 점검할 필요가 있다. 아직 미지의 영역에 갇혀 있는 동아시아 대표 동화의 번역 출판은 작가·평론가·연구자·출판인 등 아동문학 관계자들의 시야를 넓히는 데 기여할 수 있다.

작품 선정의 원칙과 기준은 이러하다. 동아시아 근·현대 창작동화 가운데 각국 아동문학사에서 중요한 위치를 차지하며 시대를 뛰어넘어 계속 읽힐 수 있는 작품, 오늘날의 어린이들이 쉽게 이해하고 감동받을 수 있는 작품, 한국 아동문학의 발전에 바람직한 자극을 줄 수 있는 작품을 가려뽑는다. 동아시아의 다른 나라뿐 아니라 한국과 조선을 포함시킴으로써 남북통일시대를 준비하고 명실공히 동아시아 대표작 시리즈가 되도록 한다. 동아시아 각국의 상호관계, 다문화가정의 추세, 아동문학의 발전 수준 등을 고려할 때, 현재로서는 한국·조선(북한)·중국·베트남·일본이 최대공약수에 해당한다. 일차로 발행된 대표작 목록은 다음과 같다.

한국 : 마해송(馬海松), 「토끼와 원숭이」(1931~47)

조선 : 한설야(韓雪野), 「금강선녀(金剛仙女)」(1960~61)

중국 : 장톈이[張天翼], 「대림과 소림(大林和小林)」(1932)

베트남 : 또 화이(Tô Hoài), 「귀뚜라미 표류기(Diary of a Cricket)」(1941)

일본 : 미야자와 겐지[宮澤賢治], 「은하철도의 밤(銀河鐵道の夜)」(1924~33)

마해송의 「토끼와 원숭이」는 1931년 『어린이』에 앞부분이 발표되었지만 일제 식민당국의 검열로 중단되었다가 해방 후 『자유신문』에 전편(1946)과 후편(1947)이 각각 연재되면서 최종 완성되었다. 강대국의 약소국 침탈과 제국주의 세계질서를 풍자한 내용으로 저항성이 두드러진 의인동화다. 동아시아 근대 역사를 동물나라 이야기에 빗대서 그려냈기 때문에 오늘날의 어린이들도 흥미롭게 읽을 수 있는 작품이다. 마해송은 한국 창작동화의 개척자로서 명성이 자자한테, 일본 체류 중에 좌익작가와 교류하면서 이 작품을 썼다.

한설야의 「금강선녀」는 1960년 11월부터 1961년 8월까지 조선작가동맹의 기관지 『아동문학』에 연재된 것으로 그간의 연구에서는 누락돼 왔다. 1961년 이후로는 그의 창작활동이 보이지 않는 만큼 생애의 마지막 작품이라고 여겨진다. 한설야는 조선문학예술총동맹(1951)과 조선작가동맹(1953)의 위원장을 역임했는바, 낙후된 아동문학 분야를 일으켜 세우고자 분과활동을 지도하면서 몸소 창작을 수행했다. 「금강선녀」는 옛이야기 '나뭇꾼과 선녀'를 모티프로 삼은 것으로, 사람이 주인이 되어 의식주를 해결하고, 침략자와 맞서 싸우며, 이웃마을과 협력관계를 맺는 등 사회주의국가 건설에 관한 알레고리로 읽히는 작품이다.

장톈이의 「대림과 소림」은 1932년 중국좌익작가연맹의 기관지 『북두(北斗)』에 연재된 것으로 중국아동문학의 물줄기를 바꾼 '현실주의 동화'의 대표작이라 평가되고 있다. 대림과 소림이라는 쌍둥이 형제의 엇갈린 운명을 그린 것인데, 당대 중국사회의 계급모순을 '황당미(荒唐美)'라 함직한 동화적 과장으로 흥미롭게 풀어냈다. 어린이가 좋아하는 옛이야기 캐릭터가 많이 나오며, 계급간의 대립도 옛이야기처럼 해결된다. 상상 속 모험을 즐기는 동안 낮은 연령대는 권선징악의 교훈을, 그보다 높은 연령대는 사회의 모순을 깨닫게끔 만들어진 작품이다.

또 화이의 「귀뚜라미 표류기」는 무려 40개국에서 번역 출판된 고전적 지위를 가지고 있다. 이 작품은 아이들에게 잡혀서 '싸움 귀뚜라미'로 사는 귀뚜라미의 모험을 그렸다. 처음에는 살아남기 위해 싸웠지만 그 생활에 적응하게 되자 승리의 만족감을 얻기 위해 싸운다. 그런데 자신보다 힘이 더 센 사마귀와 맞붙은 뒤로 약자에 대한 배려를 알게 되고 남과 더불어 사는 삶을 고민한다. 귀뚜라미는 마침내 아이들의 '감옥'에서 도망쳐 나와 평화의 메시지를 전하는 여행길에 나선다. 이 작품이 발표된 때는 제2차 세계대전이 벌어지던 중이었다. 당시 프랑스가 참전국가였기 때문에 그 지배를 받고 있던 베트남의 상당수 남자들이 전쟁터로 보내졌다. 「귀뚜라미 표류기」는 이와 같은 베트남의 역사적 현실에서 나온 반전평화의 작품이다.

미야자와 겐지의 「은하철도의 밤」은 1924년 원고를 쓰기 시작해서 만년까지 일곱 차례나 고쳐썼다는 유작이다. 어둡고 무거운 분위기를 지녔지만 미야자와 겐지의 작품 가운데 가장 많이 번역되었다. 두 소년이 기차를 타고 먼 은하수를 여행하는 내용인데, 꿈인지 현실인지 알 수 없는 기묘한 짜임에 신기한 경험들을 담아냈다. 주인공 소년은 현실로 돌아와 친구의 죽음을 마주하지만 그가 은하 속에 아직 살아있다는 믿음을 간직한다. 어린이에게 난해한 구석이 없지 않음에도 환상적인 밤하늘을 여행하면서 인생의 의미를 성찰케 하는 작품이다.

이상의 다섯 작품은 모두 동아시아의 역사적 현실에 뿌리를 박고 있는 각국 대표 작가의 대표 작품에 속한다. 미야자와 겐지의 작품을 제외하고는 동아시아에서 상호 번역이 이뤄지지 않은 상태였다. 비록 한국 출판계에 국한된 한계가 없지 않지만, 여유당 출판사의 '동아시아 대표 동화' 시리즈는 동아시아 아동문학의 정전화를 위한 첫 발걸음이라는 의의를 지닌다.

3. 한중일 평화그림책 시리즈[9]

1) 평화그림책이 출간되기까지

2005년 10월 일본의 원로 및 중견 그림책 작가들이 '근대 일본의 동아시아 나라들에 대한 침략을 반성하고 이에 대한 국가 차원의 사죄와 보

---

9   이 부분은 한국의 사계절출판사가 제공한 정보에 기초해서 작성한 것으로 인용문의 각주는 생략했다. 총12권으로 기획된 것 중에서 2014년 현재 8권까지 진행되었는데, 본고는 국가별 첫째 권으로 발행된 것들을 살폈다.

상이 없음을 부끄러워하면서' 한·중·일 3개국 작가들이 함께 어린이
들에게 평화의 의미와 가치를 전하는 '평화그림책'을 만들어 공동 출간
하자는 제안을 한국 작가들에게 전했다. 2006년 8월 서울에서 한·일
양국의 작가들이 모여 준비모임을 개최했다. 2007년 중국의 작가들이
결합하기로 했고, 곧이어 시리즈를 출간할 3개국 출판사 ― 한국의 사
계절출판사, 일본의 도신샤[童心社], 중국의 이린출판사[譯林出版社] ― 가
결정되어 동년 11월 중국 난징[南京]에서 3개국 작가와 편집자들이 모여
토론하는 기획회의가 개최되었다. 이 회의에서 열띤 토론을 벌인 끝에,
과거를 정직하게 기록하고, 현재의 고민을 함께 나누며, 평화로운 미래
를 위해 연대하자는 뜻에서 '기록과 공감, 그리고 희망의 연대'라는 캐치
프레이즈를 설정하는 성과를 이뤘다.

　2010년 6월 한국에서 첫 번째 작품인 권윤덕의 『꽃할머니』가 출간되
었고, 이어서 두 번째 작품인 이억배의 『비무장 지대에 봄이 오면』이 출
간되었다. 2011년 4월 중국에서 야오훙[姚紅]의 『경극이 사라진 날』이 출
간되었고, 일본에서는 하마다 게이코[浜田桂子]의 『평화란 어떤 걸까?』가
출간되었다. 일본은 『비무장 지대에 봄이 오면』과 『경극이 사라진
날』도 번역해서 『평화란 어떤 걸까?』와 동시에 출간했다. 한국은 2011
년 4월 『평화란 어떤 걸까?』, 5월 『경극이 사라진 날』을 번역 출간했다.
한·중·일 3개국의 출판사는 국가별로 4권씩 전12권으로 계획된 시리
즈 제작을 이어가는 한편으로, 이미 출간된 작품은 남김없이 번역 출간
하려고 작업 중에 있다.

　여기서 주목되는 사실이 하나 있다. 일본은 한국의 첫 번째 작품 『꽃
할머니』를 제외하고 두 번째 작품 『비무장 지대에 봄이 오면』을 먼저 출

간한 것이다. 결론부터 말하자면 『꽃할머니』도 일본에서 출간하는 것으로 결정되었다. 하지만 일본의 출판사는 『꽃할머니』를 그대로 출간하기는 곤란하다며 난색을 표시했다. 중국에서도 『꽃할머니』의 출간은 늦어지고 있다.[10] 공동의 기획이지만 한·중·일 3개국은 과거 문제를 바라보는 시각의 차이가 적지 않다. 책의 제작, 출판, 독자 수용에 이르는 모든 과정이 생각보다 순조롭지 않다고 한다. 첫술에 배부를 수는 없는 노릇이다. 한·중·일 3개국이 상호 충돌하는 문제들을 공유하고 해결해가는 경험 자체가 동아시아 평화의 실천인 것이고, 평화를 위한 연대의 귀중한 사례라는 인식이 필요하다.

2) 한중일 평화그림책의 양상

권윤덕의 『꽃할머니』는 '위안부' 피해자인 심달연(1927~2010) 할머니의 증언을 토대로 만들어졌다. 할머니는 태평양전쟁 시기인 1940년 13세의 나이로 일본군에 끌려가 이루 말 못할 고초를 겪었다. 작가는 할머니의 증언을 담은 기록을 토대로, 할머니를 여러 차례 방문 인터뷰하여 이 그림책을 만들었다.

일본군 위안부 문제의 핵심은 군국주의 국가가 저지른 제도적 성폭력이라는 것이며, 그로 인해 인간성이 상실되었다는 것이다. 이런 점을 분명히 해줄 때 어린이들은 일본군인 한 명 한 명, 나아가 일본인 전체를 증

---

10   중국의 출판사가 제2차 세계대전 당시 위안부로 동원된 여성들을 지도에 그려넣은 부분에 각국의 해역과 영토 경계선을 표시해 달라고 요구를 해서 중국 출간용 그림의 수정이 이뤄지고 있다고 한다.

오하는 데에서 벗어날 수 있다. 위안부 생활 장면에서 군인들의 얼굴을 그리지 않고 제복으로만 표현한 것은 그런 점을 염두에 둔 것으로 보인다. 얼굴 없는 군인의 형상은 제도적 성폭력과 인간성 상실의 은유일 테다.

『꽃할머니』는 할머니가 해방된 조국에서 차별받고 고통스럽게 지내는 모습도 보여준다. 이렇게 함으로써 위안부 문제가 국가적 범죄임을 부인하는 일본 정부와 우익세력만이 비판의 표적이 아니라는 나름의 균형점을 잡고 있다. 뒤로 가면서는 우리 안의 망각과 외면 또는 무지와 왜곡을 성찰하는 쪽에 더 큰 초점이 놓인다. 국가의 경계를 넘어서는 오늘날의 문제의식도 빠뜨리지 않는다. "열세 살 꽃할머니가 겪은 아픔은 베트남에서도 보스니아에서도 이어졌다. 그리고 지금 콩고에서도 이라크에서도 되풀이되고 있다"는 맨 마지막 구절은 그 정점에 해당한다.

일본에서 이 책의 출간에 난색을 표한 것은 위안부 문제에 무지하거나 보수적인 일반 대중의 정서를 고려했기 때문이라고 한다. 일본군 위안부라는 민감한 주제를 담은 그림책이 출간될 경우 우익테러의 표적이 될 수도 있음을 출판사는 우려했다. 다행히 이 문제는 현지 독자들을 상대로 하는 모니터링으로 해결할 수 있었다. 한국의 작가와 편집자가 직접 도쿄[東京]로 가서 도신샤의 편집자와 함께 초등학교 한 곳과 중학교 한 곳을 정해 학생과 학부모들을 상대로 책을 읽어주고 반응을 점검했다. 그 결과 학생들은 매우 진지하고 열린 자세로 책의 내용을 접했으며, 어머니들의 경우 눈물을 흘리며 주인공의 처지에 공감하는 모습을 보여주었다. 중학교의 한 학생은 "이러한 사실이 있었다는 것도 놀라운 일이지만, 그 사실을 이제껏 모르고 있었다는 것이 더욱 놀랍다"는 반응을 보였다. 이 그림책의 의의와 함께 제대로 된 역사교육의 중요성을 확인시켜주는 말이라고 해도 좋겠다.

난징 출신의 작가 야오훙이 들려주는 『경극이 사라진 날』은 모친이 겪은 중일전쟁 이야기에서 취재한 것이다. 1937년 '루거우차오사건[盧溝橋事件]'을 계기로 중일전쟁이 발발한 이후 '난징대학살'이 자행되기 직전, 일본군이 난징 진입을 위해 감행한 공습 전후 보름간의 이야기다. 주지하듯이 난징대학살은 수많은 민간인이 살해된 끔찍한 사건으로, 전쟁의 처참함과 광기를 말하고자 할 때 빼놓을 수 없는 비극 가운데 하나이다. 그러나 작가의 붓끝은 그 비극을 직접 가리키지 않는다. 대신에 전운이 감도는 가운데서도 유명한 경극배우의 출현에 가슴을 설레고, 그 배우의 공연장에 구름처럼 몰려들어 울고 웃으며 공연을 감상하는, 그리고 다음 공연을 손꼽아 기다리는 난징 사람들의 일상을 묘사하는 데에 대부분의 공을 들이고 있다. 이는 작가가 전쟁의 광포함과 평화의 소중함을 말하기 위해 선택한 또 다른 관점과 방법이다.

1937년 난징. 징병을 알리는 포스터와 애국을 호소하는 격문들이 거리에 나부끼는 어느 가을날을 배경으로, 외할머니와 살고 있는 9세 소녀의 집에 유명한 경극배우 샤오윈셴이 묵으면서 작품은 시작된다. 샤오 아저씨는 매일 아침 난징을 감싸고 흐르는 친화이어 강변에서 춤과 노래를 연습하고, 그를 보기 위해 이른 새벽부터 사람들이 양쪽 강변을 가득 메운다. 공연을 마친 다음날 새벽, 샤오 아저씨는 짐을 꾸려 떠날 채비를 한다. "나는 침략군을 위해 노래할 수 없습니다." 전쟁의 먹구름이 코앞까지 다가왔다. 아저씨가 떠난 후, 온 도시가 공습경보와 폭격소리에 뒤덮인다. 더는 경극도, 그 아름다움을 선물해준 샤오 아저씨도 볼 수 없게 되었다. 사람들을 설레게 한 소박한 일상과 문화를 전쟁의 소용

돌이에 덧없이 빼앗기고 만 것이다. 이처럼 전쟁의 참상과 만행을 고발하기보다, 그로 인해 파괴된 소박한 일상과 죽어간 사람들의 모습을 서정적으로 보여주는 일은, 증오와 응징의 감정을 넘어 전쟁과 평화를 바라보는 새로운 시선을 열어준다.

하마다 게이코의 『평화란 어떤 걸까?』는 좀 더 낮은 연령대를 겨냥했다. '평화'는 손에 잡히지 않는 추상명사다. 어린이가 이해하기 어려운 말이다. 알록달록한 색색의 제목 글자가 "평화란 어떤 걸까?" 하고 묻고 있는 표지를 넘기면, 노란 풍선을 불고 있는 아이가 "평화란 분명, 이런 거야" 하며 이야기를 시작한다. 그것은 단순명료하다. "전쟁을 하지 않는 것", "폭탄 따위는 떨어뜨리지 않는 것", "집과 마을을 파괴하지 않는 것." 그리고 그 이유 또한 명쾌하다. "왜냐면, 사랑하는 사람과 언제까지나 함께 있고 싶으니까." 이보다 더 또렷하고 절실한 이유가 또 있을까 싶다.

아이가 말하는 평화는 이렇게 이어진다. "배가 고프면 누구든 밥을 먹을 수 있고, 친구들과 함께 공부도 할 수 있는 것", "사람들 앞에서 좋아하는 노래를 맘껏 부를 수 있는 것", "싫은 건 싫다고 혼자서라도 당당히 말할 수 있는 것." 이런 것은 지극히 당연한 권리이자 일상이지만, 이 지구상에 우리와 함께 살고 있는 수많은 '누군가'에게는 너무나 어렵고 절실한 바람이기도 한 것이 엄연한 현실이다. 아이는 이제 '관계' 속에 선다. "잘못을 저질렀다면 잘못했다고 사과하는 것", "어떤 신을 믿더라도, 신을 믿지 않더라도, 서로서로 화를 내지 않는 것." 누구든 실수할 수 있고, 잘못을 저지를 수 있다. 누구든 서로 다른 신념이나 신앙을 가질 수 있다. 그러나 그것을 인정하지 않을 때 평화는 멀어진다.

평화는 아이들이 좋아하고 원하는 것과 통한다. "마음껏 뛰어놀 수 있고, 아침까지 푹 잘 수 있는 것.” 평화는 참 쉽다. 아이들은 입을 모아 이렇게 외친다. “목숨은 한 사람에 하나씩, 오직 하나뿐인 귀중한 목숨”이니까, “절대 죽여서는 안 돼. 죽임을 당해서도 안 돼. 무기 따위는 필요 없어.” 그리하여 무기를 만들어 싸우는 대신 “모두 함께 잔치를 준비하자”고 제안한다. 마침내 기다리고 기다리던 잔칫날, 다 같이 신나게 행진을 한다. 이제 아이는 이렇게 말할 수 있다. “평화란 내가 태어나길 잘했다고 하는 것”, “네가 태어나길 정말 잘했다고 하는 것”, “그리고 너와 내가 친구가 될 수 있는 것”. 이 책의 문장은 반부, 대조, 열거법으로 간명하게 서술되어 있기 때문에 시처럼 낭송하기에 좋다.

3) 한중일 평화그림책의 상호 교차점

3개국 작가와 편집자들은 여러 차례 만나서 열띤 토론을 벌였고, 숱한 전자우편을 주고받았다. ‘평화그림책’을 함께 만드는 과정에서 조율이 쉽지 않았다는 얘기다. 예를 들어 일본의 작품에서 “평화란 비행기가 폭격을 하러 날아오지 않는 것”이란 문구를 보고 한국작가들은 이 폭격 이미지가 가해자인 일본의 피해자 의식을 드러낸 것이 아니냐고 지적했다. 작가 하마다는 이라크 공습을 염두에 둔 것이었기에 크게 당황하지 않을 수 없었다. 그래서 “평화란 전쟁을 하지 않는 것”이라고 고치기로 했다. “평화란 잘못을 저지르면 사과를 하는 것”이란 문구가 한국 작가들의 제안으로 첨가되었다. 이처럼 토론을 통해 차이가 확인되고 표현이 더 나아지고 있는 것은 다행스러운 일이다. 중국 작품『경극이 사라진 날』의 마지막 대목은 처음에는 샤오 아저씨가 공연에서 번 돈을 '항일' 전쟁비용으로 기부한다는 내용이었는데, 한국과 일본 쪽이 미래 평화 콘셉트에 맞지 않는 군더더기 애국주의적 내용이라고 지적하여 전쟁고아들을 위해 기부했다는 내용으로 바꿨다고 한다. 한국의 작가 김환영은 「애국자가 없는 세상」이라는 권정생의 시로 그림책을 만들려고 구상 중이었는데, 중국 작가들이 "애국자가 없는 세상이 말이 되느냐"고 반발하여 결국 브레이트(Bertolt Brecht)의 시를 담은 그림책으로 방향을 바꾸기도 했다. 평화그림책을 논하는 자리임에도 국가주의의 장벽은 의외로 높다.

가장 뜨거운 토론을 부른 작품은 『꽃할머니』였다. 일본 정부가 부인하는 일본군 위안부 문제를 정면으로 담아낸 작품이기에 그랬다. 하지만 시리즈의 취지에 공감하고 기획에 참여한 일본의 출판사가 이 책의 번역 출간에 난색을 표한 것은 결국 형상화와 관련한 문제가 아닐까 싶다. 여기에는 한국 쪽에서 귀담아들을 말도 적지 않을 것이라고 여겨진다. 논란이 된 그림은 제복을 입은 군인 둘이 흰 저고리와 검은 치마를 입고 나물을 캐는 소녀 둘을 폭력적으로 끌고 가는 다음의 장면이다.

군인들이 꽃할머니를 발로 차 버리고

언니의 머리채를 잡아끌어 차에 태웠다.

"언니야!" 부르며 울자

군인들은 꽃할머니도 차에 주워 올려 버렸다.

꽃할머니와 언니는 이유도 모르고

어디로 가는지도 모른 채 울면서 끌려갔다.

이런 장면은 '증언'에 의거했다고 하더라도 위안부로 가게 되는 대체적인 경위와는 거리가 있어 보인다.[11] 작가는 '제도의 폭력'을 강조하면서 어떤 전형적인 상황을 제시하고자 했을지도 모른다. 하지만 초등학생 정도의 나이만 되면 '일본과 한국의 폐쇄적 대립구도'에 익숙해질 대로 익숙해지는 작금의 현실을 감안할 때, 과연 이런 장면이 작가의 의도를 제대로 실현시켜 줄 수 있을지 의문스러운 게 사실이다. 흰 저고리에 검은 치마를 입은 두 자매가 나물을 캐다 붙들려 가는 식으로 단순화된 그림도 문제거니와, 위안부 하면 이렇듯 군인들에게 무지막지하게 끌려가서 성폭력을 당하는 '어린 소녀'를 떠올리게끔 그려진 것은 적잖은 생각거리를 던진다.

'일본군에게 납치되어 성적 학대를 당하는 어린 소녀'의 이미지는 '대한민국의 공식적 기억 속에 통용되는 가장 대중적인 이미지'라고 할 수

11 　증언집에서 확인되는 심달연 할머니의 진술은 그림책과는 조금 다르다. "엄마가 가가 나무뿌리라도 캐오라카데. 어지러버 못 다니겠다 카미 뭐라도 뜯어오라카데. 그래가 언니하고 둘이서 나물캐러 나갔다카이. 그래가 그걸 뜯고 있는데 차가 오디만은, 모자 쓰고 커다꿈한 사람들이 두어 명 내리데"(한국정신대연구소·한국정신대문제대책협의회 편, 『강제로 끌려간 조선인 군위안부들 3―증언집』, 한울, 1999, 140면). '군인'이라는 말은 없고 '모자를 쓰고 커다꿈한 사람들'이라고만 되어 있는 만큼, '모자'의 주인공이 일본인 순사나 조선인 모집인을 가리킨다고 볼 수 있는 것이다.

있다. 그러나 위안부의 대다수는 '업자'들의 꾐에 빠지기 쉬운 '가난하고 배우지 못한 하층계급의 여성'들이었다. 이런 사회적 하위자들을 당시 유행한 여학생들의 복장인 '흰 저고리와 검정 치마의 형상'으로 단일하게 만들어낸 것은 작가의 의도와 다르게 위안부 문제가 민족·성·계급이라는 중층적 억압의 산물임을 은폐하는 효과를 빚을 수 있다.[12]

일본의 출판사에서 출간을 주저했던 사정을 두고, 오로지 역사 문제를 회피하는 태도라고 여기는 것은 그리 생산적이지 못하다. 그렇게 되면 어린이 그림책으로서의 효과에 대한 상호 토론의 여지가 협소해질 것이기 때문이다. 이 책을 읽는 많은 독자들이 위안부의 비극을 아프게 되새기고 역사에 대한 망각을 기억으로 바꾸는 흐름에 동참하리라는 점은 분명하다. 그러나 한·중·일 3개국은 대중문화나 스포츠 교류에서 보듯이 군중심리에 휩싸여 상대방에 대한 혐오 감정을 극단적으로 표출하는 사례가 적지 않다. 그런 만큼 역사 문제를 다룰 때 적대적인 민족감정을 경계하는 일은 아무리 강조해도 지나치지 않다.

책이 나온 뒤 심달연 할머니에게 책을 헌정하는 기념식에서 할머니는 밝은 목소리로 "예쁘게 잘 그렸어예. 나중에라도 내가 살아온 이야기가 측은하게 여겨지면 『꽃할머니』 많이들 사보이소"라고 말하여 좌중의 웃음을 끌어냈다. 이 자리에 참석하려고 한국에 온 『평화란 어떤 걸까?』의 작가 하마다는 할머니 손을 부여잡고 눈물을 보였다. 하마다는 헌정식에서 일본 정부의 국가 보상 외면을 비판하면서 이렇게 말했다. "저는 피해를 입은 쪽인 여성의 한 사람이면서 가해를 한 일본인의 한 사

12　박사문, 「역사 그림책, 민족주의와 근대성 극복을 위한 일고찰」, 『아동청소년문학』 14, 2014 참조.

람으로 여기 왔습니다. 피해를 입은 할머니들께 일본인으로서 깊이 사과합니다." 이에 대해 할머니는 "착한 사람들이 있으니까 지금껏 산다. 안 그러면 벌써 죽고 없지" 하고 대답하면서 하마다의 손을 꼭 잡았다. '평화그림책'이 동아시아 시민의 연대에 값하는 뜻 깊은 기획의 소산임을 이보다 더 잘 보여줄 수는 없겠다.

4. 향후의 과제

오늘날 우리는 일상의 차원에서 '동아시아의 귀환'을 실감하고 산다. 세기전환기 이래 국제질서의 변화가 가져온 결과일 것이다. 국민국가의 경계가 엄존하는 이상, 세계화(globalization)와 지역화(localization)는 우선 국가 간 교류 협력의 문제로 다가온다. 경제 방면의 동아시아 교류는 자본의 이해관계가 개입해 있기 때문에 한계가 명백할뿐더러 언제든 불행한 사태로 돌변할 수 있는 위험을 안고 있다. 문화 방면의 교류가 이 문제의 해결에 도움이 되겠지만, 침략과 분쟁으로 얼룩진 동아시아의 불행한 과거 때문에, 폐쇄적인 민족감정에서 벗어나는 일이 그리 쉽지는 않다. 동아시아론은 이러한 시대적 상황에 대응하여 이 지역의 불행한 과거를 청산하고 더 나은 미래를 설계하기 위한 실천 담론으로 제출된 것이다. 다행히 아동문학 분야에서도 조금씩 이 문제에 대한 관심이 생겨나고 있다.

이 글에서 살펴본 '동아시아 대표동화 시리즈'와 '한중일 평화그림책 시리즈'는 동아시아 아동문학의 현주소를 보여주는 대표적인 사례다. 이것들의 성과를 받아 안고 그 한계를 넘어서려면 동아시아 아동문학 관계자들의 지속적인 관심과 연대가 중요하다. 자국의 경계에 갇힌 일국주의 시각으로는 아무것도 이룰 수 없다. 동아시아 아동문학 관계자들은 자국 아동문학이거나 서구 위주의 세계 아동문학에 대한 지식과 정보를 전부로 여길 뿐이지, 동아시아 아동문학에 대해서는 거의 무지한 상태에 있다. 이점에서 동아시아 4개국을 순회하며 정기적으로 개최되는 '아시아아동문학인대회'의 중요성이 새롭게 부각된다.

1990년 8월 서울에서 제1차 대회를 개최한 아시아아동문학인대회는 2014년 현재 12차를 기록하고 있다. 이 대회는 한국아동문학학회의 대표 이재철 교수가 아시아아동문학학회를 주선하여 한국·중국·일본·대만 본부를 두고 여기에서 정기적인 아시아아동문학인대회를 개최하기로 합의한 것에서 비롯되었다. 4개국 공동 회장 체제로 운영되고 있는데, 대회 참여국이 베트남·필리핀·인도 등으로 확대되고 있다. 아시아아동문학인대회는 아시아 아동문학 관계자들의 상호 교류의 장이자 거의 유일한 공식적 논의구조라 할 수 있다. 이 대회는 연구자뿐 아니라 작가들도 함께 참여하여 친교를 나눈다. 대회 참여자는 100명 안팎이고 발표자만도 수십 명에 이른다.

그간의 아시아아동문학인대회는 논의 방향을 아시아로 돌리는 데에는 다소 미흡했다. 즉 평화, 생태, 꿈 등의 보편적 주제를 내세우고 이와 관련된 자국 아동문학의 성과라든지 아동문학의 일반론을 발표하는 경우가 대부분이었다. 2012년 일본에서 개최된 제11차 대회는 모처럼 아시아를 논의 대상으로 삼은 대회였음에도 주제에 들어맞는 발표문은 얼마 되지 않았다. 여전히 자국 아동문학의 상황을 소개하는 발표문들이 많았으며, 실제 작품을 읽어보지 못한 이웃나라 참여자들은 논의에 끼어들 만한 형편이 못 되었다. 아직은 동아시아 아동문학을 하나의 단위로 삼아서 논의하는 단계에 이르지 못한 상황이다.

당연한 말이겠지만, 동아시아 각국은 저마다 아동문학의 대표작들을 보유하고 있다. 그러함에도 아시아 지역에만 존재한다는 '세계아동문학전집'에 동아시아 아동문학의 정전이 포함되어 있지 않은 것은 결국 동아시아 아동문학의 자기소외에서 비롯된 현상이다. 동아시아 단위의 아동문학을 상정하지 않는다면, 아시아아동문학인대회조차 자국 아동문학을 아시아 내에서 대외적으로 알리는 일방적인 통로에 그칠 수 있다. 교류가 오래 지속되면서 상호이해가 깊어지는 쌍방향성의 진전을 기대해볼 수 있지만, 의식적인 노력이 선행되어야 함은 물론이다.

동아시아 아동문학은 그 안에서의 차이에 대한 역사적 이해도 중요하다. 따라서 '동아시아 대표동화 시리즈'나 '한중일 평화그림책 시리즈' 같은 것은 동아시아 아동문학 관계자들이 머리를 맞대고 함께 검토해야만 그 성과를 극대화할 수 있다. 이런 점에서 이 글의 한계 또한 자명하다고 하지 않을 수 없다. 동아시아에 대한 문제의식이 각국 아동문학 연구자들에게 먼저 자리를 잡고, 마침내 아시아아동문학인대회 같은 곳에서 동아시아 담론이 융성해지기를 고대한다.

아동용 『아라비안나이트』 정전 탄생의 기원과 「알라딘」

염희경

1. 문제제기 – 아동용 『아라비안나이트』 정전 탄생의 기원

흔히 아동용 『아라비안나이트(Alf laylah wa laylah; The Thousand and One Nights; The Arabian Nights' Entertainment; 千一夜話)』의 대표작으로 「신밧드의 모험」, 「알라딘과 요술 램프」, 「알리바바와 사십 인의 도적」을 떠올린다.[1] 이것은 우리만의 특수한 상황은 아니다. 서구에서도 19세기 초 행상인들이 '춉 북(chop book)'이라 불리는 민중 취향의 염가본을 팔고 다녔을 때에 「알라딘」, 「알리바바」, 「신밧드」는 서민층에 널리 보급되던 대표작이었다.[2]

---

1   발표 당시의 원 제목을 표기할 필요가 있을 때를 제외하고는 이하 「신밧드」, 「알라딘」, 「알리바바」로 간략히 표기한다.

더욱이『아라비안나이트』는 아동문학으로 확고한 위치를 확립하면서 입체 그림책이나 요지경의 소재가 되었고, 「알라딘」은 마임극에 도입되어 큰 인기를 얻었으며, 1788년에는 런던의 코벤트 가든 극장의 무대에 오르기도 했다.[3]

일본에서 번역된 세계문학의 목록을 집대성한『세계문학총합목록(世界文學總合目錄)』의『아라비안나이트』편에는 메이지[明治]기부터 헤이세이[平成] 23년(2011)까지「알리바바」,「신밧드」,「알라딘」,「날아다니는 목마」의 번역 목록을 제시했다. 네 작품이『아라비안나이트』에서도 가장 많이 번역되었음을 알 수 있는 대목이다.[4]

중국에서『아라비안나이트』가 번역된 것은 1900년 전후이다. 아동을 위한 책으로는 1910년대의「동화」시리즈가 있는데,「알라딘」,「알리바바」등 4가지 이야기가 간략한 줄거리로 수록되었다.[5]

우리의 경우 1895년 필사본『유옥역전』이 존재했던 것으로 봐서 중국과 비슷한 시기에『아라비안나이트』가 번역되었음을 알 수 있다. 그런데 일본, 중국과 견줄 때 아동용『아라비안나이트』의 번역과 수용은 꽤 늦은 편이다. 특히 일본의 경우「신밧드」가 메이지 16년(1883)에 처음 번역된 것을 시작으로「알리바바」는 메이지 20년(1887)에,「알라딘」은 메이지 21년(1888)에 번역되기 시작해 쇼와 16년(1941)까지 각각 33건, 39건,

---

2 니시오 테츠오, 최민순 역,「갈랑판『천일야』의 반향」, 국립민족학박물관 편,『아라비안나이트』박물관』, 시대의창, 2006, 30면.
3 니시오 테츠오,「세계의 판타지로」, 위의 책, 35면.
4 山戶道昭・榊原貴教,『世界文學總合目錄』제10권, 大空社・ナダ出版セソター─, 2012, 271~347면.
5 다루모토 테루오,「중국의『아라비안나이트』」, 국립민족학박물관 편, 앞의 책, 109면.

26건 번역되었다.[6] 우리의 경우 1920년대 중반에야 아동용으로 번역되었는데, 외국인 선교사의 부인이 번역한 「알라딘」이 첫 작품이며, 그 뒤 몇몇 아동문학가와 소설가가 몇 편을 번역했다.

　지금까지 한국에서의 아동용 『아라비안나이트』의 번역을 본격적으로 다룬 연구는 거의 없다. 김영연의 「한국에 수용된 『천일야화』 연구」와 오세란의 「『어린이』지 번역동화 연구」에서 부분적으로 다루었다. 김영연의 연구는 아동용 『아라비안나이트』의 번역을 집중적으로 다룬 논문은 아니지만 1950년대부터 1990년대까지의 번역 상황을 개관하여 초창기 연구의 주요한 성과와 과제를 제기했다.[7] 특히 그는 아동용의 경우 『아라비안나이트』의 액자 형식 도입부가 제대로 번역되지 않고 이야기의 기능과 연계성이 무시된 채 개별 이야기들이 큰 이야기로 변이되어 동화화해 단행본 형태로 출판된 점을 지적했다. 또한 1990년대에 이르면 「알라딘」, 「알리바바」, 「신밧드」가 반드시 수록된다는 점을 주요하게 짚었다. 오세란은 『어린이』지에 번역된 방정환의 『천일야화』의 특징을 재미와 흥미를 우위에 둔 소파의 문학관과 결부해 논의했다. 또한 줄거리 위주의 축약은 우리나라에 외국 번역물이 수용되던 한 양상을 반영한 것으로, 원본이 가진 본래의 문학적 의미를 독자에게 제

6　「신밧드」는 메이지 16년에 번역되기 시작해 쇼와 16년(1941)까지 33건, 그 뒤 1979년까지 80건이 더 번역되어, 총 113건 번역되었다. 「알리바바」는 메이지 20년에 처음 번역되어 쇼와 16년까지 39건, 그 뒤 1979년까지 116건이 번역되어 총 155건 번역되었다. 「알라딘」은 메이지 21년에 처음 번역되어 쇼와 16년까지 26건, 쇼와 21년부터 1979년까지 102건이 번역되어 총 128건 번역되었다(山戶道昭・榊原貴敎, 앞의 책, 271～347면 참조). 번역 횟수에서 「알리바바」, 「신밧드」, 「알라딘」 순서였던 것이 1945년 이후 「알리바바」, 「알라딘」, 「신밧드」로 변했다.
7　김영연, 「한국에 수용된 『천일야화』 연구」, 성신여대 박사논문, 1996, 17～21면.

대로 전달하지 못하는 점을 문제로 지적하였다.[8] 두 연구는 중요한 문제를 짚었으나 그러한 특징이 다른 나라의 아동용『아라비안나이트』에서도 일반적으로 나타난다는 점을 간과하고 있다. 더욱이 변용의 배경이나 맥락을 해석하지 못한 채 원작의 의미와 문학 형식의 훼손이라는 관점에서만 접근한 것도 문제로 지적된다. 연구 대상이 특정 시기와 매체에만 한정된 것도 아쉬운 대목이다.

이 연구는 한국에서 아동용『아라비안나이트』가 번역된 첫 사례부터 1970년대 '전집의 시대'에 이르기까지의 번역 상황을 신문, 잡지, 동화 앤솔러지, 전집 등을 대상으로 역사적으로 살피고, 수록작품의 실태를 일차적으로 파악하였다.[9] 이를 통해 세 작품이 한국에서 아동용『아라비안나이트』의 대표작으로 인식되는 계기의 특정 맥락과 기원을 고찰하고자 한다. 특히「알라딘」이 해방 이후 급부상하여 아동용『아라비안나이트』의 대표작이 되는 과정에 다양한 요인들이 복합적으로 작동했다는 점을 살필 것이다.

이 연구는 한국의 아동용『아라비안나이트』번역사 연구의 기초를 마련하는 계기가 될 것이다. 나아가 한국에서 아동용『아라비안나이트』의 대표작, 이른바 정전화 과정에 작동한 다양한 사회문화적 요인들을 이해하는 데에 몇 가지 실마리를 제기할 것이다.

---

8   오세란,「『어린이』 번역 동화 연구」, 충남대 석사논문, 2007, 50~55면.
9   해방 이전 시기까지의 아동용『아라비안나이트』의 번역 작품으로『어린이』 수록작과『매일신보』에 반년간 연재된 김소운의「천일야기담(千一夜奇譚)」 외에는 거의 알려지지 않은 자료들이다.『어린이』 수록작과 김소운의 번역작에 대한 논의도 작품의 구체적 번역 실태에 대한 깊이 있는 논의보다는 자료의 서지 정도를 밝힌 수준에 그치고 있는 편이다.

2. 아동용 『아라비안나이트』 번역 상황

아동용 『아라비안나이트』의 번역 상황을 고찰하기 위해 아동문학이 본격화되었던 1920년대부터 1970년대까지를 검토하였다. 해방 이전 시기의 경우 아동잡지와 신문, 동화 앤솔러지에 수록된 작품을 다뤘고, 해방 이후 시기의 경우 단행본이나 전집으로 출판되었던 도서를 중심으로 살폈다. 해방 이후 시기의 아동잡지를 충분히 검토하지 못했는데, 이것을 연구 대상에 포괄한다면 해당 시기의 구체적 번역 실태를 온전히 파악할 수 있을 터이다.

1) 해방 이전 시기까지의 아동용 『아라비안나이트』 번역 상황

해방 이전까지 아동용 『아라비안나이트』는 방정환, 이정호, 고장환 등 아동문학가이자 소년운동가들이 주로 번역했다. 발표 매체는 『어린이』와 『매일신보』에 집중되어 있고, 1920~30년대 동화 앤솔러지에 수록되었다. 특히 해방 이전까지 아동용 『아라비안나이트』 번역에서 가장 선호되었던 작품은 「알리바바」이다.

「알리바바」는 방정환, 고장환, 김소운이 번역했다. 방정환과 고장환은 『아라비안나이트』 가운데 몇 편만을 번역했기 때문에 의식적으로 선정한 것이다. 「알리바바」는 「알라딘」이나 「신밧드」와 견줄 때 작품의 분량이 그리 길지 않아 수록 매체에 적합하다. 「알리바바」는 도입부가

형제담이자 모방담으로 욕심 많은 형과 착한 동생이 등장하는 권선징악의 옛이야기 구조를 바탕에 깔고 있다. 충직한 하녀의 지혜로 주인공이 위기를 극복한다는 이야기도 옛이야기의 구조와 정신에서 그리 낯설지 않다. 이처럼 내용이나 작품의 기본 구조가 옛이야기와 유사해 아동문학 작품으로 소개하기에 적합하다고 판단했을 것이다. 더욱이 방정환의 번역에서 잘 나타나듯 구수한 입말로 들려주는 이야기는 풍속이 다른 이국적인 이야기지만 이질적으로 느껴지지 않는다. 마법의 도구 기능을 하는 "열려라 참깨"라는 주문으로 동굴에 들어가는 장면도 흥미롭다. 특히 몰자나가 꾀를 내어 몇 번이나 도적들을 곤란하게 하는 장면이나 도적 두목을 죽이는 마지막 장면은 모험 활극 같은 박진감 넘치는 분위기를 연출하기도 한다. 방정환은 이 작품을 번역 소개할 때『어린이』에 탐정소설「칠칠단의 비밀」을 연재했는데,『어린이』 5권 6호(1927.7)에는「아리바바와 도적」의 2회 연재에 이어 같은 지면의 바로 옆에「칠칠단의 비밀」이 실리기도 한다.

김소운은 장편 연재한「천일야기담」의 마지막 이야기로「아리바바」(『매일신보』 1930.8.26(124회)~1930.9.10(137회))를 택해 실었다. 그는 갈랑(Antoine Galland)판과 버튼(Richard Francis Burton)판을 오갔거나 애초에 두 판본이 섞인 중역본을 저본으로 해 번역했던 것으로 추정된다. 이때 완역본의 순서에 따라 번역하다가 중간 부분의 이야기를 모두 생략하고 갈랑판의 후반부에 나오는「아리바바」이야기를 연재의 마지막 작품으로 택해서 실은 것이다. 그는「천일야기담」을『매일신보』 '아동란'에 연재했지만 원작의 의미를 최대한 살려 번역하려 고심했다. 아라비아의 낯선 문화와 풍속을 되도록 살려냈고 형 카심의 시체에 대한 잔인한 묘사도 삭제

〈표 1〉 해방 이전까지의 아동용 『아라비안나이트』 번역 상황

순서	표제	번역자	발표매체 및 출판사	발표 연월	비고 / 갈랑판 제목
1	올나딘과 신긔흔 양등	노튼 (Mrs. A. H. Norton)	『님군의 새옷과 다른 니야기』 (조선야소교서회)	1925.7.	동화 앤솔러지 / 「알라딘과 요술램프」
2	만고기담 천일야화	방정환	『어린이』	1926.2.	'기담'으로 소개. 천일야화의 유래에 관한 일화 소개
3	어부와 마귀 이약이	방정환	『어린이』	1926.3~5 (3회)	'기담' '동화'로 소개. 천일야화 / 「어부와 마귀 이야기」
4	흘러간 삼 남매	방정환	『어린이』	1926.10~12 (3회)	'동화' '천일야화'로 소개. / 「막내 동생을 질투한 두 자매 이야기」
5	땅 속의 보물	이정호	『세계일주동화집』 (해영사/이문당)	1926.2(초판); 1927.5(3판)	동화 앤솔러지 / 「장님 바바 – 압달라의 이야기」
6	왼쪽 눈 왕자	김정	『어린이』	1927.3.	아라비아 야화 / 「왕의 아들 세 탁발승과 다섯 아가씨 이야기 – 두번째 탁발승 이야기」
7	알리바바와 도적	방정환	『어린이』	1927.6~10 (3회)	'천일야화'로 소개 / 「알리바바와 여종에게 몰살된 마흔 명의 도적 이야기」
8	외쪽 눈 왕자	고장환	『세계소년문학집』 (박문서관)	1927.12.	동화 앤솔러지 / 김정 번역 표절
9	천일야기담	김소운	『매일신보』	1930.3.14~9.10 (136회)[12]	장편 연재 / '아동란'에 연재 / 행인(杏仁) 이승만(李承萬) 삽화 / 69회 누락 / 「신드밧트의 모험」 「아리바바」 번역
10	알리바바와 도적	고장환	『매일신보』	1931.7.29~8.6 (8회)	「알리바바와 여종에게 몰살된 마흔 명의 도적 이야기」
11	아홉째 인형	채만식	『세계걸작동화집』 (조광사)	1936.10.	동화 앤솔러지 / 「제인 알라스남 왕자 이야기」
12	날아다니는 목마	채만식	『세계걸작동화집』 (조광사)	1936.10.	동화 앤솔러지 / 「마법의 말 이야기」

하지 않았다. 해방 이후 현대판 번역에서 축소·순화된 부분을 원작에 가깝게 살려 번역한 것이 특징이다.

「신밧드」는 김소운에 의해 1건 번역되었다. 「신밧드」는 갈랑판의 전반부와 버튼판의 중반부[10]에 실린 이야기라 김소운이 이 이야기를 특별

---

10   갈랑판의 한국어 번역본(임호경 역, 『천일야화』, 열린책들, 2010)으로 따질 때 전6권에서 제2권에 있는 「바다 사나이 신드바드의 이야기」이다. 김병철이 번역한 버튼판

히 의식적으로 선정했다고 보기는 어렵다.[11] 그러나 아동잡지나 동화 앤솔러지, 신문에 수록하기에는 작품의 분량이 많아 해방 이전 시기에 아동용 『아라비안나이트』의 대표작으로 자리 잡기에는 제한이 따랐다. 더욱이 일본에서 제일 먼저 번역된 『아라비안나이트』가 「신밧드」였고, 작품 분량이 상당히 긴데도 「알리바바」와 유사한 정도의 빈도로 번역되었던 것을 볼 때, 우리의 경우 해양모험판타지류에 대한 관심이 그리 크지 않았던 것도 번역 빈도가 높지 않은 데에 영향을 끼쳤을 것이다.

한편, 「알라딘」은 아동용 『아라비안나이트』 가운데 가장 먼저 번역되었지만 단 한 건의 번역에 그쳤다. 「알리바바」나 「알라딘」은 갈랑판의 후반부[13]에 실린 이야기이기 때문에 완역이 아닌 경우 번역자가 의식적으로 선정하지 않는 한 번역되기 어려운 조건이다.[14] 노튼 부인이 번역한 「알라딘」은 축약의 정도가 상당히 심하다. 동시대의 동화 앤솔러지와 견주더라도 상대적으로 글자의 크기도 크고 지나치게 짧게 줄

(김병철 역, 『아라비안나이트』, 범우사, 1993)으로는 전10권에서 제6권에 있는 「선원 신드바드와 짐꾼 신드바드」이다.

11 이상협, 「만고기담」, 『매일신보』, 1914.5.13(149회)~1914.6.7(170회. 연재 횟수 170회는 168회의 오기임); 김소운, 「천일야담」, 『매일신보』, 1930.6.19(70회)~1930.8.1(103회).

12 중간에 69회가 누락되었는데, 이 횟수까지 계산해서 137회이다. 따라서 총 136회 연재이다.

13 열린책들에서 최근 완역 출판된 전6권의 책에서 제5권에 수록되었다.

14 이와 달리 「어부와 마귀 이야기」의 경우, 갈랑판과 버튼판의 전반부에 실린 이야기이기 때문에 번역자가 의식적으로 선정하지 않더라도 장편의 단행본이나 신문의 장기 연재인 경우 번역되기 쉽다. 그런 점을 고려하면, 「어부와 마귀 이야기」가 해방 이전 시기까지 번역된 『아라비안나이트』 중에서 가장 많이 번역되어 7건에 이르는 사정을 이해할 수 있다. 즉 『아라비안나이트』의 전반부 이야기인 「어부와 마귀 이야기」는 장편인 『유옥역전』, 『삼촌설』, 이상협의 「만고기담」, 김소운의 「천일야담」에 자연스레 번역되었고 방정환과 최승일, 임영빈의 경우에는 의식적으로 선정되었다. 이 작품은 아동용과 성인용이라는 두 관점에서 확연히 다른 양상을 띠고 번역되었다. 이에 대해서는 별도의 논문에서 다루기로 한다.

였다. 연령층이 낮은 독자를 대상으로 줄거리 위주로 옮긴 것으로 보인다.

동화 앤솔러지 가운데 조광사에서 발행한 『세계걸작동화집』에 채만식이 『아라비안나이트』의 대표작으로 번역한 두 편의 작품이 흥미롭다. 기존 번역과의 차별성을 부각하기 위해 번역되지 않았던 작품을 의식적으로 선정한 것으로 보인다. 「날아다니는 목마」는 아동용 『아라비안나이트』 가운데 세 작품과 함께 자주 번역되는 작품이지만 「아홉째 인형」은 1970년대의 전집류를 포함해서 검토하더라도 가장 적게 번역된 작품이다. 흥미롭게도 일본의 이와야 사자나미[巖谷小波]가 '세계의 동화'의 일환으로 『이상한 램프. 신기한 말(奇體乃洋燈 附 不思議の馬)』과 『아홉 쌍 인형[九番人形]』『도깨비 항아리[妖怪壺]』를 선정해 일찍이 번역·번안한 적이 있다.[15] 채만식이 작품 선정을 할 때 이를 참고했을 가능성이 높다.

이처럼 해방 이전 시기까지의 아동용 『아라비안나이트』는 대체로 다양한 작품들이 선정되어 번역된 편이다. 또한 왕자와 공주가 등장하고 주인공이 사악한 마술사의 마법에 걸린 인물을 구하는 전형적인 옛이야기의 성격이 강한 작품들이 번역되었다. 전체적으로 '기담'이라 소개한 것들이 많은 것처럼 '기이한 이야기' '흥미롭고 재미있는' 이야기라는 점이 부각되었다. 아동잡지와 신문, 동화 앤솔러지에 번역 수록했기에 몇

---

15   이와야 사자나미, 『이상한 램프 신기한 말(奇體乃洋燈 附 不思議の馬)』(世界御伽噺 제29편), 박문관, 1901; 『아홉 쌍 인형[九番人形]』(世界御伽噺 제79편)』, 박문관, 1905; 『도깨비 항아리[妖怪壺]』(世界御伽文庫 제8편), 박문관, 1909(스기타 히데아키, 「동화의 세계」, 국립민족학박물관 편, 앞의 책, 105면 참조).

회로 분재하더라도 그리 긴 작품을 선정하지 않았다.

「알리바바」와 함께 아동용 『아라비안나이트』의 대표작이라 일컬어지는 「알라딘」과 「신밧드」는 해방 이전 시기까지는 현재와 같은 위상을 갖지 못했다는 사실을 확인할 수 있다. 그렇다면 한국에서 아동용 『아라비안나이트』의 정전화 과정에 영향을 끼친 요인이나 계기는 무엇이며, 그 기원은 언제일까? 이러한 상황을 살펴보기 위해서는 해방 이후 시기의 번역 양상을 주의 깊게 들여다볼 필요가 있다.

2) 해방 이후 1970년대까지의 아동용 『아라비안나이트』 번역 상황

해방 이전까지의 아동용 『아라비안나이트』는 발표 매체가 주로 『어린이』, 『매일신보』, 동화 앤솔러지 등으로 제한적이었으나 다양한 작품들이 번역된 편이다. 해방 이후에는 신문과 아동잡지에서의 번역보다는 전집이나 단행본 형태의 번역이 두드러진다.[16]

〈표 2〉는 해방 이후부터 1970년대까지의 아동용 『아라비안나이트』의 번역 상황을 정리한 것이다. 1970년대까지를 살펴본 것은 1960~70년대까지의 아동용 전집에서의 작품 선정이 이후에도 지속적인 영향을 끼쳤기 때문이다. 즉 1980년대에 간행된 전집들은 이전 시기 출판물의 재판이나 증보판의 형태로 출간되었고, 1980년대에는 서서히 단행본 출판 시기

---

[16] 〈표 2〉에서 미확인 자료는 비고란에 표시했다. 1~4번, 7번, 15번 자료는 김영연의 「한국에 수용된 『천일야화』 연구」(성신여대 박사논문, 1996, 17~19면)를 참조하여 작성했고, 그 외의 자료는 필자가 추가한 목록이다. 8번, 9번은 당시의 신문 자료를 통해 출판 사항을 알 수 있으나 자료를 직접 확인하지 못했다.

<표 2> 해방 이후 시기~1970년대까지의 아동용 『아라비안나이트』 번역 상황(전집, 단행본 대상)

순서	표제	수록 작품	비고
1	김요섭, 『이상한 램프』, 창지사, 1952.		그림얘기책 / 미확인
2	미상, 『아리바바와 40인의 도적』, 명학사,[17] 1955.		세계명작그림문고 / 미확인
3	보육연구회 편, 『신드백드의 모험』, 신창사, 1957		미확인
4	신삼수, 『아라딘의 등불』, 철야당, 1957.		미확인
5	학원문고 편집위원회, 『아라비안나이트』 1, 학원사, 1958.	1권 수록작(4편) : 상인과 마신의 이야기, 세 여승과 세 여인의 이야기, 하늘을 나는 목마 이야기, 아홉 번째의 코끼리 이야기	세계명작문고 20 / '독자 여러분에게 드리는 말씀'에서 **전3권으로 기획**했다고 밝혔으나 2권과 3권은 미확인.
6	최태웅, 『아라비안나이트』, 계몽사, 1959~62(초판); 1995(중판)	수록작(9편) : 알리바바와 40명의 도둑, 뱃사람 신드바드, 신기한 말, 항아리 속의 마귀, 다이아몬드 아가씨, 알라딘과 요술램프, 하늘을 나는 융단, 말하는 새, 눈먼 거지	**편집위원 : 강소천, 김동리, 박목월, 이원수, 정인섭** / 세계소년소녀문학전집 38권(초판) → 소년소녀세계문학전집 28권(중판)
7	마해송 외편, 『아라비안 나이트』(전6권), 화학사, 1963[18]/ 1966.	알라딘과 신기한 램프(1권) 뱃사람 신드바드의 모험(2권) 알리바바와 40인의 도적(3권) 말하는 새와 황금의 물(4권) 어부와 단지 속의 미인(5권 : 인용자 주—마인의 오식으로 추정됨) 하늘을 나는 방석(6권)	미확인
8	최인욱, 『아라비안나이트』, 삼화출판사,[19] 1965.		세계동화전집 11 / 미확인
9	박홍근, 『아라비안나이트』, 세종사,[20] 1966.		그림 붙은 세계동화전집 3 / 미확인
10	임인수, 『아라비안나이트』, 육민사, 1969.	수록작 (9편) : 아리바바와 사십 명의 도적, 뱃사공 신드밧드, 단지 안의 거인, 다이아몬드 아가씨, 아라딘의 요술 램프, 어린이 재판, 하늘을 나는 양탄자, 말을 하는 새, 눈먼 거지	**편집위원 : 박화목, 김영일, 임인수, 장수철, 김요섭** / 세계명작동화전집 제4권
11	장웅택, 『아라비안나이트』, 금성출판사, 1971	수록작(10편) : 괴물 항아리, 셈의 딸과 누우아의 아들, 게으름뱅이 모하메드, 신밧의 바다 모험, 알리바바와 40인의 도둑, 하늘을 나는 융단, 항아리의 재판, 거지 압달라, 핫산의 이야기, 알라딘의 램프	소년소녀세계문학 30 / 시작 부분에 '이야기 잘하는 셰헤라짜데' 실림. 알라딘의 램프에 이어 이야기 마무리 부분 삽입.

12	박홍근, 『아라비안나이트』, 태극출판사, 1975.	수록작(4편) : 악마와 항아리, 신밧의 모험, 알라딘의 램프, 알리바바와 40인의 도둑	소년소녀 세계의 문학 1 / '이야기의 시작' 부분 실림
13	백시종, 『아라비안나이트』, 국민서관, 1975.	수록작(10편) : 알리바바와 40명의 도둑, 항아리 속의 마인, 핫산 이야기, 가장 신기한 보물, 말하는 새, 눈먼 거지, 항아리 재판, 신기한 살인 사건, 다이아몬드 아가씨, 알라딘과 마술 램프	소년소녀 세계문학전집
14	이규직, 『아라비안나이트』, 육영사, 1974 / 1977.[21]	수록작(6편) : 어부 이야기, 검은 섬의 젊은 임금님, 요술을 부리는 말, 뱃사람 신드바드 이야기, 알라딘과 요술 등잔, 알리바바와 40명의 도둑	소년세계명작동화전집 3 / 시작과 끝에 '이야기의 시작, 샤라자이드'와 '이야기의 끝맺음'이 실림
15	한진 외국부 편, 『천일야화』(전20권), 한진출판사,[22] 1979.	세 노인의 이야기(1권), 알라딘의 요술 램프(2권), 행운을 만난 하리화(3권), 말하는 새(4권), 지혜로운 왕비(5권), 알리바바와 40인의 도적(6권), 그림 속의 공주(7권), 염색장이와 이발사(8권), 하늘을 나는 융단(9권), 하산이야기(10권), 신드밧드의 모험(11권), 어부 아부돌라와 인어 아부돌라(12권), 솔로몬의 호리병(13권), 여왕이 된 노예(14권), 빈 화지르 3형제(15권), 흑단의 목마(16권), 이상한 꿈(17권), 꼽추 곡예사의 죽음(18권), 이발사의 형제들(19권), 유다르의 도장반지(20권)	한진 에밀레 문고 / 미확인

로 접어들어 번역 출판물의 종수는 많아졌지만 번역자와 출판사가 달라질 뿐 중복 출판이 증가했다. 따라서 번역 작품의 다양성이 확보되었다고

17 『동아일보』, 1955.6.27 · 1955.12.11. '신간소개'에서 "세계명작그림문고 『아리바바와 도적(산적)』, 200환, 국판 70면, 8도 오프셀 인쇄"라고 광고하고 있다.

18 『동아일보』, 1963.11.13. '신간소개'에서 "**마해송, 방기환, 최태호** 편 『아라비안나이트』 ② 뱃사람 신드바드의 모험, 화학사 발행, 값 1백 원"이라고 광고하고 있다.

19 『경향신문』 1965.5.13; 『경향신문』 1966.1.15 참조. 삼화출판사 『세계동화전집』 전15권. **편집위원 : 마해송, 이원수, 정인섭.**

20 『경향신문』 1966.1.15 참조. ①『안데르센』(이원수), ②『귀공자, 집 없는 아이』(장수철), ③『아라비안나이트』(박홍근), ④『이소프이야기』(임인수), ⑤『파랑새』(박경종).

21 최애순이 조사한 '해방 이후부터 1979년까지 세계아동문학전집 목록'을 참조하면, 육영사는 1974년 『소년세계문학전집』(전30권)을 출간했다고 한다(최애순, 앞의 글, 84면). 필자가 확인한 전집명과 출간 시기가 다른 것으로 보아 1977년 『소년세계명작동화전집』으로 재출간한 것으로 짐작된다. 한편, 육영사에서는 1974년 『소년세계전기전집』(전30권)도 출간했는데, **편집위원은 백철, 윤석중, 김동리, 김영일, 최태호다.**

22 최애순이 조사한 '해방 이후부터 1979년까지 세계아동문학전집 목록'을 참조하면, 한진출판사는 1979년 『세계명작탐정괴기시리즈』를 출간하였다.(최애순, 앞의 글, 85면) 이 목록에서 한진출판사가 같은 해에 『천일야화』 전20권을 출간한 것이 제시되지

보기는 어렵다.

김영연은 "『천일야화』가 최초로 동화화되어 번역물로 수용된 시기는 1952년이고, 작품은 김요섭 편역의 『이상한 램프』"(17면)이며, "완역본에 가까운 번역물은 1963년 6권으로 구성된 『아라비안나이트』(역자 미상, 화학사)가 최초"(17면)라고 밝혔다. 그러나 '최초의 동화화'를 단행본이나 전집 출판물만을 대상으로 제한한다면 모르지만, 이러한 평가는 일제 강점기 시대의 아동용 번역물을 전적으로 배제한 결과이며, 1963년 (1966)의 화학사 발행 6권을 완역에 가까운 번역물로 평가한 부분도 실상에 맞지 않는다.

필자의 조사에 따르면, 1963년(1966) 화학사 발행에 앞서 1958년 학원사에서 『아라비안나이트』 전3권을 번역한 것이 완역본에 가까운 최초의 시도이다. 1963년(1966) 화학사에서 출간한 『아라비안나이트』 전6권은 개별 이야기를 단행본 형태로 펴낸 것이라 번역 작품은 6편에 불과하다. 한편, 시리즈 3권 중 제1권에서 4편을 번역한 학원사판(1958)의 경우, 2권, 3권의 번역 작품 편수를 감안하면, 화학사판보다 많기에 화학사판 (1963)을 '최초의 완역'이라고 평가하는 것은 부적절하다. 앞선 시기의 자료에 대한 기초 조사의 누락이 빚은 과도한 평가이다. 현재로서는 학원사에서 발행한 2, 3권의 실물을 확인할 수 없다. 다만 김영연은 "1960년 10월에 『세계 명작 문고』 28권 『아라비안나이트』가 시리즈로 1, 2, 3권이 출간"[23] 되었다고 했는데, 1961년의 신문에 『학원』(학원장학회 발행)의

___

는 않았지만, 두 시리즈를 번역한 것으로 보아 한진출판사는 이 시기에 흥미에 중점을 두고 세계문학 작품을 번역했음을 알 수 있다.

23 "학원 장학회 출판국 편, 학원 장학회 간, 자료에 의하면, 1962년(1961년의 오식 – 인용자 주) 3월 간이고, 3권은 1961년 7월로 기록되어 있다"(한국출판 문화협회, 한국출판

『세계명작문고』전60권,『세계위인문고』전60권의 책 제목을 열거한 광고가 실리는 것을 보더라도 학원사에서『아라비안나이트』전3권을 1958~60년에 출간했던 것은 틀림없다.

1958년에 출판된 학원사의『아라비안나이트』의 판권장을 확인하면, "세계명작문고 20"으로 되어 있으며 '학원문고 편집위원회'에서 발행한 것으로 되어 있다. 1961년『동아일보』에 전단광고된『세계명작문고』전 60권 광고를 보면,『아라비안나이트』1권은 전집의 제20권,『아라비안나이트』2권은 전집의 제28권,『아라비안나이트』3권은 전집의 제38권 으로 구성되었다. 발행자는 '(재단법인) 학원장학회'로 되어 있다. 따라서 김영연이 1960년 10월에 나왔다고 밝힌『세계명작문고』는 '학원문고 편집위원회'가 학원사에서 1958~59년에 초판을 발행했고, 그 뒤 재단법 인 '학원장학회'를 구성하여 '학원 장학회 출판국 편'으로 해서 1960년에 재판을 발행했거나 최종 60권을 1961년에 완결했던 것으로 추정된다.[24]

___

연감 1963년 참조); 김영연, 앞의 글, 18면에서 재인용.

24 『동아일보』, 1961.7.21・1961.7.22・1961.12.20・1962.5.15 광고 참조.『동아일보』광 고 당시 "전 세계의 소년소녀가 애독하는 '세계위인문고' '세계명작문고'"라는 문구나 "안심하고 읽힐 수 있는『학원』의 결정판" "전통에 빛나는 '학급문고'" 등의 광고 문구 가 등장한다. 이원수,「아동도서출판과 아동문학」(『동아일보』, 1959.8.11)에서 학원 사 발행『세계명작문고』와『세계위인문고』를 각각 50권이라고 한 것으로 보아, 1961 년『동아일보』에서 대대적으로 광고를 했던 때에 각각 60권으로 완결되었을 것으로 추정된다. 또한 1961년 학원장학회에서 출간한『장발장』(1961.12)의 맨 끝장에는 판 권과 함께 '알리는 말씀'이 있는데, 다음과 같은 언급은 이러한 추정을 뒷받침한다. "이 세계명작・위인문고는 **과거 학원사가 이미 100권을 완성**하여 전국 청소년 여러분의 뜨거운 환영 밑에 판을 거듭하여 왔던 것인데, 이번 학원사가 종래 해 오던 학원 장학 사업을 더욱 견실히 하기 위하여 새로 **재단법인 학원장학회**를 만들게 됨에 따라 그 전부 의 판권을 넘겨받은 것입니다. 이 기회에 본 회에서는 **전120권으로 그 종목을 늘여서** 더 한층 재미있고 유익한 여러분의 참된 문고로서의 구실을 다하도록 하였습니다"(고 지혜,「해방 이후 아동문학 장에서의『레미제라블』수용 양상 연구」,『아동청소년문 학연구』11, 한국아동청소년문학학회, 2012.12, 265면에서 재인용). 따라서 1961년의

따라서 학원사의 『세계명작문고』 시리즈는 '전집'임을 표명하지는 않았지만 전60권의 방대한 규모로 기획 출판된 실질적 의미의 전집이다. 학원사판은 1960~70년대 '소년소녀 세계문학전집' 또는 '소년소녀 세계명작동화전집' 등으로 기획된 타 출판사의 전집류보다도 더 방대한 양의 작품을 수록한 시리즈로, 아동문학사적으로 볼 때도 전집 형태를 갖춘 첫 시도로 평가할 수 있다.

　학원사의 『세계명작문고』(전60권)와 시기적으로 경쟁을 벌였던 아동용 전집은 계몽사에서 발행한 『세계소년소녀문학전집』(전50권)이다. 『동아일보』 1959년 7월 25일 자 기사에 따르면, "계몽사에서 『세계소년소녀문학전집』 전50권을 **계획중**"[25] (강조-인용자)이라고 밝혔는데, 얼마 지나지 않은 시기에 이원수는 「아동도서출판과 아동문학」(『동아일보』, 1959.8.11)에서 이 시기 외국아동문학 번역 전집(선집)을 발행한 출판사로 동국문화사, 학원사, 계몽사, 신태양사를 언급하면서 계몽사판만이 번역자를 제대로 밝혔다고 높이 평가하였다. 또한 『경향신문』 1962년 12월 22일 자 기사에서는 계몽사의 『세계소년소녀문학전집』을 "금년에 들어서서 **완결**된 50권 한 질의 어린이들을 위한 '완역문학전집'"이라 표현했다. 이것을 보아 계몽사의 『세계소년소녀문학전집』은 1959~62년에 걸쳐 완결된 것으로 추정된다.[26] 이처럼 학원사판뿐 아니라 계몽사의 『아라비안

　　학원장학회 출간본은 1958년 학원사에서 출간된 『아라비안나이트』와 판권만 다를 뿐 내용은 동일한 것이다.

25　이 글에서 강조는 모두 인용자 표시임. 이하 인용자 표시는 생략함.

26　계몽사의 『세계소년소녀문학전집』 전단광고는 『경향신문』, 1961.12.17・1962.10.27・1962.12.22 참조. 최애순은 "1957년에 기획하여 1959년에 완간된 학원사의 『세계명작문고』와 1959년에 기획하여 1962년에 완간된 계몽사의 『소년소녀 세계문학전집』이 1950년대 아동 독서시장에서 서로 경쟁적 관계에 놓여 있었다"고 평가했다(최

나이트』에 9편의 작품이 수록된 것을 보더라도 이후에 출판된 화학사판을 '최초의 완역본'이라 단정하기는 어렵다.

한편, 1979년 한진출판사에서 전20권으로 출간한 『천일야화』는 타 출판사에서 1960~70년대에 주로 발행한 전집의 수록작들을 망라했다. 이때 기존 전집의 수록작뿐 아니라 그 이전 시기에는 잘 알려지지 않은, 묻혀 있던 이야기 몇 편을 발굴하여 아동용으로 개작 번역하여 단행본 형태로 발행했다. 1970년대까지의 아동용 『아라비안나이트』 번역의 총 결산이라 평가해도 될 것이다. 자료 소장처를 알 수 없어 작품을 직접 확인하지 못해 단정할 수는 없지만, '한진 외국부 편'이라 해서 출판사 편집부가 작품 선정과 번역을 주도했던 것으로 보인다.[27] 1960~70년대 중반에 유명 아동문학가들이 편집위원으로 참여해 전집을 발행하면서 번역을 담당했던 추세에 비추어볼 때 1970년대의 아동용 『아라비안나이트』의 결산으로는 양적 증가에 비해 후퇴한 번역 태도가 아닌가 한다. 해방 이후 아동용의 경우 '아라비안나이트'라는 용어를 일반적으로 사용했는데, 한진출판사 전집은 해방 이전 시기 더 널리 썼던 '천일야화'라는 용어를 책 제목으로 사용한 것도 특징적이다. 동시대 타 출판사 전집

애순, 앞의 글, 50면).

27 그밖에 한진출판사의 '한진 외국부 편'이 출간한 책으로, 브라이언 가필드의 『최후의 총잡이』(1976), '영어 공부를 위한 만화 시리즈' 책들(1979), 조셉 하워드의 『오맨』(1981) 등이 눈에 띈다. 1976년 6월 29일 자 『매일경제신문』은 한진흥업을 경영하고 있는 한갑진(韓甲振) 사장이 문학 및 아동도서 출간을 위해 한진출판사 등록을 끝냈다는 소식을 전한다. 한진출판사는 『세계명작탐정시리즈』 전50권을 내기도 했다(『경향신문』, 1979.5.18). 1970년대 중반부터 1980년대까지 신문에 책 광고를 대대적으로 하고 있는데, 『세계명작탐정시리즈』의 경우에도 전50권의 목록을 제시했으나 정작 번역자 명단을 밝히지 않았다. 이때의 번역도 『천일야화』처럼 '한진 외국부'가 담당했을 것으로 추정된다.

과의 차별성을 부각하기 위한 상업적 전략이었을 것으로 보인다.

1950~70년대까지 시기별 번역 양상을 좀 더 구체적으로 살펴보면, 해방 이후 아동용 『아라비안나이트』의 번역은 1950년대에는 방대한 규모의 원작 『아라비안나이트』 가운데 특정 이야기만을 따로 떼어 단행본 형태로 출간한 경우가 잦았다. 그 때문에 유명한 이야기가 집중적으로 중복 번역 출간되었다. 이 가운데 김요섭의 『이상한 램프』는 '그림얘기책'이라 되어 있는 것으로 봐서 '그림 한 칸을 반으로 나눠 고어체의 설명문으로 가득 채워 넣은' 초기 만화 형태의 책이라 짐작된다.[28] 김요섭이 어린이의 꿈과 환상을 중요하게 거론했던 작가였던 만큼 「알라딘」은 방대한 스케일의 무대를 배경으로 주인공의 모험과 환상, 사랑 등의 주제를 실현하며 독자에게 흥미로운 이야기와 볼거리를 제공하기에 적절한 '그림얘기책' 텍스트로 선정되었을 것이다.

명학사(1955)에서 발행한 『아리바바와 40인의 도적』은 번역자를 알수 없는데 당시의 『동아일보』 '신간소개'를 참고하면, '세계명작그림문고'라 해서 "세계명작을 **아름다운 그림**을 보면서 재미있게 읽을 수 있는 **시청각 교육**과 정서 교육에 유일무이한 아동서적!"이라 광고하고 있다.[29] 잡지나 단행본에서도 시각적 매체의 활용이 활발했던 1950년대의 시대적 특성과 맞물려 김요섭의 『이상한 램프』처럼 명학사판도 잡지나 단

28　"1950년대 우리 만화는 대부분 역사를 소재로 했는데, 그림 한 칸을 반으로 나누어 깨알 같은 고어체의 설명문으로 채워 넣은 형식이었다. 지금 그 만화를 보면 말이 만화지 마치 **그림소설**을 읽는 느낌이다"(손상익, 『한국만화사 산책』, 살림, 2005, 6면).

29　『동아일보』, 1955.6.27・1955.12.11 참조. 명학사 발행 '세계명작그림문고' 시리즈는 "① 백설공주 ② 아리바바와 산적 ③ 토옴 쏘어야의 모험 ④ 피노키오 ⑤ 거지왕자 ⑥ 꺼리버어 여행 이야기"이고 "각권 국판 70면, 8도 오프셀 인쇄"라고 광고되어 있다.

행본에서 시각적 매체의 활용이 활발했던 1950년대의 시대적 특성을 반영했다고 볼 수 있다.[30]

철야당(1957)의 『아라딘의 등불』은 출판사도 번역자도 낯설다. 신삼수(申三洙)가 대구의 "철야당(哲也堂) 서점 주인"[31]으로 소개된 이 당시 신문 기사로 볼 때, 대구에서 서점과 출판사를 겸했던 '철야당'의 사장(발행자)을 번역자처럼 표현한 것으로 보인다. 전문 번역자가 아닐 가능성이 높은데 관행처럼 기존의 번역물을 개작하듯 문장을 다듬어 재출판했을 것으로 추정된다.

이처럼 1950년대에는 방대한 『아라비안나이트』 가운데 아이들이 흥미롭게 읽을 수 있는 개별 이야기를 시각적 효과를 강조한 단행본으로 출간하는 추세가 강했다. 그리고 이 시기에 아동용 『아라비안나이트』의 대표작인 「알라딘」, 「알리바바」, 「신밧드」가 모두 단행본으로 출판된 것이 특이점이다.

한편 1960~70년대에 유명 아동문학가들이 편집위원으로 참여한 소년소녀용 세계문학전집 출간 붐을 타고 아동용 『아라비안나이트』 번역은 주로 이루어졌다. 특히 1960년대의 전집 출간에 관여했던 아동문학가들의 작품 선정은 이후 1970년대의 작품 선정에도 중요한 기준으로

30　1950년대를 대표하는 아동청소년 잡지 『학원』에 대한 장수경의 연구에 따르면, "1950년대 『학원』에는 근대적 시각매체의 중심이 활자에서 삽화, 만화, 영화 등의 시각적인 방향으로 급격히 이동하였다. 이미 시각적인 방향으로 감각이 변화된 독자들은 영상이나 만화 컷의 이미지를 통해 사고하고 행동하고자 하는 욕망이 강하게 작동하였다. 독자의 변화된 욕망은 문학에 무협적인 요소들이 결합되고 역사소설의 양식적 변모를 초래한 것뿐 아니라 1960년대 무협소설의 유행과도 상호관련성을 갖는다"고 한다(장수경, 『『학원』과 학원세대』, 소명출판, 2013, 83면).

31　『동아일보』 1956.6.25. "철야당서점 주인" 신삼수가 당시 '교과서 구입' 부정 사건에 연루되었다는 기사이다.

작용했다.

최태응이 번역한 계몽사판(1962)과 임인수가 번역한 육민사판(1969)은 번역의 구체적 실태는 다르지만 수록편수가 9편으로 같고, 작품명을 달리 했을 뿐 단 한 편만 다른 작품을 선정했다. 그런 점에서 시기적으로 앞선 계몽사판(1962)은 아동용『아라비안나이트』의 작품 선정의 주요 기준을 제공한 셈이다. 이후 타 출판사의 전집 등에서도『아라비안나이트』는 한두 작품이 다를 뿐 큰 변동이 없다.

그렇다면 계몽사판(1962)『아라비안나이트』의 작품 선정의 기준은 무엇이었을까? 흥미롭게도 계몽사판은 해방 이전 시기 아동용『아라비안나이트』로 한 번 이상 번역된 작품들을 모두 포괄했다. 즉 제목을 달리 표현했지만「신기한 말」은 채만식의「날아다니는 목마」,「항아리 속의 마귀」는 방정환의「어부와 마귀 이약이」,「다이아몬드 아가씨」는 채만식의「아홉째 인형」,「말하는 새」는 방정환의「흘러간 삼남매」,「눈먼 거지」는 이정호의「땅 속의 보물」과 동일한 작품이다. 최태응이 마치 해방 이전에 아동용『아라비안나이트』의 번역 상황을 알고 있었던 듯 이들 작품을 모두 번역했고,「하늘을 나는 융단」만을 추가로 번역하였다.

그러나 해방 이전의 번역작들이 한 권의 단행본에 실렸던 것도 아니고 번역자나 발표 매체도 달랐기 때문에 그가 기존의 번역 목록을 알았다고 보기는 어렵다. 그렇다면 해방 이전에 아동용『아라비안나이트』로 번역된 작품들은 이미 다른 나라에서도 아동용『아라비안나이트』로 자주 소개되는 대표작이고, 후대의 아동문학가도 그러한 관점과 안목으로 작품을 선정했던 것일까. 번역자가 번역 저본을 밝히지 않은 채 방대한『아라비안나이트』에서 특정 작품을 선정한 것처럼 되어 있기 때문에 현재로서는 선정의 기준과 배경을 정확히 알 수 없다.

일본어 중역본을 텍스트로 했을 가능성이 높기 때문에 그 이전이나 동시대에 발행된『아라비안나이트』가운데 가장 널리 읽혔던 작품집의 작품 선정 목록과 구체적 번역 실태를 비교 검토하는 일이 요구된다. 현재로서는 추정에 불과하지만, 해방 이전 시기의 아동용『아라비안나이트』의 번역 저본은 스기타니 타이스이[杉谷代水; 杉谷虎藏]의『新譯 アラビアンナイト』上・下(富山房, 1915~16)였을 가능성이 높다. 계몽사판뿐 아니라 1960~70년대의 전집들도 스기타니 타이스이의 책을 참고했을 가능성이 높다.[32] 스기타니 타이스이의『新譯 アラビアンナイト』는 '모범 가정문고' 1, 2편으로 출간된 번역서로, 랑(Fritz Lang)의 영어판을 옮기고, 포드(Ford Madox Ford)나 듀락 등의 삽화를 많이 수록한 호화판 서적이다. 뛰어난 번역과 풍부한 삽화로 일본 아동문학사상 획기적인 성과를 거둔 번역서로 평가된다.[33]

32　『新譯 アラビアンナイト』는 두 권(상, 하)으로 구성되어 있는데, 수록 작품은 다음과 같다. 상권 : 發端, 商人と魔の話, 第一の老人と牝鹿の話, 第二の老人と二匹の黑犬の話, **漁師の話**, 希臘人の王と醫師ドーバンの話, 主人と鸚鵡の話, 罰な受けた大臣の話, **年若な黑島の王の話**, 三人の旅僧とバグダットの三人女, 第一の旅僧實は王子の話, **第二の旅僧實は王子の話**, 嫉み深き人と嫉ま人の話, 第三の旅僧實は王子の話, **海員シンドバットの七航海**, **第一航海**, **第二航海**, **第三航海**, **第四航海**, **第五航海**, **第六航海**, **第七航海卽ち最終の航海**, 傴僂の小男, 理髮師の五番目の弟の話, 王子カマムラルザマンと王女バドラの冒險, 兩王子アムジアードとアツサードの話, ヌーレヂンと波斯美女. 하권 : 腹の惡い腹違ひの兄弟の話, デリヤバアルの王女の物語, **アラヂンと不思議なランプ**, バグダツト王の冒險, **盲人ババ・アプダラの話**, シヂ・ヌーマンの話, コジア・ハサン・アルハバルの話, バグダットの商人アリ・コジアの話, **怪馬物語**, **妹を妬んだ兩人の姉の話**, **アリ・ババの話**, 王子アーメットと仙女バヌーの話, ヌーレヂン・アリとベドレヂン・ハサンの話, 大團圓. 이상에서 밑줄 친 작품들이 해방 이전에 번역된 이야기들이며, 계몽사판(1962)에도 수록된 작품들이다.

33　스기타 히데아키, 「동화의 세계」, 국립민족학박물관 편, 앞의 책, 105면 참조.

1970년대에 들어 전집에 수록된 아동용 『아라비안나이트』는 이전 계몽사판(1962)에서 한두 작품을 추가하는 정도에 그쳐 수록 작품에서 큰 변화가 없다. 하지만 중요한 진전이 보인다. 장웅택이 번역한 금성출판사판(1971), 이규직이 번역한 육영사판(1974 / 1977), 박홍근이 번역한 태극출판사판(1975)에서는 1960년대의 『아라비안나이트』 번역이나 동시대 타 출판사에서 개별 이야기들을 엮은 듯한 편집과 달리, 이야기의 시작과 끝맺음에 해당하는 액자 구조를 살리고자 했다. 성인용처럼 방대한 양의 『아라비안나이트』를 완역할 수는 없지만 아동 독자에게 맞게 『아라비안나이트』 이야기의 유래와 형식적 특성을 살리려는 기획이 엿보이는 편집과 번역이다. 물론 이러한 시도는 일본의 대표적인 아동용 『아라비안나이트』인 『新譯 アラビアンナイト』(富山房, 1915~16)에서 일찍이 시도된 바 있다.[34] 1970년대 한국의 아동용 전집의 『아라비안나이트』도 기존의 편집 형식을 참조했을 가능성이 높다. 1970년대 전집 가운데 이규직이 번역한 육영사판의 경우 원작의 의미를 훼손하지 않고 최대한 의미를 살려 번역하려 했던 점이 높이 평가된다.

---

[34] 『新譯 アラビアンナイト』의 수록작과 목차는 각주 32번 참조할 것. 이야기의 시작과 끝맺음 부분은 상권의 '發端', 하권의 '大團圓'.

3. 해방 이후 「알라딘」의 급부상과 정전 탄생의 복합 요인

1890년대부터 번역 소개되기 시작한 이솝우화에 이어 1910년대에는 그림동화, 안데르센 동화가 유입되었고, 1920년대에는 이솝우화, 그림동화, 안데르센 동화가 활발히 번역되었다. 반면, 『아라비안나이트』의 아동용 번역은 1920년대 중반에 이르러야 시작되었고, 번역 건수도 상대적으로 적은 편이다. 게다가 해방 이전 시기까지 아동용 『아라비안나이트』의 대표작이라 일컬어지는 세 작품 중 「알리바바」를 제외한 「알라딘」과 「신밧드」는 아동 독자들에게 그리 큰 영향을 끼치지도 못했다.

그런데 1950년대에 이르면 「알리바바」, 「알라딘」, 「신밧드」는 아동용 『아라비안나이트』의 대표작으로 떠오른다. 해방 이전 시기와 견줄 때 두드러진 특징으로 「알라딘」이 10건, 「알리바바」가 9건, 「신밧드」가 8건으로 번역 건수의 차이는 적지만, 해방 이전에 「알리바바」가 3건, 「알라딘」이 1건이었던 상황을 역전한다.[35] 김영연은 1990년대에 이르러 이 세 작품이 아동용 번역에서 빠짐없이 수록된다고 밝혔지만, 1960~70년대의 전집류에서 이러한 선정은 거의 확정된 뒤 지속되었다.

그렇다면 이들 세 작품이 아동용 『아라비안나이트』의 대표작으로 인식된 계기는 무엇일까. 각 작품이 대표작으로 선정되지 못한, 또는 선정되는 데에 개입된 해방 이전과 그 이후의 사회문화적 상황과 번역자의 인식, 매체의 특성과 영향, 수용자인 아동독자층의 특성, 해방 이후 세

---

[35] 지면에 수록된(노출된) 횟수를 따진다면, 「알리바바」는 25회, 「알라딘」은 1회로 압도적으로 차이가 난다.

계아동문학 전집 및 선집 편성의 체계 및 이데올로기, 단행본의 상업적 출판 배경, 타 매체의 영향력과 매체 전환의 가능성 등을 복합적으로 고찰할 필요가 있다.

세 작품 가운데 「알라딘」은 해방 이후 아동용 『아라비안나이트』의 대표작으로 급부상한다. 「알라딘」은 「알리바바」의 배를 넘는 분량이다.[36] 앞서 밝혔듯 아동용 『아라비안나이트』의 첫 번째 번역작은 노튼 부인이 번역한 「알라딘」이었다. 노튼 부인의 번역은 당시의 다른 동화 앤솔러지의 글자 크기에 비해서도 큰 글자로 편집했는데 15면(32~46면, 삽화 1장 포함) 정도의 분량으로, 줄거리 위주로 이야기를 지나치게 축약했다. 이것은 1960~70년대 현대판 번역과 견주어도 상당히 축소된 번역이다.

① 아부 하산의 이야기를 마친 셰에라자드 왕비는 술탄 샤리아에게 다음 날 이보다 더욱 재미있는 이야기를 해주겠노라고 약속했다. 그래서 그녀의 동생 디나르자드는 날이 밝기 전에 왕비를 깨우며, 어제 술탄께서도 기꺼이 듣고 싶다고 말씀하셨으니 어서 일어나 약속을 지켜 달라고 청했다. 이에 셰에라자드는 더 이상 뜸 들이지 않고 새로운 이야기를 시작했다.

폐하! 중국 대륙에 매우 부유하고도 영토가 넓은 한 왕국이 있었습니다. 그 왕국의 이름은 지금 정확히 기억할 수 없습니다만, 하여튼 그 수도에 무스타파라고 하는 양복장이가 살고 있었습니다. 양복장이 무스타파는 몹시 가난

---

36   최근 완역된 갈랑판을 기준으로 보면 「알라딘」은 166면(1401~1566면, 삽화 19장)이고 「알리바바」는 53면(1657~1710면, 삽화 5장)이다.

했고, 재단일을 통해 버는 것은 그와 아내 그리고 하느님이 부부에게 주신 아들, 이렇게 세 식구가 간신히 입에 풀칠할 정도에 지나지 않았습니다.

아들의 이름은 알라딘이라고 했는데, **빈한한 환경 탓에 교육을 제대로 받지 못하여 아주 못된 버릇들을 지니게 되었습니다.** 고집이 세고 심술궂은 데다, 아버지와 어머니의 말도 듣지 않았습니다. 조금 덩치가 커진 후부터는 부모들이 그를 집 안에 잡아 놓을 수도 없었습니다. 아침부터 집을 나가 길거리며 광장을 쏘다니면서 자기보다도 나이가 어린 꼬마 개구쟁이들과 어울리며 하루 종일 놀다 오곤 했지요.

어느덧 알라딘도 자라나 일을 배워야 할 나이가 되었습니다. 다른 것을 가르칠 형편이 못 되었던 아버지는 아이를 가게에다 붙잡아 놓고 바늘 쓰는 법을 보이면서 가르치려 해보았습니다. 하지만 어르기도 하고 호도 내보았지만 산만하기 그지없는 아들의 마음을 붙잡는다는 건 불가능한 일이었습니다. 알라딘은 아버지의 바람대로 마음을 잡고 진득하니 앉아서 일에 열중하는 아이가 아니었던 것입니다. 무스타파가 잠시라도 고개를 돌리고 있으면 그대로 도망쳐 나가 하루 종일 돌아오지 않곤 했습니다. 여러 차례 벌을 주기도 했지만 알라딘은 도무지 고쳐지지 않는 아이였습니다. 결국 무스타파는 제멋대로인 아들을 그냥 내버려 둘 수밖에 없었습니다. 하지만 이로 인해 그는 크게 상심하게 되었고, 결국 병이 들어 몇 달 후에는 세상을 뜨고 말았습니다.

알라딘의 어머니는 아들이 도무지 선친의 유업을 이어받으려는 기미를 보이지 않자, 가게를 닫고 재봉 도구를 모두 팔아 버렸습니다. 그리고 자신이 목화 실을 자아 버는 몇 푼 안 되는 돈으로 아들과 근근이 살아갔습니다. **이제 알라딘은 세상에 무서울 것이 없었습니다. 아버지는 더 이상 계시지**

않았고, 어머니는 아예 신경조차 쓰이지 않는 존재였던 **것입니다.** 어머니가 조금이라도 질책을 하라치면 도리어 성을 내며 그녀를 위협하려 들 정도였습니다. 이렇게 거치적거리는 것이 없게 된 그는 **마음껏 방탕한 생활에 빠져들었습니다.** 이제 그는 보다 나이 많은 아이들과 어울리며 이전보다도 더욱 정신없이 싸돌아다녔습니다. 나이가 열다섯이 되어서도 이런 일상은 계속되었고, 노는 것 외에는 아무 생각도 하지 않았습니다. 자신이 장차 무엇이 될 것인지 하는, 미래에 대한 고민 따위는 아예 관심 밖의 일이었죠.

그러던 어느 날이었습니다. 그가 한 무리의 부랑아들과 광장에서 놀고 있는데, 어떤 이방인이 광장을 지나다가 멈춰서더니 그를 유심히 살펴보는 것이었습니다.

— 앙투안 갈랑 편, 임호경 역, 『천일야화』 5, 열린책들, 2010, 1401~1403면.

② 일나딘이란 으희는 **펄시아 나라** 엇던셩에 살던 가난훈 으희엿다 그의 어머니는 과부로셔 길삼을 ᄒ셔 그날 그날을 보내엿다

ᄒ로는 올나딘 힝**길가에셔 솟급질을 ᄒ고닛**는듸 킈가 구쳑ᄀᆞᆺ고 싯검은 사롬 ᄒ나이 오더니 일나딘 드려 즈긔게로 오라고 손짓을 ᄒ엿다

— 노튼, 「일나딘과 신긔훈 양등」, 『님군의 새옷과 다른 니야기』, 조선야소교셔회, 1925, 32면.

③ 아주 먼 옛날, 중국의 어느 고을에 알라딘이라는 젊은이가 살고 있었습니다.

알라딘은 어릴 때부터 게으름쟁이였습니다. 날마다 아무 일도 하지 않고 놀기만 했습니다.

그의 아버지는 알라딘에게 자기가 하는 일을 시켜 보았으나 모두 헛수고

였습니다. 드디어 아버지는 자식에 대한 애정마저 식은 채 병이 들어 세상을 떠나고 말았습니다.

그의 어머니는 할 수 없이 가게를 팔고, 몇 푼 되지 않는 돈으로 간신히 살아갔습니다. 그 동안 알라딘은 열다섯 살이 되었습니다.

어느 날이었습니다. 알라딘이 여느 때처럼 마을의 넓은 마당에서 동무들과 함께 놀고 있는데, 왠 사나이가 알라딘이 노는 모양을 유심히 보고 있었습니다.

—최태응, 「알라딘과 요술램프」, 『아라비안나이트』

(소년소녀 세계문학전집 28권), 계몽사, 1995.11(1962), 164면.

④ 옛날에 중국의 어느 거리에, 알라딘이란 젊은이가 어머니와 함께 살고 있었습니다.

알라딘은 날마다 빈들빈들 놀기만 할 뿐, 일을 하지 않았습니다.

"너는 너무 게으르구나."

어머니가 말했습니다.

"돌아가신 네 아버지는 솜씨 좋은 재봉사로, 부지런히 일하시는 분이셨다. 그런데 너는 영일을 안하는구나."

"난 재봉사 따위는 싫어요."

알라딘은 말했습니다.

"나는 서울에 나가서 임금님의 부하가 될 테야. 그리고 공을 세워서 훌륭한 사람으로 출세해 보일 테야. 이제 두고 보셔요."

알라딘이 그렇게 빈들빈들 놀고만 있으니 살림살이가 나아질 리 없었습니다. 그러나 알라딘은 게으름뱅이였기 때문에 집안 일은 돌보지 않았습니다. 친구들과 씨름을 하기도 하고, 춤을 추기도 하며, 그저 즐겁게만 살았습니다.

어느 날, 알라딘은 이상한 노인을 만났습니다.

하얀 수염을 길게 기르고, 눈이 번쩍 번쩍 빛나는, 보기에도 음흉한 인상의 노인이었습니다.

―장웅택, 「알라딘의 램프」, 『아라비안나이트』(소년소녀 세계문학 30), 금성출판사, 1971, 151면.

갈랑의 완역본을 기준으로 번역본들을 비교하면 한 눈에 보아도 분량이 대폭 축소되었다는 것을 알 수 있다. 갈랑판의 "이제 알라딘은 세상에 무서울 것이 없었습니다"에서 엿볼 수 있듯 알라딘의 거칠 것 없는 대범함은 비천한 신분의 알라딘이 마법 램프의 도움을 받긴 했지만 한 나라 왕국의 사위가 될 수 있었던 내적 자질로서의 비범함과도 통한다. 또한 마법 램프를 찾아 동굴에 들어갔다 나올 때 램프를 먼저 건네라는 협박을 받으면서도 끝내 마법사에게 램프를 건네주지 않는 알라딘의 행위는 순종적이지 않고 당돌한 기질로 인해 개연성을 얻는다.

그런데 당시 노튼 부인의 번역이나 현대의 아동용 번역들은 알라딘의 당돌하고 악동적인 면모를 거세하거나 순화시켜 버린다. 노튼 부인은 어린이에게 주는 '동화'라는 인식은 있었지만 외국인의 시각으로 당시 동화의 관습적 종결어에 대한 의식은 미약했다. 이야기의 도입부를 삭제하여 독립적인 이야기처럼 번역했고, 줄거리 중심으로 이야기를 전개하다보니 인물의 성격을 드러내는 행위의 반복적 서술 등이 축소되고 알라딘의 성격도 단순화된다. 특히 알라딘의 되바라진 성격이나 나이가 들면서 방탕한 생활을 하는 부분들이 삭제된다. 아동에 대한 교육적 관점이 강하게 작용해 순화·삭제된 것으로 추정된다.

알라딘은 당시의 한국 아동문학에서 번역되어 대중적으로 수용되기에는 시대를 지나치게 앞서간 캐릭터였다. 1930년대 후반 조선일보사에서 발행한 『소년』을 무대로 「톰 소여의 모험」, 「홍당무」가 번역되기 시작했지만 지속되지 못했고, 「이상한 나라의 앨리스」도 '계속' 연재를 예고했으나 『동화』에 1회 번역에 그치고 말았다. 『쿠오레』의 이야기들이 1910년대부터 아동잡지에 번역되고 1920년대에 신문에 연재된 뒤 곧바로 단행본으로 출판되고 시대를 거듭하면서 지속적인 인기를 이어간 것과 대조적이다. 즉 『톰 소여의 모험』, 『홍당무』, 『이상한 나라의 앨리스』는 단발적인 번역에 그치고 말았으며 단행본 출판으로 이어지지도 못했다. 번역자의 의도나 편집·출판 주체의 기획과 달리 세계적으로 각광을 받았던 이 명작들의 번역동화집 출간은 한국에서는 해방 이후로 이월된다. 이러한 상황들이 아동용 『아라비안나이트』의 대표작인 「알라딘」이 해방 이전 시기에 주목받지 못한 사정과 무관하지 않다. 한국 근대 아동문학의 이러한 특성은 외국 아동문학의 번역뿐 아니라 창작에서도 역력히 드러난다. 한국 아동문학 창작물에서 어른을 골탕 먹이는 말썽꾸러기 캐릭터가 1930년대 중반에나 등장(박태원 「소년탐정단」의 주인공)한 뒤 생동감 있는 캐릭터의 탄생으로 이어지지 못하고 1950년대 조흔파의 『얄개전』에 이르기까지 미미했던 것도 「알라딘」을 온전히 번역하기 어려운 해방 이전 시기의 시대적 상황을 반영하는 것일 터이다.

이와 같은 맥락에서 해방 이전 시기 아동용 『아라비안나이트』의 대표작으로 「알리바바」가 가장 많이 번역되었던 사정을 이해할 수 있다. 방정환은 『어린이』에 몇 편의 『아라비안나이트』를 번역하기에 앞서

『천일야화』를 소개한 글에서 "자미잇고신긔"하고 "복잡하고 길다랏키로도데일유명"하다고 언급하며 "여러분이 활동사진에서 구경하신『박구닷드의도덕』"과 "유명한『아리바바』의이약이"(『어린이』 4권 2호, 1926.2, 42면)를 언급하는데, 「신밧드」나 「알라딘」이 아닌 「아리바바」를 언급하고 실제로도 이 작품을 번역했다. 방정환은 아동 독자들이 동일시하기 쉬운 아동 캐릭터인 알라딘이 아닌 알리바바를 선택한 것이다. 한국 근대 아동문학에서 '유쾌한 말썽쟁이' 면모를 지닌 최초의 캐릭터였던 창남이(「만년샤쓰」, 『어린이』, 1927.3)가 헌신적인 소년상으로 귀결될 수밖에 없었으니 방정환에게도 알라딘은 너무 앞서가는 캐릭터였던 셈이다.[37] 한정된 지면에 수록해야 하는 상황에서 「알라딘」이 「알리바바」보다 분량이 훨씬 긴 것도 부담이 되었을 테고 「알라딘」에 아동용으로 번역하기에 껄끄러운 대목들이 담겨있던 것도 적지 않게 작용했을 것이다. 즉 알라딘이 공주와 결혼하기를 바라자 왕은 알라딘에게 거짓 약속을 한 뒤 대신의 아들과 공주를 급히 결혼시킨다. 이 대목에서 대신의 아들과 공주가 첫날밤을 치르려는 때마다 알라딘은 그것을 방해하기 위해 램프의 정령을 시켜 그들을 침대 채로 데려오도록 하는 장면이 두 차례나 나온다. 이 대목은 현대판 번역에서도 상당 부분이 축소되거나 아예 삭제되는 장면이다.[38]

---

[37] 이러한 상황은 『어린이』 1927년 10월호에 실린 「장난꾼 톰 소여」에서도 엿볼 수 있다. 이 작품은 주인공의 이름과 활동적인 성격만 『톰 소여의 모험』을 따랐을 뿐 전혀 다른 내용이라 번역으로 보기 어렵다. 개작이 심한 번안으로, 원작을 그대로 번역하기 어려웠던 시대 상황을 보여주는 사례라 할 수 있다.

[38] 박홍근(태극출판사)은 삭제했고, 최태웅(계몽사), 백시종(국민서관)은 축소했다. 임인수(육민사)는 공주와 대신 아들을 더럽고 좁은 방에 가둔 뒤 괴물이 이 둘을 밤새 지키는 것으로 바꿨다. 이규직(육영사)은 원작을 최대한 살려 번역했는데, 이 부분만큼

　　해방 이전 시기까지의 번역 상황을 볼 때, 한국적 상황에서 「알라
딘」은 아동용 『아라비안나이트』의 대표작으로서의 위상을 확고히 지
녔다고 보기 어렵다. 이미 자국에서 명작의 위치를 확보했던 「알라
딘」을 동화 앤솔러지에 선정할 수 있었던 서구인(노튼)의 시각이나 아동
문학의 관점이 아닌 일반 대중을 상대로 이야기를 선정한 근대소설과
극작의 전문가였던 최승일의 눈에 포착된 「알라딘」은 아동문학가들에
게는 훨씬 뒤늦게 발견될 수밖에 없었던 셈이다. 한국에서 「알라딘」의
아동용 『아라비안나이트』의 정전화는 서구와 일본, 중국보다 한참 늦은
시기인 해방 이후에나 본격화되었다. 「알라딘」의 늦은 수용은 원종찬
이 지적했듯 ‘삐노끼오적 경향’보다는 ‘꾸오레적 경향’이 압도적이었던
한국 근대 아동문학의 기본 성격과 관련된다.[39] 일본의 대표적인 평론
가 우에노 료가 일본의 근현대 아동문학을 ‘헌신의 계보’와 ‘즐거움의 계
보’로 개관하면서 일본 아동문학에서 『보물섬』의 실버와 같은 개성 있
는 악당이나 톰 소여나 허클베리 핀 같은 지독한 장난꾸러기들이 탄생
하지 못한 이유를 ‘헌신의 계보’가 강력하게 작동하는 일본 아동문학의
‘진지주의’ 때문[40]이라고 본 대목과도 일맥상통한다. 일본의 아동문학

은 신랑은 따로 가둬 두고, 알라딘이 공주에게 임금이 한 거짓말을 들려준 뒤 **“공주를
방 안에 혼자 있게 한 다음, 자기는 문 밖에 나가 거기서 잤습니다.”**(240면)로 고쳤다. 노튼
부인의 번역에서도 이 부분은 삭제되었다. 한편, 아동문학이라는 인식이 없었던 최승
일의 『홍등야화』에서는 재상의 아들과 결혼한 공주가 첫날밤을 치르려는 순간 알라
딘이 램프의 요정에게 그들을 데려오도록 한 장면을 삭제하지 않고 번역했다.

39　원종찬은 한국 근대 아동문학의 현실주의적 성격을 거론하며 “자유분방한 캐릭터와
　　풍부한 공상의 세계를 ‘삐노끼오적 경향’이라고 한다면, 사회생활에 필요한 덕성을 길
　　러주고 용기와 희망을 전하려는 사실 교훈담의 세계를 ‘꾸오레적 경향’이라 할 수 있을
　　것”이라 하고, 한국 아동문학은 ‘꾸오레적 경향’이 우세하다고 진단했다(원종찬, 「한국
　　아동문학의 어제와 오늘」, 『아동문학과 비평정신』, 창작과비평사, 2000, 15면).

40　우에뇨 료, 햇살과나무꾼 역, 『현대 어린이문학』, 사계절, 2003, 188면.

보다 헌신의 계보가 더 강렬하게 작동하던 일제 강점기의 한국 아동문학에서 창작에서는 말할 것도 없고 번역에서조차 '알라딘'은 훨씬 뒤늦게 발견할 수밖에 없었다. 일찍이 『서유기』의 손오공을 갖고 있던 중국은 1930년대에 과감한 상상과 비약, 난센스의 세계를 낯설지 않게 창조해낸 장톈이[長天翼]의 장편 판타지 『다린과 쇼린[大林和小林]』[41]을 탄생시킬 수 있는 문화적 전통을 갖추고 있었다. 더욱이 『아라비안나이트』의 '알라딘'이 중국 아이니 중국에서 「알라딘」은 각별한 의미를 지녔을 터라 한국에서의 「알라딘」의 더딘 수용·정착과는 확연히 달랐을 것이다.

　해방 이후 번역을 통해 급부상했던 「알라딘」은 온전한 형태로 번역되는 데에 다른 두 작품보다도 더 수난을 겪었다. 알라딘은 주어진 신분이나 본분에 따라 자신에게 맡겨진 일을 성실히 수행하며 미래의 삶을 위해 오늘을 저당 잡히는 대신 현재의 욕망, 본능을 충실히 따르는 인물이다. 결코 어른의 말에 순종하는 아이가 아니며 "집 안에 잡아 놓을 수"가 없을 정도로 "노는 것 외에는 아무 생각도 하지"않는 "제멋대로"인 골칫덩어리다. 알라딘은 장난기와 호기심이 많고 생기 넘치는 어린이의 전형이다. 그러나 거기에만 머물지 않는다. 원하는 것을 단념하지 않는 끈기와 집요함, 고난에 굴복하지 않는 용기와 도전정신을 지녔다. 공주와의 결혼을 전후로 통과의례를 겪듯 몇 차례의 고난을 겪으며 거듭나

41　장톈이[長天翼], 『다린과 쇼린[大林和小林]』 1932; 장톈이, 남해선 역, 『다린과 쇼린』, 여유당, 2013. 원종찬은 『다린과 쇼린』을 "황당미 가득한 공상적 풍자 동화(풍자적 공상동화)"라 평가하면서 "의인화, 과장, 공상, 난센스가 총동원 작품"으로 '즐거움'과 '유희성'에 적극적 가치를 부여한 성과로 평가했다(원종찬, 「동아시아 전통과 장편동화의 운명」, 『어린이와 문학』, 어린이와문학, 2012.8). 장톈이의 『다린과 쇼린』에 대해서는 한연, 『한·중 동화문학 비교 연구』, 한국학술정보, 2005, 141~164면 참조할 것.

는 인물이다. 알라딘의 통과의례는 '동굴' 속의 '죽음'과도 같은 시간에서 일차적으로 이루어지는데, 갈랑판 번역본에서는 그 과정을 소박하지만 깊이 있게 그려내고 있다.

① 한편 알라딘은 말할 수 없는 충격에 빠져 있었습니다. 그렇게나 부드럽고 자상하게 대해 주던 삼촌이 돌연 전혀 예기치 못했던 고약한 정체를 드러냈기 때문입니다. 더욱이 자신이 산 채로 땅에 갇혀 버렸다는 사실을 깨닫자 극도의 공포가 엄습했습니다. 그는 삼촌이 원하는 대로 램프를 주겠다고 목이 터져라 외쳐 댔습니다. 하지만 아무 소용이 없었죠. 그의 외침을 들을 사람은 이미 거기 없었던 것입니다. 이제 눈 앞에 보이는 것은 칠흑 같은 어둠뿐이었습니다. **이렇게 울고만 있을 때가 아니었습니다.** 결국 알라딘은 눈물을 닦아 내고 계단을 내려갔습니다. 아까 지나왔던 정원에 가면 불을 찾을 수 있지 않을까 해서였습니다. 그런데 그가 홀 안에 들어서자, 마법에 의해 열려 있던 벽이 또 다른 마법에 의해 스르룽 하고 닫혀 버리는 것이었습니다. 황급히 사방을 더듬어 보았지만 문은 아무 데도 없었습니다. 알라딘은 지하 통로 계단 위에 털썩 주저앉아 **아까보다도 더욱 큰 소리로 울기 시작했습니다.** 이제 두 번 다시 빛을 보기는 글렀구나, 이 땅 속의 어둠에서 그대로 죽음의 어둠으로 옮겨지게 되겠구나 하는 생각뿐이었죠.

알라딘은 이런 상태로 먹지도, 마시지도 못하고 이틀을 보냈습니다. 마침내 사흘째 되는 날, 모든 것을 **체념한 그는 하느님의 뜻을 받아들이리라 생각하고는** 두 손을 깍지 껴서 머리 위로 쳐들고는 외쳤습니다.

"힘과 능력은 높고도 위대하신 하느님에게만 있도다!"

— 앙투안 갈랑 편, 앞의 책, 1423～1424면.

갈랑의 번역본은 땅 속에 갇힌 알라딘이 죽음에 대한 공포를 느끼고, 강렬한 생존 열망과 노력 끝에 절망해 자신의 최후를 하느님께 맡기는 회심의 순간을 사실적으로 묘사하고 있다. 동굴에 갇힌 알라딘이 울기를 반복하다 마침내 하느님께 기도드리는 장면은 반지의 정령을 불러내기 위해 개연성을 부여하는 장치만이 아니다. 죽음을 앞둔 절망의 순간, 주인공의 간절함이 하늘에 닿아 운명을 바꾸게 되는 상징성이 강한 장면이다.

그러나 현대의 아동용 번역에서는 이 부분이 축소되거나 심지어는 왜곡된다.

② 알라딘은 컴컴한 굴 속에서 울기도 하고 외쳐 보기도 했지만, 아무 소용이 없었습니다.

행여나 나갈 데가 있을까 살펴보았지만 헛수고였습니다. 아까 열려 있던 문도 이제는 닫혀 있었습니다.

두 번 다시 어머니도 만날 수 없고 햇빛도 볼 수 없을 것만 같아, 눈물이 하염없이 흘러내렸습니다.

알라딘은 굴 속에서 이틀 동안 헤맸습니다. 사흘째 되던 날에는 두 손 모아 최후의 기도를 올렸습니다.

"하나님, 제발 저를 구해 주십시오."

— 최태웅, 앞의 책, 172면.

③ '아 … 이렇게 된 것은 **모두 어머니의 말씀을 안 듣고 멋대로 놀기만 했던 죄다.** 그래서 하느님이 벌을 내리신 것이다.'

알라딘은 캄캄한 굴 속에서 뉘우쳤습니다.

"어머니, 용서해 주십시오. 이렇게 빕니다!"

— 장웅택, 앞의 책, 155면.

최태웅(계몽사판)의 아동용 번역은 줄거리 중심으로 간결하게 제시해 알라딘의 행위에 담긴 심오한 상징성이 감소되었다. 그나마 원작에서의 알라딘의 면모를 훼손하지는 않았다. 그런데 장웅택(금성출판사판)의 번역을 보면, 알라딘은 땅 속에 갇히자마자 그동안 자신의 행동을 반성하는 착한 아이로 급변한다. 이 번역에서는 마법사가 동굴에 들어가기 전 보신의 의미로 알라딘에게 준 반지마저도 알라딘이 동굴 안에서 우연히 발견해 어머니께 선물로 드릴 생각으로 챙겨둔 것으로 바꾸어놓기까지 했다. 어머니를 향한 효심이 결국 알라딘을 살린 셈이 되어 버린다.

아동용 번역에서의 이러한 변용은 아동 독자에게 교훈을 주려는 번역자의 의도가 지나쳐 인물의 개성적 성격을 파괴하고 민중의 구전 옛이야기가 품은 소박하지만 심오한 철학 대신 불필요한 교훈을 남발하는 것으로 왜곡된다. 아동문학의 생산과 매개에 강한 영향력을 행사하는 성인(작가, 번역가, 편집자, 학부모, 교사 등)의 이데올로기가 수용자인 아동을 향해 작동하는 것을 단적으로 보여주는 개작인 것이다. 「알라딘」의 아동용 『아라비안나이트』의 정전화 과정에는 이렇듯 원작과 달리 아동문학 장에서 수용 당시의 시대적 사회적 맥락과 필요에 따른 굴절이 강하게 작동했을 가능성이 크다.

물론 「알라딘」의 아동용 『아라비안나이트』의 정전화 과정에 이렇듯 부정적 의미만 작동했던 것은 아니다. 아동문학의 장에서 아동들은 매개자인 성인의 식민주의적 발상에 완전히 포섭된 채 무방비 상태로 노출되기만 하지는 않기 때문이다. 애초에 아동을 위해 창작되지 않았던 『로빈슨 크루소』, 『돈키호테』, 『걸리버 여행기』 등을 아동들이 자신들의 문학으로 가져간 데에는 작가나 매개자의 의도와는 달리 이들 주인공과 작품 세계에 향유자인 아동의 욕망과 본성이 투영되어 있었기 때문이다.

『아라비안나이트』의 알라딘은 아동의 욕망을 충실히 대변하는 '놀이하는 인간'의 본성을 추구하는 존재이자 미지의 세계에 대한 호기심과 모험심, 일탈의 상상력을 한껏 자극하는 인물이다. 미천한 신분의 알라딘이 반지와 램프의 거대한 정령의 주인으로 군림하며 절대적 복종을 강요하는 위치로 승격 되고, 악인인 마술사를 물리치고 부와 명예, 사랑을 차지하는 승자로 존재하는 순간 약자인 현실의 어린이들은 이야기의 주인공 알라딘을 통해 현실 세계의 불안과 억압을 넘어서서 불가능한 꿈을 욕망하고 그 꿈의 실현을 대리 체험한다. "미지에 대한 강한 동경과 불확실한 것을 실현시키고 싶어 하는 어린이들의 모험 정신"[42]을 자극하는 『로빈슨 크루소』의 이야기처럼 「알라딘」도 어린이들의 소망 충족 판타지를 실현하는 이야기다. 전 세계의 아동들은 이런 매력적인 「알라딘」을 『아라비안나이트』의 수많은 이야기 가운데 자신들의 이야기로 가져갔던 것이다. 이처럼 「알라딘」은 아동문학 장을 둘러싸고 발신자인 어른과 수신자인 어린이의 욕망이 교묘하게 겹치기도 하고 갈등하기도 하는 긴장감 넘치는 역동적 텍스트다.

---

[42] 폴 아자르, 햇살과나무꾼 역, 『책 · 어린이 · 어른』, 시공주니어, 1999, 79면.

한편, 1960~70년대의 신문 지면에 중동의 석유나 미국의 달러를 '현대판 알라딘의 램프(등불)'로 비유하는 것[43]도 눈여겨 볼 필요가 있다. 심지어 1970년대에는 영국제 '알라딘 석유난로'라는 제품을 수입 판매한다는 광고나 수입제 아이스박스인 '알라딘 백', 청량음료수에 사용하는 위생대용 얼음인 '알라딘 볼'이라는 상품까지 등장한다.[44] 이야기의 주인공 알라딘이 그 인기에 힘입어 상품화되고 다시 그 상품들이 이야기 「알라딘」을 읽지 않으면 안 되는, 꼭 알아야 할 '고전' '명작' '정전'으로 자리매김하는 양상을 엿볼 수 있다. 1960~70년대 산업화 시대의 추세 속에서 '알라딘'은 그 이전 시기와는 달리 더 적극적으로 호출되었고, 이 시대의 사회문화적 상황들이 복합적으로 작용하면서 「알라딘」은 「알리바바」를 밀치고 아동용 『아라비안나이트』의 대표작으로 급부상했던 것으로 보인다. 동화를 번역한 것은 아니지만 이종기의 『기독교예화집』(세종문화사, 1977)에서 '과학론·물질론'의 예화로 「아라딘과 람프의 정(精)」이 거론[45]됐던 것도 사회 현상 속에서 문학작품이 특정 시각으로 조명되는 측면을 잘 보여준다.

「알라딘」은 1950년대 전쟁 이후 한국 사회에서 남한 아동문학의 주류를 형성한 이른바 순수문학 진영에서 강조했던 어린이의 꿈과 소망, 환상 등의 키워드를 내장하고 있는 작품으로도 각별했을 것이다. 1950년대의 「알라딘」이 전쟁 이후의 비참하고 피폐화된 우리 사회의 모순을

덮는 매력적인 판타지였다면, 1960~70년대의 「알라딘」은 산업화 자본화 속에서 세계로 눈길을 돌리는 우리 사회의 외부 지향성을 부추기는 작품으로 읽혔을지 모른다.

한편 「알라딘」은 내용과 구조가 단순한 「알리바바」에 비해 텍스트 자체에 다양한 장르적 속성을 함축하고 있다. 「알라딘」은 비천한 신분의 소년이 한 왕국의 왕이 되는 성공 스토리이며, 부모로부터 독립한 주인공이 집을 떠나 방황하고 고난을 겪고 성장하는 성장소설이다. 광대한 무대를 배경으로 모험을 펼치는 모험소설이며 공주와의 사랑을 실현하는 로맨스이자 마법의 도구로 현실과 환상을 자유롭게 넘나드는 판타지이다.

또한 「알라딘」은 타 매체로의 변환(transmediation) 가능성이 높은 텍스트이다. 그림책과 인형극, TV애니메이션과 영화, 뮤지컬 등 타 매체로 전환될 수 있는 다양한 요소를 지니고 있다. 코믹한 인물이나 사건이 추가로 곁들여질 수 있고, 모험 서사의 구조에서 『아라비안나이트』에 나오는 다양한 캐릭터와 마법 도구, 사건을 결합하여 후속 시리즈를 만들어 낼 수 있는 열린 이야기로 가능한 텍스트이다. 프랑스 애니메이션 〈Aladin et la Lampe Merveilleuse〉(1970)은 1979년 MBC에서 특선으로 방영되기도 했다.[46] 일본의 닛폰애니메이션에서 52화로 제작한 TV애니메이션 〈シンドバッドの冒険〉(1975)에서는 신밧드가 모험을 하는 과정에서 『아라비안나이트』의 다른 에피소드에 나오는 알라딘과 알리바바 등을 만나기도 한다. 이 애니메이션은 1976년 TBC(동양방송)에서 방영되었

46　MBC, 1979.10.3, 오전 8시~9시 30분 방영. 블로거 승리의빛(http://blog.naver.com/kbrkjs/50189933379) 참조.

다.[47] 또한 「알라딘」은 디즈니 애니메이션(1992)으로 제작되면서 많은 변용을 겪었다. 알라딘의 원숭이 친구 아부와 마술사 자파의 앵무새가 추가로 등장하고 원작과는 다른 램프의 요정 '지니'가 등장하고 마법 양탄자가 주요 소도구로 등장해 알라딘과 공주가 하늘을 나는 여행을 하는 새로운 에피소드가 만들어진다. 영화를 통해 "하늘을 나는 양탄자를 탄 알라딘의 비행처럼 공간 이동을 통한 에피소드의 연장"[48]이 가능해질 뿐 아니라 음악 〈A Whole new world〉가 곁들여져 뮤지컬곡이 탄생하기도 한다. 이처럼 음악이나 노래가 동반된 역동적인 시각적 세부 사항이 추가되는 등 「알라딘」은 문학 텍스트에만 머물지 않는다. 디즈니 버전이 다시 책으로 매체변환 되어 새로운 버전의 디즈니판 「알라딘」 이야기가 생산되기도 한다. 피규어세트와 의류, 문구류 등 다양한 문화 상품들은 이야기 「알라딘」보다 더 중요한 역할을 해내기도 한다. 이처럼 「알라딘」은 아동용 『아라비안나이트』의 대표작으로 부상할 수 있는 다양한 요소를 제대로 갖추었다.

47　닛폰 애니메이션 〈シンドバットの冒險〉 TV시리즈(1975.10~1976.9, 30분 방영, 총 52화) 국내 상영 : 1976년 11월 8일 TBC(동양방송)에서 첫 방영. 1982년 KBS 방영, 1992년 EBS에서 KBS(1982) 방영분 재방영, 1995년 KBS 방영. 블로거 승리의빛(http://blog.naver.com/kbrkjs/50109947013) 참조.

48　마리아 니콜라예바, 조희숙 외역, 『아동문학의 미학적 접근』, 교문사, 2009, 290면.

4. 남은 과제

이 글에서는 한국에서 아동용『아라비안나이트』가 번역된 첫 사례부터 1970년대까지의 번역 상황을 신문, 잡지, 동화 앤솔러지, 전집 등을 대상으로 역사적으로 살폈다.

『아라비안나이트』는 한국 최초의 외국 번역문학이라 일컬어지는 『천로역정』보다 앞서 번역 소개되었지만 아동용『아라비안나이트』는 이솝우화나 그림동화, 안데르센 동화보다 뒤늦게 번역되었다. 특히 아동용『아라비안나이트』의 대표작이라 일컬어지는 「알라딘」, 「알리바바」, 「신밧드」는 서구뿐 아니라 일본과 중국에서도 번역의 초창기부터 아동용으로 소개되었다. 그런데 한국에서는 「알리바바」를 제외한 두 작품은 해방 이전에는 그리 활발히 번역되지 않았고 아동용『아라비안나이트』의 대표작으로 인식되지도 않았다. 이러한 번역 과정을 통해 서구뿐 아니라 일본, 중국과도 다른 한국 근대 아동문학의 특수성을 엿볼 수 있다. 그러던 것이 1950년대에 들어서면서 세 작품은 아동용으로 번역 소개되기 시작했고, 1960년대 이후 아동용 전집의『아라비안나이트』에 빠짐없이 선정되는 대표작이 되었다.

이 글은 이러한 상황에 대해 의문을 제기하며 세 작품이 한국에서 아동용『아라비안나이트』의 대표작으로 자리매김 되는 과정에 작용한 요인들을 살펴보고자 하였다. 특히 「알라딘」은 1950년대 이후에 아동용으로 급부상하는데, 아동문학 장에서 「알라딘」이라는 텍스트가 성인과 아동의 욕망과 이데올로기가 충돌하고 절충되는 지점뿐 아니라 1950년대와 1960~70년대의 시대 상황 속에서 다양한 관점에서 호출된 경위를 살펴보았다. 또한 「알라딘」이 아동뿐 아니라 성인을 포괄한 가족 단위의 대중에게, 읽는 독자뿐 아니라 오감으로 즐기는 다매체 시대의 관중에게 환영받을 수 있는 현대적인 텍스트임을 여러 장르로 재탄생하는 「알라딘」을 통해 확인할 수 있었다.

　이 글에서는 아동용 『아라비안나이트』의 번역을 중심으로 살펴보았기 때문에 한국에서의 『아라비안나이트』의 전반적 번역 상황은 다루지 못했다. 또한 아동용 『아라비안나이트』의 번역에 대해서도 시대적 번역 양상의 추이 속에서 대표작 선정의 계기를 살피는 데에 주안점을 두었기 때문에 구체적인 번역 양상을 분석적으로 다루지 못했다. 더욱이 번역의 중역본 텍스트를 실증적으로 검증하며 비교 연구를 수행하지 못했다. 이러한 문제들은 이후 연구의 과제로 삼고자 한다.

『금성』지 수록 동시고

김제곤

1. 문제제기

1920년대 초반 나왔던 문학동인지 중에 『금성』이란 잡지가 있다. 1923년 11월 양주동, 백기만, 손진태, 유엽 등에 의해 창간되어, 2호(1924.1)에 이어 3호(1924.5)까지 나온 뒤 종간된 잡지다. 그런데 1920년대 나온 『창조』, 『백조』, 『폐허』 등의 다른 동인 잡지들과 다르게 『금성』지에는 특이하게도 '동시'라는 장르 명칭이 붙은 작품들이 수록되어 있다. 창간호에 실린 백기만의 「청(靑)개고리」, 손진태의 「별똥」과 「달」, 2호와 3호에 실린 손진태의 「신선 바위에서」, 「키쓰와 포옹(抱擁)」, 「옵바, 인제는그만도라오세요」 총 6편의 작품이 그것인데, 이 작품들은 동시사(童詩史)

관점에서 결코 예사롭게 보아 넘길 작품들이 아니다. 각 작품에 명기되어 있는 '동시'라는 명칭이 근대 아동문학 문헌 가운데 최초로 나타나고 있다는 점, 그리고 6편의 작품들이 가지는 시 형식과 내용이 한국 동시의 기원을 보여줄 수 있다는 점에서 각별한 의미가 있는 작품들이라 본다. 아쉽게도 이런 문제에 대한 천착이 우리 아동문학 논의에서 아직까지 깊이 있게 이루어지지 못하고 있는 실정이다.[1]

『금성』 창간호가 발간된 것은 우리 근대 아동문학의 본격적 기점으로 삼는 『어린이』가 발간된 해였다. 어린이(소년) 독자를 겨냥한 잡지의 발간이 이루어진 그 해에 일본 유학생들이 주축이 되어 발간한 시 동인지에 동시가 실린 연유는 무엇인가? 그때 발간된 『금성』지 안에 수록된 동시 작품의 수준은 과연 같은 어린이 잡지에 발표되는 작품들과 어떤 공통점이 있으며, 차이점이 있을까? 그것은 말 그대로 평지돌출 식으로 출몰한, 단발성의 시도에 지나지 않는 것이었을까? 아니면 우리 아동문학사 전개 과정에서 뒤에 동시의 중요한 계보를 형성하게 되는 의미 있는 기점이었을까? 비록 여섯 편에 불과한 소수의 작품이지만, 그것이 생산된 '시기'를 고려할 때 이 작품들은 보다 여러 모로 세밀한 검토가 필요하다는 생각이 든다.

---

1   아쉽게도 우리 아동문학사 논의에서 『금성』지에 실린 동시는 아예 외면당해왔거나 별 주목을 받지 못했다. 이재철의 『한국현대아동문학사』에는 『금성』지에 실린 동시 작품에 대한 언급 자체가 없으며, 1980년대 윤석중이 쓴 「한국동요동시소사」에서도 이에 대한 언급은 빠져 있다. 다만 『금성』지에 실린 동시에 대해 처음 언급한 이는 제해만이다. 그는 「일제 식민기의 동요·동시고」(『비평문학』 제10호, 1996.1)에서 『금성』지에 실린 백기만과 손진태의 작품을 지칭하는 명칭으로 최초로 '동시'라는 용어가 쓰였다는 것을 밝혔는바, 이후 몇 편의 동요 동시 관련 아동문학 연구들에서 이런 사실이 재차 언급된 바 있다. 그러나 『금성』지에 실린 동시에 대한 깊이 있는 분석은 아직 본격적으로 이루어지지 못하고 있는 실정이다.

2. 『금성』지에 수록된 동시에 대하여

1) '동시'라는 명칭에 대하여

전술한 바와 같이 3호까지 발간된 『금성』지에는 세 차례에 걸쳐 모두 6편의 '동시'가 실렸다. 이들 작품에 주목하기에 앞서 우선 눈길을 끄는 것은 작품 제목 앞에 동인들 스스로 붙여 놓은 '동시'라는 갈래 명칭이다. 지금은 '동시'라는 용어가 아동문학 운문을 대표하는 명칭으로 널리 쓰이고 있지만, 『금성』지가 발간될 때만 해도 이 용어는 우리 아동문단에서는 전혀 쓰이지 않던 용어였다. 이들은 어떤 연유에서 '시'나 '동요'가 아닌 '동시'라는 용어를 자신들의 작품을 지칭하는 장르 명칭으로 붙였던 것일까?

『금성』지가 창간될 당시 우리 아동문단의 분위기는 한 마디로 '동요'라는 장르를 어떻게 확산할 것인가에 전적으로 매달려 있던 시기라고 볼 수밖에 없다. 당시 제출된 이론이나 작품들을 보면 '가창'의 형태로 향유되는 '동요'만을 지향했던 것이 명백하게 드러난다.[2] 그러나 당시 일본에서는 기타하라 하쿠슈(北原白秋)를 필두로 동요와는 다른 새로운 시 형식으로서의 '동시'가 모색되고 있었다. 이 말을 할 수 있는 근거가 바로 기타하라 하쿠슈가 1923년 1월 발표한 「동요사관(童謠私觀)」이다.

---

2   버들쇠가 쓴 「동요 지시려는 분께」(『어린이』 2권 2호(1924.2))와 「동요짓는 법」(『어린이』 2권 4호(1924.2))은 이 시기에 제출된 대표적인 동요 이론이라 할 수 있겠는데, 여기서 강조되는 것은 "입으로 부르는 노래"이다.

　동요는 동심 동어의 가요이다. 가요가 가요이기 위해서는 조율과 정제, 작곡상 아동 본연의 박작 감각이 노래와 일치되도록 해야 하는 제작상의 규약이 있다. 노래하기 위한 이런 동요 이외에, **정독하거나 묵독하는 재미로 읽는 시-동시-가 아동에게 주어져야 할 것**이다. 아동 자신도 지금은 주로 자유율의 시를 짓고 있다. 나는 아동들이 가요를 지으려고 억지로 음률의 수를 맞추는데 골몰하기보다 자유시를 짓는 편이 낫다고 생각한다.

　그것을 생각하면 나는 가요 외에도, 새로운 풍조로서 동시(주로 자유율)의 방면에도 앞으로는 더욱 유념하여 개척을 해야겠다고 다짐한다. 이미 두세 편의 시험작들을 지어 보았는데, 동요와 같은 자리에서 나에게 중대한 제작이 될 것이라 본다. 나는 내 염원이 성취되기를 바라며 매진할 것이다.(강조─인용자)

─「동요사관」, 『시와 음악』 1월호, 1923.

　기타하라 하쿠슈는 1918년 스즈키 미에끼찌가 창간한 『빨간새』에 참여해 누구보다 활발하게 동요 작품을 발표하기 시작했고, 1919년에 첫 동요집 『잠자리 눈동자』를 시작으로 『토끼의 전보』(1921), 『祭の笛』(1922) 등을 잇달아 발간하게 된다. 그는 창작뿐 아니라 동요에 관한 이론을 수립하는 데도 적극적이었다. 그는 1920년대 초반부터 『예술자유교육』, 『시와 음악』 등의 잡지를 통해 동요와 관련한 발언들을 쏟아냈으며, 이 글들을 뒤에 『녹(綠)의 촉각(觸覺)』(1929)이란 제목의 책으로 엮어냈다. 하쿠슈의 동요론은 그의 작품과 함께 1920년대는 물론이려니와 1930년대 이후까지 우리 아동문단에 상당한 영향을 끼친 것으로 파악된다.[3] 위에 소개한 하쿠슈의 글에서 주목할 것은 "동심 동어의 가요"인 '동요'와 구

별되는 "새로운 풍조"로서의 '동시'의 필요성을 분명하게 언급하고 있다는 점이다. 그런데 정작 이런 하쿠슈의 발언이 조선의 상황에서는 곧바로 수용되지 못했다.

전술한 것처럼 하쿠슈의 '동시 제창'이 행해지던 시기에 우리의 아동문단은 '동요'를 어떻게 창작할 것인가에 대한 고민을 하고 있었다. 이는 1924년 1월과 같은 해 4월 『어린이』지에 버들쇠(유지영)이 발표한 「동요 지시려는 분께」와 「동요 짓는 법」이란 글에 명백히 드러나는 바, 버들쇠는 이 글들에서 '동심동어의 가요'의 성격을 지니는 동요의 창작 방법에 관해서만 발언을 하고 있다. 다시 말해 1918년 『빨간새』의 출간과 더불어 일어난 일본에서의 창작동요 운동이 약 5년간의 진행을 통해 이전까지 추구한 동요와는 구별되는 새로운 형식으로서의 동시를 모색하는 단계에 이르렀다면, 우리의 경우는 아직까지 창작 동요를 어떻게 써갈 것인가 하는 문제를 놓고 고민을 하던 단계였던 것이다. 그렇다면 1923년 11월 창간한 『금성』지에 나타난 '동시'라는 용어는 어찌 보아야 할까.

그 문제는 시 전문동인지를 표방한 『금성』지의 성격에서부터 따져봐야 하지 않을까 한다. 『금성』은 동인지 문단의 완숙기를 장식한 잡지로서, 문과출신 동경 유학생 중심으로 결성된 전문가 집단의 성격을 띠고 있었다. 개인적인 열정과 취미, 교양으로서 문학을 접하고 문인으로 성장했던 선배 문인들과 달리 이들은 그 열정과 취미를 '전문적 지식'으로 다시 여과시키는 과정을 겪어야만 했던 사람들이다. 자신들보다 앞

---

3   하쿠슈의 동요론은 일제 시대 동심주의 계열 시인들뿐 아니라 계급주의를 표방했던 시인들이나 평론가들에게까지 하나의 이론적 틀로 작용했고, 이는 1960년대 초반 박목월이 발간한 『동시교실』이나 이원수의 아동문학 이론에까지 영향을 미쳤다.

선 동인지들과 차별화를 선언했던『금성』동인은 다양한 시적 모색을 시도하려고 했다. 이들이 번역을 중요시한 점, 잡지의 전문성을 지키기 위해 면수를 제한하고 시가만을 다루겠다고 선언한 것 등은 이들의 전문가적인 자의식과 '자부심'을 보여준다.[4] 일본 와세다 문과에 재학 중이던 이들에게 일본 시단의 경향은 하나의 모델이었을 것이며, 기타하라 하쿠슈의 작품 활동이나 이론적 모색 또한 중요한 관심사의 하나였을 것이라 짐작된다. 일본의 시 전문 잡지『시와 음악』에 발표된 하쿠슈의「동요사관」역시 이들이 모색하려는 시 전문지의 방향에 일정 부분 힌트를 주었음이 틀림없다. 이는 소년운동을 전제로 하여『어린이』지 등을 중심으로 펼쳐진 1920년대 동요 운동과 구별되는 지점인바, 1920년대 동요 운동이 집단적 확산을 위한 노래 운동이 주가 될 수밖에 없었다면『금성』에서 나타나는 '동시'는 말 그대로 예술성의 측면에서 시인이 쓰는 예술 작품이라는 차원으로 접근한 결과물일 가능성이 크다.

다시 말해『금성』동인들이 사용한 '동시'라는 명칭은 우연의 소산에서 나온 조어(造語)가 아니라, 1923년 하쿠슈가 제창한 '동시'의 개념을 충분히 인식한 상태에서 씌어진 용어라는 것을 짐작할 수 있다. 이런 가설은 백기만과 손진태가 발표한 실제 '동시' 작품을 살펴봄으로써 입증될 것이다.

4　김춘식,『미적 근대성과 동인지 문단』, 소명출판, 2003, 213~214면. 일찍이『금성』지 동인들이 지니는 '시전문집단'으로의 성격에 주목했던 김용직은 "『금성』동인들에게는 선구적인 위치에서 문학을 전공중이라는 생각이 빚어낸 자부심이 간직되어 있었다. 그리고 이런 자부심은 그들로 하여금 선행한 유파, 집단에 비해 그들이 우위에 서 있다는 긍지와 함께 자신들이 진행하는 일들이 탁월한 것이 되어야겠다는 정열, 의욕 등을 낳게 했다. 말하자면『금성』동인들은 일종의 선민의식 같은 것에 사로잡혀 있었다고 하겠다"고 말하고 있다. 김용직,「시전문집단,『금성』파의 등장」,『한국근대시사』, 새문사, 1982, 252면.

2) 백기만의 동시

목우(牧牛) 백기만(白基萬, 1901~69)은 경북 대구 태생으로 양주동과 함께
『금성』지를 주도했던 인물이다. 그는 시인 28명의 시가 수록된 최초의 근
대시인선집인 『조선시인선집』(조선통신중학관, 1926)을 편찬하기도 했다.
그러나 시인으로서 창작활동이 비교적 짧았던 탓에 다른 동인들에 비해
비교적 많은 조명을 받지 못했던 시인이다. 시인으로서 그의 창작활동 기
간은 1923년에서 1928년 사이의 약 6년간으로, 이 시기 『개벽』, 『금성』,
『신민』, 『조선일보』, 『동아일보』, 『현대평론』 등에 총 24편의 창작시를
발표했다.[5] 이 가운데 백기만은 자신의 작품에서 유일하게 '동시'로 명명
된 「청(靑)개고리」를 1923년 11월 『금성』 창간호에 싣고 있다. 그는 자신
이 엮은 『조선시인선집』에 이 「청개고리」를 「산촌모경(山村暮景)」, 「은행
(銀杏)나무그늘」 등 자신의 시 네 편과 함께 다시 실었는바,[6] 이 작품은 시
인이 자선한 대표작이라 해도 무방하다. 작품 전문은 다음과 같다.

靑개고리는장마째에운다, 장마째에슬푸게운다, 장마째에목이압흐도록
운다.

5 　김두현, 「백기만의 시관과 시세계」, 『백기만 전집』, 대일, 1998, 216~217면.
6 　선집에 수록할 때 백기만은 「청개고리」의 일부분을 다음과 같이 개작한 것이 확인된
　　다. 1연 "장마째에목이압흐도록운다"는 "장마째에목이**터지도록**운다"로, 2연 "죽을째
　　에, '나를江가에무더라'하엿다"는 "죽을째, '**내가죽거든**江가에무더라'하엿다"로, 6연
　　"그는어머니의무덤을생각한다"와 "소리처우느니라"는 각각 "그는**어머니를**생각한다"
　　와 "소리처**운다**"로 바뀌었다.

靑개고리는不孝한 子息이엿다, 어머니의식히시는말슴을한번도들어본
적이업섯다.

어머니개고리가 '오날은山에가서놀아라' 하면, 靑개고리는반다시물에가
서놀앗섯다, 쏘 '물에가서놀아라' 하면, 그는긔어히山으로만갓섯느니라.

어머니靑개고리가이世上을다살고죽을째에, '나를江가에무더라' 하엿다,
−이말은 '山에무더라' 는 말이어니.

靑개고리는그의어머니의죽음을볼째, 조고마한가슴이슬픔에무쳐저섯
다, 넓고넓은天地에다시는그를사랑하여줄이가업섯슴이다.

그째에靑개고리는어머니의生前에한말슴도들어보지[順從]못하엿슴을
뉘웃첫다, 그러나그것은영영돌아올줄몰으는지난일이다.

그는어린가슴에슬픔과앞흠을안고,그의어머니의마조막말슴을좃차어머
니의屍體를물맑은江가에, 써러지는눈물과한가지로무덧더라.

그뒤에장마째가될째마다, 그는어머니의무덤을생각한다, 싯벍언黃土ㅅ
물이넘어어머니의屍體를씌워갈가念慮이다.

그리하야靑개고리는장마째에운다, 비마즌나무입헤서몸을적시우면서
어머니를생각하고는, 슬푸게슬푸게소리처우느니라.

아이들아, 너의들이일즉이장마비오는날 쏘는밤 靑개고리의우는슬푼노
래에, 귀를 기우려들어본적이잇느냐.

(이것은우리의엇던地方에傳해오는아이들이약이를詩로쓴것이외다.)

이 시는 소재와 형식, 두 가지 측면에서 일단 주목된다. 우선 작품의 소재가 청개구리와 관련한 설화[7]에 근거하고 있다는 점, 또 하나는 산문시에 가까운 시형을 보여주고 있다는 점이다. 앞서 전술한 것처럼 이 시가 나오던 당시 우리 아동문단은 정형률을 철칙으로 여기던 시점이었다. 그 점을 감안한다면 백기만의 「청개고리」는 당시 동요 확산과는 다른 시적 지향의 태도에서 나온 결과물임을 확인하게 된다.

근대 이후 어린이 독자를 상정한 운문에서 옛 설화나 민담에서 작품의 소재를 가져오는 예는 백기만의 작품이 처음은 아니었다. 가령 1910년대 최남선이 주재한 잡지 『붉은저고리』와 『아이들보이』에는 '금도끼 은도끼', '토끼와 거북이' 같은 옛이야기나 이솝우화를 4.4조나 7.5조의 창가에 결합시킨 '동화요(童話謠)'를 시도한 것이 확인된다. 그러나 이런 동화요는 4.4조나 7.5조 운율을 고수함으로써 기계적인 음률의 반복과 평면적인 줄거리 나열이라는 한계를 벗어나지 못했다. 백기만은 '동화요'가 가지는 그러한 한계를 산문시의 형태를 통해 넘어서고 있는바, 이는 이야기와 산문시가 결합한 일종의 '동화시'의 효시라 할 수 있다.

이전 시기의 '동화요'와 백기만에 의해 새롭게 시도된 '동화시'는 어떤

7　'청개구리 설화'는 동물담(動物譚) 중 유래담(由來譚)에 속하며, '청와전설(青蛙傳說)'·'청개구리의 불효'·'청개구리의 울음소리'라고도 한다. 중국 당나라 이석(李石)의 『속박물지(續博物志)』 권9, 은성식(殷成式)의 『유양잡조속집(酉陽雜俎續集)』 권4, 10세기 말 송나라 때에 나온 『태평광기(太平廣記)』 권39 등에 실려 있다. '청개구리 설화'는 우리나라의 여러 지역에서 구전되어 왔다. 손진태가 엮은 『조선민족설화의 연구』(을유문화사, 1947)에는 '중국영향의 민족설화'라는 장 안에 「청와전설(青蛙傳說)」이란 제목으로 소개되어 있다.

차이가 있는가. 우선 앞의 동화요가 곡보를 전제로 하여 '가창'될 것을 염두에 두고 씌어지는 것이라면, 동화시는 확실히 '묵독'이나 '낭독'을 전제로 씌어진 작품이라 할 수밖에 없다. 즉「청개고리」는 기타하라 하쿠슈의 말을 빌면 "동심동어의 가요"가 아니라 "정독하거나 묵독하는 재미"를 지향한 말 그대로 "동시"였던 것이다. 전술한 바와 같이 이러한 형식은 우리 근대 아동문학상에 나타난 최초의 산문시적인 성격을 띠며, 1920년대 동요 문단에서는 좀체 시도되지 못하다가 1933년 '동시집'을 표방한 윤석중의 『잃어버린 댕기』에 '동화시'라는 장르명칭으로 그 계보가 이어진다.

다만「청개고리」는 설화의 줄거리를 차용해 어른인 시적 화자가 어린이에게 들려주는 형식을 취했을 뿐 별다른 창작적 손길이 더해지지 않아 그 내용이 사뭇 고답적인 느낌을 준다.[8] 그러나 이 문제를 백기만의 시인으로서 능력 문제로만 치환하는 것이 과연 타당한지는 모르겠다. 설화의 줄거리를 그대로 가져온 것은 그의 시적 능력의 한계에도 원인이 있을지 모르지만, 그 안에는 설화가 가지는 고유성을 훼손하지 않으려는 의도가 담겨 있다고도 볼 수 있기 때문이다.『금성』지 2호와 3호에는「새는 새는」같은 전래 동요와「싀집사리」,「채녀가」등 민요가 수록되어 있다. 이는『금성』동인들이 창작시뿐 아니라 전승 동, 민요의 보존에도 깊은 관심을 가지고 있었음을 보여주는 사례다. 백기만의「청개고리」창작에는 전래 설화의 원형을 훼손하지 않으면서, 그것을 시적인 형식에 담아 어린이 독자에게 전달하고자 하는 의도가 들어있지 않았나 생각한다.

『금성』지에 수록된 백기만의 작품 가운데 '동시'라는 명칭이 붙어 있

---

8   김용직, 앞의 책, 255면.

는 작품은 「청개고리」가 유일하다. 따라서 백기만의 동시 창작이 하나의 실험 내지 단발성에 그친 작품이라는 평가 이상의 의미를 부여하기가 어렵다는 시각이 있을 수 있겠는데, 백기만이 시도한 다른 시들과 번역시 작업을 함께 살펴보면 그가 누구보다 '동심 지향'의 시 쓰기에 깊은 관심을 쏟은 인물임을 짐작할 수 있다.

『금성』지에는 타고르 시집 『초생달』에서 골라낸 13편의 시가 번역되어 있다. 이들 가운데 양주동이 「해안에서」, 「아기의 버릇」, 「천문학자」외 9편을, 백기만이 「그째에 그뜻을」, 「구름과 물결」, 「적고 큰 사람」, 「영웅」 네 편을 번역했다. 타고르의 『초생달』에 실린 시들은 대체로 유장한 가락을 지닌 산문시 형태의 시들로서 특히 시인이 어린이가 되어 어린이의 기분으로 자연과 세상을 보고 거기서 느낀 것을 노래한 것이 특징이다.[9] 타고르의 『초생달』에 실린 시는 뒤에 윤석중에 의해서도 번역이 되는데, 이 시집은 시적 화자나 시적 발상이 동시에 가까운 면모를 하고 있는 것이 특징이다.

　　내가녀이들에게 五色작난감을쥐어줄째에, 내어린이들이어, 내가 째닷

노라 물우에,　구름우에變化만흔彩色이써도는뜻을,　그리고四時의꼿들이

울긋불긋한빗흘자랑하는뜻을-내가녀이들의게五色작난감을쥐어줄째에,

내어린이들이어.

—「그째에그뜻을(When and Why)」 부분, 『금성』 창간호(1923.11)

9　　이기철, 「백기만 연구」, 『백기만 전집』, 대일, 1998, 210면.

어머니, 나는그보다도됴흔놀이를알지오,

나는그구름이되구어머니께서는달이되서요,

내가두손으로어머니의얼골을가리우리다,

그러면우리집웅은푸른하날이될터이지오.

—「구름과 물결(Clouds and Waves)」 부분, 『금성』 창간호(1923.11)

十月엇던공일날에아버지는, 내가아즉도어린아긴줄로만생각하시고, 도회에서조그마한신과적은비단저고리를사가지고집에오시렷다, 나는말하리라, "아버지, 나도인제는아버지만침커젓스니까요, 그것은 다 짜짜들주시오."

—「적고 큰 사람(The Little Big Man)」 부분, 『금성』 제2호(1924.1)

千가지쓸대업는일은날을이어니러나는데, 엇지하야이와갓흔일은조흔때에참으로오지를못하나요?

그것은 冊에잇는이약이갓치될터인데요,

우리언니는말하리라, "그러케될수가잇슬가?나는늘그애가그러케軟弱하다고만생각하얏섯는데!"

우리마을사람들은다눈이둥그래저서말하리라, "그애가참어머니와함끠잇기를잘하지안이하엿든가?"

—「영웅(The Hero)」 부분, 『금성』 제3호(1924.5)

「그째에 그쯧을」에는 시적 화자가 어린이를 시적 청자로 하여 그들에게 아름다운 것을 주고자 하는 자신의 간절한 마음을 호소하고 있으며, 「구름과 물결」 등 나머지 세 작품은 어린이가 시적 화자로 등장하여

성장한 존재로 인정받고 싶어 하는 어린이의 심리를 인상적인 필치로 그려내고 있다. 이를 보면 백기만의 동시 「청개고리」에 나타나는 산문 시적 형식의 근원이 무엇에 근거한 지가 드러난다. 이 말고도 백기만이 『금성』 3호에 발표한 「은행나무그늘」[10]은 타고르의 『초생달』의 시적 어조나 분위기를 많이 닮고 있으며, 갈매기가 나는 저녁의 인상적인 풍경을 노래한 「갈메기날든 저녁한울이」(『조선일보』, 1925.4.20)와 "옥가티도 아름다운" 아기의 모습을 찬미한 「아기의 얼골」(『현대평론』, 1927.7)은 비록 산문시 형식이 아니긴 해도 전형적인 동심주의 경향이 드러난다는 점에서 동시 풍의 범주에 놓을 수 있는 시들이다.

이상을 종합해 보면 백기만은 일본의 기타하라 하쿠슈에 의해 제기된 '동시 선언' 이후 동요가 아닌 동시 작품을 쓰려고 시도했으며, 창간호에 발표한 동시 「청개고리」는 내용상으로는 전승되는 우리 설화를, 형식상으로는 타고르의 『초생달』이 갖고 있는 산문시적인 형식을 참조하여 창작한 것으로 추정된다.

3) 손진태의 동시

백기만에 견준다면 손진태(孫晉泰, 1900~?)는 좀 더 아동문학과 친연성이 있는 인물이다. 그가 다름 아닌 색동회 초대 멤버였기 때문이다. 그는 1923년 5월 1일 방정환, 진장섭, 조재호, 정병기 등과 더불어 색동회

---

10 이 시는 결혼 적령기에 이른 처녀가 어머니에게 한 청년을 연모하고 있음을 고백하는 내용으로 되어 있다.

결성에 참여한다. 그는 『어린이』지에 '동화'를 발표하기도 하고, '역사 이
야기'를 연재하였으며, 우리 전래 동요나 전래 동화에 관심을 갖고 연구
를 지속했다. 1927년 2월 『신민』 22호에 발표한 「조선 동요와 아동성」은
1920년대 산출된 동요 관련 비평 중에 단연 돋보이는 글이다.[11] 손진태
는 『금성』 창간 동인으로 활동하며 창간호, 2호, 3호 모두 세 차례에 걸
쳐 동시 다섯 편을 발표한다. 창간호에 발표한 작품은 「별똥」과 「달」 두
편이다. 전문을 소개하면 다음과 같다.

어머니, 제게말하섯지오,

어제밤에별똥이떠러젓슬 때

'저별똥을먹으면죽잔는다'고.

새벽에나혼자압산넘어로

그별똥을주으러갓다왓서요.

아모리차저도몰느겟서요

어머니,별똥이엇지생겻소?

1923, 10. 12. 밤

—「별똥」 전문

달아너는 멋살먹엇니?

멋살에너어머니돌아가섯니?

---

11   손진태는 이 글에서 같은 색동회 회원이던 정인섭에게 경상도 일대에서 수집한 전래
      동요 자료를 건네받아 그 속에 내재된 열 가지 아동성을 추출해 보여주고 있다. 그가
      추출한 아동성은 근대 아동문학의 관점에서도 충분히 참고할만한 시사점을 던져준다.

나는다섯살에돌아가섯다!

달아 너혼자어듸로가니?
이밤중에너혼자어듸로가니?
너의집은너의집은어듸에잇니?
1923. 10. 12. 밤

—「달」 전문

우선 이 작품에서 특징적으로 드러나는 것은 4.4조나 7.5조의 정형률을 취하지 않고 있다는 점이다. 두 작품 말미에는 모두 창작한 일시가 표기되어 있는데, 이 시기에 어린이 잡지에 발표되는 작품들은 대부분 엄격한 정형률을 고수한 것이 특징이다. 그러나 손진태가 쓴 이 작품들은 그러한 율격의 구애를 받지 않고 있어, 이 작품들이 '입으로 부르는 노래'를 전제로 하여 쓰인 작품이 아니라는 것을 명백하게 입증한다. 손진태는 율격상으로 당시 쓰인 '동요'들과는 다른 차원의 '동시'를 지향하려고 했던 것이다.

시의 내용으로 들어가 보면 시적 화자는 모두 어린이로 설정이 된 것을 확인할 수 있다. 비록 시 전문지에 발표되는 작품이긴 하지만, 역시 어린이 독자를 상정한 '동시'를 지향하려고 했음을 보여주는 증거다. 「별똥」에 등장하는 시적 화자는 '별똥을 먹으면 죽지 않는다'고 말한 어머니의 말을 곧이 고대로 믿고 새벽에 앞산 너머까지 그 별똥을 주으러 간다. 어른이 무심코 지어낸 말을 그대로 믿고 호기심에 그것을 직접 눈으로 확인하려 하는 시적 화자는 말 그대로 '순진무구함'을 간직한 존재이다. 이 시에 등장하는 순수한 동심상은 아동성을 낭만적으로 미화한 일본 동요의 영향으로만 짐작하기에는 뭔가 독특한 점이 있다. 「조선 동요와 아동성」에서 그가 말한 생동적이고 단순하며 호기성이 강한 존재가 바로 「별똥」에 등장하는 어린이 화자라 할 수 있다. 손진태의 「별똥」은 특히 1920년대 중반 이후 정지용의 동시 「별똥」,[12] 1930년대 후반 윤동주의 산문 「별똥 떨어진 데」, 분단 이후 이문구의 동시 「산 너머 저쪽」과 하나의 계보를 이으면서 그 기원으로서 중요한 의미를 지니는 작품이기도 하다.

「달」은 「별똥」에 견주어 더욱 서정성이 살아 있는 작품이다. 시적 화자는 달을 보며 자신의 외롭고 쓸쓸한 처지를 토로한다. 자연물에 의탁해 외로운 자신의 심사를 표현하는 방식은 우리의 시적 전통에 비추어 그리 새롭기만 한 것이라 이르기는 어렵지만, 「달」에서 특기할 것은 그런 정서적 표현을 온전한 어린이의 말로 구현하고 있다는 점이다. 시적 화자가 어린이로 나타나고 있는 것뿐만 아니라 어린이의 말로 어린이가 가지는 심정적인 측면을 온전히 담아냈다는 점에서 초창기 동시 작품치고는 드문 성공을 거둔 작품이라 본다. 어머니를 잃은 자신의 쓸쓸함을 달에 의탁하여 전달하는 이 시는 단순한 애상성과 동심주의의 범주를 뛰어넘는다. 한 마디로 이 시는 어린이의 생활과 심정을 소재로 끌어왔으면서도 어린애의 유치한 행동이나 발상과는 차별성을 보여주는 시라 할 것이다.

2호에는 「신선(神仙)바위에서」라는 동시가 수록되었다.

여보시오 사공님!
당신의배는어듸로가는길이심닛가?

---

12 "별똥 떠러진 곳, / 마음해 두었다 / 다음날 가보려, / 벼르다 벼르다 / 인젠 다 자랐오", 「별똥」 전문, 『학생』 2권 9호, 1930.10.

만일당신의배가 龍宮으로 지내는날이잇거든,

부대우리 어머니를 한번차저주십시오.

그래서나의말을 잊지말고 傳해주십시오,

"그이의어린아기의 조고마한가삼은

어머니를기다려 인제는 터지겟슴니다"고,

"눈은어둡고 다리는쓸알여, 인제는다시이바위에와서

어머니의계신곳도바라보지못하겟슴니다"고.

-1923. 12. 7 밤-

—「神仙바위에서」 전문

위 작품은 앞서 1호에서 발표한 「달」과 상호텍스트성을 가지는 작품이다. 이 작품의 시적 화자 역시 어머니를 잃은 아이다. 이 아이는 "신선(神仙)바위"에서 지나가는 뱃사공에게 "당신의 배가 용궁(龍宮)으로 지내는날이 잇거든" 제발 어머니에게 자신의 소식을 전해 달라 호소한다. 물가에 있는 신선바위와 뱃사공, 용궁이라는 시어로 미루어 짐작하건대 화자의 어머니는 아마도 물에 빠져 생을 마감한 것 같다. 어머니의 비통한 죽음을 애달파 하며 시적 화자는 자신의 가슴이 터질 것 같고, 눈물을 흘린 눈은 어두워지고 밤낮으로 신선바위를 오간 다리는 쓰라려 "어머니의 계신 곳"을 바라보지도 못하겠다고 토로한다. 이 시는 어머니를 졸지에 잃은 어린 아이의 심정을 직정적으로 표출한 작품이다. 이 때문에 앞 호에 실린 「달」과 같이 어머니의 부재를 슬퍼하고 있지만, 그 슬픔의 정도가 더욱 비극적이고 강렬하게 다가온다. 한편으로 이런 강렬함 때문에 「달」에서 보여준 시적 여운은 발견하기 어렵다. 군이 견준다면 같

은 소재로 쓰인 시이지만 「달」에 비해 작품의 완성도는 떨어지는 작품
이 아닌가 한다. 그러나 「달」이 표방하는 것처럼 이 시에는 1920년대 우
리 동요문학에서 발견되는 '어머니의 부재'와 '슬픔의 정조'가 고스란히
들어 있는 것을 확인하게 된다. 그러나 그 외형만큼은 정형과는 무관한
자유율격을 취하고 있다. 이 작품 역시 '동시'를 지향하고 있는 것이다.
　　3호에 수록된 「키쓰와 포옹(抱擁)」은 내용상 앞의 두 작품과는 대조를
이룬다.

초사흘달이, 그고흔얼골을조곰만내밀고,

한울에는세일수업는별들이, 산들그리우며우슬째,

나는압쓸에서어머니젓가삼에안겨, 이러케물엇습니다,

"어머니, 저별들은무엇이조타고

저럿케자미잇게속살거리고잇슴닛가?"

어머니는조곰잇다, 이러케대답하섯습니다,

"아가! 귀를기우리고가만히들어보아라,

머-ㄹ니서는개고리의, 놉히불으는노래,

여긔저긔서요란히들녀오지안이하나?

그리고너의발밋헤서는, 한머리귓도램이

찌찌찌혼자외로운노래를불으고잇다.

달님은이것들의노래에마음이홀녀,

조곰만방문밧게얼골을내밀고

귀여운이것들을내려다보며잇눈 것이다.

아가, 쏘보아라! 별들도이어린것들의
자미스런귀여운노래에귀를기우리고,
정다운푸픈빗갈을멀니보내여
개고리와귓도램이에입맛초며잇다!

아가, 지금시원한바람이솔솔불어온다,
바람은풀입사귀를안고입맛초면서
괴로운다리를거거서쉬이고저할째,
풀잎사귀도함끠깃버서우스며한들그리고잇다.”

어머니는이러케말삼하시고, 다시나의얼골을들여다보실째, 나는
“그러면우리도저것들과갓치 ……” 하면서,
어머니의가삼을안고, 조고마한키쓰를올녓습니다.

—「키쓰와 포옹」 전문

  우선 이 작품은 앞의 두 작품에 비해 길이가 길다. 총 6연으로 되어
있는 이 작품은 “어머니 젓가삼에 안긴” 아가가 화자로 등장한다. 시적
화자를 유년의 아이로 설정하여 동심주의에 입각한 소재를 그리고 있
다는 점에서 역시 ‘동시’라는 장르에 귀속시킬만한 작품이다. ‘초사흘
달과 별들이 무엇이 좋다고 저렇게 속삭이고 있는가’ 물으면서 어머니
사이에 오간 대화를 그리고 있는 이 작품은 흡사 백기만이 번역한 타고

르의 『초생달』의 시적 화자와 상황을 연상케 한다. 이 작품 역시 타고르의 시적 발상과 화법에 빚지고 있는 것이다. 그러나 시적 화자의 연령과 시적 화자의 말법이 온전한 균형을 이루는 지는 의문이다. 시의 문장은 설명투의 어미 때문에 늘어지는 경향을 보이며, 화자의 나이에 견주어 화자의 말투나 시적 정서 또한 알맞게 조율되어 있다는 생각이 들지 않는다. 시의 근저에 자리한 것은 다름 아닌 동심주의적 발상이겠는데, 이것이 하나의 낭만적 포즈로 인식될 뿐이지 시적인 울림을 주는 데는 오히려 방해 요소로 작용하는 것이 아닌가 싶다. 또한 시어의 사용에 있어서도 뭔가 미숙함이 느껴지는데, 가령 "키쓰와 포옹"이라는 제목부터 그 어감이 참신하기보다는 어색함으로 다가온다. 이 시에서만큼은 손진태가 구현하려 한 동심주의적 세계가 마치 남의 옷을 빌려 입은 듯한 모습을 보여주고 있는 것이다. 그러나 같은 지면에 함께 실린 「옵바, 인제는그만도라오세요」는 다른 차원의 감흥을 던져준다.

옵바, 당신의계시는나라는엇던곳임닛가?
넷이약이에잇는'고초나라'가거긔임닛가
고초만큼한쏘맹이들이붉은옷을입고도라단이는?
만일그러면, 저도한번놀너가고십흠니다만!

안이겟슴니다, 어머니의말삼을들어보닛가,
그나라사람들은모다검은옷을입는다고요?
그러면, 거긔가아마할머니의말삼하시든'어득나라'이겟슴니다

몸에는짐생갓치싯컴한털난사람들이사는,

그리고, 우리나라의해와달을도적해가고저하는,

모질고미운, 불개들이만히사는그나라이겟슴니다그려.

옵바, 그리고, 그나라는매우치운곳이라지요?

그러면그곳사람들은모다짐생의가죽을입엇겟지오,

-그림책에잇는그것들과갓치, 쏘짐생들을잡아먹겟지오,

옵바, 왜그러케무서운나라로가섯습닛가!

인제는거긔잇지말고집으로돌아오세요,

나는어머니무릅에누엇슬째마다

아모무서움도걱정도업슴니다만,

다맛, 옵바생각싸닭에눈물이흘너나림니다!

옵바, 인제는그만집으로돌아오세요,

그래서, 나와함끽옛날과갓치

압산에올나쏫도썩고, 바다에나가조개도캡시다.

도랑잇거든안고건너며, 내가괴로울째에는입도맛초아주시오,

옵바, 정말인제는그만도라오세요,

옵바업시는아모래도못살것갓슴니다. -옵바-

(1924년, 2, 동경서)

—「옵바, 인제는그만도라오세요」 전문

앞의 「키쓰와 포옹」이 근원이 뚜렷치 않은 동심주의 세계를 그리는 데 머무르고 말았다면 위 작품 「옵바, 인제는그만도라오세요」는 보다 구체적인 시적 정황이 그려지고 있음을 확인할 수 있다. 이 시에 등장하는 아이는 역시 유년의 여아이다. 이 아이는 집을 떠나 먼 추운 곳으로 간 '옵바'를 애타게 그리워하고 있다. 시적 화자의 오빠가 간 곳은 아마도 북쪽에 있는 외국 땅으로 짐작된다. 오빠가 가있는 그 공간은 아이에게 구체적인 지명으로 인식되는 것이 아니라 옛이야기에 등장하는 전설적인 공간으로 다가온다. 아이는 어머니와 할머니 같은 어른들, 혹은 그림책에서 보고 들은 이야기들을 바탕으로 하여 오빠가 가 있는 공간을 스스로 구체화한다. 그곳은 모두 "검은 옷"을 입은 "짐생갓치 싯컴한 털난 사람들"이 사는 "어둑나라"이며, "우리나라의 해와 달을 도적해" 가고자 하는 "모질고 미운, 불개들"이 많이 사는 나라이다. 아이는 무섭기만한 그 나라에 가서 왜 오빠가 얼른 돌아오지 않는지를 이해할 수 없다. 시적 화자는 오빠에게 인제 그만 돌아와 "옛날"과 같이 함께 지내자고 호소한다. 이 동시는 친근한 대상이 부재하는 것에 대한 그리움과 두려움의 정서를 어린이의 눈높이로 그려낸 수작이다.

이 작품의 공간적 배경으로 드러나는 설화적 세계는 전래 동요나 전래 동화에 깊은 관심을 쏟았던 손진태의 면모를 새삼 확인시켜준다. 이 시가 혀짤배기 어린아이의 투정으로 전락되지 않고 한 편의 시로 승화할 수 있었던 것은 바로 그러한 설화적 세계가 보여주는 상상력이 밑받침되고 있어서가 아닐까 한다. 이는 함께 발표한 「키쓰와 포옹」이 보여주는 막연한 관념의 세계와는 차이가 있는 지점이라 하겠다. 이 시는 동요가 가지는 정형율격을 벗어나 보다 자유로운 리듬을 취하고 있는

데, 앞의 작품들과 마찬가지로 그 형식에서 이미 동시의 요건을 갖추고
있다.

정리하자면 「옵바, 인제는그만도라오세요」는 설화적 세계를 밑그
림으로 하여 오빠를 그리워하는 어린이의 심리를 잘 붙잡아 그린 동시
다. 공교롭게도 손진태가 보여준, 부재하는 '옵바'를 그리워하는 시적
모티브는 이후 정지용의 「서쪽 하늘」, 「무서운 시계」로 그 계보가 이
어진다.

3. 결론을 대신하여 − 동시의 기원과 계보

1923년 창간된 『금성』지에 실린 동시 여섯 편은 일반문학 연구에서는
물론이고 아동문학 장에서조차 깊이 있게 분석되지 못하였다. 그러나
앞에서 살핀 바와 같이 『금성』지의 백기만과 손진태가 남긴 동시 작품
들은 작품 간 편차는 있으나 지금의 '동시'의 기준에 입각해 읽어도 크게
손색이 없을 만큼 동시의 요건을 갖추고 있는 시들로 파악된다. 그러나
지금까지 『금성』지에 실려 있던 동시들은 우리 아동문학사에서 온전한
평가를 받지 못했다. 특히 이들 동인들이 자신들의 작품에 명기했던 '동
시'라는 장르 명칭은 지금의 '동시'라는 장르적 속성과는 무관한 우연의
산물처럼 취급되거나 아예 간과되기 일쑤였다. 이런 원인에는 우리 동
시사적 논의가 1920년대 대두한 소년운동과 그 소년운동의 일환으로 전

개한 소년문예운동에만 주로 초점이 맞추어진 때문이라고 생각한다.

유일한 아동문학 통사라 할 이재철의 『한국현대아동문학사』(일지사, 1978)는 1920년대 동요를 '창가적 동요'라 명명한 바 있다. 이재철은 이 책에서 1920년대 동요 대부분이 "창가적인 후렴구의 남용과 7.5조의 고정 자수율, 그리고 구성의 획일적 평면성"이라는 한계를 가졌음을 비판하며 이런 '창가적 동요'를 극복하고 그것을 '시적 동요'로 끌어 올린 이를 윤석중이라 지목하고,[13] 그 뒤를 이은 박영종과 김영일의 '자유시 운동'으로 "창작동요는 서서히 시적 동요 내지는 동시로 진전되어 갔다"고 적고 있다.[14] 김영일이 제창했다는 '자유시론'은 실체가 없는 허구임이 드러났거니와,[15] 1930년대 말에 들어서야 동요가 동시로 진전되어 가기 시작했다는 이재철의 말은 지금의 시점에서는 수정되어야 마땅하다. '동시'라는 용어의 기원과 그 용례를 1930년을 전후로 계급주의 평론가들 사이에서 펼쳐진 이른바 '동요, 동시 논쟁'에서 찾는 경우도 있을 수 있겠으나, 이 또한 다분히 한계가 있는 시각이라 생각된다.

일제 말기나 1930년을 전후로 한 시기를 동시의 기점으로 삼는다면 무엇보다 1920년대 탁월한 동시를 썼던 정지용이라는 존재를 마땅히 세워둘 만한 자리가 없다. 그는 스스로 '동시'를 쓴다고 말하지도 않았고, 자신의 작품에 동시라는 장르명칭을 표기하지도 않았으나 이미 1920년대 보편적인 창작 동요의 모습과는 다른 완전한 동시 형식의 작품을 남겼다. 정지용이 동시를 창작한 배경에는 『근대풍경』을 주관했던 일본

---

13   이재철, 『한국 현대아동문학사』, 일지사, 1978, 303면.
14   위의 책, 591면.
15   김찬곤, 「김영일의 '자유시론'과 '아동자유시집' 『다람쥐』」, 『아동청소년문학연구』 제10호, 2012.6.

의 기타하라 하쿠슈가 자리하고 있지만,『금성』동인 중 손진태가 남긴 작품을 보면 반드시 정지용이 하쿠슈만을 모델로 삼았던 것이 아님이 입증된다. 이는 정지용의 동시가 일본의 하쿠슈를 전범으로 했을 뿐만 아니라『금성』동인들을 선배 격으로 하고 있음을 보여주는 사례라 할 것이다. 즉 시전문지를 표방하고 다양한 시 세계를 모색하는 과정에서 나타났던『금성』동인들의 동시가 1920년대 중반 이후 정지용의 동시에 이어졌던 것이다. 그렇다면 정지용의 계보는 누구에게 이어졌을까. 두 사람을 지목할 수 있다고 생각한다. 하나는 동요시인으로 정평이 나 있던 윤석중이며, 하나는 분단 이후 한국 동시문단의 한 축을 이끌던 박목월이다.

세간에 알려진 것과는 다르게 동요시인으로 정평이 나 있는 윤석중은 1920년대 동요의 틀을 벗으려고 부단한 노력을 했던 시인이다. 이재철은 자신의 문학사에서 윤석중의 그런 노력의 동인이 무엇에 근거하는지를 명확히 밝혀놓지 않았다. 윤석중이 동요의 틀을 벗어나려고 했던 배경에는 다름 아닌『금성』동인들의 뒤를 이어 동시를 쓴 정지용이 있었다. 윤석중은 1920년대『어린이』지를 통해 등단한 이른바 동요 2세대였으니 '동요의 황금시대'를 이끌던 장본인으로서 충분한 자부심을 가질 만했다. 그러나 그는 그런 자부심을 갖는 대신 동요가 아닌 동시를 써냈던 정지용을 흠모했다.[16] 윤석중은 정지용의 작품을 능가하기 위하여

---

16   윤석중은 1990년에 쓴 논문에서 정지용의 동요가 지니는 아동문학사적 위치를 이렇게 평가한 바 있다. "우리나라 동요와 동시를 문학작품으로서 그 수준을 올려놓은 선구자가 누구일까? 1902년에 태어난 정지용 시인 바로 그분이다. (…중략…) 뭐니 뭐니 해도 우리 나라 예술 동요의 선구자는 정지용 시인이 아닌가 싶다"(윤석중, 「한국동요문학소사」, 대한민국예술원 문학분과, 1990, 41~43면). 윤석중은 또한 말년의 한 대

1920년대 썼던 동요 작품을 모은 첫 동요시집 『윤석중 동요집』을 상재한 후 더욱 부단한 노력을 기울인다. 그는 동요적 율격에서 벗어나려 애쓰고 타고르 등의 외국 동시를 번역했으며, 동화시를 써내는 등 이른바 '동시'를 지향하려 애썼다. 그런 결과물이 1933년 두 번째 작품집 『잃어버린 댕기』로 나왔으니 이 책 표지에 '윤석중 제1동시집'이라는 부제가 표기된 것은 우연한 일이 아니다.

한편 백기만, 양주동 등에 의해 시도되었던 타고르의 『초생달』 번역은 1930년대 시문학파의 한 사람이었던 박용철에게 이어진다. 박용철은 『아이생활』을 무대로 투고된 동요 작품을 뽑고 자신이 번역한 서양의 동시들을 소개했다. 1930년대 초반 박영종은 이 『아이생활』를 통해 동요 시인으로 등단했으니, 그는 『아이생활』의 애독자로서 그 잡지에 소개되는 외국 작품을 발판으로 습작을 해나갔음을 고백한 바 있다.[17] 그는 소년운동과 계급주의 운동이 모두 와해되던 시점에 아동문단에 등

담에서 정지용에 대해 이렇게 회고한 바 있다. "정지용이 발표한 동요는 시적인 동요였어요. 지금도 잊지 못하는 것은 몇 편 안 되지만 '아 이게 참 진짜 동요다'하는 느낌이었어요. 정지용은 시로써 동요를 쓴 분이거든. 다른 건 다 창가 비슷하고요. 그때 이원수나 윤복진, 송완순, 신고송, 최순애 들이 동요를 지었지만 지금 생각해도 잘 된 작품들이 아니에요. 그런데 정지용은 시로써 동요를 개척한 분이다. 지금도 그렇게 생각하고 있죠"(윤석중, 원종찬 대담, 「한국아동문학사의 숨은 이야기를 찾아서」, 『아침 햇살』 14호, 1998.7, 140면).

17 박목월은 「내가 좋아한 동시」라는 글에서 어릴 때, 감명 깊게 읽었던 것은 주로 『아이생활』에 실리던 "박용철(朴龍喆) 씨의 번역을 통한 몇 편의 외국작품"이었음을 밝히고 있다. 여기에는 타고르(Tagore)의 「종이배」, 스티븐슨(R. L. Stevenson)의 동요집 『어떤 아이의 시동산』, 기타하라 하쿠슈(北原白秋), 노구치 우죠(野口雨情)의 작품들이 거론된다. 박목월은 말에 따르면 박용철은 "당시 『아이생활』의 독자문예에 선자(選者)이면서 그 지상에 시시로 동시를 번역 발표"했다고 한다. 박목월은 박용철의 번역시 가운데 특히 좋았던 것으로 기타하라 하쿠슈의 작품을 들고 있다.(『아동문학』 2집, 1962.11, 4~7면.)

장함으로써 1920년대의 동요가 지닌 '감상의 과잉'과 1930년을 전후로 나타난 계급주의 동요들의 '의식의 과잉'을 모두 비켜갈 수 있었다. 그런 경로를 비켜나서 그가 만난 동시의 모델은 아무래도 정지용과 윤석중이었을 가능성이 크다.[18] 『금성』지 동인들이 추구하려 했던 '동시'의 계보가 정지용과 윤석중을 거쳐 1930년대 박목월에 이어졌던 것이다.

우리 아동문학에서 서정 장르의 역사는 "동요에서 동시로"라는 명제로 흔히 기술되기 일쑤였다. 그러나 동요에서 동시로의 전환이라는 문학사적 구도는 재검토를 할 시점이 되었다. 아동문학의 서정 장르는 동요에서 동시로 진전된 것이 아니라 비슷한 출발점에서 함께 시작된 것이라 보아야 옳다. 즉 근대 아동 서정 장르는 1920년대 소년운동을 기반으로 하는 대중적인 창작 동요 운동과 함께 시 전문지를 표방한 『금성』지를 기원으로 하는 예술성에 바탕한 동시의 출현으로 비롯된 것이다. 그런 측면에서 『금성』지가 가지는 문학사적 의미가 결코 적지는 않다고 본다.

---

18 윤복진은 6·25 직전에 발표한 「석중과 목월과 나」에서 1920년대 동요 시인이었던 자신과 윤석중이 "동요에서 동시의 울안으로 들어가려고 자주 넘겨다 보았다"면서 그러한 노력과 실험의 "파동을 날래게 붙잡은 사람"은 박목월이라 단언한다. 그는 박목월이 "석중과 나의 세계에서 자라난 사람"이지만 "동시에 있어서 석중보다 나보다 뛰어났다. 목월은 확실히 동시의 선구적 시인이다"고 말하고 있다(『시문학』, 1950.4).

한·일 소녀소설의 '소녀' 표상 연구

『쌍무지개 뜨는 언덕』을 중심으로

정미영

1. 이중적 기호, '소녀'

소녀 취향, 소녀 감수성이라는 표현은 일상적으로 자연스럽게 사용되는 말이다. 이때 이 용어가 유치하고 세련되지 못하다는 부정적 함의를 어느 정도 포함하고 있는 것에 동의할 것이다. 소녀는 미성숙한 여자아이의 연령층을 지칭하는 용어인데 이와 반대 지점에 있는 소년이라는 용어가 소년 취향, 소년 감수성이라는 말로 거의 사용되는 않거나 부정적인 함의가 없이 사용되는 것을 본다면 소녀라는 용어에는'하등의 어떤 것'으로 구축된 이미지가 얹혀져 있는 것이 분명하다. 이렇듯 소녀라는 용어에 취향과 감수성이라는 내면적 가치가 결합할 때 발생하는 평가절하는 무엇 때문일까?

낮은 연령대를 지칭하는 '소년', '소녀'라는 용어가 쓰인 것은 이미 근대 이전부터인데 이 단어에 근대적 의미의 외피를 부여하여 먼저 사용한 곳은 소녀 잡지를 통해 소녀소설이라는 명칭을 사용한 일본이다. 일본의 소녀는 메이지 유신 이후 근대적 제도화 과정에서 기호화되어 연령과 성차의 의미를 넘어 어떤 이미지를 형성하는데 소녀 잡지에 실린 소녀소설이 이러한 근대적 '소녀' 이미지를 만드는 데 중요한 역할을 했다.

일본의 소년소설 독자로부터 소녀 독자를 분화시킨 것은 1902년 첫 소녀 잡지 『소녀계』의 창간부터로 볼 수 있고 1910년대에 이르러서는 소녀소설이라는 용어가 일반적으로 사용되었다. 일본 소녀 잡지와 소녀소설은 분리해서 논할 수 없는 밀접한 관계가 맺고 함께 변천하는데 '소녀'는 이러한 과정을 통해서 때로는 순수하고 청순한 이미지로, 때로는 묘한 성적 판타지의 코드로 사용되는 이중적인 의미를 부여받았다. 그래서 '소녀'는 순수함과 순결의 표상이며 동시에 섹슈얼리티를 함의한 이중적 기표가 되었다.

일본 소녀소설은 초기에는 부모의 명령에 순종할 것 등의 교훈담과 불쌍한 소녀를 그리는 비참 계열의 작품들이 주였다. 1910년대 이후 본격적으로 수식이 많고 서정성 높은 문체로 소녀들의 우정, 동성애 등이 쓰이면서 인기를 끌게 된다. 그런데 오랫동안 많은 인기를 끌었던 일본의 소녀소설은 제2차 세계대전 이후 그 인기가 쇠퇴하고 일본의 주요독자가 소녀인 만화, 소녀만가에 완전히 자리를 내주고 만다.[1]

우리나라에서 소녀소설이란 용어는 1930년 소년 잡지에서 소녀를 주인공으로 하는 짧은 단편소설을 소개할 때 종종 쓰이다가 김내성의『쌍무지개 뜨는 언덕』[2] 에 와서야 본격화되었다. 이 작품은 명랑소설인『얄개전』과 함께 1950년대에 청소년 독자의 많은 인기를 얻은 대표적 작품으로 꼽힌다. 당시 소녀 독자를 대상으로 하여 인기를 얻은『쌍무지개 뜨는 언덕』은 이후 학생 잡지전성기라고 말할 수 있는 1950~60년대의 잡지에 연재된 여학생 독자를 대상을 한 소녀, 순정소설에 지대한 영향을 끼쳤다. 특히 1950년대를 대표하는 중학생 잡지인『학원』은 매호 여학생 독자를 대상으로 하는 소녀소설과 순정소설을 실고 있는데 이들 작품이『쌍무지개 뜨는 언덕』의 변주라는 점과『쌍무지개 뜨는 언덕』의 인기를 능가하는 작품이 나오지 않은 점 등에서 본다면『쌍무지개 뜨는 언덕』을 소녀소설을 대표하는 작품으로 꼽는데 무리는 없을 것이다.

대중 작가의 입장에서 독자 대중을 어떻게 파악할 것인가는 매우 중요한 문제다. 독자는 어떠한 취향과 관심과 요구를 가지고 있는 익명성의 집단[3]으로 이들의 요구에 응할 수 있을 때 대중 작품의 성공은 보장받게 된다. 이런 이유로『쌍무지개 뜨는 언덕』이 당시의 청소년, 특히 소녀들에게 인기를 얻었다면 여기에는 그들의 공통된 어떤 취향이 존재하였고 그것을 동일한 감수성이라 지칭할 수 있다. 그렇다면 분명 이 작품 안에 당대 소녀독자의 감수성과 일치하는 부분이 존재했을 것이다. 감수성을 하나의 세대나 그 시대에 있어서 새롭게 부상하는 경험, 특히

---

1   노수인, 「한국 순정만화와 일본 소녀만화의 관계연구」, 이화여대 석사논문, 1999.
2   이 글은 1952년 학원사에 출간한 단행본을 구하지 못한 관계로 1986년 금성출판사에서 발간한『소년소녀 한국문학 100권』중 24편『쌍무지개 뜨는 언덕』을 텍스트로 삼았음을 밝혀둔다.
3   박성봉,『대중예술의 미학』, 동연, 1995, 39면.

이미 형성된 것이 아니라 새롭게 출현하는 정서라고 본다면 감수성은 사적인 것이 아니라 그 시대와 구성원들만 공유하는 집단의 정서라 할 수 있다. 이런 이유로 감수성은 개인적이기보다는 그 시대의 가치관과 무의식이 드러나는 장이 될 수 있다. 감수성이라는 것이 제도적, 외적 표지가 아닌 지극히 내면적인 것임에도 불구하고 어떤 가치판단이나 취향에 작동한다는 것은 매우 흥미로운 일이다. 그렇다면 소녀 독자의 감수성인 소녀 취향, 소녀 감성의 형상화가 이루어진 소녀소설의 '소녀' 표상을 살펴보는 일은 오늘날 소녀에 부여되는 이중적 의미를 파악하는 데 유용할 것이라 여겨진다.

이 글은 소녀라는 용어에 근대적 의미를 형성한 일본의 소녀소설을 먼저 살펴보고자 한다. 일본의 소녀소설은 1900년대 초반부터 소녀 잡지를 통해 등장하면서 확실하게 장르화 되었다. 『쌍무지개 뜨는 언덕』의 저자 김내성은 1931년에서 1935년 일본에서 유학하였다. 그가 일본에 체류하고 있는 기간 당시 일본에서 발행되고 있는 다양한 소녀 잡지와 소녀소설들을 쉽게 접할 수 있었을 것이다. 이러한 경험이 소녀를 독자로 한 소설을 구상하는 데에 어떤 식으로든 영향을 끼쳤을 것이라는 사실을 유추하는 것은 어려운 일은 아닐 것이다. 이 글은 일본의 소녀소설을 통해 일본의 '소녀' 이미지의 변천과정을 짚어보며 한국의 소녀소설 대표작이라 할 수 있는 『쌍무지개 뜨는 언덕』의 소녀상과 일본 소녀소설의 소녀상의 연관성을 살펴보고자 한다. 이를 통한다면 오늘날의 '소녀'의 의미 형성에 크게 영향을 끼친 것으로 보이는 『쌍무지개 뜨는 언덕』의 '소녀'가 표상하는 바를 더욱 풍부하게 밝혀 낼 수 있을 것이다.

2. 일본 소녀소설의 '소녀' 변천사

근대 일본에서 '소녀'라는 말이 일반화 된 것은 메이지 20년대 말이다.[4]
원래 연소의 남녀 전체를 이르는 말로서 소년에서 여자를 분리시키는 말
로 소녀가 사용되었다.

今田繪里香의 『「少女」の 社會史』[5]는 일본에서 본격적인 소녀 이미지
의 구축과정에서 소녀 잡지가 결정적인 역할을 했음을 밝히고 있다.
1899년의 고등학교령 후에 창간된 상당한 소녀 잡지가 학교제도에 의해
둘러싸여 있는 소녀를 현실에서 특정 이미지로 구축하는 데 공헌했다는
것이다. 고등 여학교의 교육제도가 소녀의 창조에 관계되었고 소녀 잡
지는 소녀들의 욕망을 직접적으로 반영하며 보다 적극적으로 소녀의 이
미지를 형성해갔다는 이 글의 지적은 매우 설득력있다.

소녀 잡지가 창간된 초기인 1902년부터 1910년 전반까지 각 소녀 잡
지『소녀계』(금황사, 1902~?), 『소녀세계』(박문관, 1906~31), 『소녀의 벗』(실
업일본사, 1910~55) 에는 황족과 화족이 가장 많이 취급되고 있다. 그러나
1910년경부터 차츰 이들 귀족 모습이 사라져 가고 여학생이 주요 인물
로 등장한다. 1945년까지의 소녀 잡지는 『소녀계』, 『소녀세계』, 『소녀

---

[4]　이 호칭을 적극적으로 사용한 것은 청일전재 때 발간된 잡지 『少年世界』(1895)이고 이
　　잡지에서 '소녀소설'이란 명칭도 처음 사용되었다(久米依子, 「少女の世界 : 20世紀 少
　　女小説の 行方」, 『文學』 6, 岩波書店, 107면, 2003).
[5]　이 글은 일본 소녀소설의 변천사를 정리하는데 다음 저서를 적극적으로 참조하였다.
　　今田繪里香, 『「少女」の 社會史』, 勁草書房, 2007; 大塚英志, 『少女雜誌論』, 東京書籍,
　　1991.

의벗』, 『소녀화보』(동경사, 1912~42), 『소녀구락부』(강담사, 1923~62)이다. 이들 잡지에서 소녀는 이제까지 여자와는 다른 의미로 사용되었다. 소녀시대는 여자 일생 중에서 가장 특별한 시대로 여겨지고 소녀는 특수한 존재, 매력적인 존재로서 일컬어지게 된 것이다. 이전에 주로 여자가 언급되는 경우는 엄마 역할을 충실히 수행할 때로 한정되었던 반면, 이제는 엄마가 되기 때문이 아니라 소녀가 소녀라는 자체만으로도 특별하게 취급되어 가치가 부여되기 시작한 것이다.

소녀 잡지의 소녀상을 이해하기 위해서는 무엇보다 소녀 잡지의 주요독자인 여학생이 당시 일본의 도시 신중간층의 형성과 밀접한 관계가 있다는 것을 인지할 필요가 있다. 연령적으로는 소녀는 소학교 입학부터 여학교 졸업까지 학령기의 여자를 의미하는데, 이 연령층 안에서도 여학교를 통해 소녀 잡지를 사서 구독해서 보는 여자로 한정지을 수 있다. 일본에서 소녀는 반드시 여학교를 통해야 했다. 여학교를 다니지 않으면 소녀시대는 태어나지 않고 소녀 잡지를 구독하지 않으면 소녀가 어떤 것인가 아는 것이 불가능하다. 이는 소녀라는 것이 모든 어린 여자를 의미하지 않았다는 것을 보여준다. 학교 교육과 소녀 잡지가 갖추어져야 소녀가 된다고 할 수 있다. 그런데 그런 여자는 당시에는 극히 소수에 지나지 않았다. 왜냐하면 경제적인 여유가 있어야 하고 부모가 교육열이 있으며 소녀 잡지 같은 도시 문화에 긍정적인 태도를 가지고 있어야 한다는 이 세 가지 조건이 있어야 가능하기 때문이다. 이런 조건이 완벽하게 갖추어진 여자는 도시 거주 신중간층의 여자이고 그들이 소녀 잡지의 소녀 독자층이며 '소녀'이다.

신중간층 아이는 다른 계층보다 먼저 애정과 교육의 대상이 되었다.

주지하다시피 애정과 교육의 대상으로서의 자녀의 이미지는 근대 이후에 생긴 것이다. 일본사회는 거의 1887년 이후에 와서 서구 가족을 모방한 '가족'이라고 말할 수 있는 근대 가족이 이상적인 모습으로서 저널리즘 등에서 표상되었다. 근대적 가족의 형태인 도시 신중간층은 이때까지는 다른 라이프 스타일을 지녔다. 남편은 가족과 별개의 장소에 출근하고 부인은 주부로서 식사와 가사, 육아를 행하는 성별단계의 분업이 형성되었기 때문이다. 그래서 생산기능을 가지고 가족 전원이 가내 노동을 행했던 농가나 상가와 달리 신중간층의 가족은 생산기능을 갖지 못하게 되고 특히 부인은 생산기능으로부터 단절되어 재생산 노동에만 종사하게 되었다. 이러한 분업은 부모 중에도 엄마만이 가족들의 교육을 전담하게 만들었다.

또한 도시 신중간층의 직업은 학교 교육을 통해야 획득할 수 있는 직업이었기 때문에 신중간층의 사람들은 자신의 아이들에게 관심을 가지고 교육에 열성을 다했는데 이때 아들과 딸의 교육은 다르게 진행되었다. 남자로서 이어야 하는 가업을 갖지 못한 신중간층 집안의 아들은 학위를 취득하여 취업을 하지 않으면 안 되었고 필연적으로 부모와 사회로부터 학업을 통한 입신양명을 기대 받게 되었다. 하지만 딸에게는 입신양명보다 결혼을 하고 주부가 되어 가사와 육아에 전념하기를 기대하였다.

이런 이유로 근대 일본에서 도시를 중심으로 형성된 신중간층의 라이프 스타일은 근대적 아이 이미지를 만들었고 그 이미지는 획일적인 것이 아니라 아들과 딸, 소년과 소녀라는 완전히 다른 두 존재가 하나의 이미지 속에 밀어 넣어져 있는 것이다. 그렇기 때문에 1910년대 초반 당시 소녀소설의 내용은 가부장제 하에서 현모양처가 되기 위한 모친에게 보호받는 소녀들이 주로 등장한 교훈담이었다. 「단락(団樂)」(竹久夢二, 『少女世界』, 1909.11), 「서과(西瓜)」(宮川春汀, 『少女界』, 1905.8), 「화물어(花物語)」(吉屋信者, 『少女畵報』, 1916.7~1924.11) 등의 작품은 유약하고 사랑스럽고 천진난만한 소녀인물이 주로 등장한다. 이들 작품은 어머니가 어린 소녀들에게 여자로서 갖추어야 할 품성과 예절을 교육 시키거나 꽃을 의인화하여 품행에 대한 교훈을 주는 내용으로 이루어져 있다.

전쟁 전의 일본은 중등 보통교육 과정은 남녀가 남자 중학교, 고등 여학교라는 다른 교육체제를 취하고 있었고 그 교육 내용도 전혀 다른 것이었다. 이러한 다른 교육체계에서 고등여학교 다니는 도시 신중간층 여자를 대상으로 삼은 소녀 잡지가 『소녀의 벗』을 중심으로 『여학생의 벗』, 『소녀구락부』 등이다.

이런 현실을 고려해야 도시 신중간층 딸이 독자가 되는 소녀 잡지가 형성하고 유포한 소녀라는 이미지를 이해할 수 있다. 특히 소녀 잡지가 만들어 낸 '소녀답다'라는 이미지는 소녀 잡지의 지면의 대다수를 차지하는 소녀소설에 의해 이루어졌다. 당시 손편지를 쓰고 교환하는 것이 여학생 교류의 룰이었기 때문에 소녀에게 있어서 문학은 불가결한 것이었다. 이런 배경으로 소녀 잡지에 실린 소녀소설은 독자들에게 상당한 영향을 끼치게 된 것이다.

1920년에 이르면 소녀의 비주얼이 어리고 천진한 여자아이가 아닌 숙녀가 된다. 소녀의 비주얼과 이미지에 큰 변화가 일어난 것이다. 1920년대 전반부터 화장과 양장, 롱헤어와 양끝갈래 등의 머리스타일을 지닌 모습이 소녀를 대표하는 모습이 되었다. 전쟁 전의 소녀 잡지로서 가

장 오래 발행되고 독자에게 지면을 많이 할애하면서 구독자가 많았던
『소녀의 벗』을 살펴보면 소녀다운 패션, 소녀다운 말하는 법, 소녀답게
생각하는 법, 소녀가 지녀야 할 센스, 라이프 스타일등을 개제하여 소녀
의 형상을 만들어갔다.

　1930년대 전반 이르러서야 스포츠하는 소녀와 예술활동에 집중하는
소녀가 본격적으로 등장하게 된다. 이는 1895년 전반부터 소년이 공부
에 집중하고 스포츠에 즐기는 신체를 갖게 되고 더 나아가 국민으로서
기대되는 존재로 여겨진 것과는 확실히 다르다. 당시 크게 인기를 얻은
소년소설 「아! 옥잔에 꽃을 꽃고」(まに佐藤紅綠, 『소년구락부』, 講談社, 1927.5～
1928.4)의 주요등장인물 전원이 제 1고등학교에 들어간다는 결말이 보여
주듯이 소년의 성공은 학문에 의한 입신양명이다. 그래서 소년은 빨리
어른이 돼서 유용한 일을 해야만 하는 존재로서 여겨졌다. 이에 비해 여
전히 소녀는 학문에 의한 직업달성의 길이 거의 열려져있지 않았기 때
문에 결혼하여 가사와 육아 혹은 시댁의 가업에 전념해 사는 것이 당연
시되었다. 그래서 고등여학교의 교육목표는 현모양처였다. 또한 이 시
기는 「ちすねぱぐさ」(吉屋信者, 『少女の友』, 1932.4～12), 「乙女の港」(中原淳一,
『少女の友』, 1937.6～1938.3)같은 고등여학교 내의 여학생들 간의 친밀한 관
계인 ‘S’에 대한 내용을 지닌 소녀소설이 많이 등장한 것도 특징적이다.
이들 동성애 작품들은 신체적 관계를 배제한 정신적 우정관계로서 주로
다루며 여성 간의 깊은 교제에 호의적인 태도를 취하고 있다.

　이러한 소녀다움에 변화가 본격적으로 일어난 것은 제1차 세계대전
이후다. 전쟁 중에 ‘소녀다움’의 성격이 변화를 거치게 된 것이다. 이 시
기에는 제1차 세계대전 이후 구미여성의 비견하는 건강한 신체가 여자

교육에 요구되었기 때문에 스포츠를 하는 것과 건강한 신체를 가지는 것은 '소녀스러움'의 하나로서 장려되었다.

일본은 15년 동안 전쟁을 치루면서 여성의 노동력을 철저히 이용했다. 여자는 전쟁초기부터 남자 대신 군수물자 생산을 담당하고 인력 재생산을 위한 인적 자산으로 이용되었다. 쇼와 15년(1940)부터 국민생활은 정부통제 하에 들어갔고 쇼와 16년(1941)에 이르러서는 국가 총동원령법 제5조의 규정에 의해 재정된 '국민 근로보국 협력령'은 14세 이상 25세 미만의 미혼여자를 대상으로 여성 정신대가 결성되었다. 이런 상황에서 기존의 소녀다움과 '소녀' 자체는 비난당하게 된다. 거기에는 총력전체제에 대한 여학생의 무관심이 가장 큰 원인이 되었다.

이와 연장선에서 특히 비판되는 것은 소녀의 '센티멘탈'이다. 소녀는 본질적으로 '센티멘탈'한 존재이며 그동안 칭송되었던 청순주의로서의 소녀가 비난받게 되는 것이다. 소녀는 이제 국가를 위해 충성을 바치는 존재가 되어야 하며 그러기 위해 소녀에게 건강한 신체와 지적능력을 요구한다. 그럼에도 소녀는 소년처럼 완벽하게 유용하게 취급되진 않았다. 소녀는 직업인도 아니고 군인도 아니고 직접적인 전투에 참여하지 못하는 존재이기 때문이다. 전쟁의 도움이 되지 않는 것은 전부 열등한 것으로 규정되기 때문에 소녀의 가치는 열등한 것으로 부정된다. 이렇게 되면 병사가 될 수 없는 여성은 병사의 보조적인 활동을 할 때만 의의를 부여받게 된다. 결국 남성과 동등한 활약을 하는 애국주의적인 운동가나 혹은 모성성 넘치는 여성 교육자, 현모양처만 남성에게서 가치를 인정받을 수밖에 없게 되었다. 이런 사정으로 처음엔 청순한 가치로 그 존재가 긍정적인 이미지로 여겨졌던 소녀는 이제 그 청순성 때문에 센티멘탈한 존재라 하여 비난받는 처지가 된다.

전후 일본 젠더질서는 커다란 변화를 맞이했다. 그중에서도 남녀공학의 실시는 아이들의 젠더질서를 바꾸는 중요한 사건이다. 전후 남녀공학의 실시로 소녀 잡지는 이성애를 본격적으로 다루게 되며 이러한 이성애중심주의 문화는 소녀 문화의 중심으로 자리 잡는다. 1950년대 일본의 소녀소설은 's'의 배제와 이성애가 세력을 확대하는 과정으로 요약할 수 있다. 이는 전시 하에 있어서 다른 소녀 잡지가 폐간하는 중에도, 『소녀의 벗』, 『여학생의 벗』(소학관, 1950~77)이 항상 다수의 발행부수를 자랑하며 간행을 계속할 수 있었던 것을 보면 확인 가능하다. 특히 전후에 창간된 『여학생의 벗』은 그 독자층이 『소녀의 벗』의 독자층과 겹치는 것을 계속 의식하면서 발행되었다. 따라서 처음에는 전쟁 전의 소녀 잡지 『소녀의 벗』의 형식을 답습했으나 그 후 『여학생의 벗』은 대폭적인 개혁을 행하여 『소녀의 벗』보다 적극적으로 이성애를 다룬다. 남녀공학과 남녀교제는 여학생 독자의 주된 관심사이므로 남녀교제의 방법에 관하여 가르치는 특집기사를 빈번하게 실었다. 특히 『여학생의 벗』의 소녀소설이 보다 더 남녀교제를 구체적이고 자세하게 묘사하고 있다. 이때부터 소녀소설에서 소녀는 청순함과 동시에 성적인 이미지를 본격적으로 부여받게 된다. 결국 이성애를 중심적인 테마로 삼는 것에 소극적인 태도를 보인 『소녀의 벗』은 1955년에 휴간하게 되고 이성애를 취급하는 것에 매우 적극적인 『여학생의 벗』은 1977년 2월까지 간행되게 된다. 1978년 1월호부터는 『뿌띠 쎄븐』으로 이름을 바꾸어 패션잡지로서 2002년 3월까지 일정의 독자를 획득하며 잡지가 성공하는데 기여한다.

위에서 살펴본 바와 같이 일본에서의 근대적 소년상은 거의 일정한 모습을 보이지만 소녀상은 시기별로 다르게 변모해간다. 이러한 소녀상의 형성에 가장 지대한 영향을 미친 것이 일본의 소녀 잡지에 실린 소녀소설이다. '소녀'는 여 고등학교의 교육제도에 의해 탄생되었고 소녀잡지의 소녀소설을 통해 구체적인 이미지를 부여받은 것이다.

3. 한국의 소녀상 – 『쌍무지개 뜨는 언덕』

1) 자기희생과 센티멘탈리즘의 표상 '소녀'

해방 당시 우리나라의 교육 상황은 문맹률 77.8%로 교육을 받은 인구는 남녀 통틀어도 전체 인구의 1%도 되지 않았다.[6] 이런 낮은 교육 수준은 해방 이후 민족 국가 건설의 장애물로 인식되었고 1948년 제정된 헌법은 드디어 만6세에서 12세까지의 의무교육 원칙을 규정한다. 또한 1949년 제정된 교육법에 의해 역사상 처음으로 여성과 남성이 동등한 교육의 기회를 보장받게 된다.[7] 전쟁으로 인한 혼란과 교육시설의 파괴로 전면적인 의무교육은 1954년에 이르러서야 본격화되었고 의무교육

---

6   한국교육십년사간행회, 『한국 교육 십년사』, 풍문사, 1960, 512~513면.
7   이임하, 「1950년대 여성교육에서의 성차별과 현모양처 이데올로기」, 『동방학지』, 제122집 연세대 국학연구소, 2003.

의 실시로 아동의 취학률은 획기적으로 증가되었다. 특히 여성 교육인구가 늘어나서 중학교의 남녀 비율을 보자면 1952년 남학생의 진학률이 78.2%, 여학생은 21.8%, 1958년에는 남학생 중학교 진학률은 77.7%, 여학생은 22.2%로 나타나고 있다. 이는 남학생에 비해 적은 숫자이나 여학생의 진학률은 꾸준한 증가를 보여준다.

이런 상황에서 1949년 여학생 독자를 대상으로 잡지 『여학생』[8]이 창간되었고 소녀 독자를 위한 「쌍무지개 뜨는 저녁」이 1948년 8월에 창간된 잡지 『소년』(1949.10~1950.6)에 연재되었다. 『소년』에 연재되던 「쌍무지개 뜨는 저녁」은 이후 한국전쟁으로 만2년 동안 중단되었다가 독자들의 요구에 의해 다시 쓰여지게 되는데 이를 1952년 학원사에서 『쌍무지개 뜨는 언덕』이라는 제목의 단행본으로 출간하여 큰 인기를 얻는다.

당시 추리소설로 이름을 떨치고 있던 작가 김내성은 이미 인도왕족이 숨겨둔 금은보화를 차지하게 되는 고아원 소년들의 모험담인 소년추리소설 「황금굴」을 연재하여 대단한 인기를 얻은 경험이 있었다. 이는 그가 당대의 소년 독자의 속성을 잘 파악하고 있음을 보여준다. 이런 그가 '그의 딸들의 부탁으로 <u>여자아이들이 읽을 만한 소설을 집필</u>'(밑줄—인용자)한 것이 『쌍무지개 뜨는 언덕』이다. 소년 독자를 대상으로 한 「백가면」, 「황금굴」과는 다르게 처음부터 소녀 독자들을 대상으로 삼아 집필한 작품인 셈이다.

---

[8]　1949년 11월 창간호부터 1950년 4월 4호까지만 전해고 있어 더 이상의 내용은 확인이 불가하나 당시 『여학생』은 25,000부를 발행할 정도로 인기가 높았다고 한다. 발행인은 조화영(曹崋永)이며 1, 2호는 여학생사에서 3, 4호는 산하방에서 발행하였다. 여학생의 실적적인 편집주간은 박목월이었다. 박목월, 『누구에게 추억을 전하랴』, 고려원, 1987.

그 당시 『소년』이라는 잡지에 연재하던 비밀의 가면이 끝나자 그 뒤를 이어 새로이 연재소설을 또 하나 써 달라는 편집부의 간곡 한 청도 청이거니와 그보다는 내 딸들이 "아버지, 이번엔 탐정소설이 아닌, <u>아기자기하고 재미있는 소설</u> 하나 써 주세요" 하고 내가 전혀 배기지 못할 정도로 졸라대기 때문에 (…중략…) 그러기 때문에 이 소설은 말하자면 내딸들을 위해서 쓰게 되는 셈이다.[9] (밑줄—인용자)

1930년대 박노춘은 『영화와 여학생』(『영화연극』 제1호, 1939)이라는 글에서 영화가 "감수성이 예민한 여학생들의 머리 하나하나에 영향을 끼친다"고 말한 바 있다. 이는 1930년대에 여학생 = 감수성이라는 인식이 성립되었다는 것을 알려주는 언급이다. 1933년 김동인은 「신문 소설은 어떻게 써야 하나?」에서 신문소설의 독자가 '가정부인과 학생이' 대부분이라는 점을 지적하며 그들이 신문소설에서 원하는 것을 모성애, 가정적 갈등, 눈물, 웃음, 안타깝다가 원만한 해결을 든 바 있다.[10] 흥미로운 사실은 이미 감수성들이 예민한 것으로 알려진 여학생 독자들을 대상으로 한 『쌍무지개 뜨는 언덕』에는 김동인이 신문소설에서 지녀야 한다고 말한 대중적 요소가 모두 포함되어 있다는 점이다. 이미 저널리즘에 의해 여성독자의 감수성으로 구축된 요소를 전폭적으로 수용하면서 『쌍무지개 뜨는 언덕』의 인기가 발생한 것으로 파악할 수 있는 대목이다.

우리나라에서 소녀소설이란 용어는 어린 여자아이 또는 여학생 주인공이 등장하는 줄거리를 지닌 작품에 저널리즘이 부여한 명칭이다.

---

9   『쌍무지개 뜨는 언덕』 머리말, 학원사, 1952.
10   김동인, 「신문소설은 어떻게 써야 하나?」, 『조선일보』, 1933.5.14.

1928년 7월 『어린이』에 실린 최의순의 「옥점이의 마지막 하소연」, 1930 년대 학생잡지 『학원』에도 종종 소녀소설, 소녀명작이란 용어가 사용 되며 1940년대의 잡지 『진달래』(1947~1949.12)에는 「엄마의 비밀」(최병화, 1948.11) 등을 확인할 수 있다. 하지만 본격적으로 사용된 것은 역시 학생 잡지의 전성기라 할 수 있는 1950년대에 이르러서이다. 1950년대 초반 잡 지 『아동구락부』(1950.1~5)에는 「귀여운 희생」(최병화, 1950.5), 『소년세계』(1952. 7~1956.9)에는 「운동화」(최인욱, 1952.5.7 창간호) 등이 소녀소설로 실리게 되 고[11] 1953년 창간된 중학생 교양잡지 『학원』에는 매호에 소녀소설이 실 리게 된다. 그런데 이들 작품은 점점 유형화되는데 가난한 여학생의 가 련한 모습이나 홀로 고생하며 자녀를 키우는 어머니, 친구를 위해 장학 금을 양보하는 희생적인 소녀들이 등장한다는 점이다. 이러한 소녀소 설의 기존 특성을 계승하여 극대화 한 것이 『쌍무지개 뜨는 언덕』이다. 기존의 소녀소설의 인물형을 계승할 뿐 아니라 통속적인 요소를 강화시 켜 독자의 흥미를 끄는 데 성공하게 된 것이다. 그렇다면 『쌍무지개 뜨 는 언덕』의 인기는 대중에게 이미 익숙한 '소녀'의 이미지를 적극 활용 하는 데서 온 것이라는 할 수 있다. 근대 아동 청소년 문학에서 젠더화를 통한 '소년'과 차별되어 진행된 소녀소설의 '소녀'의 속성이 『쌍무지개 뜨는 언덕』에서 결집된 것으로 보아도 무방한 이유이다.

줄거리는 다음과 같다. 소녀 주인공 은주는 앓아누우신 어머니와 생 계를 위해 구두닦기를 하는 오빠와 함께 판잣집에서 살며 신문을 파는 가난한 아이이다. 은주는 중학교 입학시험은 통과했으나 입학금이 없

---

11   원종찬, 「해방 이후 아동문학의 장르와 용어」, 『한국 아동청소년 문학 장르론』, 청동
      거울, 2103 참조.

어 학교를 다니지 못할 형편에 놓여 있다. 그런 은주를 중학교에 입학시키고자 은철이는 구두 닦는 손님이 두고 간 돈뭉치의 일부를 도둑질하게 된다. 이 사실을 알게 된 은주가 충격을 받아 달리는 차에 뛰어들게 된다. 그런데 차에 타고 있던 사람은 바로 은주의 친아버지여서 15년 만에 딸과 감격적으로 해후한다. 부자가 된 은주의 친부모는 은주를 데려가려 하지만 은주는 병들어 누어있는 키워준 엄마 곁을 떠나지 않는다. 이렇게 착한 은주와는 달리 쌍둥이 언니 영란은 자신과 같은 얼굴을 지닌 은주의 출현을 싫어하며 특히 은주의 입학금을 마련하기 위해 도둑질을 한 은주의 오빠 은철이를 매우 경멸한다. 게다가 음악 콩쿨의 학교 대표로 나갈 기회를 동생 은주에게 빼앗기고 나서 은주의 대한 영란의 미움은 극에 달한다. 이에 은주는 언니에게 대회를 양보하기 위해 피자마 기름을 마시게 되지만 은주의 아름다운 노래를 듣고 그 훌륭함에 탄복한 영란은 깊이 반성하게 된다. 또한 은철에 대한 오해도 풀게 되면서 함께 자매가 음악콩쿨에 나가 일등상을 받게 되고 모든 갈등이 해소되어 행복한 결말로 끝맺게 된다는 내용이다.

쌍둥이 자매 간의 갈등, 은주를 낳아준 엄마와 키워준 엄마의 애끓는 모성애, 부자 아버지가 있는지도 모르고 자동차에 몸을 던지는 은주에 대한 안타까움 등등 이 작품은 상당히 비극적인 요소로 이루어져 있다. 이는 웃음의 요소를 당시 유행하던 명랑소설로 넘겨주고 눈물을 극대화하는 전략을 선택했음을 보여준다. 1930년대의 독서하는 부녀자의 취향은 『쌍무지개 뜨는 언덕』에서 모성애, 가정적 갈등, 눈물로 채택되어 1950년대 소녀의 취향으로 구체화된 것을 확인할 수 있다.

이 작품의 가장 큰 흥미요소는 뚜렷하게 대비되는 성격을 지닌 아름다운 쌍둥이 자매를 주인공으로 내세우고 있다는 점이다. 쌍둥이 중 동생 은주는 부자 친부모가 존재한다는 사실을 모른 체 가난하게 살아가는 신문팔이 소녀로 독자의 연민을 자아내는 '청순가련형' 소녀의 대표적 유형이다.

전쟁직후 신문팔이나 구두닦기, 아이스께기 장사 등을 통해 궁핍한 하루하루를 연명해가는 도시의 거리의 아이들에게 사실은 부자인 친부모가 있다고 상상하는 것은 매우 감미로운 현실위안이 되었을 것이다. 이에 은주라는 소녀는 당시 독자의 소망을 담게 되고 쉽게 독자와 동일시 될 수 있는 인물이 된다. 성장기의 청소년들이 자신의 정체성을 찾아가는 과정 속에서 겪는 일종의 통과의례로서 지금 가난한 내 부모를 부정하고 자신의 진짜 부모는 엄청난 부자일 것이라는 의심의 과정을 겪는다. 소위 '소공자, 소공녀 콤플렉스'라고 불리는 이러한 과정은 자신의 정체성을 찾기 위해 스스로의 태생, 가문에 의심을 던짐으로써 진정한 자아를 확인하는 청소년 성장과정의 일부이다. 또한 프로이드의 가족 로망스에 의하면 이러한 대립을 통해서 가족의 질서, 가부장적 질서의 세계로 편입되는 사회화의 한 과정으로 파악되기도 한다.

병든 엄마와 어린 여동생의 수호자로서 최선을 다하고 있는 18세의 소년 은철은 전쟁으로 인해 부재한 아버지 대신 가계를 책임져야 했던 당시 수많은 어린 가부장을 대표하는 인물이다. 동생의 입학금을 마련하기 위해 돈을 훔치고 갈등하는 은철의 형상은 그가 엄숙한 양심의 명령이나 윤리감보다 가장으로서의 책임감을 우선하는 인물임을 보여주며 가련하고 연약한 소녀의 상과는 또렷이 구분되는 현실적이고 강인한 소년상을 보여준다.

은철이는 지난 여름만 해도 방직공장에 다녔으나, 그 공장이 망하게 되어 더 이상 일을 할 수 없게 되자 하는 수 없이 구두닦이로 나섰다. 그 동안 은철이는 야학에 다니던 것도 그만두고 오로지 은주의 입학금을 마련하기 위해 제대로 먹지도 않고, 입을 것도 제대로 입지 않고 푼푼이 1만 환쯤 모았다. 은철이는 나머지 2만 환을 장만하기 위해서 어머니와 의논한 결과, 돈암동 언덕 위에 까치둥지처럼 널빤지로 지어진 자기 집을 팔고, 바로 그 밑에 방공굴을 사서 들 요량으로 며칠 전부터 집을 내놓았다. (42면)[12]

동생의 등록금을 내기 위한 은철의 도둑질은 가족을 위기에 몰아넣게 되며 이에 가책을 느낀 은주는 자살시도를 하기에 이른다. 이런 상황에서 은주는 극적으로 잃어버린 부자 친부모를 만나게 된다. 은주의 친부모 찾기의 여정은 전쟁의 와중에서 무너진 가족복원 프로젝트의 성격을 지니고 있기도 하다. 가족을 복원하여 현실의 상처를 씻고 미래로 나아갈 동력을 얻게 된다는 측면에서 이 작품은 당시 독자들에게 희망과 용기를 주었을 것이다. 또한 소녀의 희생정신이 가족을 가난이라는 수렁에서 건져내는 결정적 역할을 한다는 점도 유심히 보아야 할 대목이다. 그러다 보니 소녀의 희생을 통한 가족복원의 스토리는 매우 감정 과잉의 감상성, 즉 센티멘탈리즘을 통해 소녀 독자에게 전달된다.

주인공 은주가 자신의 입학금 때문에 오빠가 도둑질을 했다는 사실을 알게 되는 순간 달리는 자동차로 몸을 던지는 은주의 행동은 소녀의 특성을 매우 충동적이고 격정적인 것으로 일반화시킨다. 이러한 격정

12　김내성, 『쌍무지개 뜨는 언덕』, 금성출판사, 1986, 42면. 이하 인용은 인용 면수만 밝힌다.

적이고 충동적인 감수성은 이 작품에서 눈물로 형상화된다. 이것은 주로 남학생 독자를 의식하고 쓰여지는 명랑소설이 웃음으로서의 해방구 역할을 수행하는 것과는 확연히 다른 지점이다.[13]

"오빠!"

하고 부르자마자 은철이의 무릎 위에 얼굴을 파묻고 흐늑흐늑 느껴 울기 시작한다.

"오빠! 오빠의 마음 나 다 잘 알고 있어! 나를 그처럼 위해 주고 나를 그처럼 학교에 보내고 싶어하는 오빠의 마음, 나두 잘 알고 있어! 그러나 오빠를 나쁜 사람으로 만들면서까지 나 학교에 가고 싶지 않아! 학교에 가고 싶은 것도 사실이지만 오빠를 그처럼 …… 그처럼 ……!"

은철은 놀라는 얼굴로 은주의 흐늑흐늑 느끼는 두 어깨를 와락 부여잡았다.(71면, 이하 모든 밑줄 – 인용자)

이창훈 씨도 울고 부인도 울고 장난 꾸러기 떡쇠도 팔소매로 눈시울을 문지른다. "그렇다. 은주야 ! 네 말이 꼭 들어맞았다. 학교에 못가도 사람은 산다! 학교가 다 뭐냐? 학교에 다닌 사람만이 사람이냐? 학교에 못갔어도 올바르게 살아가는 사람만이 사람이다. 그렇다. 은주야 눈이 떴다. 이 어리석은 오빠의 눈이 오늘에야 비로소 떴다. 죽음을 무릅 쓴 은주의 결사적인 교훈으로 말미암아 이 어리석은 오빠는 비로소 세상을 똑똑히 보고 세상을 올바르게 생각할 수 있게 되었다!(139면)

---

13   졸고, 「형성기의 청소년소설 연구」, 인하대 박사논문, 2014.

"어머니! 인젠, 인제 그런 말씀 아예 마세요. 제 어머니는 , 제 어머니는 언제나 어머니 한 분 뿐이에요. 저를 그처럼 귀여워하시고 저를 위해서는 모든 고생을 사양치 않으신 어머니 혼자뿐이에요. 저는 두 사람의 어머니를 갖고 싶지 않아요, 어머니는 저를 위하여 잡수실 것을 안 잡수시고 입으실 것을 안 입으신 귀중하신 어머니요, 하늘 과 땅위에 둘도 없는 훌륭한 어머니세요."

어머니의 여윈 손바닥에 돌연 얼굴을 파묻고 은주는 흑흑 느껴운다.(158면)

이 작품에 곳곳에 등장하여 독자의 심금을 울리는 숱한 눈물의 장면은 이 작품이 소녀를 희생과 자기 연민의 아이콘이자 동시에 감정과잉의 존재로 파악하고 있음을 증명하고 있다. 사실 이 작품의 제목이 단행본으로 나오면서 소년지 연재 당시의 제목 「쌍무지개 뜨는 저녁」을 『쌍무지개 뜨는 언덕』으로 바꾼 것은 저녁이라는 표현이 어둡기 때문에 좀 더 밝고 희망찬 분위기를 만들기 위해서임을 이 책의 서문은 밝히고 있다. 상당히 낙관적이고 희망찬 미래를 그리는 결말 또한 당시의 무력하고 암울한 사회분위기를 고려해서일 것이다. 그럼에도 이 작품 전반에 흐르는 분위기는 눈물샘을 자극하는 비극적 분위기이다. 은주의 자살시도와 은주를 키워 준 어머니의 죽음은 이런 비극적 상황을 심화시킨다. 헌 어머니가 죽음으로써 새어머니를, 헌 가족이 해체됨으로서 새로운 가족이 형성되는 죽음-삶의 재생과정은 매우 결렬한 감정과 웅변조의 대사처리로 이 작품을 '신파'에 상당히 인접한 비극으로 만들고 있다.[14]

---

[14] 아리스토 텔레스, 천병희 역, 『시학』, 문예출판사, 2002.12 참조.

위에서 살펴본 바와 같이 눈물을 주요 재료로 한 센티멘탈리즘의 구현은 『쌍무지개 뜨는 언덕』의 중요한 인기요인이고 작가가 파악한 소녀의 형상이라 할 수 있다. 이러한 과잉 감정과 눈물의 소녀상은 '불쌍한 소녀'를 주요 등장인물로 삼은 일본의 초기 비참계열 소녀소설의 작품들과 매우 유사하다. 또한 일본의 전쟁 전 소녀소설이 센티멜탈한 소녀의 형상을 청순함으로 긍정하고 있는데 『쌍무지개 뜨는 언덕』 또한 눈물의 소녀 은주를 인간의 '선(善)'을 대표하는 인물로 세움으로써 긍정적인 소녀상으로 그리고 있는 점도 유사한 대목이다. 그리고 이러한 청순가련형, 자기희생형 소녀상은 1953년 창간된 중학생 교양잡지 『학원』에 연재된 소녀소설의 소녀 주인공에게 이어진다.[15]

3. 예술 취미의 표상 '소녀'

이 작품에서 일란성 쌍둥이인 두 여주인공들의 갈등은 음악대회를 기점으로 폭발된다. 쌍둥이 자매는 음악대회의 학교 대표 자리를 두고 갈등하게 되는데 이 갈등을 해결하는 방식 또한 예술에 의한 감화이다. 이 대목에서 주목할 것은 이 작품의 집필과 발간 시기가 전쟁 중임에도 이 작품에는 어떤 이념적 상황이나 그로 인한 갈등이 드러나지 않는 다

---

15   졸고, 앞의 글 참조.

는 점이다. 이러한 방식은 예술적 감화에 의한 갈등해결이라는『쌍무지개 뜨는 언덕』의 결말과 상관관계가 멀어 보이나 사실은 동일한 이유에서 비롯된 것이다. 바로 낭만적인 세계 인식이 이 작품의 기저를 이루고 있기 때문이다. 낭만성을 퇴색시키는 구차한 삶의 진실을 대면하지 않음으로 확보할 수 있는 해피엔딩을 위한 장치가 바로 음악, 예술이다.

근대 일본 소녀 잡지에서 여성의 성공은 주로 현모양처로서 이는 어느 시대에나 골고루 소녀소설에서 다루어졌다. 또한 성공을 하더라도 학문을 매개로 하는 남자의 성공과는 달리 여자의 성공은 학문을 매개로 하지 않고 예술가나 스타 등 특수한 기능이 필요로 하는 직업군에서 주로 다루어졌다. 이것은 동경음악학교가 명치(메이지) 초기부터 남녀평등으로 문호를 연 것에서 기인하는데 예술계에서 성공은 부모의 경제력과 부모의 협력과 함께 개인의 노력만 있으면 소녀도 어느 정도 실현 가능하기 때문이다. 적어도 소녀가 제 1고등학교에서 동경제국대학으로 더 나아가 관청으로 취직하는 절차보다는 훨씬 실현 가능한 절차라고 말할 수 있다. 예능의 세계는 자본만 있으면 들어가는데 유리한 세계이기 때문일 것이다. 이 점에서는 예능계는 성별보다도 계층으로 규정된 세계라고 할 수 있다. 예를 들면『소녀의 벗』1938년 9월호 개제의『뛰어난 소녀의 좌담회』에서 4명의 예술에 투신한 여학생들의 아버지가 똑같은 예능의 세계에 속해 있거나 또는 열심히 응원하고 있는 점만 보아도 그러하다. 즉 문화자본이 없는 남자보다 문화자본이 있는 여자 쪽이 유리한 것이 예능세계인 것이다. 게다가 예술가는 비록 문화자본이 없어도 또는 음악학교 등에 다니지 않아도 재능과 노력으로 획득할 수 있는 직업이기도 하다. 예를 들면 큰 인기를 얻은 소녀소설「마음의 왕관」(『소녀구락부』, 1938.1~1939.12)은 가난한 소녀가 음악 재능으로 공작의 영양에게 발탁되어 공작의 원조와 본인의 노력에 의해 음악계를 장악해가는 이야기이다. 이런 여러 배경 속에서 예술은 여자다운 것에서 일탈하지 않는 것이며 오히려 여성 독특한 "여성다움"을 부각하는 것으로 받아들여진 것이다. 이런 이유로 소녀소설에서 예술분야, 특히 피아노 연주, 합창대회 등이 매우 중요한 소재로 등장한다.

더구나 『쌍무지개 뜨는 언덕』에서 등장하는 이층 양옥집에 울리는 영란의 피아노 연주는 당시 배고픈 소녀독자에게 판타지로 작동하며 대리만족을 주는 측면까지 결합하면서 이 작품이 인기를 얻는 주요한 요인이 되었음을 짐작하는 것은 어려운 일은 아닐 것이다. 『쌍무지개 뜨는 언덕』에서 예술은 작품의 낭만성을 보장하면서도 소녀독자의 대리적 만족감을 선사하고 여성이 그 여성다움으로 성공할 수 있는 길까지 보장하는 효과적인 장치로 사용된 셈이다.

이 작품의 쌍둥이 자매 은주와 영란은 매우 상반된 소녀상이다. 가난한 양부모 밑에 자라난 은주는 가난하지만 자기희생을 구현하는 인물이다. 이에 반해 부유한 친부모 아래 유복하게 자라난 영란은 자기 욕망이 강렬한 인물이다. 그녀의 욕망에 대한 능동성은 자신이 원하는 것을 가진 대상에 대한 질투의 형식으로 표출되기 때문에 이 작품에서 은주와 영란은 선(善)과 악(惡)을 대표하는 인물로 대립된다. 자기 욕망을 억누르고 오빠와 언니를 위해 양보하고 희생하는 소녀상 은주는 선으로, 자기 욕망에 솔직하고 적극적인 영란은 악이 된다. 이러한 선과 악을 대표하는 두 소녀의 갈등은 음악대회 출전을 두고 극명하게 드러난다.

"바로 그 오 선생이 은주의 노래를 더 칭찬했단 말이지?"

영란은 분하고 원통해서 견딜 수가 없었다.

"확실한 말은 없었어두 오 선생님은 나를 콩쿠르에 내보낼 눈치였는데 ……. 그 거지 같은 것이 불쑥 뛰어들어 ……, 아이 분해!"

영란은 울고 싶도록 분했다. (187면)

그동안 은주는 선생님의 말씀을 거역할 수가 없어서 하는 수 없이 매일 남아서 음악 연습을 하기는 하였으나 영란을 생각하면 마음이 통 내지 않았다. 될 수만 있으면 자기는 그만두고 영란을 내보내 달라고 여러 번 오 선생께 말씀을 드렸으나 그냥 내버려 두라고 하시면서 오 선생은 신이 나서 은주에게 음악 연습을 시키고 있었다.

'무슨 병이라도 났으면 …….'

은주는 진심으로 그렇게 생각하였다. 자기가 병이 나서 대회에 나가지 못하게 되기를 은주는 바라는 것이다. (207면)

위의 지문은 자기 희생적인 은주와 강렬한 욕망의 소유자 영란의 상반된 내면을 드러낸다. 뿐만 아니라 영란은 이 작품에서 주요한 갈등의 유발자로서 은주의 오빠인 은철과도 대립한다.

자기 집 대문밖에서 지금 껌을 씹고 있는 서 있는 한 사람의 여학생-그것은 분명히 은주와 똑같은 얼굴을 가진 여학생, 혜화동 이창훈씨의 양옥 현관밖에서 자기의 인격을 진흙발로 문질러 주던 이영란 바로 그애가 아닌가! 약병을 든 은철의 손이 가느다랗게 떨리기 시작하였다. 약병이 부서져

나가도록 힘을 주어 움켜쥔 주먹!

"……?" 은철은 벙어리처럼 말이 없이 입술을 꽉 깨물어 영란의 얼굴을 무섭게 쏘아 보았다.

(…중략…)

그래서 영란이도 똑같이 무서운 눈초리로 은철을 노려보면서 입에 물었던 껌을 탁하고 땅에 뱉어 버렸다.

그것은 마치 잔뜩 화가 돋친 고양이와 개가 서로 마주 선 것 같은 험악한 풍경이었다.(162면)

소년가장과 대립하는 좌충우돌의 소녀 영란은 작품 여기저기에서 갈등을 고조시키며 독자에게 긴장감을 유발하는 인물이다. 자신의 욕망에 충실한 여성, 대리 가부장인 은철을 호락호락하게 인정하지 않는 영란의 캐릭터는 이전 소녀소설에 등장하지 않은 매우 독보적인 소녀상이다. 소녀소설의 소녀가 가부장적 이데올로기에 순응하는 전통적인 여성상위에 형성된 것이라면 영란은 강렬한 자기애로 그것을 부정하는 소녀상인 것이다. 그런데 그러한 영란은 악한 인물로 규정되고 예술적 감화를 통해 개과천선의 길을 걷게 만드는 결말에서 소녀소설의 '소녀' 표상이 지향하는 바가 여지없이 드러난다.

정확한 리듬과 맑은 음정이 엄숙한 멜로디와 그리고 그 풍부한 성량은 도저히 영란으로서는 따를 수 없는 훌륭한 노래였다. 오선생을 좋지 않게 생각하던 영란의 날카로운 감정이 눈녹듯이 스러지는 순간은 마침내 왔다. 선생님의 말씀도, 부모님의 말씀도, 누구의 말에도 귀를 귀울이지 않던 영란으로

하여금 마침내 귀를 기울이게 한 것은 은주의 아름다운 목소리뿐이었다.

음악실 밖에서 영란은 눈물을 흘리면서 지나간 날의 자기를 진심으로 뉘우치기 시작했다. 부끄러움이 일시에 복받쳐 올라왔다.

(…중략…)

"은주야!"

하고 목메인 소리로 부르짖으며 은주를 꽉 부여안고 흑흑 느껴 울기 시작하였다.

"은주! 내동생 은주!"

영란은 은주를 부여안고 감격과 후회의 몸부림을 쳤다.(231면)

이 대목은 예술이 소녀의 교양학습에 작동되는 과정을 보여주는 흥미로운 장면이다. 칸트는 취미의 육성이야말로 인문적 교양을 위한 인간성에 적합한 것이라고 규정하고 있다. 그래서 그는 도덕적 감정과 취미를 결합하여 설명한다.[16] 칸트는 역사적 전통을 이어가는 사회적 삶에서 보편적인 공동체적 감각에 뿌리를 둔 미적 감정의 소통가능성의 중요성을 언급하며 취미를 훈육의 문화라고 말한다. 취미판단은 감각적 욕구가 정지하면서 일어나는 자유롭고 생기에 찬 심의 능력들로 이처럼 유희와 같이 일어나는 쾌감을 통해 누구에게나 소통이 가능해지며 보편적으로 전달될 수 있다는 것이다. 그래서 취미의 개발을 통해 인간은 도덕적 목적에 합당하게 되고 시민사회에서 서로 소통할 수 있게 된다. 취미와 계몽의 연결지점에서 훈육의 문화로서 취미의 의미가 형성

---

[16] 공병혜, 「칸트에 있어서 자연의 목적론과 문화의 의미」, 『헤겔 연구』 8, 한길사, 1999, 501면.

되는 것이다. 따라서 취미이념의 공통감은 인간성 이념에 기초하여 개인 간의 투쟁과 불화 혹은 길항주의를 극복하게 한다는 칸트의 주장은 이 작품의 갈등이 예술을 통해 극적으로 타개되는 긴박한 우연성에 대한 의미있는 해명이 될 수도 있겠다. 결국 교양으로서의 문화, 예술적 지향은 소녀가 지니고 있어야 할 덕목으로써 이를 통해 타자의 삶과 소통하는 일련의 과정을 영란이라는 소녀의 개과천선을 통해 보여준다. 권선징악이 아닌 예술취미를 통해 악한 세력이 회개하는 결말은 소녀소설이 강한 교훈적 기획의도가 있음을 드러낸다. 소녀를 가부장제의 틀 속에 길들이는 것이야말로 소녀소설의 가장 큰 사명인 것이다.

결국 예술취미를 통한 화해라는 결말은 소녀들의 자아를 왜곡시킨다. 이성적 자아가 해결해야 할 갈등을 감성적 자아의 판단 영역으로 배치하면서 교묘하게 소녀의 성장 서사를 왜곡시키는 것이다. 즉 이성이 아닌 감수성에 호소하여 갈등을 해결하는 것에서 소녀는 비이성적이고 매우 감정적인 존재로 규정되는 것이다.

원래 감수성(感受性)이란 예술뿐 아니라 심리학, 철학 등 인문과학에서 사용되던 개념이다. 철학에서 감수성(Receptivity)은 심리학적 감성을 의미하며 주어진 자극에 대해여 그 감각을 받아들이는 수용성이라는 의미를 지닌다. 이것은 같은 외부적 자극이라도 반응이 사람마다 다르다는 것을 의미한다. 그래서 감수성의 능력은 미적 능력과도 매우 연관이 깊다. 문학에서 감수성(Sensibility)은 감성, 즉 이성에 대립되는 개념으로 정서적 의식 경향으로 정의된다.[17] 이성의 대립점에 감성을 강조하는

---

17   김용직, 『문예비평용어사전』, 탐구당, 1985, 3~5면.

감수성이 서게 되는 것이다.

이 작품에서 영란의 자아성취에 대한 욕구는 반소녀적인 것으로 규정되고 예술적 감수성을 통하여 교양되며 이것이야말로 '소녀적인 것'처럼 탈바꿈된다. 이런 과정을 통해 소녀는 전적으로 감정에 지배하에 놓이는 비이성적 존재가 되며 소녀의 감수성은 이성과의 대척점에 서는 하등의 것으로 여겨지게 되는 수순을 밟게 되는 것이다.

4. 『쌍무지개 뜨는 언덕』 이후의 소녀

1949년 여학생 독자를 대상으로 잡지 『여학생』[18]이 창간되는데 이 잡지는 「소녀의 노래」, 「소녀시세기」, 「세계명작 소녀」, 「세계소녀 순례」, 「소녀 교양독본」, 「소녀의 노래」 등 각종 '소녀'를 반복하고 있다. 이때 소녀는 순결과 순수의 표상으로 사용되었다.

여학생 잡지라기 보다는 소녀 잡지를 해보았으면 … 하는 것이 나의 많은 꿈 가운데 하나였습니다. 왜냐하면 소녀가 지닌 순결한 찬란한 꿈을 곧

---

[18] 1949년 11월 창간호부터 1950년 4월 4호까지만 전해고 있어 더 이상의 내용은 확인이 불가하나 당시 『여학생』은 25,000부를 발행할 정도로 인기가 높았다고 한다. 발행인은 조화영(曹崋永)이며 1, 2호는 여학생사에서 3, 4호는 산하방에서 발행하였다. 여학생의 실적적인 편집주간은 박목월이었다. 박목월, 『누구에게 추억을 전하랴』, 고려원, 1987.

내가 가장 그리워하기 때문입니다.

—편집실, 『여학생』 창간호, 1949.11.

소녀독자를 위한 소녀소설을 본격적으로 개재한 잡지는 1952년에 창간된 중학생 교양잡지 『학원』이다. 창간 직후에 소년소설과 구별되는 소녀소설이라는 명칭으로 실린 작품들은 주로 부모를 잃은 가난하고 불쌍한 소녀 주인공이 등장하여 자기를 희생하여 행복을 얻는 스토리로 이루어져 있다. 또한 전쟁에 나간 남편을 대신하여 자녀를 양육하는 어머니에 대한 찬양을 주 내용으로 삼고 있다. 1954년에 와서 소녀소설의 주인공이 여학생이 되면서 소녀소설, 여학생 소설이라는 명칭이 혼용하여 쓰이는데 이 당시의 작품들은 여학생을 모성예비군으로서 교육하는데 주력하고 있다. 1959년에 이르러서는 소녀소설과 순정소설이란 용어가 함께 쓰이면서 남녀 학생의 우정과 애정담이 중심이 되는 작품이 등장한다. 결국 소녀소설이란 용어는 사라지고 1960년대 『학원』은 여학생이 주인공으로 등장하거나 이성 간의 우정과 사랑을 감상적인 문체로 다루는 작품에 명칭만을 사용하게 된다. 가련한 소녀주인공을 내세운 소녀소설은 학원지의 인기가 최고조에 이르던 1950년대 후반에 이르러 그 내용이 남녀의 연애담으로 바뀌면서 순정소설로, 1960년대에 이르러서는 서서히 모습을 감추게 된 것이다. 소녀소설의 주요 스토리의 변화는 소녀상의 변화와 함께 그 명칭의 변화까지 일으킨 것이다. 이는 소녀소설이 보이던 감상적인 문체와 여학생들의 일상적 이야기들이 남자 중학생의 호기심을 끌게 되면서 소설의 기대 독자의 범위가 남학생 독자까지 확대되고 이에 독자를 한정하는 '소녀'라는 타이틀을 버린 것으로 볼 수 있다. 독자의 구미에 맞게 이야기를 꾸려나가는 저널리즘 문학의 특성을 생각한다면 충분히 짐작가능하다.

이후 1960년 창간된 잡지 『여학생』[19]은 명랑소설, 역사소설을 제외하고 여학생이 주인공이 되는 소설을 순정소설[20]로 개재하고 있다. 또한 여기에는 「한국의 소녀상」이란 특집기사가 실리는데 이 특집기사에는 각계각층의 인사들이 한국의 소녀상에 대해 자신의 의견을 밝히고 있어서 당시 일반적으로 형성된 '소녀'의 이미지를 확인할 수 있다.

> 왜 어른들은 서로 물고 뜯고 싸우는 지 소녀는 알 수 없다. 소년은 어른들의 추악한 싸움의 원인이 무엇인지 모르는 것이다. 알면 큰일이다. 알려고 해서도 안된다. (…중략…) 소녀가 그리워하는 것은 이성이지만 그 이성은 생리적이 이성이라기보다 영적 이성이며 두 영적결합을 그려보는 것이다 소녀에게는 아직 구상화된 현실이 나타나지 않는다. 아직 소녀의 시야는 안개와 아지랑이 속에 명멸하는 추상의 세계에 불과하다. 그 안개가 걷힐 때는 거기는 환멸이 있을 지도 모른다. 소녀는 당황할 것이다. 육안으로 똑똑히 볼 수 있는 그러한 현실을 아직 소녀에게 보이고 싶지 않다. 빠르다. 아직 빠르다. 좀 더 꿈을 꾸도록 이 숲속에 버려두자. 그러나 들짐승이 해치지 못하도록 나는 소녀를 보호할 의미가 있다.
>
> — 오화섭(연세대 영문학교수), 『여학생』, 70~73면.

---

[19] 1965년 11월에 창간. 발행인 겸 편집자, 박기세(朴基世)였고 발행사는 여학생이다. 여학생 교양잡지로 교양 잡지로 시작되었으나 차츰 패션잡지로 성격을 바꾸어 갔다. 1990년 11월 재정난으로 폐간.

[20] 安壽吉의 「초가삼간」, 孫素熙의 「별이 빛나는 성」, 李元壽의 「솔바람 은은한 길」을 순정소설로 개재하고 있다. 『여학생』, 11월 창간호, 1960.

소녀가 가장 불명예스러운 것은 소녀답지 못하다는 말을 듣는 경우이다. 이것 역시 소녀가 아니다라는 뜻이다. 선머슴애, 불머슴애 같은 소녀가 되어버리기 때문이다. (…중략…) 소녀가 소녀이기 위해서는 오직 소녀다워야 하는 것. 이런 견지에서 내가 바라는 소녀상은 소녀다운 소녀인 것이다. 나는 소녀에게 유관순이나 잔다크같은 형상을 바라지 않는다. 이 위대한 것은 오히려 소녀 그 이상이라는 의미에서 소녀답지 않은 것인지도 모른다. 소녀 그 이하가 소녀가 아니듯이 소녀 그이상도 소녀일 수 없다. 오직 제 격에 맞는 소녀를 나는 원한다. (…중략…) 어디까지나 인간을 사랑할 줄 알고 또 인간적인 것을 사랑할 줄 아는 소녀는 나를 바란다.

— 이하윤(서울사대 교수),『여학생』, 82~83면.

우리에게 이렇다 할 소녀상은 없다. 현실로서의 소녀상은 물론 이상으로서의 소녀상마저 없다. 시골소녀의 영상은 생활고에 찌들었고 도시의 소녀상은 제복 속에 숨어들고 말았다. (…중략…) 우리의 목가적인 소녀상은 또 다른 이유 때문에 사라진 환각이 되어버렸다. 순결하고 아름다운 시골처녀의 영상은 생활고에 찢겨 도시로 몰려드는 거리의 처녀들로 인해 산산조각이 났고 적어도 도시에 사는 사람들이 농촌에서 취직자리로 찾아온 소녀들에게서 한 송이 흰백합화를 찾기란 거의 불가능하게 되어 버렸다. 전란과 그로 말미암아서 생겨난 각가지 민족의 수난을 통해서 민속은 어지러워졌고 인심은 각박해졌다. (…중략…) 그렇다면 다시 제복속에 감추어진 소녀의 내면에 도사리고 있는 미덕이며 정신적인 가치를 찾아서 그 속에서 우리의 소녀상을 찾아야 한다. (…중략…) 우리가 원하든 원치 않든 간에 우리는 개화 이전의 사회질서로 돌아갈 수 없고 날로 서구화되는 생활 환경 속에 구질서를 고집한다는 것은 어리석고 허무한 일이다. 그러나 그런 줄 알면서도 새시대의 소녀들이 미덕과 가치관이 어떤 것이냐를 가린다는 것은 극히 어려운 일이 아닐 수 없다. 우리 모두 앞에서 말한 일종의 공동에서 살고 있기 때문이다.

— 김진만(고대 영문학교수),『여학생』, 1960, 75~77면.

우리 한국은 어떠한 여성을 필요로 합니까? 한국의 전통을 그대로 따르는 순종적인 춘향이나 솔선적인 잔다아크 같은 여성입니까? 쉽게 대답할 수 없습니다. 나라의 진보를 위하여 용감성과 지도력을 필요로 하지만 나라의 좋은 마음과 심리적 건강을 위하여 여자다운 덕도 꼭 필요합니다. 이 문제를 해결하면서 또 다시 생각할 점이 있습니다 그 점은 한국 소녀의 낭만적인 성향입니다. 어느 나라에든지 십대들은 낭만적이라고 할 수 있습니다. 그러나 <u>한국의 소녀는 한 낭만주의자가 아닌가 합니다. (…중략…) 십대들은 어느 정도 비관적입니다. 눈물흘리기도 좋아합니다. 그래서 슬픈 시와 슬픈 노래를 좋아합니다.</u>

— 리처드 러트 신부(성공회 신부),「내가 본 한국의 소녀상」,『여학생』, 1960, 86~88면.

위의 다양한 소녀상에 관한 의견들을 본다면 '이렇다 할 소녀상이 없다'고는 하였으나 1960년대 이미 소녀는 현실에서 탈각된 신비로운 존재이며 아름답고 순수한 정신의 표상으로 인식되고 있는 것을 확인할 수 있다. 또한 동시에 소녀를 자기가 살고 있는 세계를 인식하지 못하고 과도기적 시기를 사는 매우 불안정한 존재로 인지하고 있으며 과잉 감정의 소유자이며 눈물 흘리기를 좋아하는 센티메탈리즘의 표상으로서 여기고 있음도 드러난다. 이러한 인식은 소녀감수성과 센티멘탈을 거의 동일어로 여기는 오늘날의 일반적 인식과 큰 차이가 없다. 이는 『쌍무지개 뜨는 언덕』 이후 우리 사회의 여러 변동 속에서도 '소녀'의 이미지만은 고착되어 거의 의미 변화를 겪지 않았다는 것을 입증한다.

4. 결론

오츠카 에이지는 "근대사회라는 것이 초경을 맞아 사용가능하게 된 여성의 신체를 미래의 남자에게 실제로 사용될 때까지 상처입지 않은 채로 보존하기 위해 그녀들에 관련해 이런저런 언설들을 만들어내다 '실수로' 생겨난 이물이 '소녀'라는 존재"라고 했다.[21] 이 글은 가부장적인 이데올로기가 허구적이고 전통적인 여성상에 결합한 '소녀'를 제조했음을 시사한다.

우리 소녀소설의 대표작이라고 할 수 있는 『쌍무지개 뜨는 언덕』의 작가 김내성은 서문에서 이 작품을 '아기자기한 읽을거리'라고 표현하는데 이 대목은 작가가 파악하는 소녀의 감수성을 단적으로 보여주는 부분이다. 이때 아기자기함의 소녀 감수성은 성별화된 소녀 집단의 내면적 특성을 지칭하는 것으로 씩씩하고 진취적인 '소년'의 이미지와는

21 　大塚英志, 『少女民俗學 : 世紀末の神話なつを『巫女の末裔』』, 光文社, 1989, 100면.

반대되는 지점에 성립된 것이다. 소녀 공동의 취향을 아기자기한 감수성으로 파악하고 인기를 얻은『쌍무지개 뜨는 언덕』은 독자에게 눈물을 매개로 한 카타르시즘을 경험하게 하고, 대리적 만족감까지 주면서 큰 인기를 얻었다. 하지만 또 한편으로는 근대 이후 지속적으로 쌓아올린 여성의 내적 자질을 소녀의 감수성으로 치환하여 단순화시켜 의미를 평가절하하는 데 기여한 작품이기도 하다.

결론적으로 소녀독자를 대상으로 저널리즘에 의해 기획된 소녀소설은 예비 국민 주체인 남학생에게 근대사회가 요구한 이성, 합리성, 자유, 민족적 패기 등을 소년소설을 통해 교양한 것과 달리 여학생에게 감성, 희생, 모성 같은 여성적 자질을 교양의 내용으로 삼아 국민의 위계화를 시도하였다. 이것이 우리 소녀소설의 핵심 기획이라 할 수 있다. 하지만 소녀소설이 저널리즘에 의해 장르화 되어 오랫동안 인기를 얻었던 일본과 달리 우리나라에서는 장르화에 실패하고 소멸되었다. 이러한 원인을 무엇보다 빠르게 변화하는 한국 사회 속에서 독자가 요구하는 새로운 소녀상을 창출하지 못한 소녀소설의 한계에서 찾을 수 있다. 대중성을 지향하는 저널리즘이 가부장적인 논리 안에서 전통적 여성상을 각색하여 만들어진 근대적 의지가 없는 소녀상은 학교라는 근대 교육 안에서 자아에 눈뜨며 성장하는 여학생 독자들의 관심에서 점점 소녀소설을 멀어지게 한 것이다. 결국 새로운 시대적 요구에 걸맞은 소녀상을 창조하지 못함으로써 독자에게 외면 받게 되었다. 이리하여 위계화된 성별 논리를 강화시키는 방향으로 전개된 소녀소설은 사라지고, '소녀'는 오늘날 청순하면서도 섹슈얼리티한 존재라는 허구화된 이미지로 고착되어 여전히 실체가 불분명한 이중적 기호로서 남게 되었다.

한·일 아동문학을 잇는 생명의 미학

권정생과 하이타니 겐지로

이경희

1. 한국과 일본을 잇는 아동문학의 흔적

권정생(權正生, 1937~2007)과 하이타니 겐지로(灰谷健次郎, 1934~2006)는 적지 않은 공통분모를 지닌 동화작가라는 점에서 주목된다. 한국과 일본의 역사가 교차하는 굴곡진 동시대를 살아왔을 뿐만 아니라 작고 약한 존재들을 주인공으로 부각하였다는 점에서 그러하다. 특히 역사와 사회의 희생양이 된 고통 받는 사람들을 작품에 자연스럽게 녹여 내어 많은 독자들의 사랑을 받아 왔다는 점도 빼놓을 수 없다. 작가 스스로도 가난과 전쟁의 한 가운데에 있었으며 고통의 호명과 환기에 있어서 다시보기를 넘어 생명을 향한다는 점에서도 닮은꼴을 보인다. 하이타니 겐지로는 일부 독자들에 의해 '일본의 권정생'이라 불리기도 하는데, 이는 두 작가가 스스로 중앙과 격리하여 자연인으로 살면서 지니게 된 몸과 글의 분위기에서도 그 연유를 찾을 수 있겠다.

권정생과 하이타니 겐지로는 삶의 변방으로 밀려난 존재들에 주목하였다. 권정생이 추구한 중심의 바깥에는 세계 제국에 의해 촉발된 한국전쟁의 피해자들, 가난하고 아픈 사람들, 강아지똥 같은 미미한 존재들이 있다. 하이타니 겐지로의 그것에는 오키나와라는 일본 밖의 일본이 있으며 역시 태평양전쟁의 피해자들, 가난하거나 아픈 아이들, 일본 내의 한국인과 같은 소수자들, 외톨이 아이들이 있다. 권정생의 작품에는 변두리의 가난한 일본 어린이들이 등장하며 하이타니 겐지로의 작품에서도 재일동포 이야기를 드물지 않게 볼 수 있다.

두 작가의 작품은 일본과 한국에서 상당량 번역되어 출간되었다. 일본에서 출간[1]된 권정생의 작품에는 『무명저고리와 엄마』(소진샤, 1992), 『초가집이 있던 마을』(데라인꾸, 1998), 『몽실 언니』(데라인꾸, 2000), 『강아지똥』(헤이본샤, 2000), 『오소리네 집 꽃밭』(헤이본샤, 2001), 『황소아저씨』(2003) 등 일제강점기와 한국전쟁을 배경으로 한 세 편과 그 외 작고 약한 것들의 아름다움과 따뜻함을 드러낸 것들이다.

하이타니 겐지로의 작품 또한 한국에 소개되었다. 『선생님 울지 말아요』(자유문학사, 1981)를 시작으로 『태양의 아이』(개마고원, 1996), 『나는 선생님이 좋아요』(내일을여는책, 1996), 『손과 눈과 소리와』(양철북, 2003) 등 50권이 넘는 책이[2]이 간행되었다. 오키나와의 비극, 자연 속의 아이들, 소외

1　원종찬, 「권정생 연보」, 『권정생의 삶과 문학』, 창작과비평사, 2008, 374~404면.
2　『선생님 울지 말아요』(자유문학사, 1981), 『여교사』(자유문학사, 1985), 『선생님 선생

된 아이들, 상냥함의 의미를 드러낸 작품들이 주를 이룬다.

하이타니 겐지로는 한국에 작품이 지속적으로 소개되면서 한국독자층이 두터워졌으며 한국에서 몇 차례의 초청강연회와 인터뷰 등을 가졌다. '하이타니 겐지로와 함께하는 일본문학기행'의 일환으로 한국독자들이 일본에서 작가를 만나기도 하였다. 2004년의 마지막 초청강연회에서는 "일본은 아시아 사람들에게 엄청난 고통을 주었다"는 서두로 시작하여 일본의 평화헌법에 대해 언급하였고, 생명을 최고의 가치로 추구하는 하이타니 겐지로의 철학이 강연 내내 이어졌다.[3]

"한국의 동아시아론은 중심주의 자체를 철저히 해체함으로써 중심 바깥에, 아니 '중심'들 사이에 균형점을 조정하는 것이 핵심"[4]이라면 중심 바깥의 한국전쟁과 오키나와전쟁의 참상을 드러낸 작품들은 중심주의에 경종을 울린다 하겠다. "오키나와는 결코 한국과 분리된 곳이 아니다. 오키나와라는 자물쇠를 푸는 작업이 동아시아론의 미래를 열 열쇠의 하나"[5]라는 인식은 오키나와전쟁과 한국전쟁에서 생명의 의미를 배웠던 하이타니 겐지로와 권정생의 작품 분석에 대한 뜻을 제공한다.

이 글에서는 중심의 바깥에서 역사와 사람들을 보았던 권정생과 하

님 우리 선생님』(자유문학사, 1991), 『선생님의 눈물』(웅진출판, 1995), 『파리 박사』(햇빛출판사, 1998), 『파리박사 데츠조』(햇빛출판사, 1998), 『나는 선생님이 좋아요』(양철북, 2002)는 모두 같은 책이다. 책의 원명은 『토끼의 눈(兎の眼)』이다. 제목만 다른 동일한 책을 1권으로 보고 중앙국립도서관에 소장되어 있는 책을 중심으로 조사하면 약 27권의 책이 출간되었다.

3 양철북 편, 「하이타니 겐지로의 삶과 문학 그리고 교육—하이타니 겐지로 초청 강연회」, 『우리교육』 4월호, 2008.

4 최원식, 「한국發 또는 동아시아發 대안?」, 『제국 이후의 동아시아』, 창작과비평사, 2009, 279면.

5 최원식, 「세 도시 이야기—남쪽에서 본 동북아시아」, 『제국의 교차로에서 탈제국을 꿈꾸다』, 창작과비평사, 2008, 9면.

이타니 겐지로의 인식이 어디서 연유되는지를 살펴보겠다. 또한 제국에 의해 결박된 역사의 고통을 증언한 작품과 작고 약한 존재가 주인공이 되는 작품의 분석을 통하여 한국과 일본, 크게는 동아시아를 잇는 생명의 줄기를 짚어보고자 한다.

2. 전쟁의 체험과 도덕적 결벽증

권정생과 하이타니 겐지로의 근사성(近似性)은 외형적으로는 어린 시절 겪은 전쟁의 상흔과 가난 그리고 가족의 해체와 죽음에서, 내면적으로는 '생명의 본성을 바라보는 시각'에서 찾을 수 있다. 특히 두 작가가 지닌 '결벽증'에 대해 주목할 필요가 있다. 권정생과 하이타니 겐지로는 자신들이 누리는 아주 작은 것에도 미안해하고 부끄러워하는 일종의 결벽증[6]을 지니는데 그것은 타인의 고통이 내 안에 그대로 살아나는 것에 다름 아니다. 그러한 고통의 공유는 약하고 보잘 것 없는 것들에 대한 애정으로 나타난다. "나라는 미숙한 인간이 좀 더 인간적인 인간이 되는 길

---

[6]　이현주, 「동화작가 권정생과 강아지똥」, 『권정생의 삶과 문학』, 창작과비평사, 2008, 77면. "나는 하느님 앞에서 과연 용서받을 수 있는 인간인지 두렵다. 난 정말 어찌했으면 좋을까?(…중략…) 억울하게 죽어가는 가엾은 목숨들이 바로 눈앞에 있는데도 제 혼자 살려고 오늘 아침에도 꾸역꾸역 숟가락을 입에 쑤셔 넣었다. 용서받지 못할 위선자!" 권정생, 「다시 김 목사님께2」, 『빌뱅이언덕』, 창작과비평사, 2012, 317면. "제가 여지껏 감옥에 가지 못한 것은 누군가 제 대신 누명을 쓰고 감옥에 가주고 있기 때문입니다."

을 찾고 고민하며 살아온 삶의 기록"[7](하이타니 겐지로, 「한국어판 서문」, 『내가 만난 아이들』, 양철북, 2004, 6면)으로 자신의 글을 보았던 하이타니 겐지로나 "나는 지금 한 인간으로 돌아가기 위해 몸부림치고 있다. 내가 사람답기 위해 또 한 사람을 찾고 있다. 사람을 사랑하고 싶다"고 고백했던 권정생의 생명을 보는 시각은 한 선상에 놓여 있다.

하이타니 겐지로는 고베 태생으로 하층민 동네에서 자라났으며 어린 시절에 태평양전쟁과 가난[8]을 함께 겪는다. 중학교 졸업 후 진학을 포기하고 인쇄공, 점원 등 여러 직업을 전전한다. '날마다 직업소개소 앞에 줄을 섰고 날마다 일거리가 없었던' 그는 밑바닥 생활을 하면서『기린』[9]과 조우하게 되는데 거기에 실린 아이들의 작품을 보며 충격과 감동을 받는다. 「'나는 나쁜 짓을 했다'는 나의 성서」라는 글에서 밝히고 있듯이『기린』에 실린 글들은 그의 병든 영혼을 되돌아보게 하고 자신의 허구가 낱낱이 벗겨지는 체험을 하게 한다. 이것은 하이타니 겐지로가 아이들의 작품을 통해 함께 살아가고 함께 배우는 자세를 받아들이는 근간이 되기도 한다. 그는 조선소의 임시직 노동자가 되어 야간 고등학교를 다녔는데 당시 자신의 가족을 "한마디로 붕괴된 가족의 전형"[10]

---

7   하이타니 겐지로, 「한국어판 서문」, 『내가 만난 아이들』, 양철북, 2004, 6면.

8   하이타니 겐지로, 「두 가지 도둑질」, 『내가 만난 아이들』, 양철북, 2004, 42~45면. "우리는 늘 굶주려 있었다. 오로지 먹을 것 생각 뿐이었다. (…중략…) 훔친 옥수수를 굽는 동안 둘 다 이상하게 손발이 떨렸다. 아무리 애를 써도 떨림이 멎지 않아 우리는 서로 얼굴을 마주 보았다. 다 같이 옥수수를 먹었다. 사람은 배가 고프면 왜 눈이 빛나는 것일까? 다섯 살배기 남동생도, 세 살배기 여동생도 눈빛을 번뜩이며 옥수수를 뜯어 먹었다."

9   『기린』은 1949년 2월에 다테나카 이쿠의 감수로 창간된 잡지다. 이노우에 야스시, 샤카모토 료, 아다치 겐이치 등이 만들다가 1971년 폐간되었다. 220호까지 발간된 이 잡지는『빨간 새』를 능가하는 장기 간행물이었고 하이타니 겐지로는 교직 시절 어린이들의 작품으로『기린』의 편집에 참여 하였다.

이라 표현한다. 특히 큰형의 자살은 그의 문학에 큰 영향을 미친다.

일제 강점기와 태평양전쟁, 해방과 한국전쟁에 이르기까지 한국과 일본의 관계는 그물망처럼 촘촘히 얽혀 있다. 권정생은 도쿄의 빈민가에서 미군의 폭격기 공습에 대비해 머리맡에 공습바가지를 두고 자다가 방공호로 대피하는 태평양전쟁을 겪는다. 해방이 되어 돌아온 '일본 거지'인 권정생에게는 가족 해체와 굶주림만이 기다린다. 하이타니 겐지로 역시 일본 본토 공습의 격전지인 고향 고베에서 굶주림과 전쟁의 공포를 체험한다. 패전 후 하이타니는 전쟁의 폐허 속에서 가난을 겪게 되는데 한국전쟁 특수는 하이타니와 그의 가족들에게 일거리를 제공해준다. 무기를 만드는 것은 아닐지라도 그 일이 한국 사람들을 죽이는 행위에 관여한다는 것은 분명한 일이라고 그는 인지한다. 그의 형은 고뇌하였는데 "형은 인간으로서 마땅히 거부해야 할 일을 거부하지 못한 부끄러운 인간의 문제, 바로 자기 자신의 문제로서 한국전쟁을 바라보고 있었다"[11]고 하이타니 겐지로는 회고한다.

한편 권정생은 고국에서 그의 생의 트라우마인 6·25를 겪는다. 권정생의 생애는 여러 책들[12]에 의해 소개되고 많은 이들의 관심이 있었던 바 이 글에서는 생략하겠다. 권정생은 조탑마을 교회의 종지기를 하면서 동화를 쓰게 되는데 1969년 「강아지똥」을 통하여 세상에 알려지게 된 것은 주지하는 바와 같다. 하이타니 겐지로가 조선인을 동화의 인물

---

10   하이타니 겐지로, 「『기린』의 어린 전사들」, 『내가 만난 아이들』, 양철북, 2004, 36면.
11   하이타니 겐지로, 「이별 저편에서」, 『내가 만난 아이들』, 양철북, 2004, 60면.
12   권정생 연보는 『권정생의 삶과 문학』(창작과비평사, 2008), 『오물덩이처럼 딩굴면서』(종로서적, 1986), 『우리들의 하느님』(녹색평론사, 1996), 『빌뱅이 언덕』(창작과비평사, 2012)을 통해서도 파악할 수 있다.

로 끌어 들였듯이 권정생의 동화 「공 아저씨」, 『슬픈 나막신』 등에는 어린 시절에 겪은 일본인들이 등장한다.

하이타니 겐지로는 경제적 어려움 속에서도 학업을 지속하여 1956년 교사가 된다. 그러나 1970년 형의 자살로 자신의 정체성에 대한 회의에 빠진 그는 1972년에 교사를 그만 두고 2년여에 걸쳐 오키나와와 아시아 등지를 떠돈다. 섬의 파인애플 공장에서 하루치의 방값에 해당되는 임금을 받으며 일하기도 한다. 1974년 첫 소년소설을 발표하면서 작가로서의 길을 걷게 되며, 1980년에 아와지 섬에서 자급자족 생활을 하며 '태양의 아이' 유치원을 운영하다가 1991년에 오키나와의 도카시키 섬으로 이주, 잠수 물고기잡이를 하며 섬사람들과 함께 생활을 한다.

이러한 점은 권정생이 고향의 농촌사람들과 함께 생활하면서 그들의 이야기를 증언하듯 글을 쓴 것과 매우 유사한 작품화 방식이라 할 수 있다. 하이타니 겐지로도 오키나와의 이야기를 자신의 이야기로 받아들여 작품화 했다. 오키나와전쟁으로 잘려나간 손의 역사를 쓴 「손」이나 일본의 태평양전쟁에 대해 쓴 「눈」 등을 비롯하여 그의 작품에는 증언적 이야기가 다수 있다. 또한 자연을 터전으로 생존을 이어나가는 사람들의 삶을 동화와 소설로 기록했다는 점에서도 이들은 유사성을 보인다.

권정생과 하이타니 겐지로의 작가 의식을 이루는 근간은 가난과 전쟁의 체험이며, 밀려난 사람들, 아프고 약한 사람들에 대한 동일시와 작은 누림도 자책하는 결벽증이다. 두 작가는 고통의 환기와 치유를 통하여 함께 가는 세상을 들려준다. 대동(大同) 세상을 꿈꾸는 이러한 시각이 작품에서는 어떻게 드러나는지 살펴보고자 한다.

3. 중심의 바깥에 산다는 것

하이타니 겐지로와 권정생의 대표작이라 할 수 있는 『태양의 아이』[13]
와 『몽실언니』[14]의 분석을 통해 전쟁의 환기가 의미하는 바를 알아보
겠다.

『태양의 아이』(1977)는 '우치난츄'들이 살아가는 모습을 가장 잘 드러
낸 작품으로 하이타니 겐지로가 형의 자살을 마음에 담고 쓴 소년소설
이다. 오키나와 사람들에게 "일본인과 오키나와인 사이에 어느 쪽이냐
고 물으면 오키나와 말로 '우치난츄', 곧 오키나와 사람이라고 대답한
다"[15]는 것은 널리 알려져 있다. 이 작품은 『나는 선생님이 좋아요』[16]의
성공 이후 집필된 하이타니 겐지로의 대표작[17]이며 베스트셀러 작가로
알려지는 데 영향을 준 작품이다. "『태양의 아이』를 완성했을 때 맨 처
음 머리에 떠오른 것은 나는 더 이상 글을 쓸 수 없을 거라는 생각이었
다. 작품 속에서 내가 살고, 살아내고, 그리해서 생명이 끝난 느낌이었

---

13   하이타니 겐지로, 『태양의 아이』, 양철북, 2002. 이하 이 작품 인용은 주 대신 이 책의
　　면수만 밝힌다.
14   권정생, 『몽실언니』, 창작과비평사, 1984. 이하 이 작품 인용은 주 대신 이 책의 면수만
　　밝힌다.
15   김응교, 「폭력의 기억, 오키나와 문학 오에겐자부로, 하이타니 겐지로, 메도루슌의 경
　　우」, 『외국문학연구』 32호, 2008, 63면.
16   1974년 발표한 첫 장편소설로 일본 문학계에 큰 관심을 받으면서 베스트셀러가 되어
　　400만 부 이상이 판매되었고, 1978년 국제 안데르센상 특별 우수 작품으로 선정되기
　　도 하였다.
17   하이타니 겐지로, 『아이들에게 배운 것』, 다우출판사, 2003 표지 참고. 1978년 『태양
　　의 아이』로 산케이 아동출판 문화상, 『혼자만의 동물원』으로 쇼가칸 문학상을 받았
　　고 1979년에 『나는 선생님이 좋아요』, 『태양의 아이』 등의 작가 활동을 인정받아 제1
　　회 로보노이시 문학상을 수상했다.

다"[18]고 하이타니 겐지로는 회고한다. 작가의 속울음을 쏟아내는 의미로서의 글쓰기가 태양의 아이에서 그 절정을 발하고 있는 것이다.

『몽실언니』(1984)는 6·25전쟁을 다룬 권정생의 소년소설 3부작 중에서 가장 사랑받는 작품으로 논의의 중심에 있다. 「강아지 똥」과 더불어 권정생의 대표작으로 자리매김했으며 어린이책으로는 이례적인 판매 부수를 기록하였고 몽실이라는 캐릭터로 인해 독자의 가슴에 지워지지 않고 살아 존재하는 작품이다.

이 두 작품에서는 잔인한 역사를 드러내기 위해 아동 문학에서 시도하기 힘든 '사실의 리얼한 공개'가 작품 전체를 아우르고 있다. 더욱이 이러한 역사적 사실의 재현에는 권정생과 하이타니 겐지로의 체험이 녹아들어 있어 그 설득력을 더한다.

『몽실언니』와 『태양의 아이』에서 단연 돋보이는 것은 '생명의 본성'을 보는 시각이다. 두 작품에는 모두 이중의 소외가 드러나는데 난폭한 역사에 조정 당하는 개인과 시대의 굴곡에 의해 망가진 자신을 스스로 무너뜨리는 소외가 겹을 이룬다. 이중의 소외는 주인공인 몽실과 후짱보다는 주변 인물들을 통해 드러난다. 두 작품에서 이중적 소외를 겪는 인물은 당대의 평범한 사람들이다. 역사에 의해 심신이 황폐해진 인물들이 다수 등장하며 이들은 부랑아가 되거나 병을 얻거나 자살에 이른다. 두 작품에서 '소외에서의 탈출'을 시도하는 것은 주인공인 몽실과 후짱이다. 권정생과 하이타니 겐지로가 몽실과 후짱에게 부여하는 미션은 뚜렷하다. 몽실과 후짱은 슬픔과 고통 속에서도 인간에 대한 신뢰와

---

18 하이타니 겐지로, 「작은 거인」, 『내가 만난 아이들』, 양철북, 2004, 151면.

사랑을 저버리지 않음으로써 '생명의 본성은 무엇인가' 하는 질문을 독자에게 던진다.

그런데 생명의 본성을 찾아가는 방식에는 두 주인공들 간에 차이가 존재한다. 몽실은 전쟁을 직접 체험하며 주변 인물과 자신의 고통이 생존 속에 함께 존재한다. 반면 후쨩의 고난은 전쟁을 겪은 주변 인물들을 이해하는 과정에서 그 고통에 합류하고 있다. 그러나 이것은 방식의 차이일 뿐이며 몽실과 후쨩이 생명의 본성을 바라보는 근원은 서로 닿아 있다.

1) 자기 안에 남이 살게 하는 사람

『태양의 아이』의 배경에는 냉랭하게 배신당한 오키나와(유구(琉球), 류우꾸우)가 있다. "일본의 내국식민지로, 본토 보호를 위한 사석(捨石)으로 선택된 오키나와 방어전에 가엽게 휩쓸린 오키나와 주민들이란 근본적으로는 제국의 희생자"[19]들이다.

『태양의 아이』의 시공간은 오키나와전쟁 30년 후인 1975년 고베항의 '데다노후아(태양의 아이) 오키나와정'이다. 12살 소녀 후쨩의 부모는 오

---

[19] 최원식, 「오키나와에 온 까닭」, 『제국 이후의 동아시아』, 창작과비평사, 2009, 170~176면. "1609년 청의 지배 아래 들어간 유구왕국은 1879년 메이지정부에 의해 오키나와현으로 처분되면서 해체되었으며 1945년 3월 말부터 6월 하순까지 진행된 미군의 오키나와 공격으로 일본군은 거의 전멸하고 현민 약 20만이 희생되었다. 전후 미국은 오키나와를 동아시아의 전략적 요충지로 접수하였고 1972년 일본에 반환된 이후에도 한국전쟁과 베트남전쟁으로 더욱 높아진 전략적 중요성으로 미군기지는 오키나와에 의연하다."

키나와 태생으로 류큐 음식점을 운영한다. 가족처럼 매일 모이는 손님들의 대부분은 오키나와 태생으로 속 깊은 상처들을 가진 사람들이다. 후짱의 아버지는 오키나와전쟁에서도 가장 비참했던 남부에서 격전하였는데 그가 겪은 이중삼중의 고통이 그를 괴롭히고 발작을 일으키게 한다. 그러한 상태는 전쟁 직후보다 시간이 지날수록 더 심해져 아직도 전쟁 중이라는 망상으로 가득 차 있다. 오키나와의 소년인 기요시는 어린 시절 해체된 가족으로 오갈 데 없는 부랑아가 된 아이이다. 로쿠 아저씨는 집단 자살과 살해의 기억을 갖고 있다. 그러나 이러한 사연들은 도입부에는 드러나지 않는다. 후짱이 아버지의 병을 이해하기 위해 오키나와에 대해 알아가기 시작하면서 서서히 그 어두운 빙산의 일각들은 드러난다. 『태양의 아이』는 과거의 트라우마가 은밀히 방치된 채 현재를 지배당하는 사람들이 어떻게 그 상처를 치유하고 회복하는가의 이야기이다.

『태양의 아이』는 25장의 짧은 이야기들로 구성되어 있는데 첫 장과 마지막 장을 아버지와의 소풍 장면으로 배치하여 아버지의 죽음과 후짱의 태도를 극대화한다. '끝나지 않은 전쟁'을 보여주기 위해 도입부터 마지막까지 과거 사건의 복원과 현재 사건의 진행을 병치한다. 후짱은 이러한 사건의 진행을 촉진시키는 역할을 하며 주변 사람들의 삶에 적극 개입하고 그것이 또한 후짱의 의식을 변화시킨다.

오키나와가 착취당한 역사는 과거를 거슬러 올라간다. 오키나와 민요 중에서 후짱이 제일 좋아하는 노래는 〈고양이 윤타〉이다. 〈고양이 윤타〉는 인두세에 사무친 원한이 내포되어 있는데 끌려간 여자를 고양이 신세에 비유한 노래이다. 또 오키나와의 말은 본토에 대한 차별을 부추기는 낙인으로 치부된다. "오키나와 사람이 도회지에 나오면 첫째 고생이 바로 말이야. 그 때문에 사람이 엇나가고 심하면 자살하는 경우도 있단 말이야"(72면)에는 숨길 수 없는 본성인 말을 백안시함으로써 오키나와라는 존재 전체를 부인하는 무서운 의식이 드러난다. 이 차별은 본토 사람들의 의식 속에 견고한데 "불쌍해서 써줬더니 역시 오키나와 것들은 못쓴다니까"(142면)라는 비난에 응축되어 있다.

눈 뜨고 오키나와를 죽인 거지. 일본 본토 놈들은 멋대로 오키나와를 희생시켜 저희들만 단물을 빨아먹었지. 옛날부터 줄곧 그랬어. 지금도 마찬가지야. 앞으로도 그럴거고.(111면)

본토에 대한 불신과 오키나와에 대한 비극적 전망은 계속된다. 후짱은 매우 활달한 '폭죽같은 아이'이며 웃음이 많지만 오키나와전쟁 사진을 통해 참극을 날 것 그대로 보게 되면서 구토한다.

부녀자와 아이들의 주검이 겹겹이 쌓여 있었다. 어떤 여자는 몸을 앞으로 오그린 채, 어떤 여자는 하늘을 향한 자세로 죽어 있었다. 엄마 팔에 안긴 채 죽은 아이도 있고, 고무공처럼 내동댕이쳐진 아이도 있었다. (…중략…)
"수류탄으로 자결하거나 목구멍을 찌르거나 배를 갈라 죽은 사람도 있단다. 도대체 이들이 왜 죽어야 했단 말인가 ……."(115면)

그러나 후짱을 악몽으로 몰아넣은 것은 전쟁 장면이 아니라 죽음을 목전에 둔 '사람들의 얼굴'이다. "세상에서 제일 이해하기 어려운 얼굴,

아무리 보아도 수수께끼를 풀고 있는 얼굴들"(117면) 앞에서 후쨩은 이 죽음의 무의미성을 절감한다. 세 사람 중 한 사람 꼴로 죽었는데 죽음을 실감하지 않는 그들의 얼굴 앞에서 후쨩은 서늘한 공포를 느낀다.

이중의 소외에 있는 인물에는 아버지와 로쿠 아저씨와 기요시가 있다.

> 나는 그저 보통 목수일 뿐, 군인이 아니었다. 오키나와를 지켜 준다고 온 군대가 우리들에게 죽으라고 했다. 명예롭게 죽으라고 수류탄을 주었다. 군대는 나라를 위해, 천황 폐하를 위해 죽으라고 말했다. 우리를 모두 한데 모으고, 그 한복판에서 수류탄의 안전핀을 뽑았다.
>
> 지금은 보이지 않는 이 손을 똑똑히 보라고, 바로 이 손으로 갓난 내 자식을 죽였다. "갓난아기의 울음소리가 적에게 새어 나가면 전멸이다. 네 자식을 처치하라. 그것이 모두를 위하는 일이다. 나라를 위한 일이다." 오키나와의 어린 것들을 지켜 준다고 온 군대가 이렇게 말한 거다. 그리고 모두 다 죽어갔고 그 군대는 살아남았다. 이 손을 잘 보라고, 손은 이미 없어졌는데 이 손은 언제까지나 내 가슴을 친다.(364~365면)

로쿠 아저씨는 일본군의 명령으로 자신의 손으로 딸을 죽이고 수류탄으로 한 팔을 잃는다. 그가 살아가는 이유는 아기를 언제까지나 자기 마음속에 살아 있게 하고 싶어서다. 살아 있는 자신 속에 죽은 딸이 함께 살고 있어서 오히려 그는 타인의 괴로움을 볼 줄 알고 나눌 줄 안다.

『태양의 아이』에는 두 명의 태양의 아이가 존재한다. 한 명은 '데다노 후아 오키나와정'의 딸인 후쨩이고 다른 한 명은 후쨩으로 인해 상처를 치유 받는 기요시이다. 기요시는 주인공 후쨩 못지않게 작품에서 차지하는 비중이 큰데 소설의 말미에 이르러 기요시와 후짱의 의식의 흐름이 함께 도도하게 흘러가기 때문이다. 기요시는 상처 받은 짐승처럼 오키나와인들과도 교류하지 않는다. "그 녀석은 오키나와 사람이면서도 자랑할 만한 오키나와를 갖고 있지 않거든, 그러면서도 오키나와 태생이라는 것 때문에 제일 많이 고통을 받았어. 정말 간이 썩어 문드러지는 고통"(81면)을 받은 기요시는 이중의 소외에 휩싸여 있다. 정신적 의지처인 누나의 자살로 기요시는 자신을 내던지는 생활을 하게 되고 자신을 버린 엄마를 증오한다. 그러나 후짱의 노력으로 엄마를 만나게 되고 미군의 성폭력에 의해 아이까지 낳았던 엄마의 아픈 과거를 알고는 오히려 엄마를 이해하게 된다. 오키나와 태생이라는 것에서 어떻게든 도망치고자 했던 기요시는 '진짜 용기'에 대해 깨닫는 순간 "난 오키나와의 아이야. 나도 태양의 아이란 말이야. 그렇게 생각하자 괴로우면서도 기뻤어"(371면)라고 고백한다.

『태양의 아이』에는 과거와 현재의 아픔과 회복이 동시에 진행된다. 그러나 후짱의 염원인 아버지의 회복은 이뤄지지 않는다. 모든 노력에도 불구하고 후짱의 아버지는 자살한다. 이 장면 속에는 하이타니 겐지로 형의 자살이 있다. "형은 죽을 때 조용했다. 특별할 것 없는 일상처럼"[20]이라고 하이타니 겐지로는 회고한다. 죽기 전에 식구들과 쇼핑을 하고 외식을 하고 아무렇지 않은 듯이 음식을 다 먹고 그리고 그는 대들보에 목을 맨다. 후짱 아버지의 자살 장면 역시 동일하다. 소설의 결미에서 후짱과 기요시는 아버지의 유골함을 들고 아빠와 함께 걸었던 언

---

20   하이타니 겐지로, 「이별 저편에서」, 『내가 만난 아이들』, 양철북, 2004, 53면.

덕을 올라간다. 후짱은 손수건에 죽은 두 사람 몫의 음식을 덜어 놓고 훗날 두 아이를 낳겠다고 다짐한다. 죽은 사람의 생명이 계속 이어지게 하겠다는 것이다.

> 아무리 괴로운 때에도 아무리 절망적인 때에도 진심으로 사람을 사랑할 수 있는 사람이 훌륭한 사람이라고 생각합니다. 사람을 사랑한다는 것은 참 힘든 일이라는 생각을 하게 됩니다.
>
> (…중략…)
>
> 오키나와 사람들이 모든 생명을 소중하게 생각하는 것은 살아오는 동안에 수많은 슬픈 이별을 했기 때문입니다. (346~347면)

하이타니 겐지로는 아동 문학의 성격상 죽음의 결미는 피해야 하지 않나 고민했으나 결국 '자살'로 마무리를 짓는데 이에는 그의 철학이 작용한다. 『태양의 아이』에서 하이타니 겐지로가 말하고 싶은 것은 진실의 형상화이다. 이는 후짱의 입을 통해 우리에게 전달된다. "저는 꼭 알아야 할 일을 알려 하지 않고 그냥 지나쳐 버리는 그런 비겁한 인간이 되고 싶지 않아요"(277면)라고 항변한다. 비극을 덮어버리는 안일한 낙관을 그는 부끄럽다고 여긴다. 역사와 사회의 거짓과 가당치 않은 폭력이 어떤 아픔을 초래하는가를 똑똑히 보라고 펼쳐 보인다. 그리고 자신 안에 있는 고통을 정면으로 바라본 사람만이 타인의 아픔을 제대로 이해한다고 본다. 또한 그것은 "자기 안에 남이 살게 하는 사람"(309면)이며 이것은 하이타니 겐지로의 '생명을 보는 시각'이기도 하다.

2) 한 생명에 깃든 모든 생명

『몽실언니』에 대한 분석은 많은 연구자들에 의해 다양하게 진행되어 왔는데 "아동 문학에서 드물게 역사성을 성공시켜 한반도 수난 역사에서 민중들의 전형적인 모습"(위기철, 1985)을 보여준다거나 "극심한 고통 속에서도 희망을 놓지 않는 낙관"(김상욱, 2002)을 심어준다거나 "몽실은 한국문학이 기억할 수 있는 몇 안 되는 주요 캐릭터 중의 하나"(원종찬, 2004)로 보는 시각으로 대별해 볼 수 있다. 몽실의 캐릭터 분석으로 원종찬에서는 "한 시대와 굳건히 마주 선 주인공의 형상"으로 "제 힘껏 자기 앞의 삶에 충실한 끈질긴 생명력"을 보여 줌으로써 "한국 아동문학이 낳은 불멸의 주인공으로 우뚝하다"[21]고 언급한다. 김성진에서는 몽실의 살아있는 캐릭터는 "모든 고통을 자신의 어깨에 짊어진 운명의 수용자"로서의 캐릭터가 "구도자로서의 몽실"[22]을 통해 보편적 휴머니즘을 잃지 않는다고 평한다.

몽실이라는 캐릭터를 깊이 들여다보기 위해서는 전체의 구조 속에서 몽실과 주변 인물들과의 관계를 살펴보는 것이 우선되어야 한다. 『몽실언니』에는 두 아버지와 두 어머니가 등장한다. 멀쩡하던 몽실이 평생 절름발이가 되어 살아야만 하는 설정은 하나이어야 할 아버지와 어머니가 둘이 되는 상황에서 기인한다.

---

21   원종찬, 「속죄양 권정생」, 앞의 책 , 116~122면.
22   김성진, 「아동청소년 문학의 정전과 권정생의 '한국전쟁 3부작」, 『문학교육학』 25호, 한국문학교육학회, 2008, 488~510면.

"엄마, 왜 여기 숨는 거야?"

"아무것도 아니다. 가만 있거라"

몽실은 밀양댁 치맛자락을 잡고 오들오들 떨면서 숨을 죽이고 있었다. (…중략…) 몽실은 정씨의 음성이 두려우면서도 한편으로 그 음성을 놓치고 싶지 않았다.

"엄마, 우리 아버지한테 가아."

그러나 몽실의 그 한마디가 김씨의 화를 더욱 북돋우고 말았다. 김씨는 밀양댁과 몽실을 한꺼번에 문 쪽으로 밀어붙였다. (30~33면)

친아버지와 새아버지의 상면은 몽실이 겪어내야 할 처지의 시발점이다. 몽실이 다리를 다친 것도 두 아버지의 첫 만남이 이루어진 날이다. "무엇이든지 한 번 잘못된 일은 자꾸자꾸 잘못"(73면)되는 것이다. "어느 쪽이 김씨 아버지인지 어느 쪽이 정씨 아버지인지 잘 가려내지 못할 때가 있었다. 어쩌면 둘은 닮은 데가 많았다. 술 취하고 때리는 것이 둘이 꼭 같았다"(59면)는 몽실의 생각은 그 어느 쪽의 아버지도 더 이상 보호자가 될 수 없는 혼란한 시대를 보여준다. 두 아버지와 두 어머니가 공존하는 상황은 어느 한 쪽의 이데올로기를 강요하는 시대적 폭력을 상기시켜준다.

어느 한 쪽에도 안전하게 귀속될 수 없는 몽실의 입장은 "꿈 속의 두 어머니"를 통해서도 드러난다. 몽실의 이러한 갈등은 전쟁의 참혹함 속에서도 되풀이 된다. 몽실은 두 아버지의 부재 속에서만 어머니와 배고프지 않은 시간을 보낼 수 있다. "두 아버지 중 누구라도 돌아오면 몽실은 어머니 밀양댁 곁을 떠나야"(164면)만 하는 형편이다. 두 아버지가 시퍼렇게 살아 있는 이상 몽실은 어느 한 쪽을 정해야만 하는 것이다.

이러한 불화는 밀양댁의 죽음을 목전에 놓고서도 이어진다. 밀양댁은 병에 걸려 몽실을 꼭 한번이라도 보고자 하나 새아버지는 몽실에게 연락하지 않는다. 밀양댁의 목숨이 거의 넘어갈 즈음 새아버지는 몽실에게 "어머니위독몽실이보고싶다고함속래"라는 전보를 친다. 그러나 이번에는 친아버지가 자신을 배반한 밀양댁에게 몽실을 보내지 않는다. 사흘 밤낮의 몽실의 울음에도 불구하고 밀양댁은 몽실을 보지 못하고 눈을 감는다. 두 아버지와 두 어머니는 끊을 수 없는 운명인 동시에 선택을 강요하는 현실이다. 그 어느 쪽을 선택하든지 위험한 대가가 공존한다.

두 어머니와 두 아버지 사이를 불안정하게 오가는 동안 몽실에게 남겨진 것은 이복동생 난남이와 이부형제인 영득과 영순이다. 정씨 아버지에게 남겨진 난남, 김씨 아버지에게 남겨진 영득과 영순은 굶주리거나 따뜻함의 부재에 놓여 있다. 죽은 두 어머니를 대신하여 또 눈치를 보며 양쪽을 오가야 하는 것은 몽실의 몫이다.

몽실은 댓골 영순이에게 가는 걸 그만둘 수 없었다. 영득이와 영순이가 날마다 기다리고 있을 것만 같았다. 북촌댁이 죽으면서 난남이 잘 보살펴 달라고 부탁하던 것처럼 밀양댁도 몽실에게 무언가 부탁하고 싶었을 것이다.

어머니는 영득이와 영순이 걱정을 많이 했을 것이다. (228면)

몽실은 난남의 얼굴을 들여다봤다. 양쪽 뺨에 눈물 자국이 나 있고, 지금도 눈물이 글썽 괴어 있다.

"난남아."

"……"

"난남아 ……"

난남은 몽실을 쳐다보지 않고 줄곧 입을 다물고 있었다. 그러다가 겨우 한마디 했다.

"언니 어디 갔다 온 것, 난 다 알아."(230면)

그러나 몽실은 이 모든 것을 자신의 작은 몸에 다 품는다. 두 어머니도 두 아버지도 원망하지 않는다. 이복형제와 이부형제도 자신이 보살펴야 할 생명으로 받아들인다. 이러한 커다란 사랑의 샘은 몽실이 겪은 난리의 체험을 통해 더 굳건하게 형성된다. 이것은 몽실의 행동반경과 의식의 흐름을 통해 확인할 수 있다.

운명의 수용자인 몽실은 운명을 부정하는 사람보다 더 강하다. 몽실은 움직이고 또 움직인다. 따뜻한 재를 들고 추운 벌판의 움막에서 경비를 서는 아버지를 찾아간다. 본인은 배를 곯으면서도 쑥떡을 치마폭에 감춰 북촌댁에 갖다 준다. 북촌댁의 산후를 위해 사오릿길이나 떨어진 샛돌 아버지에게 가서 쌀과 돈을 얻어온다. 난리통에는 난남이를 업고 삼십 리를 걸어 고모를 찾아가고 그 길을 되돌아 어머니를 찾아간다. 노루실에 돌아와 식모살이를 한다. 남들은 다 비난하는 '검둥이 아기'를 안고 달린다. 병들어 돌아온 아버지와 굶주린 난남이를 위해 동냥을 다닌다. 댓골과 노루실을 오가며 동생들을 보살핀다. 부산 자선병원에 아픈 아버지를 모시고 가 거리에서 열엿새를 버티다 아버지의 죽음을 맞는다.

몽실은 사건을 겪고 행동하면서 의식의 성장을 보여준다. 차라리 죽었으면 좋겠다고 생각하며 소리 죽여 울던 몽실은 "다리 다친 건 내 팔자"(74면)라는 운명 수용의 태도를 보인다. 몽실은 최 선생과 북촌댁 그리고 이상한 인민군을 통해 점차 인식의 지평을 넓히게 되는데 자신과 주변 사람들의 삶을 사유하는 아이가 되어간다. 북촌댁에 의해 더 이상 울지 않는 아이가 되기로 결심한 몽실은 북촌댁의 죽음을 계기로 "사람은 왜 죽지 않으면 안 되는 걸까?"(108면)라는 생각에 천착한다. 이상한 인민군과의 만남은 몽실의 의식이 확 트이는 계기가 되는데 "몽실아, 정말은 다 나쁘고 다 착하다"(124면)라는 말은 몽실의 의식에 내면화된다. 훗날 검둥이 아기를 치마 속에 감추고 달아날 때 "그러지 말아요. 누구라도, 누구라도 배고프면 화냥년도 되고, 양공주도 되는 거여요"(190면)라는 몽실의 외침 속에는 그러한 의식이 잘 녹아 있다. 다른 사람들이 말하는 죗값의 의미인 죽음에 대해서도 몽실은 그렇게 생각하지 않는다. 착하던 북촌댁도 죽는 것을 보면 세상 모든 일은 인과응보라고 생각하지 않는 것이다. 다 나쁘고 다 착할 수도 있는 세상에 대해 그러나 몽실은 결연하게 주장하는 것이 있다. 그것은 "사람을 죽이는 건 인민을 위한 게 아니야"(131면)라는 말 속에 응축되어 있다. 그 어떤 포장으로도 생명의 손상은 용서될 수 없는 것이다.

> "아버지 아니어요. 아버지도 엄마도 모두 나쁘지 않아요. 나쁜 건 따로 있어요. 어디선가 누군가가 나쁘게 만들고 있어요. 죄 없는 사람들이 서로 죽이고 죽는 건 그 누구 때문이어요 ……"(226면)

몽실은 비극의 배경으로 '그 누군가'를 지목한다. "몽실은 아주 조그만 불행도 그 뒤에 아주 큰 원인이 있다고 생각"(7면)한다. 『몽실언니』에는 개인으로서의 악인이 등장하지 않는다. 욕망의 발톱을 감추고 있는

집단 전체가 적인 것이다. 일본거지가 되어 돌아온 날들의 신산함도 한
국전쟁으로 인한 참담한 붕괴도 인간이 인간답게 살지 못하게 하는 그
모든 것들의 뒤에는 한 개인의 힘으로 어찌지 못할 역사와 사회가 도사
리고 있다. 그것은 미국과 소련일 수도 있고, 일본제국일수도 있으며 열
강의 각축에 자신들의 욕망을 더 얹힌 남한과 북한의 정부일 수도 있다.

> 금년이네 집 현관엔 그 날 밤에도 미군 병사의 군화가 놓여 있었다. 몽실
> 은 그 시커먼 군화를 노려보았다. 그러고는 현관문을 열고 밖으로 나갔다.
> 싸늘한 밤하늘, 거기 어두운 곳에 별들이 반짝였다. 몽실은 이빨이 부딪히
> 도록 몸을 떨었다.(274면)

몽실은 다만 미군 병사의 군화를 노려볼 뿐이다. 그러나 역사의 무자
비함도 몽실의 생명력을 막을 수 없다. 몽실의 생명의 본성을 향한 열망
은 오히려 이제부터 더욱 시작된다. 전쟁으로 모든 것을 잃고 난 그 폐허
위에서도 뿌리는 집요하게 생명수를 향해 뻗어 나간다. "그래, 난 앞으
로도 버틸거야. 영득이랑 영순이랑 그리고 난남이를 보살펴야 해. 영득
이, 영순이를 찾아갈거야. 꼭 찾아갈거야"(274면)라는 몽실의 절규는 기
도처럼 그네의 가슴에 차오른다. 이빨이 부딪히도록 몸을 떨면서 몽실
의 가슴 속에 조용히 타오르고 있는 것은 생명을 지키려는 열망에 다름
아니다. 그리고 그 열망은 결실을 맺어 영순과 영득 그리고 난남에게 살
아야 할 이유와 사랑을 불어 넣는다. 이것은 단지 하나의 영득, 하나의
난남을 구하는 것이 아니다. 권정생은 '단 한 사람의 거짓 없는 사랑'의
중요성에 대해 밝힌다. 자신이 가장 고통받는 존재이면서도 몽실은 단

한 사람의 생명을 그토록 귀하게 여긴다. 여기에는 "가장 약한 인간이 되어보지 않고서는 가장 강한 인간이 될 수 없고, 못 먹고 못 입어도 꽃 한 송이 참새 한 마리도 끝까지 사랑"[23]하는, 권정생의 생명존중의 정신이 있다. 한 생명을 구하는 것은 결국 몽실 자신을 구한다. 여기에 몽실이 생명의 본성을 보는 근원이 있다.

4. 작고 약한 것들에 대한 환대

권정생과 하이타니 겐지로는 끝나지 않는 전쟁이라는 무거운 주제를 작품에 담아내는 한편 약하고 작은 것들의 아름다움과 따뜻한 감동 또한 드러낸다. 하이타니 겐지로의 단편집 『손과 눈과 소리와』의 다섯 작품에는 재일한국인 소년, 오키나와전쟁 미망인, 인도네시아의 가난한 소년, 장애를 가진 특수반 아이들, 따돌림을 당하는 아이가 등장한다. 권정생의 단편집 『벙어리 동찬이』는 시골 사람들, 혼자 사는 노인, 쌀 도둑, 장애인, 가난한 시골 아이들이 주인공이다. 이 작품들 중 말을 못하는 아이가 주인공인 하이타니 겐지로의 「소리」와 권정생의 「벙어리 동찬이」를 비교하고자 한다. 또한 다른 존재를 돕는 동심이 확연히 드러나는 작품인 하이타니 겐지로의 『로쿠베, 조금만 기다려』와 권정생의

23　권정생, 「순정이, 영아와 깨끼산 앵두꽃과」, 『빌뱅이 언덕』, 창작과비평사, 2012, 280~282면.

「새벽 종소리」를 통해 두 작가가 추구하는 바를 살펴보겠다.

두 작가의 동화에는 버림받고 가난한 사람, 장애를 가진 사람, 고통을 나누는 소박한 사람들이 작품의 주인공으로 등장한다. 매정한 현실에서는 주인공일리가 없는 약한 존재들이 주는 서늘한 아름다움에 독자들은 눈을 뜬다. 뭐라 형용할 수 없는 절절함이 코끝에 맵게 올라온다. 자본주의 사회가 불어넣는 비대한 욕망들이 오히려 낯설게 느껴지고 잃어버린 소중한 연대감을 찾았다는 것에 안심한다.

'내가 쓰는 동화는 서러운 사람에게 들려주는 서러운 이야기'라고 표현한 권정생은 "슬프지만 절대 절망적이지 않은"[24] 그 이야기들을 통해 슬픔의 빛깔로 더욱 아름다운 생명의 힘을 우리에게 알려준다. "나는 강한 것이나 너무 풍요로운 것에서는 무엇 하나 배운 것이 없습니다. 감히 말하자면 약한 것, 가난한 것에서 생명의 빛을 발견"[25]했다는 하이타니 겐지로의 겸허한 고백 또한 권정생의 그것과 동연(同然)한 궤적을 이룬다.

하이타니 겐지로의 『손과 눈과 소리와』[26]에 실린 다섯 편의 단편은 '픽션으로서의 문학 작품'인데 그 중 「소리」에는 특수반 일곱 명의 아이들이 등장한다. 이 아이들은 거의 반응하지 않으며 알아듣지 못할 단음의 소리만을 내는 언어장애를 갖고 있다. "이 아이들은 숨 쉬는 것 말고는 아무 것도 하는 게 없어"(114면)라고 교사인 '나'는 생각한다. 아이들에

---

24   권정생, 「나의 동화 이야기」, 『빌뱅이 언덕』, 창작과비평사, 2012, 17면 참고. 권정생은 서러운 사람들은 우리 주위에 너무 많고, 서러운 사람들은 동변상련의 이야기를 들으며 위안과 희망을 얻는다고 보았다.

25   하이타니 겐지로, 「한국어판 서문」, 『우리와 안녕하려면』, 양철북, 2003, 8면.

26   하이타니 겐지로, 『손과 눈과 소리와』, 양철북, 2003. 일본에서는 『手と目と聲と』(角川書店, 1998)로 출간되었고 한국 출간은 2003년에 이루어졌다. 작품의 인용은 이 책의 면수만 밝힌다.

게 소리를 가르쳐주려고 동물 울음소리를 내는 정글놀이를 시도한다. 그러나 아이들은 여전히 웅크린다. 어느날 '나'는 새로운 발견을 한다. 가장 장애가 심한 마사코가 자벌레와 침묵의 이야기를 나누고, 뇌출혈을 일으킨 친구에게 "아-우, 어-어"라고 말하면서 아픈 친구를 위로하고 있는 것을 본다. '나'는 "생각지도 않은 것이 이 아이들 속에 간직"(138면)되어 있다는 것에 놀란다.

부모에게 버림받은 다케시는 장애와 가난을 둘 다 지닌 아이다. 다른 반 아이의 샌들이 강물에 쓸려 가는 것을 건지다가, 도망간 엄마가 자신에게 사 준 유일한 물건인 하늘색 샌들을 잃고야 만다.

나는 다케시를 붙잡았다. 다케시는 발버둥쳤다.

"다케시!"

말하는 것이 안타까웠다.

하늘색 샌들이 댐 아래로 떨어졌다.

"먀!(엄마)"

다케시가 외쳤다.

"먀!"

다케시의 푸른 목소리.

"먀!"

다케시의 목소리가 하늘에 박혔다. (145~146면)

한 마디씩의 말을 힘겹게 끄집어 내 다친 친구를 위로해 주는 마사코나 다른 아이들은 그저 바라볼 뿐인 샌들을 건져주기 위해 자신의 샌들을 잃은 다케시에게서 우리는 '진정한 상냥함'을 볼 수 있다. 그것은 약한 자일수록 약한 자를 더 잘 이해하는 공명(共鳴)과도 맞물려 있다. 초반에 "너희들에게서 하소연할 목소리를 빼앗아 간 하느님은 현명하구나"(119면)라고 빈정대던 '나'도 나중에는 다케시의 소리를 하늘이 듣고 있는 것을 안다.

권정생의 「벙어리 동찬이」(웅진출판, 1985)는 겨울에도 맨발로 걸어 다니는 바보 벙어리이다. '얼럴럴'이라는 뜻 모를 말밖에 못하는 동찬이는 식구들에게도 구박을 받고 아이들이 던진 돌멩이에 얻어맞는다. 들리지 않는 동찬이의 세상은 고요하다. 사람들이 무서워서 늘 멀찌감치 거리를 두고 바라보며 소, 강아지, 소나무, 오랑캐꽃 같은 자연과 더 친하다.

싸우는 사람들을 그윽이 내려다보다가는, "얼럴럴럴럴럴럴럴럴럴 ……" 소리 지릅니다. 괜히 화난 표정을 짓고 걸어가는 사람, 모양을 내고 걷는 사람, 잔뜩 뻐기며 걷는 사람, 쫓겨 가는 사람, 따라가는 사람, 그런 사람들을 내려다보면서(66면)

동찬이는 바보지만 누구보다도 사랑과 미움의 표정을 잘 안다. 싸우고 뻐기는 사람들을 보며 그가 내뱉는 뜻 모를 말소리는 '푸른 하늘 보이지 않는 높은 곳에서 누군가'만이 듣는다.

「소리」와 「벙어리 동찬이」는 말조차 제대로 할 수 없는, 침묵하는 존재들을 보여준다. 그들은 남의 것을 빼앗지도 않고 거짓말도 못한다. 차라리 빌어먹는 것이 사기를 치는 것보다 양심적이라는 두 작가의 철학을 보여준다. 식물처럼 사람들에게 피해를 입히지 않고 공존하는 삶의 방식을 보여준다. 두 작가는 강자의 시선만으로 사람들을 구분 짓는 것의 부당함을 알린다. 오히려 미약한 존재들의 소중함을 일깨운다. 사람은 모두 상대적 약자이고 상대적 강자이기에 강한 것만을 우선시하는 사회는 부당하다고 들려준다. 한참 들여다봐야 겨우 이해되는 연약한 세계는 그래서 아름답다. 이것을 알려주는 것이 권정생과 하이타니 겐지로 문학의 미덕이라 할 것이다.

권정생은 "작은 세상은 작은 대로 아름답다"[27]는 것을 표현한다. 들꽃 한 송이의 아름다움(「오소리네 집 꽃밭」, 1997)을 소중히 여기며, 작고 약한 것들끼리 서로 다독이며 살아가는 이야기를 풀어 놓는다. 하이타니 겐지로는 '생명의 본성은 상냥함'이라 명한다. 이렇게 보잘 것 없는 것들끼리 다독여주고 상냥하게 대해주는 것이 생명의 본성이라 본 것이다.

「새벽 종소리」[28]는 권정생이 세상 사람들에게 보내는 맑고 깨끗한 소리이다. 선명한 시각적 이미지에 명징한 청각 이미지까지 또렷이 드러나 깨끗하게 갈무리된 한 편의 시를 보는 듯하다.

캄캄한 새벽 하늘에 별들이 차랑차랑 아름답게 흩어져 있습니다. 먼 마을 지붕들이 감나무 숲 속에 묻혀 고요히 잠들고 있습니다. 싸늘싸늘한 새벽바람이 둘레의 산등성이를 타고 마을 쪽으로 모여듭니다.

---

27 권정생, 「자유로운 꼴찌」, 『빌뱅이 언덕』, 창작과비평사, 2012, 123면.
28 「어느 종치기 아저씨가 울리는 새벽 종소리」(『기독교교육』 6월호, 1978)로 발표 되었다가 동화집 『벙어리 동찬이』(웅진출판, 1985)에는 「새벽 종소리로」로 실렸다가 『짱구네 고추밭 소동』(웅진주니어, 1991)에는 그대로 「새벽 종소리」로 실린다. 1985년과 1991년에 출판된 것을 비교해 보았으나 별 차이가 없어 본 글에서는 1991년 출간된 것을 텍스트로 삼는다. 이하 이 책 인용은 따로 주를 달지 않고 면수만 밝힌다.

마을에서 조금 떨어진 외딴 언덕 위에 조그만 예배당이 있습니다. 새벽
바람들은 그 예배당 종각에도 조용조용 춤을 추듯 모여듭니다.(6면)

차랑차랑한 별들 아래 새벽바람이 춤을 추듯 모여드는 정경은 아름
답기 그지없다. 권정생의 동화에서는 군더더기를 뺀 선명한 이미지들
이 단순함의 미를 더 또렷이 하는 경우를 적지 않게 발견할 수 있다. 아
직 어둠에 잠긴 시골 마을에 "맨 처음 종소리가 우렁차게 태어난다"(7면)
도입의 이 장면은 어린 독자들의 마음을 첫 순간부터 사로잡는데 손색
이 없다. 종소리에 생명이 담기는 것이다. 종치기 아저씨가 울리는 종소
리들은 장난꾸러기이며 개구쟁이이다. 검은 눈동자가 맑고 뺨이 발그
레한 아이들이 새벽바람을 타고 달려 깊이 잠든 사람들을 깨운다. 이 종
소리들을 만나는 것은 외딴집 할머니거나 방앗간 아저씨, 대추나무집
아줌마로 명명되는 평범한 마을 사람들이다. 종소리는 깊숙한 골짜기
에 사는 외로운 이에게도 찾아가려 애를 쓴다. 숲 속의 까치와 늑대와 산
돼지네 집도 찾아간다. 종소리는 모든 생명 있는 존재들에게 건네는 인
사인 것이다. 늘 아저씨의 종소리를 듣는 부엉이는 아저씨의 종소리를
세고 깊이 잠든 아저씨를 깨우기도 한다. 이 장면에 해학이 드러난다.

"예순한 번, 예순두 번, 예순세 번 ……, 얼레얼레, 종치기 아저씨가 또 실
수하셨군."
부엉이는 종소리가 끝나고 나면 "부우엉" 하고 울어 줍니다.(12면)

「새벽 종소리」에 등장하는 종소리와 아저씨와 동물들은 더없이 정답

고 상냥하다. 어둠을 더듬어 종소리를 울리는 아저씨는 혼자가 아니다. 아저씨를 응원해주는 부엉이가 있고 종소리가 되어 달리는 아이들이 있다. 마을 사람들은 깨어나 불을 켜고 동물들도 귀를 기울인다. 귀여운 개구쟁이인 종소리에게 마음을 연다.

「새벽 종소리」를 읽는 어린 독자들은 달리는 종소리를 자신이라고 생각할 것이다. 아이들만큼 달리는 것을 좋아하는 존재들이 또 있을까. 그것도 미끄럼을 타듯이 바람을 타고 달려 잠든 이들을 깨우는 것은 얼마나 신이 날까. 아이들은 잠에 겨워 일어나 오줌을 누고는 다시 잠이 드는 아기 늑대와도 자신을 동일시 할 것이다. 그래서 "사람도 짐승도 새들도 모두 한 식구가 되는"(13면) 즐거운 경험을 하게 된다. 누가 뭐라 하지 않아도 자연스럽게 하나가 되는 어린이들이 이 동화에 생생하다.

하이타니 겐지로의 첫 그림 동화인『로쿠베, 조금만 기다려』[29]는 구덩이에 빠진 강아지 로쿠베를 구하는 이야기이다. 이 동화에는 수식어를 모두 생략한 간결한 문장이 돋보인다. 주어와 서술어만으로 이루어진 문장들은 그래서 흡인력이 있다. 또한 사태의 심각성에 감정이 들어가지 않고 객관화시켜 보여줌으로써 웃음을 선사한다.

"바보"

---

29 하이타니 겐지로,『로쿠베, 조금만 기다려』, 양철북, 2006. 이 책의 후기에는 약한 자가 약한 자를 돕는, 인간의 호의를 믿는 하이타니 겐지로의 마음이 잘 드러나 있다. "옛날에 나는 거지 아저씨한테 도움을 받은 적이 있습니다. 열다섯 살 때, 땅콩 과자 가게에서 나와 잠잘 데도 없고 먹을 것도 없어서 울고 있었습니다. 거지 아저씨가 나에게 거적을 빌려 주었습니다. 따뜻한 설탕물도 타 주었습니다. 집으로 돌아갈 차비도 주었습니다. 그런 일을 겪어 봤기 때문에 나는 로쿠베의 기쁜 마음을 잘 알 수 있습니다. 로쿠베, 정말 다행이야." 일본에서는『ろくべえ まってろよ』(文研出版, 1975)로 출간되었다.

칸이 말했습니다.

개가 구덩이에

빠지다니,

진짜 바보입니다.

대화들도 축약으로 이루어진다. "안 되겠어"는 엄마들이 구덩이 안을 들여다보고는 와글와글 떠든 결과를 한 마디로 나타낸 것이다. "비겁하게"는 엄마의 말에 대한 아이들의 대답이다. 그 외의 말들은 다 생략되어 있다. 단순한 문장들이 강조될 때에는 두 줄 반복으로 처리한다. "야단났네. / 야단났네", "어떡하지. / 어떡하지", "좋은 생각. / 좋은 생각" 등이다.

살살 살살. / 살살 살살. / 살살 살살. / 살살 살살. / 기우뚱. / "앗!" / 하마터면 / 떨어질 뻔했습니다. / 아슬아슬. / 아슬아슬 / 가까스로 닿았습니다.

그러나 매우 긴장되는 순간에는 반복의 길이를 늘임으로써 로쿠베를 구하는 순간의 길게만 느껴지는 심리적인 과정을 보여준다. 구덩이에 내려가는 바구니처럼 길게 반복 처리되는 말에는 아이들의 조바심과 로쿠베를 꼭 구하려는 소망이 드러난다 하겠다.

이 동화의 강점은 뭐니뭐니해도 아이들이 주체가 된다는 것이다. 로쿠베를 구하려는 아이들은 일학년의 어린 아이들이지만 서로 서로 아이디어를 짜낸다. 도움을 청한 엄마들은 전혀 해결에 도움이 되지 않는다. 엄마들은 시끄럽게만 하다 돌아가 버린다. 골프채를 빙빙 돌리며 지나가는 한가한 남자 어른도 그저 한 번 들여다보고는 "개라서 다행이다"라는 말만 하고 가버린다. 미츠오가 손전등을 가져와 비추고 에지는 '도토리 대굴대굴'이라는 노래를 불러준다. 칸은 좀 더 신나는 노래인 '장난감 차차차'를 불러준다. 미스즈는 '비눗방울'을 불어준다. 모두 다 로쿠베가 힘을 잃지 않도록 격려하는 것이다. "로쿠베, 힘내!" 이 말속에 아이들의 마음이 다 담겨 있다. 아이들은 머리를 맞대고 로쿠베를 구해 줄 방법을 생각한다. 로쿠베 구출 작전은 해결 방법을 찾지 못한 채 긴장을 쌓고 또 쌓는다. 마침내 로쿠베의 여자 친구 쿠키가 등장한다. 쿠키를 바구니에 태워 내려 보내는 앙증맞은 계획은 그러나 쿠키가 바구니에서 뛰어나가는 바람에 또 무산된다. 마지막으로 쿠키가 바구니 속에 들어가고 쿠키를 뒤쫓던 로쿠베가 들어감으로써 로쿠베 구하기 작전은 마무리된다. 짧은 서사에 담긴 갈등의 묘미가 탁발하다 하겠다. 구해내려는 아이들도 구덩이에 빠진 강아지도 모두 아이들의 동일시 대상이 될 수 있는데 전혀 어른의 도움을 받지 않고 서로 서로 힘을 합쳐 자신들처럼 약한 강아지를 구해내는 이야기는 그래서 어린이들에게 공감을 준다.

『로쿠베, 조금만 기다려』에는 하이타니 겐지로가 중시하는 상냥함이 듬뿍 들어가 있다. 하이타니 겐지로의 상냥함이란 단순히 친절한 것을 의미하지 않는다. 상냥함이란 자신을 보잘 것 없는 존재로 생각하는 한 사람에게 진심을 다해 따뜻하게 대해줌으로써 '나도 하찮기만 한 생명이 아니다'라고 받아들이게 하는 것이다. 이 따뜻함이 나아가 한 생명을 살리는 길이 된다. 상냥함이란 '가장 약하고 보잘 것 없는 자에게 내미는 손'이라고 하겠다. 그리고 그것이 가능한 존재는 절망과 부딪혀 이겨내어 자신 안에 남이 살게 하는 사람들이거나 세상의 모든 약한 존재와 자신을 동일시하는 어린이인 것이다.

4. 대동(大同) 세상으로 가는 길

권정생과 하이타니 겐지로는 인간 중 가장 약한 처지에 놓여 있는 어린이, 그 어린이 중에서도 가난하고 아프고 버림받은 어린이를 작품의 주인공으로 설정한다. 작고 보잘 것 없는 삶의 아름다움을 확대시켜 선명하게 보여준다. 두 작가는 가장 약한 인간이 되어보지 않고서는 가장 강한 인간이 될 수 없다는 생각을 동화에 담는다. 작은 것은 작은 것대로 아름답다고 속삭인다. 그것은 공명이 되어 감동을 준다. 그러한 작품들을 통해 자연스럽게 하나가 될 수 있는 통로를 열어 준다.

두 작가는 단 한 사람을 진정으로 사랑하고 한 생명을 구하는 일이 결국 모든 생명들을 구하는 것이고, 생명의 고리는 연결되어 있음을 작품을 통해 드러낸다. 『몽실언니』와 『태양의 아이』를 통해 전쟁의 참극을 낱낱이 드러내며 잊지 말아야 한다고 말한다. "오키나와의 고통을 잊는 것은 곧 일본인의 타락을 뜻한다"[30]는 하이타니 겐지로의 말에서 희망을 읽을 수 있는 것은 "주변에서 중심을 바라봄으로써 중심과 주변이 함께 이 고약한 위계제로부터 탈주할 길"[31]을 모색할 수 있기 때문이다.

하이타니 겐지로는 "오키나와를 생각할 때 항상 아이들이 있었고 아이들을 생각할 때 항상 오키나와가 있었고 그것이 나를 구원했다"[32]고 고백한다. 이 말은 무슨 뜻일까? 하이타니 겐지로가 겪은 오키나와 사람

---

30 하이타니 겐지로, 『우리와 안녕하려면』, 양철북, 2003, 7면.
31 최원식, 「주변, 국가주의 극복의 실험적 거점」, 『제국 이후의 동아시아』, 창작과비평사, 2009, 224면.
32 하이타니 겐지로, 「오키나와의 하늘」, 『내가 만난 아이들』, 양철북, 2004, 113면.

들은 전쟁의 상흔과 고통 속에서도 인간에 대한 호의를 잃지 않았다. 이 사람들 속에는 죽은 사람들이 살고 있었고, 하나의 생명을 살리기 위해 다른 무수한 생명이 그 생명을 떠받치고 있다는 것을 의식했다. 그래서 오키나와 사람들은 타인의 고통을 자기 것으로 받아들일 수 있었다. 그런데 그 오키나와 사람들에게서 하이타니 겐지로는 어린이의 속성을 본 것이다. 약하기에 자기처럼 약한 존재를 알아보며, 인간에 대한 상냥함을 잃지 않고 풀과 꽃과 작은 새에 이르기까지 모든 생명있는 존재들과 소통하는 어린이의 생명력을 본 것이다. 열강의 각축에 밀려 반쪽 난 한반도가 배경인 『몽실언니』와 일본의 내국 식민지인 오키나와 이야기인 『태양의 아이』를 통해 한·일 아동문학을 잇는 생명의 미학을 보는 것은 생명은 싸워서 빼앗는 것이 아니라 사랑하는 것임을 작품 전체가 말해 주고 있기 때문이다.

　생명의 본성은 생명을 지키는 것이다. 이 지극히 당연한 이치가 무너질 때 사람들은 형용할 수 없는 고통을 받는다. 이러한 역사적 흐름 속에서 동시대를 살아온 한국과 일본의 두 동화작가는 '생명의 문제'에 천착하였다. 권정생과 하이타니 겐지로는 놀라울만치 유사하게 생명의 본성을 바라보며 이것을 작품의 주제로 드러낸다. 몽실과 후짱을 통해 고통받는 사람들이 생명의 파괴 가운데서도 어떻게 서로에게 손 내미는지를, 거대한 나라와 집단이라는 폭력에 대항하여 어떻게 생명을 지키려 안간힘 쓰는지를 보여준다. 권정생과 하이타니 겐지로는 '그런 것은 이미 다 지나간 옛 일'로 무감하게 덮어 버리려는 존재들을 뚫고 들어가 감동과 공감의 파장을 불러일으킨다. 이것은 "동아시아를 동아시아의 눈으로 보는 후천(後天)의 눈이 개안"[33]되는 데 일조할 것임은 분명하다.

상냥함의 원류는 생명을 살리는 것이고, 생명을 살린다는 것은 존재하는 모든 것은 평등하다는 것을 인식하고 실천하며 살아가는 것이라면 권정생과 하이타니 겐지로의 이야기들이 우리에게 시사하는 바는 적지 않다. '대동(大同)세상으로 가기 위한 동아시아론'의 관점에서 볼 때 생명의 본성을 지키려는 인간에 대한 호의는 한반도의 평화와 동아시아의 위계를 없애는 데 기여할 것이다. 주변과 중심을 없애는 작은 균열의 시작이라 해도 좋겠다. 이것은 한국과 일본의 작가들에게 '무엇을 어떻게 써야 하는지'에 대한 질문을 던지게 한다는 점에서도 의미가 있다 하겠다.

33 최원식, 「주변, 국가주의 극복의 실험적 거점」, 『제국 이후의 동아시아』, 창작과비평사, 2009, 223~226면. 후천세상이란 "국가·지역·계급·인종·젠더의 차이가 지워지는 대동(大同)세상인데 동아시아론도 그로 가기 위한 소강(小康)에 준하는 것"으로 "동아시아론은 냉전의 최대 피해자인 동아시아가 20세기의 혈사로부터 탈출하려는 평화의 전언이다. 동아시아는 주변이로되 세계체제를 흔들 풍부한 가능성을 품은 역동적 지역이다. 동아시아론이 한반도 분단체제의 변혁이라는 실험적 작업을 지렛대로 삼아 동아시아에 평화체제를 구축하고 그 과정에서 후천세상으로 가는 출구를 발견한다면 더 없이 좋은 일이다."

제3부

비평의 온도

정년을 맞으며

최원식 · 김명인 대담

비평의 온도

정년을 맞으며
최원식 · 김명인 대담
2014.10.16

김명인: 대학원에 입학해서 선생님께 배우기 시작한 게 엊그제 같은데 벌써 퇴임을 하시게 되다니 참 세월이 무상합니다. 선생님 안 계시는 학교가 상상이 되지 않는군요. 떠나시는 자리에 조그마한 기념이라도 만들어 드리고자 우리 제자들이 책 한 권을 묶기로 했습니다. 이 대담은 그 책에 싣게 되는데 대학교수로서의 경력을 마무리를 하시는 데 따른 소회를 중심으로 선생님 말씀을 듣는 자리로 마련한 것입니다. 선생님 초임하신 1977년부터 시작해서 2010년대까지 거의 40년 가까운 세월인데, 그 과정이 넓게는 동시대 한국사회 전개과정과, 좁게는 한국 인문학, 더 좁게는 지난 40년의 한국문학 연구사 및 비평사와 깊이 연관되어 있다고 볼 때 이 대담은 단순히 개인적인 회고로만 머물 것 같지는 않습니다. 이 자리를 빌어 선생님의 기억을 하나씩 짚어가면서 한국문학 한 세

대의 마디를 정리해 보고자 합니다. 우선 여쭙겠습니다. 정년 퇴임을 맞는 소회가 어떠신지요?

최원식 : 1977년에 대학 선생이 된 이래 지금까지 쉰 적이 없는 것 같아요. 내가 복이 많아서 (일복이 많으시죠) 아니 일복도 많지만 사람복이 많아요. 여러 분들 덕분에 긴 교사생활 끝에 무사하게 정년을 맞게 된 것을 아주 기쁘게 생각합니다. 매일 학교 나오고 학생들 가르치고 하면서 살았는데 그런 가장 중요한 게 끝나니까 한편으로 학교 없는 생활에 대한 염려도 없지 않지만 이젠 좀 쉬고 싶다는 생각도 들어요. 어떤 점에서 기대가 있어요, 퇴임 이후 과연 내가 어떤 삶을 살지. 새로운 기회이기도 하잖아요. 올해는 퇴임을 즈음하여 계속 정리를 해왔어요. 바깥의 일, 안의 일, 많이 내려놨죠. 정리나 하면서 살려고 했는데 이상하게 올해도 일이 많아서 사실은 내일 생각을 못하겠어요. 연초에는 퇴임 이후 생각을 하려고 했는데 이렇다 하게 생각도 못하고 하루하루 살기 바빠요.

그러니까 정작 퇴임 이후에 대한 특별한 계획이 없어요. 내가 원래 즉물적인 사람이라 그때 닥치면 그때 생각하자 마음먹고 있어요. 그래서 지금으로서는 퇴임 그날까지 매일매일 여태까지 살아왔던 대로…….

김명인 : 퇴임 후의 구체적인 계획은 없으신가요?

최원식 : 우선 그동안 쓴 글들 정리해서 책을 내고 그와 병행해서 저서를 기획해야 할 듯해요. 제가 저서가 없어요. 저서라야 조각 글들 모아 놓은 것인데, 그런 건 이제 저서라고 안 하죠. (전작 저서라고 하는) 그렇지.

일관된 주제를 가지고 쭉 풀어놓은 것이 없어서, 그게 될지는 모르겠지만 문학사를 쓰는 것에 중심을 두려고 해요.

김명인 : 최원식판 한국 현대문학사가 나온다고 봐도 좋을까요?

최원식 : 나중에 깊이 생각해 보겠지만, 기존의 종합판 현대문학사는 아닐 것 같아요. 그런 문학사는 이제 한 사람이 감당할 수 있는 것은 아닌 듯하죠. 내가 가장 잘할 수 있는 문학사를 고민해 볼 작정입니다.

김명인 : 저런, 퇴임 후에도 편하게 지내시진 못하시겠습니다.

최원식 : 그게 편한 거지요. 주문생산보다는 자기 주도 학습과 자기 주도 글쓰기를 중심에 놓는 거니까.

김명인 : 국문학 연구가 되었건 비평이 되었건 선생님께서는 문학을 평생의 업으로 선택하신 건데 그 개인사적 이유랄까, 맥락이랄까 40년 전을 한번 돌이켜 주시지요.

최원식 : 내가 영남대 있을 때 염무웅 선생하고 아래윗집 살았어요. 염 선생하고 계명대 계신 반성완 선생하고 두 선배들께서 술 마시는 데 저도 더러 끼었는데 언젠가 우리 집에 두 분이 오셔서 술 마시다가 내가 먼저 떨어졌어요. 그래 두 분이 말씀을 나누는데 잠결에 반성완 선생이 "최 교수는 머리가 좋다"고 하는 말이 들리는 거에요. 그러시니까

염 선생이 "머리도 좋지만 최원식이는 패를 잘 든 사람이다" 그러시는 거에요. 나중에 가만히 생각해 보니 패를 잘 든 사람이란 말씀이 꼭인 듯해요. 내 전공이나 시기적으로나 인적 구성으로나 원체 패를 잘 타고 났어요.

그중에 최고는 사람복이에요. 무엇보다 내가 선배복이 있어요. 내가 어려서부터 책 읽는 건 좋아했지만 문학을 업으로 삼겠다는 생각은 안 했어요. 왜냐하면 나는 창작 능력이 빵점이었거든. 그때는 다 문학청년들 아니에요. 난 문예반을 못했어요. 그런데 내 고등학교 동창에 괴물 같은 놈이 있는데 그 친구 정말 희한하게 조숙한 애에요. 자발적으로 낙제를 할 정도로 특이한, (고등학생 안드로메다?) 맞아, 외계인하고 교신하는 애. 근데 어쩌다가 그 친구하고 친해졌어요. 내가 그때 고등학교 2학년 쯤 되었을 건데, 어느 날 내게 좋은 선배들이 있는데 보러 가자는 거에요. 그게 누구냐 하면 내 고등학교 선배들, 조남현 선배, 그때는 조남현 선배가 그 그룹의 리더였죠. 조남현, 김흥규, 김윤식, 신상철 선배. 그 양반들이 제고(제물포고등학교) 정통 문예반이에요. 이분들이 문학 토론모임을 하는데 사대 국어과에 있는 김재홍 선배도 같이 했더랬죠. 아마 신상철 선배(유시춘 남편, 유시민 매형)가 사대 국어과니까 같이 어울린 듯해요. 조남현 선배는 문리대 국문과, 김흥규 선배는 고대 국문과, 김윤식(현 인천문화재단 대표) 선배는 연대 국문과니, 각 대학 국문과 연합회지요. 거기 가서 보니까 국문과라는 게 창작을 못 해도 연구와 비평의 길이 있더라구. 그래서 마음이 그때 딱 정해졌지. (원래 사학과를 가려고 하셨다고) 그 선배들에게는 정말 고맙죠. 필생의 업을 정하게 해주셨으니까. 어느 과를 가느냐는 아주 중요한 건데 그 선배들 덕을 톡톡히 봤지요.

김명인 : 선생님께서 대학 가실 때가 한일회담과 삼선개헌 사이인데 대학생활은 어떠셨어요?

최원식 : 한일회담 반대운동(1964) 때는 중학생이라 그렇고 삼선개헌 (1969)은 대학 2학년 땐데 우리 68학번들은 교양과정부 1회에요. 박정희 가 문리대 법대 상대 1학년생들을 저 상계동 공대 캠퍼스 옆으로 유배를 보냈지. 일종의 데모차단책이지요. 하여튼 1학년을 황량하게 보냈어 요. 2학년 때 동숭동 문리대 캠퍼스로 진입했는데 선배들과 교수들이 은근히 서자 취급했어요. 그렇게 격리되었다가 돌아오니까 확실히 학 과와 단과대에 대한 소속감이 떨어진 듯해요. 연속성에 일정한 장애가 조성된 거지요. 그래 그런지 68학번은 문학하는 친구들이 드물어요. 문 단에도 별로 없어요. 오히려 민청학련의 축인 유인태 등 운동권들이 유 명하죠. 특이한 세대죠.

김명인 : 한일회담, 삼선개헌 사이의 간빙기라 할까요, 상대적으로 안 정적인 시기에 대학을 들어오셨군요. 저는 선생님 등단하신 시기부터 선생님 독자였습니다. 솔직히 말하면 당시에는 저와 엄청난 연배 차이 가 있는 것도 아닌데 벌써부터 이런 놀라운 글을 쓰나 하고 생각했습니 다. 그 당시 김종철, 김흥규 선생님들과 같이 활동하셔서 처음에는 선생 님 연배를 좀 더 위로 보기도 했었지요.

당시에 선생님의 글에는 좌파적 교양의 흔적이 적지 않게 보였는데 요, 문학 공부만으로는 그런 교양을 섭수하시기 힘들었을 것이고 해서 선생님께 학생운동이나 뭔가 내밀한 다른 교양의 출처가 있지 않은가 생각했습니다. 그 교양은 어디에서 온 것인가요?

최원식: 문리대에는 자유로운 사상적 분위기가 물씬한 내재적인 흐름이 있어요. 국문과로 좁히면 불문학에서 건너온 조동일 선생은 김지하 선배의 멘토라고 해도 과언이 아닌 분인데, 조 선생이 전설로 떠돌고 가까이는 임형택 선배가 있어요. 또 김흥규 선배가 고대에서 서울대 대학원으로 왔어요. 아마 임형택 선배가 김흥규 선배를『창작과 비평』에 소개를 했을 거에요. 임형택 선배가 그때는 현대문학 평론도 하고 그랬으니까. 그리고 김흥규 선배가 나를 또『창작과 비평』에 소개를 했지요. 나는 원래 문학의 사회성이라든가 정치성에 대해서 깊은 고려를 하는 사람이 아니었어요. 약간 보수적이지. 1학년 교양과정부 때부터 내 가장 친한 친구의 하나가 백운선이라고 있는데, 정치과에요. 이 친구는 정치과인데도 시를 잘 썼어요. 어느 날, 아마 4학년 때일 텐데, 학교를 갔더니 그 친구가 교련 반대 시위 맨앞에 주동자에요. 너 어떻게 된 거냐 그랬더니 그렇게 됐다, 나중에 얘기해 줄게, 하는 거에요. 그리고 내가 미학과 강의를 많이 들었는데 담당교수는 김윤수 선생이고 유홍준 선배가 단골 학생으로 자리잡고 있더라구요. 또『형성』이란 잡지가 있었어요. 문리대 잡지로 수준이 있었어요. 대학생 잡지로는.

김명인: 그때 문리대에는『형성』, 상대에는『상대평론』등 양대 교지가 각각 서울대생들의 인문학적 사회과학적 교양의 심도를 보여준 바 있었지요?

최원식 : 또 하나는 고서점이 있어요. 고서점이 사실은 좌파적 교양의 저장고이고 유통 허브였어요.

내 단골은 지금은 없어진 인사동 경문서림인데 그 주인장 송해룡 씨께 절을 해야 해요. 직접 인사드리지는 못했어도 남재희 선생이나 신경림 선생도 그 단골이었어요. 공식적으로는 차단되었던 월북 작가, 학자들의 서적이 거의 공개적으로 유통된 곳이 고서점입니다. 게다가 내가 원래 잡학적이잖아요. 헌책방을 가도 문학책도 문학책이지만, 벌써 내가 고서점 다니던 때는 문학책이 드물기도 했어요, 비문학 책들도 눈에 보이는 대로 호주머니가 허락하는 대로 구해보게 됐죠. 그때 구한 책들이 중요했다고 할 수 있어요. 그리고 그때 독재가 워낙 심해서 내 가까운 친구 후배들을 괴롭히니까 비정치적인 학도들도 저절로 정치적인 학도들로 바뀌어요.

김명인 : 분단과 더불어 좌파들이 많이 월북하거나 죽거나 했지만 월북하지 않은 좌파도 있었잖아요. 권환 같은 사람이 멀쩡히 살아서 수를 다하고 죽는 데서 보듯 그런 공백지대가 있었던 것 같습니다. 그리고 해방 이후 4·19를 전후해서 숨어 있던 사람들이 밖으로 나와 활동을 시작하기도 한 것 같은데, 그런 상황에서 고서점이 숨은 유통구조의 역할을 했던 것 같습니다. 그러니까 선생님께서는 무슨 써클 같은 곳에서 집중훈련을 받거나 한 것은 아니고 당시 선배들이나 사회적 분위기로부터 자연스럽게 습득하신 것이라고 보면 되겠군요.

최원식 : 우리 때는 무슨 써클에서 집중훈련하고 그런 거는 없었던 것

같애요. 그런데 이건 상징적인 사건인데, 문리대 학생회장 선거라는 게 정치 빰쳤어요. 그때는 명문고등학교라는 게 있었으니까 명문고등학교 사이에서 이번에는 너희가 하고 다음에는 우리가 하는 식으로 (합종연횡 해서) 했어요. 아까도 말했듯이 교양과정부를 만드는 바람에 우리 1회는 서울대에서 문리대, 법대, 상대, 공대, 네 단과대만이에요. 공대생들은 원래 그 자리니까 별 불만이 없었지만 세 대학 학생들은 불평이 하늘을 찔렀지. 그러면 너희들은 서울대 중에 서울대다, 그렇게 달랬어요. 세 단 대의 1학년들이 데모 주력군인데 그들을 모두 태릉 구석에다가 유폐를 시켜놓으니까 당장은 데모 방지책이 되었지요. 그런데도 권력의 생각대 로 되는 게 아닌 거죠. 박정희는 그렇게 생각해서 그리로 보냈겠지만 그 렇게 다 모아놓으니까 오히려 네트워크가 만들어진 거야. 그때까지만 해도 서울대는 문리대 따로, 상대 따로, 법대 따로 다 따로야. 우리는 서 울 문리대라고 했지 그냥 서울대라고 한 적이 없어요. 서울 문리대, 서울 법대, 서울 상대 모두 그랬지. 그런데 그것이 한 곳에 있게 되니까 …….

김명인 : 그게 폭발한 것이 1975년에 관악으로 옮겨가면서 …….

최원식 : 나중에 민청학련(1974), 물론 박정희의 조작이지만, 그 씨앗은 그런 조작을 가능하게 한 인적 네트워크가 만들어진 교양과정부에 있다 고 봐요. 분리되었던 학생운동 세력의 네트워크를 만들어준 거에요. 간 (間)이 생긴 거죠. 대학 간. 우리 때서부터 바뀌기 시작하는 거에요. 그래 서 우리 동기 운동권들이 반성을 해서 유인태, 유영표 ― 인태는 경기 출 신 영표는 서울고 출신으로 ― 이 양쪽 학생운동의 핵심들이 이제부터

는 문리대 학생회장을 운동권 후보로 지연 학연에 상관없이 진짜 운동할 사람을, 운동을 제대로 할 사람으로 선출하자고 논의해서 학생회장으로 이호웅이 낙점된 거죠. 이호웅은 내 제고 동기지만 재수를 해서 69학번이에요. 제고 출신이 문리대 학생회장이 되는 기적이 나온 겁니다.

김명인 : 제물포고가 인천의 명문이긴 하지만 서울 가서 행세할 정도의 학교는 아니었던 걸로 아는데요?

최원식 : 제고는 변수죠. 경기, 서울 이런 데서 합종의 대상이지 회장이 될 정도는 아닌데, 소수파였던 지방고등학교인 제고 출신이 학생회장이 된 게 반독재운동의 새로운 징조지요. 그런 분위기가 우리 때부터 시작되었어요. 기성 정치를 뺨치던 문리대 정치가 박정희 독재에 맞서는 조직적인 저항의 구심점으로 변화하는 전변기에 있었어요.

김명인 : 그런 분위기에서 오히려 각 단과대학, 각 분과 학문을 넘어서 간(間)주관적인 판단이 가능한 학문이랄지 인식체계랄지 시스템이 만들어진 것이라고 할 수 있는 것 같습니다.

최원식 : 원체 문리대라는 데가 인터디시플리너리(interdisciplinary), 학제 간 융합이지요. 이과와 문과가 같이 있었기 때문에 문리대 다니던 이과 애들은 좀 달라. 인문학적 교양도 있고 운동적 교양도 운동적 양심도 있어요. 과별로 나뉘었어도 강의는 과를 넘어서 마음대로 들었어요. 자기 학과 강의만 듣는 게 아니에요. 그런 데 대한 자부심도 굉장히 강했어

요. 문리대는 서울대 배지를 안 달았어요. '대학'이란 문구로 된 문리대 배지가 따로 있었어요. 문리대만 대학이고 나머지는 응용학문이니 아니란 거지. 무용(無用)한 것을 위해서 건배하는, 무용을 추구하는 우리야말로 진짜 학문을 한다는 기개도 있고 긍지도 있고, 자유롭죠. 교양과정부가 되면서 교수 선배들은 이런 문리대 기풍이 망했다고 했는데, 망한 측면도 있고, 오히려 그런 간, 사이적인 성격이 더 강화된 측면에서 진보도 있었던 것 같아요.

김명인 : 그게 얼마나 대단했는지 모르지만 저는 중3, 고1 즈음에 동숭동 문리대 캠퍼스에 놀러 가면, 진짜 학문의 전당이라는 느낌이 들어 '내가 가야 할 대학이다' 그런 생각이 저절로 들곤 했어요. 그런데 갑자기 관악산으로 옮겨간다고 해서 ……. 그래서 저는 관악산으로 옮겨간 다음에도, 집으로 가는 길목이기도 해서 문리대 캠퍼스를 자주 갔어요.

최원식 : 관악산 얘기가 나와서 말이지만 관악으로 옮긴 비화가 있어요. 정명환 선생님이 우리 교양과정부 학부장이셨는데 나중에 내가 이산(怡山)문학상 심사할 때 뵈었어요. 내가 1학년 때, 평론가로 학자로 우러르는 정명환 선생님이 학부장이라는 데 대해 자부심을 가졌지. 교양과정부 때 책 목록을 정해서 서평을 의무과제로 냈어요. 그 과제들 중에서 뽑아 교양과정부 논문집 『향연』에 실었는데, 내가 뽑혔어요. 그때 두 과제를 냈는데 하나는 까뮈론이고 또 하나는 E. H. 카아의 '역사란 무엇인가'론이었어요. 나는 까뮈론이 뽑혔으면 했는데 그건 미끄러지고 '역사란 무엇인가'가 됐어요. 그런 일도 은근히 나를 고무하는 거죠. 직접

배우진 못했어도 정명환 선생님이 거기 계신 것만으로도 힘이 되었어요. 교양국어를 김윤식 선생께 배운 것도 잊을 수 없죠.

김명인 : 김윤식, 김현 두 분이 모두 교양과정 교수였어요.

최원식 : 아니, 우리 때는 김현 선생은 없었어요.

김명인 : 하셨대요. 김현 선생님 약력에 그렇다고 되어 있던데 선생님 재학 중엔 아니었나 봅니다. 저희 가형이 74학번인데 김현 선생님한테 불어를 배웠답니다.

최원식 : 그랬나? 아, 다시 그 얘기로 돌아가서, 정명환 선생님이 그 저녁자리에서 그러시더라구. "최 교수, 태릉의 교양과정부가 왜 관악으로 옮겼는 줄 알어?" "모르는데요." 육사(육군사관학교)가 강력하게 항의를 했대요. 육사가 태릉의 주인인데 서울대 애들이 와서 난리법석을 쳤대요. 1학년을 갖다가 모아놨으니 얼마나 난리법석을 쳤겠어요. 그래 빨리 보내달라고 했다나.

김명인 : 서울여대는 육사하고 지리적으로나 심정적으로 가까이 있었는데, 서울대 교양과정부가 들어서는 통에 ……

최원식 : 교양과정 애들이 서울여대 기숙사를 자주 쳐들어가서 거의 맨날 경고성 공고문이 붙어요. (앞뒤가 맞는 얘기에요.) 그래서 관악산으로

가게 되었다는데 관악은 원래 정부종합청사로 지은 거라지요. 과천으로 가게 되는 바람에 쓸데가 없어지니까 서울대 차지가 된 거라더군요. 박사과정 입학해 관악을 가는데 정말 학교 건물이 아니더군요. 교양과정부 1회는 1960년대에서 1970년대로 넘어가는 과도기였어요.

김명인 : 이제 공부 얘기를 좀 해야 하겠지요? 선생님과 민족문학론의 만남과 헤어짐(?)이랄까, 이걸 좀 정리해 주십시오.

최원식 : 내가 순수문학론자는 아니었는데 그렇다고 민중문학론자도 아니었어요. 그렇지만 아까도 얘기했듯이 문리대의 지적 분위기, 여러 선후배들을 만나고 그런 과정에서 문학의 사회성이라든가 정치성에 대해서 눈을 떴지요. 내 학사논문이 「동리론」이에요. 그걸 정리해서 『동아일보』 신춘문예에 냈는데, 창피한 글이지만, 내게는 의미가 좀 있어요. 동리를 내가 좋아했거든. 동리를 좋아하다가 그로부터 빠져나오는, 그래 결국은 동리를 비판하는 것으로 귀결되는 게 학사논문의 대강이죠. 그러니까 내 안에서 문학적 갈등이, 문학의 정치성이나 사회성이 승리하는 쪽으로 움직인 겁니다. 김흥규 선배가 내 학문인생 초기에 결정적인 영향을 줬어요. 아까 말한 대로 그 선배들 만나 국문과를 갔고, 김 선배가 신춘문예로 등단해서 나도 따라했죠. 『동아일보』 신춘문예에 평론분야가 새로 생겨서 1회가 오생근 선배고, 2회가 김흥규 선배니까, 3회는 내가 해볼까 했는데, 김종철 선배가 내는 바람에 당선작 없는 공동가작이 됐지. 김종철 선배는 사실 그 전 해에 중앙일보에 가작이 됐어요. 그때는 등단할 때 가작은 안 쳐줬죠. 당선해야지요. 아마 그래 다시

하시려고 했을 겁니다. 암튼 신춘문예도 그랬고, 그 다음『창작과 비평』에 소개했고, 계명대학교에 한 학기 먼저 가서 그 다음 학기에 데려갔죠. 그 덕에 내가 대학에 발붙이게 됐으니 결정적인 귀인이라고 할 수 있어요. 그렇게 창작과비평사랑 만나게 됐고.

김명인 : 창비와 처음 만나신 게 정확히 몇 년도인가요?

최원식 :『창작과 비평』에 처음 글을 발표한 건 계명대에 부임한 1977년이에요. 근데 그 전부터 왔다갔다 했어요. 김홍규 선배가 염무웅 선생을 소개해 줘서 주로 염 선생님의 관리를 받은 셈이지요. 그리고 백낙청 선생을 만났는데, 일대의 스승입니다. 내가『창작과 비평』에 4편의 글을 발표했는데 놀라운 건 문학 바깥의 지식인들도 글 잘봤다고 치하하는 거에요. 참 그때는 민주주의를 꿈꾸는 모든 이가『창작과 비평』의 독자인 황홀한 때에요. 1970년대는 다른 게, 전문가의 시대가 아닌 거죠.

김명인 : 나쁘게 말하면 미분화된 거고, 좋게 말하면 일종의 르네상스죠.

최원식 : 어, 르네상스, 맞아. 문학이 여러 분야의 협업을 이끌어 하나로 같이 가던 행복한 시대지.

김명인 : 저 같은 경우도 그때 창비, 문지 읽으면서 교양이란 교양은 거의 다 쌓았던 것 같습니다. 물론 학교에서 좌파적 영감을 받은 게 있지만 그건 언더그라운드의 교양이었고 합법적인(?) 교양은 전부 창비, 문지

읽으면서 쌓았죠. 행복했던 시절이 있었습니다. 민족문학론은 정태용, 최일수 이런 분들이 조금씩 제기하다가 1970년대에 들어서 …….

최원식 : 1974년에 백 선생이 「민족문학 개념의 정립을 위해」로 민족문학론에 참여하죠.

김명인 : 그러면서 진보성이 부여된 것이겠지요. 보수적이고 복고적인 게 아니라. 문단에서 그 이전의 조연현 중심의 『현대문학』이나 한국문인협회 쪽 세력이 약화되고 자실(자유실천문인협의회)이 창립되고 하면서 점점 보수파들이 힘을 잃어가면서 민족문학론이 새로운 대안담론 내지 주류 담론으로 대두하기 시작했죠. 그 당시 선생님의 글로 민족문학론을 정리하면서 새로운 변환점을 마련한 글이 있었는데…….

최원식 : 1979년, 백 선생 서평 쓴 거, 「우리 비평의 현단계」.

김명인 : 네, 그 글이 그 이후 1980년대 민족문학론이 당대의 우리 민중의 현실하고 만나게 된 어떤 전기가 된 것으로 보입니다.

최원식 : 나는 이 시기 창비에 서평논문 두 개를 썼는데, 백낙청·김종철·조동일·구중서·김병익·염무웅 등 당시 최고의 비평가들을 집중적으로 검토하는 압축학습을 통해 우리 비평의 고갱이를 섭수하게 되었지요. 말하자면 거인들의 어깨에 오른 행운으로 전망을 획득했다고 할까.

김명인 : 백 선생의 실제비평 부족에 대해서도 비판하셨던 것 같고.

최원식 : 백 선생의 바탕은 영문학이지. 당시 비평가들이 대체로 외국문학자인데, 경향은 내재적으로 기우니까 국문학도가 필요한 시점이었어요.

김명인 : 당시 김흥규 선생님과 최원식 선생님 글이 저한테는 굉장히 인상적이었고 그 때문에 국문과로 진학하는 것도 괜찮겠다 하는 생각이 들었습니다. 저의 국문과 진학은 두 분이 국문학 연구자로서 비평을 제대로 하신다는 데서 많이 영향을 받았던 게 사실입니다.

최원식 : 1970년대 민족문학론은 아마도 앞 시기, 예컨대 일제시대 카프의 계급문학론이라든가 해방 직후 동맹의 민족문학론이라든가 그런 맥락과 거의 무관하게 나온 점이 강점이기도 하고 약점이기도 했어요. 나는 1970년대 민족문학론을 연속성 속에서 보는 데 더 익숙했기에 그 담론의 의의와 한계를 조금 더 잘 볼 수 있었다고 할까. 그런 점이 내가 좀 기여했다면 기여한 점이죠.

김명인 : 조금이 아니라 많이 기여하셨죠. 선생님 덕분에 우리 문학 전통에 굉장히 훌륭한 뭔가가 많구나 생각하게 되었지요. 왜냐하면 그 전까진 워낙 저희는 조연현, 김동리 체제에서 살았으니까 식민지시대 전통과는 접할 기회가 거의 없었는데, 선생님과 김흥규 선생님의 비평적 연구작업들과 김윤식 선생님의 『한국 근대 문예비평사 연구』 등이

그런 단절을 극복하게 하는 데 큰 역할을 했던 것 같아요. 하지만 그러한 선생님의 그러한 소중한 작업은 1980년 초의 암중모색과 후반의 급진적 분위기를 거치면서 또 한 번 변화를 겪게 되는 것 같습니다. 선생님께서는 1987~89년 사이에는 비평활동을 거의 안 하신 것으로 아는데요.

최원식 : 아, 그게 이번에 나온 이 책.

김명인 : 『소수자의 옹호』요?

최원식 : 그때 안 쓴 게 아니고 실제비평에 집중했어요.

김명인 : 그때 왜 그러셨는지 궁금합니다. 1987년에 제가 「지식인문학의 위기와 새로운 민족문학의 전망」을 쓰고 난 뒤부터 1988년, 89년에 꽤 치열한 논쟁이 벌어졌었는데 그때 선생님께서 일체 개입을 안 하셨거든요.

최원식 : 제가 1982년에 「민족문학론의 반성과 전망」이라는 글을 썼는데 ······.

김명인 : 앞에 언급하신 서평들과 연결해서 총정리를 하신 거죠?

최원식 : 그때 과제로 든 게 '제3세계론의 동아시아적 양식'이죠. 제3세

계론의 의의를 인정하면서 그러나 이 담론이 중남미 또는 아랍 등 우리와 너무 동떨어지니까 동아시아로 끌어온 거죠. 아마 처음 동아시아라는 말을 쓴 예일 겁니다. 이 용어에는 민족문학론에 대한 어떤 판단이 포함되어 있어요. 민족문학론을 버린 건 아니지만 민족문학론이 1980년대에 그대로 정합적이지는 않다는 예감 속에서 다른 돌파구를 그쪽에서 하나 찾아놓은 거죠.

김명인: 정합적이지 않다는 판단은 그러니까 1980년대의 극한적인 상황에서 …….

최원식: 그렇죠. 광주를 겪고 요즘 와서는 더 분명해졌지만 아주 좁은 의미의 민족문학론, 민족문학운동의 시대는 1970년대로 끝났다는 생각, 뭔가 민족문학론이 1980년대적 상황 속에서 다른 모습으로 진행돼야 된다는 예감이 있었어요. '제3세계론의 동아시아적 양식'이라는 말도 그런 맥락에서 나왔던 것 같아요. 그 뒤에는 김지하 시인과의 만남이 있었죠. 1970년대 내 비평에는 백낙청, 염무웅 두 분이 계셨다면, 1980년대에는 출옥한 김지하 선배의 자장이 강했어요.

이 분이 출옥하고 나서 이수인 선배의 초청으로 간간이 대구에 왔는데, 나는 그때 계명대에서 영남대로 옮긴 때에요. 영남대에 모모한 사람들이 다 모여 있었어요. 형님 내려오시면 마치 잔칫날이죠. 참 그땐 대단했어요. 정말 감전 상태가 한 일주일은 가는 것 같았죠. 그러다 1985년에 『전환기의 동아시아문학』이라고 임형택 선배와 같이 엮은 책이 있는데, 동아시아 시각을 문학사 속에서 실험한 책입니다. 한중일 세 나

라 문학을 하나로 묶어 보는 훈련의 시작이었죠. 요컨대 1980년대는 이론적으로 내 나름의 모색기였어요.

아울러 1980년대 문학, 민족문학 또는 민중문학의 향방이 어떻게 될 것인지가 궁금했어요. 나는 담론보다는 현실을 더 중시합니다. 뒤에 '작품으로의 귀환' 이란 말을 쓰기도 했지만 현실 또는 작품현실이야말로 이론의 어미가 아니겠어요. 평론가는 실제비평을 해야 진짜 평론가로서 단련이 되는 건데, 마침 제게 그런 기회가 주어졌어요. 1980년대 초에 창간된 『마당』이란 월간지가 있었어요. 거기에 처음으로 월평을 쓰기 시작했어요. 그 전에도 찔끔찔끔 썼지만 이 잡지를 통해 나의 실제비평이 본격화했다고 할 수 있습니다. 그로부터 신문 잡지 등등에 월평, 서평, 해설 등 실제비평에 꽤 오랫동안 종사했어요. 나는 원래 문학사가적이잖아요. 거기다『창작과 비평』에 서평 논문 비슷한 것을 쓴 후에는 메타비평 전문처럼 되는 바람에 현실 작품에 약했는데 1980년대에 그걸 벌충했어요. 귀중한 경험입니다.

김명인: 그럼 그때 선생님은 그 논쟁 과정을 지켜보시면서 이미 그 한계를 어느 정도 느끼고 계신 거였군요? 지나친 이론적 급진화에 대한 경계 같은 게 있었던 게 아닌가요?

최원식 : 「지식인 문학의 위기와 새로운 민족문학의 구상」, 특히 1절 '좋았던 세월은 가고'를 읽으며 올 게 왔구나 했죠. 그동안 1980년대를 운동권적으로 파악해 왔는데, 나중에 곰곰이 더듬으니 아닌 것 같았어요. 1980년대의 특징은 탈중심주의가 아닐까?『창작과 비평』이 없어지면서 아들들이 곳곳에서 떠올랐어요. 1970년대가 문학 중심, 서울 중심, 계간지 중심이라면 1980년대는 운동이 문학만이 아니라 미술, 음악, 영화 등등 다른 예술분야로 확산되고, 서울의 계간지 대신에 서울과 지방 곳곳에서 무크 또는 동인지 형태로 젊은 게릴라들이 등장했어요.『창작과 비평』이라는 저항의 축이 한편 질서 또는 권력이기도 하니까 그 아래 억압된 것들이 있잖아요. 그 동안 지층 밑에 있던 것들이 폭발한 거죠. 그렇지만 아버지를 아들이 자기 실력으로 죽이지 못해서, 신군부가 대신 죽여준 꼴인지라 더구나 광주에 대한 부채까지 겹쳐 1980년대 문학의 급진주의가 맹렬했던 것 같아요.

김명인 : 보존되지 않고 그냥 날것으로 넘어가 버린 거죠. 지양이 안된 거죠.

최원식 : 1980년대는 신군부독재에 저항하는 유례없는 운동의 시대인데 한편 한국자본주의의 최고 호황기였어요. 한국의 경제적 도약에 걸맞게 생활세계의 변화가 요구되었는데 정치적으로는 여전히 낙후한 독재가 억누르니 그 간극에서 폭발이 발생한 거죠. 어쩌면 운동의 외피를 쓴 문화적 대폭발 시기라고 볼 수도 있어요.

김명인 : 네, 맞습니다.

최원식 : 1980년대를 특징짓는 운동의 급진적 자기발전조차도 탈중심주의적인 문화주의의 표출이란 점에서 문화유물론적 경향들이 부글부글 끓던 시기였던 듯해요.

김명인 : 제 생각으로도 민족문학론이라는 게 1970년대 말까지라는 것이 맞는 말씀인 것이, 민족문학론은 식민지시대부터 시작해서 1950년대, 1960년대를 거치고 1970년대 말까지 저항의 담론 역할을 했는데, 80년대 가면서 그걸로 다 담지 못하는 것들이 있지요. 우선 당장 민중적 민족문학이라는 말만 해도 말은 그럴 듯하지만 그 안에 모순과 배반, 괴리가 많은 말이거든요. 저 같은 경우는 그걸 봉합하려 했던 건데, 아예 그것도 싫다고 떨쳐버린 게 노해문(노동해방문학)이니 이런 경향들이죠. 그런 데서 1970년대 말까지 분명히 영향력을 가지던 민족문학론의 무게가 해체가 되기 시작한 건 사실인 것 같습니다. 저도 민족문학을 내세운 것은 사실은 일종의 전술적 선택이었죠. 노동해방문학론처럼 급진화하는 건 당시 실상하고 맞지도 않는 동시에 위험하기도 했기 때문에 사실은 계속 민족문학을 앞세우고 가야 된다고 생각했던 거죠. 그런데 그야말로 잔치가 끝난 다음에 다 청산하거나 도피하거나 침묵하거나 이러는데 선생님만 1990년대 초부터 굵직한 문제제기를 하고 나오시거든요. 근대 이행과 근대의 극복 테제라든지 카프 주류성 해소라든지, 리얼리즘과 모더니즘의 회통이라든지 이런 문제제기를 하시면서 급기야 동아시아론에까지 이르는데 그러면서 사실은 적막했던

1990년대 문단에 주요한 화두는 전부 던지신단 말에요. 저도 그때 대학원 들어와 있었는데 선생님께서 폐허 위에 깃발을 세운 형편이라 그걸 보면서 한편으로는 약간 밉기도(?) 하고 부럽기도 했지만 한편으로는 그러한 선생님의 문제제기를 도저히 피해갈 수는 없겠다 싶기도 했습니다. 하지만 역하심정이라 할까요, 왜 그 치열한 논쟁기에 한 발을 빼셨는지 다시 한 번 여쭙고 싶었습니다.

최원식 : 『소수자의 옹호』가 그 답이에요. 그때 저는 논쟁을 떠나서 작품을 보고 있었어요. 원래 내가 논쟁을 싫어해요.

김명인 : 그 무렵에 『실천문학』에 쓰신 게 하나 있었죠.

최원식 : 『실천문학』? 박노해와 김용택을 논한 「노동자와 농민」이죠.

김명인 : 네, 그 시기에 잠깐 발언하시고 지나가신 게 기억이 나는데 그 외에는 본격적으로 가담을 안 하셨기 때문에 계속 궁금했었어요.

최원식 : 그리고 내가 그때 인천에 왔어요. 대구시절은 선배들의 보호 아래 잘 보냈는데 1982년에 인천에 오니까 갑자기 너무 심심해요. 그래

고향에서 동기 이호웅을 연으로 지용택 회장, 김승묵 변호사 등 선배들을 뵈면서 자연히 그물망이 촘촘해졌지요. 더구나 그때 손님들이 인천에 엄청나게 많이 왔잖아요. 접대역을 좀 했죠. 전국적으로 참 많은 분들을 만났고 그 과정에서 자연스럽게 목요회 창립에도 참견하고 차츰 인천에 일이 많아졌어요. 인천에서 두더지 좀 팠지요.

김명인 : 인천이 재미있어지셨군요.

최원식 : 처음에 인천 왔을 때는 심심해서 정원을 얼마나 잘 가꿨는지 몰라요.

김명인 : 직접요? 어쩐지 정원에 잘 가꾸었던 흔적이 남아 있는 것 같았어요.

최원식 : 우리 마누라하고 나하고 열심히 했어요. 그렇게 심심하다가 금세 바빠져서 인사연(인천지역사회운동연합)에서 운영하던 시민학교를 비롯하여 각종 민중학교들에 봉사를 많이 다녔어요. 인하대에서 내가 좀 특이하잖아요. 인천 출신이지, 서울 출입도 좀 하지, 그러니까 두루 통하고 이름도 있어서 다들 지지해주고 해서 뭘 하기가 편했지요.

김명인 : 사실 최원식에게 인천과 인하대는 뭐냐, 생에 어떤 의미를 갖느냐는 걸 뒤에 질문드릴 생각이었는데 나온 김에 먼저 하시죠. 그 시기하고 연결해서.

최원식 : 나는 사실 인하대에 오리라고 생각을 못했어요. 인하대는 내 전공과 겹치는 선배분이 계셔서.

김명인 : 누구셨죠?

최원식 : 윤명구 선생님. 그리고 영남대가 정말 좋았어요. 영남대에 사람들이 몰렸어요. 김윤수 선생, 염무웅 선생, 김종철 선배 등등. 또 대구가 대학선생하기 정말 좋은 데에요. 대학선생을 진심으로 존경하죠. 우리 마누라는 힘들었지만. 경기말 쓰고 그러니까 시장을 잘 못 갔어요. 우리 마누라가 언제 와서 얘기하는데, 꽃게를 보고 반가워서, 거기는 꽃게를 음식 취급을 안 해요, 대게만 게인 줄 알지. 그래 꽃게 달라고 했더니 "뭐할라고" 하더래요. 그런 학교 재미도 순식간에 가더군요. 신군부 아래 박근혜가 영남대학을 맡으며 학교가 급전직하가 되었어요. 학교가 추락하는 걸 그때 봤어요. 다 떠나기 시작했죠. 그런 차에 고전문학 하는 성기열 선생님이라고 사대 학장이신데, 이 분이 생면부지의 나를 찾아오셨어요. 인하대로 오라고.

김명인 : 댁으로 오셨어요?

최원식 : 어느 날 그냥 오셨어요, 그 양반이. 그래서 생각하지도 못 했는데 그냥 그렇게 오게 됐죠.

김명인 : 왜 그러셨을까요?

최원식: 이 양반이 과 대선배인데, 어떻게 나 데려갈 생각을 하셨는지 모르겠는데, 하여튼 간곡하셨어요. 그래 내가 과에서 다 의논하셨냐고 했더니 다 돼 있으니까 걱정하지 말고 오래요. 그래 영남대 사정도 그렇고 인하대는 내 고향에 있잖아요. 그렇게 얼떨결에 오게 됐어요. 나중에 와서 보니 성기열 선생님이 두루 의논하신 것 같지는 않더군요.

김명인: 그때 국어교육과에는 어떤 분들이 계셨어요?

최원식: 성기열 선생님을 비롯하여 어학은 남광우 선생님, 고전문학 정기호 선생님, 그리고 현대문학에 윤명구 선생님이죠. 김문창, 김재홍 선배도 다 여기 있었어요.

김명인: 반 나눠서 국문과로 간 거군요.

최원식: 1981년에 문과대학이 생겼어요. 조병화 선생이 문과대 학장으로 오시면서 김문창, 김재홍 두 분이 국문과로 넘어갔대요.

김명인: 그 다음에 정기호 선생님하고 선생님하고 오셨나요?

최원식: 아니 정기호 선생님은 1982년에 국문과로 가시고 나는 그때 사대 국어과로 부임했어요. 문과대 국문과로 옮긴 건 1988년 1학기죠. 그때도 어쩌다 우물쭈물 옮기게 됐어요. 내가 옮기려 한 건 아닌데. 내가 인하대 온 다음 일이 많이 나니까 성기열 선생님이 나 때문에 고생 많이 하셨어

요. 인하대 교수 시국선언이 대표적이죠. 인하대 역사상 처음이래요.

김명인 : 몇 년도인가요?

최원식 : 1986년이죠, 아마. 본부에서는 성기열 선생님에게 최원식이 누가 데려왔어, 알면서 농담처럼 추궁한 모양이에요. 지금은 아무것도 아닌데, 그때는 서명하는 것 자체가 굉장한 일이지요. 협박부대도 있어서 협박전화가 와요. 우리 마누라가 고생했어요. 돌이켜 보면 1980년대에 인천에서 내가 참 바빴죠. 또 강연을 많이 다녔어요, 전국 여기저기. 노태우가 된 게 언제죠?

김명인 : 1988년도요. 정확히 말하면 1987년 12월이지요.

최원식 : 그때서부터 서서히 시민운동이 시작하잖아요. 이래저래 바쁜데 한편으로 인하대를 이렇게 …….

김명인 : 멀쩡한 학교로 만들어가고. (웃음)

최원식 : 좋은 선생들 계속 모셔오고, 교육의 질은 교사의 질을 넘어서지 않는다는 금언을 나는 믿어요. 그리고 본부가 나를 좋아하지 않는다지만 인하대 교수의 이름으로 수많은 글을 신문잡지에 기고했으니까 사실 나처럼 학교 선전해주는 사람이 어딨었겠어요. 그것만으로도 고마워해야지.

김명인 : 그렇죠. 그걸 알아봐야 되는데 ·······.

최원식 : 그러니까 학내에서 나의 위치가 가볍지 않죠. 나를 반대하건 지지하건 독재시대에는 직접 운동에 들어가지 않았어도 그에 대한 기본적인 존중이 있잖아요. 당시 김명인 교수나 이런 투사들이 힘든 거에 비하면 교수들 고초는 아무것도 아닌데도 그때는 교수들의 움직임에 민감했어요.

김명인 : 보호받던 시절이고 지지받던 시절이었죠.

최원식 : 그걸 또 잘 활용해갖고 여러 가지를 했죠.

김명인 : 그 얘긴 따로 들어야 하겠습니다. 여러 가지가 있으니.

최원식 : 아 그러고 보니 그때 인천을 생각하기 시작했죠. 인천이 내 공부 키워드 중의 하나가 됐어요. 인천이란 데를 어떻게 생각하고 어떻게 해야 하나? 정말 화두에요. 『창작과 비평』에서도 지방을 얘기하는 사람이 나밖에 없죠. 내가 살아온 이력이 그래서 그런지 주변에 대해 마음이 간단 말이에요.

김명인 : 인천 사람이라 그런 게 아닌가요?

최원식 : 그래서 그런 건지 ·······.

김명인 : 중심에 대한 약간 그 뭐랄까. 일종의 긴장관계랄까.

최원식 : 김명인 교수가 '좋았던 시절은 가고'를 썼을 때 한편으로 내가 좋은 거에요. 내게 탈중심주의는 일종의 태생적인 점이 없지 않아요. 인천 촌놈으로 서울에서 활동을 하고 있지만 그제나 이제나 난 항상 인천에서 상경하니까 중심 안에서 주변이죠. 그러니 중심이 지닌 무게 속에서 침묵 속으로 묻히는 것들을 의식하지 않을 수 없어요. 그 침묵을 깨는 소리들이 활발하게 나와야 진짜 우리사회가 민주화되는 거 아니겠어요. 그런 점에서는 나한테 인천은 고향이니까 그런 것만은 아니고 지방 또는 주변에 대한 사유를 불러일으키는 촉매예요. 귀향 이후 이전에 미처 깨닫지 못한 생각을 정리하고 되물으면서 다른 사유를 가능하게 했다는 점에서 고맙죠.

김명인 : 네. 인천이란 곳이 갖는 장소, 탈중심주의 이런 것과 관계가 있다는 말씀이겠죠. 이해가 될 것 같습니다. 인하대에 오셔서 제자들도 많이 키우시고 인하대 국문과 교수로서 퇴임하시는 것에 대해선 어떻게 생각하세요?

최원식 : 인하대에서는 이렇게 오래 있었는데, 초기에는 자주 옮겼어요. 중고등학교 선생 생활도 하고.

김명인 : 네, 덕성여고에도 계셨었고.

최원식 : 처음은 광성중학교에 있었고 다음에 덕성여고에도 있었는데, 광성중학교 2년, 덕성여고 3년, 대학원 다닐 때가 되어 갖고 참 엉터리 선생인데, 그래도 그때 제자들이 여기저기 나타나면 내가 창피하죠.

김명인 : 인기가 좋으셨겠죠.

최원식 : 광성에 있다가 상경 초에는 덕성여고 야간에 다녔어요.

김명인 : 그때는 덕성여고도 괜찮았을 때였죠.

최원식 : 그러니까 평준화 바람에 내가 다음 해 주간으로 내려갔죠.

김명인 : 아, 그렇구나. 주간으로. 주간은 더 괜찮았죠.

최원식 : 야간도 좋았어요. 주간은 주간대로 또 재밌었고. 덕성여고도 3년 근무지만 사실 1년, 2년으로 나뉘죠. 중간에 옮긴 거나 마찬가지에요. 계명대학교 2년 반, 영남대학교 2년 반, 한 직장에서 3년 넘긴 적이 없어요. 그러니 여기 인하대에서 정년 퇴임을 하리라고는……

김명인 : 1982년도부터 32년이 되었습니다.

최원식 : 내 교직생활의 거의 대부분을 여기서 보낸 셈이지요. 내 몸이죠 뭐. 인하대 분들이 너무 고맙죠. 잘봐주셔서 가능했던 일입니다. 내

가 교수 초년에 별명이 원로 교수예요.

김명인 : 어떤 이유였죠?

최원식 : 학교를 안 나와요. 강의할 때나 나오고.

김명인 : 강의보다 다른 뭐 할 일이 워낙 많으셔서.

최원식 : 뭐 그것도 있지만. 요새는 인간이 완전히 천지개벽을 해서 학교를 열심히 나오죠. 낮에 연구실 컴퓨터 앞에서 매양 글 쓰고 앉아 있잖아요. 옛날에는 학교 나오면 놀았죠. 사람들도 많이 오기도 했어요.

김명인 : 저 처음 대학원 들어왔을 때도 안 계셨었어요. 학교에서는 사람 만나고 저녁에 술 마시러 가시고.

최원식 : 그렇죠. 교제하러 오는 거죠. 이것저것 일 처리하고.

김명인 : 글은 전부 집에서 쓰셨죠.

최원식 : 아 그렇죠. 그때는 다 밤새서 쓰고. 우리 마누라가 정말 고생을 했죠. 같잖은 글 쓴다고 맨날 신경질내고, 늦게 일어나고. 옛날에는 늘 오후 1시까지 잤어요. 요즘 같으면 쫓겨났죠. 그러고도 학교 뉴스레터에 썼죠. '인하대의 육체는 인천에 있어도 영혼은 경인고속도로를 왔

다 갔다 한다'고. 교수들이 4/5가 서울에 사니까. 나중에 들으니 다른 사람 같으면 맞아 죽었을 거래요. 그 뒤 김문창 선생님이 술 한잔 드시더니 '나는 서울 살지만 매일 나오는데 말야, 지는 학교 나오지도 않으면서. 거기다가 경인고속도로, 지도 뻔질나게 다니면서' 하셨죠. 그 양반이 굉장히 이뻐했어요. 우리 선배 교수들이 다 나를 귀히 여겼어요. 그땐 고마운 줄도 몰랐으니 부끄러운 일이에요. 언젠가 조병화 선생, 남광우 선생을 비롯한 원로교수들을 모시고 일식집 가서 저녁에 양과(국문과와 국어과) 회식을 했는데 기분이 거나해지시니 이 양반들이 일본 노래를 냅다 부르기 시작하잖아요. 그래서 그분들을 욕할 순 없고 일하는 여자들한테 '니들이 선생님들 일본노래 부르게 한다'고 야단을 쳤어요. 그때만해도 민족에 대해 민감할 때라 사고를 쳤는데 그분들이 다 관용해주셨어요. 조병화 선생님이 '기개가 있어' 하시며 넘어갔죠. 지금 생각하면 원로·선배 교수들이 정말 고맙죠. 또 우리 학생들이 고맙고. 제자 뻑이 컸어요. 나처럼 행복한 선생 생활을 한 사람이 별로 없을 거예요. 그 덕에 우리 과가 좋은 과로 성장했고, 학교도 인천이라는 지리적 위치를 극복하고 상승했었는데 …….

김명인 : 요 근래에 와서 분위기가 나빠진 편입니다.

최원식 : 물러날 때 하필이면 학교 안팎이 다 문제라 착잡해요. 인하대학교는 이제 김 교수를 비롯한 후배 교수들이 잘 해줘야죠.

김명인 : 아직까지 좋은 선생들이 많이 계시니까요.

최원식 : 그렇죠. 백낙청 선생이 사석에서 말씀하시길 요새 국문과 중에 인하대가 기중 나은 게 아니냐고. 최근 창작과비평사 평론상과 대산대학문학상을 인하대 제자들이 연이어 수상해서가 아니라도, 가만히 생각하니 그렇기도 해요. 인하대 한국어문학과와 국어교육과, 그리고 대학원 한국학과의 책임이 무겁지요.

김명인 : 그건 맞는 거 같아요. 솔직히 이렇게 좋은 교수들이 한꺼번에 모여 있는 데는 별로 없습니다. 저도 자랑스럽지요. 그러나 앞으로가 문제지요. 선생님 나가시고 난 다음에가 문젠데. 뭐 여기서 이런 얘기할 건 아니지만.

최원식 : 뭐 인하대 한국학과도 이젠 새롭게 다시 할 때도 됐어요. 그런데 요즘 돌아가는 걸 보면 다시 학교 밖의 학교들이 생겨야 될 때가 아닐까, 이런 생각이 들어요. 예전 1980년대의 시민학교 같은 형태들이 활발해지는 시대가 온 듯도 해요. 제도교육의 변화를 더 잘 이끌기 위해서도 제도 밖에서도 ……

김명인 : 수유너머도 있고 다중 지성의 정원 등 이런 것들이 있고, 인문학협동조합도 생기고 하는데 인천에도 그런 움직임이 활발하면 좋겠죠.

최원식 : 잘 짜고 들면 괜찮을 것 같아요. 학교 안과 밖의 인력들을 잘 활용하면 1980년대보단 조금 더 안정적으로 진행할 수 있을 듯한데 ……

김명인 : 협동조합 쪽으로 나가는 게 하나의 흐름이긴 한데, 그 이전 수유너머가 워낙 드라마틱하게 변전하고 가능성과 한계를 다 보여준 바가 있어서 어떨지 모르겠습니다.

최원식 : 그건 너무 센 결사체고 더 느슨한 네트워크형으로 가는 게 좋지요. 그리고 역시 학교, 제도학교가 중심이 돼야죠. 이거 대신 이게 대안이다, 이건 아닌 것 같아요. 양쪽이 같이 가야지요.

김명인 : 이제 화제를 바꿔서 다시 동아시아론을 제기하신 맥락과 그것과 민족문학론과의 관계, 그리고 동아시아론의 전망이랄까. 확장, 보완이랄까 그런 부분들에 대해서 이야기를 해주시면 좋겠습니다.

최원식 : 요즘 더욱 명확해지듯이 동아시아론이 1970년대 민족문학론의 출구의 하나였어요. 1970년대 말에 진지하게 검토된 제3세계론이 민족문학론과 결합된 일은 매우 시사적입니다. 민족문학론의 '민족'이 민족주의는 아니지만 민족주의와 무관하다고 볼 수는 없기에 아무래도 내향적이잖아요. 그 제한을 넘어 확실하게 바깥하고 맺어주는 게 제3세계론인데 제3세계론 또한 제게 추상적이었어요. 당시 제3세계론은 주로 중남미 발신인데, 중남미와 동아시아는 다르다고 생각이 들었어요. 종속이론이 중남미 사회의 양극화에 기반을 둔 데 비해 동아시아는 좌나 우나 남이나 북이나 크게 보면 사회주의적이거든요. 중국은 물론이고 대만, 일본, 한반도의 남북도 양극화와는 먼 사회였잖아요. 평등주의가 강하죠. 일본이 좀 비유동적이라고 해도 동아시아 사회는 신분 이

동의 유동성이 야기하는 활력이 있지요. 남미와 비슷한 필리핀이 그렇다면서요.

김명인: 식민지로 출발했잖아요. 국가가 아니라 식민지화 되면서 네이션이 형성된 경우에 해당되니까.

최원식: 종속이론은 주변부가 결코 중심이 될 수 없다는 건데 이건 곤란하죠. 주변이 중심이 될 수도 있는, 중심과 주변의 유동성, 상호 호환성이 사회적 활력의 핵심이라고 생각하기 때문입니다. 그래서 우리는 우리 식의 제3세계론을 모색해야겠다는 다짐이 '제3세계론의 동아시아적 양식' 즉 동아시아론으로 번진 거지요. 특히 제2차 세계대전 후 동아시아는 온갖 실험을 했잖아요. 자본주의도 서양 본토와는 다른 유교자본주의로 나타났고, 사회주의도 그냥 소련식이 아니고 마오주의에서 주체사회주의까지 온갖 것이 다 있었으니까요. 그 용광로 속에서 새로운 무언가가 나올 수 있지 않을까 하는 생각, 그리고 그런 모토를 일단 걸어놓고 해야지 뭐가 돼도 되는 게 아닌가 해요. 그래서 동아시아론을 제기한 거죠. 요새는 나를 동아시아로만 알지만 우리 세대가 다 그렇지만 나 역시 뼛속 깊이 서구주의자였지요.

김명인: 저는 더합니다. (웃음)

최원식: 나중에 학습을 통해서 의식적으로 나를 몰아가서 그 쪽으로 넘어간 거죠. 내가 대체로 싫어하는 게 뽕짝인데, 그리 된 데는 팝송, 특

히 포크의 영향이 컸어요. 더군다나 한국 포크의 대명사라 할 송창식이 인천중학교 두 해 선배거든요. 인천은 포크 전통이 있어요.

김명인 : 송창식 말고 또 누가 있나요?

최원식 : 이승재, 유심초, 소리새 등등. 항구가 돼가지고 은근히 모던하죠. 우리 세대는 아마 가장 많은 종류의 술을 마셨을 거에요. 우리 앞의 선배들은 막걸리를 주로 마셨다는데 우리 때는 막걸리도 마시고 소주도 마시고 거기다 질 낮은 국산위스키까지 마셨잖아요. 박정희가 국산위스키 도라지를 개발해서 거리마다 위스키시음장이라는 술집이 있었어요. 온갖 걸 다 몸으로 실험하는 바람에 일찍이 고장났어요. 그런데 대학 때 최고의 술집은 명동의 오비스캐빈이죠. 아르바이트 해서 월급 타면 명동의 생맥주집으로 진출하는 거죠. 그때 트윈폴리오를 비롯해 통키타 부대들이 공연하고 분위기가 좋았죠. 오비뚜루도 있었네. 충무로에 카페 떼아뜨르라고 추송웅 씨도 나오는 소극장이 있어요.

김명인 : 〈빨간 피터의 고백〉이라고 오래 공연한 곳이지요.

최원식 : 그 연극은 나중이고요. 내가 그곳을 졸업했을 때일 겁니다. 명동엔 또 소피아서점이라고 독일서점이 있었어요. 그때 그 시절 명동엔 문화적 향기가 있었어요. 트윈폴리오와 양희은을 대표로 하는 쪽이 내 노래의 고향이죠. 노래를 하라고 하면 자기가 어렸을 때 부르던 노래를 하잖아요. 그 뿌리는 아마 1950년대 우리를 사로잡은 미국 대중문화

겠지요. 할리우드영화, 특히 서부영화에 세뇌됐지요. 서부(西部)가 아니라 '써부'야. 총잡이들이 써부인지 알았어요.

김명인 : 맞아요. 서부극이라는 게 서부들이 나오는 극인 줄로만 알았지요.

최원식 : 아니 그때도 그랬나요?

김명인 : 말하자면 웨스턴인데 그냥 써부라 불렀지요.

최원식 : 국민학교 때 애들이 아란랏드가 총 빼는 데 몇 초인데 게리쿠퍼는 몇 초다 싸우고 뭐 이러던 때죠.

김명인 : 저는 어렸을 때 총까지 달린 가죽 혁대를 선물로 받아서 한참 구르고 쏘고 난리였던 기억이 납니다.

최원식 : 그때 우리 대중가요 중에 〈카우보이 아리조나〉 생각나요?

김명인 : 아 '황야를 달리는 아리조나 카우보이' 하던 노래요?

최원식 : 그땐 우리나라 노래들이 미쳤어요. 그렇게 컸으니까. 나중에 학습에 의해 실상을 짐작하면서 나를 막 추달해서 동아시아 쪽으로 간 거죠. 그러니까 요새 와서는 동서 대화를 다시 생각하게 되요. 브란트의

동방정책은 아데나워의 서방정책이 없었다면, 그 축적이 없었다면 제대로 작동할 수 없었을 것이라는 논의는 시사적이지요. 지금이야말로 서쪽을 다시 보고, 서쪽을 설득해야 합니다. 동아시아가 현재 곤경에 처한 것도 결국은 서쪽에 밀린 탓이니 어떻게든지 설득을 해야지요. 서쪽을 설득하지 않으면 동아시아도 남북화해도 어렵잖아요.

김명인 : 그리고 이미 동아시아에 서구가 너무 많이 침투해 있어서 구별이 안 되지요.

최원식 : 김수영이 일찍이 통찰했듯이 어디나 있잖아요, 아메리카는. 아메리카는 우리 바깥이 아니라 이미 안이에요. 그렇기 때문에 동아시아론이 동아시아문학론으로 연계되지가 않아요. 작품이 나와야 되는데 뚜렷한 작품이 부족해요. 1970년대의 민중·민족문학론이란 중심 담론도 바로 김지하, 황석영 나오니까 그것을 설명하느라고 새로운 비평론이 제출된 거잖아요. 그런데 동아시아도 이미 우리 안이에요. 동아시아론이라는 게 우리 속에 이미 도착한 동아시아를 좀 더 의식하자는 취지로 제기되었음에도 문학론으로 문학작품으로 좀체 넘어가지 못하는 건 아무래도 동아시아가 서양보다 지금 우리 한국의 현실에서 부차적이라는 점을 반영하는 것인지도 모릅니다. 이 점에서 우리 지식인 문인들이 반성할 대목도 있어요. 요즘 글들은 다시 해외문학파시대로 회귀한 듯해요. 이런 서양 흉내는 제대로 된 서양 인식으로 인도하는 것도 아니기 때문에 정말 심각해요. 유길준 식으로 말하면 '개화의 병신'이기 십상이지요. 학서(學西)든 학동(學東)이든 핵심은 우리 문제를 잘 푸는 거잖아요.

우리나라가 좋은 나라가 되는, 한국사회를 더 자유롭고 더 평등해서 더 우애로운 사회로 만드는 일이 중춘데, 남북문제를 입체적으로 풀려면 한반도를 둘러싸고 있는 주변 4강을 잘 달래야 하기 때문에 동아시아가 제출된 단초지요. 남북협력을 기반으로 또는 그와 함께 동아시아 협력을 병진하자는 주지란 말이죠. 분단체제의 극복, 동아시아협력체제의 구축, 그리하여 세계평화라는 전인류적 차원까지 내다보는 담론이 동아시아론인데 최근 한국사회의 서구주의 바람을 반영하는 것인지 동아시아가 교착입니다. 『미국의 아시아 회귀 전략』이라는 책이 있어요. 천안함, 연평도 포격 사건 이후 한반도에서 중국과 미국의 영향력은 더욱 커지고 남북의 관여성은 아주 약화되는 현상이 두드러졌다는 거예요. 한마디로 '한반도 문제의 외재화'라고 요약합니다. 6·15선언 이후 내재화로 방향을 꺾었던 한반도 문제가 다시 외재화로 돌아가 가장 중요한 당사자들이 이 문제에서 주변으로 소외됐다는 겁니다. 그런데 가만히 보니까 한반도 문제의 외재화는 동아시아 문제의 외재화하고 짝을 이루고 있더군요. 요즘 엉망이죠. 그동안 동아시아 공동체 이야기까지 나오는 정도로 진전했던 동아시아가 …….

김명인 : 그렇게 외재화되면서 동아시아 내에서 네이션 컨플릭트(Nation conflict)가 생긴 거죠.

최원식 : 한반도 문제와 동아시아 문제의 외재화에 결정적인 것이 미국의 강력한 관여예요. 동북아시아의 일본과 중국을 설득하는 것 못지않게 러시아나 미국을 설득하는 일이 중요합니다. 동반적 두 문제를 내

재화로 다시 꺾기 위해서도 그 축인 남북이 각성해야죠. 우리가 북을 당장에 어떻게 할 수 없으니까 한반도 남쪽의 이 한국사회가 정말 높은 책임을 지니고 분발했으면 합니다.

김명인 : 제가 얼마 전 선생님의 동아시아론은 민족문학론의 동아시아판 확장 버전이라고 쓴 바 있는데, 사실 선생님 논의는 한국, 동아시아 이렇게 리저널(regional)한 맥락에서 주로 전개되거든요. 그런데 저를 포함한 동시대 진보 지식인의 상당수는 그게 우선이 아니고 이를테면 맑시즘이나 에콜로지 또는 코뮌주의다 다중주의다 하는 식으로 일종의 보편담론, 보편사유를 먼저 한 다음에 이를 한국적 상황에 대입하는 식으로 가는데 선생님은 한 번도 그런 보편담론을 원용하거나 내세우신 적이 없어요. 생태주의라든가 하는 것들에 대해 지나가다 한마디씩은 하셨어도 그걸 중심에 세우신 적이 한 번도 없고 오히려 계속해서 우리 한반도의 역사적, 현재적 문제들에서부터 시작하고 거기서 좀 더 확장해서 동아시아에 대해서 사유하는 식이었습니다. 탈식민주의론은 좀 다르지만 많은 서구발 변혁이론, 또는 해방기획들은 기본적으로 보편주의적이어서 거기에 어떤 특정지역이 없습니다. 아니 없다기보다는 서구라는 지역을 전부로 상정하는 경우가 대부분이지요. 하지만 그런 서구적 보편이론에 휘둘리지 않는다는 그 점이 선생님의 강점입니다. 하지만 바로 그런 점이 한편으론 좀 답답하다는 느낌이 들 때가 있어요. 결국은 최모는 민족주의자 아니냐 이런 식으로 생각이 들게 만드는 그런 게 있거든요. 그런 것에 대해선 어떻게 생각하시는지요.

최원식 : 단순한 민족주의자는 아닌데.

김명인 : 아니, 전혀 아니죠.

최원식 : 물론 내 안을 잘 보면 심지어 국수주의도 있어요. 단재를 좋아하는 속셈도 복잡하지. 국수주의란 대국주의인데 내 동아시아론은 대국주의의 자가치유책이기도 해요. 동아시아를 생각하면서 소국주의를 진지하게 사유하게 되고 고구려숭배를 절제하면서 비통하지만 신라 통일을 재평가했지요. 나는 대국주의와 소국주의를 가로질러 중국주의 또는 중형국가론을 제출했어요. 그러니까 그냥 민족주의자는 아닌데 민족주의를 활용해야 된다고 생각하는 사람이지요. 민족주의의 폐기가 요구되는 때까지 잠정적으로 말이지요. 아마 내 기질 탓도 있을 거에요. 언젠가 아, 도종환 시집 나온 걸 기념하는 작은 저녁모임에서 김정환 시인이 예리하더군요. 김정환 여행 안 하는 거 알죠? 영문과인데 도대체 외국은 물론 지방도 잘 안 가요. 동네에서 그냥……. 어쩌다 그 얘기 나와서 설왕설래하는데 갑자기 "원식이 형도 나랑 똑같애" 그러더라구요. 동네주의자라나. 그랬더니 도종환 시인이 옆에서 "우리 최원식 선배님은 동아시아론자잖아" 그러니까 김정환이 "동아시아가 동네지". 동아시아가 동네야! 내가 속으로 감탄했어요. 나는 항상 나에서 출발해요. 내가 할 수 있는 일, 내가 잘할 수 있는 일을 요량해서 조금씩 나아가는 스타일이지요. 그래 한국에서 동아시아까지 나아갔는데 어느덧 나이가 들었어. 서양까지 아우르는 건 후배, 제자들에게 기대해야지. 옛날분들은 50 넘으면 새로운 일을 안 했대요.

김명인 : 조금 올라가죠.

최원식 : 요새는 조금 올라가야겠지요. 이제 정년이니까 정말 내가 잘 할 수 있는 일에만 집중해야 해요. 나의 학문적 일생을 돌아볼 때 약점이 저서를 못 가진 거지요. 일관된 문제의식을 갖고 하나의 책을 완결한 경험이 거의 없어요. 핑계를 대자면 이상하게도 연구년만 되면 일이 생겨요. 첫 번째 연구년 때는 『창작과 비평』 주간이 됐어요. 그래 창작과비평사에 바쳤죠. 두 번째 연구년 때는 인천문화재단 초대 대표이사로 호출됐지요. 또 날아갔죠. 서양이나 어디 외국에 갈 절호의 기회였는데 팔자가 안되더라구요.

김명인 : 영국이나 일본이나 중국이나 이런 데 갈 수 있으셨는데 …….

최원식 : 가려면 미국에 가야지요. 근데 다시 생각해 보면 외국에는 어렸을 때 가야 돼요. 그때 이미 늦었던 거죠. 내가 외국어는 좀 읽는데 말은 못 해요. 문리대는 이상해서 외국말 지껄이면 흉보는 분위기죠. 그 복수를 받아 외국생활을 은근히 무서워한 탓도 있을 겁니다. 후배와 제자들이 잘할 테니 나는 여기까지야. 하여튼 시대에 뒤떨어진 사람인지라 겉으로는 단순한데 …….

김명인 : 전혀 안 단순한데요. 겉으로도 안 단순하시죠.

최원식 : 한편 복잡하기도 해요. 워낙 잡학적이잖아요. 민족주의가 이

처럼 분쟁적이고 자본주의가 이처럼 난장이라면 당연히 다른 세상을 생각해야 옳지요. 이 점에서 나는 민족주의와 자본주의를 역사의 종말이라고 여기지 않아요. 이런 감각이 없으면 공부하는 의미가 없는 거죠.

김명인 : 의미가 없는 거죠.

최원식 : 공부는 괜히 하나요? 우리가 사는 사회를 더 높은 단계로 진전시켜 궁극적으로는 온 인간이 형제자매처럼 우애가 넘치는 세상을 만드는 게 인류의 오랜 꿈이잖아요? 그러라고 학자들을 노동으로부터 면제시켜 준 거죠. 솔직히 나는 논쟁에 약해요. 승부를 겨루는 논쟁보다는 조곤조곤 대화해서 뭔가 합의를 내는 일을 훨씬 좋아해요. 나에 대한 논란에 대해서도 속상할 때도 있지만 웃어넘기려는 편이지요. 서양에 'Perception is everything'이란 말이 있어요. 어떤 이들은 자신에 대한 남들의 인식을 수정하기 위해 애를 쓰기도 하지만 애쓴다고 고쳐지는 게 아니잖아요. 패러다임이란 대단한 술어를 만든 토마스 쿤이 처음에는 이 말의 오해들에 대해 일일이 대응했는데 어느 수준을 넘으니 그냥 포기했다고 하는 대목을 읽고 혼자 웃은 적이 있어요. 작품이 일단 작가를 떠나면 수용자의 것이 되듯이 그냥 알아주는 대로 받아들일 수밖에 없다는 생각도 들어요. 그렇기는 해도 보고 싶은 대로, 또는 보고 싶은 것만 보는 일은 특히 학계에서는 자제되어야겠지요. 남의 글을 엄밀히 읽는 일이야말로 학인의 기초지요.

김명인 : 지금 말씀하신 대로 공적인 자리에서 토의를 하면 "다 알면서

그러십니까?"라고 말씀하시니까, 하여튼 알겠습니다. 뭐 이게 학문적인 얘기는 아니니까.

또 하나 선생님 담론에서 중요한 것이 절충주의랄까 합작론이랄까 하는 게 계속 있거든요, 초기부터 계속 그러셨는데요, 그것은 어떤 맥락에서 나오는 것인지요?

최원식 : 우리 편, 다른 편, 일단 이렇게 편의적으로 놓고 볼 때 한국사회에서 우리 편의 힘만으로 의미있는 변화를 이룩하기 힘들다는 현실주의적 판단에 기초한 겁니다. 우리 편을 늘려 가려는 노력이 지속적일 때 저쪽 편에 있는 사람들 가운데 일부 중간층을 중립화시키는 효과도 거둘 수 있지요. 그동안 한국의 민주화 과정이 그랬잖아요? 문민정부 김영삼 정권은 물론이고 국민의 정부 김대중 정권이나 참여정부 노무현 정권도 보수와 제휴하면서 출현할 수 있었어요. 집권을 했어도 소수파이기 때문에 힘든 과정을 거친 건 주지하는 일이에요. 한국사회에서 개혁진보 세력이 수구보수 세력을 압도하지 못하기 때문에 나는 항상 협동전선을 생각해요. 저는 합작이란 말을 잘 안 해요. 왜냐하면 합작은 통일전선 안에서 좌익 헤게모니를 관철한다는 함의를 지닌 것이기에 좌익 헤게모니를 유보한 협동전선을 선호하는 편이지요. 언제 박현채 선생이랑 말씀을 나누는데 해방 직후에 미쳤어요. 해방 직후의 여러 합작 또는 연합을 염두에 두면서 해방 직후가 중요하지 않습니까, 그랬더니 뜻밖에도 박현채 선생이 굉장히 유연하세요. 박 선생이 '신간회가 중요하다'고 하시는 겁니다. 집에 와 곰곰이 생각하다 내 나름대로 해석한 게 신간회 때와 해방 직후하고 다른 게 당이 없어요. 당이 없는 시대에 암중

모색 속에서 연합을 ······.

김명인: 공산당은 있었잖아요?

최원식: 신간회가 1927년에 결성되니까 조선공산당이 있긴 했어도 거의 와해된 상태로 1928년에 해체되니까 당의 외곽조직은 아니었죠.

김명인: 그걸 만들려고 애를 썼는데 안 됐지요.

최원식: 해방 직후에는 공산당이 세니까 모든 조직이 당의 외곽조직이죠. 그러니 문학가동맹도 겉으로 아무리 민족문학을 표방하고 모더니스트들을 조직의 전면에 내세웠어도 결국 몰려서 월북의 길을 택할 수밖에 없었지요. 신간회는 당이 없는 시대에 현실에 기초해 집합적 모색을 시도하여 그것도 아주 성공적인 성과를 거뒀어요. 말하자면 당이 약해서 오히려 운동은 발전한 역설을 보여줍니다. 신간회를 중시하는 이유 중의 또 하나는 지방조직 즉 지회의 연합이에요. 각 지회는 그 동네의 특성에 따라서 좌익이 세면 좌익 헤게모니, 우익이 세면 우익헤게모니가 자연스럽게 끌어가는 유연한 조직이에요. 중앙이라는 게 지방대표자 회의죠. 신간회를 잘 봐야 한다는 박현채 선생의 말씀을 나는 이 두 점에서 해석해요. 중앙중심주의가 아닌 그렇다고 탈중심주의로 빠져나가는 것도 아닌, 양자를 균형잡을 수 있는 모델이라고 평가하는 거죠. 나는 신판 신간회가 꿈이에요. 내가 재직한 학교들이 대구의 계명대, 영남대, 인천의 인하대, 이런 곳에서만 선생을 해서 그런지도 모르지만,

한국사회 특히 지방사회에서는 뭔가 의미 있는 걸 하려면 그쪽을 뚫고 들어가야 돼요. 이런 생각이라 뭔가 모색할 적에는 다른 사람들과도 함께 하려고 해서 한편 욕도 먹었지요.

김명인 : 어떻게 우파를 설득하고 끌어들이느냐 하는……

최원식 : 요새는 거의 못 하죠. 거의 저녁생활이 없어져서. 요새는 손학규 선배 말대로 저녁이 있는 삶이 돼서.

김명인 : 가정적으로 저녁이 있는 삶이 되셨지만……

최원식 : 건강이 신통치 않아지면서 담배 끊고 술도 거의 안 마시니까 화류계에서 은퇴한 셈이잖아요. 요즘은 거의 운동을 못 하죠. 우리 힘만으로 다 돼면 얼마나 편하겠어요. 그렇지 못하니 복잡해지고 이런 건데. 나한테는 또 이런 게 있어요, 일을 하는 것도 중요하지만 일이 되게 하는 게 더 중요하다는 생각입니다. 손자병법에 그런 말이 나와요. 승병(勝兵), 이기는 병사는, 선승구전(先勝求戰)하고 먼저 승리를 굳히고, 승리할 수 있는 조건을 다 만들고 나서 싸움을 걸고, 패병(敗兵), 패배하는 병사는 선전구승(先戰求勝), 우선 싸움부터 걸고 승리를 구한다고. 손자가 제일 잘 하는 싸움은 싸우지 않고 이기는 거라고 그러잖아요. 나쁜 조건 속에서도 뭔가를 만들어나가려면 멋진 말이나 해갖고는 안돼요. 우리 대학교수들이 세상물정에 어두워서 좀 철딱서니 없는 분들이 많지요. 나는 또 철이 너무 들어서 문제지. 내가 인하대학교에 처음 왔을 때 갑자기

고독해졌다고 했잖아요. 대구에 있을 때는 꼬마 후배로 선배들의 보호 아래 잘 지냈고 그 선배들한테 또 많이 배웠어요. 특히 칠곡 출신의 이수인 형님은 말과 행동과 글로 내게 깨우쳐준 바가 정말 크지요. 인천은 내 고향이지만 낙하산 타고 내려온 타향이나 마찬가지에요. 인하대고 인천이고 뜻을 같이할 분들은 많지 않았어요. 그래서 인천에서는 뭔가 괜찮은 생각을 하는 사람들과 결연하고, 인하대에서는 학문의 동지들을 한 분 한 분 모시기 시작했죠. 그러노라니 내 몸에 저절로 밴 게 좀 있을 거에요. 그러니까 답답하죠.

김명인 : 알겠습니다. 그리고 또 궁금한 것 중의 하나가 선생님의 독특한 한글 문체입니다. 뭐랄까 굉장히 고전적인 느낌이라고 할까, 그리고 영어를 가급적 안 쓰시기도 하구요. 그 문체를 개발하신 건지, 아니면 어디에서 영향을 받으신 건지 궁금합니다. 또 하나는 뭐냐면 선생님 글에는 고백체가 하나도 없다는 게 또 하나의 궁금한 점입니다. 저도 사실 1980년대 말 이전까지는 절대로 문장을 '나는'으로 시작하지 않았거든요, 하지만 1990년대부터는 '나는'으로 시작하는 글이 많아집니다. 그런데 선생님께는 '나는'이 없어요, '나는'으로 시작한다는 건 내 얘기를 한다, 내 내면을 드러낸다는 뜻인데 선생님 글에는 주체의 내면 이런 게 아예 없으시거든요. 그 두 가지에 대해 좀 말씀해 주시지요.

최원식 : 영어 안 쓰는 것은 백 선생한테 배운 거고.

김명인 : 영문학자임에도 불구하고.

최원식: 세계적인 영어 구사자가 아니에요. 그 양반 영어는 진짜 고급이래요, 나는 모르지만. 근데 일상 회화에서고 글이고 간에 영어, 외국어 절대로 안 쓰고 항상 우리말로 바꾸려고 애쓰고 그건 내가 백 선생한테 진짜 배웠어요. 백 선생한테 배운 게 참 여러 가지가 있는데, 대신 다른 사람이 영어 발음을 잘못하면 갑자기 당신이 발음을 해요. 그래서 깜짝 놀라죠. 그 양반도 선생이 돼가지고 못 참아요.

김명인: 선생님도 그러시잖아요. 못 참으세요. 틀린 건 못 참으시고 아주 잔혹하게 학생들을 다그치시잖아요. (웃음)

최원식: 요새는 안 그래요. (웃음) 말에 대해서 한국말에 대해서 대단히 예민한 분이지요. 내 문체는…….

김명인: 독특한, 좋게 말하면 아어체고, 나쁘게 말하면 상고취랄까 우리가 흔히 안 쓰는 어미라든지, 어휘들 특히 이미 죽어버린 고어인데 선생님만이 살려 쓰시는 게 있다든지 이런 게 있거든요.

최원식: 그런 거는 있죠. 새로운 말이라든가 이런 거는 적어두고 써먹곤 하지요. 우리 마누라가 가끔 그래요 '당신은 그거 뭐 애국계몽긴지 뭔지를 전공하더니 거기서 그친 사람 같애'.

김명인: 그건 약간 말이 되네요.

최원식: 그런 영향도 있을 거에요. 그런데 내가 근본적으로 문장에 대한 그러니까 심미적인 뭐가 있잖아요. 글 못 쓰는 사람을 나는 싫어하거든요.

김명인: 저도 그렇습니다.

최원식: 그렇다고 뭐 미문체를 숭배하는 건 아니에요. 미문 역시 좋은 글은 아니지요. 나는 오히려 정확히 쓰려고 노력하는 편이에요. 그러니 어휘가 풍부해야지요. 백 선생님 말씀 중에 남의 글 특히 소설을 읽을 때 사전을 한 번도 안 찾아도 되는 작품을 신뢰하지 않는다고. 작품 또는 글을 통해서 뭔가 새로운 말, 새로운 사항을 배우는 게 큰 기쁨의 하나죠. 특히 소설은 말의 보고지요. 소설 볼 때 사전은 필수지요.

김명인: 이문구 선생님을 좋아하시겠네요.

최원식: 이문구 선생님은 좀 심한 거죠. 그건 좀 심하고. 몰라, 나도 그렇게 보이나요? 나는 우리 옛 문체에서 꼭 따온 것 같진 않은데.

김명인: 개화기 문체 같아요. 우스갯소리로.

최원식: 동서고금을 막론하고 잘 쓴 글, 뛰어난 글에 대한 나의 강한 미혹이 있는데, 그런 것들을 두루 섭수해서 나도 그 비슷한 글을 써야겠다는 다짐이 그렇게 나타나는 것인지도 몰라요. 하긴 고문을 좀 보긴 봤

지요. 뛰어난 옛 산문들 보면 뜻밖에도 모던한데, 저도 거기서 배워서 글 쓸 때 느낌의 현재를 중시합니다. 백 선생님은 당신 글에 당신 주를 촘촘히 다는 것으로 유명한데, 예전에 이문구 선생이 감탄 겸 야유 겸으로 그랬어요, '아이구 그걸 누가 언제 찾아보라고 또 글에다 그렇게 주를 달았다'고. 내가 그걸 명심해서 그런지 나는 내 글을 거의 인용을 안 하죠. 그래서 백 선생이 그런 나를 되레 놀리세요. 안 하는 걸 자랑으로 삼는다구. 아마 되도록 자기를 감추고 그때 그때의 느낌에 충실한 고문에서 배운 게 없지 않을 거에요.

김명인 : 백 선생님은 그런 점이 많으시지요. 당신 말씀을 반복해서 확인하시지요. 내가 전에 이랬듯이 운운하시면서 …….

최원식 : 평가는 남의 몫이라는 생각도 있으니까.

김명인 : 뭐랄까 옛날 선비들이 그렇듯이 자기 얘기하는 게 좀 점잖지 못한 일이다 하는 것 같은?

최원식 : 그리고 또 내가 뭐 그리 대단한 삶이 아니거든. 나는 그저 공부 좀 하고 글도 좀 쓰는 전문독자, 일종의 독서인이죠. 아편쟁이로 알려진 토마스 드 퀸시라는 영국작가가 '내 문학 말고 내 삶은 잊어버리라'고 했는데, 이상하게 그 말이 깊이 들어왔어요. 그는 특별해서 그런 말을 한 데 비해 나는 평범해서 공감한 거지만 하여튼 나도 내 글로만 보이기를 바라는 편이지요. 나를 드러내지 않으려고 하는 스타일이 어떤 점

에서는 나를 사랑하는 방법일 수도 있어요. 내남적없이 엄살 부리는 걸 싫어해서 극기를 하려고 노력하기는 해요.

김명인 : 저 보고는 좀 나르시시즘이 강하다고 그러셨어요. 그게 자기애 혹은 자기연민이 강해서 그런 것인데. 선생님께서는 그런 자기연민이 없으신 건가요?

최원식 : 내가 좀 즉물적이에요. 지나가면 다 잊어버려요. 내가 생각해도 이상할 정도에요.

김명인 : 곱씹지 않으시고.

최원식 : 미국에서 서양사람들 불교로 끌어들이는 데 뛰어나신 숭산 스님의 영어법어가 간단해요. 'Do it now. Just do it.' 내가 좀 그래요. 그냥 그때그때.

김명인 : 지나간 데 맘 안 두시고.

최원식 : 원래 일이 많아서 그런 태도가 배었는지도 몰라도 아마 그렇지 못했으면 어떻게 됐을 걸. 내 정신 건강이 좋잖아. 우리 마누라가 가끔 그래. 난 당신 같으면 못 산대.

김명인 : 현재를 사시는구나.

최원식 : 그렇죠. 현재에 충실하죠. 아, 충실이라기보다 그냥 살기 바빴어요. 그게 나 잘나서가 아니라 다 여러분의 음덕 덕이지요. 그래서 좀 습관이 나빠진 것도 있어요. 책도 한 권을 계속 보지 않아요. 여러 권을 봐요.

김명인 : 저도 그러긴 하는데. 하나만 계속 보긴 좀 지루하더라고요.

최원식 : 지루한 걸 또 못 참아요.

김명인 : 전 동시에 세 권 정도는 봐요. 수필부터, 소설을 보고 수필을 보고.

최원식 : 그렇군요.

김명인 : 요즘 이른바 트랜디한 잡서도 보고, 무라카미 하루키도 봤다가, 평상시에 이런 식으로 왔다 갔다 하거든요.

최원식 : 우리 마누라는 책 볼 때 굉장한 집중성이 있는데, 나는 여기 오면 이거 하고 저기 가면 저거 하고, 이러면서 살지요.

김명인 : 상당히 많은 책에 서표가 끼워져 있습니다.

최원식 : 이거 없으면 책을 볼 수가 없어요.

김명인 : 비슷하네요.

최원식 : 요새는 그 짓도 해요. 시집들은 앞에서부터 읽다가 때로 뒤에서부터도 읽어요.

김명인 : 지루하니까.

최원식 : 아니, 내 경험에 의하면, 낯선 시집을 볼 때, 앞에 괜찮으면 맨 뒤를 봐요.

김명인 : 뒤도 괜찮으면 그건 괜찮다는 말씀.

최원식 : 그렇지요. 대개 뒤에 가면 흩어지거든요.

김명인 : 흥미로운 말씀이 너무 많아서 시간 가는 줄을 몰랐습니다. 이런 얘기를 하기 시작하면 한도 끝도 없이 밤새도록 해도 좋겠습니다. 하지만 이제 정리하는 의미에서 후학들에게 권하거나 당부하시고 싶은 말씀을 좀 해주시면 좋겠습니다.

최원식 : 자기를 아끼는 일이 제일 중요해요, 자애에 빠지는 게 아니고. 논어에 '위인지학 위기지학(爲人之學 爲己之學)'이라는 말이 있거든요. 위인지학, 남을 위한 학문. 위기지학, 자기를 위한 학문. "옛날 선비들은 위기지학을 했는데 요즘 선비들은 위인지학을 하더라." 짐작에 공자는 위인

지학을 주장할 것 같은데 아니에요, '위기'가 주에요. 위기라는 게 이기(利己)가 아니라 자기를 닦는 거죠. 위인지학은 괜히 세상을 위한다고 인류를 위한다고 막 떠드는 그런 학자들을 경계하는 거죠. 그러니까 자기를 잘 닦는 것을 바탕으로 해서 자연스럽게 옆으로 번져나가길 …….

김명인 : 수신제가 치국평천하입니까?

최원식 : 요즘 더 절실해지는 말이 위기지학이에요. 우전(雨田) 신호열(辛鎬烈) 선생 댁 말석에서 고문 귀동냥하지 못했다면 내 꼴이 뭐가 됐을까 생각하면 정말 감사한 일입니다. 위기와 통하는 근사(近思)라는 말이 있어요. 가까운 데서부터 생각하라는 건데, 유학의 핵심이라고 할 수 있죠. 가까운 데서부터 차츰차츰 번져나갈 것. 앞에서 얘기한 것들이 다 통할 겁니다. 자기를 사랑하는 사람이 남도 사랑한다고 하잖아요.

김명인 : 네, 명심하겠습니다. 정말 장시간 흥미진진한 말씀 감사드립니다. 후학들에게 좋은 귀감이 되리라 믿습니다. 선생님 퇴직 이후에도 계속 건강, 건필, 건승하시기를 빌겠습니다.

덧붙이는 말(최원식)

이 대담의 제목을 '비평의 온도'라고 붙인 데 대해 해명하면서 마무리할까 합니다. 연구와 비평의 협동은 우리 국문학도의 보람입니다만, 연구도 넓게 보면 비평의 일환이에요. 한눈에 작품을 알아보는 비평적 감각

없이 연구가 제대로 되기 어렵기 때문입니다. 비평에 온도가 있어요. 기본적으로 비평이란 작가와 독자 사이를 매개하는 대화입니다. 그런데 그 대화에 다양한 층위가 있어요. 작가에게 말을 걸 때, 독자에게 말을 걸 때, 그리고 작가와 독자를 더 직접적으로 연결할 때 다 다르겠지요. 세부적으로 들어가면 더욱 복잡하지요. 가령 작가에게 말을 건다고 할 때 사실은 작품과 대화하는 것이 중심이거든요. 그 경우도 시와 소설이 다르지요. 더구나 소설의 경우 작가가 화자와 작중인물들 사이에 두루 걸쳐 있게 마련이므로 대화는 정말 그때그때 달라요. 이 모든 대화는 상대가 있으므로 뜨거울 때도 있고 차가울 때도 있고 딱 적당할 때도 있습니다. 물론 최고는 김수영 식으로 말하면 자물통에 열쇠가 짤깍 맞아떨어지는 그 찰나의 온도겠지요. 우주의 비밀을 찾은 듯한 그 축복을 찾는 혼의 여정이 비평일 터인데, 이는 비단 작품에만 해당되는 건 아닙니다. 새 세상 또는 다른 세상에 대한 감각을 연마하고 그 현실적 출구를 모색하는 최고의 인간적 활동이란 비평의 적정 온도를 찾는 일과 멀지 않습니다. 이제 김명인 교수를 비롯한 연부역강(年富力强)한 제자들이 이런 책임을 나누어 함께 나아가기 바랍니다. 그때야 저도 은퇴한 교사·학자로서 잘 늙을 수 있을 것입니다. 감사합니다.

제4부

동아시아 여성담론의 스펙트럼

미완의 '여국민' 기획
최옥산

김명순의 초기 소설과 앨렌 케이의 연애론
소설 「疑心의 少女」와 「도라다볼째」를 중심으로
류수연

옌후이쥐(言慧珠)의 경극 〈춘향전〉
윤진현

일제 말기 '총후 국민'으로서의 조선 여성
잡지 『신시대(新時代)』를 중심으로
윤미란

채만식(蔡萬植)의 『여인전기(女人戰紀)』론(論)
「어머니」·「女子의 一生」과의 상관관계
신승희

미완의 '여국민' 기획

최옥산

1. 서론

'여성'이 '국가 / 민족'과 함께 동아시아 근대 초기 담론의 중심으로 흘러든 것은 가히 파격적이라 할 수 있을 것이다. 남성 중심의 국가가 우승열패, 적자생존의 법칙을 내세운 '근대' 앞에서 여지없이 허물어지자 계몽선구자들은 충격에 휩싸였고 그 타개책의 하나가 바로 '여성의 발견'이다. 이렇게 국가적, 민족적, 사회적 책무가 여성과 직결되자 '근대 여성'을 향한 힘든 노정이 시작되었다. 그 기획의 선두에 단재 신채호가 있었다.

'여영웅', '신현모양처', '국민지모', '여국민', '신여성'을 대표로 하는 수

많은 용어는 여성 존재를 새롭게 정립하고자 했던 당대 지식인들의 고민을 고스란히 담고 있다. 굴종과 우매로 무감각하게 살아가는 여성들을 계몽하여 위기 극복을 위한 '힘'의 주체로 만든다는 것은 결코 쉬운 작업이 아니었다. 모든 것이 새로운 도전이었고 실험이었다. 그렇다면 단재는 '근대 여성'상을 어떻게 사유하였을까? 그 문학적 실천은 어떻게 진행되었을까?

'단재 읽기' 뿐만 아니라 '근대 읽기'를 위해서도 반드시 해결해야 할 문제들인데, 단재 문학 속의 여성에 관심을 보인 연구는 극히 드물다. 소설, 시, 정론, 수필 등 다양한 장르를 아우르며 단재 문학 전반을 조명한 김병민의 『신채호문학연구』와 단재의 미완성 작 「백세노승의 미인담」이 그려낸 뛰어난 여성 형상, 황씨와 엽분이에 주목한 최원식의 「한국문학의 안과 밖」이 거의 전부다.[1] 강인한 전통 선비의 이미지, 날카로움이 넘치는 남성적인 글쓰기가 단재와 여성을 함께 놓고 바라보는 눈을 가렸거나, 원본확정이라는 기초 작업마저 이루어지지 않은 열악한 연구 상황이 한몫을 거든 것 같다. 단재 문학 안에 살아 숨 쉬는 여성의 구원이 절실하다.

이 글은 이러한 문제의식에서 출발하여 선행된 '남국민'상 그리기를 상기하면서 '여성'에 관한 단재의 논의들을 집중 분석하고 그것이 작품에 어떻게 투영되었는가를 고찰함으로써 애국계몽선구자 단재의 사상적, 문학적 고투가 녹아 있는 '근대 여성'상을 진실하게 선명하게 보여주고자 한다. 물론 그 의미와 가치 규명에도 게을리 하지 않을 것이다.

---

1   김병민, 『신채호문학연구』, 아침, 1988; 최원식, 「한국문학의 안과 밖」, 『문학의 귀환』, 창작과비평사, 2001.

2. '신국민' 구상과 선행된 '남국민' 만들기

무능력한 정권이 남긴 혼돈과 날로 치밀해지는 제국주의의 식민화(植民化) 책략에서 벗어나 새로운 사회, 부강한 국가를 만들려면 우선 굴종과 우매(愚昧)로 무감각하게 살아가는 국민을 계몽해야 한다는 인식으로부터 출발한 단재는 그 효과적인 대안 창출에 골몰했고 그 실현을 도모하는 주체에 대한 인식은 시대적 상황에 따라 변화와 발전을 보인다.

적어도 1909년까지[2] 단재는 "국가(國家)의 강약(強弱)은 영웅유무(英雄有無)에 재(在)"[3]하므로 "영웅론(英雄論)을 초(草)하여 신인물(新人物)을 환기(喚起)"[4]한다며 역사를 움직이는 주체는 영웅이라고 인식하였고 위기와 수난을 극복할 구국영웅의 출현을 갈망했다. 그런데 주목해야 할 점은 이 시기 그에게 있어서 '국가'는 눈앞의 스러져가고 있는 대한제국이 아니라 적자생존의 세계 질서 속에서 자립, 자강할 수 있는 경쟁력을 갖춘 민족자주의 '주권국가'였다는 것이다. 따라서 그의 영웅론은 '국가', '민족'과의 연결 선 상에서 이루어졌고 초인적 능력을 가진 구원자의 탄생을 기다리던 종래의 구영웅관과는 구별된다. 즉 그가 제시한 영웅은 다만 사람들이 '따를 수 있는 모범일 뿐' 역시 국민의 일원이니, "애국우민(愛國憂民) 사자(四字)를 천직으로, 독립자유(獨立自由) 일구(一句)를 생명으

2　「東國巨傑 崔都統伝」 연재 기간이 1909년 12월 5일에서 1910년 5월 27일까지이기는 하지만 「20世紀 新國民」 발표 시간이 1910년 2월임을 감안하여 영웅론의 하한을 1909년으로 잡는 것이 더 적절할 듯하다.

3　「乙支文德」, 『丹齋申采浩全集』 중, 螢雪出版社, 1995(이하 『전집』으로 줄임), 45면.

4　「英雄과 世界」, 『전집』 별집, 113면.

로"[5] 여기고 부단히 분투(奮鬪)한다면 누구나 영웅이 될 수 있다는 것이 단재 영웅론의 핵심이다. 역사주체에 대한 그의 인식이 짧은 시간 내에 영웅에서 신국민으로 넘어갈 수 있었던 것도 '국민적 기반'이라는 근대 사회의 보편적 조건을 의식했기 때문이다. 다음의 글에는 그의 이러한 사유체계가 잘 드러나 있다.

> 古代에는 原動力이 恒常 一, 二 豪傑에 在하고…중략…今日에 至하여는 一國의 興亡은 國民全体 實力에 在하고 一, 二 豪傑에 不在할뿐더러[6]

> 嗚呼라, 國民的 英雄이 有하여야 宗敎가 國民的 宗敎가 될지며, 國民的 英雄이 有하여야 學術이 國民的 學術이 될지며, 國民的 英雄이 有하여야 實業家가 國民的 實業이 될지며, 美術家가 國民的 美術家가 될지오 (…중략…) 國民乎며 英雄乎여.[7]

이처럼 민족보존과 국가독립에서 일으키는 국민의 결집된 힘을 발견한 단재는 '국민적 영웅'이라는 과도기적인 국민상(國民像)을 제시함으로써 '영웅'에서 '국민'으로의 역사 주체 전환을 순조롭게 완성시켰고 새로운 기상과 자세를 갖춘 '신국민' 주창의 시대를 연다. 이 '신국민'론은 그가 아나키즘에 심취하여 '민중'을 발견하기 전까지 거의 10년에 걸쳐 이어진다.

---

5   「二十世紀 新東國英雄」, 『전집』 하, 113면.
6   「所懷一幅으로 普告同胞」, 『전집』 하, 93면.
7   「二十世紀 新東國英雄」, 『전집』 하, 116면.

1910년 2월, 단재는 자신의 '신국민'론을 집대성한 「이십세기 신국민(二十世紀新國民)」을 발표한다. 그의 사고에 영향을 미친 것은 '인(人)'의 갱신을 통해 민족공동체의 협력정신을 키워서 외래민족의 도전에 대항하고 국가의 부흥을 이끌어야 한다는 양계초의 '신민설'이었다. 그러나 단재는 1905년 '을사보호조약'의 체결로 사실상 망국을 맞은 상황에서 가장 시급한 과제가 국권을 회복하는 것이라는 인식하에 '신민'을 '신국민'으로 슬기로운 변용을 한다. '신국민'에는 '국가'에 대한 단재의 강한 집념이 내포되어 있었다. 망명 후 몇 년 뒤에 씌어진 것으로 보이는 「대한신민회(大韓新民會) 취지서(趣旨書)」에서 단재는 "오직 신정신(新精神)을 환성(喚醒)하여 신단체(新団体)를 조직(組織)한 후(後) 신국(新國)을 건설(建設)할 뿐"[8]이라며 '신국민'설의 지상과제가 새로운 국가 건설이라는 것을 분명하게 밝히고 있다. 뿐만 아니라 "아(我)- 민(民)을 새롭지 않으면 수(誰)- 아(我) 대한(大韓)을 사랑하며 아(我)- 민(民)을 새롭지 않으면 수(誰)- 아(我) 대한(大韓)을 보호(保護)하겠는가"[9]고 하여 국민을 새롭게 하는 것 역시 독립 국가 건설을 위한 하나의 수단으로 규정하였다. 특히 '대한(大韓)'이라는 국가 명칭을 아예 앞에 가져다가 '신국민'이 아닌 '대한신민(大韓新民)'으로 바꿔 부른 것에는 잃어버린 나라를 되찾으려는 갈망과 의지가 서려 있다.

사실 단재는 1908년 '현재국민(現在國民)', '미래국민(未來國民)'[10]을 시작으로 '나라의 공민'을 뜻하는 '국민'을 꾸준하게 사용하여 왔고 '신국민'

---

8   「大韓新民會 趣旨書」, 『전집』 별집, 86면.
9   위의 글, 86면.
10   「國家는 卽 一家族」, 『전집』 별집, 148면.

이라는 말도 국민적 영웅을 부르던 「이십세기(二十世紀) 신동국영웅(新東國英雄)」(1909)에 이미 출현하였다.

> 嗟爾 新東國 新英雄이여, 爾가 英雄을 作코자 할진대 爾의 喉와 爾의 舌로 新國民을 日呌할지며, 嗟爾 新東國 新英雄이여, 爾가 英雄을 覿코자 할진대 爾의 心와 爾의 血로 新國民됨을 日視하라. 旧國民은 國民이 아니며, 旧英雄은 英雄이 아니니라.[11]

위의 인용문은 다만 구국민(旧國民)을 부정하고 신국민(新國民)을 절규했을 뿐 '신국민'의 개념과 그것의 실현을 위한 조건들에 대한 구체적인 언급은 없다. 그러나 그 이전에 단재가 양계초의 「신민설(新民說)」을 읽었고 1907년에는 '신민회'에 가입하는 등 '신민'에 대한 지대한 관심을 보였음을 감안하면 그의 '신국민' 구상은 이때 이미 무르익기 시작했던 것 같다. 「이십세기(二十世紀) 신국민(新國民)」은 그 최종 결실이라고 할 수 있다. '신국민' 앞에 '이십세기'라는 시간 개념을 덧붙인 것은 지금의 시기는 전시기와 다르다는 것을 강조함으로써 국권상실의 국민이란 것을 상기시키고 현실에 대한 투철한 시대인식을 심어주려 했던 것 같다. 결국 민족보존과 국권회복을 이룬 독립국가 건설은 "오직 국민동포(國民同胞)가 이십세기(二十世紀) 신국민(新國民)됨에 재(在)하"[12]며 단재가 목표한 신국민의 목적지는 20세기에 당당하게 설 수 있는 세계적 국가였다.

단재의 이러한 역사주체 인식의 전환과정은 그의 문학 작품에 고스

---

11   「二十世紀 新東國英雄」, 『전집』 하, 116면.
12   「二十世紀 新國民」, 『전집』 별집, 210면.

란히 담겨 있다. 문학의 형식을 빌어 자신의 정치주장을 보다 충분하고 자유롭게 펼칠 수 있는 공간을 확보했던 단재에게 있어 작중 인물은 왕왕 그의 대변인이요 이론의 실천자였다. 따라서 단재가 제시한 '신국민' 상은 이미, 외적의 침략에 맞서 민족의 기개를 떨쳤던 역사상 위대한 인물들의 사적을 빌어 국민의 국가의식과 민족의식을 고양함으로써 국치를 설욕하고 부국강병을 이루고자 하는 꿈이 담긴 그의 역사전기에서 배태되기 시작했다. 그 논리적 근거는 역사전기를 통한 계몽의 대상이 전체국민이었기에 작품에 선정된 영웅은 다만 국민이 '따를 수 있는 모범'일 뿐 역시 국민의 한 개 성원이라는 데서 찾을 수 있다. 특히 「을지문덕(乙支文德)」, 「수군제일위인(水軍第一偉人) 이순신전(李舜臣伝)」, 「동국거걸(東國巨傑) 최도통전(崔都統伝)」을 포함한 단재의 역사전기 대부분이 그가 '국민'이라는 용어를 애용하기 시작했던 1908년과 1909년에 창작되었다는 것에 주목할 필요가 있다. 그때는 바로 1907년 신민회 참여를 기점으로 국민적 사고가 서서히 단재의 머릿속에 자리잡기 시작하던 시기였다. '영웅대망론'을 표방한 영웅상 속의 신국민적 요소가 가장 뚜렷하게 나타나 있는 작품은 1909년부터 1910년에 걸쳐 연재된 「동국거걸 최도통전」이다.

崔都統은 檀君의 賢孫이며 扶餘族의 代表라, 其口로 積氛을 喝除하며 其手로 落日을 挽回하고 凜凜雪白의 大劍을 揮하여 國家의 獨立을 叫하던 者이니, 我國民된 者一人人마다 公을 尸視하며, 人人마다 공을 夢寐하며 人人마다 公의 懷抱를 目的과 같이 前進하였으면 我國의 光이 天壤에 照耀하여 東西列國이 敢히 來侮치 못하였을지어늘[13]

"단군(檀君)의 현손(賢孫)이며 부여족(扶餘族)의 대표(代表)"이고 "국가(國家)의 독립(獨立)을 규(叫)하던 자(者)"라고 규정한 데서 최영은 독립국가 건설을 지향하는 국가의식과 민족의식이 강한 인물로, 신국민적 성격을 다분히 띨 수 있는 가능성을 부여받았다. 그러나 그때까지 단재의 사상은 여전히 '영웅기대론'에 치우쳐 있었기에 최영 역시 현실극복을 이끌 수 있는 개인적 영웅의 색채가 짙을 수밖에 없었다. 즉 「이십세기(二十世紀) 신동국영웅(新東國英雄)」에서 표방했던 '영웅'에서 '신국민'으로 전환하는 과도기적 대상인 '국민적 영웅'에 머무르고 말았다. 망국으로 치닫고 있는 준엄한 현실을 타개할 인물의 창출이 촌각을 다투고 있던 당시 상황에서 단재에게는 '신국민'의 성장을 기다릴 시간적 여유가 주어지지 않았던 것이다. 이것이 그의 역사전기 특히는 「동국거걸 최도통전」이 「이십세기 신국민」과 비슷한 시점에 창작되었음에도 '신국민' 구상의 문학적 완성품을 보여주지 못한 까닭이다.

「이십세기(二十世紀) 신민설(新民說)」 발표 직후에 바로 시작된 고달픈 망명생활로 문학을 통한 '신국민' 만들기를 부득이 미루었던 단재는 1916년에 와서야 자신의 신국민사상이 담긴 소설 「꿈하늘」을 탄생시킨다. 그의 대표작으로 널리 알려져 있는 「꿈하늘」은 주인공 '한놈'이 모진 시련과 고난을 이겨내고 끝내는 '님나라의 백성'으로 성장하는 과정을 그린 작품이다. 단재는 연옥-지옥-천국 3계의 치밀한 구조를 가지고 꿈의 형식을 빌어 그 험난한 노정을 그리면서 신국민론을 자유롭게 펼쳐나갔다. 한놈의 '신국민' 성장 기획은 을지문덕에게 이끌려 "육

13　「東國巨傑 崔都統傳」, 『전집』 중, 421면.

계(肉界)나 영계(靈界)나 모다 승리자(勝利者)의 판이니 천당(天堂)이란 것은 오직 주먹큰자의 차지하는 집이오. 주먹이 약하면 지옥(地獄)으로 쪽기어 간다"[14]는 진화의 공리를 깨닫게 되고 신국민으로서의 각오를 가지게 되면서 시작된다. 물론 목적지를 향하는 과정에서 미인의 유혹을 이기지 못하고 지옥에 떨어지는 등 큰 고비들도 맞게 되지만 일곱 개의 국적(國賊)을 가두는 지옥과 열두 개의 망국노(亡國奴)를 가두는 지옥을 돌아보며 한국이 왜 망국을 초래하게 되었는지를 반성하고 철저한 애국자로 거듭나고 마침내 님나라에 도착하는 것으로 단재의 야심찬 기획은 완성을 이룬다. 그 순간 한놈이 즐거운 환성을 지르면서 남긴 말이 의미심장하다.

> 님나라[天國]는 하늘 위에 잇고 地獄은 땅밋헤 잇서 그 샹거가 千里나 萬里인줄 알은 人間의 생각이라. 實際로 그러치 안하여 (…중략…) 잡으면 님나라며 놋치면 地獄이니 님나라와 地獄의 샹거가 요뿐이더라[15]

여기서 님나라는 신국민에 의하여 새롭게 건설된 독립국가이며 지옥은 국권을 상실한 나라 즉 망국이다. 단재는 님나라와 지옥의 거리가 멀지 않다는 말로 망국의 현실을 딛고 분발하여 일어선다면 머지않아 독립국가 건설의 꿈이 현실로 될 것이라는 확신을 심어주고자 했다. 희망을 가지고 끊임없이 분투하는 삶, 이것이 바로 단재가 바라는 신국민의

---

14 「꿈하늘」, 김병민 편, 『신채호문학유고 선집』, 연변대학출판사, 1994, 25면(이하 『유고집』으로 약함).
15 「꿈하늘」, 『유고집』, 59면.

모습이었다.

　단재의 국민성 탐구는 사실상 민족문화심리결구의 한차례 자아해부, 자아도전, 자아결성의 실험이었고 그 핵심은 독립자주의 인격을 갖춘 근대적 국민을 만들려는 것이었다. 물론 근대 초의 이 창조적 프로젝트 대상에 남성이 우선적으로 선정된 것은 한계로 지적될 수도 있겠지만 어쩌면 그때까지 유구하게 이어내려 온 남성중심적 사고체계에 따른 당연한 결과일지 모른다. 후에 '남국민'을 넘어 '여국민'에 주목한 단재의 사고가 빛나는 까닭도 여기에 있지 않을까.

3. 의도된 여성 호출과 미완의 '여국민'상(像)

　유교 경전의 자장 안에서 성장한 단재가 여성에 눈을 돌리게 된 데는 전통적 가치체계의 틀 속에서는 한국문제의 온전한 해결을 기대할 수 없다는 자각이 있었기 때문이다. 세상은 더 이상 남성 혼자만의 세상이 아님을 절감했던 것이다. 단재의 초기 사상을 지배했던 독립자강은 이천만 인 중(二千萬人中)에 반수(半數)되는 여성의 사회적 역할을 필요로 했고 '국가와 민족 구원'의식 고양을 의도한 계몽론은 그 실현을 위한 방편이었다. 드디어 단재는 국권회복의 담당자로 여성을 호출하기에 이른다.

> 彼 一般女子는 閨戶에 深鎖하여 出門一步를 不得自由하니, 如此하고서
> 體力의 强壯을 求하면 是는 却步圖步과 無異하도다.[16]

자유를 상실하고 세계열강에 대항할 수 있는 능력 양성을 위한 상무
교육의 기본인 체력마저 보장받지 못하는 여성, 그러한 여성들을 애국
심을 가지고 '근대'와 '계몽'이라는 이중과제를 풀어가는 데 동참하게 한
다는 것이 현실적으로는 상당한 어려움이 있었다. 단재는 우선 역사와
애국심의 관계에 계몽의 초점을 모았다. 역사가 민족성쇠(民族盛衰)를 결
정짓는 중요한 요인이고 국민의 애국심이 박약한 것도 역사를 모르기
때문이라는 판단에서 비롯된 것이다.

> 人으로 하여금 國을 愛케 하려거든 歷史를 讀케 할지어다. 歷史를 讀케
> 하되 男子뿐 아니라 女子도 讀케 하며 (…중략…) 女子라고 歷史를 不讀케
> 하면 是는 胎內의 論介를 墮함이며 襁褓中의 羅蘭夫人을 夭케 함일뿐더러,
> 抑又 二千萬人中 半數되는 女子를 壓殺하여 國民됨을 不許함이요[17]

여성 계몽에서 역사 읽기의 절실함이 느껴지게 하는 대목이다. 더욱
이 당시 동아시아 각 국에서 프랑스 혁명의 여영웅으로, 국민의 어머니
로 받들렸던 라란부인과 같은 여성이 한국에도 나타나기를 바라는 단재
의 소망이 엿보여서 흥미롭다. 그 시기 단재가 주창했던 '영웅 대망론'과
맥을 같이 하고 있는 것이다. 물론 "영웅론(英雄論)을 초(草)하여 신인물(新

16　「德・智・體 三育이 最急」, 『전집』 별집, 1977, 133면.
17　「歷史와 愛國心의 關係」, 『전집』 하, 77면.

人物)을 환기(喚起)"**18**하는 과정 에 최도통, 을지문덕, 이순신 등 남성 영웅들에만 집중하고 여성은 괄호쳐졌다는 아쉬움이 있기도 하다. 어쩌면 단재에게 한국 여성은 아직 강보중(襁褓中)에 자라고 있는, 시대가 부르는 영웅과는 거리가 먼 계몽의 대상일지 모른다. 그러나 여성을 '국민'의 범주에 넣었다는 것은 초기의 어설픔을 떨쳐버리고 보다 성숙된 여성상의 탄생을 기대할 수 있는 가능성을 열어놓았다. 근 10년이 지난 뒤 단재는 한국의 라란부인-유화를 발견한다.

단재는 또한 여성의 사회적 활동과 경제 참여를 적극 독려했다. 1907년 단재가 발행인인 『가뎡잡지』 곳곳에는 법원, 학교와 같은 남성의 전유 공간에서 활약하는 여성의 모습들이 눈에 띈다. 전통 선비 단재가 근대화의 바람을 타고 등장한 산물에 여성을 접맥시켰다는 것은 의미가 깊다. 여성은 남성의 짐이 되지 말고 "제 의무, 제 직책을 알아 제 손을 놀리지 말고 먹을 것을 할 것"**19**을 강조하고 "여공이 홍언(興焉)한 직조사회(織造社會)"**20**를 근대화의 징표로 내세우고 있는 점도 특기할 만하다. 여성이 경제에 참여한다면 남성의 부담을 덜어줄 수 있고 국가의 진보에도 도움이 된다는 것이다. 결국 여성의 독립생활보다 남성의 국가사회적 역할에 더 큰 목적을 두었던 것이다. 사실 그때까지 단재가 기획한 여성 계몽의 중심에는 여전히 남성이 자리하고 있었다. 이는 여성의 계몽 행위를 이끌어가는 담당자 역시 남성이라는 데서도 알 수 있다. 단재의 한계만이 아니다.

18　「英雄과 世界」, 『전집』 별집, 113면.
19　「한 집안의 경제를 한 사람이 못할 일」, 『전집』 하, 417면.
20　「西湖問答」, 『전집』 별집, 136면.

1910년, 「이십세기 신국민」을 세상에 내놓으며 20세기를 '제국주의(帝國主義)', '민족주의(民族主義)', '자유주의(自由主義)'의 세계(世界)요, '분투극렬(奮鬪劇烈)', '군국주의(軍國主義)', '경제분투(經濟奮鬪)' 세계로 규정하고 국권상실이라는 치욕적인 참패를 만회하고 새로운 독립국가를 건설할 기대를 신국민에 건 단재는 본격적인 '신국민' 만들기에 들어갔다. 그에 의하면 20세기 신국민은 평등, 자유, 정의, 의용, 공공을 도덕적 기반으로 한 구국민과 구별되는 인격체로 "국민적국가(國民的國家)의 기초(基礎)를 공고(鞏固)"[21]하게 할 실력을 갖춘 경쟁주체이다. 국민 전체가 단재의 신국민 실험의 대상이었다. 이와 같은 개념 정의는 신국민의 중요한 구성원인 여성에 대한 인식도 발전시키는데 "인류(人類)는 평등(平等)이요 우부(愚婦)도 인(人)"[22]이라며 여성도 하나의 인격체로 인정한 점, 남녀의 계급이 있어 해(害)를 만들어낸다며 "망국멸민(亡國滅民)의 계급주의(階級主義)를 일도(一刀)로 단거(斷去)"[23]해야 한다고 역설한 점 등이 돋보인다. 봉건질서가 남긴 폐해를 깨고 평민 여성이 단재의 신국민 기획에 편입하는 계기가 마련된 셈이다. 전통에서 멀어진 '근대 여성'이 그다지 낯설지 않게 다가오는 시점이기도 하다. 여기에서 우리는 단재 여성관의 발전 추이를 어느 정도 가늠할 수 있게 된다.

망명과 힘든 방랑생활로 단재의 작품 세계에서 여성은 한동안 자취를 감춘다. 다만 1916년에 창작된 「꿈하늘」에서 "낙화암(落花巖)에 떨어져 물가비가 될지언정 언뎡 도적의 손에 덜업힘을 입지 안한"[24] 백제 왕

---

21   「二十世紀 新國民」, 『전집』 별집, 229면.
22   위의 글, 215면.
23   위의 글, 216면.
24   「꿈하늘」, 『유고집』, 34면.

궁의 미인들의 지조를 망국의 장열함의 극치라며 주인공 '한놈'이 '신국민'으로 성장하는 데 정신적 행로를 제시해주고 있어서 주목된다. 임진왜란 때 지혜로 왜장의 목을 베게 하고 자결한 의기(義妓) 계월향을 국가와 민족을 위해 큰 공덕을 쌓은 인물들과 함께 천국에 배정한 것도 의미가 깊다. '국권회복'이라는 무거운 주제 앞에 여성을 남성의 전범(典範)으로 내세운 것은 가히 획기적이라 할 수 있다. 단재의 사상 깊은 곳에서 여전히 작동하던 남성 중심적 사고가 흔들리고 있다는 징조가 아닐까. 이것은 또 후기 단재 여성관의 대폭적인 조절에 크게 영향을 미쳤을 것이다.

단재가 오랫동안의 침묵을 깨고 다시 여성을 논하기 시작하는 것은 1910년대 말이었다. 3·1운동과 임시정부 수립이 가져다준 잠시잠깐의 흥분, 중국 5·4신문화운동의 찬란한 물결에 몸담고 있는 즐거움, 박자혜와의 만남과 설렘이 주는 행복, 모두가 고무적이었다. 자유와 평등과 행복 추구를 외치며 20세기 새로운 여성의 상을 그리고 있는 신여성들, 그리고 그러한 "안성맞춤한 뚝심한 대범함을 고루 갖춘" 신식 여성 박자혜는 단재의 이상적인 여성의 그림을 훨씬 정교해지게 했다.

단지 육아의 개념을 넘어 국가에 유익한 뛰어난 남성을 키워내는 '양모(良母)'는 이 시기 단재가 유난히 애착을 가졌던 여성상이다. "기생의 집에 드나들면서 부화한 생활을 하는"[25] 아들을 엄격히 교양하여 나라에 공을 세우는 훌륭한 인물로 키운 김유신 어머니와 가훈을 저버린 원술을 아들로 인정하지 않았고 결국 그 아들이 외래 침략자의 침략이 있

25　「我邦倫理鏡」, 『유고집』, 211면.

을 때 힘껏 싸워 나라에 공훈을 세우게 만든 김유신 아내가 단재가 역사 속에서 추적해낸 대표적인 '양모'다. 신라에 투항한 가야 왕족의 후예인 김유신은 그러기에 더욱 신라에 충성했고 신라의 삼국 통일에 중심적인 구실을 한 장군이다. 그처럼 지조를 강조했던 단재가 그것을 알면서도 그렇게 김유신을 신라 충신으로 부각한 이유는 "범(凡) 아(我) 한인(韓人)은 내외(內外)를 막론(莫論)하고 통일연합(統一聯合)으로써 기(其) 진로(進路)를 정(定)하고 독립자유(獨立自由)로써 기(其) 목적(目的)을 세우"[26]고자 했던 단재의 일국통일주의에서 찾을 수 있다. 따라서 단재에게서 김유신은 애국 영웅이었고 그런 김유신이 있기까지는 바른 길로 이끌어 줄 수 있는 재덕을 갖춘 어머니의 역할이 상당히 컸다는 것이 단재의 판단이었다. 일찍 1908년 발행된 『가뎡잡지』에 「김유신의 모친」이라는 글을 게재할 정도로 줄곧 단재에게서 예찬의 대상이었던 '김유신 어머니'는 '여국민'상 그리기에 하나의 굵은 획으로 활용되었다. '국민지모(國民之母)'야말로 유교의 현모를 버리지 않으면서도 '국민'으로 될 수 있는 적합한 길이라는 단재의 인식은 주몽의 어머니 유화의 발견으로 더 빛을 발하게 된다. 마침내 계몽초기부터 갈망했던 한국의 라란부인-유화를 찾아낸 단재는 그 존재를 새롭게 정립해서 국민지모의 모델로 본격적으로 자신의 문학적 담론에 가담시킨다. 「류화전(柳花傳)」이라는 작품의 제목부터가 역대 전해내려오던 주몽신화의 남성중심의 한계를 깨려고 했던 단재의 의도가 엿보인다.

---

26   「大韓新民會 趣旨書」, 『전집』 별집, 86면.

少女는 姓은 張이요 名은 柳花라. 이 물 上流 右岸 張大吉이 저의 父親이 올시다 (…중략…) 月前에 北扶餘王海慕漱가 出遊하다 우리 三兄弟, 川邊에서 浣紗하는 것을 보고, 불러다 보고 少女를 犯行한 고로 父母께서 알고 少女를 물에 넣어 陋名을 伸雪하고 家風을 損傷치 아니케 함이오니, 岐嶇한 少女의 運命이라 니를 怨望하리오까.[27]

작품의 시작에 유화의 입을 빌어 소개되는 이러한 사연에서 '국민지모' 유화를 만들기 위해 고심한 단재의 심경을 읽을 수 있다. 특히 역사서의 '물의 신' 하백의 딸 유화를 명망대가(名望大家)이긴 해도 서민인 장대길의 딸로 바꿔 놓음으로서 유화에게 평민적 성격을 부여하고 현실적 요소를 더했다는 점이 돋보인다. 유화를 왕조의 어머니에서 네이션의 어머니로 전화시키데 필요한 첫걸음이었다. 또한 유화가 해모수의 사랑을 거절하지 않고 담대하게 운우지정을 나누고 부모의 박한 천륜을 원망하지 않고 기구한 운명을 감내하는 모습에는 사랑, 행복, 영광 추구의 기회를 놓치지 않는 자강 정신과 어떤 고난도 이겨낼 수 있는 인고의 정신이 숨어 있다. 이는 후에 단군의 맥을 이은 동부여국 금와왕을 적합한 보호자로 선택하고 질투와 증오, 죽음까지 슬기롭고 지혜롭게 이겨내면서 아들 주몽을 위기에서 구원하고 원대한 이상과 각고의 노력을 바탕으로 한 바른 교육을 실행함으로써 끝내는 아들을 위대한 건국시조로 만든다는 설정을 강력하게 받쳐준다. 연약한 여성이 새로운 국가 건설에 막중한 책무를 다했던 것이다. 구시대 제도적 틀안에서 움직이는

---

27 「柳花傳」,『전집』하, 228면.

구시대 여성인 후궁들, 지혜와 현명함이 부족하고 마냥 선량하기만 한 '자모(慈母)'인 왕후, 유화는 이러한 인물들을 극복하고 뛰어넘는 도전적 여성형상으로 빛났다. 이런 것들은 위기와 수난의 시대 '여국민'이 갖춰야 할 필수 조건과 모순 없이 통일되며 유화가 단재에게 매력적으로 다가갈 수 있었던 원인으로 작용했을 것이다. 그러나 선녀가 학을 타고 내려와 분만을 보살폈다는 유화의 범상치 않은 출생, "유화(柳花)는 범골(凡骨)이 아니라 장래(將來) 대귀(大貴)할 징조(徵兆)를 뵈었다"며 달마산 백악도인이 지켜주고 선고(仙姑)고 호신부를 주어 위기를 모면하는 장치는 여전히 설화의 신격화와 우연적 요소들을 빼버리지 못하고 신비함을 끌어 놓지 않음으로써 거기에 '국민지모'의 신성성을 기대려 했다는 의혹을 남겨두고 있다. 전 시기의 '개인적 영웅'론의 잔재가 남아 있음을 입증하는 것이기도 하다.

그런데 만약 유화가 단지 창업주 아들을 길러낸 '현모'였다면 만민의 존경을 받는 어진 왕비 형상으로 역사에 기록될 수 없었고 근대적 범주의 '국민지모'상으로도 부활할 수 없었을 것이다. 여성이라면 누구나 운명적으로 부여받는 '남편'과 '자식' 관계에서 자유로울 수가 없는만큼 유화 역시 위대한 어머니이기 이전에 남편의 뜻을 잘 헤아리고 남편을 위시하여 국정의 안정을 도모하는 "숙덕(淑德)과 현철(賢哲)한 품성(品性)"을 갖춘 훌륭한 아내였다. 그런 유화였기에 '여중군자(女中君子)'의 기풍을 풍기며 당당하게 20세기 위기의 한국을 구출할 '국민지모' 모범으로 추대된다. 이처럼 아내의 의무뿐만 아니라 권리도 행사하는 지혜로운 '현처(賢妻)' 또한 단재 '여국민' 기획의 하나의 굵은 획이었다. 1910년대 말에 창작된 것으로 추정되는 「일목대왕(一目大王)의 철추(鐵椎)」는 바로 단재 근대적 ‘현처’ 만들기의 또 하나의 문학적 실험이라 할 수 있다. 궁예의 아내 왕후 강씨가 그 임무를 담당한다. 그런데 주목할 것은 단재가 강씨를 내세우기 전에 먼저 위대한 대왕의 꿈을 가지고 “신라도 쳐서 니기고 백제도 쳐서 니기고 발해도 쳐서 니긴 (契丹)”[28] 궁예가 호족들의 기득권을 너무 거둬들이려 했던 탓에 결국 호족을 등에 업은 음흉한 왕건에 의해 전복되었다며 초라한 실패자로서의 궁예를 위해 변명하고 “사필(史筆) 잡는 자의 거짓말”[29]에 의해 실추된 그 이미지를 격상시키려는 의지를 드러내고 있다는 점이다. 또한 앞서 “처자를 죽인 일 같은 것은 있는지 모르거니와” “그렇게 조솔(粗率)하고 우치(愚癡)하게는 안 하였으리라 하노라”[30]며 궁예에 대한 믿음을 보였던 단재의 주장은 이 작품에 와서 궁예와 강씨의 관계를 재설정할 수 있는 가능성을 열어주었다. 비리에 대항하고 이상과 포부를 가진 대왕 궁예, 그런 남편의 통치과정에서 겪는 착오에 충언을 아끼지 않는 왕후 강씨, 단재에게서 그들은 환난을 함께 겪은 상부상조의 협력적 부부 관계로 거듭난다.

적국을 정복하랴면 칼로 하련니와 백성의 마음을 정복하랴면 덕으로 하는 것이 올시다.

대왕의 지혜로서 엇지 첩의 아는 것을 몰으시랏가? 이십여 년 동안 위엄으로 적국을 징계하시며 사랑으로 백성을 다사리시던 대왕이 엇지 첩이 아는 것을 몰으시릿가?[31]

28　「一目大王의 鐵椎」, 『유고집』, 91면.

29　「一耳僧」, 『전집』별집, 306면.

30　위의 글, 307면.

31　「一目大王의 鐵椎」, 『유고집』, 111면.

칼로 맨든 세력은 칼로 부실 수 잇건이와 칼로 맨든 것이 안인 세력은 칼
로 부시지 못합니다 (…중략…) 왼 세상사람을 다 인도할만한 길이 '도'가
안임닛가? '도'로 세상을 인도하시랴면 사람을 사랑하여야 합니다 (…중
략…) 사랑으로 정복하소서[32]

폭력으로 백성을 다스리고 통일의 대업을 이루려는 궁예에게 '덕'과
'사랑'으로 계도하라고 역설하는 이 장면에서 아내 강씨의 예지가 반짝
인다. 원래 "이 세계를 디옥이라하면 이 디옥을 파괴하여야 할것이다"[33]
며 혁명적이었던 궁예가 폭력적 권력자로 전변하고, 한미한 출신의 왕
후 강씨가 그런 궁예 혁명성을 다시 복구하는 작용을 하는 것으로 줄거
리를 짜고 있는 단재의 착상에는 강씨가 위인 궁예를 만들었듯이 여자
에 의해 시대가 부르는 '남국민'이 만들어진다는 여자의 '힘'에 대한 긍정
이 들어 있다. 예전의 무조건 복종하는 현처와는 구분되는, 남성에게 지
혜를 더해주고 그른 길을 갈 때 바로 잡아주는 현처 강씨의 형상은 단재
의 계몽 책략이 만들어낸 걸작임이 틀림없다. 이야기는 강씨가 최악의
상황에 처한 궁예를 만나면서 궁예와 왕후 강씨의 특별한 관계가 시도
되고 있으나 아쉽게도 미완으로 '여국민' 상은 여전히 많은 상상을 남기
고 있다.

이처럼 국권회복과 민족보존이라는 절박한 과제를 마주한 단재는 여
성에 주목하고 여성의 힘을 인식하게 되며 여성을 민족국가와 연결시켜
국민으로 흡수하는 작업에 매진한다. 비록 서양근대사상에 대한 주창

---

32   위의 글, 112~113면.
33   위의 글, 111면.

이 높아갔어도, 어디까지나 기저에 전통 유학사상이 짙게 깔려 있는 선비였고 몸 속 깊은 곳에는 여전히 정신 귀족적 우월감이 흐르고 있었던 전통 유학자 단재에게는 결코 쉽지 않은 의식 전환이었을 터이다. 성모적 성격을 띤 유화와 대왕 궁예의 왕후 강씨가 '여국민' 기획의 선두 모델로 발탁되었다는 점이 그것을 말해준다. 그러나 기생 계월향을 국민 '지조'의 화신으로 격상시키고 유화를 서민의 딸로, 강씨를 "농가의 계집"으로 신분 설정을 함으로써 단재 '여국민' 기획 전략의 하방 가능성을 예측케 한다. 그 하방 과정을 단재는 「백세노승(百歲老僧)의 미인담(美人談)」의 엽분이라는 천민 여성 형상을 통해 보여주고 있다. 비천한 여종 엽분은 강력한 유화와 강씨를 넘어 근대적 '여국민' 기획의 최종 완성을 감당해야 한다는 사명을 지니고 작품 곳곳에서 활약상을 보인다.

> 적국의 정복을 바더 죽사도 못한 몸이야 … 네가 무삼 산아희냐?
> 나라안에 모든 것을 다 빼앗기고도 차즐줄을 모르면서 엇지 계집 차즐
> 줄은 아느냐? 네가 무삼 산아희냐?
> 게집을 빼앗길때에 빼앗기지 안할 힘이 없선슨즉 게집을 일흔 뒤에 차질
> 재조가 무엇이냐? 그런 지각도 업시 산을 넘고 물을 건너 만리타국에를 나
> 온단 말이야? 네가 무삼 산아희냐?[34]

이렇게 상전이었던 로승을 일장수죄하면서 엽분은 그때까지 소설사에서 보기 드문 대담하고 당당한 여성 형상으로 등장한다. 처음에는 존

---

34 「百歲老僧의 美人談」, 『유고집』, 74면.

대말로 시작했다가 나중에는 "네가 무삼 산아희냐?"며 반말로 발언이 진행되면서 '수죄'의 형식으로 가고 있는 것은 지배자 / 피지배자, 남성 / 여성으로 위치가 역전되는 단계의 징표라고 할 수 있다. 「꿈하늘」에서 한놈을 지옥에 떨어지게 만든 '유혹자' 여성의 그림자가 사라지고 종래의 "부(夫)는 부(婦)를 교(敎)하는" 교육 담당자도 역할 전환을 하며 여성은 이제 남성의 후원자만이 아닌 근대적 동일자로 남성과 동등한 존재 가치를 부여받게 되었다. 이처럼 여성을 근대 역사 주체로 포섭한 단재는 현실 속에서 침묵하고 억압당하는 하위자 집단인 여성에게 입과 혀를 주어 목소리를 내게 함으로써 새로운 독립국가 건설에 적극적으로 가담시킨다. 뛰어난 지략으로 노승의 아버지에게 외국의 침략을 물리칠 대책을 제시하고 "손네에게 국정을 맥기십시오"라고 당돌하게 요구하는 "여개소문(女蓋蘇文)" 엽분의 모습에는 여자도 남자와 동등하게 국가와 민족 구원에 나서줄 것을 기대하는 단재의 사고가 담겨 있다. "인제는 네가 산아희 보담 훌륭한 여자인줄 알겠다", "남자에 협객이 있느늬 렬사가 있느늬 하여도 어데 엽쁜이 같은 이가 있겠슴니까?"[35]라는 노승의 탄복은 여성에 대한 고질적 편견을 깨고 남성과 동등한 심지어는 더 월등한 지위 향상을 도모하고자 했던 것도 같은 맥락에서 해석되어야 할 것이다. 그러나 결국 적장의 부인이 되어 배신한 황씨를 죽이는 노승의 결단을 이끄는 역할을 하고 탈출까지 도와준 엽분은 "한사람도 다라나기가 어려운대 엇지 두사람이 갓히 갈닛가" 하더니 자결해 버리고 만다. 얼핏 보면 편협한 '욕 보임'에 대한 저항으로 비춰지기도 하지만 엽분의

---

35   「百歲老僧의 美人談」, 『유고집』, 78~79면.

죽음은 실제는 "이 세상에는 내 서방 될 산아희가 업고나" 하는 교만한 마음에서 나온 일이었다. 노승의 정실되기를 거부하고 죽음을 선택한 엽분이의 이와 같은 행위는 못난 남성들에 대한 최고의 질책이 아닐 수 없다. 그런데 안타까운 점은 엽분의 죽음과 함께 중단된 단재의 '여국민' 기획은 더 이상 나아가지 못하고 진정으로 여성성의 경계를 없애고 남성과 똑같은 '국민'의 개념으로 쓰일 수 있는 '여국민'을 탄생시키는 작업은 여전히 미완으로 남겨졌다는 것이다. 어쩌면 위기 극복의 분명한 타개책을 찾을 수 없어 끊임없이 변화와 이월을 하던 단재가 엽분이를 살려서 어디로 갈지를 몰라서 죽인 것이 아닌지 하는 엉뚱한 의문도 일어난다.

4. 결론

서구의 충격으로 부득이 근대의 시작을 알리면서 동아시아에서 '계몽'은 가장 중요한, 그리고 가장 시급한 과제로 떠올랐고 국민의 각성 문제는 시종 그 중심에 있었다. 국권상실이라는 최대의 비운을 맞은 한국의 경우는 더욱 그렇다. 단재의 '신국민' 구상은 바로 그러한 위기 국면 타개를 위한 창조적인 대안이었고 그만큼 실현 가능성은 불확실할 수밖에 없었다. 문학이라는 형식을 빌어 보다 충분하고 자유롭게 담론을 펼칠 공간을 확보하고 국민성 탐구에 커다란 열정을 보였던 단재가 끝까지 그 기획의 완성품을 내놓지 못했던 것도 이 때문이다.

　그러나 종래의 남성적 영역이었던 국가와 민족의 위기 극복에 여성을 남성과 동등한 주체로 끌어들이고 근대적 국민으로 탄생시킴으로써 여성의 존재적 가치를 새롭게 정립하려 했다는 것만으로도 단재의 '여국민' 기획의 가치는 높이 평가받아야 할 것이다. 그 시대 단재가 부딪혔던 문제, 그의 선택, 그의 고민은 지금의 우리 역시 똑같이 마주할 수 있는 것들이 아닌가 한다.

김명순의 초기 소설과
엘렌 케이의 연애론

소설 「疑心의少女」와 「도라다볼째」를 중심으로
류수연

1. 담론으로서의 '연애'

연애라는 어휘의 기원은 잘 알려진 대로 영어 'love'의 일본식 번역어인 'れんあい(戀愛)'이다. 그러나 동아시아 근대문학 초기, 이러한 연애의 의미는 그리 단순하지 않았다. 동시대 지식인들은 'love'로 호명되는 애정관계를 근대적 박래품(舶來品)으로 인식했고, 그에 따라 지적이고 의식적인 인식을 거쳐 연애라는 조어를 생산했다. 사실 이것은 대단히 모순적이다. 연애는 남녀의 애정관계를 지칭하는 용어이다. 즉 그것은 본능의 영역에 속한 것이다. 이 본능을 담아낼 어휘가 부재하는 사회란 존재할 수 없다. 그럼에도 불구하고 이 시기 지식인들이 연애라는 조어를

의식적으로 만들어내고 사용한 것은, 기존의 언어로 담아낼 수 없는 새로움이 그 안에 존재한다고 인식했기 때문이다.

이러한 연애는 무엇보다도 남과 여의 내밀한 '관계'를 하나의 사회적 문제로 환기한다. 이전까지 남녀의 애정관계는 오직 혼인을 통해서만 가능했다. 혼인 이전, 혹은 혼인과 상관없는 남녀의 애정관계란 사회적으로 용납될 수 없었다. 그런데 연애는 이 엄격한 기준 자체를 무효화시킨다. 더 나아가 혼인 이전, 혹은 혼인과 상관없는 남녀의 애정관계야말로 가장 근대적이고, 가장 도덕적인 가치를 지닌 것으로 격상시킨다. 신소설의 주제였던 자유연애가 그 자체로 계몽된 의식의 한 양태로서 받아들여질 수 있었던 것도 바로 이 때문이다. 결국 조선과는 "다른 역사・문화적 배경을 지니고 있다는 생각"[1]이야말로, 연애라는 어휘가 근대라는 첨단으로 수용될 수 있었던 근원이다.

이광수를 필두로 한 남성작가들에게 연애가 계몽의 언어로서 수용되었다면, 1세대 신여성 작가들에게 그것은 해방의 언어였다. 그래서 연애는 애정이라는 감정에 국한된 언어가 아니라, 관계를 규정하는 이성의 언어로 기능하기도 했다. 적어도 연애란 근대적 개성으로 각성한 두 개인 사이에서 애정을 바탕으로 이루어지는 개인적이면서도 사회적인 관계를 지칭하는 말이었기 때문이다. 오직 근대적 개인으로 거듭난 두 사람만이 이 연애라는 새로운 가치의 수혜자가 될 수 있었다. 따라서 연애의 성립을 위해서 반드시 전제되어야 하는 것은 바로 연애를 하는 남녀 두 주체의 평등이었다. 바로 이 때문에 연애는 하나의 담론이 된다.

---

1   구인모, 「한일 근대문학과 엘렌 케이」, 『여성문학연구』 12, 한국여성문학학회, 2004, 71면.

그것은 그 자체로 남녀의 애정이라는 문제에 개입되어 있는 불평등, 그 '관계' 속에 놓인 사회적 모순을 환기했기 때문이다.

김명순(金明淳, 1896~1951)은 나혜석·김원주와 함께 자유연애론을 주창한 1세대 신여성이며, 1917년 『청춘』의 현상공모에 처녀작 「의심(疑心)의소녀(少女)」가 뽑히면서 정식으로 등단하여 작품 활동을 시작한 조선 최초의 여성 작가이기도 하다. 김탄실(金彈實), 망양초(望洋草, 茫洋草), 망양생(望洋生, 茫洋生) 등의 필명을 쓰기도 했던 그는, 여성 해방을 전제로 한 연애담론의 핵심적인 주창자이자 당대를 대표하는 여류명사였다. 하지만 동시에 전 생애에 걸쳐 온갖 추문에 시달리며 동시대 매체로부터의 집단적인 험담을 감당해야만 했던 비운의 문인이기도 했다. "그녀는 남성의 성적 욕망과 여성의 이상적 욕구가 충돌하는 비극적 사랑이 유행하던 1920년대의 식민지 사회에서 사랑의 시대적 국면을 온몸으로 감당한 인물"[2]이었지만, 바로 그 때문에 오히려 그녀의 작품에 대한 본격적인 연구는 소외되어온 측면이 강하다.

근대를 둘러싼 수많은 담론 중에서 가장 적극적으로 수용되었고, 가장 능동적으로 논의되었으며, 가장 끈질긴 생명력으로 '첨단'의 자리에 새롭게 서게 된 용어, '연애.' 김명순은 근대라는 지향 안에서 이를 문학적으로 가장 뜨겁게 '실행(doing)'하고자 했던 작가였고, 바로 그로 인해 가장 차갑게 외면되었던 작가였다. 그럼에도 불구하고 그녀는 자기 글쓰기 안에서 탈식민적 여성 해방과 여성 주체의 자기결정권을 끝까지 포기하지 않았다. 이렇게 김명순이 자기 작품에서 견지하는 자유연애

2　최명표, 「소문으로 구성된 김명순의 삶과 문학」, 『현대문학이론연구』 30, 2007, 224면.

의 출발점은 다름 아닌 엘렌 케이[3]였다. 근대 연애담론의 실질적인 창시자이며 조선사회에 연애가 계몽의 언어로 자리매김하는 데 가장 결정적인 영향을 끼친 스웨덴의 여성학자 엘렌 케이와 그의 연애론은, 김명순 작품세계를 꿰뚫는 한 중심이라 할 수 있다. 이에 이 글은 김명순 작품세계를 관통하는 지향으로서 엘렌 케이의 수용 양상을 살펴보고, 그것을 토대로 김명순의 초기 소설이 가진 의미를 재조명하고자 한다.

2. 엘렌 케이와 김명순의 자유연애론

김명순은 평양의 부호이자 관료였던 김희경(金羲庚)의 서녀로 태어났다. 그의 숙부는 일본 육국사관학교를 졸업한 뒤 상해 임시정부의 군무부 차장을 지내기도 했던 김희선(金羲善)이다. 김명순은 진명여학교를 졸업하고, 1913년 일본으로 유학하였으나, 일본군 소위 이응준에게 성폭행을 당하면서 학업을 포기하게 된다. 그러나 김명순은 피해자임에도 불구하고 오히려 지탄을 받으며 졸업생 명부에서 삭제된 채 1915년 귀국하게 된다. 1917년 무렵부터 평양 출신의 부호이자 화백인 김유방과 동거하였고, 1917년『청춘』의 현상공모에「의심(疑心)의소녀(少女)」가 당선되면서 본격적으로 작품 활동을 시작했다. 김유방에게 버림받고

---

3   Ellen Karolina Sofia Key(1849~1926), 스웨덴의 여류사상가이며 교육자.

1919년 다시 일본으로 유학하여 동경여자전문학교에 입학하였고, 『창조』의 창간 당시 동인으로 활동하기도 했다. 1920년 귀국하여 김원주가 창간한 『신여자』의 필진으로 참여했다가 이 잡지가 곧 폐간되자 그해 7월 다시 도일하여 음악을 공부하였다. 1921년에 귀국하여 조선에서 본격적인 문필활동을 시작했다. 그녀의 삶은 1910~30년대 내내 세간의 추문으로 얼룩졌고, 1939년에 다시 일본으로 건너가 1951년 정신질환으로 사망했다. 그러나 사망한 이후에도 그녀에 대한 세간의 공격과 추문은 멈추질 않았다.[4]

"한 여성에 대한 만인의 폭력이 그 동기를 의심케 할 정도로 실생활과 허구물에 가리지 않고 쉼없이 자행"[5]되면서 김명순은 일생 동안 그녀를 직간접적으로 환기하는 악의적인 스캔들로부터 자유로울 수 없었다. 그러나 이러한 상황 속에서도 그는 세상과 소통하는 자기의 글쓰기를 멈추지 않았다. 그것은 작가로서 그의 자의식이 얼마나 강렬한 것이었는지를 잘 보여준다. 이러한 김명순이 일생을 통해 성취하고자 했던 이상(理想)이 바로 진정한 의미의 자유연애였다. 그는 일본에서 유학하면서 엘렌 케이의 사상으로부터 많은 영향을 받았고, 이러한 자기의 신념을 작품 활동을 통해 끝까지 견지하였다. 따라서 엘렌 케이의 수용 과정을 살펴보는 것은 김명순의 작품을 해명하는 하나의 방향키가 될 것이다.

엘렌 케이는 연애라는 어휘가 조선사회에서 하나의 담론으로 형성되

---

4   김명순의 생애에 대해서는 송명희, 「신여성의 사랑과 자유이혼」, 『국어문학』 56, 국어문학회, 2014, 317~321면; 송호숙, 「최초의 여류소설가 김명순」, 『역사비평』 17, 역사문제연구소, 1992, 226~228면; 최명표, 앞의 글, 224면과 『위키백과』를 참조하였다.
5   최명표, 위의 글, 231면.

는 데 있어 가장 많이 언급되었던 사상가이다. 오늘날의 아동학이나 여성학에서는 그리 큰 비중을 차지하고 있지 않지만, 1920년대에는 전 세계를 휩쓸었던 대표적인 여성학자 중 하나로 각광받았다. 이러한 엘렌 케이의 이름이 처음 소개된 글은 이광수의 『무정』이다.

> 일찍 형식이가 조롱 겸 배학감에게 물었다.
>
> "선생의 신학설은 뉘 학설을 근거로 한 것이오니까. 페스탈로치오니까, **엘렌 케이**오니까?"
>
> 배학감은 페스탈로치가 누구며, 엘렌 케이가 누군지 한번 들은 듯은 하건마는 얼른 생각이 아니 난다. 그러나 조선 일류 교육가가 삼사류의 교육가가 아는 이름을 모른다 함도 수치라, 이에 배학감은 껄껄 웃으며,
>
> "녜, 나도 푸스털과 얼른커의 학설은 보았지요. 그러나 그것은 다 지다이 오쿠레[時代運][6]원다" 한다. 페르탈로치와 **엘렌 케이**라는 말을 잊어버려 푸스털, 얼른커라 하리만큼 무식하면서도 그네의 학설을 다 보았다 하는 배학감의 심정을 도리어 불쌍히 여겼다.[7](강조-인용자)

> 그는 서양 철학도 보았고 서양 문학도 보았다. 그는 루소의 『참회록(懺悔錄)』과 『에밀』을 보았고, 세익스피어의 『햄릿』과 괴테의 『파우스트』와 크로포트킨의 『면포(麵麭)의 약탈(掠奪)』을 보았다. 그는 신간 잡지에 나는 정치론과 문학평론(文學評論)을 보았고 일본 잡지의 현상소설에 상도 한번 탔다. 그는 타고르의 이름을 알고 **엘렌 케이** 여사(女史)의 전기(傳記)를

---

6   '時代遲'의 오기. 이광수, 『바로잡은 무정』, 김철 校註, 문학동네, 2004, 142면 참조.
7   이광수, 『무정 外』, 『한국소설문학대계』 2, 두산동아, 1995, 68면.

보았다. 그러고 우주(宇宙)도 생각하여 보았고 인생(人生)도 생각하여 보았다.[8] (강조-인용자)

『무정』에서 이광수는 엘렌 케이를 당대의 교육학자인 페스탈로치와 나란히 언급하고 있으며, 형식의 독서이력 가운데서도 엘렌 케이는 루소, 세익스피어, 괴테, 크로포트킨, 타고르 등 고전의 반열에 오른 작가들과 함께 언급된다. 이처럼 작품 속에서 이광수는 엘렌 케이를 교육자이며 저명한 학자로 인식하고 있는데 반해, 『무정』이후 조선에 수용된 엘렌 케이의 이론은 연애론에만 집중되었다. 그 이유는 『무정』이 이광수의 '자유연애' 사상을 소설화한 작품이었기 때문으로 생각된다. 이광수의 자유연애와 엘렌 케이의 연애론이 자연스럽게 하나의 사상적 교감을 이루는 것으로 인식되었던 것이다.

이러한 편향을 가속화시킨 것은 1921년 노자영이 『개벽』에 발표한 「여성운동(女性運動)의 제일인자(第一人者) 엘렌케이」[9]이다. 노자영의 글에서 엘렌 케이에 대한 전기적 사실은 하벨록 엘리스[10]가 쓴 『연애와 결혼』영문판(1911) 서문의 내용과 일치된다. 엘렌 케이의 이름은 이미 1910년대 후반부터 널리 알려졌지만, 실제로 그의 저술은 조선에 제대로 소개된 바가 없었다. 따라서 노자영의 이 글은 실질적으로 조선에 처음 발표된 엘렌 케이의 이론이었던 것이다. 문제는 노자영의 글 역시 엘렌 케이의 원전이 아닌 "하라다 미노쿠 번역의 『연애와 결혼(戀愛と結

---

8   이광수, 위의 책, 216면.
9   노자영, 「女性運動의 第一人者 엘렌케이」, 『개벽』, 1921.2, 46~53면.
10   Havelock Ellis(1859~1939), 영국의 생물학자이자 문학비평가. 저서로는 『성심리학의 연구』가 있다.

婚)』(1920)을 참고해서 쓰인 것"[11]일 가능성이 높다는 점이다. 노자영은 엘렌 케이의 논리를 연애도덕론에 집중해서 소개하는데, 이는 일본에서의 엘렌 케이 수용 양태와 유사하다.

특히 그가 주목한 것은, 엘렌 케이가 연애의 참 의미를 "영육일치(靈肉一致)의 연애(戀愛)"[12]로 말한 점이었다. 이로부터 조선에 확산된 엘렌 케이론의 핵심 어구가 제시된다. "어더한 결혼(結婚)이던지 거기 연애(戀愛)가 잇스면 그것은 도덕(道德)일다. 가(假)○어ㅅ더한 법률상(法律上)에 수속(手續)을 경(經)한 결혼(結婚)이라도 거기 연애(戀愛)가 업스면 그것은 부도덕(不道德)일다"[13] 이 두 어구는 조선 여권운동가와 신여성들에 의해 반복되어 재생산되었는데, 특히 자유이혼에 대한 논거로서 자주 활용되었다. 이 점에서 본다면 노자영의 글은 조선의 엘렌 케이론의 본격적인 출발점이자, 엘렌 케이에 대한 편향을 만들어낸 대표적인 저술이라고 할 수 있다.

따라서 김명순이 엘렌 케이를 받아들인 계기는 이광수나 노자영의 저술들을 통해서는 아니었던 것으로 생각된다. 물론 그는 이광수의 열렬한 독자였다. 그러나 이는 그가 이광수를 통해 엘렌 케이를 수용했다는 증거가 되지는 못한다. 오히려 그가 이광수의 지지자가 될 수 있었던 이유는, 이광수가 자신과 마찬가지로 엘렌 케이의 자유연애론을 수용한 작가였기 때문이다. 오히려 김명순은 이광수보다 먼저, 그리고 더 적극적으로 엘렌 케이의 자유연애론을 수용했을 가능성이 높다. 이를 해

---

11   구인모, 앞의 글, 80면.
12   노자영, 앞의 글, 50면.
13   위의 글, 52면.

명하기 위해서는 김명순의 일본 유학 시절로 거슬러 올라가야 한다. 김명순이 일본에서 유학했던 1913년에서 1915년은 엘렌 케이의 자유연애론이 일본 문단에 가장 적극적으로 소개되고 수용되었던 시기였기 때문이다.

엘렌 케이의 논의가 일본에 처음 소개된 것은 '1905년으로 『여자교육(女子教育)』이라는 잡지를 통해서였다.'[14] 그러나 '그녀의 이름이 유명해지기 시작한 것은 1910년대로, 엘렌 케이의 연애지상주의와 인류 진보를 연결시킨 가네코 지쿠스이[金子筑水]의 「현실교(現實教)(인간개조론(人間改造論))」[15]와 엘렌 케이의 이론을 자유이혼과 인종의 진보와 연결시킨 이시자카 요유헤이[石坂養平]의 「자유잡혼설(自由雜婚說)」[16]이 발표된 이후이다.'[17] 이후 일본의 대표적인 여성운동가인 히라츠카 라이쵸[平塚雷鳥]가 '1913년 1월부터 1914년 12월에 걸쳐 『세이토』[18]에 『연애와 결혼』을 번역 게재했고, 1915년 7월부터 1916년 2월까지 야마다 와카(山田わか)가 『아동의 세기』 제1장과 제2장을 번역하여 같은 잡지에 게재하였다.'[19] 더 나아가 혼마 히사오[本間久雄]에 의해 "『연애와 윤리(Love and Ethics)』(1912)가 미국에서 영역된 이듬해에 곧바로 일본어 번역으로 『부인과 도덕(婦人と道德)』(1913)"[20]이 발표되었으나, 엘렌 케이의 『연애와 결혼』이 완역된 것은

---

14 히로세 레이코, 「일본의 '신여성'과 서양여성해방사상」, 『여성과 역사』 5, 한국여성사학회, 2006, 97면 참조.
15 金子筑水, 「現實教(人間改造論)」, 『太陽』 第17卷 第12号, 1911.9.1.
16 石坂養平, 「自由雜婚說」, 『帝國文學』, 1912.12.
17 히로세 레이코, 앞의 글, 97면 참조.
18 원제는 『靑鞜』임.
19 히로세 레이코, 앞의 글, 99~100면 참조.
20 구인모, 앞의 글, 81면.

그보다 훨씬 이후인 1920년 하라다 미노루(原田實)에 의해서였다.

김명순은 "『세이토』가 일본 신여성운동을 주도하던 1913년에 일본유학을 시작"[21]했으며, 당시는 이 잡지가 엘렌 케이를 가장 능동적으로 수용하던 시기였다. 또한 김명순은 엘렌 케이가 완역된 1920년에 다시 도일했기 때문에, 엘렌 케이의 저작을 온전히 접할 기회가 있었다. 이 점에서 본다면 엘렌 케이에 대한 김명순의 이해가 이광수나 노자영을 비롯한 당대 조선 문인들의 그것을 뛰어넘었을 가능성이 높다. 특히 엘렌 케이의 논의를 적극적으로 번역 게재했던 『세이토』는 일본의 여성지식인들이 만든 대표적인 근대 여성문예잡지였고, 김명순이 필진으로 참여했던 『신여자』의 모토가 된 잡지이기도 했다. 따라서 김명순이 줄곧 견지했던 자유연애론은 일본에서의 엘렌 케이 수용사와 더 깊은 관련을 가지고 있으며, 일본의 연애담론에서도 많은 영향을 받았을 것으로 추측된다.

보다 흥미로운 사실은 바로 이 지점에서 드러난다. 이러한 지대한 관심에도 불구하고 김명순은 엘렌 케이의 저술을 번역하거나 적극적으로 소개하지 않았다. 그런데 이것은 다른 문인들도 마찬가지였다. 근대문학 초기, 조선 문단에서 엘렌 케이의 저술은 "단 한 권도 번역되지 않고 소개의 논문만 이중역으로 번역"[22]되었다. 이러한 뜻밖의 소외는 최근까지도 이어져서, 2012년 정혜영이 발췌 번역한 『어린이의 세기』가 출간되기 전까지 '번역본이나 책 내용에 대한 소개도 거의 되어 있지 않은 상황'[23]이었다. 엘렌 케이로부터 영향을 받은 요시카와 난코(吉川南湖)의

---

21   송명희, 앞의 글, 322면.
22   구인모, 앞의 글, 81면.

『연애와 결혼』[24]이 『조선일보』의 대대적 홍보와 함께 발간된 것을 고려한다면,[25] 대단히 이상한 상황이 아닐 수 없다. 이를 고려한다면 적어도 조선에 있어서 엘렌 케이는 자유연애론의 한 갈래로서 아주 소박한 차원에서 수용된 것임을 알 수 있다.

이는 필연적으로 엘렌 케이의 사상에 대한 오해를 야기한다. 치밀한 논쟁이 부재하면서, 엘렌 케이의 자유연애론과 자유이혼론은 여성 주체의 해방을 통한 양성평등과 성적 자기결정권의 획득이라는 본연의 의미를 잃고, 신여성의 타락과 성적인 방종을 의미하는 것으로 쉽게 왜곡되어버린다. 이는 오직 소개글로만 엘렌 케이를 받아들인 조선사회의 필연적인 한계가 아닐 수 없었다.

그렇다면 연애가 결국 생산적인 담론으로 활용되지 못하고, 동시대인의 필요에 따라 호명되는 수사에 그치고 만 요인은 어디에 있는가? 그것은 식민지 조선의 현실적 조건이 사실상 연애라는 새로운 방식의 인간관계를 수용하기에는 너무나 열악했기 때문이다. 엘렌 케이 연애론의 핵심은 연애의 '자유'이다. 그것은 이광수식의 '자유연애'가 아닌 '연애의 자유'이다. 자유연애가 남녀 모두에게 거부될 수 없는 근대적 소양으로서 강조되었다면, 연애의 자유는 말 그대로 '자유'에 보다 방점이 찍힌다. 연애는 필수적인 선택항이 아니라 개인의 자유로운 영혼이 움직이는 대로 선택할 수 있는 가능항일 뿐이기 때문이다. 따라서 1920년대 '연애'라는 가치에 대한 오류는 바로 이 '자유'에 대한 오인으로부터 시작

23 　정혜영, 「해설」, 『어린이의 세기』, 지식을만드는지식, 2012, 17면.
24 　吉川南湖, 『戀愛と結婚の書』, 忠文館書店, 1936.
25 　『조선일보』, 1940.3.30.

된 것이다. 엘렌 케이가 말하는 연애의 자유는 남녀의 평등이라는 현실적 조건 위에서만 가능할 수 있는 다분히 혁명적인 개념이었다. 실제로 노자영 역시 엘렌 케이를 소개하면서 오직 그러한 자유로운 연애를 통해서만 영육이 일치되는 이상적 연애의 전형이 만들어질 수 있다고 설명한 바 있다.

> 戀愛의 最高典型은 道德的으로나 知識的으로나 同一한 水平線 上에 잇는 男女 間에만 存在한다. 이가티 男女가 相互 間 自己를 완성(Perfect)하기 爲하야 相互 間 사랑하는 것이 最高典型일다.[26]

결국 엘렌 케이가 주장하는 연애의 자유란 오직 남녀의 완전한 평등을 통해서만 가능한 이상이었다. 따라서 평등이 전제되지 않은 조건 속에서 엘렌 케이식 연애의 자유는 성취될 수 없었다. 김명순에게 가해진 시대적 탄압은 이 지점에서 이해될 수 있다. 여성에게 주어진 연애의 객체라는 자리를 거부하고, 가장 능동적으로 연애의 주체이고자 했던 그는 "사회를 이끌어가는 점잖은 '남자'들에게는 속히 잊혀지고 싶은 객체, 무시하고 싶은 객체"[27]이었던 것이다. 그들은 '남성 지배의 편집 권력을 통해 김명순을 사회의 풍기를 문란케 하는 팜므 파탈로 규정'[28]함으로써 새롭게 등장한 여성 주체에 대한 두려움을 은폐하고자 했던 것이다. 따라서 작가 김명순에 대한 이해는 바로 이러한 시대적 왜곡으로부터

---

26 노자영, 앞의 글, 53면.
27 최혜실, 『신여성들은 무엇을 꿈꾸었는가』, 생각의나무, 2000, 378면.
28 최명표, 앞의 글, 228면 참조.

벗어나 그의 작품에 온전한 문학적 해석을 가하는 것으로부터 다시 시작되어야 한다.

3. '여성', 주체의 자각 -「疑心의少女」

연애를 둘러싼 논의는 단순히 인간의 애정이라는 문제 위에 놓여 있지 않다는 점에서 보다 흥미롭다. 국립국어원의 『표준국어대사전』에 따르면 연애(戀愛)의 의미는 "남녀가 서로 그리워하고 사랑함"이라는 뜻이다. 애정의 문제가 이성에만 국한되지 않음이 이미 명확해진 시대에, 새삼 '남녀'라는 정의의 모순을 가지고 따지고자 함은 아니다. 현실적 변화에 보다 예민하게 반응하는 인터넷 기반의 『위키백과』 등에서는 이미 연애의 정의를 "두 사람이 상대방을 서로 애틋하게 사랑하여 사귐"이라고 정의하고 있다는 점에서, 연애의 문제를 남녀의 문제로 국한시키는 오류는 이미 과거의 것이 되었다.

김명순의 연애론은 이러한 두 정의만을 놓고 본다면 후자에 가깝다. '그리워하고 사랑함'이라는 술어가 대상에 집중한 것이라면, '애틋하게 사랑하여 사귐'은 두 개인의 마주봄에 더 주목하고 있기 때문이다. 실제로 김명순이 바라보았던 연애는 '애정'의 문제라기보다는 '관계'의 문제에 더 가까웠다. 이를 위해서 김명순은 그 무엇보다도 여성 주체로서 자기 자신을 정립하는 데 주력했다. 그것은 자유로운 여성 주체만이 엘렌 케이가 주장했던 대등하고 자유로운 연애의 진정한 계승자가 될 수 있었기 때문이다. 연애가 이전과 다른 방식의 관계를 통해 구현되는 사랑이라면, 그 관계의 출발점은 그 무엇보다도 자기 자신을 개인으로 각성하는 것에서부터 시작되어야 한다. 김명순의 처녀작인 「의심(疑心)의소녀(少女)」[29]에서는 이러한 여성 주체의 각성이 엿보인다.

> 平壤大同江東岸을 二理쯤 드러가면 새마을이라는 洞里가 잇다. 그 洞里는 그리 적지는 안타. 그러고 洞里의 人物이든지 家屋이 決코 鄙陋치도 안으며 業은 大槪農事다. 이 洞里에는 '범네'라 하는 꼿인가 의심할만하게 몹시 어엽부고 범이라는 그 일홈과는 正反對로 至極히 溫順한 八九歲의 少女가 잇다. 그 少女가 이洞里로 온 것은 두어 해 前이니 黃進士라는 六十餘勢 되는 점지안은 白髮翁과 어대로선지 漂然이 移徙하여 와居한다.[30]

『청춘』지의 현상공모에 뽑힌 김명순의 「의심의소녀」는 수많은 등단작들이 그렇듯이 다분히 자전적인 성격이 강한 작품이다. 대동강 주변 마을로 이사 온 범네라는 미소녀의 지독한 외로움과 아이를 향한 이웃의 호기심으로부터 시작되는 이 작품은, 사실상 작가 김명순이 일생 동안 감내해야 했던 '대중의 호기심'이라는 폭력적인 시선을 예언적으로 담아내고 있다. 그 출발점은 지독하게도 고독한 한 소녀의 내면풍경이다. 고작 팔구 세밖에 되지 않은 이 소녀가 풍기는 애처로움의 근원은 그

29 　김명순, 「疑心의少女」, 『청춘』, 1917.11.
30 　김명순, 서정자·남은혜 편, 『김명순 문학전집』, 푸른사상, 2010, 247면. 이하 김명순의 글은 이 『전집』에서 참조하므로 서지사항은 글의 제목과 인용면수만 적겠다.

어머니의 죽음으로부터 시작된다.

> 이는 年前家庭의 波瀾으로 因하야 自殺하야버린 趙局長夫人의 紀念으로 씨친 一女佳姬니 外樣과 心地가 過히 아름다움으로 그 反對로 그 外祖父가 改名하야 범네라 한다
>
> 佳姬의 母氏는 平壤城內에 其當時 有名한 美人이기 째문에 避暑次로 왓던 趙局長의 懇切한 所望에 잇글리여 그 夫人이 되엿섯다 夫人은 財産家 黃進士의 無男獨女이니 十四歲에 其母親이 別世하매 其父親黃進士가 再娶도 아니하고 金枝玉葉가치 기른배라. 누가 뜻하엿스리오 그 玉輿가 荊棘으로 얼근 것이줄이야. 趙局長은 世世로 兩班이라 弄花에 巧하고 射的에 妙하다. 뎌는 세 번 妻를 밧구고 妾을 갈기도 十餘人이라. (…중략…) 사랑을 願하여도 엇지 못하고 自由를 願하야도 엇지 못하고 離別을 請하야도 안드러 疑心밧고 虐待밧고 갓치여 悲觀하든 남저지에 病든 몸을 이르켜 平壤의 別莊에서 自殺하엿다.[31]

어머니의 비극적 죽음을 이야기하면서, 일부다처제라는 결혼제도에 대한 김명순의 비판적인 인식은 분명하게 드러난다. 얼굴의 아름다움도, 유복한 친정도, 금지옥엽으로 자란 그 가정환경도 한 여인에게 드리워진 비극적인 죽음을 막아내진 못했다. 일부다처 하는 남편에게 속아 한 명의 첩이 되어버린 여인에게는 사랑도 자유도 이별도 결코 허락되지 않았다. 그 굴레를 벗어날 수 있는 것은 단지 죽음뿐이었던 것이다.

31　「疑心의 少女」, 252~253면.

이처럼 「의심의소녀」는 범네라는 소녀의 고독한 일상의 기원을 그 어머니의 자살이라는 비극적인 사건 위에 올려놓고, 아비를 피해 떠나는 소녀의 안타까운 방랑으로 마무리된다.

권선영[32]은 이러한 범네의 삶을 제도에 속박된 여성 인식으로서 설명한다. 아버지 조국장을 피해 숨어 살아가는 소녀는 자기 정체성을 숨기기 위해 본래의 이름인 가희(佳姬)가 아닌 범네라는 가명으로 살아가야만 한다. 소녀가 직면한 현재의 삶은 소녀의 자기결정권을 인정해주지 않는다. 그 삶 속에서 소녀는 자기 삶의 주체가 아닌 누군가에 의해 보호받아야 하고 감춰져야 하는 타자로서 존재한다. 따라서 「의심의소녀」의 주인공은 소녀이지만, 정작 소녀의 목소리는 작품 전면에 드러나지 않는다. 그녀의 정체성은 호기심 가득한 이웃들—특실이나 언년어멈과 같은 사람들에 의해 추측될 뿐이다. 외조부 황진사와 아버지 조국장이라는 두 명의 가부장에 의해 조정되는 삶의 조건은 "허락되지 않는 사회적인 공간과 허락되지 않는 사회적인 언행"[33]이라는 내적 갈등의 원인이 된다.

그런데 소녀가 처한 사회적 고립은 단지 가부장권에 속한 어린 여자아이이기 때문만은 아니다. 오히려 소녀는 첩의 딸이기에 그 가부장권 안에서조차 제 자리를 가질 수 없는 존재이다. 실제로 김명순이 다른 신여성 문인들보다도 더 지독하게 비난받았던 이유는 서녀라는 그 신분적 한계와 아버지의 죽음 이후 겪어야 했던 가난 때문이었다. 이 점에서 본

---

32   권선영, 「한일 근대 여성문학에 나타난 '여성'의 두 가지 초상」, 『일본언어문화』 25, 한국일본언어문화학회, 2013.

33   권선영, 위의 글, 497면.

다면 「의심의소녀」에서 보이는 소녀의 지독한 외로움의 정체는 어린 소녀의 현재로부터 기인한 것이 아니라, 작가 김명순 자신이 처한 현재적 상황으로부터 촉발된 것이라고 보아야 한다.

그럼에도 불구하고 「의심의소녀」는 결코 '비애'를 주제로 한 작품은 아니다. 비애는 이 작품을 감싸고도는 핵심적인 분위기이지만, 이 작품의 진정한 주제는 자신에게 드리워진 인습적 굴레를 거부함으로써 운명적 비애를 뛰어넘고자 하는 소녀의 의지이다.

> 범네라는 美少女는 그 이웃 少女들과 사괴기를 懇切히 바라는 것 갓다.[34]
> 범네는 특실이를 向하야 穩靜하게 / "래일쏘놀너오너라" 하고 거름을 쌜니 하야 翁의 옷소매를 붓들며 翁의 歸嫁를 無限이 깃거워한다.[35]

타자에게 인정받고 그들의 애정 속에서 살아가고 싶은 소녀의 욕망이 그토록 간절한 이유는, 소녀에게 그것이 온전히 허락된 것이 아니기 때문이다. 가희라는 자기 본연의 정체성을 숨기고 살아가야 하는 소녀이기에, 세상과의 소통은 더욱 절실할 수밖에 없는 것이다. 이것은 현실적 삶에서 부딪친 여러 문제들에 대한 작가 김명순의 적극적인 저항이자 해명이기도 하다는 점에서 주목을 요한다. 1915년 일본군 소위 이응준에게 성폭행을 당하고 학교에서마저 제적당한 채 귀국해야 했던 김명순에게 세상의 시선은 너무나도 가혹했다. 그는 피해자임에도 불구하고 너무나 많은 사람들에게 지탄받아야 했다. 그에게 글쓰기는 자기를

34　「疑心의少女」, 248면.
35　위의 글, 249면.

손가락질하는 세상을 향한 가장 적극적인 소통이며 고통스러운 몸부림이었다. 동시에 그것은 이 현실에 무너지지 않겠다는 작가의 의지이기도 했다.

> 何時에나 漂浪客인 可憐한 佳姬에게는 春陽麗日이 도라올는지 ─ 節期는 夏秋冬三季가 지나면 반다시 陽春이 오것면 ─
>
> 불상한 어머니의 불상한 아해?[36]

고통이 끝나지 않을 것 같은 소녀의 삶을 정리하는 이 문장은 자못 의미심장하다. 거기엔 무엇보다도 소녀에게 드리워진 세간의 연민과 염려가 담겨 있다. 그것은 남자에게 속아 첩이 되었으나 남편의 사랑마저 잃어버리고 자살한 비극적인 운명을 가진 제 어머니의 인생이, 그 어미만큼 아름다운 이 소녀에게 유전될지도 모른다고 추측하는 시선들이다. 그러나 김명순은 이러한 시선들을 격렬하게 거부한다. 바로 이 지점에서 마지막 문장의 물음표가 주는 의미는 상당하다. 그것은 소녀를 향한 사람들의 시선을 인정하는 것이 아니라 반문하는 것이기 때문이다. 그리하여 이 마지막의 한 문장 속에는 어머니의 삶을 결코 반복하지 않겠다는 소녀, 그리고 작가 김명순의 의지가 담겨 있는 것이다.

그 가능성은 어디에 있는가? 그것은 한 여성의 삶을 속박하는 전근대적이고 가부장적인 삶에 대한 거부이다. 이 작품에서 김명순은 소녀 어

---

36   위의 글, 253면.

머니의 자살 원인을 전근대적인 결혼제도에서 찾고 있다. 전처소생들의 미움이나 새로운 첩의 등장도 하나의 원인이지만, 가장 근원적인 원인은 이 모순된 결혼제도에 있음을 간과하지 않는다. 세상과 능동적으로 소통하기를 꿈꾸는 소녀가 자신을 세상으로부터 숨기고자 하는 외조부에 순응하는 이유도 바로 여기에 있다. 아버지 조국장의 세계는 소녀에게 어머니의 비극적 삶을 대물림되도록 할 곳이기 때문이다.

그런데 여기에는 흥미로운 것이 한 가지 더 있다. 그것은 축첩제도의 문제를 신분이라는 문제와 엮었다는 점이다. 소녀의 아버지인 조국장의 면모를 지적하면서 김명순은 "세세(世世)로 양반(兩班)이라 농화(弄花)에 교(巧)하고 사적(射的)에 묘(妙)하다"라고 말하면서 그가 여인을 희롱하고 목표한 여인을 쟁취하는데 능할 수 있었던 근본 이유를 '양반'이었기 때문이라고 말하고 있다. 비록 논리적으로 규명된 상태는 아니지만, 이는 자유연애와 결혼의 문제가 결국 남녀의 평등에 기초해야만 가능한 것임을 경험적인 차원에서 실감하고 있는 것이라고 평가할 수 있다. 결국 남녀 사이에 있어서 그 신분이나 경제력, 사회적 지위의 평등하지 못함이 결혼이라는 제도가 가진 가장 결정적인 모순임을 드러내고 있는 것이다.

이처럼 김명순의 처녀작 「의심의소녀」는 그의 작품세계 전체를 아우르는 사상적 근간이 드러나는 작품이다. 이 작품은 이 시기 김명순이 이미 체험적인 차원에서 자유연애의 당위성을 인식하고 있으며, 그 뿌리가 가부장권과 전근대적 결혼제도에 대한 거부에서 시작되고 있음을 알 수 있게 한다. 이광수식의 관념적 자유연애론이 주류를 이루었던 1920년대의 상황을 고려한다면, 보다 현실적인 체험에 근간하여 자유연애를 주장했던 김명순의 시야는 또 다른 중요성을 가진다. 김명순에게 있어서 이러한 인식은 단지 남녀의 애정관계에 대한 규정을 넘어, 여성 주체의 자각과 여성 해방 및 자기결정권에 대한 굳건한 의지로 나아간다는 점에서 더욱 그러하다. 단편인 「의심의소녀」가 그 가능성을 보여주었다면, 1924년에 발표된 「도라다볼째」는 그의 내적 성장을 보여주는 작품이라는 점에서 보다 면밀하게 분석할 필요가 있다. 이를 통해 자기를 핍박하는 세계와 보다 적극적으로 소통하고, 또한 자기를 호출하는 풍문에 적극적으로 저항하고 능동적으로 해명하는 글쓰기를 이어나갔던 김명순의 자의식을 살펴볼 수 있을 것이다.

4. 이상과 현실의 충돌 – 「도라다볼째」

1924년 『조선일보』에 발표된 「도라다볼째」[37]는 자신에게 가해진 동시대의 핍박 속에서 작가이자 당대의 신여성으로서 김명순의 자의식이 분명히 드러난 작품이라는 점에서 주목된다. 1917년 등단 이후 과작(寡作)하던 김명순은 1924년을 기점으로 갑작스럽게 많은 작품을 발표한다. 이 시기 김명순은 「도라다볼째」를 시작으로 「외로운사람들」,[38] 「탄

---

[37] 「도라다볼째」는 1924년 3월 31일부터 4월 19일까지 『조선일보』에 연재되었다. 『조선일보』의 3월 31일~4월 2일 자가 결본이라 이 작품의 1~3회본도 결락되어 있다. 김명순은 1925년 발간된 창작집 『생명의과실』에 이 작품을 개고(改稿)하여 실었다.
[38] 「외로운사람들」은 1924년 4월 20일부터 5월 31일까지 『조선일보』에 연재되었다.

실이와 주영이」[39]라는 자기고백적 작품들을 연이어 발표한다. 이는 "글쓰기에 대한 작가의 의욕이 상당한 수준에 올라 있음을 증거해 주는 바"[40]이기도 하지만, 다른 한편으로는 자신에게 더 적대적이 되어버린 문단상황에 대한 적극적인 해명과정이기도 했다. 1924년 한 해 동안 진행된 「도라다볼째」의 연재와 개고과정에서 나타난 변화는, 이 시기에 악의적인 스캔들에 휘말리면서 세간의 손가락질을 받았던 김명순의 내적 갈등을 전면에 드러낸다.

처녀작 「의심의소녀」와 함께 그의 첫 번째 창작집인 『생명의과실』에 실린 이 작품은, 단편 위주였던 초기 습작에서 벗어나 본격적인 소설 창작에 매진하는 시작점으로서 그 의미를 가진다. 또한 세계관으로 보아도 「의심의소녀」에서 드러났던 연애관과 근대적 여성 주체에 대한 자의식이 보다 구체화되어 있다. 그러나 이보다 더 중요한 의미를 갖는 것은 이 작품이 『조선일보』에 발표되고, 곧바로 개고되어 창작집에 실리면서 내용적으로 많은 변화를 보였다는 점이다. 첫 발표가 마감된 것이 1924년 4월이고, 『생명의과실』에 따르면 그 개고 시기는 같은 해 11월로 불과 7개월 차이이다. 그럼에도 불구하고 소설의 결말은 완전히 달라지는데, 이것은 1924년 김명순이 겪어야 했던 지독한 추문에 대한 일정한 답이 된다는 점에서 중요한 의미를 갖는다.

『창조』와 『폐허』의 창간동인이자 당대를 대표하는 신여성이었던 김명순은 일본 유학 시절부터 신문지상에 오르내리며 대중의 관음증적 시

---

39 「탄실이와 주영이」는 1924년 6월 14일부터 7월 15일까지 『조선일보』에 연재되었다.
40 신지연, 「1920년대 여성 담론과 김명순의 글쓰기」, 『어문논집』 48, 민족어문학회, 2003, 317면.

선에 노출되었지만, 그에 대한 평단의 공격이 보다 노골적인 악의를 드러내기 시작한 시기는 1923년경부터였다. '1923년 2월, 일본의 계급문학 운동가이자 정치가였던 나카니시 이노스케[中西伊之助]는『여등의 배후에서(汝等の背後より)』라는 작품을 일본에서 출간한다. 독립운동을 하는 조선 젊은이들의 삶을 다룬 이 작품의 여주인공이 김명순을 모델로 한 것이라는 소문이 돌면서 조선 문인들의 주목을 받게 된다.'[41] 김명순을 비롯한 나혜석, 김원주 등의 1세대 신여성 문인들에게 부정적인 시각을 가지고 있던 염상섭도 1923년 8월부터『동아일보』에 장편『너희들은 무엇을 얻었느냐』[42]를 연재하는데, 이 작품은 제목에서부터 다분히『여등의 배후에서』의 영향을 엿볼 수 있게 한다. 따라서 김명순이 1924년에 이전과 비교할 수 없을 정도로 왕성하게 작품을 발표한 이유는 작가로서 그녀의 자의식을 드러내며 자신을 공격하는 세계와 적극적으로 소통하고자 했던 의지의 발로였던 것으로 생각된다. 특히 「도라다볼때」는 1924년 같은 해에 연재와 개고를 거치면서 복잡했던 김명순의 내면의식을 그대로 보여주는 텍스트이다.

「도라다볼때」의 공통된 줄거리는 다음과 같다. 주인공 소련은 당대의 교육자로 유명한 엄에스트(류애덕) 여사의 조카이다. ××여학교 영어교사인 그녀는 수학여행을 갔다가 그곳에서 젊은 이학자 효순을 만난다. 그러나 그에게는 조혼한 아내가 있었고, 고모인 엄에스트(류애덕) 여사가 효순의 아내를 지도하게 되면서 두 사람은 조우하게 된다. 서로에

---

41   위의 글, 330면 참조.
42   염상섭의 『너희들은 무엇을 얻었느냐』는 1923년 8월 27일부터 1924년 2월 5일까지 『동아일보』에 연재되었다.

대한 호감이 있음에도 불구하고 두 사람은 현실적인 제약 앞에서 그 마음을 드러내지 못한다. 그러나 두 사람의 감정을 눈치 챈 효순의 아내 은순의 질투와 음모로 소련은 최병서와 억지 결혼을 하게 된다. 그러나 최병서는 이미 아내를 둔 남자였고, 소련의 결혼생활은 비극적으로 치닫는다.

『조선일보』연재본과『생명의과실』에 실린 개고는 두 주인공 소련과 효순의 사랑이라는 큰 줄기에서는 별다른 차이가 없다. 그러나 주인공 두 인물을 둘러싼 주변인물의 성격이 변화되고, 그에 따라서 작품 전체의 결말도 달라진 양상을 보이고 있다. 효순의 아내인 은숙의 성격은 개고 전후 모두 부정적으로 그려진다. 그러나 엄에스트(류애덕)와 최병서는 개고 후에 더 악한 인물로 변화된다. 먼저 엄에스트와 류애덕을 비교해보자.

실상 말하면 너의 아바니를 원동도 하고 시려도 하던고로, 너를 갓다 기르지 안으려고 햇지마는 그러구보니 누가 너를 갓다 기르겟니 너의 외삼촌이라는 사람은 너를 다려다가 기생에 넛는다고 하더라 만은, 그러라구야 가만 둘 슈 잇겟니 해서 나는 너를 다려다가 기르면서 귀엽게도 보기는 햇지마는 네가 너무 아듬다워 갈사록 귀엽기는 하면서, 도, 무엇인지 유전을 발휘할 것 갓해서 겁이 낫다. 그러하더 것이 모두 내가 영민치 못한 타이엿다. 지금은 내가 너를 이 지경에, 빠쳐놋코, 내 자신도 망해 노앗고나 ……[43]

---

[43]　「도라다볼재」,『조선일보』판본, 330면.

효순이가 와잇는 몃칠 동안을 은순은 투긔와 의심으로 날을 보내고 애덕 녀사는 혹독한 감시(監視)를 게을느지 안엇스며[44]

소련은 그 고모와 덕모의 위협에 급히도 최병셔와의 혼례을 허락하엿다.[45]

『조선일보』 판본에서 소련의 고모로 등장하는 엄에스트는 조카인 소련을 애정으로 길렀음에도 불구하고 은순모녀에게 속아 최병서가 어떤 인물인지 제대로 파악하지 못한 채 소련의 혼약을 밀어붙인다. 그 배경에는 조카 소련이 기생이었던 그 어미의 삶을 유전 받아 첩으로 살게 될지도 모른다는 두려움이 깔려 있었다. 조카를 불행으로 밀어버린 바탕에는 소련에 대한 애정이 자리잡고 있는 것이다. 실제로 자신의 이 막연한 두려움으로 인해 조카가 진짜 최병서의 첩이 되고 지탄을 받게 되면서, 엄에스트는 후회하고 사죄하는 모습을 보여준다. 그러나『생명의과실』 판본에서 등장하는 고모 류애덕은 반동인물적인 요소가 더 강화되었다. 그녀는 적모와 함께 소련을 탄압하며, 은순과 함께 음모를 꾸며 소련에게 최병서와 결혼할 것을 협박하는 존재이다. 더 나아가 소련의 가련한 처지를 알면서도 효순과의 만남을 방해하는 인물로 그려진다. 이러한 변화는 최병서에게서도 나타난다.

확실히 소련을 위하야 모─든 책임을 다 지고 나서 그에게 사죄를 하겟다는 최병셔이다.[46]

---

44   「도라다볼째」,『생명의과실』 판본, 364면.
45   위의 글, 365면.
46   「도라다볼째」,『조선일보』 판본, 322면.

소련은 쏘 바루셔면서 아모도 그를 범졉치, 못할 추상갓흔 긔세를 뵈엿다. 거기셔 병셔는 다시 말하지 못할 치욕을 보고, 힘업시 도라왓다. (…중략…) 다만 뎌에게는 지난 오월 이후로 자긔 동내 면장에게 의뢰하야 소련의 민젹을 자긔 민젹 속에, 그 쳐로 너은 것이 백 가지 곤난을 다 무릅쓰고 성공한 듯한 큰일이엿다.[47]

그러나 미듬을 가지지 못한 병셔는 소련을 공경은 할 수 잇지만 사랑은 할 수 업노라고 하면서 마음 내키는대로 게집을 상관하고 집을 비엿다. 그러고도 부족한 것이 만흔 사람처럼 애써서 가정일을 힘쓰는 소련을 학대하기도 붓그리지 안엇다. 그런중에 쏘 병셔의 모친은 잇다큼식 와서 그 아들의 애정을 소련 째문에 앗가운듯이 소련을 들복구윗다. 그러나 소련은참고 일하고 공부하고 모든 것을 사랑하고, 사람들의 성격을 부드럽게 하며 사라왓다.[48]

『조선일보』 판본에서 최병서는 비록 이미 결혼한 몸임을 속이고 소련을 취했지만, 소련에게만큼은 애정으로 대하는 인물로 그려졌다. 소련을 속여서 결혼하고 자기의 본처를 가차 없이 내쫓았다는 점에서는 그 역시 선한 인물이라고 보기는 어렵지만, 소련에 대한 애정만큼은 진실하므로 일면 동정을 살 만한 인물이었다. 그러나 『생명의과실』 판본에서의 최병서는 "구리빗가튼 심술구즌 얼골"[49]을 지닌 인물로, 소련에게 애정이 없으면서도 그녀를 학대하는 인물로 그려져 있다.

47　위의 글, 323면.
48　「도라다볼째」, 『생명의과실』 판본, 367면.
49　위의 글, 365면.

『조선일보』 연재본과 개고의 차이는 결말에서 보다 두드러진다. 『조선일보』 연재본에서 비극적 결혼을 한 소련은 자살로 생을 마감하지만, 『생명의과실』에 실린 개고는 새로운 출발점에 선 소련의 모습으로 마감된다. 이것이 가능할 수 있었던 이유는 엄에스트(류애덕)과 최병서의 인물 성격이 변화되었기 때문이다. 두 인물은 소련과 효순의 사랑을 결정적으로 방해하는 인물임에도 불구하고, 『조선일보』 판본의 경우 소련에 대한 두 인물의 애정이 강조되어 있어 오히려 소련에게 또 다른 현실적 제약으로 작용되었다. 『생명의과실』 판본에서 결말이 훨씬 열린 희망으로 처리될 수 있었던 것은, 두 인물이 철저하게 악한이 되었기 때문이다. 이로써 소련이 고려해야 할 도덕적 제약이 줄어든 것이다.

> 그들의 세상에는 은순이가 업고 병서가 업고 애덕녀사도 업슬 것이 당연할 일이다.[50]

자기의 처지를 비관하지 않고, 당당하게 운명에 맞서고자 하는 소련의 마지막은 자살로 처리된 첫 판본의 비극성보다 훨씬 깊은 울림을 가진다. 특히 작가는 소련이 이성적으로 자신의 선택이 가져올 수많은 풍파를 충분히 인식하고 있음을 강조한다.

> 그런 째에 그 뒤로서는 유젼(遺傳)이다 간음(姦淫)이다 할 것이다. 이째의 자유를 엇은 사람의 쾌활한 용감함이 무엇이라 대답할가?

---

50   위의 글, 369면.

"너희는 무엇을 이름짓고 어는 일홈을 쯔리며시려 하느냐 그중 아름다운 것을 욕하진 안느냐" 하지는 안을지? 누가 보증하랴 누가 그 부르지짐을 막을만치 깨긋하냐. 엇던 성인(聖人)이 그것을 재판하엿드냐.[51]

진실한 선택 앞에 그 누구도 함부로 돌을 던질 수 없다는 소련의 이 당당함은 그녀가 이미 사랑에 대한 자기결정권을 인지하고 있음을 보여준다. 이것은 자기 생에 대한 자기 선택을 중시하는 여성 주체로서 거듭났음을 의미한다. 이전 판본에서 "한번, 잘못된 일이 이러나셔 사람들의 가삼속에 깁히만 드러가면 얼는 그것을 쌔여낼 수는 업다!, 세상에는 정말 용셔도 업는 것이다"[52]라고 타자의 시선에 갇혀 고통 받던 소련의 모습은 더 이상 찾아볼 수 없다.

이것은 소련의 변화이지만, 동시에 작가 김명순의 변화이기도 하다. 자기에게 던져진 세간의 비난과 모욕 속에서도 굳건히 세상과 소통하는 글쓰기를 포기하지 않겠다는 의지와 저항이 느껴지는 대목인 것이다. 설사 이 개고의 마지막이 소련의 자살로 읽힌다 하더라도 이 의지와 저항의 의미는 퇴색되지 않는다. 소련의 죽음은 자기 운명에 대한 가장 격렬한 거부를 의미할 수 있기 때문이다.

그런데 이러한 변화는 김명순에게 가해진 가장 고통스러운 평단의 비난 위에서 이루어진 것이라는 점에 주목할 필요가 있다. 「도라다볼째」와 「외로운사람들」의 연재에 이어 「탄실이와 주영이」를 『조선일보』에 연재할 때, 『매일신보』에는 이익상이 번역한 『여등의 배후에서』가 연재되었

---

51   위의 글, 368면.
52   「도라다볼째」, 『조선일보』 판본, 333면.

다. 「탄실이와 주영이」가 미완으로 끝난 것은 이러한 외적인 상황과 일정 부분 상관이 있는 것이다. 실제로 「탄실이와 주영이」에서 작가는 자기를 둘러싼 추문에 대해 노골적인 거부감을 드러낸 바 있다.[53]

그러나 더 큰 고통은 따로 있었다. 「도라다볼째」의 개고 뒤에는 1924년 11월 29일이라는 날짜와 함께 "고병중(苦病中)에 간신히 탈고(脫稿)"라고 덧붙여 있다. 이 시기는 평론가 김기진이 『신여성』에 김명순의 실명을 직접 거론한 「김명순 씨(金明淳氏)에 대(對)한 공개장(公開狀)」[54]이란 글을 발표한 시기였다. 이 글에서 김기진은 김명순에 대한 악의적 스캔들을 빌미로 그의 작품을 폄하하는데, 김명순의 여러 작품을 열거하면서 "이상 작품 중(以上作品中)에서 정독(精讀) 할 것이라고는 각본(脚本) 『어붓 자식(子息)』 밧게는 업"다고 말하였다. 더구나 이전의 성폭행 사건을 들어 김명순 작품을 히스테리와 "외가(外家)의 어머니편의 불순(不純)한 부정(不淨)한 혈액(血液)"에 의한 부정적 인격이 드러난 것으로 치부하였다. 작가로서의 자의식이 너무나 강했던 김명순에게는 1923년을 달군 악의적인 스캔들보다 당대를 대표하는 평론가 김기진의 논평이 더욱 고통스럽게 다가왔을 것이다.

---

53 "너희들의 등 뒤에셔란 책이 난 뒤에도, 탄실이는 얼마나 염려를 하는지, 그 꼴을 참아 눈으로 볼 수 업셧셔, 말 끗마다 옵바 내가 일본 남자와, 런애햇든줄 알겟구려, 그러면 내가 창부가튼 게집이라겟지" 라든가 "탄실 씨와 주영이가 다른 것은 큰 원인이 잇네그려 주영이란 여자가 전부 다른나라 사람들한테 학대를 밧고 원수를 갑는다고 이를 가는 것과 탄실 씨가 우리나라 사람들 그러나 친○파(親○派)들한테, 학대를 밧고 오래동안, 번민하는 것은 다른 것이지 ……", "그럴 것 가트면 너희들의 등 뒤에셔라는 책은 한 녀성을 주인으로 쓴 것이 결코 아니고, 죠선 전톄를 동정해서 일본사람인 ××가 일본 사람의 쳐디에서 반성하노라고 쓴 것일 것임니다"(「탄실이와 주영이」, 472~474면).

54 김기진, 「金明淳氏에對한公開狀」, 『신여성』, 1924.11.

그러나 이 과정을 거치면서 김명순은 단순한 애정관계를 넘어서 여성 주체의 해방까지 바라보는 연애론을 성립할 수 있었다. 그것은 그가 체험적인 수준에서 습득했던 엘렌 케이의 연애론을 내면화하고 담론화하게 되었음을 의미한다. 이로 인해 이전보다 더 고통스러워진 현실적 상황 속에서도 「도라다볼째」의 결말은 변화될 수 있었던 것이다. 이 작품 연재 직전에 발표했던 수필 「봄네거리에서서」에서 자신을 둘러싼 추문에 괴로워하면서 "화려할 소녀의 시대를 능욕과 학대의게 쌔앗기고 너는 이 십 년간 얼마나 압흐게 우러왓드냐"[55]라고 절규하던 김명순은, 이러한 고통 속에서도 끊임없는 글쓰기를 통해 작가로서의 자존감을 지켜내고자 했다.

5. 결론

모—든 男子와 女子의 가튼 理想을 품고 結合하려는 親和한 狀態 쏘 未及한 憧憬을 理想的戀愛라 하겟다.[56]

김명순이 1925년 7월 『조선문단』에 발표한 「이상적연애(理想的戀愛)」는 온갖 추문에 직접적으로 대응하면서 처절한 글쓰기를 이어왔던 그의

---

55 「봄네거리에서서」, 623면.
56 「理想的戀愛」, 665면.

1924년을 정리하는 성격을 갖는다. 김명순은 자유연애론이 입각하여 여러 작품들을 발표했지만, 이 글은 김명순이 생각하는 자유연애론을 가장 직접적으로 드러낸 글이라는 점에서 주목된다. 이 글에서 그가 말하는 이상적 연애란 곧 엘렌 케이가 주장했던 영육이 일치된 연애, 바로 그것이다. 그 영육의 일치를 김명순은 '같은 이상을 품은 두 남녀의 결합'으로 구체화한다. 이는 자신을 둘러싼 온갖 추문 속에서 여성운동가이자 작가로서 자신의 자의식을 지켜내고자 했던 그의 고통스러운 사유를 집약한 것이었다. 더 나아가 그는 자신에게 부당하게 가해진 동시대의 비난을 가장 폭력적인 '비연애(非戀愛)'로 규정한다.

一, 그의 다른 사람과의 戀愛告白을 無視하고 그 相對者를 辱되게 하며, 戀愛한다고 淫行을 꿈꾸는 것

二, 술醉하야 그집 門을 두다리며 그 相對者를 辱되게 하는것, 亂雜히 事實업는 일을 글을 써내이는 것

三, 너무 空想한 結果로 戀愛라고 업는 內的關係를 許稱해서 相對者를 거즛 더럽히는 것

四, 亦是空想의 結果로 他人 압헤서 그 憧憬하는 對象을 맛나서 狎한 반말로 남의 거짓感情을 사는 것

五, 어느 對象에게 戀愛를 告白하다가 拒絶을 當하고 一時間이 지나지 못해서 辱하는 것.

——히 例를 들 수도 업지만, 이 種類의 人格이랄지?가 입으로만 '戀愛'란 것은 非戀愛다.(일홈을 적어내 이래도 不能할바 아니지만 一人으로 獨立한 나를 모든 醜한 感情으로 辱한 것을 이를 갈고잇다) 以上에 行動을 한類

들은 盜賊질을 能할지언정 戀愛의 神聖한 關門에 못서리라. 한다.[57]

자기에게 가해진 모든 언어적 폭력과 비난을 향해 저항하는 이 글은, 한 인간으로서 김명순이 겪어야 했던 모든 부당함에 대한 절규에 가깝다. 늘 자유롭고 평등한 사랑을 꿈꾸었지만 실제에서 그리고 작품이라는 허구에서도 그것을 온전히 충족하지 못했던 김명순의 자유연애론은 이상(理想)을 넘어 실재(實在)로 자리매김하지 못했다. 엘렌 케이가 주창했던 '신성한 연애'를 실현한다는 것은 조선이라는 사회 속에서는 너무나도 요원했음을 인식하면서도 그는 자신의 이상을 포기하지 못했고, 그것은 오히려 그를 더 집요하게 옭아매는 황색언론의 제물로 만들었다. 이처럼 여전히 그를 둘러싼 세계는 그의 진정성을 외면했지만, 글쓰기를 통해 끝없이 세계와 소통하고자 했던 작가 김명순의 자의식은 그의 작품을 새롭게 조명하도록 만든다.

57　위의 글, 665면.

옌후이쥬[言慧珠]의 경극 〈춘향전〉

윤진현

1. 중국의 〈춘향전〉

세계연극사에서 세 가지의 중심축을 꼽는다면 고대 그리스의 연극, 인도의 범극, 중국의 희곡(戲曲)[1]이라 할 수 있다. 그리고 이중 중국의 전통극 희곡은 대규모의 관객과 지지층을 지닌 현실장르로서 여전히 새로운 레파토리가 만들어지고 확산되고 있다. 〈춘향전〉은 그중 하나이다.

현재 중국 전통극 중 〈춘향전〉의 발전이 가장 두드러지는 것은 월극(越劇)이다.[2] 베이징, 서울, 도쿄의 첫 글자를 따서 만들어진 동북아시아

---

1   왕국유, 『송원희곡사』에서 만들어진 중국 연극의 고유명칭.
2   월극 〈춘향전〉에 대한 상세한 논증은 다음 논문을 참고할 수 있다. 윤진현·李思儒, 『월극 〈춘향전〉 연구』, 『민족문학사연구』 41, 민족문학사학회, 2009.12.

3개국의 베세토(BeSeTo) 연극제의 2000년 제7회 주제는 〈춘향전〉이었다. 여기에 중국 대표로 참가한 것이 저장샤오바이화[浙江小百花] 월극단이었다. 이들은 한국 판소리, 일본 가부키 배우들과 함께 〈춘향전〉을 공연하였다.

애초 상하이 월극단 2단에서 〈춘향전〉이 만들어지게 된 것은 한국전쟁 시기의 문화교류에 의해서였다. 1952년 7월 한국전쟁의 와중에 중국에서는 북한에 위문단을 파견하기로 결정하였고 그 일원이 군사위원회 총정치부 문예공작단[軍委總政治部文藝工作團] 월극단이었다. 이들은 1953년 3월 파견되어 이후 8개월 동안 〈양산백과 축영대[梁山伯與祝英臺]〉, 〈서상기[西箱記]〉 등을 공연하였다. 이때 개성의 한 연극단[開成話劇團]과[3] 북한 국립고전예술극장은 〈춘향전〉을 공연하여 보여주었으며 이를 본 월극단은 이 작품을 월극으로 개편(개작)하기로 결정, 그 결과 왕웬쥐안(王文娟, 성춘향 역)과 쉬위란(徐玉蘭, 이몽룡 역) 등이 출연한 1954년 상연작이 만들어졌던 것이다. 이후 월극 〈춘향전〉은 1954년 8월 상하이 화둥[華東] 희곡연구원 월극실험극단 제2단에 의해 좡즈[庄志] 극본, 스징산[石景山] 연출, 왕웬쥐안·쉬위란 주연으로 상하이 창장[長江]극장에서 초연되었다.[4] 이 무렵 월

---

3   화극(話劇)은 노래가 아닌 대사로 만들어진 극이라는 의미에서 현대극을 지칭하는 중국연극용어이다. 따라서 개성화극단이라는 명칭의 극단이 당시 북한 개성에 있었던 것은 아니다. 당시의 북한 연극계를 참고하면 이는 '개성시립예술극장'인 것 같다. 북한에서는 전시공연활동의 현실적 조건과 요구에 따라 1952년 5월 각 도립극장과 도립악단을 통합하여 도립예술극장으로의 재편을 단행했으며 이에 앞서 1952년 1월에는 개성시립예술극장을 창설하였다. 이강렬, 『한국사회주의연극운동사』, 동문선, 1992, 220면. 38선 이남이던 '개성'이 북한의 영역으로 재편되면서 신해방지구로서 개성은 대단히 중요한 전략적 요충지로 규정되었으며 이에 따라 이곳에서의 문화적 선전활동 또한 대규모로 이루어졌던 것 같다.
4   중국희곡 사이트에서 공개한 월극사(越劇史)에서는 초연극장을 상하이 다중[大衆]극장으로 기술하는 경우가 있었으나 1955년 월극 〈춘향전〉에 대해 소개한 궁무[龔牧]의

극에 수용된 타국의 레퍼토리가 대뒤마의 「삼총사」(1947), 빅토르 위고의 「에르나니」(1950), 그리고 1950년대 후반 셰익스피어의 「로미오와 줄리엣」, 「햄릿」 정도였던 점을 고려하면 가까운 동아시아 문화권의 〈춘향전〉이 월극화되어 대중의 이해와 사랑을 한꺼번에 받았던 것은 매우 특별한 사건이었다.

그리고 이어 1954년 경극과 평극(評劇), 황매희, 조극 등에서 〈춘향전〉이 만들어졌다. 황매희의 얀펑잉[嚴鳳英]은 월극 〈춘향전〉을 참고하면서 대본을 만들고, 스바이린[時白林]과 왕웬즈[王文治]는 곡조를 만들었다. 1954년 12월 30일 허페이[合肥]에서 쟝화이대희원[江淮大戲院]의 준공을 기념함으로써 황매극 〈춘향전〉은 공연되었으며 이때 얀펑잉은 춘향의 역을 맡고, 왕사오팡[王少舫]은 이몽룡의 역을 맡았다. 이어서 황매극 〈춘향전〉은 40회를 공연하였으니 1949년 이래로 허페이에서 관객을 가장 많이 동원한 공연이었다.[5] 또한 1956년 중국평극원은 중남해회인당(中南海懷仁堂)에서 〈춘향전〉을 공연했다. 신펑샤[新鳳霞]는 춘향의 역을 맡고, 장더푸[張德福]는 이몽룡의 역을 맡았다.[6] 조극(潮劇) 〈춘향전〉은 왕페이[王

다음 글에서 창쟝극장으로 기술하기에 이를 따른다. 당시 극장 상황을 고려할 때 다중극장은 상하이 최고의 극장이었으며 창쟝극장은 그보다는 다소 낮은 수준의 극장이었다. 현재 중국희곡을 공식적으로 대표하는 웹사이트에서 다중극장에서 월극 〈춘향전〉이 상연되었다고 기술하는 것은 당시 엄청난 반향을 불러일으켰던 월극 〈춘향전〉이 이후에는 다중극장에서 상연되었을 가능성을 시사하는 것이며 이것이 사실이 아니라고 하여도 월극 〈춘향전〉의 높아진 위상을 의미하는 것으로 볼 수 있다. http://www.chinaopera.net/html/2006-11/888.html, 龔牧, 「朝中人民友誼的花朵 : 越劇 〈春香傳〉的 演出」, 北京 : 『中國戲劇』, 1955.2, 52면; 양희석, 「월극 〈춘향전〉 초탐」, 『고전희곡연구』 6, 한국공연문화학회, 2003.2, 445면; 강영매, 「한·중 연극 교류 현황」, 『중국어문학논집』 29, 중국어문학연구회, 2004.11, 378면.

5   http://baike.baidu.com/view/36038.htm
6   http://www.chinapingju.com/index.php?id=221

緋는 월극 〈춘향전〉을 참고하여 대본을 만들고, 황츄쿠이[黃秋葵]와 양광추안[楊廣泉]은 작곡했다. 1956년 이리(怡梨)조극단으로 첫 공연을 했다. 주사오천[朱紹琛]은 춘향의 역을 맡고, 시에자오이[謝趙儀]는 이몽룡의 역을 맡았다. 조극 〈춘향전〉의 사랑가, 이별가와 옥중가는 오늘날까지 조극의 곡목으로 많이 연출되고 있으며[7] 홍콩과 합작으로 만들어진 영화 조극 〈춘향전〉 또한 중국 웹사이트(56.com) 등에서 수월하게 찾아볼 수 있다.

그 후로 월극(粵劇), 예극(豫劇), 계극(桂劇), 진극(晉劇), 진챵[秦腔], 산둥방쯔[山東梆子], 롱빙희[龍濱戲] 등 대부분의 중국 전통 연극 장르에서 〈춘향전〉이 작품화되었다.[8]

이중 상하이 월극단은 중국 〈춘향전〉의 중심이라 할 수 있으니 첫공연 이래 9월 25일부터 11월 6일까지 화둥희곡교류대회[華東戲曲觀摩演出大會]에서 남녀주연상, 극본 대상, 감독상 등을 수상하였고 12월 13일에는 중국을 방문한 미얀마 총리의 환영회에서 이 작품이 상연되었다는 기록도 있다. 1955년에는 『화둥지방희곡총간[華東地方戲曲叢刊]』 제4집과 『극본(劇本)』 6월호에 〈춘향전〉의 대본이 수록되기도 하였다. 1956년 시작된 춘절 만회(春節晩會, 설날 저녁 대공연)에서 상하이 월극단은 '사랑가'를 중심으로 공연하였고 그해 12월에는 문화부에서 수여하는 우수극본대상을 수상, 쫭즈는 당시로서는 엄청난 거금이었던 2천 위안의 상금을 받기도 하였다. 이때의 공연 영상은 현재까지도 CCTV-11 시취(戲曲)에서

---

7   http://www.chaoju.com/lianzai/nianjian2003/43.htm

8   이에 대해서는 다음 논문에서 좀 더 상세한 정보를 구할 수 있다. 이진원, 「월극 〈춘향전〉과 창극 〈홍루몽〉」, 판소리학회 편, 『판소리연구』 16, 2003, 128~133면 참조; 김장선, 『중국에서의 〈춘향전〉 번역 수용 연구』, 역락, 2014.

종종 방영되고 시중에서 VCD로 판매되고 있으며 각종 사이트에서도 찾아볼 수도 있다.[9]

이후 1961년 9월 8일부터 10월 18일까지 상하이 월극단은 북한의 초청으로 평양에서 공연하였으며 이 공연 레퍼토리에 〈춘향전〉도 포함되어 있었다. 이렇게 만들어진 월극 〈춘향전〉은 큰 변화 없이 1960년대 초반까지 계속 상연되다가 북한에서는 주체문예의 정립시기가, 중국에서는 문화대혁명 시기가 도래하면서 거의 중단되었다. 〈춘향전〉이 다시 상연되기 시작한 것은 1980년대 문화대혁명이 끝나고서였다. 1982년에 쉬위란과 왕웬쥐안은 〈춘향전〉을 상연하였으며 이때의 공연자료 또한 웹에서 일부 찾아볼 수 있다.[10] 왕웬쥐안이 춘향역을 마지막으로 맡았던 것은 1985년으로 추정된다. 1986년에는 왕웬쥐안의 제자 왕즈핑[王志萍]이 쟝저후[江浙滬] 월극대회(쟝수성[江蘇省], 저쟝성[浙江省]과 상하이[上海] 지역의 총 월극대회)에서 〈춘향전〉의 춘향으로 여우주연상을 받았다. 그리고 2000년 서울에서 열린 베세토 연극제에서 〈춘향전〉이 공연된 이후 2005년 11월 18~19일에 상하이 이푸무대[逸夫舞臺]에서 이 왕즈핑이 새로이 각색한 〈춘향전〉이 다시 상연되었다. 이 작품은 저우산[舟山]과 상하이에서 11회에 걸쳐 상연되었으며 CCTV에서도 세 차례나 방송되었다. 왕즈핑의 스승 왕웬쥐안도 이 작품에 고문으로 참여하였고 왕즈핑의 새 〈춘향전〉에 대해 전폭적인 지지 의사를 밝혔다. 이 작품에서는 2000년 베세토 연극제 이후 중국측 평가와 이에 따른 미적 변화가 드러난다.

---

9   http://you.video.sina.com.cn/b/21136706-1327159405.html
    http://v.ku6.com/show/LG7p44sJRtzoVRXN.html
10 http://www.tudou.com/programs/view/wLm-uTj1FxU/
    http://www.tudou.com/programs/view/mbrrDZQf_9c/

즉 중국연극에 수용된 〈춘향전〉은 한국전쟁이 끝난 1954년 이후 월극, 경극 등에서 만들어진 〈춘향전〉부터 본격적으로 논할 수 있을 것이니 이때 만들어진 〈춘향전〉의 원전은 다소 복잡하지만 월극의 쫭즈는 조선국립고전예술단이 보여준 창극 〈춘향전〉을 바탕으로 삼아 원본의 맥락과 가치를 살리는 반면 문화적 차이 때문에 이해하기 어려운 생활습관이나 언어를 조금씩 수정하였다고 하였다. 이때의 참고한 조선국립고전예술단의 작품은 〈춘향전〉 판소리본, 화극본 등이었으며 조운(曹雲)과 안영일(安英一)은 창극 〈춘향전〉의 극작가와 연출자로서 조언해 주었다고 한다.[11]

그런데 이 같은 중국 전통극의 〈춘향전〉 수용과정에서 역사의 격랑 속에서 유실되다시피 했던 작품이 있으니 바로 옌후이주의 경극 〈춘향전〉이다.

2. 옌후이주[言慧珠]와 경극 〈춘향전〉

천카이거의 영화 『패왕별희(覇王別姬)』에는 '메이란팡[梅蘭芳]' 등 기라성 같은 경극 배우가 대거 반영되어 있다. 그 중 하나가 비운의 배우 옌후이주[言慧珠]이다. 문화대혁명의 와중에 목을 매 자살하는 쥬샨(공리 분)

---

11   庄志, 「越劇 〈春香傳〉 前記」, 『越劇 春香傳』, 上海文藝出版社, 1962, 3~5면.

의 형상이 특히 그러하다.

옌후이주는 1919년 베이징 태생으로 몽골족 출신이었다. 조상의 관직은 군기대신이었고 아버지 옌쥐펑[言菊朋]은 청조 이번부(理藩部)에서 일한 적이 있다고 한다. 아버지 옌쥐펑 또한 경극을 매우 좋아하여 경극단을 조직하기도 하였다. 아버지의 영향을 받은 옌후이주는 어렸을 때부터 경극을 좋아하였고, 베이징의 명문 춘밍[春明]여자중학교를 다니면서도 경극을 배웠다. 12세부터 왕파의 대가 청위징[程玉菁] 밑에서 청의(靑衣)를 배우기 시작했고 17세에 경극에 집중하기 위해 학교 공부를 그만두었다. 이때 언혜주는 청옌추[程硯秋]를 무척 숭배했다. 청옌추의 저음을 모방하기 위해 선천적인 좋은 목소리를 쓰지 않고, 자꾸 톤을 일부러 낮춰 부르니 목소리가 오히려 더 거칠게 될 정도였다. 아버지 옌쥐펑은 딸에게 각 경극 유파의 형성 및 특성을 자세히 분석, 설명하고 대가가 된 배우들은 자신의 선천적 목소리를 잘 이용해 독창적 연기를 이루었던 것이지, 남을 모방해서 된 것이 아니라는 점을 가르쳤다. 청옌추가 목소리를 타고 나지 못했기 때문에 기교를 연구하여 자신의 유파를 형성한 것과 메이란팡이 목소리도 좋고 분장도 훌륭해서 매파를 만든 것과 같이 천부적 재능에 따라 연기의 길이 다를 수밖에 없었다고 강조했다. 아버지의 말을 듣고 옌후이주는 크게 깨달아 자신이 걸어야 할 길을 재고하였다. 옌후이주는 자신의 낭랑한 목소리가 매파의 연기에 어울린다고 판단하였고 메이란팡 문하에 들어가겠다는 목표를 세우게 된다. 1939년 7월 23일 20세의 옌후이주는 아버지가 만든 경극반 춘원사(春元社)의 상하이 공연에서 데뷔했다. 이후 1942년 상하이에서 메이란팡의 문하에 들어갈 수 있었고 메이란팡의 제자로 아낌을 받았다.

1950년 한국전쟁이 발발한 후 상하이 문예계에서는 자선공연을 열었는데 옌후이주 또한 여기에 참여하였다. 이때 그녀는 상하이에서 '옌후이주 극단'을 설립했었다. 1953년 10월 정부의 호소에 호응하여 제3차 중국인민부조위문문예공작단(中國人民赴朝慰問文藝工作團)의 일원으로 2개월 동안 조선에서 공연 활동을 했다. 이때 옌후이주는 아버지 대신 전쟁에 나가 공을 세운다는 〈화목란(花木蘭)〉을 수차례 공연하였다. 이때 평양에서 조선민주주의인민공화국 국립고전예술극단이 출연한 가무극 〈춘향전〉을 관람하고 깊은 감명을 받았다.[12] 이때에는 그녀의 스승 메이란팡도 함께 하였다. 메이란팡은 1953년 이 3차 중국인민부조위문 문예공작단의 부단장이었다.[13] 이때 메이란팡은 평양 지하극장에서 〈패왕별희〉를 공연하였고 이를 김일성, 최용건, 홍명희 등 북한 정부 요인들이 관람하였다고 한다.[14]

옌후이주는 중국의 경극 〈옥당춘(玉堂春)〉과 주인공 소삼(蘇三)을 연상시키는 이 〈춘향전〉을 각색하여 중국의 무대로 옮기고자 했다.

〈옥당춘〉과 〈춘향전〉의 유사성은 한국에서도 일찍부터 지적되어 왔다.[15] 정래동은 〈옥당춘〉이 〈춘향전〉에 미친 영향을 입증했다기보다는

---

12 万伯翱, 「梅派佳人言慧珠(1)」, 『海內与海外』, 中華全國歸國僑華僑聯合會, 2012.6, 61~64면.

13 吳朝光 외, 김의경 역, 『경극과 매란방』, 지성의샘, 1993, 48면.

14 이 과정에서 무용가 최승희의 존재를 함께 상상해봄직하다. 메이란팡과 최승희의 교분은 이미 잘 알려져 있으며 최승희는 북경에 머무는 동안 경극원에서 경극의 무보 작성 등에 기여한 것으로 알려져 있다. 그 외에도 최승희는 베이징에서 발레 〈춘향전〉을 선보인 적도 있다. 龔牧, 앞의 글, 52면.

15 〈옥당춘〉과 〈춘향전〉의 유사성에 대한 기존 연구사는 다음 논문에서 확인할 수 있다. 정원지, 「한중재자가인극의 비교연구—판소리 〈춘향전〉과 경극 〈옥당춘〉을 중심으로」, 『중국인문과학』 37, 중국인문학회, 2007.12, 423~425면. 그 외에 다음 논문에 〈옥당춘〉의 여러 이본이 두루 정리되어 있다. 孫遜, 「明代 〈玉堂春〉 故事在韓國的流

줄거리의 유사성을 지적하였고[16] 정원지는 좀 더 광범위하게 구체적인 작품간 비교보다는 원명의 '재자가인(才子佳人)' 작품군의 영향을 포괄적으로 받았을 가능성을 제기하면서 두 작품을 비교하였다.[17] 그 영향관계를 떠나 옌후이주에게 그러했듯 〈옥당춘〉과 〈춘향전〉의 미적 감흥은 비슷하다고 하겠다.

중국의 경극 〈옥당춘〉은 대단히 잘 알려져 있는 인기 레파토리이다. 본래는 풍몽룡(馮夢龍)의 『경세통언(警世通言)』에 실린 소설 「옥당춘락난봉부(玉堂春落難逢夫)」로서 명나라 때에 실제 있었던 일에 기초하여 만들어졌다고 한다.[18] 이는 이미 명나라 때부터 곤곡(昆曲)으로 제작, 상연되었으며 경극으로는 1802년 청나라 가경(嘉慶) 7년에 이미 공연기록이 있고 현재에도 소설보다는 경극의 레파토리로 훨씬 유명하다. 경극 〈옥당춘〉은 단각(旦角)의 모든 곡조를 사용한 전형적인 경극으로 내용은 물론 곡조가 워낙 아름답기 때문에 경극을 대표하는 작품으로 꼽힌다. 경극 〈옥당춘〉 전본은 '표원(嫖院)', '묘회(廟會)', '기해(起解)', '회심(會審)', '탐감(探監)', '단원(團圓)' 등의 절을 포함하고 있는데 모두 연출하려면 매우 긴 시간이 소요된다. 따라서 '기해'부터 4절만 연출하는 경우가 많으니 이는 옥중에 갇힌 소삼이 재심을 받으러 이동하면서 자신의 상황을 설명하는 장면이다. 특히 '기해', '회심' 두 절은 각본과 곡조가 워낙 뛰어나서

傳」, 고려대 민족문화연구원, 『동아시아문학 속에서의 한국한문소설 연구』, 월인, 2002, 197~210면.

16 정래동, 「춘향전에 영향을 미친 중국의 작품들—서상기, 옥당춘 등」, 성균관대 대동문화연구원, 『대동문화연구』 1, 1964, 189~209면.

17 정원지, 앞의 글, 431면.

18 서경호 편주, 「玉堂春落難逢夫」, 『中國古典小說作品選』 上, 지식산업사, 1998.

'소삼기해(蘇三起解)', '삼당회심(三堂會審)' 두 편이 절자희(折子戲)[19]로 인기 높게 공연된다.[20] 언제부터 '소삼기해', '삼당회심' 두 부분이 절자희로 안착했는지는 알 수 없다. 다만 〈옥당춘〉이 옌후이주의 스승 메이란팡의 전설적인 레파토리 중 하나였고 우쭈광(吳祖光)이 메이란팡의 주요 역할에서 '회심', '탐감'을 예로 설명하는 것을 보면[21] 재판을 통해 소삼의 억울함을 해소하고 소삼과 왕금룡이 재회하는 장면이 일찍부터 중요했던 것은 분명하다.

〈옥당춘〉은 개략은 이미 잘 알려져 있지만 간단히 정리하면 다음과 같다.

과거를 치려고 베이징에 와 있던 왕금룡은 16세의 아름다운 기생 소삼을 만난다. 그는 그녀에게 '옥당춘'이라는 이름을 지어주고 그녀와 함께 지내면서 가지고 온 은 수만 근을 탕진한다. 왕금룡이 돈을 다 썼다는 사실을 알게 되자 소삼의 주인은 두 사람을 더 이상 만나지 못하게 한다. 그러나 소삼은 왕금룡에게 정절을 맹세하며 여비를 대주며 과거를 보도록 격려한다. 왕금룡이 과거를 보러 떠나자 소삼의 주인이 손님을 받지 않으려는 소삼을 속여 다른 사람에게 팔아버린다. 그런데 소삼을 사들인 새 주인 심홍은 질투에 눈이 먼 자신의 부인 피씨에게 살해당하고 피씨는 지현을 매수하여 그 죄를 소삼에게 뒤집어씌운다. 지

19　절자희(折子戲)의 절(折)은 경극의 '막'을 의미하며 중국 전통극 전체 중에서 상대적으로 내용이 완전한 부분이 따로 자주 공연되는 작품을 의미한다. 중국 전통극 가운데 연속 공연하는 장편극인 본희(本戲)와 구분하여 사용한다.
20　그 대본은 다음 사이트(http://scripts.xikao.com/play/04004001)에서 확인할 수 있으며 공연영상 또한 수 종이 공개되어 있다. 공연영상은 다음 사이트(http://v.youku.com/v_show/id_XMTE0MDUxODA=.html?x)에서 시청할 수 있다.
21　吳朝光 외, 앞의 책, 63면.

현은 소삼을 사형으로 단죄하여 태원으로 이송하는데 이때 수행원 숭공도가 소삼을 불쌍히 여겨 소삼을 도와준다. 세월이 흘러 왕금룡은 과거에 급제하였고 섬서 지방의 순무(巡撫)로 임명된다. 그리고 소삼 사건을 재검토하여 재판을 다시 열 것을 명령한다. 소삼은 호송인 숭공도(崇公道)에게 이끌려 섬서의 성도 태원으로 오고 다시 재판을 받는다. 왕금룡과 소삼의 과거를 아는 판사동료들은 금룡을 놀리기도 하고 방해도 하지만 결국 재판정은 소삼의 무죄를 선고하고 두 사람은 다시 만나 결혼하여 오래 해로한다. '소삼기해'는 바로 소삼이 숭공도와 태원으로 이송하는 장면이다.

이 작품은 크게 소삼과 왕금룡이 사랑을 속삭이는 부분과 모함으로 억울한 누명을 쓴 소삼의 원옥을 해결하는 부분으로 나눌 수 있으니 〈춘향전〉 또한 춘향과 이도령이 사랑을 나누는 장면과 춘향이 억울하게 하옥되었다가 어사출도로 풀려나는 장면으로 이분하여 이해되었다고 하겠다. 다만 〈춘향전〉에 비해 뒷부분을 더 중요한 것은 즉 옌후이주(言慧珠)가 개편한 경극 〈춘향전〉은 월극 등과는 다른 독자적인 수용경로를 지닌 것이었다. 옌후이주는 1954년 1월 북한에서 돌아오자마자 베이징에 있는 국립경극단에 들어가기로 결심하여, 베이징시문화국의 지시에 따라 베이징경극사단(4단(團))에 들어갔다. 그리고 나서 옌후이주는 〈춘향전〉 공연의 준비에 전념한 듯하다. 옌후이주는 〈춘향전〉의 각색, 감독, 출연을 모두 담당하였고 그 결과 1954년 11월에 있었던 베이징 제1회 희곡교류대회에 참가하여 1등상을 수상하였다.[22] 1954년 12월 26일

---

22 베이징 제1회 희곡교류대회에 참여하여 1등상을 수상한 사실을 작품 표지에 명기되어 있다.

베이징 다중(大衆)극장에서 상연되었다. 이때 옌후이주는 '춘향'을 맡았다.[23] 그러나 대단한 인기를 누렸음에도 불구하고 이 연말 공연이 이유 없이 갑자기 취소된다. 분개한 옌후이주는 베이징시문화국 국장을 만나려고 찾아갔지만, 밖에서 2시간이나 기다리다가 만나지도 못한 채 아무 답변도 듣지 못하고 만다. 1955년 3월 옌후이주는 자살을 시도한 것도 이와 관련된 것으로 추정된다.[24] 당시 옌후이주는 당시 국가주도의 연극 정책에 반하여 작품활동의 자율성을 중시하였기 때문에 요주의 인물이 되어가고 있었으며 활동의 제약을 받기 시작한 상황이었다.

1956년 유명한 곤극(昆劇)배우 위전페이[俞振飛]를 만나 그의 후원을 받았고 1960년에는 19세 연상의 위전페이와 재혼하면서 계속 공연을 하고자 노력하였으나 당국의 제재를 받으면서도 옌후이주가 배우의 경력을 이어가는 데는 한계가 있었다. 1957년부터 상하이 희곡학교의 교사로 재직하게 되면서 사실상 경극계에서 은퇴하였으며 곤극배우로의 전신을 고려하기도 하였다. 위전페이와 함께 출연한 곤곡영화 〈장두마상(墙頭馬上)〉[25]에서 그 일단을 엿볼 수 있으니 위전페이는 남자주인공 베이

---

23 김장선, 앞의 책, 57~58 · 94면. 김장선은 옌후이주의 해당 공연에 사용된 팜플렛의 공연소개와 대본의 '前記'의 기본 내용이 같은 점을 들어 경극 〈춘향전〉이 월극 〈춘향전〉의 대본을 개편한 것으로 보았다. 그러나 북한에서 〈춘향전〉을 접하고 〈옥당춘〉을 참고하며 〈춘향전〉을 제작해간 경위와 발표시기, 대본의 내용을 비교할 때 옌후이주의 〈춘향전〉은 월극과는 확실히 결이 다르다. 즉 옌후이주가 〈춘향전〉 제작과정에서 월극 대본을 참조하였다고 하더라도 이는 월극의 개편작으로 볼 것이 아니라 단지 참고사항으로 고려되어야 할 것이다.

24 章詒和, 『言慧珠 : 瞬息風華的戲劇人生』上, 文史博覽, 2006.5, 10면.

25 감독 차이전야[蔡振亞], 촬영 왕춘취안[王春泉], 장춘전영제편창 제작, 1963. 이 작품은 당나라 장안사람 배소준과 이천군의 사랑을 다룬 것이다. 이들은 우연히 화원에서 만나 사랑에 빠진다. 마침 이천군의 유모가 나타나 두 사람을 떼어놓으려 하지만 두 사람은 소준의 집으로 도망간다. 어느날 배소준의 아버지 배상서가 화원을 거닐다가 아들이 몰래 아내를 맞은 것을 알고 이들을 문책하여 이혼장을 작성케 한다. 이천군은

사오쥔[裵少俊] 역을, 옌후이주는 여자주인공 리치안쥔[李倩君] 역을 연기하였다. 이 무렵 옌후이주는 스승 메이란팡이 여자주인공 '두여랑(杜麗娘)'으로 출연한 곤곡영화 〈모란정(牧丹亭)〉 '유원경몽(遊園驚夢)'(1960)에서 시녀 '춘향(春香)'을 맡기도 하였다. 영화 〈모란정〉 '유원경몽'에서 시녀 '춘향' 역으로 옌후이주를 지명한 것은 메이란팡이었다.[26]

　그러나 옌후이주는 물론 위전페이조차 문화대혁명의 격랑을 헤쳐나갈 수는 없었다. 위전페이와 옌후이주는 대중의 비판을 받고 벌로 화장실을 청소해야 할 정도였다. 다만 온화하고 친절한 성격의 위전페이는 여러 사람의 도움을 받을 수 있었으나 도도하고 자존심이 세며 자유분방하던 옌후이주는 적이 많았다. 결국 1966년 옌후이주는 경극 의상에서 사용하는 하얀 비단 띠로 자살하고 말았다.[27]

　옌후이주가 베이징을 떠난 이후 경극에서 〈춘향전〉은 월극 대본을 참조하여 새로 제작 상연되었다.[28] 애초 월극과 비슷한 시기에 제작되었고

배소준이 진심으로 이혼을 원한다고 오해한다. 배상서는 아들에게 과거 응시를 명하고 배소준은 과거에 합격하여 낙양의 현윤으로 부임한다. 이천군의 아버지 이상국(李相國)은 소준이 딸과 같이 도망 갔던 사람이라는 것을 알고 딸과의 결혼을 허락한다. 배상서 역시 이천군이 이상국의 딸임을 알고 청허관에 머물고 있는 천군을 찾아간다. 그러나 소준이 변심했다고 생각하고 천군이 응하지 않자 소준이 찾아가 이혼장을 쓰게 된 경위를 설명하고 진심을 피력한다. 두사람은 다시 부부의 인연으로 돌아온다. 이 작품의 번역본은 다음에 실려 있다. 白樸, 이정재 역, 「배소준장두마상(裵少俊墻頭馬上)」, 『중국희곡선집』, 학고방, 1995, 85~125면.

26　王詩昌, 「梅蘭芳与言慧珠」, 『上海戲劇』, 上海市文學藝術界聯合會, 1994.12, 10면.

27　万伯翱, 「梅派佳人言慧珠(2)」, 『海內与海外』, 中華全國歸國僑華僑聯合會, 2012.7, 72~73면.

28　김장선, 앞의 책, 60면. 김장선의 저서에는 정확한 연도 없이 1950년대의 경극 〈춘향전〉의 팜플렛을 공개하였는데 여기에는 화둥희곡연구원의 대본 '쫭즈[莊芝]'가 집필한 대본이라 밝혀져 있다. 이것은 월극 대본이 경극으로 재편되었음을 보여주는 귀중한 증거가 될 것이다.

상당한 주목을 받았음에도 불구하고 경극 〈춘향전〉이 월극만큼 지속적인 관심을 받지 못하고 후속 작업을 이어가지 못한 것은 때이른 옌후이주의 몰락과 죽음이 연관되어 있다고 하겠다. 현재 옌후이주는 복권되어 활발히 재조명되고 있으며 관련 문서들도 다수 발표되고 있다.

3. '춘향' 형상의 현대성[29]

경극 〈춘향전〉은 총 8장으로 이루어져 있다. 1장은 광한루에서 춘향과 몽룡이 처음 만나는 장면이고 2장은 춘향의 집에서 백년가약을 맺는 것이며 3장은 사랑가와 이별가에 해당하는 장면이다. 4장은 변학도에게 끌려가 수청을 강요 받다가 매를 맞는 장면이며 5장은 옥중에 갇힌 춘향을 월매가 찾아가 이몽룡에게 보낼 편지를 쓰게 하는 장면이다. 6장은 어사가 된 몽룡이 남원으로 내려와 농민들을 만나 민정을 살피는 장면인데 재미있는 것은 박삼, 김씨 아주머니 등 농부들에게 구체적인 이름을 부여한 것이다. 여기에서 춘향의 편지를 가지고 서울로 가는 방

---

[29] 言慧珠 改編, 『京劇 春香傳』, 北京出版社, 1955. 이 작품은 1955년 5월 北京大衆出版社(北京出版社로 개칭) 첫 출간되어 1956년 11월까지 4쇄가 출판되었으며 3만 1천 부에 달하는 발행부수를 기록했다고 한다. 김장선, 앞의 책, 94면.
본고에서 인용, 참고한 작품은 현재 중국국가도서관 특별서고 수장본이며 베이징대외경제무역대학의 추이위샨崔玉山 교수께서 자료열람을 도와주셨다. 특별히 감사드린다. 그리고 작품과 자료를 번역하고 확인하는 데는 인하대학교 대학원 박사과정의 전명, 이사유의 도움을 받았다. 각별한 사의를 전한다.

<경극, 월극, 창극의 구성 비교>

제작 연도	1955년 경극 〈춘향전〉	1955년 『조선창극집』 〈춘향전〉	1954년 월극 〈춘향전〉 (1962년 대본)
주요스탭	대본 : 옌후이주 주연 : 옌후이주	저자 : 조운, 박태원	대본 : 쫭즈 주연 : 왕웬쥐안 쉬위란
형식	총 8장	총 6막 7장	총 6막 4장
내용	1장 初見	1막 광한루	1막 廣寒樓
	2장 百年佳約 3장 愛歌與別歌	2막 1장 백년가약 2장 사랑가 3장 리별가	2막 1장 百年佳約 2장 愛歌與別歌
	4장 一心	3막 십장가	3막 一心
	5장 獄中花 6장 夢龍私訪	4막 1장 어사분발 2장 농부가	4막 農夫歌
	7장 監中相會	5막 1장 칠성단 2장 옥중가	5막 1장 夜禱 2장 獄中歌
	8장 御使當道	6막 출도	6막 賦詩

자를 만나고 어사임을 눈치챈 방자를 운봉으로 보내는 것은 원작과 같다. 그리고 월매가 기도하는 칠성단 장면이나 월매가 이몽룡을 구박하는 장면은 생략되고 각기 옥으로 춘향을 만나러 온 월매와 이몽룡이 옥중의 춘향을 만나는 장면이 7장이다. 8장은 변학도의 생일에 이몽룡이 시를 남기고 출도하여 춘향과 변학도를 대질시켜 변학도의 죄상을 밝히고 춘향을 다시 만난다는 대단원이다.

이렇듯 8장으로 구분되는 것은 북한의 자료지원을 받은 월극 〈춘향전〉과 이 무렵 발간된 『조선창극집』의 조운·박태원의 〈춘향전〉이 6막으로 구분되는 것에 비할 때 주목되어야 할 중요한 차이점이다. 김장선은 월극보다 1장이 더 많은 경극의 대본에서 다른 부분을 6장 몽룡사방 (夢龍私訪)으로 지목하고 몽룡이 암행어사가 되어 백성들의 질고와 탐관

오리들의 부정부패를 살피며 방자를 만나는 이 장면이 봉건통치에 대한 폭로, 비판이라는 주제를 보다 뚜렷하게 해주는 부분이라고 높이 평가하였다.[30] 그러나 이 장면은 월극에서는 4막 농부가에 해당하며 탐관오리를 비판하고 춘향을 매개로 인간적 정의를 관철하고자 하는 민중의 결의를 모으는 적극성은 경극과 비교해서 결코 모자라지 않다.

월극과 경극의 다른 점은 5장 옥중화(獄中花) 장면이다. 이는 앞서 언급했듯 옥중의 춘향이 이몽룡에게 보낼 편지를 쓰는 장면인데 월극은 물론 조운·박태원의 창극 〈춘향전〉에도 없는 장면이다. 판소리로 보면 '쑥대머리~' 장면을 구체화한 것이니 옥에 갇힌 춘향이 이몽룡을 그리워하면서 자신의 처지를 비관하며 몽룡이 돌아오지 않는 것을 원망하는 마음이 중층적으로 형상화되었다. 이는 옌후이주 〈춘향전〉의 독자적 수용을 확정할 수 있는 부분이다. 무엇보다 이해조에 의해 다시 쓰인 이래 〈춘향전〉의 새로운 제목으로 '옥중화'란 '감옥'과 '꽃'을 상징적으로 대조하면서 감옥이란 고난의 공간을 개화하는 재생의 공간으로 재정의한 것이었다. 이는 퇴기 월매의 딸 천민 춘향이 자신의 선택을 사수하는 능동적 주체로 거듭나는 과정에 주목한 제목으로 전근대 로맨스인 〈춘향전〉을 근대적 주체인 '춘향'의 서사로 재정립한 문학사적 사건의 일부였다.

옌후이주의 〈춘향전〉은 '춘향'의 형상화에 특히 중심을 두고 있다. 여타의 판본에서 생략되었던 '쑥대머리~' 부분을 극화한 것도 옥중의 춘향이 처한 상황과 심정을 더 핍진하게 형상화하려는 의도였다고 할 것

30　김장선, 앞의 책, 94면.

이다. 여타 판본과의 차이점이면서 옌후이주 〈춘향전〉의 독창적 장점은 이렇듯 '춘향'이란 인물이 절제된 가운데에도 대단히 입체적으로 형상화된 것이다.

경극 〈춘향전〉의 아름다움은 우선 그 소박한 절제미를 들 수 있을 것이다. 사실 경극은 고도의 양식성에 기반하기 때문에 재현을 기반으로 하는 현대 리얼리즘 연극에 필요한 웅장한 장경과 화려한 무대장치는 흔치 않다. 경극의 무대는 3면이 개방되어 있는 돌출무대로서 배우에게 연기 장소를 제공할 뿐 극적 환상을 만들어내지는 않기 때문이다. 그러나 정교한 규범에 입각한 인물과 이를 표현하는 아름답고 섬세한 의상과 소품 등으로 경극의 인물은 그 자체로 하나의 이념이며 메시지이다. 인물의 등장에 따라 장소는 자연스레 변경되니 춘향과 이몽룡이 서로 사랑을 나누는 곳은 춘향의 집이고 변학도가 등장하면 남원관아가 되는 것이다. 따라서 경극 〈춘향전〉이 '춘향'이란 인물의 형상화에 미적 중심을 두는 것은 당연한 일이기도 하다. 이는 중국 내 〈춘향전〉의 전파자로 혁혁한 위치를 차지하는 월극과 확실하게 위상을 달리하는 지점이기도 하다. 월극 〈춘향전〉은 화극을 방불케 하는 재현적인 무대장치와 인물 연기를 도입했고 화려한 군무와 합창을 사용하여 볼거리를 만들어냈었다. 그 결과 〈춘향전〉은 더 쉽고 친근하게 관객을 만날 수 있었다. 이에 비해 경극 〈춘향전〉은 '춘향'이라는 특별한 인물의 성격을 섬세하게 형상화하는 미적 전략을 구사한다. '춘향'으로서 옌후이주 자신의 특기와 장점을 용이하게 '춘향'에 접목할 수 있었기 때문이기도 할 것이다.

'춘향'이 대단히 매력적인 인물이라는 사실을 '춘향'을 잘 알지 못하는 관객에게 어떻게 어필할 수 있을까? 옌후이주의 경극 〈춘향전〉과 비슷한 시기에 제작되었던 월극 〈춘향전〉은 '춘향'과 마을 처녀들의 군무를 통해 '춘향'의 아름다움을 보여준다. 춘향은 마을 처녀들과 함께 등장하여 노래하고 춤을 추며 처녀들의 요청에 독무를 추어 그 재주와 아름다움을 보여준다. 이것이 2005년 수정판에서는 함께 어울리자는 마을 처녀들의 요청을 이몽룡이 거절하자 남원의 여중군자 춘향을 추천하는 대사로 이어지고 이어 춘향이 홀로 등장하여 춤을 추고 이몽룡이 이를 엿보고 있다가 춘향에게 매혹되는 것으로 표현된다. 이 같은 표현은 비슷한 시기에 월극 〈춘향전〉에 영향을 준 것으로 파악되는 조운·박태원의 〈춘향전〉과도 비슷하다.[31] 예외없이 이몽룡의 출연으로 시작하는 기존의 판소리 및 해방 전의 작품과 달리 조운·박태원 〈춘향전〉은 춘향의 출연으로 첫 장면이 시작된다. 단오노래를 부르면서 마을처녀들이 군무를 추고 이어 춘향과 향단이 함께 등장하고 춘향이 독창을 한다. 이 장면은 절묘하다. 춘향은 지는 꽃과 가는 봄을 시름겨워하면서 자신의 시름겨운 마음을 향단조차 알지 못한다고 한다. 지는 꽃과 가는 봄을 우울하게 바라보는 춘향은 이미 인생의 명암을 이해하는 조숙한 처녀이다. 이 같은 묘미가 월극에서 그대로 살아나지는 않지만 춘향과 마을처녀들의 군무로 시작하는 조운·박태원의 창극 〈춘향전〉과 월극 〈춘향전〉은 '춘향전'을 명실상부하게 '춘향'의 이야기로 만드는 효과가 있다.

그런데 경극 〈춘향전〉은 이 같은 표현과는 미묘한 차이를 보인다.

---

31 조운·박태원, 〈춘향전〉, 『조선창극집』, 요녕인민출판사, 1980(조선민주주의인민공화국 국립출판사, 1955년 飜印版).

제1막 첫 만남[初見]

(오월의 햇빛이 남원부의 광한루에 비친다. 멀지 않은 곳에 오작교가 있고 곳곳에 수양버들과 들꽃이 자라 있다. 두견새들이 조선 늦봄의 아름다운 풍광을 노래한다.)

소녀들(합창) : 에헤요, 에헤요, 에헤헤요, 에헤헤요,

오월 단양절에 자매들이 다 나왔네.

창포물로 머리를 감고 금박 댕기 드리네.

에에에헤요.

소녀1 : 아이고! 너희들 여기서 노래도 부르고 춤도 추고 정말 담이 크네.

소녀2 : 무서워할 게 뭐가 있나? 여기 사람도 없고 광한루도 멀리서 바라볼 수 있지 않니?

소녀3 : 너희들 나올 때 왜 우리를 같이 부르지 않았어? 우리 엄마가 창포로 내 머리를 감겨 주고 있었지.

소녀4 : 나도 창포로 머리를 감았어.

소녀5 : 우리도 다 감았어.

소녀3 : 춘향 언니가 우리와 버드나무 숲에서 그네를 뛰자고 약속했으니 같이 가자.

소녀2 : 맞다. 우리는 1년에 한번만 나와서 그네를 뛸 수 있는데 같이 춘향이를 찾아가자.

소녀들 : 가자!

(소녀들이 퇴장)

第一場 初見

（五月的陽光照在南原的廣寒樓, 不遠處就是烏鵲橋. 四處垂柳, 野花. 布穀, 杜鵑在歌唱頌讚朝鮮晚春的風光.）

衆少女(合唱)：唉嗨喲, 唉嗨喲, 唉嗨嗨喲, 唉嗨嗨喲, 五月裏端陽節姐姐妹妹走出來, 菖蒲煮水把頭洗, 發兒上帶上了金箔節, 唉唉唉嗨喲.

少女一：啊哎！你們膽子眞大, 在這兒又唱又跳的.

少女二：怕什麼的, 這兒沒有人, 在這兒看看廣寒樓.

少女三：你們爲什麼出來也不叫我們一塊來, 我媽正給我用菖蒲洗頭呢?

少女四：我也用菖蒲洗過了.

少女五：我們也都洗過了.

少女三：春香姐姐約我們在柳樹林裏打秋千, 咱們一塊去吧.

少女二：對啦, 咱們一年一度, 只有今天能夠出來打一次秋千. 咱們一塊去找春香去.

衆少女：走吧!(衆少女下.) (4면)[32]

한 무리의 소녀들이 등장하며 노래를 부르며 춤을 춘다. 소녀들을 창포물로 머리를 감는 풍속을 들어 단오임을 알려주고 춘향과 버드나무 숲에서 만나기로 했다는 대사를 통해 춘향을 소개한다. 관객은 소녀들이 만나러 가는 춘향이 누구인가 자연스러운 궁금증을 갖게 된다.

이어 이몽룡과 방자가 등장하여 상하 없이 술을 나눠마신다. 이 장면은 사실 양반으로 군림하는 이몽룡이 아니라 장유유서(長幼有序)를 존중하는 이몽룡의 됨됨이를 보여주는 중요한 장면이기도 하다. 여기에서

---

[32]　텍스트는 言慧珠 改編, 『京劇春香傳』(北京出版社, 1955)으로 삼고 인용은 지면수만 밝히도록 한다.

이몽룡이 그네를 뛰는 춘향을 발견하고 방자에게 춘향을 데려오라 명령하는 것은 이미 잘 알려져 있는 〈춘향전〉의 내용과 같다. 이때 춘향이를 부르러 가는 방자의 동선을 따라 소리가 이어지고 관객의 시선이 이를 따라가기 마련이나 이는 극적으로 보면 자연스럽지는 않다. 보통 한 무대를 분할하여 한쪽에는 광한루, 한쪽에는 그네를 설치하기 마련이지만 광한루에서 그네로 달려오기까지 무대의 거리는 한정이 있기 때문이다.

그런데 경극 〈춘향전〉에서는 춘향을 데려오라는 명을 받은 방자가 가도 불러오지는 못하고 무안만 당할 것을 알고 꾸물거리며 지체하는 동안 그네를 뛰고 놀던 춘향이 집으로 돌아가기 위해 무대에 등장한다.

춘향: (무대 뒤에서 창하여) 언니들, 늦어서 어머님께서 걱정하실 듯하니 먼저 가봐야겠습니다.

소녀들: (무대 뒤에서) 춘향 언니 먼저 가세요.

방자: 하, 제가 무안 당하러 가는 게 아니라 무안이 저를 찾아오고 있네요.

이몽룡: 무슨 소리냐?

방자: 도령님 저리 보십시오. 춘향은 향단과 같이 이리 오고 있습니다.

(향단, 춘향을 인도하여 무대에 올라온다.)

향단: 아씨, 가십시오.

춘향: ("사평조"로 창하여)

푸른 호수에서 솟아오른 부용처럼 티끌 하나 없이 깨끗하고

거문고와 책으로 더불어 자애로운 모친을 모시나

꽃다운 용모만 홀로 안타깝게 여기네

깊고 깊은 규방에서 단양절을 간절히 바라왔으나

정작 단양절이 다가오면 물처럼 흘러간 세월을 서글피 한탄할 뿐이니

이제 향단이와 다른 자매들과 꽃구경을 실컷 하겠네.

(방자가 다가가서 향단의 앞을 막는다)

春香(內白)：衆家姐妹, 天已不早, 恐母親盼望, 我要先回去了.

衆少女(內白)：春香姐先請吧.

房子：哈, 釘子來碰我了.

李夢龍：怎麼?

房子：你看, 春香跟香丹奔這裏來了.

(香丹引春香上)

香丹：小姐, 咱們走吧.

春香 (唱"四平調")：似芙蕖出綠波纖塵不染, 伴琴書奉慈親自惜芳顔, 在深閨常將端陽來盼, 到端陽卻惆悵似水流年, 與香丹衆女伴將芳塵踏遍.(房子上前攔香丹.) (8~9면)

춘향은 목소리 먼저 등장하여 무대 뒤에서 소녀들과 헤어지는 인사를 나눈다. 그네를 다 뛰고 돌아가는 길에 소녀들이 숲으로 들어갔던 길을 되짚어나와 광한루 앞을 지나면서 자연스럽게 몽룡과 만나게 되는 것이다. 이는 무대의 변환과 인물의 동선에서 고도로 압축된 상징성을 전제로 반사실적 특징을 보이는 경극의 장면과 무대 구성을 염두에 둘 때, 개연성을 염두에 둔 매우 현대적인 극적 재현이라고 할 만하다. 춘향과 몽룡이 무대 위에서 대면하는 데 필요한 극적 필연성을 안배했기

때문이다.

더욱이 춘향이 등장하여 부르는 노랫말을 생각할 때 춘향의 성격은 매우 입체적이다. 춘향은 '부용'과 같이 깨끗하게 거문고와 책을 벗삼아 지내면서 모친을 모시고 있다. 그러나 그 마음속으로는 자신의 꽃다운 용모를 안타깝게 생각하면서 바깥구경을 할 수 있는 단오를 간절히 기다려왔다. 그럼에도 정작 단오에는 물처럼 흘러간 세월을 한탄하면서 꽃구경을 할 뿐이니 이는 조운·박태원의 작품에서 보여준 춘향의 중층적인 성격에 필적한다.

'춘향'의 내면이 화자의 입장에서 다소 일면적으로 기술되는 판소리나 소설에 비해 극적으로 표현되는 '춘향'은 그 복잡한 처지와 심경이 좀 더 입체화되어야 할 필요가 있다. '춘향'은 어떤 소녀일까? 신분은 낮지만 공부도 많이 했고 심중에는 시비가 명확하며 인간다운 삶에 대한 포부가 충만하다. 신분과 무관하게 스스로 옳다고 생각하는 처녀의 삶을 살고 있지만 그 같은 세월을 보내면서 어진 낭군을 얻어 여성으로서 바람직한 삶을 갖게 될 것인가? 가는 시간을 한탄하는 심경은 바로 이 같은 복잡한 춘향의 내면을 적절하게 형상화하는 것일 터이다.

이몽룡에게 '나비는 꽃잎에 날아가 앉을 수 있지만 꽃은 나비를 따라 날 수 없다'는 말을 남기고 집으로 돌아온 춘향은 밤이 깊자 거문고를 타며 노래한다.

춘향 : (慢板으로 창하여)

하늘의 저 밝은 달은 내 지기이라 깊은 규방의 여자 마음을 환히 비추네.

광한루 아름다운 풍경이 사람 마음을 끄니 유람에 지쳐 돌아와 다시 거문고에 의지하네.

(금을 켜다가 멈춘다)

거문고야, 거문고야, 어떤 곡조로 내 마음을 털어놓을 수 있을까?

('원판'으로 창하여)

단양절의 봄은 해마다 다 오지만, 올해만큼 경치 좋은 단양이 없다.(피리 소리)

이몽룡이 문재(文才)가 뛰어나고 인정이 많다는 것은 오래 전에 이미 들은 얘기나 오늘 보니까 역시 문재나 외모나 뛰어난 인물이구나. 아, 그는 양반 집안의 자제며 사또의 아들이긴 하나 경박한 양반들과 다르더라. 아이고! 이것들은 나와 무슨 상관인가?

(창하여) 진달래는 달빛 아래 춤을 추네.

아, 춘향아, 춘향아, 왜 이리 마음이 편치 아니한가?

거문고나 타자.(다시 거문고를 타기 시작한다)

(…중략…)

춘향 : 향단아.

(창하여) 이것이 혹시 첫눈에 반한다는 것인가?

(이몽룡은 방자와 함께 몰래 무대에 올라와 몸을 숨기고 있다.)

春香 (唱"慢板") : 天上明月是知音, 照見深閨女兒心, 廣寒樓無限的撩人情景, 倦遊歸無聊賴且撫瑤琴.

(彈琴, 才彈了兩下又復停止了)

唉, 瑤琴啊瑤琴, 也不知那種曲調才能彈得出女兒家的心事啊?

(唱"原板")

年年端陽年年春, 今年的景色更宜人.(啞笛)

久聞那李夢龍文采風流, 今日一見果然是才貌雙全. 哎, 他乃是官宦人家的子弟呀.——看他雖是使道的公子, 卻與那些輕浮的兩班不同. 哎! 這與我女孩兒家何干哪.

(唱)見庭前金黛萊月下弄影, 噯! 春香啊春香, 你爲何這樣心緒不寧, 還是好生彈琴消遣.

(復彈琴)

(…중략…)

春香 : 香丹.

(唱)難道說眞個是一見鐘情.

(李夢龍和房子溜上, 藏起來.) (11~12면)

　　광한루에서 이몽룡과 만나고 돌아온 춘향의 심사는 어떠했을까? 사실 이 지점에 대해 답을 갖고 있는 〈춘향전〉은 없다. 그러나 이 작품에서 '춘향'은 섬세한 심경을 드러내는 노래를 통해 이몽룡을 처음 만난 날의 춘향을 대단히 입체적이고 아름답게 그려내고 있다. '춘향'은 앞서 가는 봄을 한탄하는 마음이 있었기에 귀공자의 관심이 부담스러우면서도 싫은 것만은 아니었을 것이다. 규중의 정숙한 처녀로 거문고와 서책을 벗삼아 지내는 태도는 어진 낭군을 얻어 소원을 이루고자 하는 바이니 이몽룡과 같은 귀공자의 사랑을 얻는 것이 그 목표가 아닌가. 더구나 스스로 설레는 마음을 자각하며 '이것이 혹시 첫눈에 반한다는 것인가'라고 묻고 있으니 춘향이 아는 '첫눈에 반한다'는 상황은 물론 여타의 작품에서 습득한 것일 터이다. 요컨대 이 장면은 〈모란정〉의 두여랑이 유몽

매를 만나면서 소녀답게 성에 눈떠가는 장면이나 로미오를 만난 줄리엣이 로미오를 그리워하는 발코니 장면을 연상케 하니 이몽룡은 이미 무대에 등장하여 '이것이 혹시 첫눈에 반한다는 것인가?'하고 묻는 춘향의 심중을 관객과 함께 알게 되는 것이다.

요컨대 이 작품에서 춘향은 이몽룡의 구애에 응답할 뿐인 일면적인 정숙한 처녀가 아니라 잘난 청년 이몽룡에게 은근히 정을 느끼면서 능동적으로 자신의 사랑에 답하고 선택하는 살아있는 인물이라는 점이 두드러지는 것이다. 이 같은 특징은 앞서 설명한 5장의 옥중화(獄中花) 장면에서 좀 더 세심한 내적 형상화의 과정을 거쳐 8장에서 확고한 선택으로 나아간다. 이몽룡이 어사로 출도하여 변학도를 봉고파직하고 춘향을 신원(伸寃)해주는 장면은 사실 해학이 지나친 점이 없지 않다. 이몽룡은 신분을 감추고 자신의 수청 들라고 새삼 제안하니 춘향에 대한 마지막 시험이라고도 할 수 있으나 전장의 옥중 상봉에서 춘향의 심경을 충분히 접수했으며 춘향의 정상에 애끓는 심정을 뒤로하고 신분을 밝힐 수 없어 우회적으로 위로할 수밖에 없던 몽룡이 다시금 춘향을 시험할 필요는 없기 때문이다. 오히려 춘향은 암행어사 덕분에 풀려나게 된 상황에서 거지꼴이 되어 온 이몽룡을 여전히 사랑하며 그 인연을 이어갈 것인가를 결정해야 한다.

이몽룡 : 춘향아.

춘향 : (끓어서) 네, 어사나리.

이몽룡 : 너가 남편이 있다고 그랬는데 남편은 어디 사람이냐?

춘향 : 한양의 이몽룡입니다.

이몽룡 : 그럼 그 사람 지금 어디 있느냐?

춘향 : 소녀의 남편이 이미 남원으로 돌아왔습니다.

이몽룡 : 그럼 높은 벼슬을 따서 금의환향을 했겠네.

춘향 : 소녀의 남편은 비록 벼슬에 오르지는 못하였으나 부귀하든 빈궁하든 소녀는 소녀의 남편과 영원히 헤어지지 않을 것입니다. 나리 덕분에 소녀는 누명을 벗고 집에 돌아가 가족과 다시 상봉할 수 있게 됐으니 이 은혜는 두고두고 잊지 않을 것입니다.

이몽룡 : 역시 춘향이로다. (가까이 가서) 춘향아, 넌 혹시 이거 알아볼 수 있겠느냐? (반지 하나를 춘향에게 갖다 준다)

춘향 : 서방님!

이몽룡 : 춘향아!

춘향 : 서방님! (말하면서 이몽룡에게 다가간다)

이몽룡 : 춘향아! (춘향을 부축한다)

李夢龍 : 春香.

春香 : (跪)大人.

李夢龍 : 是你言道有夫之婦，但不知配夫何人?

春香 : 乃是漢陽公子李夢龍.

李夢龍 : 他今何在?

春香 : 他已從漢陽回到南原來了.

李夢龍 : 想是身做高官, 衣錦榮歸的了.

春香 : 我夫雖未高中, 我與他富貴貧賤生死不離, 多蒙大人昭雪冤枉, 民女回家夫妻團圓, 永不忘恩也.

李夢龍 : 好個春香.(下拉) 春香, 你可認得此物.(將指環交與春香)

春香 : 郎君.

李夢龍 : 春香.

春香 : 郎君.(說着往前移動)

李夢龍 : 春香.(攙起春香) (60~61면)

춘향은 부귀빈천과 무관하게 몽룡과 함께할 것이다. 이로써 몽룡은 마음놓고 자신의 정체를 밝힐 수 있게 되었다. 이 장면은 단순한 출세담이던 「신데렐라」 이야기가 로시니의 오페라에서 신데렐라가 시종으로 변장한 왕자와 사랑에 빠져 왕자로 변장한 시종의 청혼을 받고도 이미 자신은 왕자의 시종과 사랑에 빠졌기 때문에 왕자의 청혼을 거절하는 극적 사건으로 재편되는 것과 방불하다. 여기에서 신데렐라는 선의에 대한 보답으로 멋진 신랑감을 얻게 되는 것이 아니라 스스로 자신의 사랑을 결정하는 근대적 인물로 재편된다. 마찬가지로 춘향은 위협을 받을 때는 물론이요 이몽룡의 위치가 바뀌어도 스스로의 사랑을 저버리지 않고 능동적이고 주체적인 사랑을 실천하는 중심이 되었다.

아울러 이를 경극의 여성인물에 견주어 좀 더 구체화할 수 있다. 경극 〈춘향전〉에서 '춘향'은 하나의 성격이 아니라 화단에서 청의로 성격의 발전을 보여준다고 할 것이다. 춘향과 몽룡이 서로 사랑을 맹세하는 3장의 명랑하고 사랑스러운 연기는 발랄하고 총명한 화단(花旦) 중에서도 순진하고 생기발랄한 규문단(閨門旦)의 성격이 통합된 성격으로 해석되었을 것이다. 옌후이주는 앞서 언급했듯 곤곡 〈모란정〉에서 두여랑의 시녀 '춘향'을 맡은 바 있으니 여기에서 춘향은 화단의 배역으로 글방선생을 농락하는 '춘향료학(春香鬧學)'과 같은 장면을 소화하기도 했었다. 이어 옥중 장면을 거쳐 8장 어사당도(御使當道) 장면에서는 부귀빈천을 막론하고 자신의 사랑을 확인하는 정숙한 숙녀로서 전형적인 청의(靑衣)로 형상화될 것이다. 이는 옌후이주의 연기력에 의지하여 더욱 개연성 있는 표현을 획득하였을 것이다.

4. 남은 문제 – 경극 〈춘향전〉의 판본과 음악

이상으로 옌후이주의 경극 〈춘향전〉에서 '춘향'의 형상을 중심으로 그 특징을 살펴보았다. 옌후이주의 '춘향'은 내면을 보여주는 근대적 인물로서 복합적인 성격발전을 보여주고 있음을 확인하였다.

그러나 아직도 남은 문제가 적지 않다. 우선 경극 〈춘향전〉이 월극과 다른 경로로 제작된 점을 기반으로 각색의 원본을 추적해가야 할 것이다. 이는 대단히 신중한 접근을 필요로 한다. 다만 광한루에서 방자가 춘향이를 부르러 가는 장면에서 돌팔매질을 하며 뛰는 장면이나 옥에 갇힌 춘향이 옥리에게 까마귀의 울음소리 등을 언급하는 장면을 참고할 때 판소리 〈춘향가〉를 참고했을 가능성이 있다. 옌후이주는 이 작품 제작에서 조선인으로 중국공산당 중앙군사위원회 정식군가로 비준된 '중국인민해방군가'의 작곡가 정율성(鄭律成)의 조력을 받았다. 옌후이주는 정율성과 가까운 친구였으니 정율성은 조선음악과 경극 곡조의 결합에 대하여 구체적 지도를 해주었다고 한다.[33] 이때 정율성이 조언한 조선 음악이란 아직 북한 내에서도 판소리에 의거하여 창극이 만들어지던 시기였고 무엇보다 정율성이 전남 광주 출신이라는 점을 감안할 때 '판소리'였을 것이다. 전통적 형식에 새로운 이념과 내용을 결합하는 것은 1942년 연안에서 발표된 「문예강화」 이래로 중국 공산당의 일관된 문화 정책이었고 정율성은 그때부터 이에 참여하고 생각해 왔으니 더욱 적절한 조언이 가능했을 것이다.

경극에 판소리의 감수성이 섞여들어 만들어진 음악은 어떤 것일까? 탁월한 경극인 옌후이주와 조선 음악가 정율성의 협력에서 탄생한 〈춘향전〉의 전모가 더욱 궁금해진다.

요컨대 경극 〈춘향전〉의 진면목을 이해하기 위해서는 이 작품에 사용된 음악과 그에 따른 분위기를 충분히 구상할 수 있어야 할 것이다. 경극 〈춘향전〉에는 사평조(四平調), 수판(數板), 만판(慢板), 원판(原板), 이륙판(二六板), 도판(倒板), 남방자도판(南梆子倒板), 반이황도판(反二黃倒板), 쾌판(快板), 남방자(南梆子), 수저어(水底魚) 등 이황(二簧), 서피(西皮)는 물론 남방자의 음악까지도 두루 쓰였으며 이외에 변학도의 창 등 곡조가 지정되지 않은 장면도 상당수 있다. 이에 대한 연구는 후일을 기약한다.

33　章詒和, 『言慧珠 : 瞬息風華的戲劇人生』 下, 文史博覽, 2006.7, 12면.

일제 말기 '총후 국민'으로서의 조선 여성

잡지 『신시대(新時代)』를 중심으로

윤미란

1. 전쟁하는 '국민', 총후 조선

창씨개명으로 서막을 연 1940년대 조선에서는 해방 이전까지 그 어느 때보다 강압적인 일제의 지배체제가 작동되었다. '국어강습회', 징병제, 교육제도 개편 등 '내선일체'라는 명목 아래 조선인들은 일제가 정해놓은 의무의 이행을 강요당해야 했다. 이 강제성은 한편 극단적으로 총독부에서 각 지방의 면 단위로, 즉 위에서 아래로 명령을 하달하는 형식을 띠기도 하면서 동시에, 당대 『매일신보』와 같은 총독부 기관지나 잡지와 같은 대중매체에 일본 지배층이나 조선의 유명 인사들이 쓴 기사나 평론, 논설 등을 통해서 범국민적 운동의 형식으로도 나타났다.

그런 매체들 가운데 1941년 4월에 창간되어 1945년 2월까지 발간된 종합잡지 『신시대(新時代)』가 있다. 『신시대』는 일제 말 '총력전' 시대를 '새시대'라 이름붙이고 그것을 기획하여 집약적으로 보여주고 있는 잡지이다. 이 잡지는 무력전을 위한 지원병제와 징병제의 홍보, 건강한 신체와 건실한 노동, 근검절약 그리고 비밀전을 위한 천황사상의 내면화, 교육의 중요성 자각, 방공방첩의 생활화를 촉구[1]하는 텍스트를 적극적으로 생산하고 유통시켰다.

문화와 오락생활에 있어서도 우리는 보통때보다 오히려 견실하고 명랑한 것을 받고있지 않습니까. <u>전쟁이 일어나기 전에 돌아다니든 좋지 못하다고 할 수 있던 잡지 기타 모든 출판물(出版物)을 일소(一掃)해버리고 요새는 한칭 높고 좋은 내용을 가진 책들이 책사에 날마다 쌓여있어 일반 국민은 마음대로 좋은 책을 골라 읽을 수 있지 않습니까.</u> 좋은 책이 종이가 없어서 출판 못 되는 일은 거이 없다 해도 무난합니다. 이것도 보기 드문 일이라 하겠습니다.[2] (밑줄－인용자)

인용문에서 보듯이 『신시대』를 비롯한 일제 말의 출판물은 이전의 출판물과 대조적인 의미를 가지는 것이다. '좋지 못하다고 할 수 있던' 이전 출판물에 대비하여 '한층 높고 좋은 내용'의 출판물이 나오고 있어

1　조윤정, 「비밀전, 스파이, 유언비어」, 『한국어문학연구』 57, 한국어문학연구학회, 2011, 211면.
2　鄭賢淑, 「女性과生活」, 『신시대』, 신시대사, 1943.7, 113면.

'국민'에게 제공되고 있다. 일제의 전시체제를 적극 옹호하고 홍보하는 역할을 하던 출판물에 매우 긍정적으로 가치평가를 내리고 있으므로 이 글은 '친일'의 논리를 드러낸 텍스트로 보아야 할 것이다.

그러나 한편 윗글은 일제의 지배이데올로기를 적극 드러내는 '좋은' 책이 나오게 된 배경에 '출판물을 일소'한 일이 있었으며 그에 따라 '마음 대로' '좋지 못한' 책을 골라 읽을 수 있는 자유가 없어졌다는 것을 알 수 있다. 즉 일제가 좋다고 제공하는 책만을 골라 읽을 수 있는 자유 아닌 자유만이 남아있는 것이다. '좋은 책이 종이가 없어서 출판 못 되는 일은 거의 없다'는 것도 같은 맥락에서 논할 수 있을 것이다. 일제가 좋은 책 이라고 인정하여 주면 출판되지만 그렇지 않으면 사실상 출판은 불가능 하다는 양면적인 상황을 예측할 수 있을 것이다.

『신시대』에는 당시 국책과 관련된 특집들이 기획되어 있으며 일본, 조선 각계 인사들의 글이 실려 있는데 이 글들은 대개 기본적으로 국책 을 옹호하는 입장에서 서술되어 있다. 그러나 기본적으로 명확하게 국 책 옹호의 입장에서 쓰인 글이라 하더라도 위의 예에서처럼 표면적인 내용과 더불어 이면적인 무언가를 보여주는 글도 있다. 또 때로는 텍스 트 자체가 완결성을 갖추지 않은 것도 있으며 때로는 주제 이외의 사항 들을 드러내며 내부적으로 모순되는 것도 있다.

지금까지 잡지『신시대』연구는 주로 스파이 담론 연구,[3] 국민방첩의 측면에서 방첩소설의 서술전략과 그 의미 연구[4] 등에 한정되어 있었다. 그러나 앞에서 언급했듯이『신시대』에는 다양한 기획과 글이 실려 있

---

3 권명아, 「총후부인, 신여성, 그리고 스파이」, 『근대문학연구』 6-1, 근대문학회, 2005.4.
4 조윤정, 앞의 글.

다. 따라서 이 글에서는 일제의 지배 담론을 구체적으로 보여주는 글들을 대상으로 하면서, 일제가 조선인의 삶을 '총후 국민'의 삶으로 규정하면서 소소한 일상의 차원까지 통제하려고 하였던 점을 감안하여 가정의 소소한 일상을 꾸려가야 했던 조선 여성들을 대상으로 한 텍스트를 중점적으로 살펴볼 것이다. 일제 말 황민화 정책과 총후 부인 혹은 신여성에 관한 연구[5]가 있지만 이 글은 선행 연구의 의의를 일정 부분 이어받으면서 조선 여성의 삶의 방식을 통제, 지도하려는 평론에서부터 화장품 광고에 이르기까지 조선 여성을 대상으로 하고 있는 텍스트는 어떤 형태이든 연구 대상으로 삼는다. 특히 일상적인 측면뿐만 아니라 다양한 측면으로 바라볼 수 있는 텍스트를 중점적으로 분석하고자 한다.

본 연구는 1920, 30년대의 신여성에 관한 연구들과는 또 다른 차원에서 1940년대 '총후 국민'으로서의 여성상과 그 모순들을 분석하는 연구의 일단이 될 수 있을 것이다. 지배 담론과 현실 사이의 간극을 규명하여 이른바 국책문학의 다양한 지점들을 찾아내어 1940년대 국책문학에 대한 연구의 시각과 지평을 넓히는 데 작은 보탬이 될 수 있을 것이다.

---

5   권명아, 『역사적 파시즘─제국의 판타지와 젠더 정치』, 책세상, 2005.

2. 조선 여성의 총후 예법

1) 실체 없는 '새시대'의 예절

『신시대』에는 전시체제, 총후 국민의 생활지침을 전하는 글들이 많이 실려 있는데, 일제 말기로 접어들수록 여성독자를 위한 글들이 꽤 비중 있게 다루어지고 있다. 1943년 7월호부터 동년 9월호까지 「총후여성독물(讀物)」이라는 기획이 보이는데, 이 기획에는 일제가 원하는 조선의 총후 여성상이 어떤 것이었는지 알 수 있는 글이 매호 3편씩 실려 있다. '가정긴급용품'에서부터 자녀의 교육에 이르기까지 총체적으로 총후 여성상을 거론하고 있다.[6] 이 기획은 잠깐 사라졌다가 1944년 1월호에는 「주부란」으로, 1944년 2월호부터는 「가정란」으로, 1944년 9월호와 10월호에는 「결전가정란」으로 이름이 조금씩 바뀌었지만 그 기획 의도는 「총후여성독물」과 별반 다르지 않다. 그 중에서 예절을 논한 글에 주목해 보자.

朝鮮은 古來로 禮儀가 高度로 發達되어 스사로 東方禮儀之國이라 자랑할 만했다 한다. 그 禮儀가 어떤 形式으로 實生活에 나타났었는지 요새 우리 젊은 사람들에게는 想像할 수조차 없게 되었다. 그 代身 새로운 禮法이 뚜렷이 나타난 것도 아니다. 요새 우리 젊은 사람들은 낯선 곳이나 어른들 앞

---

6   각 글의 제목은 다음과 같다. 「女性과生活」, 「女性과防空」, 「女性과禮法」(1943.7), 「부인은 나라의 중심력」, 「일본정신과 모성애」, 「자녀의 교육」(1943.8), 「가정긴급용품」, 「인공호흡법」, 「부상자手搬법」(1943.9).

에 나가기를 싫여한다. 그 原因의 하나는 禮法에 自信이 없기 때문이다.[7]

이 글의 필자는 예법에 자신이 없는 젊은 사람 중 하나이다. 글쓴이가 예법에 자신이 없는 이유는 조선의 예법은 배우지 않았으며 / 못했으며 일제 말 이전의 조선 예법을 대체할 수 있는 새로운 예법은 어떤 것인지 아직 배우지 않았기 / 못했기 때문이다. 조선과 일본이 함께 하는 한반도라면 당연히 조선과 일본이 함께 할 수 있는 예법이 있어야 할 것이다. 그런데 그것은 아직 실체를 드러내지 않고 있는 것 같다.

內地人先生님 宅에 여럿이 함께 저녁招待를 받아서 간 일이 있다. 우리는 內地植 禮法을 몰라 그저 主人이 하라는대로 人形처럼 움지기면서도 실수를 할가봐 마음이 한줌만해서 저녁맛이 다 없던 것 그때 몹시도 어색하던 생각을 하면 지금도 챙피하고 다시는 內地人집에 가고 싶지 않던 생각이 사러지지 않는다. 이런 것은 너무 消極的이다. 우리는 좀 더 積極的으로 內地의 아름다운 禮法은 배워 내것을 만들고 또 우리의 좋은 禮法은 그들에게 아르켜 서로 달른 禮法을 理解하고 배우고 尊敬하면 보다 더 유쾌한 關係를 맺어 나갈 수 있을 것이다.[8]

글쓴이는 조선에 있는 일본인 선생님 댁을 방문했다. 그런데 이때 문제가 생긴다. 조선에서이지만 마주하고 있는 사람은 일본인 선생님이다. 학생으로서 어떤 예의를 차리는 것이 옳을까? 조선에서 조선의 학생

---

7   水野靜子, 「女性과禮法」, 『신시대』, 신시대사, 1943.7, 116면.
8   위의 글, 116면.

이 선생님 댁을 방문하였지만 조선식 예법을 차릴 수 없는 상황이 발생한 것이다. 실제로 당시에는 이런 상황, 즉 조선땅에서 조선의 예법만을 차릴 수는 없는 상황에 놓이는 경우가 많았을 것이라 추측할 수 있다. 이론상으로는 어느 것이든 '아름다운 예법', '좋은 예법'을 절충하여 새로운 예법과 문화를 만들어 가면 금상첨화이다.

> 실생활에서 우러난 새로운 예법이 서지 않으면 안된다. 내지의 예의작법 중에서 배울 것을 배워 우리 몸에 진이는 것도 한가지 좋은 길일 것이다.[9]

그러나 실제에 있어서는 '내지'의 '아름다운 예법'은 열심히 익혀야 하지만 조선의 '좋은 예법'을 일본인들에게 가르쳐 줄 수 있는 기회는 그것이 일제의 지배이데올로기와 부합되지 않는 한 얻기 힘들다. 곧 새로운 예법은 일본인과의 관계에서 사용할 수 있는 예법에 국한된다. 따라서 새로운 예법은 조선인들 사이에서는 그다지 환영받지 못하는, 어색한 예법에 지나지 않는 것이다.

2) '새시대'의 예절, 절약

일제의 전선(戰線)이 확장됨에 따라 '신시대'가 도래하였다. 일제의 통치 영역이 넓어짐에 따라 조선인은 일제의 통치 하에 있는 다른 민족의

---

9   위의 글, 117면.

‘모범’이 되어야 한다. 새로운 시대가 왔으니 모범적인 피식민지인이 되기 위해 그에 맞게 생활양식도 개선하여야 한다. 시대적인 필요에 의해 혹은 일제의 강압에 의해 조금씩 만들어지는 새시대의 예법 중에서 일제 말에 가장 널리 퍼져 나간 것 중에 하나는 절약의 예법일 것이다. 이런 논리를 대변하는 평론을 통하여 덕성여자실업학교장 송금선(宋今璇)이 역설(力說)하고 있는 『신시대』 여성독자들이 익혀야 하는 새로운 예절에 대하여 살펴보자.

새시대에 필요한 의복에 대한 예절

혼인식이나 무슨 잔치집에 갈 때면 으레 좋은 옷을 꺼내입고, 남부럽게 차리고 나서는 것을 예절로 알아왔습니다.

그러나 시방부터는 ‘호사’를 하는 것이 예절이 아닙니다. 깨끗하고 수수하게 차리는 것이 오늘의 새예절입니다. (…중략…)

우리 후손들을 잘되게 하기위하여 ‘세계신질서’를 건설하고 있습니다. 전선에서는 황군 장병이 가진 고초와 싸우며 적과 승패를 결단하고 있습니다. (밑줄-인용자)

이런때에 편안히, 잘 입고, 잘 먹고만, 살려는 것은 잘못입니다. 따라서 옷입는 것도 호사스럽게 하는 것은 나라에 대해서도, 또 각자의 마음과 정신을 위하여서도 응당 삼가야 할 것입니다.

나라에서도 ‘사치금지령’을 나렸습니다. [10]

---

10 宋今璇, 「시대도 새로운 이날 女人으로 알아둘 禮節」, 『신시대』, 신시대사, 1941.1, 180~181면.

일제 말기 총동원체제에서 가장 강조하는 생활체제는 절약하는 삶이다. 최전선에 있는 장병들이 잘 싸우도록 물심양면으로 지원하기 위해서 후방의 여성들은 물자를 아끼며 살아야 한다. 절약은 타인을 배려하는 가장 기초적인 예절인 셈이다.

이 기초적인 예절은 당시 여러 매체에서 어떤 방식으로 어떻게 절약하여야 하는지 의식주 분야를 중심으로 아주 구체적으로 제시되고 있다. 의(衣)의 분야에서는 흰 옷 입지 않기, 중고 옷 고쳐 입기, 몸뻬 입기 등이 주로 제시되며, 식(食)은 하루 2식운동, 잡곡밥 먹기(흰쌀밥 먹지 않기) 등의 강령이 강조된다. 그 외에도 전쟁 물자로 쓰일 수 있는 은, 철과 같은 광물 헌납하기 등 일상생활의 기초강령이 예절이라는 이름으로 강요되고 있으며 이 예절들은 주로 집안일을 맡아 했던 여성들을 계도하기 위한 것이었다.

「바른 식생활(正しい食生活)」[11]에서도 절미절식(節米節食)을 통해 절약을 강조하던 송금선의 절약정신은 그녀에게 일평생 지켜야할 예절이 되었다. 송금선의 자서전에서 덕성여대 사무처장은 그녀에게 배운 생활강령을 다음과 같이 전하고 있다.

첫째 사람은 근검 절약하고, 둘째 자기 분수에 맞는 생활을 할 줄 알고, 세째 이 세상에서 가장 미워하는 것은 가난하면서 있는 체 허세를 부리는 것, 네째 자기 분수를 모르고 낭비를 많이 하는 사람, 그리고 신뢰할 수 있는 사람은 가난하지만 오직 진실하게 살려고 노력하는 사람, 이러한 사람

---

11   宋今璇, 「正しい食生活」, 『신시대』, 신시대사, 1943.6, 68~69면.

은 무엇이나 끝까지 동경하고 돕고 협조를 아끼지 않는다는 것입니다.[12]

일제 말기의 '신시대' 절약 예절은 해방 후에도 그녀와 그녀 주변의 사람들을 지도하는 훌륭한 예절로서 기능하였다는 것을 알 수 있는 대목이다. 이 절약정신이 일제의 총동원체제, 총후 여성의 생활강령에서 근원한 것이라는 점은 의미심장하다. 전시 하 일제에 적극 협력하기 위하여 강조되었던 절약은 그 근원은 삭제되고 해방 후 어려운 시기를 넘기고 성공적인 삶을 살기 위한 삶의 지혜로 변장된다.

다시 일제 말기 앞의 평론으로 돌아가서, "사치금지령"과 함께 강제된 예절을 좀 더 살펴보자. 총후 여성으로서 "가정 부인들도 집회에 나갈 기회가 많아"져 "『애국반상회』라든가 『국방부인회』라든가"[13] 하는 집회에 갈 때 지켜야 할 예절이 새로이 제시되고 있다. 이 부분에서 필자는 시간을 잘 지켜야 한다는 점을 강조하고 있다. 사적인 모임이 아니라 공식적인 모임에 나가야 하는 '새시대' 총후 부인의 역할이 드러나는 부분이다.

한편 가장 흥미로운 부분은 "이것은 고쳐야 할 우리들의 무관심"이라는 소제목을 붙여 서술한 부분이다. 주로 숟가락을 손으로 쓱 훔치는 행위나 화장실에 다녀온 후 손을 씻지 않는 일, 더러운 옷을 입고 얼굴 화장만 곱게 하는 일 등 위생의 관념이 부족한 부분을 지적하면서 고쳐야 한다고 주장하고 있다. 그런데 그 중에는 "밥상같은 것을 들고 방으로

12　朴福均, 「검소하고 엄격하신 분」, 『法華就實 : 南海宋今璇博士回顧錄』, 덕성여대 출판부, 1978, 377면.

13　宋今璇, 「시대도 새로운 이날 女人으로 알아둘 禮節」, 『신시대』, 신시대사, 1941.1, 182면.

들어올 때 발로 미닫이를 여는"[14] 면구스러운 습관을 고치자는 서술도 끼어 있다. 이 행위는 실상 당시 국책적인 면들과 부합하는 절약이나 위생에 관한 예절과는 본질적으로 다른 것이다. 일제의 지배 이데올로기를 대변하고 있는 글이지만 그 속에는 실상은 그 목적과 상관없는 평상시 필자의 생각이 들어가 있기도 하다. 핵심은 새시대에 적절한 예절을 논하는 것이지만 새시대의 논리와는 관련 없는 예절을 부가한 것이다. 자기가 하고 싶었던 말들을 삽입하여 텍스트에 작은 균열을 만들었다고 할 수 있겠다.

이 글 외에도 주된 논리에서 벗어나거나 근거가 희박해 보이는 텍스트가 몇몇 보이는데 아래 인용문도 그런 맥락으로 해석할 수 있을 것이다.

어떤 유명한 철학가요 의학자인 이의 말을 듣건대 무슨 물건이든지 애껴 쓰는 사람은 장수(長壽)한다고 하였다. 그것은 모든 물건을 애끼는 그 마음과 자기의 생명을 중하게 아는 마음이 일치하기 때문이라고 한다.[15]

과연 절약하는 사람이 장수할까? 물건을 아끼는 마음과 자기의 생명을 중히 여기는 마음이 일치한다는 것은 무슨 근거에서인지. 설사 과학적인 어떤 영향관계가 있다 하더라도 그 타당한 근거들이 매우 복잡하게 설명되어야 동의할 수 있는 부분일 것이다. 절약정신의 앙양을 위하여 다소 무리수가 있는 근거까지 동원된 예라 할 수 있다.

---

14   위의 글, 184면.
15   柳光烈, 「잘살기위하여 – 節約의理念」, 『신시대』, 신시대사, 1941.6, 174면.

3. 합리적이고 과학적인 전시 생활의 불합리성

1) 일본 여성의 미완성 데칼코마니, 조선 여성

잡지 『신시대』에는 정치적 측면에서 일제의 지배이데올로기에 영합하는 절약, 위생에 관련된 평론들이 있다면 다른 한편으로 경제적 측면에서 기업이 이윤을 추구하고자 싣는 광고가 있다. 도서나 약에서부터 여성의 화장품 그리고 당대의 특징을 드러내는 징병보험 등 다양한 광고가 나오는데 그 중에서 이 글은 여성 소비자들을 대상으로 한 광고에 주목하고자 한다.

광고는 상품의 선전을 통하여 해당 상품의 소비를 촉진하는 것이 주목적이다. 광고는 근대 초기에 신문과 같은 대중매체의 등장과 그 역사를 같이 하는데 1920년대에 들어서서 여성화장품 광고가 본격적으로 나온다. 일본에서 조선까지 판매시장이 넓어진 일본 기업들의 화장품(미용 관련) 광고는 그 이후에도 꾸준히 여러 매체에 나오는데, 『신시대』에도 적잖이 화장품 광고가 등장한다.

〈그림 1〉은 일본 오사카의 우노타쓰노스케상회[宇野達之助商會]의 화장품 광고이다. 현대식으로 말하면 일종의 파운데이션 광고에 해당될 것이다. 전시체제에서도 미용 용품의 소비자로서 여성 독자들은 중요한 비중을 차지한다. 여성 독자들의 주머니를 열게 하는 이와 같은 광고가 지속적으로 게재되는데, 그 중에서도 위 광고는 일을 하는 여성을 소비자로 택하고 있는 광고이다. '간소한 건강미'를 강조하면서 '여성도 개동

〈그림 1〉 탕고도란 광고[16]

(皆働)’, 즉 여성도 모두 일하자는 메시지를 담고 있는 점이 흥미롭다. 일을 하면서도 여성들의 화장은 계속 되어야 하는데 총후 국민으로서 여성들이 호명되는 지점, 즉 일제의 정치적인 측면과 미용 용품을 소비(해야) 하는 일제 자본주의의 경제적인 측면이 교차되는 지점에 이 광고는 위치하고 있는 것이다.

아울러 ‘새시대’를 맞아 절약을 실천해야 하는 조선의 여성은 화장에서만큼은 사치를 부려도 좋다. 평론과 사설에서는 총후 국민으로서 절약하는 여성의 정치적인 삶이 강조되지만 광고에서는 젊음과 아름다움을 지속하기 위해 상품을 소비하는 여성이 대두된다. 절약만 하는 여성

---

16 「タンゴドーラン」, 『신시대』, 신시대사, 1943.8, 화보.

도, 소비만 하는 여성도 바람직하지 않을 것이다. 매사에 절약하여 총동원체제에 부응하면서 때로는 자신의 치장에도 적당히 소비하는 여성이 가장 바람직한 1940년대 총후 여성상이다.

다음으로 부인병 치료를 위한 약, 미신환(美神丸) 광고 한 편을 살펴보자.

일본약인 미신환 광고도 여느 광고와 마찬가지로 상품 미신환의 약효를 홍보하고 약을 구입하게 하려는 목적에서 제작된 것이다. 그런데 〈그림 2〉에서 볼 수 있듯이 광고 상단에 아기를 안고 있는 일본 부인과 조선 부인이 광고 문구를 사이에 두고 대칭적으로 그려져 있다. 삽입 그림의 의도는 일본약이지만 일본 부인과 조선 부인 모두에게 좋은 약이라는 것을 인식시키고자 한 것이다.

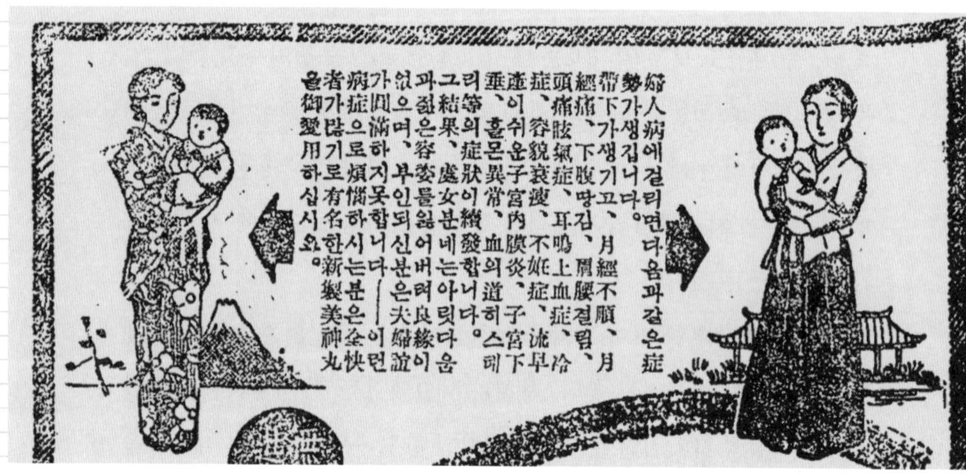

〈그림 2〉 미신환(美神丸) 광고[17] 상단 부분

---

17 「新發明된 婦人病治療」, 『신시대』, 신시대사, 1941.7, 79면.

그런데 그림을 보면 볼수록 일본 부인의 기모노와 조선 부인의 한복, 그리고 일본의 후지산과 조선의 기와집이 더욱 뚜렷이 두드러진다. '내선일체'의 지배논리에 따라 일본 부인과 조선 부인은 동등한 국민이 되어야 하지만 실제로는 같다고 말하면 말할수록 그 차이가 명확하게 드러나게 되는 현상을 이 광고의 그림이 상징적으로 보여준다. 조선 여성은 일제의 자본주의에서는 일본 여성과 같은 소비자로서 호명되지만 그 외의 일제의 정치적 지배체제에서는 일본 여성과 같아지려면 많은 의무들을 먼저 행해야 하는 일본 여성과 '같지만 다른' 입장에 있다. 이런 상황을 미신환 광고의 그림이 잘 보여주고 있다. 여타의 화장품, 미용 용품 광고가 일본 여성인지 조선 여성인지 알 수 없는 '같은' 이미지의 여성들을 등장시키고 있다는 점을 고려하면 미신환 광고는 좀 특이한 광고인 셈이다.

2) 합리적인 전시 생활은 불합리한 실천으로부터

바람직한 총후 여성의 삶은 절약, 위생적이어야 함과 더불어 합리적이어야 한다. 『신시대』에는 밥 짓는 법, 염색하는 법 등의 일상적인 일들에 과학적 지식을 덧붙여 합리적으로 집안팎의 일들을 처리하는 방법들을 소개하는 글을 지속적으로 게재되는데 이는 총후 여성의 모범적인 삶의 지침으로서 제시되어 있다. 즉 일제는 전시체제에 효율적으로 여성과 각 가정을 통제하고 동원하기 위한 과학적 삶을 제조하여 그 실천 방안을 제공하였던 것이다. 이런 총후 여성 생활지침은 실생활의 차원에서는 이전보다 혹은 조선 전래의 방식보다 실용적이고 경제적이며, 합리적인 것으로 보다 근대적인 생활 문화라고 할 수 있는 측면도 포함되어 있다. 그러나 이런 합리적인 생활지침은 어디까지나 전시체제에 봉사하는 데에 한정된다. 따라서 경제적이고 합리적인 식생활지침이나 각종 부상치료 등의 응급가정의학지침 등은 일제의 전시체제를 생활 근본에서부터 떠받치는 생활강령으로서 작동한다. 그 구체적인 내용을 살펴보면 다음과 같다.

주부는 이 모든 것이 부족한 시대에 처하여 종래의 쓸데없이 해푸게 쓰든 습관을 씻은 듯이 버리고 졸약하여, 합리적으로 살어가야 하겠습니다. 이것이 곧 '나라를 위하여'의 신체제인 것입니다.[18]

위에서 말하는 '합리적'인 삶이란 곧 절약하여 물자가 부족한 전시기에 보탬이 되는 것이다. 그리고 이런 삶은 일제를 위하여 개인을 희생하는 삶이다. 그러나 한편 여성의 '합리적'인 삶이란 아래 인용문과 같은 의미도 포괄하고 있다.

실상 이 고도 국방국가의 건설이란 그리 쉬운게 아니랍니다. 왼 일본천지가 모두 병영이 되어버리고 요색이 되고 병기공창이 된 양으로 여기고 그리고 모든 일본 사람이 다같이 병정이 된셈잡고 공창의 직공이 된 양으로 일하잖으면 안되는 것입니다.

---

18 喜田壯一郎, 「銃後婦人의 覺悟」, 『신시대』, 신시대사, 1941.2, 190면.

방공단복으로 단속하고 나서는 날 그날만이 방공연습날이 아니란 것을
잘 알아야 됩니다. 한 집안의 주부의 책임은 이밖에도 찬을 만들고 밥을 짓
고 빨래를 하는—이러한 순간순간이라도 늘 방공연습하는 그때의, 그 긴
장한 기분을 잊지 말아야 되는 것입니다.[19]

삶의 목표를 명확하게 세우고 그에 맞는 생활을 하는 것, 이것 또한 합
리적인 여성의 삶이다. 개인의 안위와 영달이 아니라 '우리'와 '나라'를
위하여 살고자 한다면 신체제에 따라 개인적인 감성을 누르고 이성의
힘에 의해 스스로 매사에 행동을 실행하고 통제하여야 한다. 따라서 '고
도 국방국가의 건설'이 조선 여성의 삶의 목표로 제시되면 이에 따라 가
사를 돌볼 때에도 이성적으로 사고하여 '방공' 상태의 긴장감을 가지고
있어야 한다.

八. 享樂場所인 愛國婦人會

일반 가정풍기는 어떠한가. (…중략…) 그 하고 있는 짓(방공방화단에서
방공훈련을 하는 모습—인용자)은 매우 열심인듯이 보이나, 공습은 없다는
기분이 지배하여, 정부가 공습필지라고 힘껏 선전하여도 참다웁게 알지는
않는다. (…중략…) 단지 방공방화활동을 하는 유희에 지나지 않는다.

그외 U.S.O(유나티드 · 싸—비스 · 오가니제숀)이라 하는 부인단체가 있
다. (…중략…) 미국부인은 밤의 사교생활에 빠져서 야회(夜會)를 좋와하
는대, '깨소링'의 제한때문에 마음대로 모이지 못하는 관계로 이러한 모임

을 만들었을 뿐이오, 무슨 나라를 위한 강력한 국민조직인 것은 아니다.[20]

그렇지 않으면 '방공연습'은 위의 글에서 논하는 미국 부인들의 그것처럼 한낱 유희나 사교의 장에 지나지 않는 활동이 될 것이다. 이렇게 되면 방공방화단체는 '국민'의 조직이 아니요, 개인의 조직이 되는 셈이다. 합리적이고 이성적으로 판단하여 미국 부인의 사례를 타산지석으로 삼아야 한다.

그러나 실상 매사에 이성적이고 합리적인 생활을 할 수 있는 사람은 드물다.

> 근실하게 일하고, 간소한 살림을 하고 엄격한 교양을 갖게하고 — 그러는 중에도, 아름다움이라던가, 웃음과 단란한 분위기가, 꼭 있어야 하겠습니다. (…중략…)
>
> 고무는 잡아 늘려만 놓으면 끊어지고 맙니다. 사람도 늘 긴장만 하고 있으면 몸이 견데날수가 없습니다. 숨이 꽉꽉 막히는 하루하루를 보내야한다면 아무리 때가 때라더라도 실증이 안날 수 없습니다. 늘씬도 해질 것입니다. 그러니 때로는 마음턱놓고 놀아도 봅세다. 연극도 보고 영화도 보러 갑세다. 한 집안 손을 잡고 하이킹도 합시다.
>
> 여기서 조심할 것은 돈을 물쓰듯 안하면 놀았단 기분이 안난다는 이러한 우수운 습관이 종래로 많었습니다. 노는데도 순박하게 밖으로야 화려안해도 마음으로부터 유쾌한 기분을 갖도록 합세다.[21]

---

20 李享烈, 「敵美國의 銃後를 解剖하다」, 『신시대』, 신시대사, 1944.1, 73면.
21 喜田壯一郎, 「銃後婦人의 覺悟」, 『신시대』, 신시대사, 1941.2, 191면.

매사에 합리적으로 판단하고 생활해야 하지만 실상 그렇게 생활하기란 불가능하다는 것을 필자도 인정하고 있다. 합리적인 생활 속에서도 아름다움과 웃음과 단란한 분위기가 꼭 필요하다는 것을 강조하면서 "때로는 마음턱놓고 놀아도 봅세다"라며 이성적이고 합리적이어야만 하는 생활에 융통성을 허락하고 있다. 돈을 많이 들이지 않으면 연극, 영화, 하이킹도 좋다고 추천한다. 필자 스스로 합리적인 부인 생활에 대한 정신적인 피로를 예상한 것일까. 어쨌든 합리적이어야 유지될 수 있는 '새시대'는 불합리하게도 그 합리적 생활에 융통성을 허락해야 비로소 가능하다는 것을 역설적으로 드러내고 있다.

4. 결론

일제 말 일제가 원했던 조선 여성의 상은 후방에서 전방을 전폭적으로 지원하기 위하여 자기와 자식을 희생하는 여성이었다. 비슷한 여성상이 일본 여성에게도 강제되었을 터인데, 조선 여성은 항상 '내지' 여성을 모범으로 삼을 것을 강요당하였다. 현실에서는 실제로 '국민'으로서 얻을 수 있는 권리보다는 '준국민' 혹은 아직 '비국민'인 채로 '국민'이 되기 위한 많은 의무들이 강제되었다.

그런데 앞서 살펴본 것처럼 조선 여성에 지워진 많은 의무들은 실제 생활 속에서 서로 모순되기도 하고 현실의 모순을 극적으로 드러내주기도 한다. 전쟁과 '총후 여성'은 일제에 의해 강제되고 주입된 것이므로 일제의 전시체제를 학습하여 전하는 필자 개인으로서는 그 목적에 충실한 서사를 만들면서도 그것과 배치되거나 별 상관이 없는 개인적인 생각을 삽입하여 그 목적적 통일성에 균열이나 모순을 만들기도 한다.

아울러 전쟁하는 일제의 '총후 국민'으로서 조선 여성은 가사와 노동 현장에 호출되면서 절약의 정신을 잘 실천해야 함과 동시에 조선까지 시장을 넓힌 일제의 상품을 소비할 줄 아는 식민자본주의의 소비자로서도 기능해야 한다. 이러한 아이러니컬한 상황은 합리적인 전시생활을 강조하는 글 속에서 때로는 오히려 비이성적인 즐거움이 있어야 유지될 수 있다고 역설하기에 이른다.

일제 말 총동원체제의 기획에 의하여 후방에서 가정의 생활을 영위해야 하는 주체인 조선 여성의 삶은 '새시대'의 예절이나 합리적인 전시체제의 생활지침 등으로 규제되고 통제되었다. 그 구체적인 양상을 잡지 『신시대』의 여러 글과 광고를 통해서 확인할 수 있는데, 본 논문에서는 앞에서 살펴보았듯이 각각의 글들이 일제의 국책에 부합하려는 목적을 가지고 있지만 그 목적만을 드러내지 않는다는 점에 주목하였다. 자발적으로 제안하는 생활지침이 아니라 강제되어 학습되어 그 생활지침을 조선 여성에게 전달하려는 서사들은 서사 내에 작은 균열과 모순을 곳곳에 드러내고 있다. 이는 일제 말 생산, 유통되었던 서사를 연구해야 하는 필요성을 보여주는 것이라고도 할 수 있을 것이다.

채만식(蔡萬植)의 『여인전기(女人戰紀)』론(論)

『어머니』·『女子의 一生』과의 상관관계
신승희

1. 머리말

본 글에서 필자는 채만식의 소설 『여인전기(女人戰紀)』를 분석하고자 한다. 그는 1940년대 초반부터 여러 편의 친일논설[1]을 썼지만 친일소설

---

1 본 논문에서 사용한 '친일(親日)'이라는 용어는 특별한 개념 규정을 거치지는 않았다. 다만 일제 당국에 부합하거나 그들의 정책에 협조하는 일체의 행위를 포함하고 있는 용어이다.
   · 「大陸經綸의 壯圖 그 世界史的 意義 上下」(『每日新報』, 1940.11.22~23)
   · 「時代를 背景하는 文學」(『每日新報』, 1941.1.5)
   · 「文學과 全體主義」(『三千里』, 1941.1)
   · 「榮譽의 遺家族 訪問記」(『每日新報』, 1943.1.18)
   · 「池麟泰 大尉 遺家族 訪問記」(『新時代』, 1943.1)
   · 「追慕되는 池麟泰 大尉의 自爆」(『春秋』, 1943.1)

은 『여인전기』가 유일하다. 그러나 이 소설에 대한 논의는 의외로 미미하다. 해방 이후, 채만식은 친일논설·친일소설의 집필, 친일강연 등 자신의 전반적 행위에 대한 해명과 반성의 형식으로 「민족(民族)의 죄인(罪人)」을 집필했다. 그는 이 작품에서 『여인전기』를 "창녀 못지 아니한 매문질"[2]이었다고 혹독하게 비판한 바 있다. 이후 『여인전기』에 대한 분석은 없고, 작품의 집필 계기 및 의도에 대한 단편적 언급[3]에 머무르고 있는 형편이다. 『여인전기』에 대한 분석은 임종국에 의한 것이 거의 유일하다. 그는 작품의 줄거리 요약과 함께 '내선일체'의 내용을 가지고 있는 '군국 어머니의 일대기'라고 그 성격을 규정했다.[4] 채만식 연구에 있어서 『여인전기』가 주목받지 못한 이유는 그의 작품 세계에서 차지하는 미약한 비중 및 부정적 가치판단에 기인한 것으로 보인다.

1939년 채만식은 자신의 작품에 대한 중간 결산을 시도했다. 그 글에서 「레디메이드 인생(人生)」, 「명일(明日)」, 「치숙(痴叔)」, 「소망(少妄)」, 『탁류(濁流)』, 『천하태평춘(天下太平春)』 그리고 「제향(祭饗)날」 등에 대해 거론했다.[5] 당시 채만식은 위의 작품들을 자신의 대표작으로 간주한 것이다. 이 작품들에 대해 한 연구자는 작가 자신이 살아가는 고약한 시대의 부정적 양상들에 대한 고발이며 증언[6]이었다고 의미를 부여한 바 있다. 이

　　　・「間道行」(『每日新報』, 1943.2.17~24)
　　　・「輕金屬 工場의 하루」(『新時代』, 1944.6)
2　蔡萬植, 『民族의 罪人』 下, 『白民』 17호, 1949.1, 54면.
3　김윤식, 『韓國近代小說史研究』, 乙酉文化社, 1986, 336면; 유임하, 「풍자문학과 비판적 리얼리즘의 한 극점」, 상허학회, 『새로 쓰는 한국작가론』, 백년글사랑, 2002, 119면.
4　林鍾國, 『親日文學論』, 平和出版社, 1983, 399~400면.
5　蔡萬植, 「自作案內」, 金允植 編, 『作者論叢書 12, 蔡萬植』, 文學과知性社, 1984, 179~186면.
6　李注衡, 「蔡萬植 문학과 否定의 논리」, 全光鏞 外, 『韓國現代小說史研究』, 民音社, 1984, 246·259면.

러한 관점에서『여인전기』는 채만식 소설의 주류가 아니었음이 분명하
다. 더구나 다음과 같은 부정적 가치판단에 입각하면『여인전기』의 의
미는 더욱 위축될 수밖에 없다.

　　흔히 채만식이라면 장편『탁류』,『태평천하』와 단편「치숙」,「레디메이
드 인생」을 연상할 것이다. 이러한 작품군은 풍자 정신(아이러니)에 의해
특징지어질 수 있을 것이다. 이러한 그의 독특한 풍자적 태도는 단순한 기
법이 아니라 하나의 방법론이자 작가 정신으로 보아질 수 있다. 그것은 한
국 소설사에서는 유일하고 독특한 것이었다. 즉 식민지적 현실의 모순 기능
을 포착하는 가장 확실한 방법론이었던 셈이다. 대일 협력에 임함으로써 이
방법론이 무용하게 되었다는 점이야말로 <u>채만식 문학의 결정적 훼손</u>에 해
당된다. 진정한 가치의 추구는 중단되었던 것이다. 그 <u>훼손된 가치의 회복</u>
은 자의식의 극복과 병행하지 않을 수 없는 곳에 모럴의 의미를 놓았으리
라. 이를 도식적으로 파악하면 다음과 같이 될 것이다. 첫째는, 자의식 극복
으로서의 민족의 죄인 의식을 전면 수용하는 태도, 둘째는, 풍자의 회복, 셋
째는, 역사에의 진보적 견해 등으로 요약될 수 있다.[7](밑줄─인용자)

　　위의 논리에 따르면,『여인전기』는 채만식 문학의 가치 훼손이며, 참
담한 이념적 훼절[8]에 다름 아니다. 그로 인해 채만식 문학이 추구하던
진정한 가치는 중단되었다. 해방 이후, 훼손된 채만식 문학은 세 방향으

7　　김윤식, 앞의 책, 343면.
8　　한형구,「해방공간에 있어서의 채만식의 현실인식과 글쓰기」, 임헌영 외,『해방공간
　　의 문학운동과 문학의 역사인식』, 한울, 1989, 223면.

로 복원을 꾀했다. 가치의 훼손과 그 복원 과정에서『여인전기』는 괄호 속에 묶여야할 치부(恥部)였던 것이다. 본 글에서 필자는『여인전기』가 채만식 문학의 가치를 훼손시켰다면 어떻게 훼손시켰는지, 아울러 그러한 자신의 행위에 대해 어떻게 대응했는지 확인하고자 한다.『여인전기』는 그 앞뒤에 내용상 밀접하게 연결되어 있는 두 작품이 있다.『어머니』와『여자(女子)의 일생(一生)』이 그것이다. 그 두 작품도 연구자들로부터 주목받지 못하기는 마찬가지이다. 특히 다음과 같은 평가는『여자의 일생』의 존재를 부정하는 것으로 볼 수 있다.

> 그는 1943년 장편『어머니』를『조광』에 연재하였다. (이 작품은 해방 후 『여자의 일생』으로 개제되어 출간됐다. 작중인물 숙희가 진주로 바뀌었을 뿐 큰 개작의 흔적은 없다.) 이 작품에서 그는 개화당 남진사의 후예 진주가 조혼을 통해 겪는 비극을 통해 개화기의 풍속적 탐구를 시도함으로써 「대하(大河)」, 「탑(塔)」, 「봄」과 같이 풍속소설을 지향하고 있다.[9]

『여자의 일생』이 이름만 바뀐『어머니』임을 암시하고 있다.『여자의 일생』의 전반부를 풍속소설로 보는 것에는 동의하지만, 그 후반부까지 풍속소설의 범주에 넣을 수는 없을 것 같다.『여인전기』와『여자의 일생』은 연재 도중 갑자기 중단된『어머니』의 후반부를 완성하고 있다는 공통점이 있다. 흥미로운 것은『여인전기』와『여자의 일생』의 후반부 내용이 전혀 상반된 방향으로 전개되고 있다는 사실이다. 이 두 작품 사

9　崔元植,『民族文學의 論理』, 創作과批評社, 1982, 180면.

이에 '해방'이 가로 놓임으로써 내용을 면밀히 분석할 필요가 있다. 먼저 두 작품의 모태 격인 『어머니』부터 살펴보자.

2. 『어머니』 분석

『조광(朝光)』에 연재된 『어머니』(1943.3~10)의 주요인물은 숙희(18세), 준호(12세) 그리고 준호 모친 박씨 부인(40대 초반) 등이다. 박씨 부인은 31살에 청상(青裳)이 되어 10년 남짓 혼자 몸으로 백여 석 재산을 일군 여장부다. 그러나 박씨 부인은 마음의 병을 앓고 있다.

> 흔히 중년 과부란, 그 생활조건과 심려관계로 인하여 성질이 다소간 편협, 괴벽하기 쉬운 법이요, 이윽고 그가 단산기를 당하여 히스테리증이 생기게 되고 보면 그 경향이 일단 더 짙어진다. 물론 병이다. (…중략…) 한번 무엇이 이렇다 하고 생각을 하면 꼭 그 곬으로만 그 곬으로만 무섭게 심각코 날카란 천착을 일삼는다. 그러다 필경 얼토당토 아니한 결론에 빠저 가지고 과대망상증이니 피해망상증이니 하는 데까지 이르는 수가 왕왕히 있다. 보아야 겉으로는 신수 멀쩡하다. 그러나 그는 이미 구할 수 없는 병인이다. 박씨 부인이 불행 그러한 병이 골수에까지 깊은 병인이었었다. 그리고 그 병독이 똘똘 돌아 죄다 와서 떨어지는 곳이 어느 곳이냐 하면 며느리 숙희였다.[10]

연재 도중 갑자기 중단됨으로써 작품 전체를 속단할 수는 없지만 위 대목만으로도 소설의 내용을 어느 정도 짐작할 수는 있다. 어리고 착한 숙희가 늙고 심술궂은 시어머니로부터 끊임없이 핍박당하다가 비극적 결말에 이르든지 또는 극적 반전을 통해 해피엔딩으로 끝나든지 하는 가정소설이었을 것이다. 이는 전처 소생에 대한 계모의 괴롭힘과 그 고난을 극복하고 해피엔딩에 이르는 전대(前代)의 권선징악형 가정소설을 닮아 있다. 만약 이 공식에 따른다면 『어머니』도 권선징악적 결말에 이를 가능성이 많다. 이는 『여인전기』와 『여자의 일생』의 분석을 통해 확인할 수 있을 것이다.

숙희에 대한 박씨 부인의 기본 정서는 "고흔 살짝 아래로 도둑히 살진 연한 뺨"을 "박박 할퀴어놓고 싶"(『조광』 4월호, 175면)은 즉, 늙어가는 청상이 갓 피어나는 젊음에 대해 품는 병적 증오심에 다름 아니다. 시기와 질투의 눈으로 숙희를 바라보는 박씨 부인에게 숙희의 행동이 예사롭게 보일 리 없다. "흥! 맘두 들뜰만 하지! 오두발광두 날만 허지! 서방은 어려, 나인 찼어, 달은 히양창 밝어 … 맘두 들뜬만 허구 말구! 오두 발광두 날만 허구말구!"(『조광』 4월호, 176면) 나이 찬 여자, 어린 남편, 거기에서 오는 성적 불만. 박씨 부인은 며느리의 모든 행동을 이 잣대로 판단한다. 그러므로 『어머니』는 가정비극과 같은 계열이면서 젊음에 대한 늙음의 시기와 질투라는 또 하나의 변수가 더해져 통속화된다. 그렇게 보면 박씨 부인이 준호에게 가하는 일상(日常)의 엄격함은 며느리와의 삼각관계에서 오는 아들에 대한 독점욕의 한 변형에 다름 아니다.

10　蔡萬植, 『어머니』(『朝光』, 1943.3), 184면. 이하 면수만 표시. 필자가 현대어법에 준하여 부분 수정.

　가까스로 몇 차례 파국의 고비를 넘겼지만 이 가정의 비극은 오해로 말미암아 절정으로 치닫는다. 박씨 부인 집에는 용길이라는 친정 쪽 조카 겸 머슴이 있다. 그는 추석을 맞아 집으로 가고, 박씨 부인은 용길이 집이 있는 절골로 물을 맞으러 간다. 호랑이 같은 어머니가 집에 없자 준호는 숙희에게 난장(亂場) 구경을 보내달라고 조른다. 숙희는 준호가 하도 간절히 조르는 바람에 친구 윤석과 함께 보낸다. 준호가 놀람 속에 바라본 난장. 씨름판, 협률사, 노름판 그리고 주막 풍경까지. 특히 장국밥을 말아주는 장면에서 이야기꾼으로서의 채만식의 솜씨가 돋보인다. 그러나 준호는 그 국밥을 사 먹지 못한다. 익숙한 것이 아니었기 때문이다. 대신 숙희가 싸준 송편을 꾸역꾸역 먹는다. 밤늦게 집에 돌아온 준호가 탈이 난 것은 당연한 일. 그 준호의 탈이 결국 숙희를 친정으로 내몬 결정적인 계기가 되고 만다. 한편 절골로 물을 맞으러 간 박씨 부인은 용길이의 집에 머문다. 박씨 부인과 용길이 모친이 이런 저런 이야기를 하던 끝에 용길의 혼사 문제가 나왔다. 용길의 모친은 박씨 부인이 그 혼사에 한몫 해줄 것을 은근히 바라면서 용길이가 혼사에 적극적이지 않음을 넌지시 비친다.

　그러나 박씨 부인은 용길이가 혼사문제에 적극적이지 않은 이유의 한 가운데 숙희가 있다고 생각한다. 나이 찬 며느리와 용길이 사이에 모종의 관계가 있을 것이라는 단정 속에 의심은 증폭된다. 여기까지 생각이 미친 박씨 부인은 물맞이를 취소하고 서둘러 귀가한다. 우연이 우연을 낳고 의심이 의심을 부른다. 박씨 부인은 숙희가 준호를 죽이려했다는 무서운 의심에까지 나아가고 만다. 결국 숙희는 반년에 걸친 파란만장한 시집살이를 끝내고 친정으로 쫓겨 간다.

이 부분에서 연재가 돌연 중단되고 만다. 소설 끝에 '계속'이라고 인쇄되어 있음에도 불구하고 아무런 해명도 없이 중단된 것이다. 그 이유에 대해서는 작품 내용과 시대 상황을 연관시켜 추정해 볼 수밖에 없다. 이 소설이 창작된 1943년은 일제가 태평양전쟁의 한가운데 있던 시점이다. 군국(軍國)의 시대. 이른바 신체제 문학의 시대였다. 이 문제에 대한 좌담의 한 대목을 보자.

李光洙 : 신체제에서 가장 큰 목적이 고도의 국방국가건설에 있느니만치 문학작품도 국가의식을 깊으게 환기고조하는 것이되어야 할 것이며 제재도 생산부문에서 일하는 글로 민중의 생활의 자태와 심리의 부면을 널리 접촉하여야 할 것이다.

鄭寅燮 : 시인이나 소설가가 붓을 들어 당장 무엇을 쓰려 할 적에 신체제하에 있어서는 어떤 것을 어떻게 그릴까 구체적인 점을 생각하여 본다면 (…중략…) 주인공 성격은 개척자적 웅대한 기상을 갖추고 …

朴英熙 : 신체제라는 것은 쉬웁게 말하면 국민으로서 국가에 대한 충의를 더욱 철저하게 하는데 있습니다. 그러한 의미에서 신체제하의 조선문학을 말한다면 그것은 충의를 종으로, 건전한 국체사상을 횡으로 하는 좋은 작품을 많이 써내는 것입니다.[11]

좌담의 핵심은 사회적 · 시대적 상황과 흐름에 문학이 능동적으로 대처해야 한다는 것이다. 채만식도 이 문제에 대해 "문학 그 자신이 의거

---

11   李光洙 外, 「新體制下의 朝鮮文學의 進路」, 『三千里』, 1940.12, 394~395면.

하는 바 해당시대의 시대적 사회적 현실이란 문학에 있어서 결정적인 제요인 가운데 중요한 자의 하나"[12]임을 인정한 바 있다. 그러나 정작 자신의 작품 창작에 있어서는 이 원칙이 지켜지지 않았던 것이다. 채만식은 7회에 걸쳐 『어머니』를 연재하는 동안 비정상적인 가정의 비극적 모습을 지루하게 늘어놓고 있을 뿐 시대적·사회적 요구에 부합하지 못하고 있다. 필자는 이것이 작품 중단의 일차적 이유라고 판단된다. 그렇다면 채만식이 문학 작품을 통해 시대적·사회적 요구에 부응하지 못한 이유는 무엇일까?

이 문제에 대해 논의하기 전에 그의 인식이 친일로 기울어진 원인에 대해 먼저 살펴 볼 필요가 있다. 단순한 픽션이 아니라 자기비판[13] 또는 진정한 내면고백[14]이라고 평가받는 「민족(民族)의 죄인(罪人)」에 이 문제가 자세히 기록되어 있다.

> 개성서 살고 있을 때요 태평양전쟁이 일던 전전해인 一九三八년있던듯 싶으다. 三월 그믐인데 볼 일로 서울을 왔다 三四일만에 내려갔더니 가족들이 초상 난 집처럼 근심에 쌓여 있었다. 조금전에 개성경찰서의 형사 두 명이 와서 내가 거처하는 방을 수색을 하고 서신과 몇 가지 원고와 잡지 얼러 몇 가지의 서적을 가져갔고 그러면서 물어 볼 말이 있으니 돌아오는대로 곧 고등계로 오도록 일르라는 부탁을 하더라는 것이었었다.[15]

---

12 蔡萬植, 「時代를 背景하는 文學 ①」, 『每日新報』, 1941.1.5.
13 金允植, 「民族의 罪人과 罪人의 民族」, 『隨筆文學』, 1976.3, 174면.
14 한형구, 앞의 글, 224면.
15 채만식, 「민족의 죄인 (상)」, 『백민』 16호, 1948.10, 39면.

이른바 '독서회사건'의 시작이다. 작품에 보면 채만식이 이 사건에 연루되어 개성경찰서 유치장에 갇혀있던 시기는 대략 4월 초부터 5월 말, 6월 초까지였던 것으로 추정된다. 채만식이 평소 자신을 따르던 청년들에게 대동아전쟁의 의미에 대해 말한 것이 빌미가 되었던 것 같다. 이유야 어떻든 타의에 의해 두 달 남짓 동안 갇힘의 고통을 겪었던 그때의 심정을 다음과 같이 쓰고 있다.

> 아침을 먹고 나서는 열두 시 점심이 올 때까지 간수의 앉았는 등 뒤에 걸린 시계를 백 번도 더 내어다 보면서 덜걱거리는 밥구루마 소리를 기대린다.
> 가까수로 점심을 먹고 나서는 이내 또 백 번도 더 시계를 내어다 보면서 여섯 시 저녁을 기대린다.
> 이렇게 오직 밥을 기대리기를 일삼으면서 하로 하로를 지우곤 하든 것이었다. 내가 나를 생각하여도 천박하기 짝이 없었다. 하로종일 먹을 것만 탐하는 도야지나 다름이 없는 상싶었다.[16]

욕설과 구타 그리고 무책임한 방치 속에서 자신이 돼지같이 되어 간다는 극심한 자괴감에 빠져있던 채만식이 무법천지 유치장으로부터 풀려나오게 된 계기는 가형과 친분이 있던 개성 유력자의 압력과 조선문인협회에서 채만식에게 보내온 엽서였다. 채만식이 어떤 사건에 연루되어 유치장에 갇혔고, 어떤 곤욕을 치렀고, 어떤 경로를 밟아 풀려났는지 하는 등의 문제는 필자의 관심사항이 아니다. 다만 그곳으로부터 풀

---

16   위의 글, 42~43면.

려나면서 그가 갖게 된 인식상의 변화가 중요하다.

대일협력이라는 주권(株卷)의 이윤(利潤)이 어떠하다는 것을 실지로 배운 것이 이 개성사건이었다. 나중 가서야 어찌 되었던 우선 당장은 나아가지 않드래도 새끼로 목을 얽어 끌어내지는 아니할 것이며 누어서 배길 수가 없잖아 있는 소위 미영격멸국민총궐기대회의 강연을 피하려 않고서 내 발로 걸어나갔던 것은 그처럼 대일협력의 이윤이 어떻다는 것을 안 것이 있었기 때문이었었다.[17]

즉, "용맹하지도 못한 동시에 영리하지도 못한 나는 결국 본심도 아니면서 겉으로 복종이나 하는"[18] 대일 협력의 길을 걷기로 결심했던 것이다. 어차피 벗어날 수 없다면 더 이상의 불이익을 당하지 않기 위해 일종의 위장술이 필요했고 그 구체적 방법으로 친일논설 집필과 친일강연을 선택했다. 그렇다면 문학 쪽은 어떠했는가? 친일문학을 선택했는가? 이는 채만식이 문학을 어떻게 인식하고 있었는가 하는 문제와 연관될 것이다.

다른 사정도 없는 게 아니었으나 무엇보다도 나의 문학하던 태도를 돌아보아, 이것을 하느니 차라리 그만 둘까보다고 스스로 제작을 중단한 것이, 지금부터 6년 전인 갑술(甲戌).
하고서 침음(沈吟)으로 2년을 보냈고, 그랬다가 다시 무슨 바람이 불었던

---

17   위의 글, 46면.
18   위의 글, 46면.

지 (아마 애착이 무던했던 모양이지) 에라 이럴 일이 아니다고, 노둔(老鈍)한 머리와 병약한 오척단구(五尺短軀)를 통째로 내매겨 성패간에 한바탕 문학이란 자와 단판 씨름을 하리라는 비장(?)한 결심을 한 것이 병자년 벽두 마침『조선일보』를 물러나오던 기회다.[19]

『조선일보』를 사직하던 1936년부터 그는 문학을 자신의 본업으로 간주하고 있었다. 즉 전업(專業) 작가의 선언인 셈이다. 자신의 본업이 문학이요, 전업 작가[20]라는 자의식이 그를 강하게 지배하고 있었고, 병적인 결벽증과 비타협적인 성격[21] 그리고 과도한 자존심[22]까지 더해 있었던 상태에서 문학적 타협은 스스로 용인할 수 없었을 것이다. 채만식의 문학관과 시대적 요구가 대립할 수밖에 없었다.

새로운 秩序를 目標로 하는 新體制運動에 對하야 積極的 協力을 애낄 理由가 어데있겠는가. 文學者는 모름지기 새로운 情熱과 行動으로서 政治와의 正常的인 交互關係를 맺어야 할 것이다. 文學者 一般이 가지고 있는 從來의 偏見 — 政治에 對한 背面과 어울너 藝術獨自的 領域의 固執 — 을 一擲함이 없이는 불가능하다.[23]

---

19 김윤식 편, 앞의 책, 179~180면.

20 한형구, 앞의 글, 223면.

21 김용성,『한국현대문학사탐방』, 玄岩社, 1984, 167면; 강진호,「궁핍 속에 피어난 풍자문학」,『문화예술』, 1996.9, 65면.

22 강진호, 위의 글, 59면.

23 尹圭涉,「新體制와 文學」,『人文評論』, 제3권 제1호, 1941, 46면.

예술에 대한 고집과 정치에 대한 배면. 이무렵 채만식은 정치와의 호의적인 교호 관계에 실패한 것이다. 『어머니』는 숙희의 조혼으로 인해 겪는 비극을 통해 개화기의 풍속적 탐구를 시도하는 풍속소설을 지향[24]하였고 그 결과 '내던져진[一擲]' 것이다.

『어머니』로 인해 작가와 검열 당국 간의 갈등이 있었음을 짐작케 하는 단서가 「민족의 죄인」에서 발견된다.

> 이보다 조금 앞서(1944년 10월 – 인용자) 『매일신보』에다 연재소설(여인전기 – 인용자)을 쓰기 시작한 것이 있었다. 검렬이 신문사의 편집자를 시켜 작자에게 다짐을 요구하였다. 반드시 애국적인 소설이어야 할 것과 소설의 경개를 미리 제출할 것과 그 경개대로 충실히 써나갈 것 등속의 다짐이었다.[25](밑줄 – 인용자)

전술한 바, 『어머니』가 중도에 연재가 끊긴 다음 만 1년 동안 채만식은 절필 상태였다. 『어머니』가 지닌 문제점(그중에서도 비애국적 내용이 가장 문제였을 것이다.)을 되풀이하지 않는다는 조건 하에 『여인전기』의 집필이 허용된 것으로 판단된다.

---

24   최원식, 앞의 책, 180면.
25   채만식, 「민족의 죄인(하)」, 53면.

3. 『여인전기(女人戰紀)』 분석

『여인전기(女人戰紀)』는 해방을 불과 3개월 앞둔 시점에 연재가 완료된 작품이다. 연재가 시작되기 바로 전날 『매일신보』에 다음과 같은 안내문이 실렸다.

> 전쟁을 익이여나가기 위하야서는 무엇보다도 굿세인 병정을 만히 길너내야 하고 굿세인 병정을 길너내는 것은 오로지 어머니의 손에 달렷다. 어머니가 열렬한 애국심을 가지고 바르고 명랑하고 굿세게 그 아들을 길너내어야 비로소 그 아들이 훌륭한 제국군인이 되어 국가를 위하야 충성을 다할 수 잇다. 채씨의 이번 소설은 가진 고난과 곤궁을 격그면서 그 아들을 훌륭하게 길너서 충성스러운 황군의 일원이 되게 한 군국 어머니의 피눈물 나는 일생을 그린 것이다.[26]

이 작품이 연재되던 시점은 식민지 조선에 대한 일제의 핍박이 최고조에 달했던 때이며 패전이 어느 정도 예견되고 있던 때이기도 하다.[27] 그러므로 채만식의 『여인전기』는 패전이 예견된 남의 전쟁에 출전[28]시키기 위해 조선 청년을 충직한 황군으로 만들려는 목적 하에 집필된 선동적 계몽 소설임을 알 수 있다. 1940년대 초반부터 논설을 통해 피력된

---

26 『每日新報』, 1944. 10. 4.
27 宋建鎬, 『宋建鎬全集』 4, 한길사, 2006 참조.
28 일제는 그들의 전쟁을 수행하기 위해 식민지 조선에 대해 1938년에는 지원병제, 1943년에는 징병제, 그리고 패전 직전인 1944년에는 학병제를 각각 시행했다.

채만식의 친일적 인식이 비로소 작품화된 것이다.

> 내지의 어머니들은 이천육백여 년을 두고 한결같이 나라를 위하여 아들네를 전지에 내보내되, 동치 아니하도록 도저한 도야와 훈련과 그리고 자각 가운데서 살아 내려왔다. 그런 결과 일본 여성은 사랑하는 아들을 나라에 바쳤으되 조금도 미련겨워하며 슬퍼하는 등 연약한 거동을 함이 없이 가장 늠름하기를 잊지 아니하는 천품이-정신이 잡히기에 이르렀다. 어머니 된 정에 노상 어찌 슬픔이 없을 리가 있을꼬마는, 한때 속으로 슬퍼하였지 혼자서 암루나 흘리면 흘렸지 일상에 상심하는 얼굴을 지닌다거나 항차 남 앞에서 눈물을 보인다거나 하는 법은 전연히 없다.
> 여러 백 년을 나라와 나라 위할 줄을 모르고 오직 자아본위, 가정본위, 오직 일가족속본위로만 살아온 조선 백성은 따라서 어머니들의 군국에 대한 정신적 준비랄 것이 막상 충분치가 못하였다. 빈약한 편이 많았다. [29]

작가가 직접 나서 일본 여성의 뿌리 깊은 애국심을 찬양하고, 그에 비해 조선 여성의 가족주의적 이기심을 질타하고 있다. 아들을 전쟁터에 보내 비록 죽더라도 슬퍼하지 말고 자랑스러워하라는 것이 발언의 핵심이다. 이것은 이광수(李光洙) 등의 지원병 독려문과 하등 다를 바 없다.

> 지원병 훈련소를 보는 것은 두 번짼데 볼 때마다 가장 많이 느껴지는 것은 신체와 정신의 개조입니다. 소화기의 개조, 근육의 개조, 피부의 개조

---

29 蔡萬植, 『蔡萬植全集』 4, 創作社, 1987, 310면. 이하 면수만 표시.

이것은 지원병들이 공통으로 감사하는 바여니와 습관의 개조를 통하여서 되는 정신의 개조는 그 이상인가 합니다. 그들이 군대생활을 맞추고 오는 날은 전혀 신인이 되는데 이 신인화야말로 이천삼백 만이 모주리 통과하여야할 필연당연의 과정인가 합니다. 일언이폐지왈 "천황께 바쳐서 쓸데 있는 사람"이 되는 것입니다.[30]

옥동댁(임진주)은 전쟁터에 내보낸 아들에 대한 그리움과 안타까움에 눈물짓는 평범한 어머니요 여성임에 반해 윤팔네는 위와 같은 군국주의적 세뇌가 효과를 발휘한 경우라 할 수 있다.

나야 다 참 무식하고 성명도 없고 하지만 조옴 좋아? 사내 자식으로 세상에 났다가 총칼 메고 난리 치러 나가는 게 호강 아니고 무어람? 그래 대장부가 그 노릇 한번 못해보고 죽드람? 제엔장, 여든에 죽으나 스물에 죽으나 한번 죽기는 일반! 명색없이 지지리 오래 살다 명색없이 죽느니 접전 나가 싸움하다 죽으면 오죽 뻐젓해?(312면)

채만식의 선동적 발언대로 하자면 옥동댁은 윤팔네의 의연함을 본받아야 하는 것이다. 철이는 전선에서 보낸 군사우편을 통해 어머니 옥동댁의 유약한 마음을 굳세게 다잡는 말을 전한다.

전사! 전사! 칼을 잡고 적과 마주 싸우다 있는 힘, 있는 용기 다하여 최후

---

[30]   李光洙 外, 「文士部隊와 志願兵」, 『三千里』 12월호, 1940, 334면.

까지 싸우다 일순간에 죽는 죽음! 전사! 그것은 늠름하고 영광되고 자랑스럽고 한 외에, 겸하여 아름다운 죽음, 황홀한 죽음이기까지 합니다. (316면)

자신의 목숨을 잃으면서도 두려움은커녕 황홀감에 쌓여있는 비현실적 최면 상태. 이것은 일제가 식민지 조선인들에게 강요한 거짓된 국가관인데 이 음모에 당대의 지식인들이 자의든 타의든 동원되었던 것이다. 전쟁터로 출정하는 지원병을 기리는 노래 한 구절을 보자.

씩씩할사 끼긋한 그대의 모양
미더웁고 튼튼키 태산갓고나
내 고장이 나어준 황군의 용사
임금님께 바치는 크나큰 영광[31]

『여인전기』 3~5장은 이미 발표되었던 『어머니』의 내용이 회상형식으로 반복된다. 임진주가 딸 문주에게 자신의 파란만장한 인생역정을 들려주는 형식이다. 『어머니』의 주인공 숙희가 『여인전기』에서는 임진주로 바뀌었을 뿐이다. 『어머니』에서는 숙희의 가계와 내력이 거의 소개되지 않았다. 다만 할머니를 모시고 홀로 살아온 것으로 되어 있는데 『여인전기』에서는 진주의 가계와 내력이 비교적 상세히 밝혀져 있다.

---

[31]   春園, 「志願兵壯行歌」, 『三千里』 12월호, 1940, 414면.

진주는 지극히 외로운 태생이었다. 세상 밖에 나면서 바로 어머니를 여의었다. 어머니의 편안코 아늑한 품에 안기어 그 단젖 한번 빨아보지 못하고 남(유모)의 젖으로 할머니의 손에서 길리었다. (…중략…) 여덟 살 적에는 노상 손님처럼 밖에는 만나지 못하던 아버지마저 여의었다. 아버지 임경식 중위(林中尉)가 여순공격전(旅順攻擊戰)에서 장렬히 전사를 한 것이었다. (349면)

그 후 진주가 시집을 가고 시어머니에게 핍박을 당하다가 급기야 쫓겨나는 장면까지는 『어머니』 그대로다. 그러므로 6장부터가 연재 도중 중단된 『어머니』의 후반부이며, 진정한 의미의 『여인전기』라고 볼 수 있다. 6장에는 진주의 아버지 임중위가 참전했던 여순공격전의 역사적 의미가 장황하게 설명됨으로써 급속히 정치성을 띠기 시작한다. 『여인전기』의 친일적 의미를 이해하기 위해서는 이 작품의 배경인 러일전쟁에 대한 이해를 필요로 한다.

1904년의 러일전쟁은 세계제국주의체제의 역사에서 중요한 의미를 가지는 것이었다. 그것은 식민지분할을 위한 제국주의 내에서의 열강진영끼리의 싸움이었고, 러·일 양대 군사봉건적 제국주의의 싸움이었지만, 동시에 그 전장을 제공한 한국에게 있어서는 일본제국주의에의 보다 더 강한 예속이 강요되는 계기가 되었고, 따라서 그것을 전환점으로 하여 한국은 반식민지에서 일본의 식민지에로 전환되어 갔다.[32]

---

32 歷史學會 編, 『露日戰爭 前後 日本의 韓國侵略』, 一潮閣, 1983, 205면.

　　세계제국주의체제의 중요한 전쟁으로 평가되는 러일전쟁을 기점으로 조선과 일본의 운명이 결정적으로 엇갈린다. 일본은 제국주의 열강으로 세계사의 무대에 등장한 반면 조선은 일제의 반(半)식민지로 전락하였으니, 러일전쟁은 우리민족에게 있어서 비극적 전환점이었던 것이다. 그러므로 임경식 중위는 일본의 제국주의화와 조선의 식민지화에 자신의 몸을 바친 인물로 설정되어 있는 것이다. 임중위가 특공대 대장으로 순국한 여순공격전. 여순(旅順)은 어떤 곳인가?

　　1894년 이후 동아시아는 본격적으로 제국주의 체제로 개편되어 갔다. 특히 1898년 중국대륙에 대한 열강들의 경쟁적 조차(租借)는 이 지역에서의 우위를 점하려는 경쟁이라고 볼 수 있다. 이 과정에서 러시아는 여순과 대련을 조차하게 된다.[33] 동아시아의 패권을 놓고 일본은 러시아와 일전을 치를 수밖에 없는 상황에 직면하고 있었다.[34]

　　일본도 1903년 12월 16일의 내각·원로 연석회의에서 대러전쟁방침을 결정하였고 이듬해 2월 6일에는 외교단절을 통고하고, 이어 8일에는 여순항과 인천항에서 러시아군함을 기습, 군사행동을 개시하고 이어 2월 10일 선전을 포고하였다.[35]

　　이른바 여순공격전은 러시아에 대한 정식 선전포고 직전, 일본에 의

33　위의 책, 206면.
34　淸日戰爭에서 승리한 일본은 러시아가 주도한 이른바 三國干涉에 의해 전승의 기득권을 포기해야 했다. 그 이후 동아시아로 南下하려는 러시아와 그것을 저지하려는 일본 사이에 전쟁은 피할 수 없는 상황이었다.
35　歷史學會 編, 앞의 책, 209면.

해 감행된 기습공격이었던 것이다.[36] 이 전투의 성패에 따라 러일전쟁의 전세를 가늠할 수 있는 중요한 싸움이었다. 임중위는 여순공위군의 특공대 대장으로 이 전투에 참전했고 장렬히 전사했다. 임중위가 결사대 지휘를 자청하면서 길전(吉田) 소장에게 "소관은 사람은 조선 사람이올시다. 그러나 소관의 마음의 나라는 일본이올시다"(388면)며 자신의 속마음을 털어놓는 장면은 일본에 대한 뼛속 깊은 충성심으로 가득 차 있다. 결사대 지휘를 만류하던 길전을 감동시키기에 충분하다. 러일전쟁 발발 당시 조선은 일제의 보호국이나 식민지로 전락하기 전이었다. 형식적이나마 독립국의 지위를 유지하고 있던 시점이다. 그럼에도 불구하고 조선인 임경식이 이 정도로 철저하게 친일성을 띄었다는 사실이 오히려 부자연스러워 보일 정도다. 그러나 임중위의 친일 성향은 뿌리가 깊었으니, 이미 선대(先代)부터 시작된 것이다. 이 사실은 내목(乃木) 사령관에 의해 회상된다.

임중위의 선친은 조선의 유신운동 단체의 일원으로 명치 십칠 년(1885년—인용자), 저 세상을 들렌 우정국 사건의 갑신정변에 실패를 하고 김옥균들과 함께 일본으로 망명을 온 사람이었다.

망명객 임씨는 일본 조야의 두터운 비호를 받으면서 한 삼 년 동안 망명 생활을 하는 동안 명치 유신 이후 일본의 새롭고도 기운찬 여러 가지 발전 가운데 그중에서도 특별히 신식군제와 그 교육에 대하여 깊이 느끼는 바가 있어 자기의 어린 외아들 임경식을 일본으로 데려다 어학이며 그 밖에 간

---

36 震檀學會, 『韓國史 現代編』, 乙酉文化社, 1981, 905면.

단한 기초학문을 가르쳐 가지고 명치 이십 년 때마침 새로이 생기는 육군 유년학교에 들여보냈다.

임경식은 타고난 자질이 자못 영민하고 의지와 신체도 매우 건실하여 그 부친의 기대에 어그러짐이 없이 순조로이 육군사관학교까지를 마치고 스물두 살 적에 소위에 배명이 되었다. 그것이 바로 명치 이십칠 년 일청전쟁이 인 해였다.

임소위는 대산제이군의 휘하에 든 혼성제일여단에 배속되어 주장 요동 각지의 작전에 전전하였다. 이 혼성제일여단장이 다른 사람이 아니라 곧 내목회전 소장이었다. (389∼390면)

임경식의 부친을 이해하기 위해서는 구한말 조선 정부가 친청파, 친일파로 갈리어 권력투쟁에 골몰하던 가운데 벌어진 갑신정변부터 살펴볼 필요가 있다.

김옥균은 임오군란 전에 일본에 와서 복택유길을 만나고 또 일본의 자본주의 문명의 성과를 보고 명치유신 이후의 일본의 발전에 심취하게 되었다. 그리하여 그는 일본의 후원으로 한국의 국내개혁을 하려고 했다. 그런데 그는 이 개혁을 국민운동으로 전개하려 하지 않고 일본의 지원으로 수구파를 타도하고 친일파 정권을 수립하는 것을 제일의 목표로 삼고 있었다.[37]

급진 개화파의 리더였던 김옥균은 국가 개혁을 국민의 참여하에 아

---

37 山邊健太郎, 安炳武 譯, 『한일합병사』, 汎友社, 1981, 89면.

래로부터의 혁명으로 진행하지 않고, 정치적 군사적 쿠테타라는 위로부터의 혁명으로 신속하게 완수하고자 했다. 그 방법으로 우정국 방화, 친청파 요인 암살 등을 계획했으나 실패로 돌아가자 고종을 경우궁으로 옮기고 철저히 출입을 통제하는 가운데 친청파 인사들을 궁으로 불러들여 암살하는 반란의 행태를 띠었다.[38]

그러나 김옥균의 위로부터의 정변은 삼일천하로 막을 내리고 만다. 작품에 보면 갑신정변이 실패로 끝난 후 김옥균 일파가 일본으로 망명할 때 임중위의 아버지도 그 대열에 끼어있었다. 주동 세력 가운데 홍영식은 정변 당시 청국군에 의해 피살되고 박영효, 서광범, 서재필 등은 일본을 거쳐 미국으로 건너갔다. 주동자 중에 일본에 남아있던 인물은 김옥균밖에 없었다. 작가에 의해 가공으로 만들어진 임중위의 부친은 망명 후 일본의 발전된 모습에 감명되어 자신의 아들을 불러들여 일본식 군사교육을 통해 일본 군인으로 만든 인물이다.

그러나 임중위의 아버지가 자신의 아들을 일본으로 데려갔다는 사실은 당시의 상황을 감안한다면 성립될 수 없는 가설이다. 정변 주도 세력에 대해서는 본인뿐만 아니라 그 가족에게도 연좌제가 적용되어 가혹하게 처단된 것이 역사적 사실이다.[39] 하여튼 부친에 의해 일본 군인으로 키워진 임중위는 러일전쟁 당시 특공대 대장으로 자랑스럽게 죽어간 것이다.

7장에는 친정으로 쫓겨난 직후 진주의 모습이 그려져 있다. 정상적인 내용 전개라면 마땅히 있어야 할 어린 손녀와 늙은 할머니의 기막힌 상

---

38   위의 책, 95~96면.
39   박은숙 ,『갑신정변연구』, 역사비평사, 2005, 518~526면.

봉 장면이 완전히 생략되어 있다. 다만 임중위의 기일을 맞아 경건하게 제사 지내는 조손(祖孫)의 모습이 담담하게 묘사되어 있을 뿐이다. 진주에 대한 시어머니 박씨의 핍박은 친일 개화세력이 조선 구세력에 의해 억압되는 것으로 볼 수 있으며, 이에 대한 진주 조손의 의연함은 조선 구세력에 대한 친일 개화세력의 우월성을 상징적으로 드러낸 것으로도 볼 수 있다.

그 후 진주는 신학문을 배우기 위해 서울 유학길에 오른다. 그리고 준호와 거짓말같이 해후한다. 그들은 망설임 없이 부부의 연을 다시 잇고 아들 철이를 낳는다. 그후 불행하게도 준호는 유복자를 남겨 논 상태에서 폐결핵으로 죽는다. 진주는 시가의 도움을 전혀 받지 못한 상태에서 철이와 유복자 문주를 훌륭히 키운다. 그리고 20여 년의 긴 세월을 돌아 시어머니 박씨와 운명적으로 해후한다. 죽음을 앞둔 박씨 부인이 진주와 화해를 통해 해묵은 미움을 청산하고 전재산을 그녀에게 남긴 채 숨을 거둔다. 여기에서 시점이 다시 현재로 돌아온다. 이때 실로 꿈같은 일이 눈앞에 펼쳐진다. 40년 전에 장렬히 전사한 아버지가 생전의 늠름한 군인의 모습으로 진주 앞에 다시 나타난 것이다. 이것은 꿈이 아닌 분명한 현실이다.

그렇다면 진주 앞에 나타난 사람은 누구인가? 물론 그녀의 아버지는 아니다. 바로 임경식 중위의 아들이다. 그러니까 임중위와 일본인 여자 사이에서 태어난 혼혈 이복 동생인 것이다. 이렇게 본다면 이 소설은 종횡(縱橫)으로 촘촘히 엮어진 어느 친일 가문의 대를 이은 드라마다. 주인공 진주를 가운데 두었을 때 할아버지로부터 아버지 그리고 아들까지 4대에 걸쳐 이어지는 종축(縱軸). 그리고 아버지 임중위와 일본인 여자와 그들 사이에서 태어난 혼혈 이복동생 무일(武一)로 이어지는 횡축(橫軸). 진주와 무일의 감격적인 해후에 작가의 발언이 이어진다.

생후 처음 서로 대면이라는 것, 내지 사람과 조선 여인이라는 것, 당연히 이런 데서 오는 어색스럼이나 조심스러워함이나 그런 것이 전혀 없고서, 둘이는 마치 같이 자라던 남매가 한동안 만에 만난 것처럼, 말씨 하며, 음성, 표정, 모든 하는 양들이 지극히 자연스럽고 친밀하였다.

'핏줄은 할 수 없는 것이야!'

보고 있던 창수는 속으로 그런 생각을 하면서 절절히 고개를 끄덕인다.(469~470면)

이는 식민지 통치에 있어서 일제의 일관된 이데올로기였던 일선융화(日鮮融和)와 내선일체(內鮮一體)[40]의 완벽한 실현이 아닐 수 없다.

그렇다면 『어머니』에서 보았듯이 문학에서는 나름대로 자신의 세계를 지켜오던 채만식이 『여인전기』와 같은 노골적인 친일성향의 소설을 쓴 이유는 무엇일까? 이는 친일로 기울어진 채만식의 인식상의 변모만으로는 설명되지 않는 부분이 있다. 그러한 변모는 『어머니』 이전

---

[40] 1910년 8월 29일 일제의 침략으로 조선은 망하고 만다. 일제는 이러한 사실을 한일합방이라 표현했다. 조선이 식민지로 망한 것이 아니라 나라를 합쳐 하나의 일본이 되었다는 의미이다. 일본 본토를 內地로 조선을 半島라 칭하며 일본의 한 부분임을 강조했다. 그러나 현실은 植民地였고 차별은 심각했다. 그 모순을 왜곡하기 위해 내세운 이데올로기가 日鮮融和, 內鮮一體였다. 그리고 그 상징적인 사건이 바로 일본 황족으로 태어난 나시모토노미야 마사코[梨本宮方子]와 舊 대한제국 황실 직계후손인 李垠(英親王)과의 결혼이다. 동맹 중에 결혼동맹이 가장 강력하다는 사실은 역사가 증명하는 바이다. 남경식과 일본 여성과의 결혼 그리고 진주의 이복동생으로 태어난 武一. 이는 피로 맺어진 완벽한 內鮮一體인 것이다.

에 이미 이루어진 것이기 때문이다. 이러한 현상에 대해 필자는 보다 현실적인 면에서 이유를 찾고자 한다. 『어머니』가 중단된 시점이 1943년 10월이고, 『여인전기』를 집필한 시점이 1944년 10월이다. 채만식에게는 만 1년에 걸친 절필 기간이 있었다.[41] 채만식이 어느 정도 경제적 여유를 가지고 있었던 전라도 호농의 아들로 태어난 것은 사실이다. 그래서 시골출신으로 경성의 중앙고보를 마치고 일본 유학까지 떠날 수 있었던 것이다.[42] 그렇지만 그의 집안이 대대로 뿌리 깊은 부자는 아니고, 그 아버지 채규섭 대에서 자수성가한 집안[43]임을 염두에 두어야 한다. 얼마간의 재산은 아버지와 형들(준식, 춘식)이 미두와 금점 등을 통해 탕진하고 결국 채만식은 일본 유학을 중단하고 귀국해야 할 만큼 가세가 기울었다.[44] 즉 성인이 된 그에게 남겨질 유산 따위는 없었던 것이다. 앞에서 살펴본 바 문학과의 단판을 위해 1936년 『조선일보』를 퇴사한 후에는 생계를 해결할 직업조차 없는 상태였다. 이러한 상황에서의 경제적 궁핍상은 이미 그의 작품 「인테리와 빈대떡」, 「레디메이드 인생」 등을 통해 적나라하게 드러낸 바 있다. 이 당시 채만식의 경제적 상황은 한 마디로 '철빈'[45] 상태였다. 『여인전기』는 불온분자로서 유치장 신세를 지기도 하고 기아선상에 내몰린 상태[46]에서 선택의 여지없이 집필된 작품이었다. 『여인전기』를 마치고 불과 3개월 만에 해방을 맞는

---

41   김윤식 편, 앞의 책, 207~210면 참조.
42   유임하, 앞의 글, 112면.
43   김윤식, 앞의 책, 336면.
44   유임하, 앞의 글, 112면.
45   채만식, 「민족의 죄인 (하)」, 53면.
46   한형구, 앞의 글, 223면.

다. 해방 공간에서 채만식은 『어머니』 → 『여인전기』의 과정을 똑같이 되풀이 하고 있다.

4. 『여자(女子)의 일생(一生)』 분석

작품 해제에 따르면 『여자(女子)의 일생(一生)』은 『조광(朝光)』에 7회에 걸쳐 연재되다가 중단된 『어머니』의 완결본으로 소개되어 있다.

조광 연재시의 제명은 『어머니』였으며 1947년 3월 서울타임스사에서 『조선대표작가전집』 제8권으로 단편 「모색」, 「사호일단」을 덧붙여 단행본으로 간행할 때 『女子의 一生』으로 개제되었다. 단행본은 조광 연재분량의 약 절반 정도가 더 첨가되어 있고, 총 7장으로 구성되어 있으며[47]

1∼5장은 『어머니』의 내용을 그대로 옮겨놓았고 여기에 6장과 7장을 덧붙였다. 더해진 내용은 진주가 친정으로 쫓겨난 다음 홀로 남겨진 준호와 진주의 일상, 양자로 들어온 창수의 내력과 사람 됨됨이가 기술되어 있다. 창수의 삶을 소개하는 가운데 작가는 당시 시대상에 대해 다음과 같이 언급하고 있다. 여기서부터 소설의 내용은 급격히 정치성을 띠

---

47   채만식, 『채만식전집』 4, 創作社, 1987, 144면. 이하 면수만 표시.

기 시작한다.

조선이 일본에게 합방이 되던 한국 말년 바로 전부터 조선에는 세 가지의 큰 사회적 움직임이 머리를 들기 시작하였다. 국민의 정치에의 관심이 그 하나요, 산업 즉 경제에의 관심이 그 하나요, 새로운 학문 즉 문화에의 관심이 그 하나요 하였다.

이 세 가지 관심 가운데 정치적인 것은 정복자의 '게다'짝에 짓밟혀 버렸고. 경제에의 관심과 문화에의 관심은 그것 역시 정복자의 핍박이 노상 없었던 바는 아니나(267면)

이러한 내용은 해방 이후 집필이었기에 가능한 것이었고 이는 관점에 따라 『여인전기』에 대한 문학적 속죄 내지는 반성으로 읽힐 여지가 있다. 진주의 할아버지 남진사는 『여인전기』에서의 할아버지와 거의 동일한 배경에서 출발한다. 남진사는 갑신정변 당시 김옥균의 휘하였다.

이날 창덕궁에서 남진사는 용맹스럽게 잘 싸웠다. 일병 이백 명과 몇십 명에 불과한 개화당편의 역사가 이천 명의 청병을 맞아 싸운다는 것은 결코 수월한 싸움이 아니었다. 그러나 나라를 건지려는 정열에 불타는 개화당편의 젊은 역사들은 적을 두려워 아니하고 용감히 싸웠다.

(…중략…)

'우리는 저렇게 우리 나라를-조선을 위해서 싸운다지만 저네들 일병은? 대관절 무엇 때문에 저다지도 목숨 아까운 줄, 주검 두려운 줄 모르고 저다지도 투철히 싸우는 것일까?

(…중략…)

"옳거니! 선생님(유대치-인용자) 말씀이 옳았어. 청국이 늙은 범이요 아라사가 북방의 주린 곰이라면 일본은 어린 표범이니라고. 우선 그 힘을 빌려 쓰기는 하되 크게 경계는 해야 하느니라고."(277~278면)

그는 이 전투에서 심한 부상을 입는다. 남진사는 정변을 모의할 당시 일시적으로 외세를 차용할 수밖에 없다는 사실에 동의했으나 정변이 진행되는 과정에서 일본에 대해 강한 의구심을 품기 시작한다. 이 대목에서 남진사의 주체적 개화파로서의 면모가 드러난다. 그러나 일본군이 청국군 이천 명을 맞아 용감히 싸웠다는 것은 역사적 사실과는 다르다.

국왕 고종이 혁신정강을 재결하고 대개혁정치 실시의 조서를 내린 10월 19일 오후 3시에 청군은 마침내 1,500명의 병력을 두 부대로 나누어 창덕궁의 돈화문과 선인문으로 각각 공격하여 들어왔다. 이에 대항하여 외위를 담당한 친군영 전후영의 조선군이 용감히 응전하였으나 수십 명의 전사자를 내고 중과부적으로 패퇴하여 흩어졌다. 다음은 중위를 담당한 일본군의 차례였으나 그들은 제대로 전투도 하지 않고 철병해버렸다. 일본군은 그 이전부터 철병을 준비하고 있었다. 창덕궁의 넓은 지역에서 개화당의 50명 장사와 사관생도로 편성된 내위만으로는 정면에 부딪친 1,500명의 청군에 도저히 대항할 수 없어, 갑신정변은 청군의 무력공격에 패배함으로써 여기에서 붕괴되고 실패로 돌아가게 되었으며[48]

　남진사는 김옥균, 박영효, 홍영식, 서광범, 서재필 등 정변의 지도부
는 아니었지만 청군을 맞아 최후까지 분전한 50명 장사의 우두머리쯤
되는 인물로 짐작된다. 정변이 실패로 끝난 후 지도부는 일본 망명길에
오른다. 이때 김옥균이 "남진사도 같이 가시겠지? … 몸이 저대지 상했
으니 좀 조심되기야 하겠지만 의원이나 하나 데리고 … 일본만 가면 양
의도 많고 하니깐 상처는 염려 없으리다"(279면)고 위로하며 함께 망명
길에 오를 것을 권한다. 그러나 남진사는 그 제안을 일언지하에 거절
한다.

　　"나는 일본으로 갈 생각은 없으려니와 여러분이 다만 한때 피신을 가신
다는 것은 모르되 끝끝내 일본의 힘을 끌어들여서 일 도모를 하시려하시는
데는 찬성을 할 수가 없습니다."
　　"아까 대궐에서 일병이 접전하는 양을 보고 고옴곰 생각했습니다. 대체
저 사람들이 무엇 때문에 저렇게 목숨을 애껴 아니하고 용맹히 납되면서
싸움을 하는고? 퍽퍽 죽어 넘어지면서도 기승으로 덤비면서 싸우지 아니
했습니까? 일병도 사람이어든 제마다 귀한 목숨이요 소중한 피가 아니겠
습니까? 왜 어째서 귀한 목숨을 버리고 소중한 피를 흘리면서 그대지 꿋꿋
이 싸웁니까? (…중략…) 우리는 우리네 조선 사람은 나라를 건지겠다는
목적이 있으니까 목숨 아냐 더한 것을 버리고라도 싸우는 것이 아닙니까?
밖으로는 우리나라를 저의 속국으로 삼으려는 청국을 쫓고, 안으로는 썩은
민가네의 악정을 뿌리 뽑고 그래서 나라를 건져내자는 크나큰 목적이 있기

48　愼鏞廈, 『韓國近代社會變動史講義』, 知識産業社, 2000, 176면.

때문에 우리는 그 목적보다 가벼운 목숨을 아깝다 아니하면서 싸운 것이 아닙니까? 그런데 일병은? 일병이야 일본 사람이 아닙니까? 조선 사람이 조선을 위해 싸우는 판에 뛰어들어 일본 사람이 무슨 목적으로 같이 싸워 주고, 늘비하니 죽어 넘어지고 합니까?"(279~280면)

남진사의 이런 추궁에 대해 개화파 한 중진은 '이웃나라의 정리로 도 와주는 것 아니겠느냐'는 지극히 순진한 논리를 펴고 있다. 채만식에 의 해 개화파의 논리가 너무 허술하게 다루어지고 있다는 느낌이다. 이에 대해 남진사는 일본의 영토적 야심을 꿰뚫어보고 그들을 경계해야 함을 역설한다. 그 연장선상에서 국가개혁에 있어서 외세를 대신할 존재로 서 국민(백성)에 주목한다. 그러나 남진사도 그들에 대해 당장 전적인 믿 음을 가지고 있지는 않았다. 그럼에도 불구하고 국민(백성)을 언제까지 부정적 방관자로 방치할 수 없다는 사실 또한 직시하고 있다.

"백성이 죽어가야 오불관언으로 당쟁이나 일삼던 나라와 백성을 노략질 해서 호강으로 살던 벼슬아치들이 백성으로 하여금 나라를 저바리게 한 것 이 아닙니까? 우리 나라 백성은 백성이 나라를 돌아보려다가는 살 수가 없 었습니다. 나라를 의지하려 하나 나라는 빼앗어가는 것은 있어도 주는 것 은 없었습니다. 자연 나라를 생각지 않고 나라를 떠나 제 홀로 살도록 궁리 가 뚫리고 길이 들어 한 것이 아닙니까? 있어도 없으나 다름없는 나라, 무 섭기나 하고 빼앗어 가기나 하는 나라, 그런 나라인데야 망하는 것이 그대 지 애석할 것이 있겠습니까?" (…중략…) "그렇지만 지금부터라도 백성은 우리들 선도자가 잘할 나름입니다. 가르치면서 모아서 합심을 시키면 됩니다. 암만 본조 오백 년 정사가 나빠서 백성의 마음이 나라로부터 떨어졌다고 하지만 그래도 조선 백성이라는 혼백은 없어지지 아니하고 백혀있습니다."(283면)

이 대목에서는 주체적 개화파를 넘어 애국계몽운동가로서의 남진사의 모습이 비치기도 한다. 김옥균 등이 백성을 배제한 채 외세를 등에 업고 위로부터의 급진적 혁명을 꿈꾸었다면, 남진사는 백성들과 함께 가야함을 주장함으로써 밑으로부터의 점진적 개혁을 꿈꾸었다. 이 지점에서 남진사는 친일 개화파와 이념상으로 결별한다. 그러나 비록 남진사가 사상적 측면에서 친일 개화파 지도부와 갈라섰다 하더라도 정변이 실패로 끝난 직후 적극 가담자가 조선 땅에서 살아남을 수는 없었을 것이다.[49] 그러나 역사적 사실과는 다르게 그는 국외망명을 포기하고 후일을 도모한다. 이무렵 남진사의 생각은 반외세 반봉건을 기치로 내건 동학(東學)과 유사한 면이 있다. 개화파였던 그가 10년 후 동학농민전쟁에 투신한다.

동학의 거사한 소식을 듣자 남진사는 당일 밤으로 백여 명 동지를 불러 모아 가지고 아들 병수와 함께 고부로 달려갔다. 병수는 그 사이 벌써 이십세의 헌다한 장부로 성장이 되었었다 (…중략…) 남진사는 미구에 고을의 접주가 되었고, 삼사백 명의 남녀 동학군을 거느리는 데 이르렀다.(287면)

---

49   박은숙, 앞의 책, 510~512면.

남진사는 농민봉기 중 공주전투에서 전사한다.[50] 진주의 아버지 남병수는 고향에 돌아왔다가 체포되어 처형되기 직전 어머니 강씨의 헌신적인 구명활동으로 간신히 풀려나 서울로 도주, 후일 독립협회 회원이 된다. 독립협회에서 주관한 만민공동회와 관민공동회는 백성을 근간으로 한 근대화운동이었음은 주지의 사실이다.[51] 독립협회에서 주관한 만민공동회와 보부상들이 주동이 된 황국협회가 충돌해 상당수의 사상자가 발생했다.[52] 그 와중에 남병수는 25세의 젊은 나이에 숨을 거두는데 그의 유복자로 태어난 이가 진주다.

『여자의 일생』은 전술한『여인전기』와 더불어 가정소설과 정치소설이 하나로 묶인 공통점이 있다. 이 두 편의 소설을 비교해 보면『여인전기』의 친일성에 대한 작가의 속죄의식이 앞서다보니『여자의 일생』또한 과도한 정치성을 띠게 된 것으로 보인다. 채만식이 해방 직후『여인전기』의 내용을 뒤집는 소설을 다시 써야만 했던 것도 그의 결벽성에 기인한 것으로 판단된다. 이런 식으로나마 자신의 오점을 바로잡으려 했던 작가의 모습이 씁쓸한 여운을 남긴다. 해방 이후 채만식은 좌우익계열의 문학단체였던 조선문학가동맹이나 전조선문필가협회·청년문학

50　여기에서『祭饗날』(『朝光』, 1937.11)이 주목된다. 이 작품은 영오와 최씨(영오의 외할머니), 상인(영오의 외삼촌)의 대화로 이루어져있다. 영오의 외할아버지(김성배) 제사를 준비하면서 최씨가 영오에게 외갓집의 내력을 들려주는 방식이다. 외할아버지의 동학당 이야기, 외삼촌의 3·1운동 이야기 그리고 상인이 가담하고 있는 것으로 암시되는 사회주의 이야기가 골격을 이룬다. 영오에게 이야기를 해주는 외할머니는 가족의 안녕을 최우선으로 여기는 평범한 촌로이다. 갑오년 동학농민전쟁은 근대적 반봉건 반외세 민족운동으로서의 성격을 띤다. 김성배는 동학의 접주로서 동학농민전쟁 도중 목숨을 잃는다. 김성배의 죽음은『女子의 一生』에서 진주 할아버지의 죽음과 상통한다.

51　愼鏞廈, 앞의 책, 282~283면.

52　震檀學會, 앞의 책, 876~887면.

가협회 등에 가입하지 않았다.[53] 스스로가 자초한 문단으로부터의 독립과 세상에 대한 울분 속에 글쓰기에만 전념,[54] 1945년 10월 「유감」(『한성시보』)를 시작으로 1949년 2월까지 3년여에 걸쳐 12편의 단편을 창작함으로써 장인적(匠人的) 작가의 모습을 보여주고 있다.

5. 맺음말

  본 글은 작가 자신과 연구자들로부터 외면되어온 채만식의 친일 소설 『여인전기』에 대한 내용분석이다. 이와 더불어 『여인전기』의 모태(母胎) 격인 『어머니』와 『어머니』로부터 갈라져 나온 또 한 편의 소설 『여자의 일생』에 대한 분석도 동시에 시도했다.

  먼저 『어머니』는 그 무렵 논설을 통해본 채만식의 인식상의 변화와 시대적 주류로부터 상당히 벗어나 있는 소설이라는 느낌이 든다. 이른바 신체제 문학은 당시 문단의 지배적 이념이면서 거스를 수 없는 흐름이었다. 그런데 7회에 걸쳐 『조광(朝光)』에 연재된 『어머니』는 태평양전쟁의 한가운데에서 창작된 것으로 보기에는 너무나 한가롭게 한 가정의 비극을 다루고 있다. 그러다가 연재 도중 느닷없이 중단되고 만다. 카프

---

53 조선문학가동맹 편, 『건설기의 조선문학』, 온누리, 1988, 173~183면; 白鐵, 『新文學思潮史』, 新丘文化社, 1982, 585~587면.
54 한형구, 앞의 글, 228면.

의 소설들이 정치성 과잉으로 탄압되었다면, 이 소설은 신체제라는 관점에서 정치성 결핍 때문에 중단된 것으로 볼 수 있다. 『어머니』의 중단 이후의 이야기를 『여인전기』와 『여자의 일생』이 반복적으로 이어가고 있다. 전자는 일제 말기, 후자는 해방 직후의 시점이었다.

『어머니』의 주인공 숙희는 『여인전기』에서 임진주로 재탄생된다. 그녀의 아버지 임경식 중위는 러일전쟁 여순공격전에서 특공대를 지휘하다 장렬히 전사한다. 그의 철두철미한 친일성향은 자신으로부터 비롯된 것이 아니다. 친일 개화파였던 부친의 교육에 의한 것이었으니 그 뿌리가 자못 깊다. 이 소설에서 또 하나 주목되는 장면은 임경식과 일본인 여자 사이에서 태어난 무일(武一)과 임진주의 해후이다. 무일을 보면서 진한 가족애를 느끼는 진주 그리고 그러한 현상을 기정사실화하고 있는 작가. 임진주를 중심에 두었을 때 할아버지, 아버지 그리고 아들까지 종축으로 이어지는 친일성. 혼혈 이복동생 무일에 대해 느끼는 횡축으로 이어지는 가족애. 이는 일선융화(日鮮融化), 내선일체(內鮮一體)의 완벽한 소설적 구현이 아닐 수 없다.

해방 이후에 쓰여진 『여자의 일생』에서 『어머니』의 숙희는 남진주로 재탄생한다. 할아버지 남진사는 『여인전기』의 할아버지처럼 처음에는 친일 개화파로 등장한다. 그러나 갑신정변의 실패 이후 두 할아버지가 걸어간 길은 판이하게 다르다. 『여인전기』의 할아버지가 일본 망명길에 올라 골수 친일파의 길을 걸어간 반면 남진사는 일본 망명을 거부한다. 그때 당시로 본다면 이것은 목숨을 건 행동이라 할 수 있다. 그가 일본 망명을 거부한 이유는 일본의 속셈을 꿰뚫어 보았기 때문이다. 여기에서 그는 반외세·반봉건적 민중 계몽운동가의 모습으로 변신한다.

그는 10년 후 동학에 투신 농민군을 이끌다가 전투 도중 전사한다. 그의 아들인 병수 또한 동학당의 일원이었다가 후일 독립협회에 가담 황국협회와의 충돌 속에서 죽는다. 이는 부자(父子) 양대의 목숨을 건 애국이 아닐 수 없다. 내용상으로 살펴본 바 『여인전기』와 『여자의 일생』은 『어머니』라는 '모태'에서 태어난 이란성(二卵性) 소설이라는 특이한 관계로 묶을 수 있다.

제 5 부

학등(學燈)의 밭

冬至에

장석남

짚던 지팡이도 잊고 나와

하시는 말씀

흰 머리는 꽃시름 때문이라고[*]

추위 주문하여

말 더듬네

마른 꽃씨 서른 근

묶어 둘러메고 내려와 산산이 흩어지네

---

[*]　　申緯 : 我爲花愁白了頭

사랑의 화법

권여선

서른일곱 살이 될 때까지 나는 최원식 선생을 먼발치에서 한두 번 뵌 적밖에 없었다. 서른일곱 살이 되어서야 아주 가까운 거리에서 선생을 뵙게 되었는데, 박사과정 면접 자리에서였다. 넓은 강의실에 몇몇 선생들과 함께 최 선생이 있었다. 선생은 인하대에 재임 중이었고 나는 인하대 박사과정에 들어가려 했으니 서로 만나지 않으려야 않을 도리가 없었다. 이를테면 그것은 불가피한 만남이었다. 보통의 낭만주의자들과 달리 나는 우연보다 필연에 한사코 매혹되는 편이다. 그래서 지금 나는 스쳐가려야 스쳐지나갈 수 없었던, 내 인생의 어느 시점에 쐐기처럼 박혀버린 소중한 인연에 대해 얘기하려 한다.

그 강의실이 넓고 추웠다는 것을 기억한다. 그 나이 먹고도 내가 제법 긴장하고 있었다는 것도. 돌이켜보면 한 사람과 필연적인 인연을 맺기에 그보다 더 나은 세팅을 상상하기 어렵다. 그곳은 추웠고 나는 떨고 있었고, 낯선 사람들이 내게 모종의 대답을 요구하는 엄격한 시선으로 바라보는 그런 상황 말이다. 침묵을 깨고 어느 선생이 물었다.

자네는 석사과정 학점이 어찌 이 지경으로 참담한가.

내가 뭐라고 대답해야 좋을지 몰라 머뭇거리고 있는데 최 선생이 대신 대답했다.

아, 그때는 다 그랬어.

그 말에 다른 선생들이 웃음을 터뜨렸다. 그 순간 나와 함께 석사과정에서 동문수학했던 친구와 선후배들은 모두 나처럼 참담한 학점을 받은 걸로 되어버렸다. 최 선생이 그렇다면 그런 것이다. 면접이 어떻게 끝났는지는 기억나지 않는다. 어쨌든 나는 박사과정 입학을 허락받았다.

박사과정 지도교수를 신청하라고 해서 신청서에 '최원식'이라고 썼다. 돌아서려는 나를 조교가 다급히 불러 세웠다. 이렇게 마음대로 적으면 안 되고 직접 선생을 찾아뵙고 허락을 받아와야 한다는 것이었다. 조교는 최 선생의 연구실 위치를 알려주고 지금 재실중이라고도 알려주었다. 친절하려고 애쓰는 조교의 눈빛에 알 수 없는 안쓰러움이 담겨 있다는 걸 나는 나중에 알았다.

나는 아무 생각 없이 선생의 연구실을 찾아갔고, 문을 두드렸고, 안으로 들어가 선생에게 용건을 밝혔다. 선생이 천천히 입맛을 다시고 물었다.

나를 지도교수 하려고?

나를 바라보는 선생의 눈빛이 왠지 조교의 눈빛과 상통한다는 느낌을 받았지만, 여전히 상황을 파악하지 못한 나는 야무지게 대답했을 따름이다.

네.

그게 말이지, 내가 이번 학기에는 학생을 안 받겠다고 했는데.

나는 선생의 말을 단박에 알아듣지 못했다. 지도학생을 안 받는 게 무슨 뜻인지 몰라 되물으려는데 마침 휴대전화 벨이 울렸다. 선생의 전화였다. 나는 선생이 전화를 받는 동안 상황을 천천히 되짚어보았다. 그리고 알게 되었다. 선생이 이번 학기에 학생을 안 받겠다는 것은 내가 그의 지도학생이 될 수 없다는 뜻이라는 걸, 그리고 다른 학생들은 이 사실을 모두 알고 있었는데 나만 몰랐다는 걸, 그래서 조교는 내게 그토록 친절했고 선생은 내 용건에 그토록 당황했다는 걸. 그렇게 상황이 파악되자 일단 큰일 났다는 생각이 들었다. 나는 창밖에 펼쳐진 흐린 하늘을 멍하니 바라보았다. 그럼 누구를……?

선생이 전화를 끊고 내 쪽을 보았다. 아직도 가지 않고 버티고 있는 나의 집요함에 조금 놀란 눈치였다. 그러나 나는 포기하는 쪽보다 설득하는 쪽을 택했다. 자신의 처참한 흉터와 부상을 드러내어 원하는 것을 얻어내는 앵벌이처럼 내 참담한 석사과정 학점이라든가 학업을 이어가기에는 너무 늦은 나이 등을 내세워 설득하려는 작전까지 세웠다.

제가 너무 나이도 많고 다시 공부를 하려면 여러 가지 어려운 점도 많겠지만 열심히 하겠, 까지 얘기했을 때 다시 전화벨이 울렸다 역시 선생의 전화였다. 선생은 전화를 받기 전에 얘기를 끝내고 싶은지, 아니, 내가 이번 학기에는 말이야, 하고 손을 내저었다. 그때 갑자기 내 속에서 알 수 없는 용기가 용솟음쳤다. 나는 선생의 말을 과감히 자르고 이렇게 말했다.

그럼 선생님께서 허락하신 걸로 알고 가보겠습니다.

전화벨은 끈질기게 울려댔고, 깜짝 놀란 선생은 내젓던 손을 멈추고 내게, 게 섰거라, 는 표시를 해보였다. 나는 시키는 대로 거기 섰고, 선생은 전화를 받았다. 용건이 길어지는 모양이었다. 선생은 전화기에 대고 얘기하는 틈틈이 내 쪽을 보곤 했는데, 나를 보낼 수도 안 보낼 수도 없게 된 상황이 매우 정신사납고 난처한 듯 보였다. 오히려 나는 느긋한 입장이 되어 선생이 통화하는 동안 연구실 책장도 찬찬히 둘러보고 선생의 책상에 놓인 필기구나 노트, 자료 등도 살펴보았다. 마침내 선생이 전화를 끊었다.

그게, 내가 자네만 안 받으려는 게 아니라 이번 학기에는, 까지 선생이 말했을 때 정말 누가 선생을 골탕 먹이려고 지켜보고 있기라도 한 듯 다시 전화벨이 울렸다. 선생은 약간 울상이 되었다.

선생님 바쁘신데 죄송합니다. 편히 전화 받으세요. 저는 선생님께서 허락하신 걸로 알고 이만 가보겠습니다.

선생은 나를 힐끗 보고 휴대전화를 힐끗 보았다. 어느 쪽이 더 밉살스러운지 결정하기 힘들어 하는 표정이었다. 내가 고개 숙여 인사를 하자 선생은 휴대전화를 들지 않은 다른 손을 들어 나를 제지하려다 문득 힘없이 팔을 늘어뜨렸다. 나는 선생이 거의 체념에 가까운 승인의 고갯짓을 하는 걸 보고 재빨리 연구실을 나왔다. 문이 닫히는 사이로 선생의 기진맥진한 음성이 들려왔다. 여보세요 ······

조금 죄송하긴 했다. 그러나 내 발걸음은 나를 듯 가벼웠다.

선생의 허락을 받았다는 말에 조교는 화들짝 놀라 눈을 휘둥그렇게 떴다. 순간 나는 이상한 행복감에 사로잡혔다. 간절히 원하면 이루어진다는 말을 거의 믿지 않게 된 나이라 더욱 그랬다.

당시 나는 잊혀진 소설가로 살고 있었다. 등단한 지 5년이 넘었지만 등단작 외에는 책 한 권 내지 못했고 소설 청탁도 끊긴 지 오래였다. 우울과 무기력으로 얼룩진 나날을 보내다 도대체 뭐라도 해보자는 마음으로 한강에 투신하는 대신 인하대 박사과정에 지원서를 투척했다. 그리고 선생의 학생이 되었고 선생의 수업을 들었다.

내가 어떤 외부의 압력도 없이, 어떤 실용적인 목적도 없이, 어떤 공명심이나 명예욕도 없이 오로지 공부를 위한 공부를 해본 것은 그때가 처음이자 마지막이었다. 공부가 그렇게 재미있을 수가 없었다. 문학사의 방법론을 배우고 김남천의 『대하』와 심훈의 『직녀성』을 함께 읽던 선생의 수업을 잊지 못한다. 과제물을 발표하고 제출하면서 선생에게 칭찬도 받았지만 비판도 들었다. 때로 선생은 정이 떨어질 만큼 냉정한 비판가로 돌변해 눈물이 쏙 빠지게 가혹한 지적을 쏟아놓곤 했다. 당장은 정신을 가눌 수 없이 어안이 벙벙하고 이렇게까지 혹독할 필요가 있나 야속하기도 했지만, 그 어떤 말도 내게 도움이 되지 않는 허언은 없었다. 이러한 학습의 과정이 내가 다시 소설을 쓸 수 있는 중요한 자산이 되었다고 나는 믿는다. 무엇보다 문학에 대한 나의 자세가 바뀌었다.

심리적으로 다소 비틀린 구석이 있는 나는 지나치게 사랑하는 대상으로부터는 일단 도망치고 보자는 식의 두려움을 갖고 있었다. 도망친 뒤에도 그 대상을 잊을 수 없으니, 일단 그 대상을 요모조모 관찰하여 단점을 찾아내 격하하는 데 골몰했다. 그런 과정을 거쳐 그 대상을 향한 내 사랑에서 지나친 열정을 걷어낸 다음에야 슬슬 만만해진 그 대상에게 다시 접근해보는 식이었다. 이런 태도는 문학에도 관철되었다. 나는 문학을 너무 사랑한 나머지 일단 문학에서 도망쳤고, 다음엔 문학을 얕보기 위해 갖은 수를 썼고, 마침내는 사소하고 왜소해진 문학에 다시 입문했다. 그러니 좋은 소설을 쓸 수 있을 턱이 없었다.

완벽하지는 않지만, 이제 나는 가능한 한 사랑하는 대상을 정면으로 바라보려고 노력하는 편이다. 문학을 정면으로 사랑하려고 애쓴다. 자꾸 외면하고 도망치고만 싶고 문학이나 소설 나부랭이 같은 건 다 포기하고 싶을 때면 나는 오래 전 연구실 창밖에 펼쳐졌던 2월의 스산한 풍경을 떠올린다. 그때 선생의 연구실 창으로는 잿빛 하늘과 마른 나무 따위밖에 보이지 않았다. 그런데 그 속의 무엇이 나를 부추겼기에 내가 포기하지 않고 이렇게 말할 용기를 냈던 것일까.

그럼 선생님께서 허락하신 걸로 알고 가보겠습니다.

결국 중요한 것은 사랑에 대한 의지이다. 사랑의 의지만 있다면 세상 만물이 나를 돕게 되어 있다. 내가 어떻게든 포기하지 않고 버티겠다는 마음으로 최선생에 대한 의지를 불태우자마자 일개 휴대전화마저 주인을 배반하고 나를 위해 아주 적절한 순간에 구원의 종처럼 울려주지 않았던가. 너댓 평 남짓한 조그만 연구실에서, 선생이 정년 퇴임하실 2월에도 창밖으로 여전히 흐린 하늘이 펼쳐져 있을 그 적막한 우주에서, 기적처럼 소중한 인연이 싹트지 않았던가.

나는 언제나 사랑 앞에서 이렇게 말할 준비가 되어 있다. 선생이 본의 아니게 내 인생에 선물해준 최상의 화법으로.

"그럼 당신이 허락한 걸로 알겠습니다."

유년의 강

박정애

우리 어머니 택호는 명포댁.

당연히 명포엔 어머니의 친정이자 우리 사 남매의 외가가 있었다. 숲으로 둘러싸인 아버지의 동네 숲실과 달리, 지형이 양지 바른 포구 같아서 명포(明浦)라 불렸던 외가 동네에는, 배들이 들락거리는 포구는 없어도, 금모래가 빛나고 예쁜 조약돌이 널린 강변과 숱한 생명을 품고 밤이나 낮이나 흐르는 얕은 강이 있었다.

명포에서 어머니는 초등학교만 졸업하고 열세 살 때부터 집안 살림을 도맡았다. 어머니의 어머니, 그러니까 우리 외할머니가 녹내장으로 실명하는 바람에 맏딸이었던 어머니가 부모를 봉양하고 어린 동생들을 수발해야 했던 것이다. 어머니는 솜씨 좋고 부지런하고 착했다. 가모의 빈자리가 느껴지지 않도록 동네 이장인 외할아버지의 손님들을 접대하고 상급학교에 진학한 아우들을 바라지했다. 외할아버지는 그런 어머니를 언제나 자랑스러워했다.

"큰아(맏이) 쟈는 갱빈(강변)에 내삐리놔도 잘 살 그릇인 기라."

숲실이 강변보다 척박한 곳이었을까.

첫 아들을 낳은 지 얼마 되지 않아 어머니는 결핵성뇌막염이라는 중병에 걸렸다. 어린 아들은 엄마, 엄마, 엄마를 찾아 울어댔고 병원에서는 돈, 돈, 돈을 불러댔다. 돈도 없고 의지도 박약했던 아버지는 자신의 불운을 술로 달랬다. 고생만 시킨 맏딸이 시집가서도 고생바가지를 차고 사는 꼴이 늘 안타까웠던 친정부모가 나서서 병원비를 주선하고 정성스레 약시시를 해댄 끝에 어머니는 꼬박 3년 동안의 투병생활을 끝낼 수 있었다.

고관절이 굳어 절룩거리기는 했어도 어쨌든 살아서 숲실로 돌아온 어머니는, 딸 둘을 잇달아 낳았다. 아버지는 술독을 끼고 살았고 어머니의 삶은 여전히 힘겨웠다. 바로 옆에 큰집이 있고 앞집, 뒷집이 다 일갓집이었지만 우리 어머니가 도움을 청할 곳은 명포 친정밖에 없었다.

막내를 임신한 어머니는 딸들 중 하나를 친정에 맡기기로 했다. 어머니의 가방은 무거웠다. 두 딸의 옷가지, 둘째 딸의 기저귀, 늙으신 부모님께 드릴 알사탕 두 봉지, 양말 두 켤레, 참기름 한 병, 인절미 한 고리 ……
버스 기사와 안내양은, 요금 안 내는 어린애들을 달고 무거운 짐까지 인

어머니 같은 승객을 제일 싫어했다. 어머니도 당신 요금만 달랑 낸 것이 죄스러웠던지라 연신 고개를 조아리며 딸들과 짐을 챙겼다.

나는 멀미를 심하게 했다. 동생은 어머니한테 착 달라붙어 조금도 떨어지려 하지 않았다. 날은 더웠고 승객들은 담배냄새, 땀냄새, 방귀냄새, 똥거름 냄새, 곰팡이냄새 따위 갖은 불쾌한 냄새를 풍겼다. 나는 참다 참다 못 참고 덕산 마을회관에서 버스를 기다리며 먹은 인절미를 남의 보따리 위에 고스란히 게워내고 말았다. 보따리 주인과 안내양이 들입다 소리를 질렀고 다른 승객들도 혀를 차거나 눈살을 찌푸렸다. 어머니는 또 다시 죄인처럼 굽실거리며 동생의 광목 기저귀를 꺼내 토사물을 닦았다. 어머니에게서 떨려난 동생이 불에 덴 것처럼 울어댔다. 버스 기사가 짜증을 냈다.

"거, 언나 쫌 달개소(달래요). 정신 시끄러버가 운전을 할 수가 있나, 에이."

나는 콧구멍을 차창으로 밀어냈고 어머니는 당신의 젖으로 동생의 입을 틀어막았다.

그러구러 동곡 정류장에 다다랐다. 어머니는 나에게 보따리를 맡기고 동생을 업은 채 화장실에 갔다. 나는 혹여 어머니가 나를 버리고 도망갈까 봐, 짐 보따리를 꼭 끌어안고 기다렸다. 석유기름내와 지린내가 뒤섞인 정류장 특유의 냄새에 나는 또 욕지기를 느꼈고 울고 싶었다. 나는 화장실로 쫓아가 어머니를 부르고 싶은 마음과 짐을 지켜야 한다는 마음 사이에서 수백 번도 더 갈등했다.

어머니는 결국 나타났다.

그리고 정류장을 나와 교회와 국숫집과 점방과 학교를 지나 마침내 명포, 금모래가 빛나는 강변에 이르렀다.

"보따리 지키고 있어라. 저짝에 동생 니라놓고 오꾸마."

어머니는 짐을 내려놓고 포대기를 추스른 다음, 동생의 엉덩이를 뚜덕이며 행여 미끄러운 돌멩이를 밟고 넘어질까 조심, 조심, 강을 건넜다.

어머니가 시야에서 멀어질수록 강물 흐르는 소리가 괴물의 울음소리로 바뀌어 커졌다. 강물이 어머니를 삼킬 것 같았고 어머니가 동생만 데리고 도망갈 것 같았다. 나는 짐 보따리를 붙들고 하염없이 흐느꼈다. 어머니가 점처럼 작아져 눈앞에서 사라지자, 나는 그예 짐 보따리를 버려두고 강물에 한쪽 발을 담그기도 했다. 하지만 다섯 살배기 산촌 아이였던 나한테 물은 낯설고 무서웠다. 나는 한 발은 강물에 담그고 한 발은 모래밭에 얹은 채 이러지도 저러지도 못하고 울기만 했다.

어머니는 결국 나타났다.

어머니 등에 업혀 건너는 강물은 졸린 듯 금비늘, 은비늘을 뒤챘고 고즈넉이 흘렀다. 그보다 더 아름다운 풍경을 나는 그때도 지금도 알지 못한다.

동생은 강 건너 능금밭 자갈길의 포플러나무에 포대기 끈으로 묶여 악머구리처럼 울고 있었다.

"동생 지키라. 보따리 갖고 오꾸마."

어머니가 절룩절룩 멀어져갔다. 나는 상큼한 사과 향내를 들이마시고 담장 높은 내시가(內侍家)의 속내도 궁금해 하고 과수원집 마당의 꽃밭도 둘러보았다. 어머니가 설마 나와 동생, 둘 다를 버리랴 싶었다. 까짓 동생이야 울건 말건 나하고는 상관없었다.

돌아온 어머니가 짐을 내려놓고 동생을 업고 다시 짐을 이었다. 나는 어머니 치마꼬리를 잡고 걸었다.

"옴마, 아부지요!"

어머니가 대문간에서 목청을 높였다. 지게문이 벌컥 열렸다.

"아이고, 이기 누꼬? 박실이 아이가?"

전화가 없던 시절이라 어머니의 방문은 언제고 예기치 않은 것이었다. 외할머니는 거친 손바닥으로 어머니의 이마와 뺨과 콧방울과 턱을 어루만지며 우셨다.

"쪼매만 기다리라. 내가 얼릉 밥상 채리오께."

"마 놔뚜소. 내가 한 숟가락 챙그리 묵으마 되제, 말라꼬 옴마가 하실라 카는교?"

"아이고 야야. 내가 니를 중핵교도 안 보내고 십 년을 살림 시키묵다가 남으 집에 보냈는 것도 인자사 돌아보마 마음 아파 죽겠는데 이래 친정이라꼬 댕기러온 니를 우째 또 시키묵겠노. 인자는 눈 어둡은 것도 익숙해져가 괘안타. 고만 뜨듯한 데서 등더리나 찌지거라."

할머니는 기어이 어머니를 안방에 눕혀놓고 더듬더듬 쌀을 씻어 밥을 안쳤다. 뜸이 질 때쯤 밥 위에 우엉 이파리와 강된장 종지와 달걀찜 종지를 얹었다. 거기다 김치 한 보시기를 보태어 외할머니가 상을 봐오면, 우리 세 모녀는 자다 일어나 밥을 먹었다.

외가에 머문 사흘 동안, 어머니는 우리 자매 중 누구를 외가에 맡길까 이리저리 저울질했다. 어머니는 끝내 나를 점찍었다. 어머니가 잠깐만 제 눈 앞에서 사라져도 숨이 꼴딱꼴딱 넘어가도록 울어젖히는 동생을 놔두고 갔다간 무슨 사달이 나도 날 것 같았나 보았다.

사흘 후, 어머니가 버스에 올라탔다. 동생을 업고 외할머니가 싸주신 보따리를 이고⋯⋯

나는 그때서야 동생처럼, 악을 쓰고 울며불며 엄마한테로 달려갔다. 하지만 외할아버지가 당신 두 팔로 내 사지를 결박해버렸다.

"일 년 뒤에 오꾸마. 갓난쟁이 동생 한나 더 데불고 올 끼다. 위할배, 위할매 말씸 잘 듣고 심부름도 잘하고 …… 알았제? 일 년 뒤에 보재이."

어머니가 버스 차창을 붙잡고 외쳤다. 나는 우느라고 아무 말도 하지 못했다.

일 년 후의 어느 여름날 느지막한 오후, 나는 늘 하던 대로 바가지 하나를 들고 명포 물가로 나갔다. 저녁 국거리로 쓸 고디, 표준어로는 다슬기를 주워야 했다. 고디는 흔전만전 널려 있었다. 뽀얗게 국물이 우러날 때 텃밭에서 뜯은 부추를 뿌려 끓인 고디 국은 만날 먹어도 맛있었다.

나는 금세 한 바가지를 주워놓고 얕은 물속에 당그랗게 떠올라 있는 당글바위 위에 엎드렸다. 뜨겁게 달궈졌다 알맞추 식은 바위는 어머니 등판 같았다. 눈을 감으면, 이 세상에는 오로지 내 나른한 몸뚱이와 강물 흐르는 소리밖에 존재하지 않았다. 실제로는 강물이 흘러가는 것이었지만, 내가 바위를 타고 떠내려가는 느낌이 들었다. 나는 옛이야기에 나오는 연오랑과 세오녀처럼 바위를 타고 떠내려갔다. 한없이, 한없이, 떠내려 가다보면, 지느러미를 가진 사람 물고기들이 나타나 퍼덕거렸다. 그들은 사람 사는 땅이 너무 슬퍼서 물속으로 들어가 물고기가 된 종족이었다.

엄마가 올까.

그럼, 오지. 오고말고.

엄마가 올까.

그럼, 오지. 오고말고.

꿈속에서인 듯 찰방찰방, 찰박찰박, 물을 건너오는 발소리가 들렸다.

엄마가 올까.

그럼, 오지. 오고말고.

"거, 누고?"

목소리가 생생했다. 꿈이 아니었다. 나는 눈을 떴다. 저 멀리, 아이를 업은 여자가 다리를 절룩거리며 강을 건너오고 있었다.

"옴마."

"마침맞기 잘 만났다. 우리 큰딸이 일 년 새, 마이 컸데이."

어머니가 모래밭에서 포대기를 끌렀다. 나는 아기를 받아 안았다. 눈이 큰 아기가 나를 보고 방긋 웃었다.

"얼라가 순해갖꼬 벨로 안 힘들 끼다."

어머니가 둘째 딸을 데리러 저쪽 강변으로 갔다.

어머니는 결국 나타났고 나타날 것이었다. 나는 아기를 둥개둥개 흔들어주었다.

장마철에는 작은 배를 불러 건너기도 했던 강. 피라미며 송사리며 모래무지며 고디를 한정 없이 품고 있던 강. 헤엄 못 치는 어린아이도 바가지 하나 꿰어 차고 고디를 주울 수 있었던 친구 같던 강. 당글바위 위에 엎드려 눈 감으면, 흘러, 흘러, 인간 물고기를(미야자키 하야오의 애니메이션, 〈벼랑 위의 포뇨〉를 보고, 한 번도 만난 적 없는 미야자키와 내가 물속 인간에 대해 그토록 유사한 상상을 했다는 사실에 놀랐었다) 만날 수 있던 강. 내 마음 속에서 영원히 흐르는 유년의 강.

그 강은, 이제, 없다. 충충한 물을 가둔 운문댐이 있을 뿐이다. 깊이를 알 수 없는 운문댐은, 나 같은 사람한테는 접근불가의 대형수족관 같은 곳이다.

댐으로 바뀐 뒤, 나는 한 번도 명포에 가지 않았다.

*** 몇 년 전 어느 날, 최원식 선생님께서 친히 전화를 주셨다. 나는 좀 당황했고, 전화기는 낡아서 잡음이 많았다. 선생님께서, 그 글 잘 썼더라, 칭찬을 해주셨다. 무슨 글인지 파악을 못한 상황이었지만, 머리끝에서 발끝까지 기분 좋은 전류가 통하는 느낌에 나는 살짝 떨었다. 통화를 마칠 때 즈음해서야 그 글이 『강은 오늘 불면이다』(한국작가회의에서 MB정부의 사대강 죽이기 사업에 저항하는 뜻을 모아 엮은 산문집)에 실린 수필이라는 사실을 알아차렸다. 그 이후로 내 마음의 지도에서 이 글은 특별한 자리를 차지했다. 내가 진심으로 존경하는 최원식 선생님께서 알아주신 글이기 때문이다.

여전히 듣고 싶은 목소리

응웬레투

나는 어렸을 때부터 문학작품을 즐겨 읽었다. 그러나 내 인생이 문학과 함께 할 것이라고 생각한 적은 없었다. 석사 때도 단순하게 베트남을 소재로 한 황석영 소설에 흥미가 있어서 졸업논문의 주제로 삼고 문학을 전공하게 되었기에 본격적으로 문학을 공부해야 하는 박사 때에는 좌절한 순간도 적지 않았다.

그런 나에게 한국문학에 대한 애정과 열정을 불러일으켜 주신 분은 최원식 선생님이다. 인하대에 오기 전에 책을 통해 선생님을 뵈었다. 석사논문에 도움이 정말 많이 되었기에 저자가 누구인가 궁금했던 책이었다. 그 안의 저자 정보는 너무 간단했지만 석학다운 사진은 아주 인상적이었다. 선생님의 글 구절 하나하나 내 마음 깊이 와 닿았다. 그러나 그때는 이분이 앞으로 내 인생의 중요한 분이 되리라 상상하지 못했다.

선생님을 직접 뵈었을 때 내가 더 놀랐다. 사진보다 더 많으신 연세에 활기찬 학자로서의 분위기와 명료한 목소리. 그리고 전부터 이미 알고 지냈던 것처럼 나에게 다정하셨다.

나에게 선생님에 대해 뭐가 제일 그립냐고 물어보면 선생님이 나를 부르시는 그 이름, 한 글자라고 주저 없이 바로 대답할 수 있다. 한국 학생들과 달리 나를 한 글자만 부르셨다. 선생님께서 내 이름을 부르실 때마다 내 머리 속의 복잡한 생각들이 모두 가라앉아 마음이 평안해졌다. 애칭처럼 들렸다. 가끔 놀랍기도 했다. 선생님의 베트남어 발음이 너무 정확하기 때문이기도 할 것이다.

나는 선생님이 출석 부르실 때를 좋아했다. 내 이름을 부르실 때까지 초조한 마음으로 기다리는 그 순간은 지금이라도 그때로 되돌아가고 싶어진다. 매일 복도에서 선생님의 방에 불이 켜져 있는지 확인하는 건 습관이 있었다. 그것은 베트남에 들어와서도 간절하게 그리울 정도였다. 쉽게 사라지지 않았다.

선생님의 강의는 정말 매력적이었다. 따뜻한 목소리, 가끔 던지시는 농담과 강의 내용은 내 가슴에 더욱 깊이 새겨진 것 같다. 한국 문학의 즐거움이 날로 더해졌다. 선생님은 가끔 베트남에 대해서 물어보셨는데, 그때마다 긴장이 되었다. 모르셔서 물어보신 게 아니라 알고 계신 정보를 확인하고 싶어서 하신 질문이 많았다. 어떤 것들은 내가 잘 모르는 정보였다. 그때마다 참 부끄러웠고 베트남에 대해서 더 공부해야 한다고 다짐하게 되었다.

잊을 수 없는 추억 하나가 있다. 그 때 Edgar Allan Poe의 시를 한국어로 번역하는 과제를 주셨다. 과제를 해왔는데, 발표가 끝내고 선생님의 칭찬을 기다렸다. 하지만, 선생님은 엄한 표정으로 "어디서 베꼈냐?" 물어보셨다. 순간 혼란스러웠다. 그 질문에 어떻게 대답할 수 있을까? 가만히 고개를 숙이는 것도 힘들었다. 억울한 아이처럼 눈물이 펑펑 나왔다. 그만 울고 눈물을 멈추고 싶어도 못했다. 그렇게 우는 건 처음이었다. 나는 선생님의 질문을 내가 남의 번역을 베껴온 것을 물으신 것이라 받아들였다. 그러나 내가 남의 글을 베낀 것이 아니라 외국인이라 단어가 부족해서 시를 제대로 표현하지 못했던 것이었다. 지금 생각해보면 그때 선생님의 말씀은 내가 번역을 잘못한 것을 지적하신 것이었다. 내가 남의 것을 베꼈다고 생각하셨다기보다 내가 너무 엉터리로 해왔기에 의심하신 것이었다. 지금도 그 일을 생각할 때마다 죄송하면서도 웃음이 난다. 내가 너무 유치했다. 선생님께 새삼 죄송하다는 말씀을 올리고 싶다.

4년이란 박사과정은 외국인 학생에게 짧은 기간이 아니었다. 논문 주제를 잡을 때까지 너무 힘들었다. 논문의 뼈대가 잡히지 않아 그만 포기하고 베트남에 돌아오고 싶을 만큼 힘들었다. 그 힘든 시간 동안 선생님께서 내 옆을 늘 지켜주셨다. 나에게 그 주제를 주신 것은 나름 생각이 있으셨고 나를 믿으셨기 때문이다. 그 생각 때문에 나는 끝까지 포기하지 못했다. 선생님께 열심히 공부하는 모습을 보여드리고자 하는 욕심, 선생님의 제자라는 명예는 나에게 힘이 되었다. 나의 좁고 어두운 지하도 비춰주셨다. 이제서야 박사 졸업은 공부의 시작이라는

것이 실감나지만, 선생님이 내 곁에 계신다고 생각하기에 마음은 든든
하다.

　지금도 내 이름을 불러주시는 그 다정한 목소리를 듣고 싶다. 지금도
선생님의 강의를 들을 때가 그리워 한국인 제자들에게 부러움을 느낀
다. 선생님의 제자라고 자랑스럽게 말할 수 있도록 베트남에서 제자를
키우면서 한국문학을 알릴 수 있도록 열심히 노력하고 있다.

　선생님!
멀리 있어도 마음이 멀지 않습니다. 늘 건강하시기 바랍니다.

하노이에서 베트남 제자 응웬레투 올림.

볍씨를 남긴 농부

이문구 『개구쟁이 산복이』(창작과비평사, 1988)
박숙경

1.

젊은이 중에서 이문구의 소설들을 너끈히 읽어낼 사람이 몇이나 될까? 열에 아홉은 차라리 외국어가 더 쉽겠다며 혀를 내두를지도 모를 일이다. 난생 처음 보는 어휘들은 둘째 치고서라도, 치렁치렁 이어지고 겹쳐지는 문장들은 정말 당해낼 재간이 없다. 그럴 때는 영어 시험 보듯이 주어와 술어를 찾아서 표시라도 하고 싶다. 이 정도 되면 이문구라는 소설가가 혹 외국에서 높은 공부를 하고 온 학자라도 되나 싶을 텐데, 오히려 그와 정반대이기 때문에 더 당황스럽다. 무지랭이들이 쓰는 가장 쉬운 우리말을 그대로 옮겨놓은 것인데도, 학교에서 그렇게 열심히 배운 '국어'가 여기서는 영 도움을 주지 못한다. 이문구는 항상 이런 식으로 표준어 세대들을 주눅 들게 만든다.

차라리 이문구 소설을 읽을 때는 눈보다 귀를 열어둘 일이다. 그저 어떤 충청도 아저씨, 아줌마가 옆에서 떠들겠거니 하고 맘을 푹 놓으면, 그제야 하나도 모르겠던 사투리들도 어지간히 알아들을 수 있게 된다. 좀 더 귀를 기울이면 그 푸짐한 말들을 배워서 나도 좀 써봤으면 하는 생각까지 든다. 하지만 그런 말을 내 것으로 만들지 못하리라는 것을 안다. 내가 살고 있는 이곳은 그렇듯 넉넉한 땅의 말을 낳을 수 있는 터전이 못 되기 때문이다. 역시 이문구는 우리 토박이말의 인간문화재 같은 작가고, 그가 걸판진 사투리로 그득히 차려내는 잔칫상도 어쩌면 이로써 마지막일지 모른다는 예감마저 드는 건 어쩔 수 없다.

그런데 이문구가 쓴 동시는 그의 소설 문장과는 조금 다른 양상을 보인다. 풍성하다 못해 흘러넘치고, 치렁치렁 덩굴처럼 엮이는 문장이라기보다는 꼭 필요한 것만 남긴 정제된 시 세계를 보여주고 있는 것이다. 그의 동시는 소설가인 그의 정체성에서 비쭉 삐져나온 일탈처럼 보이기도 하나 일찍이 문학 동지인 시인 신경림이 눈여겨보았고, 정제된 서정시의 옹호자인 문학평론가 유종호가 『문학이란 무엇인가』(민음사, 1998), 『시란 무엇인가』(민음사, 1995) 같은 시 원론에서도 즐겨 인용되며 상찬을 받았다. 그의 동시는 소설가가 한두 편 여가로 쓰거나 출판사의 청탁을 받아 쓴 것이 아니라 그가 자발적으로 몇 년이라는 긴 시간을 들여 빚은 것으로, 가을걷이가 끝난 뒤 내년을 위해 남겨 둔 볍씨 같은 존재이다. 마지막 토박이 말의 농사꾼이 마음과 글을 가다듬어 쓴 동시의 세계는 과연 어떤 것일까.

2.

이미 오래전부터 농촌은 훌륭한 동시와 동요를 가능하게 한 터전이었다. 넉넉한 자연의 순리 안에서 마음껏 뛰놀고, 일하고, 세상을 배워가는 아이들은 그 모습 그대로 시와 노래에 담겨졌던 것이다. 해방 전 윤복진이 노래했던 똘망똘망한 개구쟁이들, 권태응 자신이기도 했던 속 여문 아이들은 모두 우리 농촌이 낳아서 건강하게 키웠던 자식들이었다.

이문구의 동시 역시 농촌이라는 공간에 강하게 뿌리박고 있다. 여기서의 농촌은 단순한 배경이 아니라, 아이를 키워주는 부모의 몫까지 해내는 곳이다. 아이를 둘러싼 자연은 세상 살아갈 이치를 가르쳐주고, 그닥 쫓길 것 없는 생활은 아이에게 넉넉한 웃음을 가르쳐준다. 더불어 밭둑의 수풀처럼 싱싱한 우리 토박이 말들까지 그네들의 몫이다. 적어도 『개구쟁이 산복이』 안에서만큼은 농촌 아이들이 도시 아이들한테 기죽을 일이 없다. 외려 도시 아이들이 이 책을 통해 그 쪽 아이들 삶을 기웃거려야할 판이다.

아빠를 따라서

산에 가면 먹는 풀 먹는 열매

아주 많아요.

아빠는 하나하나

가르쳐 주셔요.

이담에

산에 가서

길 잃고 배고플 때

울지 않고 참는 방법이래요.

— 「산에 가면」 전문

아이의 눈과 입을 빌렸으되, 혹 어려운 일을 만나더라도 놀라지 말고 잘 이겨내라는 아버지의 당부가 온전히 전해진다. 이 아버지는 아이에게 먹는 풀과 열매를 가르쳐주면서 산과 함께 사는 방법을 일러준다. 그리고 세상 살아가는 용기도 이와 같다는 사실은 아이가 나중에 스스로 깨닫도록 남겨둔다. 비록 풀과 열매를 배우는 그 자리에서는 모르더라도 말이다.

눈 덮인 들에

파란 보리싹아,

너는 돌 틈에서 꽃피는

난초 같구나.

봄바람에 흙내음

기다리면서,

눈보라를 이긴 것은

너뿐이구나.

— 「보리싹에게」 전문

겨울 보리 싹에게서 값진 인내를 발견하는 것은 분명 어른의 눈이다. 그렇다고 이 시를 보리 싹의 생명 의지를 본받으라는 교훈으로 읽는다면 수박 겉핥기에 지나지 않는다. 여기서의 어른 목소리는 오히려 자연의 가르침을 아이에게 이어주는 충실한 전달자다. 중요한 것은 자연의 관찰이 안겨주게 마련인 발견과 놀라움에 대한 경의인 것이다. 그러기에 겨울 보리싹 한 포기마저 아이의 스승으로 높여주는 시인의 목소리는 겸허하기 이를 데 없다.

은이네 샘골논
허수아비
막걸리 얻어먹고
취했나 봐.
논두렁 베고
잠들었구나.

옥이네 비탈밭
허수아비
고수레 얻어먹고
배부른가 봐.
밭둑에 누워
쉬고 있구나.

추수를 마친

동짓달에도

일어날 생각들

하지 않고.

—「허수아비」 전문

　시인은 늦은 가을의 농촌 풍경을 이렇듯 맑고 생기 넘치는 리듬으로 살려내고 있다. 또 이 시의 허수아비는 가끔씩 약주 한잔 하고 논두렁에 누워버리는 동네 어른, 새참 먹고 한숨 돌리는 농사꾼과 묘하게 겹쳐지며 웃음을 이끌어내는 주인공이기도 하다. 우리 기본 어휘를 벗어나지 않으면서도, 샘골논·비탈밭·고수레같이 잘 살려 쓰고 싶은 우리말들이 제 자리를 잡고 있는 것 역시 흐뭇한 일이다.

까만 털 복슬복슬

이름은 복슬이.

눈썹에 바둑점

별명은 네눈이.

아이들이 보고

보리개라 놀리고,

어른들이 보고

삽사리라 놀리고,

밥을 많이 먹어서

자귀 났다고 놀리고.

복슬이는 착해서

들어도 못 들은 척

(…중략…)

사람들이 놀려도

밥 많이 먹고

아이가 걸어다닐 때

쌀개 다섯 마리 낳았어요.

—「우리 집 강아지」 일부

애완견에 견줄 수 없이 믿음직한 우리의 '똥개'에게 바치는 최고의 헌사이다. 이런 개 한 마리라면 아이들의 좋은 또래 친구가 되고, 나아가서는 보고 배울 만도 한 스승도 될 법하다. 놀림 좀 받더라도 느긋이 넘겨버리고, 튼튼히 자라서 건강한 새끼까지 낳은 복실이는 농촌의 얼굴 검은 어머니와 겹쳐 보인다.

이마에 땀방울
    송알송알
손에는 땟국이
    반질반질
맨발에 흙먼지
    얼룩덜룩
봄볕에 그을려
    거무잡잡
멍멍이가 보고

엉아야 하겠네

까마귀가 보고

아찌야 하겠네

— 「개구쟁이 산복이」 전문

이만큼 우리 토박이말의 공부감으로 맞춤한 시도 드물다. 의태어의 구사도 꼭 들어맞고 군더더기 하나 없는 구성도 아주 빼어나다. "까마귀가 보고 아찌야 하겠네" 같은 말은 흔히 할머니들이 지저분하게 집에 들어온 손자들을 놀릴 때 쓰던 말법이지만, 이렇게 시로 잡아놓지 않았더라면 잃어버리고도 태연했을지 모른다. "땟국", "엉아"와 같은 말도 역시 마찬가지이다. 우리가 당연하게 들어놓고서는 다음 세대로 전하지 못했던 말들이 이 시 안에서는 숨쉬고 있다. 시인은 이렇듯 모르는 사이 죽어버릴 수도 있는 우리 풀뿌리 말들을 잘 닦아서, 시 안에 제대로 자리잡아주고 있다. 스스로가 우리 토박이 말의 창고지기이기도 하지만, 그 많은 것들 가운데에서 꼭 아이들한테 남겨주고 싶은 말들만 골라 시를 짓는다. 시를 위해서 말을 닦고, 아끼는 그는 그렇기에 진짜 시인일 수 있었던 것이다.

3.

농촌을 보는 이문구의 눈은 이중적이다. 소설가로서 이문구는 농촌 공동체의 붕괴에 남다른 관심을 기울여왔고, 이 변화 과정의 어둠에 대해서 어느 누구보다도 노여워했다. 하지만 동시를 짓는 이문구는 이와 정반대이다. 동시에서의 농촌은 긍정과, 세계 발견의 놀라움과, 여유 있는 웃음이 넘치는 곳이다. 현실이라기보다는, 당연히 그래야할 세계이고, 어른들의 풍진 세상 경험과 대립되는 순수한 세상이다. 그렇다고 이 순수를 현실도피나 퇴행으로 볼 일은 아니다. 가난하고 구차했지만 나름대로 사람살이에 너그러웠던 농촌공동체의 기억은 비록 낭만적이라는 한계는 있을지언정, 갈라터질 정도로 메마르게 사는 요즘 아이들에게 소중한 원형이 되어줄 수 있다.

이 동시집에 간간히 등장하는 산복이와 자숙이는 이문구의 아이들이다. 농사짓고, 글 쓰는 가운데에서도 틈틈이 동요와 동시를 지었던 것도 다 이 남매들을 잘 키워보겠다는 아버지 마음에서 비롯된 셈이다. 하지만 이 시가 단지 두 남매만의 것일까?

천상 이문구는 시골 사람이었다. 내 아이, 네 아이 할 것 없이 모두 한 마을 아이로 함께 키웠던 옛날식대로, 그는 자기 동시로 이 땅의 아이들을 모두 키웠고, 다음 세대를 위한 농촌의 볍씨, 시의 볍씨를 남긴 농부인 것이다.

만인의 입술 위에 노래가

지금, 김남주를 읽는다는 것
강경석

아아, 이 아무도 못말리는 꼴통이여, 통큰 강도여, 혁혁한 전사여, 혁명가여,
그러나 끝끝내는 시인이여, 이 저주받은 대지를 노래한 시인이여

—황지우, 「그대, 뇌성 번개치는 사랑의 이 적막한 뒤끝」

1. 한 장의 사진

김남주(金南柱, 1945~94) 시인이 세상을 떠나고 불과 두 달 뒤, 『불씨 하나가 광야를 태우리라』(시와사회사, 1994)라는 책이 출간되었다. 시인이 남긴 산문과 인터뷰, 강연록들을 서둘러 모은 것이었다. 지금은 절판된

이 책은 8면의 화보로 시작한다. 그중에는 "1992년 4월 25일, 민족문학작가회의 민족문학연구소장 재직시 경기도 대성리 남사당에서 제7회 민족문학교실 수강생들과의 즐거운 한때"(이하 "즐거운 한때")라는 설명이 붙은 사진이 한 장 포함되어 있다. 모닥불 앞의 김남주 시인을 중심으로 10여 명의 젊은이들이 도열한 모습이다. 1984년 대성리에 작은 주점으로 처음 문을 연 남사당은 "즐거운 한때"가 촬영될 당시에는 이미 많은 문화예술운동 단체와 대학생들의 단골 수련회장이 되었다. 민중가수 정태춘과 백창우가 몇몇 노래를 만든 곳으로도 이름이 높았다. 그 무렵 막 결성된 민중노래패 '꽃다지'를 비롯한 아홉 단체가 모여 '이 땅의 자주화와 민주화를 비는 백중맞이 대동굿판'을 연례행사로 개최할 정도로 성황이었다. 행사를 엮은 남사당 주인 한현옥 씨에 대한 기억이 새롭다. 그는 1997년 초 그러니까 김남주 시인이 세상을 떠난 3년 뒤, 아직 한창 나이에 병을 얻어 세상을 떠났다. 그 뒤론 마치 정해진 수순처럼 남사당의 간판사업들도 흐지부지 자취를 감추었다.

한 장의 사진에서 사사로운 기억까지 불러낸 것은 이러한 일련의 장면들이 어떤 의미를 지닌 상징처럼 새삼스럽게 다가왔기 때문이다. "즐거운 한때"의 김남주는 웃는 얼굴로 젊은 수강생들과 함께 술잔을 높이 들고 있다. 사진에 포착된 넉넉한 일체감에도 불구하고 그것은 새 시대를 여는 첫잔이 아니라 지나간 한 시대를 마감하는 마지막 잔처럼 되고 말았다. 이 해 말 대선에서 오랜 군부정권 시대가 막을 내림으로써 문민정부가 탄생(1993)했고 이른바 서태지 현상(1992~96)으로 상징되는 대중문화산업의 폭발이 시작되었으며 격렬했던 반체제운동은 후일담의 커튼 뒤로 물러나는 중이었기 때문이다. 소련의 해체와 분신정국으로 어수선했던 1991년부터 IMF외환위기 사태로 사회 각 부문이 신자유주의적 속물화의 파고 아래 뒤덮이기 시작한 1997년 말까지의 짧은 이행기를 한 마디로 요약하기는 쉽지 않다. 특히 수구냉전세력에 역전의 계기를 헌납하고 말았던 '한총련사태'(1996)는 뼈아프다. 그러나 이 시기에 출간된 이영미의 저서 『서태지와 꽃다지』(한울, 1995)가 상징적으로 보여주듯 우리의 문화적 전통에 연면했던 평등주의의 에토스(ethos)가 민주화 이후의 새로운 대중주의와 만나 결정적 분기를 이룬 이 기간을 '문화의 시대'라고 부른다고 해서 크게 어긋나지는 않을 것이다.

이 문화의 시대를 관통하는 키워드 중 하나가 '저항'이었다. 당시 주류음악계에서 새롭게 각광받기 시작한 음악장르가 록, 힙합, 레게 등 서구 저항문화의 표상들이었던 사실도 그렇지만 비로소 합법화된 꽃다지의 첫 앨범(1994)이 공전의 히트를 기록했던 데서도 알 수 있듯 문화산업 영역과 민중문화운동 진영을 막론하고 그 저류에는 기성질서에 대한 저항이라는 코드가 지배적 위치를 점하고 있었다. 이른바 홍대문화의 산실이 된 클럽 드럭(Drug, 1994~)과 이를 거점으로 봇물 터지듯 쏟아져 나온 인디 펑크밴드들 또한 잊을 수 없다. 그럴 수 있었던 토대가 무엇이었는지는 여러 가지로 생각해볼 수 있겠지만 우선은 저항문화의 주된 생산/소비층이었던 2차 베이비붐 세대(대체로 1968~74년 출생자)에 주목해볼 필요가 있다. 1980년대 운동권세대의 막내그룹부터 본격적인 소비문화 향유층일 'X세대'의 맏이들을 포괄하는 베이비부머들은 억압적인 사회 분위기 가운데 치열한 경쟁을 강요당하며 성장했던 세대이자 1980년대의 호황에 힘입어 급부상한 소비대중문화의 첫 자식들이었다. 따라서 대략 1987년 '민주화' 이후부터 문민정부시기(1993~97)에 성인이 된 이들이 민중문화운동의 유산과 새롭게 등장한 저항적 대중문화의 산물들을 탈권위주의의 사회분위기 속에서 미분화 상태로 수용하게 되었던 것은 어떤 의미에선 자연스러운 귀결이었다.

이 '문화의 시대'로 1970~80년대 김남주 문학의 이월가치를 운반해 온 일등공신은 아마도 안치환의 노래들일 것이다. 1989년에 첫 앨범을 공개한 안치환은 2000년에 김남주 시인을 추모하는 단독 헌정앨범을 내기까지 그의 시에 곡을 붙여 대중화에 앞장섰다. 〈저 창살에 햇살이〉, 〈자유〉, 〈함께 가자 우리 이 길을〉, 〈노래〉(일명 '죽창가') 등이 대표적이다. 이 노래들은 서태지의 〈시대유감〉이나 〈교실이데아〉, 패닉의 〈왼손잡이〉, 크라잉넛의 〈말달리자〉와 전혀 다른 질감이었고 그 뿌리도 달랐지만 억압적 현실에 대한 반란의 노래라는 성격을 공유하고 있었다. 그런 의미에서 안치환의 노래들은 김남주의 반체제문학을 저항적 대중문화의 감수성에 잇대는 교량 역할을 수행했다고도 볼 수 있다. 그리고 이는 반체제운동에서 차지하는 문학의 압도적 지위가 '문화'라는 더 큰 틀 속으로 수렴 해소되어갔던 시대적 흐름을 그대로 반영한다. 노동윤리를 핵심가치로 하는 생산자 시대에서 소비미학(문화)을 척도로 삼는 소비자 시대로 전환된 한국자본주의의 구조변동이 그 배경이었음은 물론이다.

2. 불의 얼룩

　이 흐름 가운데 영웅적 반체제지식인의 상징으로서 김남주라는 이름
은 하나의 신화가 되었다. 『불씨 하나가 광야를 태우리라』의 편집자 서
문은 그 일면을 뚜렷이 보여준다. "'시인'이라기보다 '전사(戰士)'를 자처
한 광야의 선지자, 분단시대 철조망을 걷어차며 민족의 숨통을 거머쥔
무리들에게 사자후를 토하던 선봉대장, 인간성을 억압하는 온갖 비인
간적 이데올로기를 혁명의 순결성으로 맞받아친 민족주의자, 가장 탁
월한 혁명전사 ……. 김남주!" 9년간의 감옥생활(1979~88) 가운데서도
360여 편의 옥중시를 전함으로써 그는 이미 1980년대 전투적 시인의 한
전형으로 높이 추앙받고 있었지만 이른바 문화의 시대는 그의 자리를
얼마간 다른 차원으로 옮겨놓았다. 김남주의 죽음은 혁명적 지식인사
회 그 자체의 붕괴와 시기적으로 맞물려 있었던 것이다. 요컨대 죽음과
함께 도래한 김남주 또는 김남주 문학의 신화화는 역설적으로 영웅적
반체제지식인 시대의 종언을 고지하는 징후였는지도 모른다.

　　밤이 깊다 날이 새기 전에
　　지금 이곳에서 우리가 할 수 있는 일은
　　그들의 혼을 가슴 깊이 들이키고
　　우리의 입과 팔다리로 육화시키는 일이다
　　어제의 그들이 꿈꾸었던 사상의 세계를
　　오늘의 우리가 꽃으로 피우는 일이다

그들이 못다 부른 노래를 우리의 입으로 부르며

그들이 남기고 간 무기를 우리의 손으로 들고서

—「역사에 부치는 노래」 부분[1]

유작시집 『나와 함께 모든 노래가 사라진다면』(창작과비평사, 1994)에 수록된 이 시에서 "그들"은 "빛이 빛을 잃고 어둠속에서 / 세상이 갈 길 몰라 헤매고 있을 때 / 섬광처럼 빛나는 사람들"이다. 시인이 이 시의 3연에 구체적으로 열거하고 있는 그 이름들은 김시습, 정여립, 정인홍, 최봉준, 김수정, 허균, 이필제, 김옥균, 김개남, 전봉준 등이다. 일찌감치 근대를 선취했던 이 논란 많은 혁명적 지식인, 운동가의 이름들은 그들의 계승자로 스스로를 위치시키려 했던 시인 김남주의 뚜렷한 자의식의 가탁일 것이다. 그러나 이 시는 "어제의 그들이 꿈꾸었던 사상의 세계를 / 오늘의 우리가 꽃으로 피우는 일"을 새 시대의 여명 가운데 파종하는 힘찬 결의로 나아가는 대신 황혼녘의 쓸쓸하고 긴 여운 속으로 수렴시키고 있다. 무엇보다도 이 시가 "그들이 남기고 간 무기를 우리의 손으로 들고서"와 같은 미완의 문장으로 비감하게 마무리된다는 사실은 시사적이다. 지난 시대가 못다 이룬 것에 대한 회한이 새로운 결의와 다짐을 은연중 압도하고 있는 것이다. 의식적 차원에서는 영웅적 반체제지식인을 전위로 하는 혁명운동의 복원을 꿈꿨으면서도 무의식 또는 감각의 영역에서는 그 불가능성을 일찌감치 예감했던 한 시인의 내면풍경이 거기 놓여있었던 게 아닐까.

---

1   염무웅, 임홍배 편, 『김남주 시전집』, 창작과비평사 2014, 937면. 이하 김남주 시의 인용은 모두 그의 20주기를 기념해 출간된 이 전집의 판본을 따르기로 한다.

선거제도가 민주주의 그 자체를 대신하는 반어적 상황 가운데 대중의 지지로부터 멀어진 운동권 지식인들은 제도권의 전문가나 관료로 급속히 흩어져감으로써 운동의 해체를 촉진했다. 군사독재의 권위주의체제가 무너지면서 그 항체역할을 자임했던 직업혁명가들의 시대도 쇠락의 길로 접어들었던 것이다. 민중운동의 해체 혹은 시민운동으로의 재편 과정에서 반체제 저항담론에 깃든 모종의 영웅주의, 엘리트주의 또한 청산대상이 되었다. 예의 문화의 시대란 물적 토대의 축적을 바탕으로 성장한 대중, 얼굴 없는 군중의 시대였기 때문이다.

체제와 불화하는 혁명적 지식인의 전통은 유구한 것이었다. 특히 30년대 "천황제 파시즘의 발호 아래 합법적 비합법적 공간에서 소극적 또는 적극적으로 활동하던 인텔리겐치아들이 해방이라는 조건과 함께 대분출하면서 한국사회는 장기간에 걸친 혁명적 인텔리겐치아의 시대로 진입"[2]하였다는 통찰은 주목할 만하다. 해방 이후 한국전쟁을 거치면서 남한사회의 헤게모니를 거머쥔 수구냉전세력이 반공을 국시로 비판적 지식인사회를 억압했던 내력은 익히 알려진 대로지만 이는 민중 부문과 연대한 혁명적 지식인운동의 사회적 수요를 보전하는 역설적 토대가 되기도 했다. 대학은 그 최후의 진지였다. "모든 사회계층, 특히 농민층으로부터 충원된 학생들이 대거 도시의 대학으로 몰려들면서 대학은 잡계급적 인텔리겐치아 출현의 온상으로 변모"[3]했던 것이다. 혁명시인 김남주야말로 그 전형이었다. 그는 해방되던 해인 1945년 10월 해남에서 빈농의 아들로 태어났다. 그런 그가 전남대 영문과에 재

2 　최원식, 「지식인 사회의 복원을 위한 단상」, 『문학과사회』, 1998 봄, 121면.
3 　위의 글, 121면.

학 중이던 1973년, 반유신투쟁을 목적으로 제작 배포한 지하신문『고발』을 빌미로 8개월간의 감옥생활을 한 사실은 잘 알려져 있다. 이 첫 번째 투옥체험은 그가 불의에 항거하는 농촌 출신의 순수한 청년학도에서 혁명사상으로 무장된 전사시인으로 거듭나는 결정적 전기가 되었다. 그의 데뷔작 여덟 편 중 하나이자 옥중 출간된 첫 시집(1984)의 표제작이기도 했던 「진혼가」(1974)는 그 분명한 증거다.

참기로 했다

어설픈 나의 신념 서투른 나의 싸움은 참기로 했다

신념이 피를 닮고

싸움이 불을 닮고

자유가 피 같은 불 같은 꽃을 닮고 있다는 것을 알 때까지는

온몸으로 온몸으로 죽음을 포옹할 수 있을 때까지는

칼자루를 잡는 행복으로 자유를 잡을 수 있을 때까지는

참기로 했다

어설픈 나의 신념

서투른 나의 싸움

신념아 싸움아 너는 참아라

신념이 바위의 얼굴을 닮을 때까지는

싸움이 철의 무기로 달구어질 때까지는

— 「진혼가」 3장

이 시는 반유신투쟁을 기치로 폭발한 1970년대의 민중운동이 사상적 조직적으로 단련되는 과정을 한 수인(囚人)의 내면에서 일어나고 있는 심리적 전회를 통해 압축 제시하고 있다. 광주민중항쟁을 계기로 급진화 했던 1980년대의 운동노선은 이미 1970년대의 혁명적 지식인사회 내부에서 예비되고 있었던 것이다. 작품의 언어 형식적 요소들이 김수영(金洙暎, 1921~1968) 계열의 리듬에 의지하고 있다는 사실 또한 의미심장하다. 자기성찰에 기반을 둔 관념적 진술의 반복과 점층적 도약을 통해 분위기를 고조시키다 마침내 의식의 결정상태에서 단호한 명령문에 도달하는 이 시의 리듬은 특히 김수영의 후기작 「사랑의 변주곡」(1967)을 연상시킨다.[4] 물론 그런 가운데서도 김남주의 시는 김수영의 세계에 대해 독자적이다. 그것은 "바위의 얼굴", "철의 무기"와 같은 표현에서 보듯 지식인적 한계와 결별하겠다는 강인한 의지의 표현들이었기 때문이다. 이는 4월혁명과 1970년대의 민중운동이 뚜렷한 단층에도 불구하고 연속적이었다는 사실과 밀접하게 연루되어 있다. 요컨대 김남주는 4월혁명(1960)의 유산과 불가분의 관계를 맺고 있는 김수영의 비판적 계승자이자 1970년대의 민중운동 가운데서 1980년대적 급진주의를 예비한 가교적 존재였던 것이다.

---

4 두 작품의 관련성에 대해서는 염무웅, 「역사에 바쳐진 시혼」, 염무웅·임홍배 편, 『김남주 문학의 세계』, 창작과비평사 2014, 90면. 3장으로 구성된 이 시의 2장은 오히려 김지하의 「타는 목마름으로」(1975)를 예비하고 있어 주목을 요하지만 본문전개를 위해 본격적인 논의는 다음 기회로 미룬다. 김수영과 김남주의 계승관계에 대한 해명으로는 다음 글이 자상하다. 임동확, 「정직성과 죽음의 시학─김수영과 김남주의 문학적 유산」, 같은 책.

3. 시와 혁명

그러나 '전사시인'의 시대는 그의 죽음과 함께 1990년대적 전환을 고비로 저물었다. 그 불의 얼룩으로부터 우리는 무엇을 읽고 배울 것인가.

내가 왜 시라는 것을 쓰게 되었는가에 대해서 말하겠습니다. 해방투쟁을 이데올로기적으로 준비하기 위해서 그랬어요. 다른 의도는 없었어요. 나의 시는 해방투쟁의 부산물에 다름아녀요. 나의 시는 해방에, **혁명에 종속되어야 하는 거예요.**(강조—인용자) 혁명에 문학이 종속된다고 해서 문학의 독자성이 훼손된다고는 생각하지 않습니다. 혁명에 봉사함으로써 문학은 보다 풍부해지고 깊어질 것입니다.[5]

이런 사고와 발언은 더 이상 보이지도 들리지도 않게 되었다. 해방투쟁 또는 혁명정치에 종속된 문학이란 하나의 추문이 되고 만 것일까. 그런데 위의 발언에 나타난 문학과 혁명 사이의 주종관계는 그리 단순치 않다. 다른 자리에서 그는 이렇게 말하기도 했다. "시는 혁명을 이데올로기적으로 준비하는 문학적 수단입니다. 시가 혁명의 목적에 봉사하는 문학적 수단임에는 틀림없겠으나 그렇다고 해서 **혁명에 종속되는 것은 아닙니다.** 시는 그 자체의 독자적인 형식과 내용을 가지고 혁명에 봉사하는 것이지 기계적으로 혁명의 종속적인 도구가 되는 것은 아닙니다. 한마디로

---

5 김남주, 「나는 왜 남민전에 참가했는가」, 시와사회사 편집위원회 편, 『불씨 하나가 광야를 태우리라』, 시와사회사, 1994, 123면.

말해서 시와 혁명의 관계는 서로 자기의 독자성을 유지하면서도 밀접하게 상호보완하는 선상에 있다고 말할 수 있겠습니다."[6](강조-인용자) 이러한 설명은 앞의 인용문과 내용적으로 얼핏 모순을 일으키고 있는 듯 보인다. 앞에서는 혁명에 대한 문학의 종속성을, 뒤에서는 그 상대적 독자성을 강조하고 있기 때문이다. 어느 쪽이 시인 자신의 진의에 가까운가.

우선은 두 개의 인용문 사이에서 '종속'이라는 단어가 쓰인 맥락의 차이를 섬세하게 벼려볼 필요가 있을 것이다. 전자에서 "나의 시는 해방에, 혁명에 종속되어야 하는 거예요"라는 구절 뒤에 나오는 "혁명에 문학이 종속된다고 해서 문학의 독자성이 훼손된다고는 생각하지 않습니다"라는 진술에 실마리가 있다. 요컨대 그것은 혁명에 대한 종속이되 단순히 축자적인 의미의 종속은 아닌, 다시 말해 종속을 통해서야 비로소 자율성(독자성)을 획득하는 문학의 본질에 대한 통찰과 관련되어 있다. 이는 만해의 시 「복종」(1926)이 간취한 "복종하고 싶은데 복종하는 것은 아름다운 자유보다도 달콤"하다는 발상을 연상시킨다. 이때의 '복종'은 진정한 자유를 획득하는 유력한 방편의 하나일 수 있기 때문이다. "시는 그 자체의 독자적인 형식과 내용을 가지고 혁명에 봉사하는 것이지 기계적으로 혁명의 종속적인 도구가 되는 것은" 아니라는 후자의 진술을 염두에 두건대 혁명의 독자성 또한 글자 그대로 이미 주어진 독자성은 아니라는 논리 또한 성립 가능하다. 따라서 기술적으로 부정확한 종속 개념의 사용이 문제가 될지언정 문학과 혁명에 관한 시인의 사유는 일관적이다. 시와 혁명, 더 나아가 문학과 정치는 축자적 의미의 자율성과 기계적 종

---

6   김남주, 「시와 혁명」, 위의 책, 338면.

속성의 양 축을 동시에 놓아버림으로써 상호 길항하는 가운데 드디어 진정한 의미의 독자성을 서로에게 부여할 수 있게 된다는 것이다. 다만 두 번째 인용문에 뒤이어 나오는 "시의 내용이 혁명의 내용을 규정하는 것이 아니고 혁명의 내용이 시의 내용을 규정한다는"[7] 단서조항에서 알 수 있듯 문학에 대한 혁명의 위상학적 우위는 분명하다. 혁명 또는 정치를 여읜 문학은 문학으로서 자립할 수 없지만 문학을 괄호 친다고 해서 혁명 그 자체가 봉쇄되는 것은 아니기 때문이다. 이러한 문학관이 혁명적 지식인 또는 지사적 전통과 결부된 것임은 두말할 필요도 없거니와 심지어 문학과 정치에 관한 가장 최근의 논의들까지 일정하게 선취하고 있는 것이기도 하다. "실상 정치적 예술은 세계의 상태에 대한 '자각'으로 이끄는 의미 있는 스펙터클이라는 단순한 형태로 작용할 수는 없다. **적절한 정치적 예술은 단번에 이중의 효과 ─ 정치적 의미작용의 가독성**(≒혁명의 내용─인용자), 그리고 반대로 기괴함(uncanny), 즉 의미작용에 저항하는 것에 의해 야기된 **감성적 지각적 충격**(≒독자적 형식─인용자) ─ **의 생산을 보장**한다."(강조─인용자)[8] 혁명정치의 행방이 묘연해지자 문학의 위기가 장기간에 걸쳐 거론될 수밖에 없었던 것은 따라서 당연한 일이었는지도 모른다.

문학의 독자성에 대한 인식의 깊이로 미루건대 김남주의 시가 정치적 프로파간다나 생경한 구호의 나열에 그치고 있다는 일부의 시각은 선입견일 가능성이 높다. 그런 뜻에서 김남주의 시가 보여준 언어적 형식적 고려의 치열성을 선구적으로 간파한 김사인의 견해는 괄목할 만한

---

7   위의 책, 338면.
8   자크 랑시에르, 오윤성 역, 『감성의 분할─미학과 정치』, 도서출판b, 2008, 90면 참조. 여기서는 진은영, 「감각적인 것의 분배」, 『문학의 아토포스』, 그린비, 2014, 32면에서 재인용.

것이었다. 그는 "계산된 어순의 도치, 동일 구조의 구문의 점층적 반복을 통한 정서의 고양과 반전, 이른바 '소외효과'를 겨냥한 냉정한 보여주기 등이" 김남주의 "옥중시들에서는 목적 달성을 위한 시적 장치로 빈번히 구사되고" 있다는 사실을 전제하면서 "적들에 대한 치열한 적의를 풍자에 싣거나 혁명의 대의를 드높이 외칠 때, 그의 눌변인 듯도 하고 번역투이기도 한 것으로 느껴지던 산문적 어법은 오히려 그의 격정과 어사의 격렬함을 적절히 통어하면서 작품에 어떤 객관성을 부여하는 미적 장치로 작용"[9]하고 있음을 날카롭게 지적한 바 있다.

김사인이 브레히트의 소외효과(alienation effect) 개념을 적절히 언급한 데서도 짐작할 수 있듯이 김남주의 시적 자산에서 진보적 모더니즘의 비중은 결코 작지 않다. 그것은 마야코프스키와 아라공, 브레히트와 네루다 등 그가 열성적으로 번역한 외국시인들의 명단만 보더라도 분명해진다. 1970년대의 광주에 사회과학서점 '카프카'를 열었던 그가 「어떤 관료」 등의 작품에서 소시민적 입신출세주의와 관료주의의 병폐를 통렬히 풍자했던 사실도 암시적이다.[10] 농민층으로부터 이탈해 성장한 비판적 인텔리겐치아가 모더니즘 문학에 접속하면서 마침내 전투적 리얼리스트로 솟아오른 희귀한 사례로서도 김남주의 시세계는 깊이 음미할 만하다. "리얼리스트가 아닌 시인은 죽은 시인이다. 그러나 리얼리스트에 불과한 시인도 죽은 시인"이라고 말한 사람은 네루다(Pablo Neruda, 1904~73)였다. 혼신의 힘을 다해 민중 속으로 투신하고자

---

9   김사인, 「김남주 시에 대한 몇가지 생각」, 『창작과 비평』, 1993 봄. 여기서는 염무웅, 임홍배 편, 앞의 책. 120~125면 참조.
10   관료사회 속에서 사물화하는 인간실존의 문제는 카프카의 중요한 문학적 주제였다.

했던 불굴의 의지, 자기 안의 비겁을 절하는 매순간의 결단 자체가 삶
이었던 김남주야말로 네루다가 말하는 리얼리스트 시인에 가깝지 않
을까. 초기시 「잿더미」(1974)는 그 구체적 물증이다.

아는가 그대는
봄을 잉태한 겨울밤의
진통이 얼마나 끈질긴가를
그대는 아는가
육신이 어떻게 피를 흘리고
영혼이 어떻게 꽃을 키우고
육신과 영혼이 어떻게 만나
꽃과 함께 피와 함께 합창하는가를

꽃이여 피여
피여 꽃이여
꽃 속에 피가 흐른다
핏속에 꽃이 보인다
꽃 속에 육신이 보인다
핏속에 영혼이 흐른다
꽃이다 피다
피다 꽃이다
그것이다!

―「잿더미」 마지막 두 연

전체 8연으로 구성된 이 시는 명료한 진술문들의 반복과 전도를 통해 작품의 관념적 기초에 정서적으로 고양된 육체를 부여하고 있다. 각 연을 8행, 12행, 8행, 11행, 23행, 22행, 8행, 9행으로 드라마틱하게 배분함으로써 시적 구조 전체에 리듬을 부여하는 치밀함도 놀랍다. 8행(A)을 기본 템포로 삼고 있는 이 시의 구조를 도식화하면 ABABCCAA'와 같다. 긴장과 이완을 주고받다 가파른 호흡으로 치닫는 이 작품은 마지막 두 연에서 냉정을 회복한다. 특히 주목할 것은 기본 템포에 한 행을 더 얹어 9행으로 조성된 마지막 연(A')의 마지막 행("그것이다!")이다. 이는 모든 종류의 분별을 일시에 무화하는 비언어적 깨달음의 선포이며, 피와 꽃, 육신과 영혼, 형식과 내용의 간단없는 일치 속에서 시와 혁명은 하나가 된다. 모든 것이 무너지고 불타버린 폐허("잿더미") 위로 단숨에 도착한 이 숭고한 깨달음의 선언은 한 위대한 혁명시인의 탄생을 알리는 출사표로 의연하다.

4. 리부팅 인텔리겐치아

물론 투옥기간 중의 방대한 시편들 가운데는 시와 사상, 혁명적 실천 사이의 긴장이 무너진 경우도 없지 않았다. 나날의 실천과 생활에서 유리될 수밖에 없었던 열악한 조건 때문이었을 것이다. 그러다보니 1990년대 이후 1980년대 문학운동에 대한 대대적인 반성의 분위기가 고조되면서 그가 남긴 일부의 서정시들만을 들어 올리는 방식으로 김남주 문학의 이월가치를 평가하려는 시도들이 꾸준히 있어왔다. 그러나 주관적 선의에도 불구하고 그것은 김남주의 이름으로 '김남주적인 것'의 폐기를 촉진하는 결과를 낳을 수밖에 없을 것이다. 서정시인으로서 김남주가 남긴 작품들 가운데는 「옛 마을을 지나며」와 같이 널리 알려졌지만 소품에 불과한 시편도 적지 않았을 뿐더러 소외효과에 기초한 전투적 격문시에 비할 때 단조로운 감상토로에 그친 작품 또한 심심치 않았기 때문이다. 물론 개중에는 지금껏 충분히 주목받지는 못했을지라도 「선반공의 방」과 같은 발군의 작품이 없는 것은 아니다. 선반공인 고향 후배의 달동네 집을 찾아가는 "돌계단 삼백일흔여섯 개"의 숨 가쁜 여정을 도망 중인 혁명가의 시선으로 답사한 이 작품은 수식과 묘사를 철저히 생략한 사실진술만으로도 얼마든지 뛰어난 서정시가 탄생할 수 있음을 증명해내고 있다.

그래도 집이라고 그 집에는
방이란 게 있었다 세 개나 있었다
그 집 아낙네들은 하나같이 사투리를 썼는데
함경도 사투리도 있었고 충청도 사투리도 있었고 경상도 사투리도 있었다
전라도 순창이 고향인 선반공의 방은
감옥의 먹방과도 같이 어둡고 비좁았다

나는 굴속을 들어가듯 그 방으로 들어갔다
방에는 한쪽 구석에 지퍼가 고장난 비닐옷장이 있었고

다른 한쪽 구석에는 책상 겸 밥상으로 씀직한 앉은뱅이상이 있었는데
그 위에는 메모로 접은 쪽지가 놓여 있었다

(…중략…)

방 한켠에는 반뙤들이 쌀 한봉지가 입을 벌리고 있었고
책 몇권이 벽에 기댄 채 나란히 누워 있었다
거기에는 고리끼의 『어머니』가 있었고
거기에는 하인리히 만의 『독일 노동자의 길』이 있었고
체 게바라가 쓴 『제3세계 민중에게 보내는 편지』가 있었다

그날밤 선반공의 친구는 돌아오지 않았다
다음 날 아침에도 저녁에도 들어오지 않았다
그를 내가 만난 것은 감옥에서였다
선반공의 방처럼 어둡고 비좁은 먹방에서였다

—「선반공의 방」 부분

    금기의 언어에 감전된 혁명시인과 비참한 현실에 눈뜬 노동자가 해
후할 곳은 어둡고 누추한 감옥 뿐이었는지 모른다. 둘 사이에서 일어난
간발의 엇갈림이 새삼 의미심장한 파국의 역사적 복선처럼 다가온다.
하지만 우선은 시적 대상의 사회적 본질을 집요하게 파고드는 냉엄한
리얼리즘적 추보(追步)가 이 작품의 서정적 기초다. 그가 전투적 혁명시
인이었을 뿐 아니라 서정시인이기도 했음을 애써 강조하는 경우에도 저

변에서 일관되게 흐르는 현실인식과의 팽팽한 긴장을 놓쳐서는 곤란한 것이다. 그는 그저 "밤 별이 곱다고 노래"하는 흔한 서정시인은 아니었기 때문이다. "뿌리가 다르고 지향하는 바가 다른 / 가난한 시대의 가엾은 리얼리스트 / 나는 어쩔 수 없는 놈인가 구차한 삶을 떠나 / 밤 별이 곱다고 노래할 수 없는 놈인가"(「가엾은 리얼리스트」). 김남주 시의 진정한 요람은 전투적 정열과 문학 사이의 치열한 긴장에 있을 것이다. 그는 가차 없이 선언한다. "나는 책상머리에 앉아 시라는 것을 억지로 써본 적이 없다고 / 내 시의 요람은 안락의자가 아니고 투쟁이라고 그 속이라고 / 안락의자야말로 내 시의 무덤이라고"(「시의 요람 시의 무덤」).

그가 시와 혁명의 통일을 지탱하는 정신의 법열상태를 죽음 직전까지 유지할 수 있었던 비결은 아마도 "참된 삶은 소유에 있는 것이 아니고 존재로 향한 끊임없는 모험 속에 있다는 / 투쟁 속에서만이 인간은 순간마다 새롭게 태어난다는 / 혁명은 실천 속에서만이 제 갈 길을 바로 간다는"(「벗에게」) 투철한 신념과 "수천수만의 팔과 다리 입술과 눈동자가 / 살아 숨쉬고 살아 꿈틀거리며 빛나는 / 존재의 거대한 율동"(「사상의 거처」)에 대한 가없는 신뢰에 있었을 것이다. 그리고 그것은 민중 속에서 자라나 끊임없이 민중 속으로 스스로를 기투하려 했던 실천 가운데서 단련되었다. 만약 1990년대 이후 문화의 시대의 도래와 함께 그러한 신념의 토대가 사라져버린 것처럼 보인다면, 그리고 마치 때를 맞추기라도 한 듯 시인 김남주에게 죽음이 찾아온 것이라면, 그 나쁜 변곡점에 혁명적 지식인사회의 해리와 대중적 삶으로부터의 급격한 이탈이 자리하고 있음은 분명하다.

「선반공의 방」의 인용부 첫 연이 명징하게 보여주듯 1970년대의 산업화로 농촌사회는 본격적인 해체기에 접어들었다. 이렇게 도시로 밀려든

농민층 또는 그 후예들이 한국사회 계층구조의 다변화를 초래했다. 그리고 이 과정에서 농민층으로부터 이탈한 도시의 지식청년들이 혁명적 지식인사회를 형성했다. 이미 말했듯 시인 김남주는 그 전형의 하나다. 급격한 도시화와 고도성장경제를 배경으로 시민계층은 나날이 성장을 거듭했지만 분단체제에 편승한 군부독재 아래에서 그 내용은 제한적일 수밖에 없었고 더군다나 사회전반의 부정의와 불평등을 종식시키기에는 역량이 모자랐다. 따라서 1970~80년대 운동의 주도권은 이제 겨우 복원되기 시작한 혁명적 지식인사회에 일임될 수밖에 없었던 것이다. 인민대중의 삶 속에서 끊임없는 자기조회를 거듭하며 성장했던 혁명적 지식인사회가 1990년대 이후 소비자본주의의 대분출 아래 길을 잃고 해체기로 접어든 혼돈의 상황을 시인은 어떻게 받아들였던 것일까.

나는 지금 어디에 있는가
입만 살아서 중구난방인 참새떼에게 물어본다

나는 지금 어디로 가고 있는가
다리만 살아서 갈팡질팡인 책상다리에게 물어본다

천갈래 만갈래로 갈라져
난마처럼 어지러운 이 거리에서
나는 무엇이고
마침내 이르러야 할 길은 어디인가

—「사상의 거처」 도입부

그리고 어느 이름 모를 집회현장에서 그는 알게 되었다. "사상의 거처는 / (…중략…) / 한두 놈이 머리 자랑하며 먹물로 그리는 현학의 미로가 아니라는 것을 / 그곳은 노동의 대지이고 거리와 광장의 인파 속이고 / 지상의 별처럼 빛나는 반딧불의 풀밭이라는 것을"(「사상의 거처」). 그러나 그의 죽음을 막을 수 없었던 것처럼 혁명의 쇠퇴도 돌이킬 수 없었다. 운동권 지식인들이 제도 안으로 대거 흡수되면서 인민대중의 삶과 유리된 것이 원인의 전부일까. 1980년대의 소비대중문화 속에서 성장한 후속세대 지식청년들이 바로 그 대중의 일원으로 스스로의 위상을 하향 평준화해버린 데도 작지 않은 책임이 있었을 것이다. 경장(更張)의 때를 놓침으로써 자기재생산에 실패한 혁명적 지식인사회의 역량부족이 핵심이다. 물론 1987년 6월항쟁의 거리로 쏟아져 나와 제도 민주주의와 시장자유주의에 안주해버리고 만 시민계급의 한계[11] 또한 누락할 수 없다. 혁명적 지식인사회의 시간과 시민대중의 시간이 서로 다른 시간표 위에서 흐르고 있었던 셈이다. 요즘 말하는 '87년체제'란 그 둘 사이에서 벌어진 괴리의 긴 조정국면을 뜻하는지도 모른다. 민중문화운동의 유산과 저항적 대중문화의 코드를 호흡했던 2차 베이비붐 세대 즉, 1980년대 운동권 후속세대의 지식청년들이 현실에서 혁명적 지식인사회보다 제도권의 전문가 써클을 선망하게 된 사정도 그 괴리에 연원을 두고 있을 것이다.

---

11   그런 의미에서 시민 또는 노동자계급에 대해서보다 룸펜프롤레타리아 계급의 본질에 대해 관심을 집중하곤 했던 김남주의 작업은 별도의 논의가 필요할 것으로 보인다. 가령 「그들은 누구와 함께 자고 있는가」, 「오월 그날이 다시 오면」, 「소극 삼장」, 「룸펜」 등은 대표적이다.

　　그런데 이와는 모순되게도 그 괴리 가운데서 새로운 형태의 저항의 실험들이 내연하고 있다. 그 이름이 무엇이든 문학과 정치의 관계를 재설정하려는 움직임은 제도의 안팎에서 혹은 거리와 광장에서 조금씩 눈 뜨고 있다. 우리가 서있는 이곳은 언제 끝날지 모를 파국의 들머리인가, 아니면 다른 세상으로 들어서는 어두운 입구인가. 혁명시인 김남주가 살아있었다면 아마도 이렇게 답하지 않았을까. "미래는 아름답고 / 그것은 우리의 것이네"(「벗에게」). 그러나 그의 전언이 만인의 입술 위에서 노래가 될 날은 언제 오는가.

장연연(張燕燕, Zhang Yan-yan)은 산동여자대학교 전임강사로 한국문학번역원 제13회 한국문학번역신인상을 수상했다. 주요 논문으로 「대중계몽주의자 현병주 연구」, 「「禽獸會議攻擊人類記」의 고찰과 「금수회의록」의 재인식」 등이 있다.

권문경(權文卿, Kwon Moon-kyung)은 인하대학교 강사이다. 저서로 『민태원 선집』(권문경 편, 현대문학), 논문으로 「구로이와 루이코의 수용과 1910년대 한국의 번안소설」, 「고토쿠 슈스이[幸德秋水]의 『基督抹殺論』과 신채호의 아나키즘—기독교관을 중심으로」, 「김학영의 「얼어붙은 입」에 나타난 分身구조와 작가의 자살 욕망 지우기」 등이 있다.

아오야기 유코(青柳優子, Aoyagi Yuko)는 일본 시민모임 '코리아문고'의 공동대표를 맡고 있다. 저서로 『한국여성문학연구』 I(御茶の水書房), 편역서 『조선문학의지성・김기림』(新幹社), 번역서 『백석시집』(岩波書店), 황석영 『바리데기』(岩波書店), 최원식 『동아시아문학 공간의 창조』(岩波書店) 등이 있다. 황석영 『오래된 정원』(岩波書店)으로 한국문학번역원 "제7회 한국문학번역상대상"을 수상하였고, 최원식 『한국의 민족문학론』(御茶の水書房)으로 일본번역가협회 "제32회 일본번역출판문화상"을 수상하였다.

조성면(趙城勉, Cho Sung-myeon)은 문학평론가, 수원문화재단 창작지원팀장이다. 저서로 『질주하는 역사, 철도』(한겨레출판), 『경계를 넘고 간극을 메우며—장르문학과 문화비평』(깊은샘), 『한국문학 대중문학 문화콘텐츠』(소명출판) 논문으로 「꽃파는 처녀의 신파성과 대중성 그리고 상호텍스트성」, 「박태원의 장르실험과 재앙의 상상력」 외 다수의 논문과 평론이 있다.

최학송(崔鶴松, Cui He-song)은 중국 중앙민족대학교 조선언어문학학부 부교수이다. 저서로 『재중 조선인 문학 연구』(소명출판), 『주요섭 연구』(중국 료녕민족출판사), 논문으로 「'만주'체험과 강경애 문학」, 「해방 전 주요섭의 삶과 문학」 등이 있다.

유봉희(柳奉熙, Yu Bong-hee)는 인하대학교 강사이다. 주요 논문으로 「사회진화론과 신소설연구―이해조와 이인직을 중심으로」, 「애국계몽기 이해조의 단체, 언론 활동과 그 인적 관계망」, 「윤리학을 통해 본 동아시아 전통사상과 이해조의 사회진화론 수용」 등이 있다.

원종찬(元鐘讚, Won Jong-chan)은 인하대학교 한국어문학과 교수이며 현재 한국아동청소년문학학회 회장이다. 저서로『아동문학과 비평정신』(창작과비평사), 『동화와 어린이』(창작과비평사), 『한국 근대문학의 재조명』(소명출판), 『한국 아동문학의 쟁점』(창작과비평사), 『북한의 아동문학』(청동거울) 등이 있다.

염희경(廉喜瓊, Yeom Hee-kyung)은 인하대학교, 춘천교육대학교 강사이다. 저서로『소파 방정환과 근대 아동문학』(경진, 2014), 논문으로 「일제 강점기 번역. 번안 동화 앤솔러지의 탄생과 번역의 상상력(1)(2)」, 「숨은 방정환 찾기―방정환의 필명 논란을 중심으로」, 「『해송동화집』의 이본과 누락된 「홍길동」의 의미」 등이 있다.

김제곤(金濟坤, Kim Je-gon)은 인천영선초등학교 교사이자, 인하대학교, 춘천교육대학교 강사이며『창비어린이』편집위원장이다. 저서로 평론집『아동문학의 현실과 꿈』(창작과비평사), 연구서『윤석중 연구』(청동거울) 등이 있다.

정미영(鄭美英, Cheong Mi-young)은 아동청소년문학평론가이자 인하대학교 강사이다. 제1회 창비어린이신인평론상 수상을 수상하였다. 논문으로 「조흔파 소년소설 연구」, 「명랑소설과『학원』」, 「형성기의 청소년 소설 연구」, 평론으로 「도시의 언어, 놀이가 되는 문학」, 「그들만의 세상―학교」, 「엄마와 아이의 관계 맺기, 또는 관계 풀기」, 「청소년소설 공모전 당선작의 빛과 그림자」 등이 있다.

이경희(李敬姬, Lee Kyoung-hee)는 인하대학교 강사이다. 저서로『북방의 시인 이용악』(국학자료원) 논문으로 「이용악 시 연구―북방정서 모티브를 중심으로」, 「상실과 회복, 그 도정에서의 시적 언술」, 「『님의 침묵』에 나타난 기독교적 상징과 성서적 구조」 등이 있다.

김명인(金明仁, Kim Myoung-in)은 인하대학교 국어교육과 교수이자 『황해문화』 편집주간을 맡고 있다. 저서로 『살아있는 김수영』(창작과비평사), 『환멸의 문학, 배반의 민주주의』(후마니타스), 『자명한 것들과의 결별』(창작과비평사), 『조연현, 비극적 세계관과 파시즘 사이』(소명출판) 논문으로 『친일문학 재론―두 개의 강박을 넘어서』 등이 있다.

최옥산(崔玉山, Cui Wu-shan)은 현재 중국 북경 대외경제무역대학교 교수이다. 저서로 『한국현당대문학사』, 논문으로 「동아시아 한국학의 중국적 주제」, 「위기시대 극복을 위한 문학적 대안」, 「칭포우 입은 조선선비, 뻬이징의 단재」 등이 있다.

류수연(柳受延, Ryu Su-yun)은 문학평론가이자 인하대학교 교양교육원 강의교수이다. 2013년 창비 신인문학상으로 등단하여 저서로 『뷰파인더 위의 경성』(소명출판), 공편역서로는 『민주적 공공성』(이음), 평론으로는 「통각(痛覺)의 회복, '이름'의 기원을 재구성하다」 등이 있다.

윤진현(尹振賢, Youn Jin-heon)은 인하대학교, 숭실대학교, 중앙대학교 강사이다. 저서로 『조선 시민극의 구상과 탈계몽의 미학』, 『희곡, 어떻게 읽을 것인가』(연극과인간), 『공연을 이해하면 인간이 사랑스럽다』(다인아트), 논문으로 「식민지를 보는 이중의 시선」, 「연극인 홍사용 연구」 등이 있다.

윤미란(尹美欄, Yun Mi-ran)은 인하대학교 강사이다. 공편역서로 『민주적 공공성』(이음), 『박치우전집―사상과 현실』(인하대 출판부) 논문으로 「신소설 속으로의 인천여행」, 「어느 피식민자의 자기성찰」, 「장혁주 문학 연구」 등이 있다.

신승희(申承熙, Shin Seung-hee)는 가천대학교 인문대학 한국어문학과 교수이다. 저서로 소설집 『오이도』, 논문으로 「주제의 반복성 제재의 교체성에 대한 고찰」, 「소설에 나타난 현대인의 잠재의식」, 「아홉 켤레의 구두로 남은 사내 연작에 대한 기술비평적 분석」 등이 있다.

장석남(張錫南, Jang Seok-nam)은 시인이자, 한양여자대학교 교수이다. 1992년 김수영문학상, 1999년 현대문학상, 2010년 서정주문학상, 2012년 김달진문학상 등을 수상하였다. 시집 『새떼들에게로의 망명』(문학과지성사), 『지금은 간신히 아무도 그립지 않을 무렵』(문학과지성사), 『젖은 눈』(문학동네), 『왼쪽 가슴 아래께에 온 통증』(창작과비평사), 『미소는, 어디로 가시려는가』(문학과지성사), 『빰에 서쪽을 빛내다』(창작과비평사), 『고요는 도망가지 말아라』(문학동네) 등이 있다.

권여선(權汝宣, Kwon Yeo-seon)은 소설가이다. 2007년 오영수문학상, 2008년 이상문학상, 2012년 한국일보 문학상 등을 수상했다. 저서로 장편소설 『푸르른 틈새』, 『레가토』, 『토우의 집』, 단편집으로 『처녀치마』, 『분홍 리본의 시절』, 『내 정원의 붉은 열매』, 『비자나무숲』이 있다.

박정애(朴正愛, Park Jeong-ae)는 소설가이자 강원대학교 스토리텔링학과 교수이다. 2001년 한겨레문학상을 수상했다. 저서로 장편소설 『물의 말』(한겨레출판), 『덴동어미전』(한겨레출판), 『강빈』(예담) 등이 있고, 장편동화로 『똥 땅 나라에서 온 친구』(웅진주니어), 『친구가 필요해』(웅진주니어), 『사람 빌려주는 도서관』(좋은책어린이) 등이 있다.

응웬레투(Nguyen Le Thu)는 하노이국립대학교 외국어대학 한국어문학부 교수이다. 주요 논문으로 「김유정 문학 연구─공간을 점유하는 하위주체들의 놀이로서의 문학」 등이 있다.

박숙경(朴淑慶, Park Suk-kyoung)은 아동문학평론가이며 『창비어린이』 편집위원이다. 평론집 『보다, 읽다, 사귀다』(창작과비평사), 역서로 『꽃신』(창작과비평사), 『코끼리 사쿠라』 등이 있다.

강경석(姜敬錫, Kang Kyeong-seok)은 문학평론가이자 『창작과 비평』 편집위원을 맡고 있다. 주요평론으로 「모든 것의 석양 앞에서─지금, 한국소설과 '현실의 귀환'」, 「장편소설이라는 아포리아」 등이 있다.

1949	9월 19일(음 윤7월 27일) 인천시 중구 유동(柳洞) 35번지에서 해주인(海州人) 최형민(崔瀅敏)과 서산인(瑞山人) 송희식(宋姬植)의 장남으로 출생.
1956~62	송림(松林)국민학교
1962~65	인천(仁川)중학교
1965~68	제물포(濟物浦)고등학교
1968~72	서울대학교 문리과대학(文理科大學) 국어국문학과(國語國文學科)
1972.1	동아일보(東亞日報) 신춘문예 문학평론 입선
1972~75	서울대학교 대학원 국어국문학과(석사과정)
1972.3~74.2	인천 광성(光星)중학교 국어교사
1974.3~77.2	서울 덕성(德成)여자고등학교 국어교사
1975.10	은사 일모(一茅) 정한모(鄭漢模) 선생의 주례로 김해인(金海人) 김춘익(金春翊)과 해주인 오정순(吳正純)의 이녀 김혜자(金惠子)와 결혼.
1976.8	첫딸 이명(以明) 출생
1977~82	서울대학교 대학원 국어국문학과(박사과정)
1977.3~79.7	대구 계명(啓明)대학교 문과대학 국어국문학과 전임강사
1979.8~82.2	대구 영남(嶺南)대학교 문과대학 국어국문학과 조교수
1980.10	아들 자명(子明) 출생
1982.3~88.2	인하(仁荷)대학교 사범대학 국어교육과 조교수, 부교수
1983.10	장인 기세
1984.11	일본 가와사키[川崎]시에서 열릴 AALA(아시아 아프리카 라틴아메리카) 제2회 문화회의에 신경림(申庚林)·송기원(宋基元)과 함께 초청되었으나 당국의 방해로 참석하지 못함.

1984~85   오늘의 책 선정위원

1985   계간『실천문학』운영위원 및 편집위원으로 활동했으나 당국의 탄압으
            로 2호 만에 계간지 등록이 취소됨.

1986.2   홋타 요시에[堀田善衛]가 이끄는 AALA작가회의의 초청을 받았으나 역시
            출국하지 못함.

1986.4   인하대 교수 시국선언

1986.8   이해조(李海朝)연구로 서울대학교 문학박사 수득

1987   민주화를 위한 전국 교수협의회(민교협) 인하대 지회 대의원

1987~93   『한겨레신문』창간위원

1988.3~2015.2 인하대 문과대 국문과 / 한국어문학과 교수

1988~95   복간된 계간『창작과 비평』편집위원

1988.10   인천민중문화운동연합 초대 공동대표(호인수 신부)

1989~91   인하대학교 문과대학 국어국문학과 학과장

1989.2   민교협 경기-인천 지회 총무

1989.6   인천시민모임 목요회 결성

1990.4~92.2 민족문학사연구소(문사연) 연구실장

1990~2006   민족문학작가회의 이사

1990   신동엽(申東曄)창작기금 심사위원, 만해문학상 심사위원

1991   만해문학상 심사위원

1991.2학기   숙명여대(淑明女大) 국문과 박사과정 출강

1992.1~94.3 선인(善仁)학원사태를 우려하는 인천시민의 모임 준비위원장·공동대표
            로 인천대 시립화와 산하 초중등학교들의 공립화를 이룸.

1992.2~94.2 문사연 편집위원장

1992   만해문학상 심사위원

1993~97   유네스코 한국위원회에서 발행하는 영문지 *KOREA JOURNAL* 편집자문
            위원

1993.4   INDITEL 연구위원으로 일본 오오이타(大分)현 시찰

1993.5   한국일보문학상 심사위원

1993~95   계간 『황해문화』 창간편집위원

1993.2학기   상명여대(祥明女大) 국문과 박사과정 출강

1993.10   일본 텐리대(天理大)에서 열린 조선학회(朝鮮學會) 참가

1993.11   제6회 전태일문학상 심사위원

1994   신동엽창작기금 심사위원

1994.3~96.2 인하대학교 출판부장

1994.1학기   상명여대 국문과 석·박사과정 출강

1994~96   인천환경운동연합 초대 공동대표(호인수 신부)

1994~95   광복50주년기념사업회 학술분야 실무위원

1994.5   한국일보문학상 심사위원

1994.10   만해문학상 심사위원, 제1회 창비신인평론상 심사위원

1994.12   한국일보 신춘문예 소설 심사위원

1995.1~12   인천앞바다 핵폐기장대책범시민협의회(핵대협) 준비위원회 사무처장 및

            본회 사무총장(정부 백지화 발표)

1995.6   한국일보문학상 심사위원

1995~2005   서남(瑞南)재단 동양학술총서 편집위원장

1995.7   동서문학상 평론부문 심사위원

1995.8~9   새얼문화재단 장강(長江)여행(청두[成都]~상하이[上海])

1995.10   제2회 창비신인평론상 심사위원

1995.12   제4회 제고인상 수상, 중앙일보 신춘문예 평론부문 심사위원

1996.1~2005.12 계간 『창작과 비평』 주간

1996.10   만해문학상 심사위원, 제3회 창비신인평론상 심사위원

1997.1~2005.12 (주)창작과비평사 주간

1997.9   한국일보문학상 심사위원

1997.10   제4회 창비신인평론상 심사위원

1997.10~현재 백석문학상 운영위원

1997.12   서울신문 신춘문예 평론 심사위원, 경향신문 신춘문예 평론 심사위원,
               한국일보 신춘문예 소설 심사위원

1998.1   창비어린이책 심사위원

1998.3   신동엽창작기금 심사위원

1998.5   제9회 팔봉(八峰)비평문학상 수상자로 결정되었으나 수상을 사양

1998.6   제10회 이산(怡山)문학상 심사위원

1998.2학기   상명대 대학원 국문과 출강

1998.10   제1회 창비신인소설상 심사위원, 제5회 창비신인평론상 심사위원

1998.11   제31회 한국일보문학상 심사위원, 국민일보 창간10주년기념 한일지성
               대담(가타리니 고진(柄谷行人)을 위해 동경행

1998.12   21세기를 위한 한중문학인의 상호이해 국제포럼 참가(北京大), 대한매일
               신춘문예 평론 심사위원

1999.1   창비 좋은어린이책 심사위원

1999~2002 *Korea Journal* 편집위원

1999.3   제1회 백석시문학상 심사위원

1999.4   제10회 팔봉비평문학상 심사위원

1999.7~2001.2 인천문화를 열어가는 시민모임 대표

1999.8~2014.8 인천발전연구원 이사

1999.9   제14회 만해문학상 심사위원, 제2회 창비신인소설상 심사위원

1999.9~10   서남 이양구(李洋求) 회장 10주기 추모 국제학술대회 조직위원장

1999.10   제32회 한국일보문학상 심사

1999.12   경향신문 신춘문예 평론 심사위원, 중앙일보 신춘문예 평론 심사위원

2000.1   제4회 창비 좋은어린이책 창작부문 심사위원

2000~02   학교법인 태양학원(경인여대) 임시이사

2000.9   제15회 만해문학상 심사위원, 제3회 창비신인소설상 심사위원

2000.11   제33회 한국일보문학상 심사위원, 제5회 창비 좋은어린이책 창작부문
            심사위원

2001~08   민족문학사학회 / 민족문학사연구소 공동대표(김시업(金時鄴))

2001.4   어머니 기세

2001.4~02.4 교육부 기초학문육성위원회 위원

2001.5   제12회 팔봉비평문학상 심사위원

2001.2학기   동국(東國)대학교 대학원 국문과 출강

2001.8   제6회 만해문학상 심사위원

2001.9   제1회 황순원(黃順元)문학상 심사위원, 제18회 요산(樂山)문학상 심사위원

2001.10   제4회 창비신인소설상 심사위원, 한국동북아지식인연대(NAIS) 공동대표
            (송희연 · 박홍규 · 박세일)

2001.11   영화 〈고양이를 부탁해〉 살리기 인천시민모임 운영위원장, 제9회 대산
            (大山)문학상 평론상 수상

2001.12   제6회 시와시학상 평론상 수상, 경향신문 신춘문예 평론부문 심사위원,
            한국일보 신춘문예 소설부문 심사위원

2002.1   국회 문광위가 주최한 2002년 월드컵 · 아시안게임 성공기원 해맞이 대회
            참가(금강산), 제6회 좋은어린이책 창작부문 심사위원, 여성동아 공모 장편
            소설 심사위원, 동북아지식인연대 일본 출장(방위대에서 『세까이[世界]』까지)

2002.4~05.2 인하대학교 한국학연구소 소장

2002.7   제17회 만해문학상 심사위원, 중국조선-한국(朝鮮-韓國)문학연구회 고
            문, 제14회 이산문학상 심사위원

2002.9   제10회 대산문학상 평론상 심사위원, 제19회 요산문학상 심사위원, 제4
            회 백석시문학상 심사위원

2002.11.14 제35회 한국일보문학상 심사위원

2002.11   오다 마코토[小田實] 선생의 초청으로 게이오대학[慶応義塾大學] 경제학부

현대사상강좌에서 '1965년과 2002년 — 포스트 65년을 위해서'라는 주제로 강의함.

2002.12　　제4회 와세다대학(早稻田大學) 한국학강좌에서 '탈냉전시대와 동아시아적 시각의 모색'이란 주제로 강의함, 제1회 대산대학문학상 소설부문 심사위원, 동아일보 신춘문예 평론 심사위원, 경향신문 신춘문예 소설 심사위원, 제7회 창비어린이책 심사위원

2003.3~04.12　　인하대학교 문과대 학장, 대산문화재단 자문위원

2003.5　　제14회 팔봉비평문학상 심사위원, 스톡홀름대학 주최 고은문학세미나에 고은(高銀)·백낙청(白樂晴), 두 분을 모시고 참가함.

2003.10　　제20회 요산문학상 심사위원, 제6회 창비신인소설상 심사위원, 제11회 대산문학상 평론상 심사위원

2003.11　　제2회 대산대학문학상 소설상 심사위원

2003.12　　제2회 대산대학문학상 평론상 심사위원, 중국 중앙민족대 주최 학술회의 '개방시대 세계 속의 조선(한국)문학비교연구'에 참가하여 김일성대학 문학대학 은종섭 학장을 비롯한 북의 학자들과 교류함(북경), 중국 중앙민족대와 한국 여성문학학회가 공동 주최한 학회 '강경애문학연구'에 이어 참가하여 역시 북의 학자들과 교류함(북경)

2004.2　　제36회 여성동아 장편소설 공모 심사위원

2004.4~05.4『교수신문』논설위원

2004.7~05.6 교육인적자원부 제3기 기초학문육성위원회 위원장

2004.9　　제21회 요산문학상 심사위원

2004.10　　제6회 백석시문학상 심사위원, 베네치아에서 열린 수교 120주년을 기념하는 한국·이태리 시포럼에 고은·정현종 시인을 모시고 참가함.

2004.11~08 한일, 연대21 대표

2004.12~07.12 인천문화재단 초대대표이사

2004.12　　대산대학문학상 평론 심사위원, 동아일보 신춘문예 중편 심사위원

2005.3~07.2 대산문화재단 자문위원

2005.3~13.12 서남포럼 운영위원장

2005.3　　　APEC정상회의 민간자문위원, 라이프찌히 도서전 한국문학행사에 참가

2005.6　　　광복60주년기념 현진건문학 남북공동토론회(북경 화룬호텔[華潤飯店])에 참
　　　　　　석, 고철훈 주체문학연구소 소장과 류만 등 연구소 실장 등 만남

2005.7　　　평양 민족작가대회 참가(민족문학작가회의 · 조선작가동맹)

2005.9　　　제22회 요산문학상 심사위원, 제13회 대산문학상 평론상 심사위원, 탄
　　　　　　생100주년문학인 기념문학제 기획위원장

2005.11　　문예진흥원 오늘의 예술상 문학분야 심사위원장

2005.12　　대산대학문학상 평론상 심사위원, 세계일보 신춘문예 소설 심사위원

2006.1~현재 세교(細橋)연구소 이사장

2006.3~14.4 BK21 인하대 동아시아한국학 연구 · 교육 및 네트워크 사업단 단장

2006.5~09.4 한국문학번역원 이사

2006.9　　　대산문학상 평론상 심사위원, 중앙일보 신인문학상 소설 심사위원, 제23
　　　　　　회 요산문학상 심사위원

2006.10　　남북학술회의 ‘1930년대 민족문학연구’(북경)에 참여, 주체문학연구소 박
　　　　　　길남 실장과 김일성대 신영호 교수 등 만남

2006.12　　대산대학문학상 평론 부문 심사위원

2006.12~현재 우현(又玄)상 운영위원

2007.1　　　격월간『플랫폼』창간(인천문화재단), 이명이 출가(서 김제시(金濟施))

2007.2　　　장모 기세

2007.3~10.2 인천학연구원『인천학연구』편집위원장

2007.4~09.4 근대문화재분과 문화재위원

2007~08　　한국은행 화폐도안자문위원

2007.7　　　제22회 만해문학상 심사위원

2007.8　　　제7회 황순원문학상 심사위원

2007.10	제24회 요산문학상 심사위원
2007.11	제1회 창비장편소설상 심사위원, 하와이대 한국학연구센터(마누아)에서 열린 인하-하와이 국제학술회의에 참가
2007.12	대산대학문학상 평론 심사위원
2008.9	제8회 황순원문학상 심사위원
2008.11	외손 유근(由根) 출생
2008.12	제10회 인하연구상 수상, 제7회 대산대학문학상 평론 심사위원, 제15회 용재(庸齋)상 심사위원
2009	탄생 100주년 문학인 기념문학제 기획위원장
2009.6	인하대 시국선언 참여
2009.7~현재	동아시아문학포럼 한국조직위원장
2009.8	제1회 임화문학상 심사위원, 제9회 황순원문학상 심사위원
2009.11	제11회 백석문학상 심사위원, 제8회 대산대학문학상 평론 심사위원
2009.12	제16회 용재상 심사위원
2010.2~12.2	한국작가회의 부이사장
2010.5	한일병합 100년 한일지식인 공동성명 발기인
2010.6~14.7	황순원문학상 운영위원
2010.9	제9회 대산문학상 평론 심사위원
2010.10	제2회 임화문학예술상 수상
2010.12	제2회 일중한 동아시아문학포럼 한국조직위원장으로 기타큐슈시[北九州市] 방문, 제9회 대산대학문학상 평론 심사위원, 제17회 용재상 심사위원
2011.6	상해대(上海大) 당대문화중심(當代文化中心) 초청으로 '대국과 소국의 상호진화'를 주제로 강연회. 좌장 왕 샤오밍[王曉明], 토론자 임춘성(林春城) 천 광싱[陳光興] 왕 중천[王中忱] 루오 강[羅崗], 통역 백지운(白池雲) 쉬리밍[徐黎明]
2011.7	제26회 만해문학상 심사위원
2011.9	제19회 대산문학상 평론 심사위원, 제1회 박경리문학상 심사위원

2011.11   제10회 대산대학문학상 평론 심사위원

2011.12   북경 중앙민족대, 해외지명학자강좌 초청 집중강좌, '20세기 한국문학
             론', 제18회 용재상 심사위원

2012.4   제23회 팔봉비평문학상 심사위원, 외손 하근(廈根) 출생

2012.7~14.7 서해평화정책포럼 공동대표(김민배)

2012.8   서해평화정책포럼 창립기념으로 백령도 대청도 답사, 황순원문학상 심
             사위원

2012.10   제14회 백석문학상 심사위원

2012.11   아버지 기세

2012.12   19회 용재상 심사위원, 대산대학문학상 평론 심사위원

2013.3   제1회 4·3평화문학상 소설 심사위원

2013.4~현재 참교육장학사업회 초대이사장

2013.7   만해문학상 심사위원

2013.8   황순원문학상 심사위원

2013.9~2014.10 인천민주평화인권센터 운영위원장

2013.11~현재   인천한국근대문학관 운영위원장

2013.12   제12회 대산대학문학상 평론 심사위원, 제20회 용재상 심사위원

2014   한국작가회의 40주년기념사업단 단장 겸 편찬위원회 위원장

2014.10   연변대에서 열린 두만강포럼에 참여하여 신영호 학장(김일성대학 문학대
             학)과 재회, 제16회 백석문학상 심사위원

2014.12   제13회 대산대학문학상 평론 심사위원, 제1회 인하 참 스승상 수상

2015.2   황조근정훈장

2015.3   인하대학교 명예교수

1. 저서

평론집 : 『민족문학의 논리』, 창작과비평사, 1982.11.

논문집 : 『한국근대소설사론』, 창작사, 1986.11.

일역본 : 青柳優子 역, 『韓國の民族文學論』, 東京 : 御茶の水書房, 1995.8.

평론집 : 『생산적 대화를 위하여』, 창작과비평사, 1997.9.

평론집 : 『한국 근대문학을 찾아서』, 인하대 출판부, 1999.12.

평론집 : 『황해에 부는 바람－최원식 교수 인천론집』, 다인아트, 2000.8.

평론집 : 『문학의 귀환』, 창작과비평사, 2001.7.

논문집 : 『한국계몽주의문학사론』, 소명출판, 2002.9.

일역본 : 青柳優子 역, 『東アジア文學空間の創造』, 東京 : 岩波書店, 2008.10.

평론집 : 『제국 이후의 동아시아』, 창작과비평사, 2009.3.

중역본 : 崔一 역, 『文學的回歸』, 延邊大學出版社, 2012.2.

저서 : 『문학』, 소화(小花), 2012.8.

평론집 : 『소수자의 옹호－실제비평 1981~97』, 자음과모음, 2014.7.

2. 역편서

공편 : 최정여 · 이원주 · 권영철 · 설성경 · 김흥규, 『동학가사』 I · II, 한국정신문화
　　　연구원, 1979.10.

공편 : 임형택(林熒澤), 『한국 근대문학사론』, 한길사, 1982.4.

역서 : 안자산(安自山), 『조선문학사』, 을유문화사(乙酉文化社), 1984.6.

공편 : 염무웅(廉武雄), 『지 알고 내 알고 하늘이 알건만－14인 신작소설집』, 창작과
　　　비평사, 1984.9.

공편 : 임형택, 『전환기의 동아시아문학』, 창작과비평사, 1985.5.

공편 : 염무웅, 『슬픈 해후－12인 신작소설집』, 창작과비평사, 1985.7.

공편 : 염무웅, 『매운 바람 부는 날－'87 창비 신작소설집』, 창작사, 1987.3.

공편 : 전광용 · 이선영 · 염무웅 · 이주형 · 정해렴, 『채만식전집』 1~5, 창작사, 1987.11.

공편 : 전광용·이선영·염무웅·이주형·정해렴, 『채만식전집』 6~10, 창작과비평사, 1989.7.

공편 : 민영 최두석, 『한국현대대표시선』 I, 창작과비평사, 1990.9.

공편 : 민영 최두석, 『한국현대대표시선』 II, 창작과비평사, 1992.2.

공편 : 민영 이동순·최두석, 『한국현대대표시선』 I(증보판), 창작과비평사, 1993.1.

공편 : 민영 이동순·최두석, 『한국현대대표시선』 III, 창작과비평사, 1993.3.

공편 : 권오성·이태진, 『안자산국학논저집(安自山國學論著集)』 1~6, 여강출판사, 1994.3.

공편 : 정문길·백영서·전형준, 『동아시아, 문제와 시각』(동양학술총서 I), 문학과지성사, 1995.12.

공편 : 임형택·정해렴·임규찬·김재용, 『한국현대대표소설선』 1~9, 창작과비평사, 1996.6~9.

교주 : 『자유종-이해조 소설선』, 창작과비평사, 1996.12.

공편 : 구중서, 『한국 근대문학연구』, 태학사, 1997.5.

공편 : 정문길·백영서·전형준, 『발견으로서의 동아시아』, 문학과지성사, 2000.10.

공편 : 임규찬, 『4월혁명과 한국문학』, 창작과비평사, 2002.4.

공편 : 임홍배, 『황석영문학의 세계』, 창작과비평사, 2003.11.

공편 : 정문길·백영서·전형준, 『주변에서 본 동아시아』, 문학과지성사, 2004.1.

교주 : 『홍도화(외)-해조 편』, 범우사, 2004.8.

공편 : 임규찬·진정석·백지연, 『20세기 한국소설』(50권), 창작과비평사, 2005~2006.

공편 : 2005탄생100주년문학인기념문학제 조직위원회, 『해방 전후 우리 문학의 길찾기』, 민음사, 2005.12.

책임편집 : 강경애의 『인간문제』, 문학과지성사, 2006.7.

공편 : 인하BK한국학사업단 편, 『동아시아한국학입문』, 역락, 2008.2.

공편 : 한일, 연대21, 『한일역사인식 논쟁의 메타리스토리』, 뿌리와이파리, 2008.2.

공편 : 백영서·신윤환·강태웅, 『제국의 교차로에서 탈제국을 꿈꾸다』, 창작과비평사, 2008.9.

공편 : 小森陽一·박유하·김철, 『東アジア歴史認識論爭のメタヒストリー』, 東京 : 세이큐샤[靑弓社], 2008.11.

공편 : 백영서·신윤환·강태웅, 『동아시아의 오늘과 내일』, 논형, 2009.5.

공편 : 2009탄생100주년문학인기념문학제 조직위원회, 『전환기, 근대문학의 모험』, 민음사, 2009.10.

공편 : 백영서·신윤환·강태웅, 『교차하는 텍스트, 동아시아』, 창작과비평사, 2010.9.

공편 : 백영서·신윤환·강태웅, 『키워드로 읽는 동아시아』, 이매진, 2011.11.

공편 : 백영서, 『대만을 보는 눈』, 창작과비평사, 2012.11.

공편 : 인하BK한국학사업단, 『동아시아한국학의 이론과 실제』, 태학사, 2013.2.

공편 : 한국작가회의 40주년 기념사업단 편찬위원회, 『한국작가회의 40년사-1974~
2014』, 실천문학사, 2014.11.

공편 : 한국작가회의 40주년 기념사업단 편찬위원회, 『증언-1970년대 문학운동』, 실
천문학사, 2014.11.